HEYNE <

W0392344

Das Buch:

Die Tochter des Präsidenten
1969 rettet der junge Leutnant Jake Cazalet in Vietnam der Französin Jacqueline das Leben. Für beide ist es Liebe auf den ersten Blick, doch ihr Glück währt nicht lange. 20 Jahre nach dieser Begegnung erfährt Jake, daß seine Affäre nicht ohne Folgen geblieben ist. Um seinen Ruf als Präsident nicht zu gefährden, wird beschlossen, die Existenz der Tochter geheimzuhalten. Doch eine israelische Terrorgruppe will ihn politisch erpressen.

Goldspur des Todes
Unter dem Decknamen Martin Keogh nimmt das IRA-Mitglied Sean Dillon an einem Überfall auf einen britischen Goldtransport teil. Die Täter erbeuten 50 Mio. Pfund, doch das Schiff mit dem Gold sinkt vor der irischen Küste. 10 Jahre später macht sich der ehemalige Anführer der Terroristen mit Hilfe der amerikanischen Mafia auf die Suche nach dem gesunkenen Schiff ...

Der Autor:
Jack Higgins, 1929 geboren, studierte nach einer kurzen Militärkarriere an der University of London Soziologie, Psychologie und Wirtschaft und machte seinen Doktor in Medienwissenschaften. Heute ist er ein gefeierter Bestsellerautor. Zahlreiche seiner Romane wurden für das Kino verfilmt. Im Wilhelm Heyne Verlag sind folgende Titel erhältlich: *Der Flug der Adler, An höchster Stelle, Stunde der Angst, Tag der Rache, Auge um Auge* und *Mitternachtsjäger.*

Jack Higgins

Die Tochter des Präsidenten

Goldspur des Todes

Zwei packende Politthriller

WILHELM HEYNE VERLAG
MÜNCHEN

Umwelthinweis:
Dieses Buch wurde auf
chlor- und säurefreiem Papier gedruckt.

3. Auflage

Taschenbuchausgabe 02/2004
Copyright © dieser Ausgabe 2004 by
Wilhelm Heyne Verlag, München, in der
Verlagsgruppe Random House GmbH
Printed in Germany 2005
Quellennachweis: s. Anhang
Umschlagillustration: Getty Images/Doug Amand
Umschlaggestaltung: Nele Schütz Design, München
Druck und Bindung: Ebner & Spiegel, Ulm
http://www.heyne.de

ISBN-10: 3-453-87332-7
ISBN-13: 978-3-453-87332-2

Die Tochter des Präsidenten

In liebevoller Erinnerung
an meinen guten Freund George Coleman

Mehr Wahrheit findet sich in einem einzigen Schwert
als in zehntausend Worten.

Aus dem Koran

VIETNAM

1969

1

Jake Cazalet war sechsundzwanzig Jahre alt, als etwas geschah, das tiefgreifende Folgen für sein ganzes weiteres Leben haben sollte.

Er stammte aus einer alten, hochangesehenen Bostoner Familie; seine Mutter war außerordentlich wohlhabend, sein Vater Senator und ein renommierter Anwalt, so daß eine juristische Laufbahn für den jungen Jake geradezu vorgezeichnet schien. Dank seiner privilegierten Herkunft brauchte er sich um die Einberufung keine Gedanken zu machen, zumal er das College in Harvard besuchte, und Vietnam schien weit weg.

Nach einem hervorragenden Abschluß wechselte Jake auf die juristische Fakultät von Harvard, wo er ebenfalls überaus erfolgreich war und jeder ihm eine große Zukunft vorhersagte. Er begann an seiner Dissertation zu arbeiten – und dann geschah etwas Seltsames.

Schon seit einiger Zeit verstörten ihn die Bilder des brutalen Kriegs in Vietnam, die Abend für Abend im Fernsehen gezeigt wurden und ihm manchmal wie ein Blick in die Hölle erschienen. Als er sein sorgenfreies Leben mit dem Leben verglich, wie es dort drüben zu sein schien, ging eine unerwartete Wandlung in ihm vor – was nicht zuletzt damit zusammenhing, daß er dieses Land kannte und sogar ganz geläufig die Sprache beherrschte. Im Alter von dreizehn Jahren hatte er ein Jahr lang in Vietnam gelebt, da sein Vater dort an der US-Botschaft tätig gewesen war.

Eines Tages standen die Studenten wie üblich in der Cafeteria des Colleges an der Theke Schlange, um sich ihr Mittagessen zu besorgen; darunter waren viele neue Kommilitonen, zu denen auch ein knapp Zwanzigjähriger gehörte, der wie alle anderen ein weißes T-Shirt und Jeans trug und seine Bücher unter den Arm geklemmt hatte. Der einzige Unterschied war, daß ihm der rechte Arm fehlte. Die meisten beachteten ihn gar nicht, nur ein großspuriger Flegel namens Kimberley musterte ihn ungeniert.

»He, wie heißt du?«

»Teddy Grant.«

»Hast du den Rest drüben in Vietnam verloren?«

»Sozusagen.«

»Geschieht dir recht.« Kimberley tätschelte ihm die Wange. »Wie viele Kinder hast du denn dort abgeschlachtet?«

Der gequälte Ausdruck auf Grants Gesicht war Cazalet unerträglich. Er zog Kimberley weg. »Dieser Mann hat seinem Land gedient. Was hast du dagegen bisher getan?«

»Und wie ist's mit dir, du reiches Jüngelchen?« höhnte Kimberley. »Bist doch auch nicht drüben, oder?« Er wandte sich um und tätschelte erneut Grants Gesicht. »Wenn wir uns künftig begegnen, machst du mir gefälligst Platz, klar?«

Jake Cazalet betrieb als einzigen Sport Boxen und gehörte sogar zur Studentenmannschaft. Daß Kimberley zwanzig Pfund mehr wog als er, kümmerte ihn nicht. Außer sich vor Wut verpaßte er ihm einen Doppelschlag in den Magen, so daß er zusammenklappte. Der Boxclub im Zentrum Bostons, in dem er trainierte, wurde von einem alten Engländer namens Wally Short geleitet.

»Falls du je in eine echte Prügelei gerätst, will ich dir einen nützlichen Tip geben. In England sprechen wir davon, jemanden auf die Hörner zu nehmen; hier bei euch heißt es Kopfnuß, aber jedenfalls donnerst du dabei deinen Schädel kurz und gezielt direkt an seine Stirn.«

Genau das tat Cazalet, als Kimberley wieder hochkam und sich auf ihn stürzen wollte. Krachend landete er auf dem Tisch, die Mädchen kreischten, und ein Höllenlärm brach aus, bis schließlich der Sicherheitsdienst samt einem Erste-Hilfe-Trupp erschien.

Cazalet fühlte sich so gut wie seit Jahren nicht mehr. »Du verdammter Narr«, sagte Grant zu ihm, »du kennst mich doch nicht mal.«

»O doch«, erwiderte Jake Cazalet.

Später stand er im Büro des Dekans und hörte sich dessen Strafpredigt an. »Es scheint zwar«, schloß der Dekan,

»daß Kimberley sich danebenbenommen hat, aber ich kann auf dem Campus keine Gewalt dulden. Ich muß Sie für einen Monat vom Unterricht ausschließen.«

»Danke, Sir, ich mache Ihnen die Sache einfacher. Ich breche das Studium ab.«

»Wie bitte?« Der Dekan war sichtlich betroffen. »Aber warum denn das? Was wird Ihr Vater dazu sagen? Und überhaupt, was wollen Sie denn dann tun?«

»Ich gehe jetzt direkt zu diesem Rekrutierungsbüro in der Stadt und trete in die Armee ein.«

»Jake«, bat der Dekan erschüttert, »denken Sie noch mal in Ruhe darüber nach, ja?«

»Auf Wiedersehen, Sir«, erwiderte Jake Cazalet lediglich und ging.

Achtzehn Monate später hatte er bereits die Hälfte seiner zweiten Dienstzeit hinter sich, war aufgrund seiner Kenntnisse in Vietnamesisch als Fallschirmjäger im Rang eines Lieutenants zu den Special Forces gekommen, war ausgezeichnet und zweimal verwundet worden und fühlte sich wie ein ungefähr tausend Jahre alter Kampfveteran.

Der Sanitätshubschrauber überflog in tausend Fuß Höhe das Delta in Richtung Katum, wo es ein befestigtes Camp gab. Cazalet hatte man mitgenommen, weil man ihn dort brauchte, um einen hochrangigen vietnamesischen Offizier zu verhören.

Cazalet war nur rund einen Meter siebzig groß, hatte hellblondes Haar, das leicht rötlich schimmerte, und braune Augen; seine Nase war in seiner Zeit als Boxer einmal gebrochen worden, und die weiße Narbe, die quer über seine rechte Wange lief und von einem Bajonett stammte, sollte in den kommenden Jahren so etwas wie sein Markenzeichen werden.

Er hatte die Ärmel seiner Tarnuniform hochgekrempelt, das Barett der Special Forces ins Gesicht gezogen und entsprach durch und durch dem Bild eines Mannes, aus dem der Krieg einen rücksichtslosen Kämpfer gemacht hatte. Harvey, der junge Arzt, der zugleich Bordschütze war, und Hedley, der schwarze Chef der Crew, musterten ihn beifällig.

»Es heißt, er ist schon überall gewesen«, flüsterte Hedley. »Bei den Fallschirmjägern, den Luftlandetruppen und jetzt den Special Forces. Sein alter Herr ist ein Senator.«

»Na klar, einem Mann, der alles hat, muß man schließlich was bieten«, meinte Harvey und wollte seine Zigarettenkippe aus der Tür werfen. »Oho, was ist denn da unten los?«

Hedley blickte hinaus und griff nach dem schweren Maschinengewehr. »Es scheint, als gäb's Probleme hier in River City, Lieutenant.«

Cazalet kam zu ihm. Unter ihnen erstreckten sich bis ins Unendliche Reisfelder und schilfbewachsene Ufer. Auf dem Damm, der das Gebiet durchquerte, hatte ein Bus angehalten, da ein Karren den Weg blockierte.

Harvey spähte über seine Schulter. »Mal wieder eine Pyjamaparty, Sir.«

Sie entdeckten wenigstens zwanzig Vietcong in ihren typischen schwarzen Kitteln und den kegelförmigen Strohhüten. Ein Mann stieg aus dem Bus, man hörte das rasche Knattern einer AK47, und er stürzte zu Boden. Zwei oder drei Frauen sprangen heraus und versuchten schreiend zu flüchten, doch auch sie wurden niedergemäht.

Cazalet ging zum Piloten. »Bringen Sie uns runter. Ich springe ab und sehe, was ich tun kann.«

»Sie müssen irre sein.«

»Tun Sie's einfach. Gehen Sie runter, setzen Sie mich ab, und dann fliegen Sie schleunigst weiter, um die Kavallerie zu holen, genau wie der gute alte John Wayne.«

Er suchte sich eine M16, schlang sich etliche Patronentaschen um den Hals, befestigte ein halbes Dutzend Granaten an seinem Gürtel und steckte sich Leuchtpatronen in seine Tarnjacke. Hedley antwortete mit einigen Maschinengewehrsalven, als die Vietcong begannen, den Helikopter zu beschießen.

»Hat Ihr Todestrieb Sie jetzt übermannt oder so was?« grinste er.

»Oder so was.« Der Hubschrauber schwebte inzwischen knapp über dem Boden. Cazalet sprang hinaus.

»Warten Sie auf mich«, rief jemand. Er schaute sich um und

sah, daß Harvey ihm folgte. Über die Schulter hatte er seine Arzttasche geworfen.

»Sie sind verrückt.«

»Sind wir doch alle«, erwiderte Harvey. Während der Helikopter rasch wieder an Höhe gewann und abdrehte, rannten sie durch das Reisfeld zum Damm, wo mittlerweile noch mehr Leichen lagen.

Der Bus wurde unablässig weiter beschossen, die Fenster gingen zu Bruch, aus dem Innern ertönten Schreie, und erneut sprangen einige Frauen heraus. Zwei von ihnen wollten auf das Schilf zurennen, aber von irgendwoher tauchten drei Vietcong mit schußbereiten Gewehren auf, die ihnen den Weg abschnitten.

Cazalet feuerte mehrere kurze Salven aus seiner M16 ab und erledigte zwei von ihnen. Für einen Moment blieb alles ruhig. Harvey kniete sich neben eine der Frauen, um nach ihrem Puls zu fühlen.

»Die hat's schon mal erwischt«, sagte er und schaute auf. »Achtung, hinter Ihnen«, rief er erschrocken.

Im gleichen Moment traf ihn eine Kugel ins Herz. Cazalet wirbelte herum und feuerte reflexartig auf die beiden, die hinter ihm auf dem Damm standen. Einen erwischte er, der andere huschte zurück ins Schilf. Dann herrschte nur noch Stille.

Im Bus waren noch fünf Menschen, drei vietnamesische Frauen, ein alter Mann, der ins nächste Dorf wollte, und eine hübsche dunkelhaarige Europäerin, die völlig verängstigt schien. Sie trug khakifarbene Hosen, und ihr Hemd war voller Blut, das allerdings nicht von ihr stammte.

Eine Kugel schlug in den Benzintank des Busses ein, und Flammen loderten auf.

»Ist nicht gut, hierzubleiben«, sagte der alte Mann, mit dem sie sich auf französisch unterhalten hatte. »Wir müssen uns im Schilf verstecken.« Er wiederholte seine Aufforderung auf vietnamesisch für die anderen Frauen, die etwas erwiderten, worauf er nur die Schultern zuckte.

»Sie haben Angst«, erklärte er der jungen Europäerin. »Aber Sie kommen jetzt mit mir.«

Sein Ton war so eindringlich, daß sie unverzüglich gehorchte. Geduckt sprangen sie aus dem Bus und wollten loslaufen, als ihn ein Schuß in den Rücken traf. In Todesangst rannte sie den Damm hinunter ins dichte Schilf.

Cazalet, der sich dort ein Stück weiter entfernt versteckt hatte, beobachtete, wie sie sich ihren Weg durch das verschlammte Wasser bahnte, das Schilf beiseite stieß und schließlich eine freie Wasserfläche erreichte. Auf der anderen Seite, kaum fünfzehn Meter entfernt, standen plötzlich zwei Vietcong, die ihre AKs anlegten. Sie waren so nahe, daß sie jeden Zug in den fast noch kindlich jungen Gesichtern sehen konnte.

Sie schloß innerlich mit ihrem Leben ab, als Cazalet mit einem markerschütternden Schrei aus seiner Deckung sprang und die beiden erschoß; sie versanken lautlos im Wasser.

In der Nähe ertönten einige Rufe. »Nicht antworten«, befahl er und wich zurück. Sie folgte ihm.

Erst nach mehreren hundert Metern blieb er stehen. »Das reicht wohl.« Sie befanden sich im Schutz eines letzten Schilfgürtels am Rand des Reisfelds, das in eine kleine Anhöhe überging. Er zog sie zu sich hinunter. »Das ist aber viel Blut. Wo sind Sie verletzt?«

»Es ist nicht meins. Ich habe versucht, der Frau zu helfen, die neben mir saß.«

»Sie sind Französin.«

»Stimmt. Jacqueline de Brissac.«

»Jake Cazalet, und ich wünschte, ich könnte sagen, es sei mir ein Vergnügen, Sie kennenzulernen«, erwiderte er auf französisch.

»Sehr gut«, lobte sie. »Das haben Sie aber nicht in der Schule gelernt.«

»Nein, als ich sechzehn war, habe ich ein Jahr in Paris gelebt. Mein Dad war dort an der Botschaft.« Er grinste. »Ich hab' alle meine Sprachen auf diese Weise gelernt. Er ist ziemlich viel rumgekommen.«

Ihr Gesicht war mit Schlamm bespritzt, ihr Haar zerzaust, und sie versuchte hilflos, es zu glätten. »Ich muß schrecklich aussehen«, meinte sie lächelnd.

Es traf Jake Cazalet wie der sprichwörtliche Blitz: Er verliebte sich augenblicklich und bis über beide Ohren, wie er es noch nie erlebt hatte, sondern höchstens aus schwärmerischen Gedichten kannte.

»Es ist wohl aus mit uns?« fragte sie, da nach wie vor die Stimmen der Vietcong zu hören waren.

»Nein, der Hubschrauber, mit dem ich nach Katum unterwegs war, ist weitergeflogen, um Hilfe zu holen. Falls man uns nicht entdeckt, haben wir eine gute Chance.«

»Das ist ja merkwürdig. Ich bin gerade in Katum gewesen.«

»Guter Gott, was wollten Sie denn da? Das ist doch mitten im Kriegsgebiet.«

Sie schwieg einen Moment lang. »Ich habe nach meinem Mann gesucht.«

Cazalet war zumute, als habe ihm jemand einen Faustschlag versetzt. Er schluckte. »Nach Ihrem Mann?«

»Ja. Captain Jean de Brissac von der französischen Fremdenlegion. Er hielt sich vor drei Monaten mit einem zwanzigköpfigen Erkundungstrupp der Vereinten Nationen im Gebiet von Katum auf.«

Eine merkwürdige Mischung aus Gefühlen überlief ihn – Bedauern, Mitleid ... und vielleicht sogar ein wenig Erleichterung. »Ich hab' davon gehört. Sind nicht alle ...?«

»Ja«, erwiderte sie ruhig. »Bei einem Angriff umgekommen. Da der Vietcong Handgranaten benutzt hat, waren die Leichen nicht zu identifizieren, aber ich habe die blutbefleckte Uniformjacke meines Mannes und seine Papiere gefunden. Es besteht also kein Zweifel.«

»Warum sind Sie dann hier?«

»Eine Pilgerfahrt, wenn Sie so wollen. Außerdem mußte ich Gewißheit haben.«

»Es überrascht mich, daß man Ihnen erlaubt hat hierherzukommen.«

Sie lächelte ein wenig. »Oh, mein Ehemann, Comte de Brissac, stammte aus einer sehr alten Offiziersfamilie, die über ziemlich viel Einfluß verfügt und jede Menge Verbindungen nach Washington und eigentlich überallhin hat.«

»Also sind Sie eine Gräfin?«

»Ich fürchte ja.«

»Na«, grinste er, »mir macht das nichts, wenn's Ihnen nichts ausmacht.«

Ehe sie etwas erwidern konnte, ertönten ganz in der Nähe Stimmen, die sich etwas zuriefen, und Cazalet antwortete rasch auf vietnamesisch.

»Warum haben Sie das getan?« flüsterte sie bestürzt.

»Sie schlagen sich durchs Schilf. Ich habe gesagt, hier drüben sei keine Spur von uns.«

»Sehr raffiniert.«

»Danken Sie nicht mir, sondern meinem Dad für ein Jahr an der Botschaft in Saigon.«

»Dort auch?« Sie mußte unwillkürlich lächeln.

»Ja, dort auch.«

»Sie sind ein wahrhaft ungewöhnlicher Mann, Lieutenant Cazalet. Ich glaube«, fügte sie nach einem kleinen Zögern hinzu, »wenn wir hier rauskommen, bin ich Ihnen etwas schuldig. Dürfte ich Sie zum Dinner einladen?«

»Aber mit Vergnügen, Gräfin«, erklärte Jake übermütig.

Aus der Ferne hörte man das dumpfe Dröhnen von Rotoren, das rasch lauter wurde. Eine ganze Reihe Huey-Cobra-Kampfhubschrauber kam näher. Cazalet nahm eine rote und eine grüne Leuchtpatrone aus seiner Tasche und feuerte sie hinauf in den Himmel. Die Stimmen der Vietcong, die sich zurückzogen, wurden schwächer. Cazalet ergriff ihre Hand.

»Genau wie im Film rückt die Kavallerie gerade zur rechten Zeit an. Jetzt brauchen Sie sich keine Sorgen mehr zu machen.«

Sie umklammerte seine Hand, als sie hinaus in das Reisfeld liefen und der erste Kampfhubschrauber landete.

Das Excelsior war ein Gebäude im französischen Kolonialstil aus den alten Tagen, und das Restaurant im ersten Stock wirkte mit seinen weißen Tischtüchern, Leinenservietten, Silberbestecken und der Kerzenbeleuchtung auf den Tischen wie ein verwunschener Zufluchtsort vor dem Krieg. Cazalet, der in der Bar wartete, war eine auffallende Erscheinung in seiner Tropenuniform, auf der die Ordensbänder einen farbenprächtigen Blickfang bildeten. Er war aufgeregt wie seit Jahren nicht mehr. Natürlich hatte es Frauen in seinem Leben gegeben, aber nie hatte er für eine soviel empfunden, um an eine dauerhafte Bindung denken zu können.

Als sie in einem schlichten, mit Perlen besetzten weißen Kleid die Bar betrat, machte sein Herz einen regelrechten Satz. Sie hatte ihr Haar mit einer Samtschleife zurückgebunden, trug kaum Make-up und neben ihrem Ehering nur einen Diamantreif sowie einige goldene Armbänder. Ihre ganze Erscheinung strahlte kühle Eleganz aus.

Der vietnamesische Oberkellner stürzte augenblicklich auf sie zu.

»Was für eine Freude, Gräfin«, grüßte er in fließendem Französisch und küßte ihr die Hand. »Lieutenant Cazalet wartet in der Bar. Möchten Sie gern gleich an Ihren Tisch?«

Lächelnd winkte sie Jake zu sich. »Ja, ich denke schon. Wir nehmen eine Flasche Dom Perignon zur Feier des Tages.«

»Darf ich nach dem Anlaß fragen, Gräfin?«

»Ja, Pierre, wir feiern, daß wir noch leben.«

Er lachte und führte sie zu einem Ecktisch auf der Veranda. »Der Champagner kommt sofort.«

»Stört es Sie, wenn ich rauche?« fragte sie Cazalet.

»Nicht, wenn ich auch eine bekomme.«

Als er sich vorbeugte, um ihr Feuer zu geben, sagte er: »Sie sehen wunderbar aus.«

Einen Moment lang wurde ihr Gesicht ganz ernst, ehe sie wieder lächelte. »Und Sie richtig prächtig. Erzählen Sie mir etwas von sich. Sind Sie Berufssoldat?«

»Nein, Freiwilliger mit zweijähriger Verpflichtung.«

»Sie meinen, Sie haben sich tatsächlich freiwillig hierher gemeldet? Aber warum denn?«

»Aus Scham, denke ich. Ich kam um die Einberufung herum, weil ich im College war, ging anschließend zum Jurastudium nach Harvard und schrieb an meiner Doktorarbeit, als einiges passierte.« Er zuckte die Schultern. »Da beschloß ich, in den Verein einzutreten.«

Der Champagner wurde serviert und die Speisekarte gebracht. Sie lehnte sich zurück. »Was war denn passiert?«

Ruhig erzählte er ihr alles, was in der Cafeteria geschehen war, und welche Konsequenzen sich daraus ergeben hatten. »Ja, und so bin ich eben hier gelandet.«

»Und der Junge, der den Arm verloren hatte?«

»Teddy Grant? Ihm geht's prima. Er studiert weiter Jura. Ich habe ihn getroffen, als ich auf Urlaub war, da er jetzt in den Semesterferien für meinen Vater arbeitet. Teddy ist ein kluger Bursche, sehr klug sogar.«

»Und Ihr Vater ist so etwas wie ein Diplomat?«

»So ungefähr. Ein hervorragender Anwalt, der früher für das Außenministerium tätig war. Jetzt ist er Senator.«

Sie hob die Augenbrauen. »Was hat er denn zu Ihrem Entschluß gesagt?«

»Er hat's mit Fassung getragen und nur gemeint, ich solle heil und gesund zurückkommen und danach von vorn anfangen. Als ich zum letzten mal auf Heimaturlaub war, steckte er gerade mitten im Wahlkampf. Um ehrlich zu sein, es war ihm sogar eher recht, einen Sohn in Uniform zu haben.«

»Und einen Helden?«

»Das habe ich nicht gesagt.«

»Nein, aber Ihre Orden sprechen für sich. Doch wir vergessen ganz den Champagner.« Sie griff nach ihrem Glas. »Auf was sollen wir trinken?«

»Wie Sie schon sagten: darauf, daß wir noch leben.«

»Auf das Leben also.«

»Und das Streben nach Glück.«

Sie stießen an. »Wann kehren Sie zurück?« fragte er.

»Nach Paris?« Sie schüttelte den Kopf. »Ich habe es jetzt nicht mehr eilig. Eigentlich weiß ich gar nicht, was ich als nächstes tun soll.«

»Nachdem Sie nun mit der Vergangenheit abgeschlossen haben?«

»So ungefähr. Aber jetzt wollen wir bestellen.«

Jake Cazalet war so irrsinnig glücklich, daß er sich später nicht einmal daran erinnern konnte, was er gegessen hatte, außer daß dabei ein Steak gewesen war. Eine kleine Kapelle begann zu spielen, und sie gingen ins Restaurant, um zu tanzen. Daran, wie federleicht sie in seinen Armen gelegen hatte, würde er sich allerdings immer erinnern, ebenso an den Duft ihres Parfüms – und an ihre Unterhaltung.

Noch nie im Leben hatte er mit jemandem ein solches Gespräch geführt. Sie wollte einfach alles über ihn wissen. Sie tranken eine zweite Flasche Champagner, bestellten Eiscreme und danach Kaffee.

Er gab ihr eine Zigarette und lehnte sich zurück. »Schon komisch. Da sitzen wir nun hier, und dabei könnten wir genausogut dort oben im Schlamm vermodern.«

Ein Schatten flog über ihr Gesicht. »Wie Jean?«

»Tut mir leid.« Zerknirscht griff er nach ihrer Hand.

»Nein, eher müßte ich mich entschuldigen«, lächelte sie. »Ich habe behauptet, ich hätte mit der Vergangenheit abgeschlossen und dann ... Wissen Sie was? Ich möchte gern eine Fahrt in einer dieser Pferdekutschen machen. Begleiten Sie mich?«

»Ich hab' nur darauf gewartet, daß Sie mich darum bitten.«

In den Straßen Saigons herrschte ein so lärmender Betrieb wie immer. Es wimmelte von Autos, Motorrollern, Radfahrern und Menschen. Vor den Bars standen Mädchen und hielten nach Kunden Ausschau.

»Ich frage mich, was sie alle machen, wenn wir abziehen«, meinte Cazalet.

»Sie sind auch irgendwie zurechtgekommen, als wir Franzosen weggegangen sind. Das Leben geht immer weiter, so oder so.«

Er nahm ihre Hand. »Daran sollten Sie immer denken.«

Sie wehrte sich nicht, erwiderte nur seinen Druck und schaute nach draußen. »Ich liebe Städte, alle Städte, ganz besonders bei Nacht. Paris zum Beispiel. Man hat ständig das Gefühl, daß alles mögliche geschehen könnte, gleich hinter der nächsten Ecke.«

»Was für gewöhnlich auch stimmt.«

»Sie sind kein echter Romantiker.«

»Dann bringen Sie mir bei, einer zu werden.« Als sie ihm ihr Gesicht zuwandte, küßte er sie sehr sanft und legte einen Arm um sie.

»Ach, Jake Cazalet, was sind Sie für ein wunderbarer Mann«, seufzte sie und lehnte ihren Kopf an seine Schulter.

Im Excelsior reichte sie ihm wortlos den Schlüssel, den sie an der Rezeption geholt hatte, und ging die breite, mit Teppich ausgelegte Treppe hinauf. An der Tür ihrer Suite blieb sie stehen und wartete, bis Cazalet aufgeschlossen hatte.

Sie durchquerte das Zimmer und trat hinaus auf den Balkon. Regungslos schaute sie hinunter auf die belebte Straße. Cazalet schlang seine Arme um ihre Taille.

»Bist du dir auch sicher?«

»O ja«, flüsterte sie. »Wie wir schon sagten, das Leben ist dazu da, es zu leben. Laß mir ein paar Augenblicke Zeit, dann komm nach.«

Friedlich schlafend lag sie neben ihm, während Cazalet eine Zigarette rauchte. Es war so wundervoll gewesen, wie er es noch nie erlebt hatte. Mit einem unterdrückten Seufzer sah er auf seine Uhr. Schon vier, und um acht mußte er zu einer Einsatzbesprechung im Stützpunkt sein.

Vorsichtig schlüpfte er aus dem Bett und begann sich anzuziehen. »Du gehst, Jake?« fragte eine leise Stimme.

»Ja, ich habe Dienst. Eine wichtige Besprechung. Können wir uns zum Mittagessen treffen?«

»Das wäre wunderbar.«

Er beugte sich über sie und küßte ihre Stirn. »Dann bis später, mein Liebling.«

Da der Generalstab an der Einsatzbesprechung teilnahm, konnte sich niemand davor drücken. Sein Colonel, Arch Prosser, erwischte ihn beim Kaffee und sagte: »General Arlington will mit Ihnen reden. Sie haben sich wirklich wieder mal vorbildlich verhalten.«

Der General, ein kleiner lebhafter Mann mit weißem Haar, schüttelte ihm die Hand. »Bin verdammt stolz auf Sie, Lieutenant Cazalet, genauso wie Ihr ganzes Regiment. Was Sie da draußen gemacht haben, ist jede Anerkennung wert. Es wird Sie interessieren, daß auch andere meine Auffassung teilen und ich ermächtigt worden bin, Sie zum Captain zu befördern.« Er hob eine Hand. »Ja, ich weiß, Sie sind noch sehr jung für diesen Rang, aber das spielt keine Rolle. Ich habe Sie zudem für das Kriegsverdienstkreuz vorgeschlagen.«

»Ich bin sprachlos, Sir.«

»Ach was, Sie haben es verdient. Ich hatte übrigens das Vergnügen, vor drei Wochen im Weißen Haus Ihren Vater zu treffen. Er war in blendender Verfassung.«

»Das freut mich, General.«

»Und er ist sehr stolz auf Sie, wozu er auch allen Grund hat. Ein junger Mann Ihrer Herkunft hätte sich leicht vor Vietnam drücken können, aber Sie haben Harvard verlassen und sich freiwillig gemeldet. Sie machen unserem Land Ehre.«

Er schüttelte ihm noch einmal kräftig die Hand und ging weiter. Cazalet wandte sich an Colonel Prosser. »Kann ich jetzt gehen?«

»Ich sehe keinen Hinderungsgrund, Captain.« Prosser grinste. »Aber Sie verlassen nicht den Stützpunkt, bevor Sie sich beim Quartiermeister gemeldet haben und mit den korrekten Rangabzeichen versehen worden sind.«

Er parkte seinen Jeep vor dem Excelsior, rannte aufgeregt wie ein Schuljunge die Treppe hinauf und klopfte an die Tür ihrer Suite. Sie öffnete. Tränen liefen ihr übers Gesicht.

»Oh, Jake.« Sie warf die Arme um seinen Hals. »Gott sei Dank, daß du da bist. Ich wollte gerade weg und wußte nicht, ob ich dich noch mal sehen würde.«

»Weg? Aber – was ist denn passiert?«

»Man hat Jean gefunden. Er lebt, Jake! Eine Patrouille hat ihn schwer verwundet im Busch aufgelesen. Man hat ihn heute morgen hierher ins Mitchell Military Hospital geflogen. Bringst du mich hin?«

Jake hatte das Gefühl, das ganze Zimmer drehe sich um ihn, aber er ließ sich nichts anmerken. »Natürlich. Ich habe draußen meinen Jeep stehen. Brauchst du noch etwas?«

»Nein, Jake, fahr mich nur hin.«

Sie entglitt ihm bereits wie ein Schiff, das den Hafen verließ und einen anderen Kurs einschlug.

Im Krankenhaus betrachtete er durch das Fenster in der Tür des Privatzimmers Captain Comte Jean de Brissac, dessen Kopf völlig bandagiert war. Neben seinem Bett standen Jacqueline und ein Arzt, der sie nach draußen begleitete.

»Wie geht es ihm?« fragte Jake.

»Eine Kugel hat seinen Schädel verletzt«, antwortete der Arzt, »und er war halb verhungert, als man ihn gefunden hat, aber er wird überleben. Sie haben beide sehr viel Glück gehabt.«

Nachdem er sich verabschiedet hatte, lächelte Jacqueline de Brissac unter Tränen. »Ja, das haben wir, nicht?« Ihre Stimme brach. »O Gott, was soll ich nur machen?«

Jake wußte, daß er um ihretwillen stark sein mußte, und eine geradezu unheimliche Ruhe überkam ihn. Mit seinem Taschentuch wischte er sanft die Tränen von ihrem Gesicht. »Du gehst natürlich zu deinem Ehemann.«

Sie schaute ihn einen Moment wortlos an, dann wandte sie sich um und öffnete die Tür des Privatzimmers. Cazalet ging den Korridor entlang zum Haupteingang. Auf der obersten Treppenstufe blieb er stehen und zündete sich eine Zigarette an.

»Weißt du was, Jake? Ich bin verdammt stolz auf dich«, sagte er leise und marschierte rasch auf den Jeep zu, wobei er die Tränen zu unterdrücken versuchte, die ihm in die Augen stiegen.

Als seine Zeit um war, kehrte er nach Harvard zurück, vollendete seine Doktorarbeit und trat in die Kanzlei seines Vaters ein, doch fast zwangsläufig führte ihn sein Weg schließlich in die Politik. Zunächst wurde er Kongreßabgeordneter und heiratete mit fünfunddreißig Jahren Alice Beadle, eine nette, anständige Frau, für die er große Zuneigung empfand – obwohl die treibende Kraft im Grunde sein Vater gewesen war, der fand, es sei angebracht, eine Familie zu gründen. Die Ehe blieb jedoch kinderlos. Alice hatte gesundheitliche Probleme und bekam schließlich Leukämie, gegen die sie jahrelang ankämpfte.

Jake hatte zwar mitverfolgt, daß Jean de Brissac im Lauf

der Zeit in den Rang eines Generals aufgestiegen war, doch Jacqueline schien wie eine Erinnerung, die so weit zurücklag, daß alles, was geschehen war, ihm wie ein Traum vorkam. Dann starb de Brissac an einem Herzanfall. Die *New York Times* brachte einen Nachruf samt einem Foto des Generals mit seiner Frau. Cazalet erfuhr, daß sie nur ein Kind gehabt hatten, eine Tochter namens Marie. Er spielte mit dem Gedanken, Jacqueline zu schreiben, entschied sich dann aber dagegen. Womöglich war es ihr peinlich, an die Vergangenheit erinnert zu werden, und außerdem hatte sie im Moment Sorgen genug.

Nein, das beste war es, nicht mehr daran zu rühren ...

Nachdem er zum Senator gewählt worden war und allgemein als vielversprechender Mann galt, mußte er öfter in Regierungsangelegenheiten Auslandsreisen unternehmen; für gewöhnlich allein, da Alice nicht in der Lage war, ihn zu begleiten. Daher war er auch 1989 nur mit seinem treuen Berater und Privatsekretär, einem einarmigen Anwalt namens Teddy Grant, in Paris, wo sie unter anderem eine Einladung zum Ball des Präsidenten erhielten. Cazalet saß am Schreibtisch im Wohnzimmer seiner Suite im Ritz, als Teddy sie ihm vorlegte.

»Sie können nicht absagen, es ist eine Pflichtveranstaltung wie im Weißen Haus oder im Buckingham Palast, nur eben im Elyseé-Palast.«

»Ich habe auch gar nicht vor abzusagen«, erwiderte Cazalet. »Und ich weise Sie darauf hin, daß es hier heißt: Senator Jacob Cazalet und Begleitung. Also suchen Sie mal schön Ihre schwarze Krawatte für heute abend heraus, Teddy.«

»Hab' nichts dagegen«, erklärte Teddy. »Kostenlosen Champagner, Erdbeeren, hübsche Frauen – zumindest für Sie.«

»Hübsche *französische Frauen*, Teddy. Aber ich bin nicht mehr zu haben, schon vergessen? Und nun raus mit Ihnen.«

Der Ball fand in einem ungemein beeindruckenden Saal statt und war genauso prunkvoll, wie man es erwarten konnte. Die ganze Welt schien versammelt zu sein – wunderschöne Frauen und gutaussehende Männer, von denen viele Uniform trugen, und kirchliche Würdenträger in pur-

purnen oder scharlachroten Soutanen. Ein Orchester spielte, und Cazalet betrachtete die tanzenden Paare, während Teddy losgezogen war, um neuen Champagner zu besorgen.

»Jake?« sagte eine Stimme.

Er drehte sich um. In einem schwarzen seidenen Ballkleid und mit einer kleinen Diamantentiara im Haar stand sie vor ihm. »Mein Gott, Jacqueline, du bist es wirklich.«

Sein Herz machte einen Satz, als er ihre Hände nahm. Sie war noch immer so schön, daß es ihm schien, die Zeit sei stehengeblieben. »Und du bist jetzt Senator Cazalet. Ich habe deine Karriere mit Interesse verfolgt. Ein künftiger Präsident, wie man sagt.«

»Was so alles geredet wird.« Er zögerte einen Moment. »Es hat mir sehr leid getan, als ich letztes Jahr vom Tod deines Mannes hörte.«

»Ja. Es ging allerdings schnell. Ich glaube, mehr kann man nicht verlangen.«

Teddy Grant kehrte mit einem Tablett zurück, auf dem zwei Gläser Champagner standen. »Teddy, das ist Comtesse de Brissac ... eine alte Freundin«, stellte Cazalet vor.

»Doch nicht *der* Teddy Grant aus dieser Cafeteria in Harvard?« lächelte sie. »Das freut mich aber wirklich, Sie kennenzulernen, Mr. Grant.«

»Ich glaube, ich verstehe nicht ganz«, meinte Teddy.

»Schon gut, holen Sie noch ein Glas Champagner, ich erklär's Ihnen später.«

Teddy verschwand reichlich verwirrt, und Jake setzte sich mit Jacqueline an den nächsten Tisch. »Deine Frau hat dich nicht begleitet?«

»Alice kämpft seit Jahren gegen Leukämie.«

»Oh, das tut mir leid.«

»Sie ist sehr tapfer, aber die Krankheit bestimmt nun einmal ihr Leben. Aus diesem Grund haben wir auch keine Kinder. Es ist schon beinahe komisch. Mein Vater, der ebenfalls letztes Jahr gestorben ist, drängte mich, Alice zu heiraten, weil er meinte, ich solle eine Familie haben. Die Wähler betrachten Politiker ohne Familie immer etwas skeptisch.«

»Hast du sie nicht geliebt?«

»Ich habe Alice sehr gern, aber Liebe?« Er schüttelte den Kopf. »Die Liebe habe ich nur einmal kennengelernt.«

Sie berührte seinen Arm. »Es tut mir leid, Jake.«

»Mir auch. Wir haben alle verloren – Alice, du und ich. Manchmal denke ich, daß ich dabei am schlechtesten weggekommen bin, da ich nicht einmal Kinder habe.«

»Aber du hast eins, Jake«, sagte sie leise.

Die Zeit schien stehenzubleiben. »Was meinst du damit?« fragte er schließlich.

»Sieh mal dort hinüber, gleich an der Tür zur Terrasse.«

Das Mädchen hatte langes Haar und trug ein schlichtes weißes Kleid. Einen Sekundenbruchteil hatte er fast den Eindruck, ihre Mutter zu sehen.

»Du würdest doch mit so was nicht spaßen?« flüsterte er.

»Nein, Jake, das wäre grausam. Sie wurde in dieser einen Nacht in Saigon empfangen und neunzehnhundertsiebzig in Paris geboren. Ihr Name ist Marie, und sie hat gerade ihr erstes Semester in Oxford hinter sich.«

Jake konnte seinen Blick nicht von diesem Mädchen losreißen. »Hat der General es gewußt?«

»Er hat sie für seine Tochter gehalten – zumindest habe ich das immer geglaubt, bis die Ärzte ihm kurz vor dem Ende sagten, wie schlimm es tatsächlich um ihn stand.«

»Und?«

»Offenbar hatte ihm jemand einen Brief geschickt, während er in diesem Militärhospital in Vietnam lag, nachdem man ihn im Landesinnern gefunden hatte. Darin hieß es, seine Frau sei mit einem amerikanischen Offizier gesehen worden, der ihre Suite erst um vier Uhr morgens verlassen habe.«

»Aber wer ...?«

»Ein Mitglied des Stabs, vermuten wir. Dieser böswillige Klatsch! Manchmal verzweifle ich an den Menschen. Er hat es jedenfalls die ganze Zeit über gewußt, mein lieber Jean. Ehe er starb, unterzeichnete er eine Erklärung gemäß den Bestimmungen des Code Napoléon, daß er Maries gesetzlicher Vater sei, um somit ihre Stellung und ihren Titel juristisch abzusichern.«

»Und sie weiß nichts?«

»Nein, ich möchte es auch nicht, und für dich ist es ebenfalls besser, Jake. Du bist ein guter Mann, ein Ehrenmann, aber auch ein Politiker. Die amerikanische Öffentlichkeit lehnt Politiker mit unehelichen Töchtern wohl eher ab.«

»Aber es war doch ganz anders! Verdammt, alle dachten, dein Mann sei tot.«

»Jake, hör mir zu. Es heißt allgemein, du könntest eines Tages Präsident werden, aber wenn jemand aus dieser Sache einen Skandal macht, sind deine Chancen gleich null. Und denk einmal an Marie. Ist es nicht besser, sie behält einfach den General als ihren Vater in Erinnerung? Falls man ihr nichts erzählt hat, gibt es nur noch zwei Menschen auf der Welt, die es wissen – du und ich. Sind wir uns einig?«

Jake betrachtete das hübsche Mädchen an der Terrassentür, ehe er antwortete. »Ja. Ja, du hast recht.«

Sie nahm seine Hand. »Bestimmt. Und jetzt ... möchtest du sie sicher gern kennenlernen?«

»Mein Gott, ja!«

»Du wirst sehen, sie hat deine Augen, Jake, und dein Lachen.«

Marie de Brissac hatte sich angeregt mit einem stattlichen jungen Offizier unterhalten. »Mama«, lächelte sie. »Ich habe es zwar schon einmal gesagt, aber du siehst wirklich fantastisch aus in diesem Kleid.«

Jacqueline küßte sie auf beide Wangen. »Danke, *chérie*.«

»Das ist Lieutenant Maurice Guyon von der französischen Fremdenlegion«, stellte Marie vor. »Er kommt gerade von einem Feldzug aus dem Tschad zurück.«

Guyon schlug militärisch korrekt die Hacken zusammen und küßte Jacqueline die Hand. »Es ist mir eine Ehre, Gräfin.«

»Darf ich euch mit Senator Jacob Cazalet aus Washington bekannt machen? Wir sind gute Freunde.«

»Ist mir ein besonderes Vergnügen, Senator!« erklärte Guyon begeistert. »Ich habe letztes Jahr im *Paris Soir* einen Artikel über Sie gelesen. Ihre Heldentaten in Vietnam waren bewundernswert, Sir, und Ihre Karriere ist wirklich beachtlich.«

»Danke, Lieutenant. Wenn jemand wie Sie das sagt, bedeutet mir das sehr viel.« Jake Cazalet wandte sich zu Marie und ergriff die Hand seiner Tochter. »Darf ich Ihnen sagen, daß Sie ebenso wundervoll aussehen wie Ihre Mutter?«

»Senator.« Sie lächelte, musterte ihn dann allerdings etwas verwirrt. »Sind Sie sicher, daß wir uns nicht schon einmal begegnet sind?«

»Ganz sicher. Meinen Sie, das hätte ich vergessen können?« Jake küßte ihre Hand. »Wenn Sie mich jetzt entschuldigen würden? Ich möchte gern mit Ihrer Mutter tanzen.«

Auf der Tanzfläche flüsterte er Jacqueline zu: »Alles, was du gesagt hast, ist wahr – alles. Sie ist wundervoll.«

»Bei solch einem Vater muß sie das wohl sein.«

In seinem Blick lag die ganze Zärtlichkeit, die er für sie empfand. »Weißt du, ich glaube, ich habe nie aufgehört, dich zu lieben, Jacqueline. Wenn nur ...«

»Pst.« Sie legte einen Finger an seine Lippen. »Ich weiß schon, Jake, ich weiß. Aber wir können zufrieden sein mit dem, was wir haben. Und jetzt wollen wir Ihnen mal ein bißchen Bewegung verschaffen, Senator!« meinte sie übermütig.

Er sah sie nie wieder. Die Jahre verstrichen, seine Frau starb schließlich an der Leukämie, gegen die sie so lange gekämpft hatte, und erst bei einem zufälligen Treffen mit dem französischen Botschafter anläßlich eines Empfangs in Washington drei Jahre nach dem Golfkrieg hörte er wieder etwas von Jacqueline. Er und Teddy unterhielten sich mit dem Botschafter auf dem Rasen des Weißen Hauses.

»Man muß Ihnen wohl gratulieren«, sagte der Botschafter. »Es heißt, Sie sind so gut wie nominiert als Präsidentschaftskandidat.«

»Dafür ist es noch ein klein wenig zu früh«, wehrte Jake ab. »Immerhin denkt auch Senator Freeman daran, sich zur Wahl zu stellen.«

»Hören Sie nicht auf ihn, Herr Botschafter, er wird das Rennen machen«, versicherte Teddy.

»Dann wird es auch so sein«, meinte der Botschafter zu

Cazalet. »Schließlich ist Teddy, wie jedermann weiß, Ihre *éminence grise*.«

»Das stimmt«, lächelte Jake, und vielleicht lag es an der Musik, aber etwas drängte ihn zu fragen: »Übrigens, kennen Sie zufällig eine Freundin von mir, die Comtesse de Brissac? Ich habe sie leider seit vielen Jahren nicht mehr gesehen.«

Ein seltsamer Ausdruck flog über das Gesicht des Botschafters. »*Mon dieu*, das hatte ich ganz vergessen. Sie haben ihr in Vietnam das Leben gerettet.«

»Ja, genau, das hatte ich auch völlig vergessen«, rief Teddy. »Dafür haben Sie doch damals Ihr Kriegsverdienstkreuz bekommen.«

»Sind Sie nicht in Verbindung geblieben?« fragte der Botschafter.

»Nicht so richtig.«

»Die Tochter war mit einem Captain Guyon verlobt, einem prächtigen jungen Mann. Ich kannte die Familie. Bedauerlicherweise ist er im Golfkrieg gefallen.«

»Das tut mir sehr leid. Und die Gräfin?«

»Krebs, mein Freund, und soweit ich weiß, geht es mit ihr zu Ende. Wirklich ein Jammer.«

Cazalet eilte durch einen Korridor im Weißen Haus. »Ich muß hier raus, und zwar schnell«, sagte er zu Teddy. »Setzen Sie sich mit unserer Botschaft in Paris in Verbindung und lassen Sie feststellen, wie es der Comtesse de Brissac momentan geht, und dann rufen Sie am Flughafen an, daß man die Gulfstream für einen Flug nach Paris bereithält.«

Nach dem Tod seiner Mutter hatte er vor ein paar Jahren ein beachtliches Vermögen geerbt, aber da sein Interesse allein der Politik gehörte, hatte er sich damit begnügt, alles treuhänderisch anzulegen, und es anderen überlassen, sich darum zu kümmern. Allerdings verschaffte ihm das Geld einige Privilegien, wozu auch der Privatjet gehörte.

Teddy telefonierte bereits über sein Handy, und als sie in ihre Limousine stiegen, meldete er: »Man ruft mich zurück.« Er schloß die gläserne Trennscheibe zwischen den Rücksitzen und dem Fahrer. »Jake, gibt es Probleme, von denen ich wissen sollte?«

Cazalet griff in die Bar und nahm ein Kristallglas heraus. »Gießen Sie mir einen Scotch ein.«

»Jake, ist alles in Ordnung?« fragte Teddy besorgt, da Cazalet sonst nie während des Tages trank.

»Aber klar. Die einzige Frau, die ich jemals wirklich geliebt habe, stirbt an Krebs, und meine Tochter ist ganz allein, also geben Sie mir einen Scotch.«

Verdattert goß Teddy Grant ihm ein. »Ihre Tochter, Jake?«

Cazalet kippte den Scotch in einem Schluck hinunter.

»Das war gut«, seufzte er, und dann erzählte er ihm alles.

Am Ende erwies sich der überstürzte Flug über den Atlantik als vergebens. Jacqueline de Brissac war zwei Wochen zuvor gestorben und vor fünf Tagen beerdigt worden. Cazalet hatte das Gefühl, sich in Zeitlupe zu bewegen, und überließ es Teddy, sich um alles zu kümmern.

»Sie ist auf einem Friedhof in Valency im Mausoleum der Familie de Brissac beigesetzt worden«, berichtete er und legte den Telefonhörer in ihrer Suite im Ritz auf.

»Danke, Teddy. Wir werden ihr die letzte Ehre erweisen.«

Cazalet sah um zehn Jahre älter aus, als sie die Limousine bestiegen. Teddy Grant musterte ihn beunruhigt. Jake bedeutete ihm mehr als irgendein anderer Mensch auf dieser Welt, sogar mehr als sein langjähriger Lebensgefährte, der Professor für Physik in Yale war.

Cazalet war wie ein älterer Bruder, den er nie gehabt hatte. Seit jenem Vorfall in der Cafeteria in Harvard hatte er ihn beruflich gefördert, ihm eine Anstellung in der Anwaltskanzlei der Familie besorgt und schließlich den absolut einzigartigen Job als sein persönlicher Assistent angeboten, den Teddy mit Begeisterung angenommen hatte.

Bei einer Besprechung in einem Senatsausschuß hatte er einmal neben Cazalet gesessen und ihm Hinweise und Ratschläge gegeben, worauf anschließend ein älterer Mitarbeiter des Weißen Hauses wutschnaubend zu Cazalet gekommen war.

»Verdammt, Senator, ich verwahre mich entschieden dagegen, daß dieser kleine Schwule ständig bei den Sitzungen erscheint. Ich will keine warmen Brüder in diesem Ausschuß.«

Es wurde still im Raum. »Teddy Grant hat sein Jurastudium in Harvard magna cum laude abgeschlossen«, erwiderte Jake Cazalet mit eisiger Miene. »Er hat die bronzene Tapferkeitsmedaille und das vietnamesische Tapferkeitskreuz für seinen mutigen Einsatz in Vietnam erhalten. Und er hat einen Arm für dieses Land geopfert. Aber vor allen Dingen ist er mein Freund, und seine sexuelle Neigung geht nur ihn etwas an.«

»Also, hören Sie mal!«

»Nein, Sie hören jetzt mal zu. Ich trete aus diesem Ausschuß aus. Gehen wir, Teddy.«

Nachdem der Präsident von der Sache gehört hatte, endete es jedoch damit, daß statt Jake Cazalet der Regierungsbeamte gehen mußte, und Teddy hatte es Jake nie vergessen.

Es war neblig, als sie den Friedhof erreichten, und ein leichter Regen hatte eingesetzt. Teddy ging in das kleine Verwaltungsbüro, in dem ein Angestellter Dienst tat, um sich nach dem Weg zu erkundigen. Er kehrte mit einem Zettel und einer Rose in einem Plastikhalter zurück.

»Nehmen Sie die Straße nach Norden, dann nach links«, wandte er sich an den Fahrer. »Dort steigen wir aus.«

Er warf einen Blick auf Cazalet, der müde und angespannt aussah. Der alte Friedhof war dicht mit neugotischen Grabmälern und Gedenksteinen bestanden. Als sie ausstiegen, öffnete Teddy einen schwarzen Regenschirm.

»Hier lang.« Sie folgten einem schmalen Pfad. Er blickte noch einmal auf den Zettel. »Da ist es, Senator«, sagte er beinahe feierlich.

Ein Engel des Todes schmückte die Spitze des Mausoleums. Auf einer mit Eisen beschlagenen Eichentür, die in einen Rundbogen eingelassen war, stand der Name de Brissac.

»Ich möchte gern allein sein, Teddy.«

»Natürlich.« Teddy gab ihm die Rose und ging zurück zur Limousine.

In einem Vorraum befand sich eine Tafel mit den Namen

der Familienmitglieder, die hier zur Ruhe gebettet waren. Für den General hatte man jedoch eine neue angefertigt, auf der in goldenen Lettern erst kürzlich Jacqueline de Brissacs Name hinzugefügt worden war.

Jake wickelte die Rose aus, küßte sie und steckte sie in einen Halter, dann setzte er sich auf die Steinbank und weinte, wie er noch nie in seinem Leben geweint hatte.

Er wußte nicht, wieviel Zeit vergangen war, als er Schritte auf dem Kies hörte und aufsah. Marie de Brissac erschien im Eingang. Sie trug einen Burberry-Trenchcoat, hatte ein Tuch über dem Kopf und ebenfalls eine Rose in der Hand. Hinter ihr stand Teddy Grant, der seinen Schirm über sie hielt.

»Entschuldigen Sie, Senator, aber ich dachte, sie sollte es wissen.«

»Schon gut, Teddy.« Cazalet war so aufgewühlt, daß sein Herz förmlich raste.

Teddy ging zurück zur Limousine, und er war allein mit seiner Tochter. Wortlos schaute er sie an. »Seien Sie nicht wütend auf ihn«, bat sie. »Ich wußte es ja bereits. Meine Mutter hat es mir ein oder zwei Jahre, nachdem wir uns auf diesem Ball getroffen hatten, erzählt, als sich die ersten Anzeichen ihrer Krankheit zeigten. Es sei an der Zeit, meinte sie.«

Sie steckte ihre Rose in einen anderen Halter. »Siehst du, Mama«, flüsterte sie leise, »von jedem eine – von den beiden Menschen, die du am meisten in der Welt geliebt hast.« Sie wandte sich um und lächelte. »So ist es, Vater.«

Als Cazalet wieder zu weinen begann, umarmte sie ihn und drückte ihn an sich.

»Ich muß das alles in Ordnung bringen«, sagte er später. Sie saß neben ihm auf der Bank und hielt seine Hand. »Du mußt mir erlauben, dich offiziell als meine Tochter anzuerkennen.«

»Nein«, entgegnete sie. »Meine Mutter war strikt dagegen, und ich bin es auch. Du bist ein bedeutender Senator, und als Präsident der Vereinigten Staaten von Amerika kannst du noch sehr viel mehr erreichen. Eine uneheliche Tochter würde dir jedoch sämtliche Chancen verbauen. Deine politischen Gegner würden dich mit Wonne fertigmachen.«

»Ich scheiß' drauf.«

Sie lachte. »Ist das eine Ausdrucksweise für einen künftigen Präsidenten? Nein, so ist es am besten. Nur du und ich wissen davon, und niemand sonst wird es je erfahren.«

»Und Teddy.«

»Ach ja, Teddy. Er ist ein guter Mensch und dein Freund. Meine Mutter hat mir von ihm erzählt. Du darfst nicht wütend sein, daß er mich angerufen hat.«

»Bin ich gar nicht.«

»Teddy, kommen Sie mal her?« rief sie.

Teddy Grant stieg aus der Limousine und kam zu ihnen. »Tut mir leid, Jake.«

»Es war schon richtig, Teddy. Ich bin Ihnen sogar dankbar, aber sie will mir nicht erlauben, öffentlich dazu zu stehen. Sagen Sie ihr, daß sie das faisch sieht.«

»Nein, ich fürchte, sie hat recht. Sie könnten sich alle Chancen verderben. Die Opposition würde nur eine richtig schmutzige Affäre daraus machen, wie das eben so ist in der Politik.«

Jakes war zwar gefühlsmäßig bis ins Innerste aufgewühlt, doch vom Verstand her wußte er, daß sie beide recht hatten. Verdammt! »Gut.« Er drückte ihre Hand. »Aber wir müssen uns regelmäßig treffen.«

Sie lächelte nur und blickte zu Teddy, der an ihrer Stelle erwiderte: »Tut mir leid, Jake, das würde bloß Gerede geben. Was glauben Sie, wie die Presse sich darauf stürzen würde! Alle würden glauben, Sie hätten sich eine kleine Freundin zugelegt.«

Cazalets Schultern sackten zusammen. Sie strich sanft über seine Wange. »Vielleicht hin und wieder bei einigen Empfängen und ähnlichen Gelegenheiten.«

»Gott, das ist furchtbar.«

»Du bist mein Vater, und ich liebe dich, nicht nur, weil du dieser glorreiche junge Kriegsheld warst, der meine Mutter in irgendeinem gottverlassenen Sumpf gerettet hat, sondern auch, weil du ein anständiger Mann bist, der während einer schrecklichen Krankheit standhaft bis zum Ende an der Seite seiner Frau geblieben ist. Dafür bewundere ich dich, Jake Cazalet, und ich liebe dich – um deiner selbst willen. Ja, ich bin wirklich glücklich, deine Tochter zu sein.« Sie drückte ihn an sich und schaute zu Teddy, dem Tränen in den Augen standen. »Passen Sie auf ihn auf, Teddy. Ich gehe jetzt.« Rasch verließ sie das Mausoleum und verschwand im Regen.

»Gott im Himmel, Teddy, was soll ich nur tun?« sagte Jake Cazalet mit gebrochener Stimme.

»Dafür sorgen, daß sie stolz auf Sie ist, Senator. Sie werden der verdammt beste Präsident werden, den unser Land je gehabt hat. Und jetzt kommen Sie.«

»Kennedy hatte recht«, meinte Cazalet auf dem Weg zur Limousine. »Jeder, der an Fairneß in diesem Leben glaubt, täuscht sich leider gründlich.«

»Sicher, Senator, das Leben ist grausam, aber es ist nun mal das einzige, das wir haben. Ach, und übrigens – ich hatte gerade einen Anruf auf meinem Handy. Senator Freeman hat beschlossen, nicht zu kandidieren. Damit sind Sie nominiert. Jetzt geht's richtig voran.«

LONDON, SIZILIEN, KORFU
ÖSTLICHES MITTELMEER

1997

2

Ein kalter Westwind trieb im Lauf der Nacht Regenwolken auf London zu. Gegen Morgen hatte er sich zwar gelegt, doch es goß noch immer in Strömen, als ein Wärter in einem dunkelblauen Regenmantel das Tor zum Hof des Wandsworth-Gefängnisses öffnete. Er hieß Jackson und war früher bei der Grenadiergarde gewesen, woran noch sein exakt gestutzter Schnurrbart erinnerte.

»Na los«, meinte er mit einem aufmunternden Schubs zu Dermot Riley. »Vorwärts.«

Riley, der nur dünne Gefängniskleidung trug, spähte hinaus in den leeren, von hohen Backsteinwänden umgebenen Hof.

»Da werde ich ja total durchweicht«, sagte er mit dem harten Akzent der Provinz Ulster.

»Keine Sorge, ich bin schließlich kein Unmensch.« Jackson reichte ihm einen kleinen Taschenschirm.

»Ich möchte lieber zurück in meine Zelle.«

»Eine Stunde Hofgang pro Tag, so heißt es in den Vorschriften, und die restlichen dreiundzwanzig können Sie in Ihrer Zelle sitzen. Man kann Sie schließlich nicht mit ehrlichen Ganoven zusammenlegen, oder? Sie wissen ja, wie sehr die sich wünschen, mal einen von der IRA in die Finger zu kriegen. Diese Bombe im West End letzte Woche hat sechzehn Menschen getötet und Gott weiß wie viele verletzt. Sie sind nicht sehr beliebt, Riley, überhaupt nicht. Und jetzt vorwärts.«

Er schob Riley in den Regen hinaus und schloß hinter ihm die Tür. Riley öffnete den Schirm, zog eine Zigarette aus seiner Tasche, zündete sie mit einem billigen Plastikfeuerzeug an und begann seinen Rundgang.

Beinahe verwundert merkte er, wie gut es ihm, trotz des Regens, tat, sich Bewegung zu verschaffen, und die Zigarette weckte seine Lebensgeister noch mehr. Aber im Grunde war alles besser, als dreiundzwanzig Stunden pro Tag mutterseelenallein in der Zelle zu hocken. Bislang hatte er sechs Monate hinter sich und somit nur noch vierzehneinhalb Jahre vor sich. Manchmal meinte er, wahnsinnig zu werden, wenn er an diese Jahre dachte, die ihm endlos erschienen. Es wäre nicht so schlimm gewesen, wenn man ihn heim nach Ulster in ein Gefängnis geschickt hätte. Dort würde er wenigstens mit alten Kameraden zusammen sitzen, aber hier in Wandsworth ...

Das Tor öffnete sich, und Jackson rief: »Kommen Sie, Riley, Sie haben einen Besucher.«

»Einen Besucher?«

»Ja, Ihr Rechtsverdreher.« Als Riley im Regen stehenblieb, wiederholte er ungeduldig: »Ihr Anwalt, kapieren Sie nicht, Sie irischer Dummkopf! Bewegen Sie sich endlich.«

Jackson führte ihn nicht in den großen Besucherraum, sondern öffnete am Ende eines Seitengangs die Tür zu einem Zimmer mit einem Tisch und zwei Stühlen. An einem großen vergitterten Fenster stand ein Mann mit einer Hornbrille, der einen dunkelbraunen Anzug, ein weißes Hemd mit einer gestreiften Krawatte und einen rehbraunen Burberry-Trenchcoat trug. Er schien um die Vierzig zu sein, hatte schwarzes lockiges Haar und ein freundliches offenes Gesicht.

»Hallo, Mr. Riley. Ich weiß nicht, ob Sie sich an mich erinnern. George Brown ist mein Name. Ich war an dem Tag, als Sie verurteilt wurden, im Gericht.«

»Aha«, erwiderte Riley gleichmütig.

»Ich bin beauftragt worden, die Möglichkeit einer Berufung zu überprüfen. Es gab gewisse Unregelmäßigkeiten, beispielsweise Zeugenaussagen, die eventuell getürkt waren.« Er wandte sich zu Jackson, der an der Tür stand. »Würde es Ihnen wohl etwas ausmachen, draußen zu warten, Mr. ...?«

»Jackson, Sir.«

»Laut Paragraph drei der Vorschriften haben ein Anwalt und sein Mandant das Recht, allein miteinander zu reden, wenn es um die Frage der Berufung geht.«

»Wie Sie wünschen«, nickte Jackson.

Nachdem er die Tür hinter sich geschlossen hatte, sagte Riley: »Was zur Hölle soll das? Ich habe Sie noch nie im Leben gesehen, und mein Pflichtverteidiger hat mir längst erklärt, daß eine Berufung hoffnungslos ist.«

Brown holte ein ledernes Zigarettenetui aus der Innentasche seines Jackets und bot ihm eine an. »Fünfzehn Jahre«, sagte er, während er Riley Feuer gab, »sind eine lange Zeit. Hier ist es schon schlimm genug, aber man wird Sie bald nach Parkhurst auf der Isle of Wight schicken, dem schärfsten Knast in England, wo die härtesten Burschen sitzen. Wenn man Sie dorthin bringt, ist das, als schließe sich der Sargdeckel über Ihnen. Ich kenne mich damit aus. Ich bin wirklich Anwalt, obwohl mein Name natürlich nicht Brown ist.«

»Was bezwecken Sie mit diesem Gerede?«

»Setzen Sie sich, und ich erzähl's Ihnen. Ich möchte Ihnen ein Angebot machen, das Sie nicht ablehnen können.«

»Und das wäre?«

Brown ging zurück zum Fenster und blickte hinaus. »Würden Sie gern wieder frei sein?«

»Flucht, meinen Sie?«

»Nein, ich meine, tatsächlich wieder frei sein, mit sauberer Weste.«

Riley schwieg einen Moment, bis er mit erstickter Stimme sagte: »Dafür würde ich alles tun – alles.«

»Ja, das habe ich mir beinahe gedacht, aber es kommt sogar noch besser. Wenn Sie tun, was ich Ihnen sage, werden Sie nicht nur wieder ein freier Mann sein, sondern auch noch zwanzigtausend Pfund in der Tasche haben, um ganz neu anzufangen.«

»Mein Gott«, flüsterte Riley. »Und wen muß ich dafür umbringen?«

Brown lächelte. »Niemanden, das versichere ich Ihnen, aber lassen Sie mich Ihnen eine Frage stellen. Kennen Sie Brigadier Charles Ferguson?«

»Nicht persönlich«, sagte Riley, »aber ich habe von ihm gehört. Er leitet eine Abteilung des Geheimdienstes, die auf den Kampf gegen Terrorismus spezialisiert ist und nichts mit dem

SIS oder dem MI5 zu tun hat. Man nennt sie die Privatarmee des Premierministers, und sie haben der IRA in den letzten Jahren das Leben ziemlich schwer gemacht.«

»Und Sean Dillon?«

»Was, der hat auch mit dieser Sache zu tun?« Riley lachte. »Sean kenne ich wie mich selbst. Wir haben damals in den Siebzigern gemeinsam in Derry gekämpft und den englischen Soldaten ordentlich die Hölle heiß gemacht, dabei waren wir fast noch halbe Kinder. Aber wie ich gehört hab', arbeitet Sean heutzutage für Ferguson.«

»Erzählen Sie mir von ihm.«

»Seine Mutter ist bei seiner Geburt gestorben, und sein Vater ging mit ihm nach London. Sean ist ein geborener Schauspieler; sogar ohne Maske konnte er sich vollkommen verändern, hab' ich selbst erlebt. Der Mann mit den tausend Gesichtern, so hat der britische Geheimdienst ihn genannt, und sie haben es in zwanzig Jahren nie geschafft, ihn in die Finger zu kriegen.«

»Sein Vater wurde bei einem Besuch in Belfast von britischen Soldaten umgebracht, soweit ich weiß«, sagte Brown.

»Das stimmt. Sean war damals neunzehn. Er fuhr nach Hause und trat ohne Zögern der Bewegung bei. Einige Zeit war er der gefürchtetste Aktivist der IRA.«

»Und was lief schief?«

»Er konnte sich mit dem Bombenlegen nie anfreunden, obwohl gemunkelt wird, daß er hinter dieser Granatenattacke auf Downing Street Nr. 10 während des Golfkriegs steckte. Danach verschwand er aus Europa und bot seine Dienste sozusagen jedem an, der ihn bezahlte, wobei er absolut unparteiisch blieb. Heute arbeitete er für die PLO und morgen jagte er in Beirut palästinensische Kanonenboote in die Luft.«

»Und wie kam die Verbindung mit Ferguson zustande? Ich kenne die Geschichte zwar, aber ich hätte sie gern von Ihnen bestätigt gehört.«

»Na ja, zu Seans vielen anderen Talenten gehört, daß er so ungefähr *alles* fliegen kann, was überhaupt fliegt. Er brachte gerade Medikamente für Kinder nach Bosnien, als er abgeschossen wurde. Die Serben wollten ihn erschießen, da tauchte Ferguson auf und bot ihm einen Handel an, das heißt, er erpreßte Sean, für ihn zu arbeiten.«

»Um den Bock zum Gärtner zu machen«, sagte Brown.

»So ungefähr. Das hat ihn bei den Leuten daheim nicht besonders beliebt gemacht.«

»Das ist verständlich, nicht?«

Riley schwieg einige Zeit, ehe er fragte: »Also, was wollen Sie eigentlich?«

»Im Grunde Sean Dillon«, lächelte Brown und bot ihm noch eine Zigarette an. »Oder besser gesagt, die Leute, die ich vertrete, wollen ihn haben.«

»Und wer sind diese Leute?«

»Das ist nicht Ihre Sache, Mr. Riley, aber ich kann Ihnen garantieren, daß Sie ein freier Mann sind, wenn Sie genau tun, was ich Ihnen sage, und wir Dillon haben. Oder haben Sie damit Probleme?«

»Nicht im geringsten. Was muß ich tun?«

»Zuerst einmal beantragen Sie ein Gespräch mit dem Gefängnisdirektor und verlangen eine Unterredung mit Ferguson. Sagen Sie, Sie hätten wichtige Informationen, die nur für seine Ohren bestimmt sind.«

»Und dann?«

»Ferguson wird garantiert mit Ihnen sprechen wollen. In den vergangenen zwei Wochen hat es eine Reihe kleiner Bombenanschläge in Hampstead und Camden gegeben. Es ist eine bekannte Tatsache, daß im Moment wenigstens drei aktive Gruppen der IRA in London tätig sind.« Er nahm ein Blatt Papier aus seiner Brieftasche und reichte es ihm. »Sie erzählen Ferguson, daß er unter dieser Adresse eine solche Gruppe finden wird, samt einem Waffenlager mit Sprengstoff und so weiter.«

Riley las die Anschrift. »Holland Park – ist die Sache koscher?«

»Eine Gruppe gibt's dort nicht, nur genügend Sprengstoff, um zu beweisen, daß Sie die Wahrheit gesagt haben. Es ist schließlich nicht Ihre Schuld, wenn dort niemand ist.«

»Und Sie erwarten, daß Ferguson deshalb dafür sorgt, daß mein Urteil aufgehoben wird?« Riley schüttelte den Kopf.

»Höchstens wenn es ihm gelingen würde, eine solche IRA-Gruppe einzubuchten – aber das hier langt nicht.«

»Doch, er wird nämlich mehr von Ihnen wissen wollen, und Sie werden ihm einiges erzählen. Vor zwei Jahren hat eine arabische Terrorgruppe mit dem Namen ›Armee Gottes‹ einen Jumbo beim Start in Manchester in die Luft gesprengt. Mehr als zweihundert Menschen kamen dabei ums Leben.«

»Und?«

»Der Anführer war ein Mann namens Hakim al Sharif. Ich weiß, wo er sich versteckt hält, und Sie sagen es Ferguson. Er würde sonstwas darum geben, diesen Bastard in die Finger zu kriegen, und für diese Aufgabe wird er mit Sicherheit Dillon benutzen.«

»Und was mache ich?«

»Sie bieten an, ihn zu begleiten, um zu beweisen, daß Sie es ehrlich meinen.« Brown lächelte. »Es wird funktionieren, Mr. Riley, aber nur, wenn Sie ganz genau meine Anweisungen befolgen. Also hören Sie gut zu.«

Brigadier Charles Ferguson saß am Schreibtisch seines Büros im dritten Stock des Verteidigungsministeriums mit Blick auf die Horse Guards Avenue. Er war ein stattlicher, recht ungepflegt wirkender Mann mit einer grauen Haarmähne und trug zu einem zerknitterten braunen Anzug eine Guards-Brigade-Krawatte. Ungeduldig drückte er auf seine Sprechanlage.

»Brigadier?«

»Ist Dillon da, Chief Inspector?«

»Gerade eingetroffen.«

»Ich muß Sie beide sprechen. Dringend.«

Die Frau, die gleich darauf das Büro betrat, war um die Dreißig und trug einen rehfarbenen Hosenanzug von Armani sowie eine schwarze Hornbrille und hatte kurzgeschnittenes rotes Haar. Sie war keine auffallende Schönheit, nach der man sich umdrehen würde – eher hätte man sie für eine Chefsekretärin oder eine Geschäftsführerin halten können, doch es handelte sich bei ihr um Detective Chief Inspector Hannah Bernstein. Sie entstammte einer orthodoxen jüdischen Familie und hatte in Cambridge einen Magister in Psychologie gemacht; ihr Vater war Chirurg und Medizinprofessor, ihr Großvater Rabbi, und beide waren zutiefst bestürzt gewesen, als sie sich für eine Laufbahn bei der Polizei entschieden hatte. Dort hatte sie rasch Karriere gemacht und war bei der Abteilung für Innere Sicherheit gewesen, als Ferguson sie als seine Assistentin angefordert hatte. Ihr harmloses Äußeres und ihre gepflegte Sprechweise, wie sie typisch für die Oberschicht war, täuschten, denn im Dienst hatte sie bereits bei drei Gelegenheiten getötet und auch selbst schon eine Kugel bekommen.

Sean Dillon, der ihr folgte, war nur knapp einen Meter fünfundsechzig groß, hatte so hellblondes Haar, daß es fast weiß war, und klare Augen, die völlig farblos zu sein schienen. Er trug dunkle Cordhosen, eine alte schwarze Lederjacke und einen weißen Schal um den Hals und strahlte eine unruhige, animalische Vitalität aus, was durchaus attraktiv wirkte. Sein linker Mundwinkel war ständig zu einem Lächeln verzogen, als nehme er das Leben niemals allzu ernst.

»Gott segne das rechtschaffene Tagwerk, Brigadier«, grüßte er fröhlich. In seiner Stimme klang der typische Akzent der Provinz Ulster.

Ferguson legte den Füllhalter zur Seite und nahm seine Lesebrille ab. »Dermot Riley, sagt Ihnen der Name was?«

Dillon kramte ein altes Silberetui aus der Tasche, nahm eine Zigarette heraus und entzündete sie mit einem Zippo-Feuerzeug. »Und ob. Wir waren noch halbe Kinder, als wir beide damals in den Siebzigern in der Derry Brigade der Provisional IRA kämpften. War eine harte Zeit.«

»Und englische Soldaten erschossen«, sagte Hannah Bernstein.

»Sie hätten ja daheimbleiben können«, erwiderte Dillon ungerührt und wandte sich wieder an Ferguson. »Er wurde letztes Jahr von der Antiterroreinheit von Scotland Yard hier in London gefaßt. Soll angeblich zu einer der Gruppen gehört haben, die hier Anschläge planten.«

»Soweit ich mich erinnere, fand man in seiner Unterkunft Semtex und alle möglichen Waffen.«

»Stimmt«, sagte Dillon, »aber er hat vor Gericht nichts zugegeben. Man hat ihm fünfzehn Jahre aufgebrummt.«

»Richtig so«, erklärte Hannah.

»Na ja, das kommt auf die persönliche Sichtweise an. Für Sie ist er ein Terrorist, während Dermot selbst sich für einen tapferen Soldaten in einem gerechten Kampf hält.«

»Jetzt offenbar nicht mehr«, sagte Ferguson. »Ich habe gerade einen Anruf des Gefängnisdirektors aus Wandsworth erhalten. Riley möchte mir einen Handel vorschlagen.«

»Ehrlich?« Dillons Lächeln verschwand. »Warum sollte er so etwas tun wollen?« fragte er mißtrauisch.

»Wenn Sie je in Wandsworth gesessen hätten, wüßten Sie warum. Das ist die Hölle auf Erden, und Riley hat sechs Monate darin geschmort und noch vierzehneinhalb Jahre vor sich. Ich denke, wir hören uns mal an, was er zu sagen hat.«

»Und das soll ich übernehmen?«

»Immerhin kennen Sie den Typen. Und Sie begleiten uns, Chief Inspector.« Er schob seinen Stuhl zurück und stand auf. »Der Daimler wartet schon, also fahren wir gleich los.«

Nachdem sie kurze Zeit im Sprechzimmer von Wandsworth gewartet hatten, öffnete sich die Tür; Jackson schob Riley herein und ließ sie allein.

»Sean, du?« fragte Riley.

»Höchstpersönlich, Dermot.« Dillon zündete sich eine Zigarette an, nahm einen Zug und reichte sie ihm.

Riley grinste. »Das hast du damals in Derry auch immer gemacht. Erinnerst du dich, wie wir die Briten gelackmeiert haben?«

»Das haben wir wahrhaftig, Alter, aber die Zeiten ändern sich nun mal.«

»Na, du hast dich allerdings geändert«, sagte Riley. »Bist ja von einer Seite auf die andere gewechselt.«

»Genug damit«, unterbrach Ferguson. »Nachdem die alten Kameraden sich begrüßt haben, lassen Sie uns zur Sache kommen. Was wollen Sie, Riley?«

»Raus, Brigadier.« Riley setzte sich auf einen der Stühle. »Sechs Monate sind genug. Länger halte ich es nicht aus, lieber wäre ich tot.«

»Wie die Menschen, die Sie umgebracht haben«, sagte Hannah.

»Und wer sind Sie?«

»Detective Chief Inspector, Spezialabteilung«, erklärte Dillon, »also benimm dich besser.«

»Ich habe in einem Krieg gekämpft, Frau«, begann Riley, doch Ferguson unterbrach ihn.

»Und jetzt haben Sie genug von der glorreichen Sache. Also, was können Sie mir anbieten?«

Da Riley zu zögern schien, sagte Dillon: »Dieser alte Knabe ist zwar knallhart, Dermot, aber ein Ehrenmann. Kannst es ihm ruhig erzählen.«

»Na gut. Sie und Ihre Leute haben immer gedacht, es gebe drei aktive Gruppen, die in London operierten. Aber es gibt noch eine vierte, die ganz anders aufgebaut ist. Drei Burschen und eine Frau, die alle gute Jobs in der City haben, in einem netten Haus in Holland Park wohnen – und zudem alle in England geboren worden oder hier aufgewachsen sind. Also die optimale Tarnung.«

»Namen?«

»Die nutzen Ihnen nichts. Über keinen von ihnen gibt es polizeiliche Akten, aber bitte sehr.«

Er ratterte vier Namen hinunter, die Hannah Bernstein in ihr Notizbuch eintrug. Dillon sah ihr ungerührt zu.

»Adresse?«

»Park Villa, Palace Square. Ein altes viktorianisches Haus in einem hübschen Garten.«

»Und du hattest mit ihnen zu tun?« fragte Dillon.

»Nein, aber ein Freund von mir, Ed Murphy, war ihr Lieferant. Er ist eines Abends ein bißchen redselig geworden. Du weißt ja, wie es ist, wenn man einen miteinander trinkt. Jedenfalls hat er mir alles über sie erzählt.«

»Und wo ist Murphy jetzt?«

»Letztes Jahr wieder nach Irland zurückbeordert worden.«

Dillon wandte sich an Ferguson und zuckte die Schultern. »Wenn ich zu dieser Gruppe gehören würde, wäre ich längst abgehauen, spätestens nachdem Dermot eingebuchtet worden war.«

»Aber wieso denn?« fragte Hannah. »Es bestand doch keinerlei Verbindung zwischen ihnen.«

»Die gibt es immer«, erklärte Dillon.

»Hören Sie auf mit der Zankerei«, sagte Ferguson. »Es ist einen Versuch wert.«

Er klopfte an die Tür, und als Jackson öffnete, zog er einen Umschlag aus seiner Tasche. »Bringen Sie das zum Direktor und lassen Sie es gegenzeichnen. Es ist eine Vollmacht, daß dieser Häftling in meinen Gewahrsam überstellt wird. Danach bringen Sie ihn zurück in seine Zelle, damit er seine Sachen holt. Wir warten in meinem Daimler draußen im Hof.«

Jackson schlug wie auf dem Exerzierplatz die Hacken zusammen. »Zu Befehl, Brigadier.«

Zahlreiche Menschen standen vor dem Haupttor im Regen und warteten auf Gefangene, die entlassen wurden. Unter ihnen war auch der Anwalt, der sich George Brown genannt hatte. Neben ihm parkte ein schwarzes Londoner Taxi, dessen Fahrer wie ein ganz normaler Londoner Taxifahrer aussah, was er auch war, allerdings von einer ganz besonderen Sorte. Er hatte dunkles lockiges Haar, das graumeliert war, und eine Nase, die irgendwann einmal gebrochen worden war.

»Meinen Sie, es wird klappen?« fragte er.

In diesem Moment öffneten sich die Tore, und mehrere Männer kamen heraus; kurz darauf folgte der Daimler.

»Ich weiß es«, sagte Brown und klappte seinen Regenschirm zu.

Ferguson und Hannah saßen Dillon und Riley gegenüber, der im Vorbeifahren aus dem Fenster sah und Brown sofort erkannte. Rasch wandte er den Blick ab.

Ehe Brown einstieg, machte er einem Ford auf der anderen Straßenseite ein Zeichen, dem Daimler zu folgen.

»Wohin jetzt?« fragte der Taxifahrer.

»Man wird feststellen, wohin Ferguson ihn bringen läßt.«

»Vielleicht in ein bewachtes Versteck?«

»Möglich, aber am sichersten wäre Dillons Haus in Stable Mews, was zudem noch sehr bequem liegt, denn Fergusons Wohnung ist direkt um die Ecke am Cavendish Square. Deshalb lasse ich sie beschatten, dann wissen wir Bescheid. In der Zwischenzeit warten wir hier. Ich habe den Besuchstag gewählt, weil ich heute nur einer von zwei- oder dreihundert Leuten war und niemand sich an mich erinnern wird – bis auf den Gefängniswärter, der mich zu Riley gebracht hat. Jackson ist sein Name.« Er blickte auf seine Uhr. »Es müßte jetzt gerade Schichtwechsel sein. Sehen wir mal, ob er rauskommt.«

Tatsächlich erschien Jackson zwanzig Minuten später und lief die Straße entlang zur nächsten U-Bahn-Station. Er war ein leidenschaftlicher Billardspieler und hatte an diesem Abend ein Turnier in der British Legion, der Veteranenvereinigung der Streitkräfte, deshalb hatte er es eilig, nach Hause zu kommen, um vorher noch zu duschen und sich umzuziehen.

Kurz nachdem er den U-Bahnhof erreicht hatte, wo der übliche lebhafte Betrieb herrschte, hielt das schwarze Taxi am Straßenrand. Brown stieg aus und folgte Jackson in einigem Abstand die Rolltreppe hinunter auf den Bahnsteig, wo die Menschen dicht an dicht standen. Jackson drängte sich bis ganz nach vorn durch. Als man den Zug herankommen hörte, schlängelte sich Brown näher zu ihm, was in dem Gedrängel keinem auffiel, und Jackson spürte nur kurz eine Hand in seinem Rücken. Das war das letzte, an das er sich in diesem Leben erinnerte, ehe er kopfüber auf das Gleis stürzte, direkt vor den Zug, der mit lautem Getöse heranbrauste.

Der schwarzhaarige Taxifahrer hatte bereits mehrere Fahrgäste abwimmeln müssen und schwitzte vor Nervosität. Endlich erschien Brown im Eingang der U-Bahn-Station, eilte auf den Wagen zu und stieg hinten ein.

»Alles erledigt?«

»Sicher, der Sargdeckel ist sozusagen zugeklappt«, erwiderte Brown.

»Sie bleiben bei Dillon«, sagte Ferguson. »Sein Haus liegt nur fünf Minuten von meiner Wohnung entfernt.«

»Sehr bequem«, erwiderte Riley.

»Und seien Sie vernünftig. Versuchen Sie nicht, Räuber und Gendarm mit mir zu spielen und abzuhauen.«

»Warum sollte ich? Ich will sauber aus dieser Sache rauskommen, Brigadier, und nicht den Rest meines Lebens ständig über die Schulter schauen müssen.«

»Sehr gut.«

Der Daimler bog in Stable Mews ein und fuhr an einem grauen Kleinbus der Britischen Telefongesellschaft vorbei, der auf dem Bürgersteig parkte. Hinter einer kleinen Absperrung sah man einen geöffneten Kabelschacht, in dem ein Telefontechniker arbeitet, der einen Schutzhelm und die unverkennbare gelbe Montur mit dem Logo der Telefongesellschaft trug.

»Also«, sagte Ferguson, »Sie beide steigen jetzt aus. Chief Inspector Bernstein und ich haben noch zu arbeiten.«

»Wann wollen wir zuschlagen?« fragte Dillon.

»Irgendwann heute abend. Eher früher als später.«

Während der Daimler davonfuhr, schloß Dillon die Tür des kleinen, sehr viktorianisch wirkenden Hauses auf und ging voran. Ein türkischer Läufer in Purpur und Blau bedeckte den Boden des Korridors. Die Tür zu einem Wohnzimmer stand offen, das einen polierten Holzfußboden hatte; es gab eine Polstergarnitur aus schwarzem Leder, hier und da lagen orientalische Teppiche. Und über dem Kamin hing ein Ölbild, eine Ansicht der Themse bei Nacht aus viktorianischer Zeit.

»Mensch«, sagte Riley, »das ist ja ein Atkinson Grimshaw. Der ist eine gewaltige Stange Geld wert, Sean.«

»Woher weißt du so was?«

»Ach, ich mußte mal zu Liam Devlin. Er hatte in seinem Cottage in Kilrea bei Dublin wenigstens sechs Grimshaws an den Wänden.«

»Jetzt nur noch fünf.« Dillon schenkte zwei Gläser Bushmills Whiskey ein. »Den da hat er mir geschenkt.«

»Also lebt der alte Knacker immer noch.«

»Und ob. Ist inzwischen fünfundachtzig, behauptet aber steif und fest, siebzig zu sein.«

»Die lebende Legende der IRA.«

»Der Beste«, sagte Dillon, »selbst an meinen besten Tagen und seinen schlechtesten. Auf Liam.« Er hob sein Glas.

Draußen an der Ecke kletterte der Mann aus dem Kabelschacht, in dem er gearbeitet hatte, und öffnete die Tür des Kleinbusses. Ein zweiter Mann, der ebenfalls die Montur eines Telefontechnikers trug, saß auf einem Hocker und hantierte mit einem Richtmikrofon, neben dem ein Tonband lief.

Er drehte sich um und lächelte. »Perfekt. Hab' alles gehört, was sie gesagt haben.«

Um neun Uhr wurde an diesem Abend Palace Square in Holland Park von der Polizei abgeriegelt. Am Tor von Park Villa stand der Daimler, in dem Ferguson, Dillon und Riley saßen, die beobachteten, wie bewaffnete Polizisten der Antiterrorbrigade die Eingangstür einschlugen und hineinstürmten.

»So weit, so gut«, sagte Ferguson.

Dillon griff nach dem Regenschirm, der im Wagen lag, stieg aus und zündete sich eine Zigarette an. Hannah Bernstein erschien in der Eingangstür und kam durch den strömenden Regen auf sie zu. Sie trug einen schwarzen Overall und eine kugelsichere Weste; in einem Halfter an ihrer linken Hüfte steckte eine Smith & Wesson.

Ferguson öffnete die Tür. »Glück gehabt?«

»Ein ganzer Stapel Semtex und jede Menge Zeitzünder, Sir. Es scheint, als hätten wir tatsächlich noch rechtzeitig einen Bombenanschlag verhindert.«

»Aber von den IRA-Leuten war keiner da?«

»Leider nicht, Brigadier.«

»Hab' ich Ihnen doch gesagt«, warf Dillon ein. »Wahrscheinlich sind die schon lange weg.«

»Mist!« fluchte Ferguson. »Gerade darauf kam's mir an.«

»Also, das ist nicht mein Fehler«, sagte Riley, »ich hab' meinen Teil des Handels erfüllt.«

»Ja, bloß ist das Ergebnis ein bißchen dürftig«, entgegnete Ferguson.

Riley spielte seine Rolle wirklich sehr gut. »Aber Sie werden mich doch nicht nach Wandsworth zurückschicken?« fragte er betroffen.

»Mir bleibt kaum was anderes übrig.«

Nun lag echte Panik in Rileys Stimme. »Nein, nur das nicht!

Ich mache alles, was Sie wollen. Ich könnte Ihnen eine ganze Menge erzählen, nicht nur über die IRA.«

»Zum Beispiel?«

»Vor zwei Jahren. Der Jumbo aus Manchester, der über der Irischen See explodierte. Zweihundertzwanzig Tote. Dahinter steckten diese arabischen Fundamentalisten, die Armee Gottes, und Sie kennen ihren Anführer.«

Fergusons Gesicht war ziemlich finster geworden. »Hakim al Sharif.«

»Ich kann Ihnen helfen, ihn zu kriegen.«

»Sie meinen, Sie wissen, wo dieser widerliche Mörder steckt?«

»Ich habe letztes Jahr mit ihm gesprochen. Er hat nämlich auch Waffen für die IRA geliefert.«

Ferguson hob eine Hand. »Genug. Steigen Sie ein, Chief Inspector. Wir fahren zu Dillon und hören uns das mal an.«

Dillon hatte in seinem altmodischen Teekessel Wasser aufgesetzt. Ferguson telefonierte mit dem Büro, Riley saß auf der Couch neben dem Kamin, und Hannah Bernstein stand am Fenster.

Sie wollte in die Küche gehen, als der Kessel pfiff, aber Dillon wehrte ab: »Nichts da. Ich mache den Tee. Sie sind doch schließlich eine emanzipierte Frau.«

»Und Sie sind ein Idiot, Dillon.«

Er goß eine große Kanne Tee auf und brachte sie auf einem Tablett mit Milch, Zucker und vier Tassen herein. »Barry's Tea. Du wirst dich wie daheim fühlen«, sagte er zu Dermot, da es sich dabei um die irische Lieblingsmarke handelte.

Hannah schenkte ein, und Ferguson beendete sein Telefonat. »Dann fangen Sie mal an«, sagte er und nickte Hannah dankend zu, die ihm eine Tasse reichte.

»Bevor man mich letztes Jahr hier in London geschnappt hat«, berichtete Riley, »wurde ich vom Stabschef in Dublin als Kurier eingesetzt. Ich mußte nach Paris fliegen und zu einer bestimmten Bank gehen, wo in einem Tresor eine Aktentasche lag. Darin waren eine Menge amerikanischer Dollar; wieviel, habe ich nie erfahren. Ich weiß nur, daß es eine Anzahlung für eine Waffenlieferung nach Irland war.«

»Und dann?«

»Ich hatte exakte Anweisungen und habe sie befolgt. Bin nach Sizilien geflogen und von Palermo aus mit einem Mietwagen hinüber zur Südküste der Insel in einen Fischerhafen namens Salinas gefahren, ein echtes Kaff. Ich sollte eine bestimmte Nummer anrufen und einfach sagen: ›Der Ire ist da.‹«

»Weiter«, drängte Ferguson.

»Dann ging ich in eine Bar unten am Hafen, die komischerweise English Café hieß.«

Die Story war so gut, daß Riley sie beinahe selbst glaubte. »Und sie sind gekommen?« fragte Dillon.

»Zwei Männer in einem Range Rover. Araber. Sie brachten mich zu einer Villa am Meer, ungefähr sechs oder sieben Meilen außerhalb von Salinas. Weit und breit kein anderes Haus. An einem Landungssteg lag so eine Art Rennboot.«

»Und Hakim al Sharif?« fragte Hannah.

»War sehr gastfreundlich. Er zählte das Geld, gab mir einen versiegelten Brief für den Stabschef in Dublin und lud mich ein, über Nacht zu bleiben.«

»Wie viele Leute?«

»Die beiden Kerle, die mich abgeholt hatten, waren offenbar seine Gorillas, dann gab es noch ein arabisches Ehepaar, das in einem kleinen Häuschen nebenan lebte. Die Frau kochte, und ihr Mann war so was wie der Hausmeister. Offenbar kümmerten sie sich um das Anwesen, wenn er weg war.« Er trank einen Schluck Tee. »Ach ja, außerdem war da noch eine jüngere arabische Frau, die bei ihnen lebte. Ich glaube, sie war dazu da, um Hakim glücklich zu machen, wenn ihm danach war. Schien mir jedenfalls so.«

»Sonst noch irgendwas Interessantes?« fragte Ferguson.

»Na ja, er war nicht gerade ein Bilderbuchmuslim. Hat ziemlich viel schottischen Whiskey getrunken.«

»Und dabei ist er redselig geworden?«

»Nur soweit, daß er andauernd mit seinen Heldentaten geprahlt hat und wie er die Geheimdienste Dutzender Länder genarrt habe. Ach ja, außerdem hat er mir erzählt, daß er seit sechs Jahren diese Villa habe. Es sei der sicherste Stützpunkt, den er je gehabt habe, weil alle Sizilianer mehr oder weniger große Gauner seien und jeder sich um seine eigenen Angelegenheiten kümmere.«

»Und er ist immer noch dort?« fragte Hannah.

»Beschwören könnte ich's nicht«, meinte Riley mit gutgespielter Unsicherheit. »Aber warum sollte er nicht mehr dort sein?«

Für einige Zeit herrschte Schweigen, bis Ferguson sagte: »Herrgott, es wäre mir eine Wonne, diesen Kerl in die Finger zu kriegen.«

»Na ja, falls er noch da *ist* – und ich denke, die Chancen dafür stehen gut –, könnten Sie kriegen, was Sie sich wünschen«, meinte Riley. »Es ist zwar ein fremdes Land, aber Sie vergreifen sich ja dauernd an Leuten aus anderen Ländern, Sie brauchen's gar nicht abzustreiten, ich weiß Bescheid.«

»Es wäre sicherlich eine Überlegung wert«, nickte Ferguson.

»Schicken Sie doch Dillon hin«, sagte Riley, »oder sonst jemanden, und ich begleite ihn, damit Sie sehen, daß ich's ehrlich meine.«

»Und machst dich bei der ersten Gelegenheit aus dem Staub, mein Bester«, grinste Dillon.

»Herrje, Sean, wie oft muß ich es denn noch sagen? Ich will sauber aus der Sache raus und nicht den Rest meines Lebens auf der Flucht sein.« Er wandte sich an Ferguson. »Brigadier?«

Ferguson traf seine Entscheidung. »Gehen Sie mit ihm essen oder sonstwas, Dillon. Ich rufe Sie in zwei Stunden an. Kommen Sie, Chief Inspector, auf uns wartet Arbeit.«

Hannah warf Dillon einen skeptischen Blick zu und folgte ihm.

Dillon ging zur Anrichte, öffnete eine Schublade und nahm eine Walther mit Schalldämpfer heraus, die er hinten in den Bund seiner Cordhose steckte, wo sie unter dem Mantel nicht zu sehen war.

»Wie es in den schlechten Filmen immer heißt, Dermot – eine falsche Bewegung, und ich leg' dich um.«

»Keine Sorge, Sean, ich mache keine Dummheiten.«

»Gut, dann gehen wir. Hier in der Nähe ist das King's Head, eine Kneipe mit erstklassigem Fraß. Da kriegst du einen Hackfleischauflauf wie bei Muttern, und nach sechs Monaten in Wandsworth kann ich mir vorstellen, daß du so was vertragen kannst.«

Riley stöhnte. »Na los, worauf warten wir noch?«

Kaum fünf Minuten, nachdem sie wieder zurück waren, läutete das Telefon. Dillon hob ab.

»Ferguson«, meldete sich der Brigadier. »Ich habe folgendes geplant.«

Dillon hörte schweigend zu. »Gut. Wir erwarten Sie dann morgen früh um neun.«

Er legte den Hörer auf und zündete sich eine Zigarette an.

»Geht's los?« fragte Riley.

Dillon nickte. »Ferguson hat sich mit dem Spezialgeschwader der Marine in Akrotiri, dem britischen Stützpunkt auf Zypern, in Verbindung gesetzt. Ein Captain Carter und vier Männer haben den Auftrag bekommen, als Fischer getarnt nach Sizilien zu fahren. Vorausgesetzt, das Wetter spielt mit, müßten sie morgen am frühen Abend in Salinas sein.«

»Und wir beide?«

»Ferguson holt uns um neun Uhr mit Hannah Bernstein ab und bringt uns raus nach Farley Field. Das ist ein Versuchsgelände der Royal Air Force. Von dort fliegen wir zusammen mit Bernstein im Learjet des Ministeriums nach Sizilien und fahren nach Salinas, wo sich Carter bei uns melden wird. Der Lear fliegt weiter nach Malta.«

»Warum Malta?«

»Weil wir dorthin fahren, nachdem Carter und seine Jungs sich Hakim geschnappt haben. Wir zwei sind bei dem Angriff übrigens dabei.«

»Genau wie in alten Zeiten.«

»So eine kleine Seereise wird dir nach dem Knast guttun.«

Riley nickte. »Meinst du, es gibt in Malta Probleme?«

»Sicher nicht. Es ist ja nicht Bosnien. Die Malteser stehen auf unserer Seite. Außerdem genügt eine kleine Spritze, um Hakim ruhigzustellen, und der Lear ist immerhin ein offizielles

Flugzeug der RAF. Bis Hakim wieder richtig zu sich kommt, ist er schon in London.«

Draußen im Bus der Telefongesellschaft nickte der Mann am Richtmikrofon seinem Freund zu und stellte das Tonbandgerät ab.

»Ich hab' alles. Mach den Kabelschacht wieder zu und räum' den Kram zusammen. Ich gebe inzwischen die Meldung durch.«

Kurz darauf redete er mit dem Anwalt, der sich Brown nannte. »Gut, bis bald.«

Er schaltete das Telefon ab, stieg aus dem Bus und ging zum Fahrersitz. Einen Moment später kam sein Freund dazu.

»Alles klar«, berichtete er ihm. »Könnte nicht besser sein. Unsere Leute warten bereits in Salinas, und morgen abend treffen Riley und Dillon dort ein.«

»Was ist passiert?«

Der Fahrer erzählte es ihm. »Spezialgeschwader«, sagte sein Freund. »Mit denen ist nicht zu spaßen.«

»Judas hat mit so was gerechnet und schon für alles gesorgt. Er ist ein Genie, dieser Mann – ein richtiges Genie.«

Er bog auf die Hauptstraße und fädelte sich in den Verkehr ein.

3

Der Learjet wirkte mit den RAF-Hoheitszeichen sehr offiziell, ebenso die beiden Piloten, die wartend an der Kabinentür standen und RAF-Overalls mit Rangabzeichen trugen.

Als der Daimler anhielt, sagte Ferguson: »Alles schön ordentlich, wie es sich gehört. Es dürfte also in Malta keine Probleme geben.« Er nahm ein kleines Lederetui aus seiner Tasche und reichte es Hannah Bernstein. »Da drin ist eine fertig aufgezogene Spritze. Verpassen Sie unserem Freund Hakim einfach einen Piekser in den Arm. Er wird auf den Beinen bleiben, aber nicht mal mehr wissen, welche Tageszeit es ist. Und hier ist ein Paß, den ich für ihn habe anfertigen lassen. Abdul Krym, britischer Staatsbürger.« Er zog einen zweiten aus der Innentasche seines Jacketts und reichte ihn Riley. »Das ist Ihrer. Sie heißen Thomas O'Malley. Ich hab' ihn auf einen irischen Namen ausstellen lassen, weil ich dachte, das paßt besser zu Ihrem Akzent.«

»Na, wenn das nicht komisch ist«, grinste Riley. »Ich hab' eine Großtante namens Bridget O'Malley.«

»Ihre Familienverhältnisse interessieren mich herzlich wenig«, entgegnete Ferguson. »Gehen Sie an Bord, benehmen Sie sich gut und tun Sie, was man Ihnen gesagt hat.«

Sie stiegen aus und gingen zu dem Lear. Flight Lieutenant Lacey war ein alter Hase und bereits seit zwei Jahren zu Fergusons Abteilung abkommandiert. Er stellte seinen Copiloten Flight Lieutenant Parry vor.

»Wie lange brauchen Sie bis nach Sizilien, Flight Lieutenant?« fragte Ferguson.

»Die ganze Strecke über Gegenwind, Brigadier. Schätze, etwas weniger als fünf Stunden.«

»Tun Sie Ihr Bestes.« Ferguson wandte sich an die anderen. »Gut, dann los jetzt und viel Glück.«

Sie stiegen die Gangway hinauf, die Tür schloß sich, und Ferguson trat zurück, als die Motoren gestartet wurden. Der

Lear rollte zum anderen Ende des Flugplatzes, donnerte die Landebahn entlang und hob ab.

»Jetzt ist's an Ihnen, Dillon«, sagte er leise, ehe er sich umwandte und in den Daimler stieg.

Bestimmt träume ich das alles nur, dachte Riley. Wahrscheinlich würde er gleich in seiner Zelle in Wandsworth aufwachen, anstatt hier in einem ledernen Clubsessel eines elegant ausgestatteten Lears zu sitzen. Alles war genauso gelaufen, wie Brown versprochen hatte.

Er musterte Hannah Bernstein, die ihre Brille abgenommen hatte und einige Papiere aus ihrer Aktentasche kramte; sie begann zu lesen. Eine merkwürdige Person, aber nicht zu unterschätzen, nach allem, was er gehört hatte. Angeblich hatte sie doch diese protestantische Kuh Norah Bell erschossen, die mit ihrem Komplizen Michael Ahern versucht hatte, den amerikanischen Präsidenten bei seinem Besuch in London zu ermorden.

Dillon kam aus dem Cockpit zurück, nahm auf dem Sessel ihm gegenüber Platz und öffnete die Minibar. »Wie wär's mit einem Drink, Dermot? Leider kein irischer, nur schottischer Whiskey.«

»Tut's zur Not auch.«

Dillon schenkte aus einer halben Flasche Bell's zwei Gläser ein, reichte ihm eines und bot ihm eine Zigarette an.

»Zigaretten, Whiskey und wilde Frauen, so heißt es doch in diesem Lied. Frau Chief Inspector ist jedoch anderer Meinung. Sie glaubt, daß mich das Jahre meines Lebens kostet.«

Hannah blickte auf. »Was auch stimmt, Dillon, aber gehen Sie ruhig Ihren eigenen Weg zur Hölle.«

»Eine harte Frau«, zwinkerte er Riley zu, während sie weiterlas, »aber sie liebt mich heiß und innig. Sag, ist das eigentlich wahr, daß du eine Tante namens O'Malley hast?«

»Na, und ob. Hab' ich nie von ihr erzählt? Meine Mutter starb, als ich fünf war, damals in Derry, und ich hatte noch eine zehnjährige Schwester, Kathleen. Mein alter Herr kam allein mit uns nicht zurecht, deshalb ließ er Bridget O'Malley, die Nichte meiner Mutter, kommen. Sie stammt aus Tullamore, einem Dorf zwischen dem Blackwater River und den Knockmealdown Mountains. Das ist noch altes unverfälschtes Irland, diese Gegend, das kann ich dir sagen.«

»Und sie hat dich großgezogen?«

»Bis ich achtzehn war.«

»Und hat nie geheiratet?«

»Sie konnte keine Kinder kriegen, deshalb sah sie keinen Sinn darin.«

»Was ist aus ihr geworden?«

»Ihr Vater war Witwer, ihr älterer Bruder im Kampf für die Britenarmee irgendwo im Fernen Osten gefallen, und als ihr Vater starb, erbte sie deshalb die Farm außerhalb von Tullamore.«

»Sie ist also dorthin zurückgegangen?«

»Nur ein kleiner Hof, aber ihr Eigentum.«

»Bist du mit ihr in Verbindung geblieben?«

»Sie hat mich mehr als einmal versteckt, wenn ich untertauchen mußte, Sean, obwohl sie die IRA eigentlich ablehnt. Dreimal pro Woche in die Messe – das ist Bridget.«

»Und es hat dir dort gefallen?«

»Gefallen?« Rileys Gesicht wurde ernst. »Sie hat immer gesagt, sie würde alles mir hinterlassen. Es ist zwar keine große Farm, nur vierzig Kühe, ein paar Schweine, Ziegen, eine kleine Schafherde auf den Berghängen, aber sie hat nur zwei alte Rentner aus dem Dorf als Aushilfen, es gab also reichlich zu tun. Da stapfte ich, den Gestank der Kämpfe noch in der Nase, im Regen den Berg rauf, um nach den Schafen zu sehen, zusammen mit ihrem Schäferhund Karl, der nach meinen Fersen schnappte – und weißt du was, Sean? Ich fand's herrlich, jede einzelne Minute. Ist das nicht komisch?«

»Eigentlich gar nicht. Wir alle brauchen Wurzeln, Dermot, und deine Wurzeln liegen nun mal dort.«

»Und was ist mit dir, Sean, wo sind deine Wurzeln?«

»Keine Ahnung ... vielleicht nirgends. Ich hab' bloß ein paar Cousins, die hier und da verstreut sind und die ich seit Jahren nicht mehr gesehen habe. Könnte gut sein, daß sie Todesangst vor mir haben.« Er lächelte. »Nimm einen Rat von mir an, mein Alter. Wenn diese Sache vorbei ist, geh zurück nach Irland auf diese Farm bei Tullamore. Du warst schon so gut wie lebendig begraben im Wandsworth-Gefängnis und bist wie durch ein Wunder noch mal davongekommen.«

»Ich weiß«, sagte Riley. »Mir ist, als sei am dritten Tag der Stein vom Eingang des Grabes weggerollt worden.«

»Genau.« Dillon gähnte. »Ich mache jetzt ein kleines Nickerchen. Weck mich in einer Stunde.«

Riley betrachtete ihn nachdenklich. Sean war ein guter Kerl und in den alten Tagen des Kampfes gegen die Briten in Derry ein echter Kamerad gewesen. Er erinnerte sich daran, wie er einmal eine Kugel ins linke Bein abbekommen hatte. Dillon hatte ihn um keinen Preis liegenlassen wollen, sondern durch die Abwasserkanäle der Stadt geschleppt, bis sie in Sicherheit waren.

Am liebsten hätte er ihn geweckt und sich bei ihm entschuldigt, aber was hätte das genutzt? Der Gedanke, nach Wandsworth zurückgeschickt zu werden und noch vierzehneinhalb Jahre in dieser Hölle zu schmoren, war ihm unerträglich, deshalb schloß er die Augen und versuchte, ebenfalls zu schlafen.

Gegen zwei Uhr nachmittags landeten sie auf dem Flughafen von Palermo. Lacey rollte auf Anweisung des Towers zu einer abgelegenen Stelle am anderen Ende des Flugplatzes, wo eine Reihe Privatflugzeuge abgestellt waren. Vor dem Hangar wartete neben einem Peugeot ein kleiner Mann, der eine Mütze und eine alte Fliegerjacke trug.

»Und wer ist das jetzt?« fragte Riley.

»Lassen Sie sich nicht vom Augenschein täuschen, Mr. Riley«, sagte Hannah. »Das ist Colonel Paolo Gagini vom italienischen Geheimdienst, ein alter Freund von uns, der mehr Mafiabosse hinter Schloß und Riegel gebracht hat als irgendwer sonst.«

Parry öffnete die Tür, und die anderen folgten ihm.

»Chief Inspector, schön Sie wiederzusehen«, grüßte Gagini, »und Sie auch, Dillon. Immer noch dabei und immer noch heil und gesund? Erstaunlich.«

Dillon schüttelte ihm die Hand. »Das ist Tom O'Malley, ein Kollege.«

Gagini musterte Riley und lachte laut auf. »Ein Kollege? Na ja, wenn ich's glauben soll.«

»Hören Sie auf, den Polizisten zu spielen, Paolo«, mahnte Hannah.

»Für Sie tue ich alles, Chief Inspector. Ich war schon immer der Ansicht, daß eine schöne Frau mit Verstand viel aufregender ist als eine schlichte Schönheit, und für meinen alten Freund Charles Ferguson tue ich ebenfalls alles. Ich weiß nicht, warum Sie hier sind, und will es auch nicht wissen, nur sehen Sie bitte zu, daß es nachher nicht in sämtlichen Zeitungen steht.« Er wandte sich an Lacey. »Und was kann ich für Sie tun, Flight Lieutenant?«

»Ich muß auftanken, und dann geht's weiter nach Malta.«

»Gut. Dann will ich zuerst mal dafür sorgen, daß meine Freunde auf den Weg kommen.« Er wandte sich um und ging zu dem Peugeot. Der dunkelhaarige Fahrer, ein kleiner, lebhafter Mann in einem karierten Hemd und Jeans, stieg aus.

»Colonel?«

»Luigi, ich habe dich zum Sergeant gemacht, weil ich denke, daß du kein Dummkopf bist. Diese Dame ist ein Chief Inspector, also behandle sie entsprechend. Mr. Dillon und Mr. O'Malley sind Kollegen. Du fährst sie über die Insel und setzt sie in Salinas ab. Danach kommst du zurück.«

»Jawohl, Colonel.«

»Und falls du diese Sache irgendwie vermasselst, geht's dir ans Leder.«

Luigi grinste nur und hielt die Tür zum Rücksitz auf. »Bitte, Chief Inspector.«

Ehe sie einstiegen, küßte Hannah Gagini auf die Wange, der sich lächelnd von ihnen verabschiedete. »Viel Erfolg bei der Jagd, meine Freunde.«

Durch Palermo ging es nur noch im Schneckentempo voran, da der Festtag irgendeines Heiligen gefeiert wurde und der Verkehr wegen der zahlreichen Prozessionen immer wieder ins Stocken geriet.

»Schaut euch das mal an.« Riley deutete auf einen enormen Katafalk, auf dem eine geschmückte Statue der Heiligen

Jungfrau stand und der von Männern in Kutten mit Kapuzen getragen wurde. »Ziemlich fromme Menschen, die Leute hier.«

»Ja«, sagte Hannah Bernstein, »aber es ist keine gewöhnliche Jungfrau. Haben Sie nicht das Messer in ihrem Herzen bemerkt?«

»Das ist Sizilien«, erklärte Dillon. »Mit dem Tod treibt man hier einen richtigen Kult. Ich glaube nicht, daß das deiner Tante Bridget gefallen würde, Dermot.«

»Bestimmt nicht«, erwiderte Riley mit Nachdruck und blickte dennoch fasziniert aus dem offenen Fenster.

Von Palermo aus folgten sie der üblichen Touristenroute, die durch eine beeindruckende Landschaft ins Innere der Insel und hinüber nach Agrigent an der Südküste führte.

Sie begegneten Bauern auf Eseln, die in Lastkörben Gemüse zum Markt brachten; alten Männern mit Tweedkappen und geflickten Anzügen, die meist eine Lupara, das bei allen Sizilianern beliebte kurzläufige Gewehr, über einer Schulter trugen. Sie sahen schwarzgekleidete Frauen auf den Feldern arbeiten; andere waren mit Körben auf ihren Köpfen irgendwohin unterwegs und schienen die sengende Hitze nicht einmal zu spüren.

Die Häuser in den Dörfern waren jahrhundertealt; die Abwässer flossen die Straßen hinunter, und in der Sonne stank es nach Urin.

»Jesus, Maria und Josef, da ist mir aber Irland allemal lieber. Was für eine Armut«, sagte Riley.

»Alles noch sehr mittelalterlich«, bemerkte Hannah Bernstein.

»Die Armut erdrückt diese bedauernswerten Leute«, meldete sich Luigi in ausgezeichnetem Englisch zu Wort. »Die Großgrundbesitzer und die Mafia haben sie jahrelang ausgesaugt, und in Sizilien gibt es außer dem Land mit seinen Olivenhainen und Weinbergen nichts, abgesehen von den Touristen heutzutage.«

»Und jeder Quadratmeter ist im Lauf der Jahre mit Blut getränkt worden«, sagte Dillon. »Von den Arabern bis zu den Normannen haben alle das Land ausgebeutet. Wußten Sie, daß Richard der Erste von England hier einmal König war?« fragte er Hannah.

»Nein, wußte ich nicht«, erwiderte sie überrascht. »Man lernt jeden Tag dazu.«

»Wohl wahr«, nickte Dillon und zündete sich eine Zigarette an.

Genau um diese Zeit verließ Marie de Brissac das kleine Häuschen, das sie an der Nordostküste der Insel Korfu gemietet hatte, und ging den Weg über die Klippen hinunter.

Sie war eine schlanke siebenundzwanzigjährige Frau mit einer jüngeren Ausstrahlung; sie trug ein T-Shirt und khakifarbene Shorts, hatte ihr blondes Haar zu einem Pferdeschwanz gebunden, und ein Strohhut beschattete ihr sanftes intelligentes Gesicht mit den hohen Wangenknochen. In einer Hand schleppte sie eine Kühltasche, unter dem Arm ihre Staffelei und in der anderen Hand ihren Malkasten.

Von der idyllischen Bucht aus konnte man auf der einen Seite die Küste Albaniens und auf der anderen das griechische Festland erkennen. Hinter einem Felsen hatte sie einen Klappstuhl und einen Schirm stehenlassen. Sie rückte beides zurecht, stellte ihre Staffelei auf und begann zu malen.

Am liebsten arbeitete sie mit Aquarellfarben, viel lieber als mit Ölfarben. Sie machte eine flüchtige Kohleskizze der Bucht, hielt dabei auch ein Fischerboot fest, das gerade vorbeifuhr, und wischte sie danach weg, so daß nur noch ganz feine Kohlestriche zu sehen waren, ehe sie nach dem Pinsel griff.

Noch immer war sie nicht über den Tod ihrer geliebten Mutter hinweggekommen. Das kleine Häuschen hier erschien ihr wie ein Zufluchtsort, um in Ruhe über den Sinn des Lebens nachzudenken und natürlich um zu malen. Es gab kein Personal, nur eine Bäuerin brachte dreimal in der Woche auf einem Esel frisches Brot, Milch und Feuerholz.

Sie öffnete die Kühltasche, in der unter anderem auch eine Flasche eiskalter Chablis lag, entkorkte sie und schenkte sich ein Glas ein.

»Merkwürdig«, sagte sie leise, »aber alle Menschen scheinen mir wegzusterben. Zuerst Maurice in diesem idiotischen Golfkrieg, dann der General und jetzt Mama. Womit habe ich das nur verdient?«

Sie hatte nicht gehört, daß jemand nähergekommen war, bis eine Stimme sagte: »Ausgezeichnet. Besonders gefällt mir dieses Blau und wie Sie den Wellenschlag festgehalten haben.«

Sie blickte auf und sah einen jungen Mann, ungefähr in ihrem Alter; er hatte blondes Haar und ein kräftiges, braungebranntes Gesicht, trug Jeans und eine alte Seemannsjacke und hatte englisch mit einem leichten Akzent gesprochen, den sie jedoch nicht einordnen konnte.

»Ich möchte nicht unhöflich sein, aber das hier ist ein Privatstrand.«

»Ja, ich weiß. Mir ist auch bekannt, daß Sie die Comtesse de Brissac sind.«

Damit war klar, daß er nicht zufällig in diese Bucht geraten war. »Wer sind Sie?«

»Was bedeutet schon ein Name?« lächelte er. »Sagen wir David Braun.« Er nahm die Flasche Chablis aus der Kühltasche, musterte das Etikett, schenkte ein Glas ein und probierte. »Nicht schlecht, gar nicht schlecht.«

»Freut mich, daß er Ihre Zustimmung findet.« Seltsamerweise empfand sie nicht die geringste Angst. Trotz seines dreisten Verhaltens spürte sie, daß es hier um etwas ganz anderes ging und er nicht etwa auf eine Vergewaltigung aus war.

Er stieß einen Pfiff aus und rief etwas in einer fremden Sprache, worauf ein junger Mann über den Pfad zu ihnen hinunterkam.

»Hebräisch«, sagte sie. »Sie haben hebräisch gesprochen. Ich war einmal in Israel und erkenne die Sprache.«

»Sehr gut.« Er trank seinen Wein aus. »Pack die Sachen der Dame zusammen«, sagte er auf englisch, »und folg uns hinauf zum Haus.«

»Was soll das?« fragte sie ruhig.

»Alles zu seiner Zeit, Comtesse. Wenn Sie bitte vorausgehen wollen?«

Ein Ford-Kombi parkte vor dem Haus. Der zweite junge Mann verstaute ihre Sachen, und sie sah, daß bereits ihre Koffer eingeladen worden waren.

»Das ist übrigens Moshe«, sagte David Braun. »Er hat angefangen zu packen, sobald sie das Haus verlassen hatten, und er hat nichts vergessen. Ich weiß, daß Sie während Ihres Aufenthalts nur Taxis benutzt haben, deshalb wird die alte Frau, wenn sie wieder mit ihrem Esel vorbeikommt, denken, Sie seien einfach auf und davon.«

»Wohin?«

Er öffnete ihr die Tür. »Ihr Wagen steht bereit, und danach folgt ein interessanter Flug. Ist das nicht wunderbar?«

Nach kurzem Zögern stieg sie ein, und er setzte sich neben sie. »Und das Ziel?«

»Nun erwarten Sie aber ein bißchen zuviel. Genießen Sie doch einfach die Fahrt. Den Blick dort hinüber zum Beispiel.«

Sie wandte sich automatisch um, spürte einen Stich in ihrem rechten Arm und sah gerade noch die Plastikspritze in seiner Hand.

»Verdammt! Was war das?«

»Spielt das eine Rolle?« Er warf die Spritze aus dem offenen Fenster. »Sie werden jetzt schlafen – schön und lange – und sich viel besser fühlen, wenn Sie aufwachen.«

Sie versuchte, etwas zu erwidern, aber ihre Augenlider waren unendlich schwer, und plötzlich wurde alles um sie herum dunkel.

»Eine rauhe Gegend, wie es scheint«, meinte Riley zur selben Zeit in Sizilien.

Man hatte inzwischen das gebirgige Landesinnere erreicht. Auf einer Seite der Straße erhob sich der eintausendachthundert Meter hohe Monte Cammarata.

Luigi nickte. »Dort oben hat Salvatore Guiliano jahrelang gelebt. Armee und Polizei haben ihn nie erwischt. Ein großer Mann, ein echter Sizilianer.«

»Ein großer Bandit, soll das wohl heißen«, sagte Hannah, »der ab und zu für ein paar arme alte Frauen die Miete zahlte und sich für Robin Hood hielt.«

»Gott, Sie sind aber wirklich hart, Frau«, seufzte Dillon. »So ein schlechter Kerl war Guiliano nun wirklich nicht.«

»Klar, daß so ein Mann Ihnen gefällt.«

»Ich weiß, es ist schrecklich, wie verkommen ich bin.« Sie fuhren in ein Dorf. »Wie wär's mit einem kleinen Boxenstop, Luigi? Ich müßte mal, und ich denke, allen anderen wär's auch recht.«

»Natürlich, Signor.«

Er hielt bei einer Trattoria, vor der unter einer Markise ein paar grobe Holztische und Stühle standen. Der Besitzer, ein alter grauhaariger Mann mit einer schmutzigen Schürze, begrüßte sie. Luigi flüsterte ihm etwas zu und wandte sich an Hannah.

»Die Toilette ist hinten, Chief Inspector.«

»Nur zu«, sagte Dillon fröhlich, »Sie haben den Vortritt.«

Sie folgten Luigi, der inzwischen an der Bar Getränke bestellte. Es war dunkel in dem Lokal, und aus der Toilette kam ein ziemlich durchdringender Geruch. Dillon und Riley zündeten sich sozusagen als Gegenmaßnahme Zigaretten an. Die einzige Konzession an die moderne Zeit bestand aus einer Espressomaschine.

Luigi wandte sich um. »Kaffee okay?«

»Sicher«, nickte Dillon.

Hannah tauchte aus der Dunkelheit wieder auf und zog eine Grimasse. »Ich würde mich hier nicht zu lange aufhalten, meine Herrn. Ich warte draußen.«

Dillon ging zuerst hinein und sah, daß der Abort wirklich in einem erschreckenden Zustand war. Er schauderte, als er herauskam. »Beeil dich, Dermot. Da drin konnte man glatt tot umfallen.«

Luigi wartete auf den Kaffee, während Dillon zum Eingang trat, den ein Perlenvorhang verdeckte, und sich eine neue Zigarette anzündete. Als er Hannah wütend aufschreien hörte, ließ er sie fallen und lief nach draußen.

Sie wurde von zwei jungen Männern belästigt, armen Landarbeiter, wie es schien, mit geflickten Jacken, abgeschabten Lederhosen und Tuchmützen. Einer saß bei ihr am

Tisch, trug ein Gewehr über der Schulter und grinste, der andere streichelte ihren Nacken.

»Ich hab' gesagt, Sie sollen das lassen!« rief sie zornig auf italienisch.

Der Mann lachte nur und ließ seine Hand über ihren Rücken gleiten. Dillon versetzte ihm einen Schlag in die Nieren, packte ihn am Kragen und riß ihn zur Seite, so daß er über einen Stuhl stolperte und hinfiel. Beinahe gleichzeitig schlug er den anderen mit dem Handballen ins Gesicht, so daß er mit gebrochener Nase ebenfalls zu Boden stürzte.

Dermot kam durch den Perlenvorhang nach draußen gelaufen und rief: »Ich bin schon da, Sean.« Der erste, der zu Boden gegangen war, hielt ein Messer in der Hand, als er wieder hochkam. Dermot packte seinen Arm und drehte ihm das Handgelenk um, bis er das Messer fallenlassen mußte. Der andere sprang mit blutüberströmtem Gesicht auf und riß seine Lupara von der Schulter. Ehe er sie entsichern konnte, stieß Dillon das Gewehr zur Seite und versetzte ihm einen kräftigen Schlag in den Magen, so daß er die Waffe fallenließ.

Ein Schuß ertönte. Luigi war aus der Trattoria gekommen und hatte in die Luft gefeuert. Er wirkte plötzlich ganz anders. In einer Hand hielt er die Pistole, in der anderen seine Dienstmarke.

»Polizei! Laßt die Lupara liegen und verschwindet.«

Die beiden schlurften davon. Der alte Mann brachte völlig beeindruckt vier Espressos auf einem Tablett heraus und stellte es auf den Tisch.

»Tut mir leid, dieses Theater, Opa«, sagte Dillon in ausgezeichnetem Italienisch.

»Mein Neffe und sein Freund.« Der Alte zuckte die Schultern. »Schlimme Burschen.« Er hob die Lupara auf. »Ich sorge dafür, daß er die hier zurückbekommt. Eine Anzeige wird's nicht geben. Ich schäme mich, daß die Signorina belästigt wurde. Entschuldigung.«

Er ging hinein, und Dillon nahm sich eine Tasse. »Er schämt sich. Es war sein Neffe und ein Freund ...«

»Ich habe gehört, was er gesagt hat«, erklärte Hannah. »Mein Italienisch ist ebenso gut wie Ihres.«

Dillon wandte sich zu Riley. »Danke, Dermot.«

»Nicht der Rede wert. War genau wie in alten Tagen.«

»Sie wissen sich zu wehren, Signor«, sagte Luigi.

»Ja, darauf versteht er sich.« Hannah trank einen Schluck Kaffee. »Zuschlagen kann er, unser Dillon, und Sie sollten ihn erst mal mit einer Waffe sehen.«

Dillon lächelte freundlich. »Dafür können Sie mit Worten umgehen, liebes Mädchen. Jetzt trinkt aus, damit wir weiterkommen.«

Auf dem Weg hinunter zur Südküste wurde die Landschaft ganz anders und immer idyllischer.

»Während des Kriegs kamen die Amerikaner hier durch auf ihrem Weg nach Palermo. Die italienischen Soldaten flohen, nachdem sie von der Mafia die Weisung erhalten hatten, die Amerikaner und nicht die Deutschen zu unterstützen«, erzählte Luigi.

»Wie kam das?« fragte Dillon.

»Die Amerikaner haben dazu den großen Mafiaboß Lucky Luciano in New York aus dem Gefängnis geholt.«

»Auch so ein Gangster«, schnaubte Hannah.

»Mag sein, Signorina, aber er hat die Sache geregelt, und die Leute glaubten an ihn. Er ging wieder zurück ins Gefängnis, wurde aber 1946 freigelassen oder vielmehr begnadigt – so heißt es jedenfalls –, wegen besonderer Verdienste um sein Land.«

»Und Sie glauben solche Spinnereien?«

»Mein eigener Vater hat ihn während des Kriegs in dem Dorf Corleone gesehen.«

Dillon lachte laut auf. »Also das ist wirklich ein echter Knaller.«

Hannah betrachtete die sanften Hänge, auf denen überall Blumen blühten – Bienenragwurz, Flockenblumen, Kreuzkraut und verschiedene Enzianarten.

»Wie schön«, seufzte sie. »Und dabei gab es hier jahrhundertelang nur Gewalt und Mord. Ein Jammer.«

»Genau wie in der Bibel.« Dillon schloß die Augen. »Und wir sind alle bloß auf der Durchreise.«

Riley betrachtete sein entspanntes Gesicht und fühlte sich, wie schon im Flugzeug, verdammt schäbig, aber er konnte einfach nicht anders. Bald waren sie in Salinas, und alles würde vorbei sein. Das war ein Trost.

Marie de Brissac kam ganz plötzlich wieder zu sich. In einer Sekunde umgab sie noch tiefe Dunkelheit, in der nächsten sah sie bleiches Abendlicht und bemerkte als erstes, daß sie sich seltsamerweise sehr gut fühlte und weder benommen war noch Kopfschmerzen hatte.

Sie lag auf einem großen Himmelbett in einem Raum mit einer gewölbten Decke und schweren alten Eichenmöbeln. Die Wände waren mit dunkler Eiche getäfelt, und ihr gegenüber hing ein Bildteppich mit mittelalterlichen Szenen. Eine Tür, die nach draußen zu führen schien, war ebenfalls aus Eiche und mit Eisenbändern verstärkt, eine weitere befand sich neben dem Bett.

An einem großen, selbstverständlich vergitterten Fenster standen ein Tisch und drei Stühle. Auf einem saß der Mann, der sich David Braun genannt hatte, und las in einem Buch. Er sah auf.

»Na, da sind Sie ja wieder. Wie fühlen Sie sich?«

»Gut. Wo bin ich?«

»In einem anderen Land, mehr brauchen Sie nicht zu wissen. Ich hole Ihnen etwas Kaffee – oder Tee, falls Ihnen das lieber ist.«

»Nein, Kaffee wäre schön. Stark, schwarz und mit zwei Stück Zucker.«

»Kommt sofort. Schauen Sie sich inzwischen ein bißchen um.«

Er ging nach draußen, und sie hörte, daß er hinter sich absperrte. Sie stand auf, öffnete die andere Tür und entdeckte ein großes altmodisches Badezimmer. Die Toilette, das Waschbecken und die Wanne mit einer zusätzlichen Dusche wirkten wie aus dem neunzehnten Jahrhundert. Auf der Ablage neben dem Waschbecken befanden sich eine Reihe Toilettenartikel – Seifen, Shampoos, Talkumpuder, Deodorants, Damenbinden, sogar ein Fön, Kämme und Haarbürsten. Ihr schien fast, als seien all diese Dinge extra für sie besorgt worden.

Ihr Verdacht verstärkte sich, als sie auf dem Schreibtisch im Schlafzimmer eine Packung Gitanes, ihre Lieblingsmarke, entdeckte. Daneben lagen einige Plastikfeuerzeuge. Sie öffnete ein Päckchen, nahm eine Zigarette heraus und zündete sie an, ehe sie zum Fenster ging und durch die Gitterstäbe hinausblickte.

Das Gebäude, in dem sie sich befand, lag am Rand einer Klippe. Trotz der hereinbrechenden Dämmerung sah sie weiter unten eine Bucht mit einem alten Anleger, an dem ein Rennboot festgemacht war, und dahinter das tiefblaue Meer. Sie hörte, daß jemand die Tür aufsperrte, und gleich darauf erschien Braun mit einem Tablett.

»Haben Sie sich schon eingewöhnt?«

»Was bleibt mir anderes übrig? Wann bekomme ich ein paar Antworten?«

»Mein Boß wird in ein paar Minuten da sein. Fragen Sie ihn.« Er schenkte ihr Kaffee ein.

Sie griff nach dem Buch, das er gelesen hatte. Es war eine englische Ausgabe von T. S. Eliots *Vier Quartette.* »Sie mögen Gedichte?«

»Ich mag Eliot. Er versteht es, Tiefsinniges ganz schlicht zu sagen – ›in unserem Ende liegt unser Anfang‹ und so weiter«, zitierte er nicht ganz korrekt und blieb an der Tür noch einmal kurz stehen. »Der Boß will nicht, daß Sie sein Gesicht sehen, also erschrecken Sie nicht.«

Nachdem er gegangen war, trank sie ihren Kaffee aus, schenkte sich eine zweite Tasse ein und zündete sich eine weitere Zigarette an. Eine Weile lief sie im Zimmer auf und ab und versuchte, eine Erklärung zu finden, aber das alles ergab einfach keinen Sinn. Der Schlüssel drehte sich im Schloß, und als sie sich umwandte, wurde die Tür geöffnet.

David Braun trat zur Seite, um einen Mann vorbeizulassen, dessen Anblick ihr einen Schreck einjagte. Er schien etwas über einen Meter achtzig groß, hatte breite Schultern und trug einen schwarzen Overall, dazu eine schwarze Kapuze, die sein ganzes Gesicht bedeckte und nur Schlitze für Mund und Augen freiließ. Eine so finster wirkende Gestalt hatte sie noch nie im Leben gesehen.

»Freut mich, Ihre Bekanntschaft zu machen, Comtesse. Ich bedaure all die Unannehmlichkeiten.« Sein Tonfall war unverkennbar amerikanisch mit Bostoner Akzent.

»Mein Gott, Sie sind Amerikaner! Ich dachte, es seien Israelis, die mich entführt haben, als ich hörte, daß sie hebräisch miteinander sprachen.«

»Meine liebe Comtesse, die Hälfte der Israelis spricht Englisch mit amerikanischem Akzent. Die meisten von uns haben schließlich dort studiert – an den besten Universitäten der Welt.«

»Ach ja?« sagte sie. »Das ist Ansichtssache.«

»Oh, ich vergaß. Sie waren ja in Oxford und an der Universität von Paris.«

»Sie sind gut informiert.«

»Ich weiß alles über Sie, Comtesse – alles.«

»Und ich weiß nichts über Sie, beispielsweise nicht mal Ihren Namen.«

Durch den Schlitz für den Mund schimmerten seine Zähne, als er lächelte. »Judas, nennen Sie mich Judas.«

»Sehr biblisch, aber leider eine etwas unglückliche Wahl.«

»Ja, ich weiß, was Sie meinen – Judas, der Christus verraten hat.« Er zuckte die Schultern. »Aber dafür gab es handfeste politische Gründe. Judas Iskariot war ein Zelot. Er wollte sein Land von den Römern befreien.«

»Und Sie?«

»Ich will mein Land von allen Bedrohungen befreien.«

»Aber was, um Himmels willen, habe ich damit zu tun?«

»Später, Comtesse, später. In der Zwischenzeit wird David sich darum kümmern, daß Sie gut versorgt werden. Sie bleiben natürlich auch zu den Mahlzeiten hier drinnen, aber falls Sie gern etwas Besonderes wünschen, sagen Sie es ihm nur. In den Regalen finden Sie reichlich Bücher, und Sie können sich mit Ihrer Malerei beschäftigen. Wir unterhalten uns demnächst wieder.«

Braun öffnete die Tür und folgte ihm nach draußen, wo

Judas die Mütze abstreifte und sich mit den Fingern durch das kurzgeschorene kupferfarbene Haar strich. Er schien um die Fünfzig, hatte ein kräftiges Gesicht mit hohen Wangenknochen und blaue Augen und strahlte eine nervöse Vitalität aus.

»Kümmere dich um sie, David. Sie soll alles haben, was sie will.«

»Betrachte es als erledigt.« Braun zögerte. »Sie ist nett. Hast du wirklich vor, die Sache durchzuziehen, wenn du nicht erreichst, was du willst?«

»Selbstverständlich«, erwiderte Judas. »Wirst du etwa weich, David?«

»Natürlich nicht. Unsere Sache ist gerecht.«

»Eben, und das behalte immer im Auge. Wir sehen uns später.«

»Gibt es Neuigkeiten von Aaron und den anderen beiden?«

»Er hat sich über Funk aus Salinas gemeldet. Alles läuft wie geplant, David. Es wird klappen. Vertrau mir nur«, lächelte der Mann, der sich Judas nannte, und ging davon, während Braun ins Zimmer zurückkehrte.

Marie stand am Fenster und wandte sich um.

»Ist der große böse Wolf wieder weg?«

Er ignorierte ihre Bemerkung. »Ich weiß, daß Sie keine Vegetarierin sind. Heute abend steht auf dem Speiseplan frischer Seebarsch, gebackene Kartoffeln, gemischter Salat und anschließend Obst. Wenn Sie sich aus Fisch nichts machen, gibt es statt dessen Lammragout.«

»Sie klingen wie ein Kellner, aber es ist mir alles sehr recht.«

»Ich bin nicht nur der Kellner, sondern auch der Koch. Möchten Sie Weißwein?«

»Nein, ich habe mich nie an diese Vorschriften gehalten, daß man bei bestimmten Speisen entweder roten oder weißen trinken sollte. Ich trinke, was mir schmeckt, und ein roter Bordeaux würde heute meine Nerven beruhigen.«

»Wie Sie wünschen, Comtesse.« Er machte eine kleine, etwas spöttische Verbeugung und ging zur Tür.

»Übrigens, David ...«

Er wandte sich um. »Ja, Comtesse?«

»Da Sie Eliot so mögen, habe ich ein Zitat aus *Das wüste Land* für Sie.«

»Und das lautet, Comtesse?«

»›I think we are in rats' alley, where the dead men lost their bones.‹«

Sein Lächeln verschwand. Abrupt öffnete er die Tür und ging. Sie hörte, wie er hinter sich absperrte, und ganz plötzlich hatte sie Angst.

4

Salinas bestand lediglich aus einigen vereinzelten Häusern und dem Hafen, der von zwei Molen begrenzt war und in dem dicht an dicht kleine Fischerboote ankerten. Luigi hielt vor einem Haus, über dessen Tür ein Schild mit dem Aufdruck *English Café* prangte.

»Gott weiß, warum es diesen Namen trägt«, sagte er.

»Vielleicht kriegt man hier ein echtes englisches Frühstück«, meinte Dillon. »Englische Touristen mögen so was.«

»Was für Touristen?« Luigi zuckte die Schultern. »Na ja, da wären wir jedenfalls. Ich drehe gleich wieder um und fahre zurück nach Palermo.«

Hannah schüttelte ihm lächelnd die Hand und küßte ihn auf die Wange. »Ganz herzlichen Dank, Sergeant, von Kollege zu Kollege.«

Dillon stieg bereits die Treppe hinauf. Die Nacht war warm, und da die Dunkelheit sich herabsenkte, wurden auf einigen Booten draußen im Hafen Lichter angezündet. Er öffnete die Tür und betrat das armselige Lokal. Drückende Hitze schlug ihm entgegen, obwohl an der Decke ein Ventilator hing, der jedoch nicht zu funktionieren schien. An der Bar saß ein halbes Dutzend Fischer.

Er winkte dem Barmann und wandte sich zu den anderen um. »Das ist ein Dreckloch. Setzen wir uns lieber draußen hin.«

Sie entschieden sich für einen Tisch direkt am Verandageländer. »Was gibt es hier zu essen?« fragte Hannah den Barmann, der kurz darauf erschien.

»Wir haben jeden Tag nur ein Hauptgericht, Signorina. Heute abend gibt es Cannelloni ripieni. Unser Koch macht sie mit einer besonderen Füllung aus pikant gewürztem Fleisch und Zwiebeln. Dazu können Sie einen Salat haben.«

»Gut, und eine Flasche Wein«, sagte Dillon. »Irgendwas Kaltes.«

Während er Riley erklärte, was es zu essen gab, brachte der Barmann drei Gläser und eine eiskalte Flasche, aus der er etwas in ein Glas schenkte. Dillon schnupperte daran.

»Das ist klasse. Passito. Stark, sehr stark. Drei Gläser, und man liegt flach.« Er grinste Hannah zu. »Ich würde an Ihrer Stelle lieber Limonade nehmen, mein gutes Mädchen.«

»Ach, halten Sie die Klappe, Dillon.«

Gefolgt von einer stämmigen Frau, die ein Tablett mit drei Tellern auf den Tisch stellte, kehrte der Barmann wieder zurück und brachte zunächst einen Korb mit Brot.

Das Essen war in der Tat ausgezeichnet. Riley ließ keinen einzigen Krümel übrig. »Gott helfe mir, aber dieses Brot war das beste, das ich seit dem selbstgebackenen meiner Tante Bridget gegessen hab'.«

»Es war gut, das muß ich zugeben«, nickte Dillon, »obwohl ich nicht so ganz sicher bin, daß es auch koscher war.«

»Sie sind ein Idiot, Dillon«, entgegnete Hannah kühl. »Die Bibel verlangt nicht von mir, unter schwierigen Umständen zu verhungern. Und jetzt nehme ich noch ein Glas Wein.«

Dillon schenkte gerade ein, als eine ruhige Stimme mit bester englischer Aussprache fragte: »Chief Inspector Bernstein?« Alle wandten sich um und sahen auf den Mann, der unten an der Treppe stand. »Jack Carter.«

Er war jünger, als Dillon es erwartet hatte, vielleicht fünfundzwanzig, sicher nicht mehr; mittelgroß, hatte ein braungebranntes Gesicht und trug eine salzfleckige Segelmütze, einen Seemannsmantel mit angelaufenen Messingschnallen und Jeans.

Hannah übernahm die Vorstellung. »Das sind Sean Dillon und Thomas O'Malley. Sie sind ...«

»Ich weiß schon Bescheid, Chief Inspector. Ich bin über alles unterrichtet worden.«

Er setzte sich zu ihnen auf die Veranda, und Dillon bot ihm ein Glas Wein an; doch Carter schüttelte den Kopf. »Ich habe nach unserer Ankunft Erkundigungen über die Villa unseres Freundes Hakim eingezogen, ganz diskret natürlich. So ein Haus gibt es hier in dieser Gegend kein zweites Mal, deshalb war sie leicht zu finden. Wir sind daran vorbeigefahren.«

»War das klug?« fragte Hannah.

»Keine Sorge. Unsere Motorbarkasse sieht fast genauso aus wie eines der vielen Fischerboote, wenn man sie mit ein paar Netzen entsprechend drapiert. Bei einigen harmlosen Fragen im Dorfladen habe ich erfahren, daß Hakim sich offenbar dort aufhält. Seine beiden Gorillas haben heute morgen Vorräte eingekauft.«

»Sehr tüchtig«, lobte Dillon. »Wann schlagen wir zu?«

»Heute um Mitternacht. Warum unnötig lange herumhängen? Der Lear wartet in Malta. Gehen wir runter zum Boot, dann zeige ich Ihnen, was ich geplant habe. Unnötig zu sagen, daß ich Mr. Riley dafür brauche ...«

»Mr. O'Malley«, verbesserte Dillon.

»Ja, natürlich. Dann eben Mr. O'Malley. Er ist immerhin schon im Haus gewesen.« Er wandte sich an Hannah. »Sie halten hier die Stellung, bis wir zurückkehren, Chief Inspector. Oben gibt es Fremdenzimmer.«

Sie nickte. »Ich komme mit zum Boot, nur um mir alles mal anzusehen. Dann gehe ich zurück und nehme mir ein Zimmer.«

Es war still im Hafen; nur das Wasser schwappte leise gegen den Wellenbrecher, von irgendwoher kam Musik, und Essensgerüche lagen in der Luft. Das Boot war ein zwölf Meter langer Kreuzer, auf dem einige Netze aufgespannt waren. Zwei Männer in Seemannsmänteln arbeiteten neben dem Steuerhaus an Deck.

»Ich bin's nur«, rief Carter und erklärte Hannah: »Ich weiß, es sieht nicht groß nach was aus, aber sie macht fünfundzwanzig Knoten. Ich habe noch zwei weitere Leute dabei, die im Moment an Land sind. Hier entlang.«

Er ging den Niedergang hinunter in die Hauptkabine. Auf dem Tisch waren einige Karten ausgebreitet.

»Hier in Salinas sind wir, und dort im Osten liegt die Villa. Ich habe sie rot eingekreist.«

Alle beugten sich über den Tisch. Riley merkte, daß er zu schwitzen begann und ihm übel wurde. Hannah brach schließlich die Spannung.

»Für mich gibt's hier nichts mehr zu tun, ich gehe also zurück zum English Café, nehme mir ein Zimmer und rufe dann über mein Handy Ferguson an, um ihn zu informieren.«

Die anderen folgten ihr an Deck. »Mädchen, sie haben tolle Beine«, meinte Dillon anerkennend, »richtig gut geformt. Haben Sie bestimmt Ihrer Zeit zu verdanken, als Sie noch Streife marschiert sind.«

»Sie und Ihre freche Klappe! Sehen Sie lieber zu, daß Ihnen nichts passiert. Sie sind zwar ein Scheusal, aber aus irgendeinem Grund, den ich wirklich selbst nicht begreife, mag ich Sie.«

»Sie meinen, ich habe noch eine Chance?«

»Ach, scheren Sie sich zum Teufel«, sagte sie und ging von Bord.

»Wir sehen uns besser diese Karte noch mal an«, meinte Carter. Dermot folgte ihm nach unten. Sein Herz hämmerte, denn er wußte, daß jetzt der Moment gekommen war.

»Übrigens, haben Sie eine Waffe dabei, Mr. Dillon?« fragte Carter.

»Natürlich.«

»Ihre übliche Walther?«

In diesem Moment meldete Dillon ein Instinkt, den er in den zwanzig Jahren seines gefährlichen Lebens erworben hatte, daß er in gewaltigen Schwierigkeiten steckte. Carter hatte eine Browning gezückt.

»Hände über den Kopf und keine Dummheiten.« Er griff in Dillons Taschen und fand die Walther. »Da haben wir sie ja. Hände hinter den Rücken.«

Carter nahm eine Handschelle aus der Tischschublade und reichte sie Riley. »Legen Sie sie ihm an.«

Dillon schüttelte den Kopf. »Mein lieber Dermot, das ist aber wirklich sehr ungezogen.«

»Arnold, komm runter«, rief Carter auf hebräisch.

Dillon, der einmal für den israelischen Geheimdienst gearbeitet hatte, erkannte die Sprache sofort. Er beherrschte sie zwar nicht besonders, verstand sie jedoch leidlich.

Einer der Matrosen erschien im Eingang. »Was ist, Aaron? Hast du ihn?«

»Dumme Frage. Du und Raphael, macht alles zum Ablegen fertig. Ich kümmere mich um die Frau.«

»Willst du sie umbringen?«

»Natürlich nicht. Wir brauchen sie, um mit Ferguson in Verbindung zu bleiben. Mach schon, Bewegung.« Er wandte sich an Riley. »Sie bleiben hier und passen auf ihn auf.«

»Was ist mit meinem Geld?« fragte Riley mit unsicherer Stimme.

»Das gibt's, wenn wir da sind.«

»Wo?«

»Tun Sie erst mal, was ich Ihnen sage«, erwiderte er und ging hinauf an Deck.

»Du könntest mir ruhig alles erzählen, Dermot«, sagte Dillon.

Und Riley berichtete in aller Ausführlichkeit von Brown und dem Plan, den er ihm bei seinem Besuch in Wandsworth dargelegt hatte.

»Demnach ist der gute alte Hakim gar nicht oben in seiner Villa?«

»Weiß ich nicht. Ich hatte den Namen nie vorher gehört, bis Brown ihn nannte.« Er schüttelte den Kopf. »Ehrlich, Sean, es war Brown, der die ganze Geschichte ausgeheckt hat mit dem falschen Waffenlager der IRA in London, diesem verdammten Hakim – alles.«

»Und du hast keine Verbindung mehr mit ihm gehabt, nachdem du aus Wandsworth raus warst?«

»Er hat gesagt, das sei nicht nötig; er würde auch so auf dem laufenden sein.«

»Und woher wußte er dann, daß wir kommen?«

»Ich habe ihn danach gefragt. Er meinte nur, Richtmikrofone seien eine wundervolle Erfindung. Man könne von der Straße aus bequem hören, was in einem Haus geredet würde.«

»Der Kombi der Telefongesellschaft«, sagte Dillon. »Diese raffinierten Mistkerle.«

»Tut mir leid, Sean, aber sieh die Sache mal von meinem Standpunkt aus. Bei diesen vielen Jahren im Gefängnis, die vor mir lagen, konnte ich Browns Angebot nicht ablehnen.«

»Ach, halt die Klappe. Nimm mal meine Brieftasche heraus.«

Dermot tat ihm den Gefallen. »Was willst du damit?«

»Darin findest du fünftausend Dollar in unterschiedlichen Währungen, und die wirst du brauchen, mein Alter. Ist mein Geld für diesen Einsatz.«

»Aber ich krieg' zwanzigtausend Pfund. Ich brauche es nicht.«

»O doch, und ob, du armer, verfluchter Narr«, erwiderte Dillon.

Die Frau, die das Essen serviert hatte, führte Hannah in ein Schlafzimmer. Es war klein und einfach eingerichtet mit einem Einzelbett; in einem Nebenraum, der kaum größer als ein Schrank war, gab es eine Toilette und eine Dusche. Ein Fenster stand offen, so daß sie den nächtlichen Hafen sehen konnte. Sie stellte ihre Reisetasche aufs Bett und zog eine Walther aus der Tasche an ihrem Gürtel, in der sie das ihr zugeteilte Geld für diesen Einsatz verwahrte. Nachdem sie die Waffe überprüft hatte, ging sie nach unten.

Mit einem merkwürdigen Gefühl der Unruhe dachte sie an Dillon und den bevorstehenden Einsatz. Sie hatte seine Vergangenheit – diese Morde für die IRA und die Aufträge, die er für so ungefähr jede Terroristengruppe übernommen hatte, die es gab – immer strikt verurteilt. Auch wenn nun alles anders war, seit er für Ferguson arbeitete, konnte sie seine früheren Taten einfach nicht vergessen.

Entschlossen ging sie zur Bar, bestellte einen Cognac, was ganz gegen ihre sonstige Gewohnheit war, und setzte sich damit draußen an den kleinen Ecktisch.

»Ach, Dillon, du verfluchter Kerl!« sagte sie leise.

Etwas Kaltes preßte sich an ihren Nacken. »Nicht umdrehen, Chief Inspector. Ich denke mir, daß Sie bewaffnet sind, also nehmen Sie die Waffe aus Ihrer Tasche und halten Sie sie mit der linken Hand hoch.«

Sie erkannte die Stimme des Mannes, der sich Carter genannt hatte, und gehorchte. »Was soll das?«

Er nahm ihr die Waffe ab. »Sagen wir, das ganze Unternehmen ist ein wenig anders, als es den Anschein hatte. Übrigens, wir haben Hakim für Sie ausgeschaltet. Betrachten Sie das als Bonus, aber alles andere war nur Mittel zum Zweck. Der arme Dermot. Sein schlechtes Gewissen bringt ihn noch um, aber er hat getan, was man ihm gesagt hat, um aus Wandsworth rauszukommen.«

»Und was steckt nun in Wirklichkeit dahinter?«

»Wir brauchten Dillon. Keine Sorge, wir schicken ihn bald zurück, dann kann er Ihnen alles berichten. Sagen Sie Ferguson, wir werden in Verbindung bleiben, aber er muß für einige Zeit ohne ihn zurechtkommen. Und jetzt legen Sie die Hände auf den Kopf.«

Hannah gehorchte. »Was ist mit dem echten Carter und seinen Männern passiert?«

Es kam keine Antwort, und als sie sich vorsichtig umdrehte, war er verschwunden. Sie ging die Treppe hinunter und eilte zum Hafen, aber noch ehe sie die Mole erreichte, hörte sie, wie ein Motor gestartet wurde, und sah das Boot davonfahren. Ein Mann stand im Steuerhaus, ein anderer zog am Heck ein Tau ein. Sie wandte sich um und lief zurück.

Als Carter wieder unter Deck kam, saß Dillon auf der Bank am Tisch; ihm gegenüber hockte Riley, der ein Glas in der Hand hielt und finster vor sich hinblickte.

»Ah, Sie haben den Whiskey gefunden«, meinte Carter.

»Haben Sie den Chief Inspector gesehen?«

»Ja, und ihr eine Botschaft für Ferguson mitgegeben.«

»Nett von Ihnen. Sie haben vorhin hebräisch gesprochen. Ich kann die Sprache zwar nicht, aber ich erkenne sie. Für einen Israeli haben Sie eine tolle englische Aussprache – wie in einer renommierten Privatschule gelernt.«

»Mein Vater war Diplomat in London. Ich bin in St. Paul's gewesen.«

»Nicht schlecht. Dermot hat mir übrigens alles erzählt. Hakim war also nur ein Fantasieprodukt?«

»Absolut nicht. Die Villa existiert, und Hakim hat sich auch dort aufgehalten.«

»Sie sagen, er *hat* sich dort aufgehalten?«

»Wir haben Ihnen einen Gefallen getan. Ich bin letzte Nacht mit meinen Leuten dort gewesen und habe ihn erledigt.«

»Nur ihn?«

In diesem Moment sprangen die Motoren an. »Aber nein, wir haben sie alle getötet.«

»Einschließlich der beiden Frauen?«

Carter zuckte die Schultern. »Es mußte sein, uns blieb keine andere Wahl. Die arabischen Länder befinden sich im Krieg mit uns, deshalb heißt es: alles oder nichts. Als alter IRA-Mann müßten Sie das doch verstehen.«

»Was ist mit dem echten Carter und seinen Männern?« fragte Dillon. »Haben Sie die auch umgebracht?«

»War nicht nötig. Sie haben heute nachmittag hier auf der anderen Seite der Mole angelegt. Moshe ist hinübergeschwommen und hat gewartet, bis alle zum Essen oder vielleicht zu einer Besprechung nach unten gegangen waren, ist mit einem Kanister Calsane an Bord und hat es den Niedergang runtergekippt. Das ist ein Nervengas, das sie zwölf Stunden lang ausschaltet. Nur vorübergehend, es bleiben keine Schäden zurück.«

»Soweit Sie wissen.«

Carter lächelte. »Ich muß gehen. Wir reden später weiter.«

Das Boot machte nur langsam Fahrt, da es sich offensichtlich seinen Weg durch die kleine Flotte der Fischerboote bahnte. Dillon blickte zu Riley, der sich Whiskey nachschenkte und ziemlich fertig aussah.

»Du weißt also nicht, wer sie sind?«

»Ich schwör's bei der Heiligen Jungfrau, Sean. Ich hab' keine Ahnung, und ich will es auch gar nicht wissen. Ich will mein Geld und dann mit der ganzen Sache nichts mehr zu tun haben.«

»Ach so? Und was meinst du, wann du mit einer Kugel im Kopf über Bord gehst?«

Riley starrte ihn schockiert an. »Warum sollten sie mich umlegen?«

»Weil sie dich nicht mehr brauchen. Du hast deinen Zweck erfüllt. Herrgott, Dermot, bist du blöd oder was? Du hast doch Carter eben gehört. Diese Leute kennen absolut keine Skrupel.« Dillon geriet allmählich wirklich in Wut. »Sie haben nicht nur Hakim und seine beiden Gorillas kaltgemacht, sondern auch den Hausmeister, seine Frau und die Tochter. Sie nehmen einfach keine Gefangenen, und egal, was dieser Carter sagt, ich weiß, daß Calsane immer noch im Experimentierstadium ist und kein Mensch ausschließen kann, daß eine dauerhafte Hirnschädigung zurückbleibt.«

»Heilige Mutter Gottes!« stöhnte Riley.

»Wer also braucht dich, Dermot?«

»Sean, was soll ich machen?«

»Das ist doch wohl klar, oder? Du hast meine fünftausend Dollar, du hast einen Paß. Also über Bord mit dir, und zwar schleunigst, ehe wir aus dem Hafen raus sind.«

»Bei Gott, das mache ich auch.« Riley sprang auf, zögerte dann allerdings. »Ich kann dich nicht mitnehmen, Sean ... die Handschellen.«

»Ach, schon gut, los mit dir«, entgegnete Dillon nur.

Vorsichtig öffnete Riley die Tür des Niedergangs und spähte hinaus. Einer der Männer stand am Bug, Carter und der andere, den er Arnold genannt hatte, waren im Steuerhaus. Das Boot schlängelte sich zwischen den kleinen Schiffen der Fischer hindurch. Geduckt huschte Riley zur Reling und ließ sich ins Wasser gleiten. Es war überraschend warm. Er schwamm unter das Heck eines Fischerboots, wandte sich um und beobachtete die Lichter des Bootes, das langsam den Hafen verließ.

»Viel Glück, Dillon, wirst es brauchen«, sagte er leise, ehe er zu einer Treppe schwamm, die aus dem Wasser führte, und die Mole entlangeilte. Er hatte das Geld und den Paß. Jetzt rasch nach Palermo und in ein Flugzeug nach Paris und dann schleunigst weiter nach Irland. Dort unter seinen eigenen Leuten war er wieder in Sicherheit. Wenn er nur schon daheim wäre!

Als das Boot auf offener See war, ging Carter unter Deck. Dillon saß noch immer an seinem Platz. »Wo ist Riley?«

»Schon lange weg. Nachdem er gehört hatte, wie Sie mit Hakim und seinen Leuten umgegangen sind, dachte er, Sie könnten womöglich finden, er sei genauso überflüssig.«

»Ach, Sie haben ihn überredet? Das überrascht mich, Mr. Dillon, nachdem er Sie verraten hat.«

»Sparen Sie sich das, mein Bester, er hatte kaum eine andere Wahl. Ich hätte das gleiche getan angesichts einer solchen Gefängnisstrafe, und Dermot und ich sind schon seit Ewigkeiten Freunde.«

»Arnold«, rief Carter, »komm mal runter.«

Er öffnete eine Schublade und holte aus einem Lederetui eine Spritze, die er mit einer Flüssigkeit aus einer kleinen Flasche aufzog.

»Wie heißen Sie eigentlich?«

Carter lächelte. »Aaron, wenn Sie's wissen wollen, Mr. Dillon, und das ist Arnold«, fügte er hinzu, als der andere Mann hereinkam. »Dreh Mr. Dillon mal um, Arnold.«

Dillon spürte, wie Carter mit einem Finger fest auf seinen rechten Handrücken klopfte und dann die Nadel einstach.

»Ich hoffe, das Zeug ist nicht so ein Dreck wie Calsane.«

»Ein Derivat von Pethidine, aber die Wirkung hält länger an.«

»Hat wohl keinen Zweck, Sie zu fragen, wohin wir fahren?«

»Gar keinen.« Aaron nickte Arnold zu. »Bring ihn in die Kabine und schließ ihn ein.«

Dillon schaffte es noch durch den Korridor zu gehen, registrierte, wie die Tür geöffnet wurde und sah die Koje, doch dann verlor er die Besinnung.

Über ihr Handy, das eine Satellitenantenne besaß, erreichte Hannah ohne Schwierigkeiten Ferguson, der in seiner Wohnung am Cavendish Square neben dem Kamin saß und geduldig zuhörte, während sie ihn über alles informierte.

»Mein Gott, wer immer sie sind, sie haben uns jedenfalls ganz schön gelinkt.«

»Aber was können sie von Dillon wollen, Sir? Und was ist mit dem echten Carter?«

»Wir werden es sicher bald erfahren. Sie haben ja gesagt, sie würden sich melden, und Dillon würde zurückkommen. Wir müssen wohl einfach abwarten.«

»Ja, Sir.«

»Ich sage Lacey auf Malta Bescheid, daß er morgen früh wieder nach Palermo fliegen soll, um Sie dort abzuholen, und ich werde Gagini bitten, Sie mit dem Auto zurückzubringen.«

»Vielen Dank.«

»Kommen Sie einfach heim, Chief Inspector, im Moment gibt es nichts weiter zu tun.«

Ferguson blickte eine Weile in Gedanken versunken vor sich hin, ehe er im Wandsworth-Gefängnis anrief und den Sicherheitschef zu sprechen verlangte.

Dillon kam allmählich wieder zu sich. Es war sehr dunkel, aber man hatte ihm die Handschellen abgenommen, so daß er die Leuchtziffern auf seiner Uhr erkennen konnte. Anscheinend war er rund acht Stunden lang außer Gefecht gewesen. Das Boot machte offenbar ziemlich rasche Fahrt. Er stand auf, tastete in der Nähe der Tür nach dem Lichtschalter und knipste ihn an.

Das Bullauge war schwarz gestrichen und fest verrammelt. In der Ecke entdeckte er ein kleines Waschbecken und einen Plastikbecher, den er mehrmals mit Wasser füllte und auf dem Bettrand sitzend austrank. Sein Mund war knochentrocken. Ein Schlüssel drehte sich im Schloß. Aaron kam herein, gefolgt von einem zweiten Mann mit einem Tablett.

»Ich dachte mir, daß Sie inzwischen wach sind. Das ist übrigens Raphael, der Ihnen was mitbringt – einen Rasierer, Rasiercreme und Shampoo. Dort hinter dieser Tür finden Sie eine kleine Dusche. Vor allem aber, was Ihnen sicher noch lieber ist, gibt's jetzt erst mal Tee, Milch und Schinkensandwiches.«

»Schinken?« fragte Dillon. »So ein braver jüdischer Bursche wie Sie?«

»Ja, schandbar, nicht wahr? Aber wie ich schon sagte, ich war in St. Paul's. Wir sehen uns später.«

Nachdem sie gegangen waren, machte sich Dillon über die Sandwiches her, die ausgezeichnet waren, und trank eine

Tasse Tee. In Anbetracht der Tatsache, daß er betäubt worden war, fühlte er sich überraschend gut. Er nahm eine Dusche, rasierte sich, zog sich wieder an und rauchte erst einmal eine Zigarette. Auf einem Regal entdeckte er Bücher. Er musterte die Titel und fand eine alte Ausgabe von Ian Flemings *Liebesgrüße aus Moskau*. James Bond – irgendwie schien das ganz passend. Er setzte sich auf seine Koje und begann zu lesen.

Ein paar Stunden später wurde die Tür wieder aufgesperrt, und die beiden Männer kehrten zurück.

Dillon hielt das Buch hoch. »Wußten Sie, daß das hier eine Erstausgabe ist? Die erzielen heutzutage bei Auktionen beachtliche Preise.«

»Ich werde bei Gelegenheit dran denken«, sagte Aaron. »Tut mir leid, wenn ich so lästig bin, aber es ist wieder Zeit fürs Bett, Mr. Dillon. Strecken Sie bitte die Hände aus.«

Und da Dillon kaum eine andere Wahl hatte, gehorchte er. Aaron klopfte auf seinen Handrücken und verabreichte ihm die Spritze.

»Sind Sie sicher, daß ich nicht als sabbernder Idiot ende?«

»Keine Sorge, Mr. Dillon. Sie sind ein sehr wichtiger Mann. Ich glaube, Sie wären selbst überrascht, wenn Sie wüßten, wie wichtig Sie sind.«

Aber Dillon sank bereits in die Kissen und hörte ihn nicht mehr.

Marie de Brissac saß am Fenster ihres Zimmers und malte. Sie blickte auf, als die Tür sich öffnete und David Braun Kuchen und eine Kanne Kaffee auf einem Tablett hereinbrachte, das er auf den Tisch stellte. Anerkennend musterte er das Bild.

»Hervorragend. Meine Schwester hat früher auch Aquarelle gemalt. Keine leichte Technik.«

»Sie sagen – früher?«

»Sie ist tot, Comtesse. Ich hatte zwei Schwestern, die beide getötet wurden, als ein arabischer Terrorist in Jerusalem einen Schulbus in die Luft jagte.«

Sie war sichtlich schockiert. »Das tut mir sehr leid, David, wirklich ehrlich leid.« Impulsiv griff sie nach seiner Hand.

Ihre Berührung traf ihn wie ein Blitz, und er zog hastig seine

Hand weg, als ihm die verstörende Wirkung, die diese wundervolle Frau auf ihn hatte, klar wurde.

»Schon gut. Ist inzwischen fünf Jahre her. Ich habe gelernt, damit zu leben. Nur meine Mutter ist nie darüber weggekommen und immer noch in einem psychiatrischen Krankenhaus.« Er lächelte mühsam. »Bis später.«

Nachdem er das Zimmer verlassen hatte, fragte Marie de Brissac sich nicht zum erstenmal, ob Gott nicht einen reichlich schlechten Tag gehabt hatte, als er beschlossen hatte, die Welt zu erschaffen.

Als Dillon diesmal wieder zu sich kam, war er in einem ähnlichen Zimmer wie Marie de Brissac, mit holzgetäfelten Wänden, einem Himmelbett und einer gewölbten Decke. Er fühlte sich überraschend klar im Kopf und sah bei einem Blick auf seine Uhr, daß rund zwölf Stunden vergangen waren, seit sie Sizilien verlassen hatten.

Er trat an das vergitterte Fenster und sah, genau wie Marie, die Klippe, den Strand und den Anleger, wo jetzt neben dem Rennboot auch die Motorbarkasse vertäut war. Er ging ins Bad, und als er zurückkam, öffnete Aaron die Tür.

»Aha, schon wieder munter?«

Er trat zur Seite, und Judas kam ins Zimmer. Er rauchte eine Zigarre, trug wieder den Overall, dazu die schwarze Maske, und lächelte, daß seine Zähne blitzten. »Sean Dillon. Wie es heißt, waren Sie der Beste, den die IRA hatte. Warum haben Sie die Seiten gewechselt?«

»Nun, ein großer Mann hat mal gesagt, wie die Zeiten sich ändern, so ändern sich mit ihnen auch die Menschen.«

»Mag sein, aber ein Mann wie Sie braucht wohl einen besseren Grund.«

»Sagen wir, es schien mir damals eine gute Idee.«

»Danach haben Sie überall gearbeitet – für die ETA in Spanien, die PLO und anschließend für die Israelis. Im Hafen von Beirut haben Sie palästinensische Kanonenboote in die Luft gejagt.«

»Jawohl«, nickte Dillon, »aber ich wurde dafür sehr gut bezahlt.«

»Jedenfalls sind Sie nicht parteiisch.«

Dillon zuckte die Schultern. »Das lohnt sich wirklich nicht.«

»Nun, diesmal werden Sie auf meiner Seite stehen, alter Freund.«

»Bilden Sie sich nur nichts ein. Ich kenne Sie ja nicht mal.«

»Nennen Sie mich einfach Judas.«

»Ach, du lieber Gott, jetzt machen Sie aber Witze.«

»Warum unnötig Zeit verschwenden?« fragte Aaron auf hebräisch.

»Wir brauchen ihn«, erwiderte Judas in der gleichen Sprache. »Keine Sorge, ich weiß, wie ich ihn nehmen muß.« Er wandte sich an Dillon und sagte auf hebräisch: »Oder glaubst du mir das etwa nicht?«

Dillon verstand ihn ganz gut, obwohl er nur mäßig hebräisch sprach, aber er beschloß, diese Tatsache lieber zu verheimlichen.

»Was soll das, ich kapiere kein Wort.«

Judas lachte. »Natürlich nicht, ich wollte Sie bloß testen. Ich habe Ihre Akte beim Mossad gesehen, unter anderem den Bericht über diesen Job in Beirut, und die Burschen sind gründlich. Leidlich Arabisch, aber kein Hebräisch.«

»Was *Shalom* heißt, weiß ich schon.«

»Nun denn, *Shalom*. Und jetzt folgen Sie mir.«

»Nur noch eins«, sagte Dillon. »Entschuldigen Sie meine unersättliche Neugier, aber sind Sie ein Ami?«

Judas lachte. »Allmählich werde ich es leid, daß man mich das dauernd fragt. Warum glauben alle, ein Israeli könne kein Israeli sein, wenn er gutes amerikanisches Englisch spricht?«

Er wandte sich um und verließ das Zimmer. »Kommen Sie, Mr. Dillon«, sagte Aaron.

Das geräumige Arbeitszimmer hatte einen riesigen steinernen Kamin, an den Wänden hingen Bildteppiche, die bleigefaßten Fenster standen offen, und der Duft von Blumen trieb aus den Gärten jenseits des Fensters herein. Judas setzte sich hinter einen großen überladenen Schreibtisch und deutete auf einen davorstehenden Stuhl.

»Setzen Sie sich. In dem silbernen Kästchen finden Sie Zigaretten.«

Aaron lehnte sich neben der Tür an die Wand. Dillon nahm eine Zigarette und entzündete sie mit einem Tischfeuerzeug. »Als Ihre Leute auf dem Boot hebräisch gesprochen haben, habe ich zumindest die Sprache erkannt.«

»Ja, ich weiß aus Ihrer Mossad-Akte, daß Sie ein Talent für Sprachen haben und alles mögliche von Irisch bis Russisch können.«

»Liegt wohl an irgendeiner speziellen Schaltung in meinem Hirn«, erklärte Dillon, »so wie manche Leute rascher rechnen können als ein Computer.«

»Warum dann nicht Hebräisch?«

»Japanisch spreche ich auch nicht. Ich habe nur ein Mal für den Mossad gearbeitet, wie Ihnen ja bekannt ist, und wenn Sie so viel wissen, wie Sie behaupten, wissen Sie ja auch, daß bei der Operation in Beirut alles zack-zack ging. Binnen drei Tagen war ich schon wieder weg mit einem Scheck einer Schweizer Bank in meiner gierigen Hand. Aber jetzt will ich erst mal wissen, wer zur Hölle Sie sind und was das hier alles soll.«

»Nun, daß wir Israelis sind, haben Sie ja gemerkt, aber wir sind patriotische Israelis und bereit, alles zu tun für die Sicherheit unseres Landes.«

»Wie beispielsweise Premierminister Rabin zu erschießen?«

»Das ging nicht auf unser Konto. Offen gesagt, wir haben Wichtigeres vor.«

»Sie sehen sich demnach als so was wie moderne Zeloten?«

»Nicht ganz, Kumpel«, erwiderte Judas. »Das waren glühende Patrioten und wollten die Römer vertreiben, aber wir orientieren uns an einer früheren Zeit in der Geschichte, als unser Land unter syrischer Herrschaft stand und der Tempel entehrt, unsere Religion, unsere ganze Lebensart bedroht war.«

»Genau wie heute, das denken Sie doch?«

»Wir leben ständig unter Bedrohung. Ich habe Verwandte durch Bombenanschläge der Hamas verloren, Aaron hatte einen Bruder, einen Piloten, der über dem Iran abgeschossen und zu Tode gefoltert wurde. Ein anderer meiner Männer hat zwei Schwestern bei einem Bombenanschlag auf einen Schulbus verloren. Wir haben alle unsere eigene Geschichte.« Er zündete sich seine Zigarre, die ausgegangen war, wieder an.

»Und was ist das für eine frühere Zeit in der Geschichte, die Sie meinen?«

»Damals wurden die Syrer von einem Judas, genannt der Makkabäer, besiegt. Das Wort bedeutet übrigens ›der Hammer‹.«

»Aha, ich kapiere.«

»Seine Anhänger hießen Makkabäer und waren glühende Nationalisten, die sich Unabhängigkeit für unser Land wünschten. Unter seinem Kommando führten sie einen so erfolgreichen Guerillakrieg, daß sie die übermächtigen syrischen Armeen besiegten, Jerusalem einnahmen, den Tempel reinigten und ihn neu weihten.«

»Ich kenne die Geschichte«, sagte Dillon.

»Von Chief Inspector Hannah Bernstein?«

»Die übrigens sehr gut hebräisch spricht. Jedenfalls hat sie mir mal die Bedeutung von Chanukka erklärt.«

»Wird jedes Jahr zur Erinnerung an den Sieg der Makkabäer gefeiert, denen zu verdanken ist, daß ein kleines Land wieder unabhängig wurde.«

»Bis die Römer kamen.«

»Stimmt, aber wir werden nicht zulassen, daß so etwas noch mal passiert.«

Dillon nickte. »Sie sehen sich also als Judas Makkabäus, und Ihre Anhänger, zum Beispiel die Burschen, die mich verschleppt haben, sind Makkabäer des zwanzigsten Jahrhunderts?«

»Warum nicht? In Ihrem Gewerbe sind Codenamen ja eine Notwendigkeit, da paßt Judas Makkabäus doch sehr gut.«

»Der eine Armee von Makkabäern anführt.«

»Ich brauche keine Armee, nur eine kleine Gruppe von ergebenen Anhängern oder besser gesagt Gläubigen, dazu ein paar hundert über die Welt verstreut lebende Juden, die wie ich selbst zutiefst davon überzeugt sind, daß jedes Mittel recht ist, um das Überleben des Staates Israel zu gewährleisten.«

»Ich war eigentlich immer der Ansicht, daß Israel das bislang sehr gut geschafft hat. Als die UN sich 1948 zurückzog, habt ihr sechs arabische Länder besiegt und im Sechstagekrieg 1967 Ägypten, Syrien und Jordanien.«

»Stimmt, aber das war vor meiner Zeit. Im Jom-Kippur-Krieg '73 war ich dabei, und wir hätten ihn verloren, wenn uns die Amerikaner nicht mit Kampfflugzeugen und Waffen versorgt hätten. Seit dieser Zeit – nichts als Probleme. Wir leben unter ständiger Bedrohung. Unsere Siedler im Norden müssen permanent damit rechnen, wieder angegriffen zu werden, ständig gibt es Bombenattentate der Hamas, und die Scud-Raketen im Golfkrieg haben gezeigt, wie verwundbar wir sind. Das kann nicht so weitergehen.«

Fast widerstrebend nickte Dillon. »Kann ich verstehen.«

»Selbst in England gibt es Moslems, die die Ausrottung der Juden verlangen, und Syrien, der Iran und der Irak werden sich nie zufrieden geben, bevor wir nicht vernichtet worden sind. Saddam Hussein entwickelt munter weiter chemische Waffen, und die Mullahs im Iran rufen zum Krieg gegen Amerika, den Großen Satan, auf. Der Bombenangriff auf die US-Kaserne in Dhahran war erst der Anfang. Es ist eine bekannte Tatsache, daß der Iran an der Herstellung einer Nuklearbombe arbeitet. Er unterhält unzählige Ausbildungslager für Terroristen, und auch in Syrien gibt es nukleare Forschungseinrichtungen.«

»Seit Jahren allgemein bekannt. Was also ist neu?«

»Seit dem Zusammenbruch der Sowjetunion sind aus Osteuropa günstig Raketen zu haben, und wie wir im Golfkrieg gesehen haben, ist Israel durch solche Waffen hochgradig verwundbar.«

Dillon griff nach einer weiteren Zigarette; Judas nahm das Tischfeuerzeug aus stumpfem Silber, auf dem in Reliefform ein schwarzer Vogel mit zackigen Blitzen in den Klauen abgebildet war, und gab ihm Feuer.

»Also«, sagte Dillon, »Sie haben Ihre Sicht der Lage geschildert. Was ist, Ihrer Meinung nach, die Lösung?«

»Es ist Zeit, dem ein für allemal ein Ende zu machen. Der Irak, Syrien und der Iran müssen endgültig ausgeschaltet werden.«

»Und wie, zum Teufel, wollen Sie das fertigbringen?«

»Wir nicht. Das werden die Amerikaner für uns erledigen, unter der genialen Führung ihres Präsidenten.«

»Jake Cazalet? Klar, die Vereinigten Staaten sind immer gern zu einem Vernichtungsschlag bereit gewesen, wenn es sein mußte – was der Golfkrieg bewiesen hat. Aber drei Länder auslöschen?« Dillon schüttelte den Kopf. »Das glaube ich nicht.«

»Ich denke dabei an gezielte Luftangriffe«, sagte Judas. »Angefangen mit der totalen Zerstörung von nuklearen Forschungsanlagen, allen chemischen Waffenfabriken, Kernkraftwerken und so weiter. Die völlige Vernichtung der Infrastruktur. Ballistische Raketen mit Nuklearsprengköpfen können zudem solche Ziele wie die iranische Marine in Bandar Abbas auslöschen. Die Hauptquartiere der Armeen in allen drei Ländern sind bekannte Ziele. Ein Bodenkrieg ist dabei gar nicht nötig.«

»Ein Holocaust?« fragte Dillon. »Das meinen Sie doch damit? So weit würden Sie gehen?«

»Für den Staat Israel?« Judas nickte. »Das muß ich sogar.«

»Dabei würden die Amis nie mitmachen.«

»Da dürften Sie sich wahrscheinlich irren. In der Tat *existiert* im Pentagon bereits seit dem Golfkrieg ein solcher Plan. Er wird ›Nemesis‹ genannt, und es gab und gibt beim amerikanischen Militär nicht wenige Leute in hohen Positionen, die ihn gar zu gern in die Tat umsetzen würden.«

»Und warum hat man das dann nicht getan?«

»Weil der Präsident als Oberbefehlshaber den Einsatzbefehl unterzeichnen muß, was er immer abgelehnt hat. Er ist dem Geheimkomitee des Präsidenten – dem Future Projects Committee, wie es genannt wird – seit dem Golfkrieg jedes Jahr vorgelegt worden. Interessant, oder? Sie treffen sich nächste Woche wieder. Und diesmal, das sagt mir mein Gefühl, wird das Ergebnis ein klein wenig anders aussehen.«

»Wenn Sie glauben, Jake Cazalet würde ihn unterzeichnen, müssen Sie verrückt sein!«

»Er war bei den Special Forces in Vietnam«, sagte Judas. »Hat das Kriegsverdienstkreuz, den Silver Star und zwei Purple Hearts erhalten.«

»Na und?« erwiderte Dillon. »Er hat sich weit mehr um Frieden bemüht als jeder andere Präsident vor ihm und gehört zu der Sorte von Demokraten, die sogar bei den Republikanern beliebt sind. So einen Plan wie Nemesis wird er niemals genehmigen.«

»Na, ich denke doch, wenn er hört, was ich zu sagen habe – und hier kommen Sie ins Spiel, Kamerad. Brigadier Ferguson hat dank des britischen Premierministers direkte Verbindung zum Präsidenten, und Sie haben ihn ja sogar schon einmal getroffen, als Sie bei seinem Besuch in London ein Bombenattentat protestantischer Terroristen auf ihn vereitelt haben. Außerdem waren Sie eine große Hilfe bei der Bereinigung einiger heikler Fragen hinsichtlich des irischen Friedensprozesses.«

»Na und?«

»Sie gehen an meiner Stelle zu ihm und sprechen mit ihm, zusammen mit Ferguson, wenn Sie möchten. Alles sehr, sehr diskret natürlich.«

»Den Teufel werde ich«, sagte Dillon.

»Ach, ich denke, wir werden Sie schon dazu überreden können.« Judas stand auf und nickte Aaron zu, der eine Beretta aus der Tasche seines Mantels nahm. »Ich will's Ihnen zeigen.«

»Und was haben Sie vor? Wollen Sie meine empfindlichen Stellen, wie meine alte Tante Eileen es ausdrücken würde, ein bißchen mit Strom kitzeln?«

»Nicht nötig. Wir lassen Ihnen nur Zeit zum Nachdenken, mehr nicht. Wenn Sie jetzt so freundlich wären mitzukommen?«

Er öffnete die Tür, und Dillon stand schulterzuckend auf.

Sie gingen durch einen langen Korridor und über etliche Treppen mit breiten steinernen Stufen insgesamt drei Stockwerke tiefer hinunter. Dillon hörte eine Frau schreien, schrill und voller Angst.

Aus einem anderen Gang tauchten Arnold und Raphael auf. Sie hatten Marie de Brissac, die sich heftig wehrte, in ihre Mitte genommen. David Braun folgte ihnen und versuchte, sie zu beruhigen.

»Sie brauchen wirklich keine Angst zu haben.«

»Glauben Sie ihm, Comtesse«, versicherte Judas. »Er sagt die Wahrheit. Das ist übrigens Mr. Dillon. Ich habe ihn hierhergebracht, um zu zeigen, daß ich es ernst meine und stets mein Wort halte. Schauen Sie zu und merken Sie sich, was Sie gesehen haben. Danach können Sie zurück in Ihr hübsches warmes Zimmer.«

Aaron entriegelte eine große Eichentür, öffnete sie und schaltete das Licht ein. Es war ein alter Keller, dessen Wände aus massiven Steinblöcken bestanden, die naß vor Feuchtigkeit waren. In der Mitte befand sich ein niedriger runder Brunnen mit einer gemauerten Umrandung, darüber hing an einem Seil und einer Art Flaschenzug ein Eimer.

Judas hob einen Stein auf und warf ihn hinein. Ein hohles Klatschen war zu hören. »Zwölf Meter und nur anderthalb oder zwei Meter Wasser und Schlamm«, sagte er. »Ist seit Jahren nicht mehr benutzt worden. Ein bißchen muffig und ganz schön kalt, aber man kann ja nicht alles haben. Laßt mal die Comtesses hinunterschauen.«

Sie zitterte heftig, als Raphael und Arnold sie näherzerrten.

»Sind Sie ein Sadist oder so was?« rief Dillon.

Die Augen unter der schwarzen Kapuze funkelten, und keiner sagte ein Wort, bis David Braun erklärte: »Ich mache das schon.« Arnold und Raphael ließen sie los, und er legte einen Arm um ihre Schultern. »Alles in Ordnung, ich bin ja da. Vertrauen Sie mir.«

Er führte sie an den Brunnenrand, und Judas warf einen weiteren Stein hinein. Ein unheimliches Jaulen ertönte. »Hoppla!« Er lachte. »Das müssen die Ratten gewesen sein. Ihnen gefällt's dort unten, da läuft nämlich auch ein Abwasserkanal durch. Ist das nicht lustig?« fragte er Dillon. »Wird Ihnen gefallen, wenn Sie in diesem Eimer stehen und wir sie runterlassen.«

In diesem Moment wußte Dillon, daß er es mit einem Irren zu tun hatte, denn Judas hatte sichtlich seinen Spaß an dieser Sache; doch er blieb völlig ruhig.

»Ich kann bloß sagen, Sie haben offenbar überhaupt keine Ahnung von Abwasserkanälen.«

»Was soll das heißen?«

»Wenn man menschliche Krankheitserreger verschluckt, ist die Chance zu sterben nicht gerade gering, und wenn man dort unten von Ratten gebissen wird, hat man beste Aussichten, die Weilsche Krankheit zu kriegen – woran man mit fünfzigprozentiger Wahrscheinlichkeit krepiert, wenn die Leber aussetzt. Deshalb denke ich mir, daß Ihnen gar nicht so viel an mir liegen kann.«

Judas explodierte vor Wut. »Du verfluchter Klugscheißer. Rein in den Eimer, oder ich blase dir den Kopf weg.«

Er riß Aaron die Beretta aus der Hand, und Marie de Brissac schrie entsetzt auf. »Nein!«

Dillon lächelte ihr zu. »Ich weiß nicht, wer Sie sind, Mädchen, aber keine Sorge. Er braucht mich noch.«

Er stellte sich in den Eimer, den Raphael und Arnold hinabließen. Judas beobachtete ihn über den Brunnenrand gebeugt. Einige Augenblicke später traf er aufs Wasser. Seine Füße versanken in einer dreißig Zentimeter hohen Schlammschicht, und das Wasser stand ihm bis zur Brust. Der Eimer wurde hochgezogen. Er schaute nach oben, wo nur ein Lichtkreis zu sehen war, dann wurde es dunkel, und er war allein.

Der Gestank war schauderhaft und das Wasser eiskalt. Er erinnerte sich an eine ähnliche Situation, die er einmal in Beirut erlebt hatte, als er geglaubt hatte, arabischen Extremisten in die Hände gefallen zu sein. Gemeinsam mit einem protestantischen Terroristen aus Ulster, der versucht hatte, ins Urangeschäft zu kommen, hatte man ihn in einen ähnlichen Brunnen hinuntergelassen. Das Ganze hatte sich als ein Manöver des israelischen Geheimdienstes herausgestellt mit dem Ziel, den anderen Mann mürbe zu machen. Dillon hatte vier Vollbäder nehmen müssen, um den Gestank loszuwerden.

Er ertastete eine Art Sims im Mauerwerk und setzte sich darauf, schlang die Arme zum Schutz gegen die Kälte um seinen Körper und überlegte, wer diese Frau gewesen sein mochte. Noch ein Geheimnis mehr! Aber eins stand jedenfalls für ihn mit absoluter Sicherheit fest: Judas war nicht nur ein Fanatiker, er war tatsächlich verrückt.

Etwas strich an seinem Bein vorbei und schwamm davon. Dillon wußte, was es war.

David Braun hatte Marie de Brissac wieder in ihr Zimmer gebracht. Sie weinte, und er ertappte sich plötzlich dabei, daß er ihr übers Haar strich wie einem Kind.

»Jetzt ist alles gut«, sagte er leise und drückte sie an sich. »Ich bin ja da.«

»Oh, David, ich hatte solche Angst, und Judas ...« Sie schauderte. »Er war entsetzlich.«

»Er hat eine große Verantwortung auf sich genommen. Auf seinen Schultern lastet sehr viel.«

»Dieser Mann, den er Dillon genannt hat – wer ist das?«

»Darüber brauchen Sie sich keine Gedanken zu machen. Wissen Sie, was Ihnen gut täte? Ein schönes Bad. Ich lasse das Wasser einlaufen, und dann schaue ich mal nach Ihrem Abendessen.«

»Heute nicht, David. Ich könnte keinen Bissen runterkriegen. Aber Wein, David! Ich bin wahrhaftig keine Trinkerin, aber heute abend brauche ich einen Schluck Alkohol.«

»Dann bis später.«

Er ging hinaus und verschloß die Tür hinter sich. Einen Moment blieb er im Korridor stehen und merkte, daß seine Hände zitterten.

»Was passiert nur mit mir?« sagte er und lief eilig davon.

Marie de Brissac lag bis zum Hals in duftendem Schaum, rauchte eine Zigarette und versuchte sich zu entspannen. Die ganze Sache war wie ein Alptraum, und bei Judas' Wutausbruch hatte sie wirklich das Entsetzen gepackt. Aber dieser Mann, dieser Dillon ... Verwundert dachte sie an das merkwürdig ironische Lächeln auf seinem Gesicht, als man ihn in den Brunnen hinuntergelassen hatte. Anscheinend hatte er nicht die geringste Angst gehabt, und das ergab einfach keinen Sinn. Dazu kam noch die Sache mit David. Sie war Frau genug, um zu wissen, was zwischen ihnen geschah. Gut, mochte es so sein. In ihrer gegenwärtigen Situation würde sie jeden nur möglichen Vorteil ausnutzen müssen.

In London prasselten die Regentropfen gegen die Fenster von Charles Fergusons Wohnung am Cavendish Square. Hannah Bernstein spähte aus dem Fenster, und Kim, Fergusons ehemaliger Offiziersbursche, brachte aus der Küche ein Tablett mit einer Kanne Kaffee und Tassen.

»Kommen Sie, Chief Inspector«, rief Ferguson, der am Kamin saß, »es hat keinen Sinn, sich Sorgen zu machen. Trinken Sie einen Kaffee.«

Sie setzte sich in einen Sessel ihm gegenüber, und Kim schenkte ein. »Keine Neuigkeiten, Sir.«

»Ich weiß. Aber das wird schon. Schließlich muß das Ganze ja einen Sinn haben.«

»Ich nehme es an.«

»Sie mögen Dillon, nicht wahr?«

»Wenn Sie meinen, ob ich eine Schwäche für ihn habe, nein. Ich kann seine Vergangenheit nicht gutheißen, das habe ich nie getan.«

»Aber Sie mögen ihn trotzdem?«

»Schon. Obwohl er ein ausgemachter Bastard ist, nicht wahr, Sir?«

»Wie sind Sie denn in Wandsworth vorangekommen?«

»Ich habe mit Dunkerley, dem Chef der Wachmannschaft, gesprochen, und er hat mir so ziemlich das gleiche erzählt wie Ihnen, als Sie mit ihm telefoniert haben. Das Gefängnis ist an Besuchstagen der reinste Zirkus. Aussichtslos, daß sich bei etlichen hundert Leuten irgendwer an Brown erinnert. Es ist schon Pech, daß der Gefängniswärter Jackson, der einzige, der mit Brown persönlich zu tun hatte, bei diesem Unfall ums Leben kam.«

»Unfall, von wegen«, schnaubte Ferguson.

»So heißt es wenigstens im Polizeibericht, Sir. Alle Augenzeugen sagen, er sei nach vorn gestürzt.«

»Das kam viel zu gelegen. Was ist mit der Anwaltskammer?«

»Dort sind, beziehungsweise waren, drei George Browns registriert. Einer starb vor einem Monat, der zweite ist ein Farbiger, und der dritte ist berühmt für seine Auftritte vor Gericht im Rollstuhl.«

»Verstehe.«

»Ich habe eine Kopie des Films aus der Überwachungskamera im Besucherbereich, aber nur ein Mensch könnte darauf Brown identifizieren.«

»Riley?«

»Genau, Sir.«

»Ach ja«, seufzte Ferguson. »Ich hab' auch noch eine kleine Neuigkeit für Sie. Captain Carter hat sich auf dem Rückweg nach Zypern gemeldet. Er und seine Mannschaft hatten eine Besprechung unter Deck, als sie offenbar mit Giftgas betäubt wurden. Sie waren mehrere Stunden lang besinnungslos.«

»Sind alle in Ordnung?«

»Zwei seiner Männer machen ihm ziemliche Sorgen. Sie kommen gleich nach der Ankunft ins Militärkrankenhaus. Drücken wir ihnen die Daumen.«

Dillon, dem inzwischen kälter war als je zuvor in seinem Leben, lehnte sich gegen die Backsteinwand. »Großer Gott«, seufzte er. »Allmählich wird's wirklich langweilig.«

Im Wasser bewegte sich etwas, und eine Ratte glitt über sein rechtes Bein. Er fegte sie weg. »Da bist du ja wieder, du kleiner Schlingel. Benimm dich bloß.«

5

Da man ihm seine Uhr gelassen hatte, konnte Dillon verfolgen, wie die Zeit verging, auch wenn er sich fragte, ob das eigentlich gut war, denn die Stunden schienen einfach endlos.

Er erinnerte sich, daß es vier Uhr morgens gewesen war, als er zum letzten Mal nachgesehen hatte, und offenbar war er trotz seiner unangenehmen Lage kurz darauf eingenickt, denn als er wieder hochfuhr, sprang eine Ratte von seiner Schulter, und ein Blick auf die Uhr zeigte ihm, daß es halb acht war.

Etwas später wurde oben das Licht eingeschaltet, und Judas beugte sich über den Brunnenrand. »Noch heil und munter, Dillon?«

»Sozusagen.«

»Gut. Wir ziehen Sie jetzt hoch.«

Der Eimer kam herunter, Dillon stellte sich hinein und wurde langsam hinaufgezogen. Als sein Kopf über dem Brunnenrand auftauchte, sah er Judas, Aaron und Arnold.

»Mein Gott, Sie stinken vielleicht, Dillon!« Judas lachte. »Hol ihn da raus, Aaron, und mach so weiter, wie ich es gesagt habe.« Damit verschwand er die Treppe hinauf.

»Ich bringe Sie zurück in Ihr Zimmer«, sagte Aaron. »Mir scheint, Sie brauchen dringend eine Dusche.«

»Eher drei oder vier«, entgegnete Dillon.

Er zog sich im Badezimmer aus und warf die verdreckten Kleider in einen schwarzen Plastiksack, den Aaron ihm gegeben hatte. Während er zum zweitenmal duschte, erschien Arnold und nahm den Plastiksack mit. Dillon blieb weiter unter der Dusche, und als er endlich nach einem Handtuch griff, sah Aaron zur Tür herein.

»Frische Kleider liegen auf dem Bett, Mr. Dillon.«

»In der richtigen Größe, wie ich annehme.«

»Wir wissen alles über Sie.«

»Schuhe? Was ist mit Schuhen?«

»Sind ebenfalls da. Ich komme wieder, wenn Sie sich angezogen haben.«

Dillon trocknete seine Haare, rasierte sich und ging ins Schlafzimmer, wo frische Unterwäsche, ein kariertes Hemd, Jeans, Socken und ein Paar Turnschuhe bereitlagen. Er zog sich rasch an und kämmte sich, als Aaron die Tür öffnete.

»So ist's schon besser. Fertig fürs Frühstück?«

»Das können Sie laut sagen.«

»Dann kommen Sie mit.«

Er ging den Korridor entlang zu einer anderen Tür, die er öffnete und zur Seite trat.

»Hier herein, Mr. Dillon.«

Marie de Brissac stand an ihrer Staffelei und drehte sich unsicher um. »Ich bringe Ihnen etwas Gesellschaft«, sagte Aaron. »Gleich gibt es Frühstück.« Er schloß die Tür und sperrte ab.

»Sean Dillon.« Er streckte die Hand aus. »Comtesse, stimmt's?«

»Lassen wir das, Marie genügt – Marie de Brissac. War es schlimm?«

»Die Nacht war allerdings ziemlich übel. Ich nehme mir eine Zigarette, wenn's recht ist.«

»Natürlich.«

Er inhalierte genüßlich. »Wissen Sie vielleicht zufällig, wo wir hier sind?«

»Ich habe nicht die geringste Ahnung. Und Sie?«

»Leider auch nicht. Ich war in einem Fischerdorf namens Salinas auf Sizilien, das ist das letzte, an das ich mich erinnere. Ich muß mindestens zwölf Stunden lang auf See gewesen sein, aber ich war die meiste Zeit über bewußtlos.«

»So ähnlich war es auch bei mir. Ich war auf Korfu, als man mich entführt hat. Es wurde von einem Flug gesprochen, dann bekam ich eine Spritze in den Arm und bin erst hier wieder aufgewacht.«

»Aber was zur Hölle soll das alles?« fragte Dillon.

Die Tür öffnete sich, und Braun kam mit einem Tablett herein.

»Guten Morgen, Mr. Dillon – Comtesse.« Er stellte das Tablett ab. »Rühreier, Toast, Marmelade und englischer Frühstückstee. Viel besser als Kaffee. Ich komme später wieder.«

Nachdem er gegangen war, meinte Dillon: »Ich weiß nicht, wie es mit Ihnen ist, aber ich bin fast verhungert. Essen wir, solange alles warm ist.«

»Einverstanden.«

»Wir wissen also nicht, wo wir sind«, sagte Dillon, als sie sich am Tisch gegenübersaßen. »Könnte Italien oder Griechenland sein, vielleicht sogar die Türkei oder Kreta. Ägypten wäre auch möglich.«

»Reichlich Auswahl, aber wer sind Sie, Mr. Dillon, und warum sind Sie hier?«

»Ich arbeite für eine Abteilung des Britischen Geheimdienstes und war auf Sizilien, um in einer reichlich illegalen Aktion einen vielgesuchten arabischen Terroristen zu verhaften. Meine Partnerin, Chief Inspector Hannah Bernstein von der Abteilung für Innere Sicherheit bei Scotland Yard, war bei mir. Die ganze Sache stellte sich als eine Falle heraus. Mich haben sie mitgenommen, aber Hannah ließen sie laufen, damit sie es meinem Boß, Brigadier Ferguson meldete. Wie war's bei Ihnen?«

»Ich habe Urlaub im Nordosten Korfus gemacht, um dort an der Küste zu malen, und war ganz allein, wie ich es im Moment am liebsten habe.«

»Sie sind Französin.«

»Das stimmt. Ich malte am Strand, als David – der Mann, der sich David Braun nennt – zusammen mit diesem Moshe dort auftauchte. Sie packten meine Sachen zusammen und nahmen mich ohne eine Erklärung mit. Den Rest kennen Sie.«

»Es muß aber einen Grund geben«, meinte Dillon. »Was ist so Besonderes an Ihnen? Erzählen Sie mir von sich.«

»Nun, mein Vater war General Comte Jean de Brissac, ein Kriegsheld, der vor einigen Jahren verstorben ist, und letztes Jahr starb auch meine Mutter. Das habe ich immer noch nicht ganz verwunden. Jedenfalls bedeutet das, daß ich jetzt Comtesse de Brissac bin. Der Titel vererbt sich auf diese Weise weiter, von der Mutter oder dem Vater her.«

»Aber aus diesem Grund würde Sie niemand entführen«, sagte Dillon.

»Ich bin ziemlich wohlhabend. Vielleicht wollen sie ein Lösegeld?«

»Möglich, nur erklärt das nicht, warum sie mich verschleppt haben.« Er schenkte sich noch einen Tee ein. »Wissen Sie, nach allem, was dieser Judas mir erzählt hat, sind sie irgendeine jüdische Extremistengruppe.«

»Das macht die Sache noch viel mysteriöser. Ich habe keinerlei Verbindungen zu Juden.« Sie überlegte einen Moment. »Der Anwalt unserer Familie in Paris, Michael Rocard, ist Jude, aber wo sollte da ein Zusammenhang bestehen? Er ist schon seit mindestens dreißig Jahren der Anwalt der Brissacs. Das Häuschen, das ich auf Korfu gemietet hatte, gehört ihm.«

»Gibt es da sonst noch was?« fragte Dillon. »Irgend etwas in Ihrem Leben? Kommen Sie, Lady.«

»Mir fällt zumindest nichts ein.« Er spürte ihr Widerstreben und hakte sofort nach.

»Kommen Sie, die Wahrheit.«

Sie seufzte und lehnte sich zurück. Dann erzählte sie es ihm.

Dillon war sprachlos. Er ging zum Tisch am Fenster und nahm sich eine ihrer Zigaretten. »Jake Cazalet. Das ist es.«

»Aber warum?«

»Sie werden es gleich verstehen.« Er berichtete ihr alles, was in Sizilien geschehen war, von den Menschen, die dort umgebracht worden waren, von Judas und den Makkebäern und schließlich von Nemesis.

Als er fertig war, konnte sie nur fassungslos den Kopf schütteln. »Das ist so entsetzlich, ich kann es kaum glauben. Ein solch grauenhaftes Morden in einem solchen Ausmaß.«

»Dieser Judas ist komplett verrückt, da bin ich mir sicher; allerdings gilt das im Grunde eigentlich für viele Extremisten.«

»Aber es sind Juden. Wer würde denn glauben ...«

»Daß Juden Terroristen sind? Und wer hat Premierminister Rabin umgebracht? Es genügt ja schon eine kleine, zu allem entschlossene Gruppe. Nehmen Sie Irland als Beispiel.

Mehr als fünfundzwanzig Jahre Bomben und Schießereien, Tausende Tote, Hunderttausende Verwundete, von denen manche fürs Leben verkrüppelt sind, und trotzdem hat die IRA zu keiner Zeit mehr als dreihundertfünfzig aktive Mitglieder gehabt. Die Mehrheit der irischen Bevölkerung haßt die Gewalt und verurteilt sie.«

»Sie wissen gut Bescheid.«

Er spürte ihre unausgesprochene Frage, die in diesem Satz lag. »Ich stamme eigentlich aus Belfast. Mit neunzehn war ich ein junger Schauspieler in London. Mein Vater fuhr auf Besuch nach Hause, geriet auf einer Straße in Belfast in einen Schußwechsel und starb durch die Kugeln britischer Soldaten.«

»Und Sie sind der IRA beigetreten?«

»Wie man so reagiert mit neunzehn. Ja, Comtesse, ich wurde ein Kämpfer für die glorreiche Sache, und wenn man diesen Weg einmal eingeschlagen hat, gibt es kein Zurück mehr.«

»Aber Sie haben sich geändert. Immerhin arbeiten Sie für den britischen Geheimdienst und diesen Brigadier Ferguson.«

»Mir blieb kaum eine andere Wahl. Ich stand vor der Alternative, entweder von einem serbischen Erschießungskommando in Bosnien exekutiert zu werden oder Fergusons Angebot anzunehmen, künftig für ihn zu arbeiten.«

»Und eigentlich das gleiche zu tun wie bisher.«

»Genau, wenn auch für gewöhnlich auf der richtigen Seite.«

»Ich verstehe«, erwiderte sie mit deutlichem Unbehagen.

»Ich habe nie zu denen gehört, die am Bombenlegen ihren Spaß hatten, Comtesse«, sagte Dillon. »Und in Sizilien hätte ich notfalls höchstens Hakim und seine Männer erschossen, aber nicht das alte Ehepaar und das Mädchen.«

»Ja, ich ... ich glaube Ihnen.«

Er lächelte sein ganz besonderes Lächeln, das ungeheuer einnehmend war und seine Persönlichkeit vollkommen veränderte.

»Das ist auch besser so, Comtesse, weil ich der einzige Freund bin, den Sie hier haben.«

»Ich glaube Ihnen. Und jetzt geben Sie mir eine Zigarette und sagen mir, was wir Ihrer Meinung nach tun sollen.«

»Ich wünschte, ich wüßte es.« Er gab ihr mit seinem alten Zippo Feuer. »Interessanterweise hat Judas mit keinem einzigen Wort erwähnt, daß Sie Cazalets Tochter sind, aber er weiß es offensichtlich.«

»Warum hat er es Ihnen dann nicht erzählt?«

»Ich glaube, er hat seinen Spaß an solch kleinen Spielchen wie der Sache mit dem Keller und dem Brunnen letzte Nacht. Vermutlich wollte er, daß ich es von selbst herausfinde.«

Sie nickte. »Also hat er vor, mich als Druckmittel zu benutzen, um meinen Vater zur Unterzeichnung dieses Befehls zur totalen Zerstörung von drei Ländern zu zwingen?«

»So ungefähr.«

Sie schüttelte den Kopf. »Jake Cazalet ist ein guter Mann, Mr. Dillon. Ich kann nicht glauben, daß er so etwas genehmigen würde, ganz gleich, womit man ihm droht.«

»Normalerweise würde ich Ihnen zustimmen.« Dillon stand auf und ging zum Fenster. »Aber Judas meint offensichtlich, er habe mit Ihnen etwas ganz Außergewöhnliches in der Hand.« Er wandte sich um. »Erzählen Sie mir davon. Erzählen Sie mir von ihm und Ihrer Mutter. Jede Einzelheit. Vielleicht finden wir irgendwas, das uns helfen könnte.«

»Ich weiß nicht, ob ich das kann.« Sie schwieg einen Moment. »Meine Mutter hat mir im Lauf der Jahre nach und nach erzählt, wie es passiert ist. Es war keine schmutzige Affäre – ganz im Gegenteil.« Sie lachte, aber ihre Stimme zitterte. »Viel eher eine tragische.«

»Wir haben nichts Besseres zu tun. Erzählen Sie's mir einfach, solange wir noch Zeit haben. Sie könnten mich jede Minute holen kommen.«

»Also, es begann vor langer Zeit in Vietnam. Ich bin jetzt siebenundzwanzig, und genauso lange ist es her …«

ÖSTLICHES MITTELMEER
SIZILIEN LONDON
WASHINGTON

1997

6

»Das ist ja eine wahnsinnige Geschichte«, sagte Dillon.

Sie nickte. »Erinnern Sie sich noch an seinen glänzenden Wahlsieg?«

»Haben Sie ihn seither mal gesehen?«

»Nur einmal, bei seinem Besuch in Paris letztes Jahr, kurz nachdem er sein Amt angetreten hatte. Ich war Gast auf dem Ball des Präsidenten, aber es war im Grunde sehr unbefriedigend. Alles ging sehr formell zu, wir konnten nur ein paar Augenblicke allein miteinander reden, aber wenigstens Teddy hatte Zeit für mich. Der liebe Teddy. Mein Vater hat einen besonderen Posten für ihn geschaffen. Oberster Staatssekretär. Er hat mehr Macht im Weißen Haus als der restliche Stab zusammen und würde für meinen Vater töten.«

»Trotz allem bleibt eine wichtige Frage«, meinte Dillon.

»Und die wäre?«

»Wie hat Judas herausgefunden, wer Sie sind? Sie, Ihr Vater und Teddy Grant sind die einzigen Menschen, die es wissen.«

»Ja, das beunruhigt mich auch.«

»Sie haben Ihren Familienanwalt erwähnt, diesen Michael Rocard. Könnte er es gewußt haben?«

»Ganz sicher nicht. Als meine Mutter im Sterben lag und wir über alles sprachen, hat sie versichert, daß er nichts davon weiß.«

Dillon nahm sich eine weitere Zigarette und gab ihr ebenfalls eine. »Jetzt hören Sie mir mal zu. Ich bin in dieser Sache auf Ihrer Seite, was immer auch passiert. Er wird uns sicher bald holen lassen, und dann werden wir erfahren, was er vorhat. Ich werde jedenfalls alles tun, was er will, da ich kaum eine andere Wahl habe, aber was auch immer passiert, meine einzige Sorge ist es, Sie letzten Endes hier rauszubringen. Glauben Sie mir das?«

»Ja, Mr. Dillon, ich glaube Ihnen.«

»Gut. Dann könnten Sie jetzt etwas für mich tun. Judas hat

ein altes silbernes Feuerzeug mit einem Emblem darauf, irgendein schwarzer Vogel, vielleicht ein Falke, mit Blitzen in den Klauen. Könnten Sie versuchen, mir das aufzuzeichnen?«

Sie ging zu ihrer Staffelei, öffnete ihre Malschachtel und kam mit einem Holzkohlestift und Zeichenpapier zurück zum Tisch. »Zeigen Sie es mir.« Dillon versuchte, so gut er es vermochte, den Vogel zu skizzieren. »Also ganz schwarz mit ausgebreiteten Schwingen«, sagte sie, nahm den Holzkohlestift und begann zu zeichnen. »Waren der Kopf und der Schnabel so? Dann wäre es ein Falke.«

»Nein, der Schnabel war gelblich.«

Sie wischte den Kopf aus und begann von neuem. »Das ist er«, sagte Dillon.

Sie lachte. »Ein Rabe, Mr. Dillon.« Sie holte zwei Stifte aus ihrer Schachtel, einen schwarzen und einen gelben, und zeichnete den Vogel fertig.

»In den Klauen hatte er rote Blitzstrahlen.«

Kritisch betrachtete sie danach ihre Skizze. »Nicht schlecht.«

»Verdammt klasse.« Dillon faltete das Blatt zusammen und steckte es in seine Tasche.

»Ist es wichtig?«

»Ich glaube, es ist ein militärisches Emblem. Es könnte möglicherweise eine Spur sein.«

In diesem Moment öffnete sich die Tür. David Braun und Aaron kamen herein. »Folgen Sie mir bitte«, sagte Aaron. »Alle beide.«

Braun ging voraus und führte sie wieder zu Judas in sein Arbeitszimmer.

»Da sind Sie ja. Haben Sie sich nett unterhalten?«

»Lassen Sie das Gerede«, erwiderte Dillon. »Kommen Sie lieber zur Sache.«

»Okay, Kamerad. Nächste Woche trifft sich das Future Projects Committee, und diesmal unterzeichnet der Präsident den Plan Nemesis.«

»Warum sollte er?«

»Weil ich andernfalls seine Tochter hinrichte.«

Es entstand eine lange Pause, ehe Dillon fragte: »Wovon reden Sie?«

»Lassen Sie den Blödsinn, Dillon. Ich weiß, wer sie ist.«

»Und woher?«

»Ich habe doch gesagt, ich habe überall Makkabäer. Beim MI5 in London, beim CIA ... Sie brauchen zum Beispiel nur in irgendeiner Computerdatei nach mir zu fahnden, und schon wird einer meiner Leute davon erfahren. Jeder im Geheimdienst weiß genau, daß es viel weniger die Leute in wichtigen Positionen sind, um die man sich Sorgen machen muß – es sind vielmehr die kleinen, unsichtbaren Angestellten, die an den Computern sitzen, die Archivkräfte, die Sekretärinnen.« Er lachte. »Ich weiß jedenfalls, wer sie ist, das genügt.«

»Mein Vater wird diesen Wahnsinnsbefehl nie unterzeichnen«, sagte Marie de Brissac.

»Oh, ich glaube, wir können ihn dazu überreden. Schließlich sind Sie Cazalet nicht gleichgültig, Marie, im Gegenteil. Im Zusammenhang mit Ihnen hat er sicher eine Menge Emotionen – Liebe, Schuldgefühle, tiefes Bedauern über den Verlust Ihrer Mutter und die versäumten Gelegenheiten, mit Ihnen zusammenzusein. Sie sind keine gewöhnliche Geisel. Und er kann jederzeit eine Provokation durch die Araber erfinden. Der CIA ist in solchen Sachen sehr geschickt, und wir werden natürlich mit Freuden dabei helfen. Nein, wir können wohl erwarten, daß er wunschgemäß reagiert, wenn er sich alles gründlich überlegt hat.«

»Und was jetzt?« fragte Dillon.

»Sie werden nach Salinas zurückgebracht, dann fliegen Sie weiter nach London und zu Ferguson.« Er öffnete eine Schublade und nahm ein Handy heraus. »Das neueste Modell, Kamerad, mit Satellitenantenne und nicht zu orten. Sie können mich zwar nicht anrufen, aber ich werde mich melden.«

»Wozu soll das gut sein?«

»Um meine Macht zu beweisen. Ich will's Ihnen erklären. Es wäre verständlich, wenn Ferguson nach dem Gespräch mit Ihnen beschließen würde, die Computer des Britischen Geheimdienstes nach Informationen über eine Terroristengruppe namens ›die Makkabäer‹ zu durchforsten. Wenn er das tut, weiß ich es schneller, als Sie sich vorstellen können, und rufe Sie an, um es Ihnen zu sagen. Falls Cazalet das gleiche bei den CIA-Dateien probiert, werde ich es ebenfalls erfahren und Sie ebenfalls anrufen. Meine unsichtbaren Leute sind überall. Übrigens ist es in jedem Fall nur Zeitverschwendung. Es gibt nirgendwo Informationen über mich oder meine Organisation.«

»Was ist dann der Zweck dieser Übung?«

»Es beweist Ihnen einfach meine Macht. Aber kommen wir wieder zur Sache. Wir setzen Sie also in Salinas ab, Sie kehren zu Ferguson zurück und informieren ihn darüber, daß ich Cazalets Tochter hinrichten lasse, falls er Nemesis nicht beim kommenden Treffen des Future Projects Committee unterzeichnet.«

»Sie sind verrückt«, flüsterte Marie de Brissac.

»Sagen Sie Ferguson, daß ich es für besser halte, den Premierminister nicht zu unterrichten. Sie machen mit Ferguson einen Abstecher nach Washington ins Weiße Haus, wo er sicher problemlos eine Audienz beim Präsidenten erhalten wird.«

»Ich verstehe«, nickte Dillon. »Und wir richten ihm Ihre Botschaft aus?«

»Genau, und Sie fügen hinzu, falls er den kleinsten Versuch unternimmt, die CIA, das FBI oder irgendeine militärische Spezialeinheit einzuschalten, werde ich davon erfahren und die Comtesse ebenfalls sofort hinrichten lassen. Ich habe überall meine Leute, Dillon, wie Ihnen meine Telefonanrufe auf Ihre Nachforschungen hin beweisen werden.«

Dillon holte tief Luft. »Es läuft also schlicht und einfach darauf hinaus, daß Cazalet entweder mit seiner Unterschrift den Plan Nemesis in Kraft setzt oder sie stirbt.«

»Ganz genau, Kamerad, ich hätte es selbst nicht besser sagen können.«

»Er unterzeichnet bestimmt nicht.«

»Das wäre ein Jammer – für die Comtesse.«

»Sie Ungeheuer!« rief Marie de Brissac.

Judas nickte David Braun zu. »Bring Sie zurück in ihr Zimmer.«

»Leben Sie wohl, Mr. Dillon, und Gott schütze Sie. Wir werden uns nicht wiedersehen. Mein Vater wird sich niemals auf eine solche Erpressung einlassen«, sagte Marie de Brissac.

»Verlieren Sie nicht die Hoffnung, Mädchen«, erwiderte Dillon, ehe David Braun sie hinausführte.

Dillon schlenderte zum Schreibtisch, nahm sich eine Zigarette und zündete sie mit dem silbernen Feuerzeug an. »Sie könnten sie genausogut gleich umbringen«, meinte er nach einem tiefen Zug. »Cazalet wird einen solchen Wahnsinnsbefehl nie unterschreiben.«

»Dann überreden Sie ihn besser dazu«, erwiderte Judas und wandte sich an Aaron. »Mr. Dillon reist ab. Bringt ihn nach Salinas.«

»Dem Kerl ist nicht zu trauen«, sagte Aaron in schnellem Hebräisch. »Du hast ja seine Akte gesehen.«

»Keine Sorge. Ich lasse ihn gleich nach dem Treffen mit dem Präsidenten in Washington erschießen. Ist alles schon arrangiert. Ein ganz professioneller Job, der wie ein normaler Straßenüberfall aussieht. Kennst du Washington? Dort werden dauernd Leute überfallen und umgebracht. Ich weiß, daß Ferguson immer im Charlton absteigt, und Tiefgaragen sind heutzutage ziemlich unsicher.«

»Und Ferguson?«

»Nein, er ist zu wichtig und könnte uns noch nützlich sein.«

»Was soll dieses Gerede?« fragte Dillon, der alles verstanden hatte. »Haben Sie Ihre Meinung geändert? Wirft man mich unterwegs mit einer zwanzig Pfund schweren Ankerkette um die Fußknöchel über Bord?«

»Sie haben wirklich eine blühende Fantasie, Kamerad. Jetzt los mit Ihnen.«

Er steckte sich eine Zigarre in den Mund, Aaron nahm das Spezialhandy vom Schreibtisch und führte Dillon zurück in sein Zimmer.

Auf dem Bett fand er sein Jackett. »Gewaschen und gebügelt«, sagte Aaron. »Brieftasche, Scheckkarten und Ihr Paß sind drin, auch Ihr Handy, so daß Sie Ferguson gleich anrufen können, wenn Sie in Salinas sind.« Er warf ihm das andere Handy zu. »Ihr Geschenk von Judas. Verlieren Sie es nicht.«

Dillon streifte das Jackett über und steckte es in eine Tasche. »Dieser elende Dreckskerl.«

»Ein großer Mann, Mr. Dillon, das werden sie noch einsehen.« Aaron nahm eine schwarze Kapuze aus seiner Tasche. »Ziehen Sie sich die hier über den Kopf.« Dillon gehorchte; Aaron öffnete die Tür und nahm seinen Arm. »Wir gehen jetzt zum Boot.«

Als das Boot an der Mole von Salinas anlegte, schaute Dillon auf seine Uhr und sah, daß die Fahrt ungefähr zwölf Stunden gedauert hatte. Man hatte ihn auch diesmal wieder betäubt, allerdings nur für die ersten acht Stunden. Es war dunkel, und im gelblichen Licht einer trüben Lampe glitzerten die herabfallenden Regentropfen wie silberne Fädchen.

»Acht Uhr an einem schönen sizilianischen Abend, Mr. Dillon«, sagte Aaron, »und das gute alte Salinas erwartet Sie.«

»Was für eine Freude.«

»Viel Glück, Mr. Dillon.« Überraschenderweise fügte er hinzu: »Sie werden es brauchen.«

Dillon stieg über die Reling und ging die Mole entlang, bis er am anderen Ende einen Unterstand fand, wo er sich eine Zigarette anzündete und dem Boot nachblickte. Seine roten und grünen Lichter verblaßten allmählich in der Nacht. Er nahm sein Handy heraus und gab Fergusons Privatnummer ein.

Der Brigadier meldete sich fast sofort. »Ferguson.«

»Ich bin's, Dillon.«

»Gott sei Dank.«

»Sie haben mich wieder zurück nach Salinas gebracht mit einer Botschaft für den Präsidenten, die wir beide ihm ausrichten sollen.«

»Ist es so schlimm, wie es klingt?«

»Ein einziger Alptraum.«

»Na gut. Ich sorge dafür, daß Lacey und Parry gleich nach Palermo fliegen, und rufe Gagini an, damit er sich darum kümmert, daß Sie sobald wie möglich abgeholt werden. Wo sind Sie zu finden?«

»Im English Café.«

»Warten Sie dort. Ich bin froh, daß Ihnen nichts passiert ist, Sean«, fügte er nach einer kleinen Pause hinzu.

Dillon schaltete sein Handy ab. Na, so eine Überraschung, dachte er, der alte Ferguson zeigt Gefühl!

Als erstes rief Ferguson bei Hannah Bernstein an. »Er ist wieder in Salinas, Chief Inspector, und es geht ihm gut. Ich sorge dafür, daß er so bald wie möglich wieder in London ist.«

»Und worum ging es bei der ganzen Sache, Sir?«

»Ich weiß es noch nicht. Ich möchte, daß Sie gleich zu mir kommen. Kim wird für Sie eines der Gästezimmer herrichten.«

»Natürlich, Sir.«

»Bis dann.«

Als nächstes telefonierte er mit der Flugbereitschaft des Verteidigungsministeriums und veranlaßte, daß eine Maschine nach Palermo startete; schließlich sprach er mit Gagini.

»Hören Sie, Paolo, ich kann Ihnen nicht sagen, worum es geht, aber es ist eine große Sache, und Dillon muß so rasch wie möglich aus Salinas abgeholt und sicher nach Palermo gebracht werden.«

»Kein Problem«, versicherte Gagini. »Sagen wir, Sie sind mir einen Gefallen schuldig.«

Nach dem Gespräch mit Gagini saß Ferguson am Kamin, trank seinen Tee, den Kim ihm serviert hatte, und genehmigte sich etwas Gebäck, das ihm sehr gut schmeckte, doch er fühlte sich trotzdem äußerst unbehaglich.

»Verdammt, Dillon!« sagte er leise. »Was haben Sie mir jetzt nur wieder eingebrockt?«

Etwas später klingelte es an der Tür, Kim öffnete, und Hannah kam mit einer Tasche herein, in die sie die nötigsten Sachen gepackt hatte. Kim nahm ihr den durchnäßten Regenmantel ab.

»Gott, Sie sind ja triefnaß«, sagte Ferguson. »Kommen Sie, setzen Sie sich an den Kamin.«

»Mir geht's gut, Brigadier. Was ist mit Dillon?«

»Wie schon gesagt, sie haben ihn wieder in Salinas abgesetzt. Er hat nur angedeutet, daß es eine große Sache ist und etwas mit dem Präsidenten zu tun hat, mehr weiß ich auch nicht.«

»Mein Gott!«

»Ich glaube nicht, daß wir bereits den Allmächtigen zu Hilfe rufen müssen. Ich lasse Kim frischen Tee aufgießen, und dann müssen wir uns einfach in Geduld fassen.«

Der Regen tropfte vom Dach des English Café. Dillon saß auf der Terrasse und gönnte sich eine halbe Flasche Rotwein – nachdem er eine Schüssel Spaghetti Napoli verspeist hatte –, als ein Polizeiwagen anhielt. Der Fahrer blieb hinter dem Lenkrad sitzen, aber ein junger Sergeant stieg aus und kam die Treppe herauf.

»Entschuldigung, Signor.« Er suchte offenbar nach Worten, da sein Englisch ihn im Stich ließ.

Dillon kam ihm in fließendem Italienisch zu Hilfe. »Mein Name ist Dillon, Sergeant. Was kann ich für Sie tun?«

Der Sergeant lächelte. »Ich habe Befehl von Colonel Gagini, Sie so bald wie möglich nach Palermo zu bringen.«

Ein zweiter Streifenwagen kam herangefahren und hielt hinter dem ersten. Der Beamte, der auf dem Beifahrersitz saß, hatte eine Maschinenpistole auf den Knien liegen.

»Eine lange Fahrt«, sagte Dillon.

»Pflicht ist Pflicht, Signor, und Colonel Gagini hat uns eingeschärft, Sie heil und gesund abzuliefern. Können wir aufbrechen?«

»Mit Vergnügen.« Sean Dillon trank seinen Wein aus und folgte ihm die Treppe hinunter.

Es regnete, als der Learjet am nächsten Morgen um neun Uhr auf dem Flugplatz von Farley Field landete. Dillon grinste Lacey zu. »Ich würde nicht auf Urlaub hoffen, Flight Lieutenant. Sie werden in den nächsten Tagen sehr beschäftigt sein.«

»Wirklich, Sir? Na, dann wird uns wenigstens nicht langweilig.«

Dillon ging auf den Daimler zu, in dem Hannah Bernstein

wartete, und stieg ein. »Der große Boß hat wohl keine Zeit, was?«

»Er wartet im Büro.« Sie zog seinen Kopf zu sich herab und küßte ihn auf die Wange. »Ich hab' mir Sorgen um Sie gemacht, Sie Scheusal.«

»Aber, aber, was ist das denn für eine Ausdrucksweise für ein nettes jüdisches Mädchen.« Er zündete sich eine Zigarette an und öffnete das Fenster. »Damit Sie nicht passiv mitrauchen müssen.«

»Sagen Sie endlich, was passiert ist. Was sollte das Ganze?«

Einen Moment schwieg sie fassungslos, nachdem er ihr alles erzählt hatte. »Das ist ungeheuerlich.«

»Ja, das kann man wohl sagen.«

»Dieser Judas muß wirklich verrückt sein.«

»Ja, das kann man wohl sagen.«

Der Brigadier saß an seinem Schreibtisch im Verteidigungsministerium und hörte Dillon schweigend zu.

»Das ist das Unglaublichste, was ich je gehört habe«, meinte er schließlich. »Ich frage mich, ob dieser Mann es tatsächlich ernst meint.«

»Ich habe mich bei Gagini wegen Hakim erkundigt«, erwiderte Dillon, »und ich glaube, Sie haben inzwischen schon seinen Bericht.«

»Ja, ein regelrechtes Blutbad.«

»Judas und seine Makkabäer meinen es sogar sehr ernst, Brigadier. Wie gesagt, es ist ein einziger Alptraum, aber leider sehr real.«

»Was also machen wir?«

»Stellen wir ihn doch einfach erst mal auf die Probe.« Dillon wandte sich an Hannah. »Loggen Sie sich mal in den Zentralcomputer des Geheimdienstes ein und sehen Sie, ob es dort irgendwas über Judas Makkabäus und die Makkabäer gibt.«

Ferguson nickte. »Nur zu, Chief Inspector.«

Nachdem sie das Büro verlassen hatte, meinte er: »Diese arme Frau, die dort bei Ihnen war, muß ja Todesangst ausstehen.«

»Sie ist eine wirkliche Lady und wird schon mit der Situation fertig.«

»Aber er wird sie umbringen!«

»Nein, das wird er nicht, weil ich ihn zuerst umbringe«, erklärte Sean Dillon mit eisiger Entschlossenheit.

Hannah kehrte zurück. »Nichts, Sir, absolut nicht das Geringste über Judas Makkabäus und die Makkabäer.«

»Gut«, nickte Dillon, »dann warten wir jetzt mal, ob er mich über das Spezialhandy anruft.« Er nahm das Gerät aus seiner Tasche und legte es auf den Tisch.

»Chief Inspector«, sagte Ferguson. »Sie haben gehört, was Dillon über die Sorgen der Makkabäer hinsichtlich der Zukunft Israels und so weiter erzählt hat. Wie denken Sie als Jüdin darüber?«

»Mein Großvater ist Rabbi, wie Sie wissen, und mein Vater ist ebenfalls sehr orthodox. Trotzdem sind sie stolz auf meinen beruflichen Erfolg und immer für mich da, selbst wenn ich wegen der Anforderungen meines Berufs die Gesetze unserer Religion übertreten muß. Ich bin sehr stolz darauf, Jüdin zu sein, und ich unterstütze Israel.«

»Aber?« fragte Ferguson. »Sie scheinen zu zögern.«

»Ich will es einmal so ausdrücken, Sir: Während des Zweiten Weltkriegs haben die Nazis schreckliche Verbrechen begangen; die Engländer haben sich dagegen verhalten, wie man es erwarten durfte. Es gibt arabische Terrorgruppen, die Frauen und Kinder abschlachten. Solche Aktionen erwarte ich von Israelis nicht. Allerdings gibt es eine fundamentalistisch gesinnte Minderheit, die zum Beispiel dem Mord an Rabin applaudierte, und solche Leute sind genauso schlimm wie jede andere Extremistengruppe.«

»Und das billigen Sie nicht?«

»Wenn mein Großvater, der Rabbi, jetzt hier wäre, würde er Ihnen sagen, daß es ein wesentlicher Grundsatz der jüdischen Lehre ist, daß man nicht einmal, um selbst zu überleben, anderen das Leben nehmen darf.«

»Und was bedeutet das auf Judas bezogen?« fragte Dillon.

»Daß dieser Mann kein religiöser Fanatiker ist. Ein reiner Nationalist, vermute ich.«

»Genau wie der echte Judas Makkabäus?«

»Richtig.«

»Und Sie sind sicher, Sie empfinden keine Sympathien für ihn?«

»Warum? Nur weil ich Jüdin bin?« erwiderte sie schroff.

Ferguson hob begütigend die Hand. »Ich mußte Ihnen diese Frage stellen, Hannah, das wissen Sie.«

Das Handy klingelte, und Dillon meldete sich.

»Da sind Sie ja, Kamerad. Anfrage bei Delta-Computer Nummer drei durch Chief Inspector Hannah Bernstein nach Informationen betreffs ›die Makkabäer‹. Antwort: keine Einträge vorhanden.«

»Ja, das dachten wir uns. Möchten Sie mit Brigadier Ferguson sprechen?«

»Wozu? Sagen Sie ihm einfach, er soll sich mal besser nach Washington in Bewegung setzen. Die Zeit wird immer knapper. Hannah Bernstein grüße ich mit *Shalom*, und richten Sie ihr aus, daß ich sie sehr bewundere.«

Die Leitung war tot. »Er weiß alles.«

»Das ist unglaublich«, erwiderte Ferguson.

»Nein, es sind seine unsichtbaren Leute.«

»Einer aus seinem Netzwerk der Makkabäer«, sagte Hannah.

»Genau. Übrigens, er läßt ausrichten, daß er Sie sehr bewundert.«

»So eine Unverschämtheit! Ich habe diesen Kerl noch nie im Leben gesehen.«

»Woher wollen Sie das wissen? Woher soll ich das wissen? Übrigens eine interessante Frage: Die Burschen, die mich gekidnappt haben, und später auch die anderen – alle haben ihre Gesichter gezeigt. Warum?«

»Weil sie nur einfaches Fußvolk sind«, entgegnete Hannah.

»Eben, aber Judas trug eine Kapuze. Jetzt bemühen Sie mal Ihren geschulten Polizeiverstand, Chief Inspector.«

»Das ist doch offensichtlich – er hat ein Gesicht, das man erkennen könnte.«

»Das bedeutet, er ist ein bekannter Mann.«

»Das ist doch egal«, warf Ferguson ein. »Jedenfalls wissen

wir jetzt, daß er die Wahrheit gesagt hat. Wir haben lediglich unserem zentralen Informationscomputer eine Frage gestellt, und er hat es sofort erfahren. Mit anderen Worten, wir sind regelrecht lahmgelegt.«

»Und was machen wir nun?« fragte Dillon.

»Nach Washington fliegen und mit dem Präsidenten reden, aber zuerst rufe ich Blake Johnson an. Chief Inspector, Sie sorgen dafür, daß der Lear bereitsteht.«

Blake Johnson war ein großer, gutaussehender Mann von achtundvierzig Jahren, der mit seinem pechschwarzen Haar um etliches jünger aussah. Mit neunzehn war er bei der Marine gewesen und aus Vietnam mit einem Silver Star, zwei Purple Hearts und einem vietnamesischen Tapferkeitskreuz zurückgekehrt. Nach dem Jurastudium an der Georgia State University war er ins FBI eingetreten.

An einem Tag im Juni vor drei Jahren war er als Leibwächter für Senator Jake Cazalet eingesetzt worden, da eine rechtsgerichtete Terrorgruppe mit Anschlägen auf ihn gedroht hatte. Die Polizeieskorte hatte den Kontakt zur Limousine des Senators verloren, aber Blake Johnson, der sich energisch seinen Weg durch den dichten Abendverkehr gebahnt hatte, war gerade noch im entscheidenden Moment bei ihm angekommen, hatte die beiden Attentäter erschossen und selbst eine Kugel ins linke Bein abbekommen.

Seither waren er und Jake Cazalet miteinander in Verbindung geblieben, und schließlich hatte der Präsident ihm den Posten als Leiter der Abteilung für Allgemeine Angelegenheiten im Weißen Haus angetragen.

Dabei handelte es sich nach außen hin um eine Abteilung, die für verschiedene Regierungsangelegenheiten zuständig war, und da die Räume im Souterrain lagen, war sie allgemein als ›der Keller‹ bekannt. Nur wenige Eingeweihte wußten, daß es sich in Wahrheit um die private Ermittlungstruppe des Präsidenten und eines der am strengsten gehüteten Geheimnisse der Regierung handelte. Sie war völlig unabhängig von der CIA, dem FBI, dem Secret Service, und wenn auch gelegentlich darüber gemunkelt wurde, glaubten nur sehr wenige Menschen tatsächlich an die Existenz dieser Truppe. Cazalet hatte sie sozusagen geerbt und, als der vorherige Amtsinhaber in Pension ging, die Gelegenheit genutzt, Blake Johnson den Job anzubieten.

Ferguson benutzte seine verschlüsselte Direktleitung zum Büro des Kellers, und Johnson meldete sich sofort.

»Wer ist da?«

»Charles Ferguson, mein Alter.«

»Charles, wie geht's?«

»Leider schlecht. Ich habe sehr ernste Neuigkeiten für Sie und den Präsidenten, und das ist eigentlich noch untertrieben. Ich weiß, es klingt merkwürdig, aber bitte keine Verbindung mit dem Premierminister aufnehmen.«

»So schlimm?«

»Leider ja. Ich fliege in einer Stunde mit Dillon und Chief Inspector Bernstein los. Dillon ist in dieser Sache unser wichtigster Mann. Wir müssen gleich nach unserer Ankunft den Präsidenten sprechen.«

»Unmöglich. Er ist für ein paar Tage in sein Haus am Strand von Nantucket gefahren, um in Ruhe nachzudenken.«

»Hier geht es um Leben und Tod, Blake.«

Johnson schwieg einen Moment. »Ich verstehe.«

»Sie sind sein Freund«, drängte Ferguson. »Sagen Sie ihm, es geht um die Sicherheit von ... jemandem, der verloren war, aber nun gefunden wurde.«

»Herrgott, Charles, was sollen diese Rätselspielchen?«

»Ich kann im Moment nicht mehr sagen. Richten Sie es ihm einfach aus. Er wird wissen, was ich meine, ebenso Teddy Grant. Sie müssen mir vertrauen, Blake – das ist geradezu lebenswichtig.«

»Okay«, erwiderte Johnson entschlossen. »Landen Sie nicht auf dem Washingtoner Flughafen, sondern auf dem Stützpunkt Andrews. Ich sage dort Bescheid, daß Sie kommen. Man wird einen Hubschrauber für Sie bereithalten, der Sie nach Nantucket bringt.«

»Keine CIA, Blake, oder irgendwelche anderen Sicherheitsorgane. Kommen Sie ganz allein.«

»Wie Sie meinen, Charles. Ich bereite dann schon mal den Präsidenten vor. Bis dann.« Er legte auf.

»Los geht's«, sagte Ferguson. »Wir haben keine Zeit zu verlieren.«

Gefolgt von zwei Männern des Geheimdienstes und seinem Hund Murchinson, einem schwarzen Kurzhaar-Retriever, ging der Präsident in der Nähe des alten Hauses bei Nantucket am Strand spazieren. Er genoß den Wind, der die Wellen ans Ufer trieb, und fühlte sich rundum wohl. Es war gut, wieder einmal den Alltag in Washington vergessen zu können.

»Zünden Sie mir eine Zigarette an, Clancey«, rief er einem der Männer vom Geheimdienst zu, einem riesigen Farbigen namens Clancey Smith, der als Mariner im Golfkrieg gedient hatte. »Mir gelingt's nicht bei diesem Wind.«

Clancey nahm zwei Marlboros aus seinem Päckchen, entzündete sie im Schutz seines Mantels und reichte eine dem Präsidenten.

Cazalet lachte. »Das hat auch Paul Henreid für Bette Davis in *Now Voyager* gemacht.«

»Muß vor meiner Zeit gewesen sein, Mr. President.«

Aus der Ferne hörte man jemanden rufen. Sie wandten sich um und sahen Teddy Grant, der auf sie zugelaufen kam. Murchison sprang ihm entgegen und begleitete ihn zurück. Atemlos blieb Teddy stehen.

»Um Himmels willen, Teddy, was ist denn?« fragte Cazalet.

Teddy deutete auf Clancey, der sich zurückzog, und erst dann berichtete er von den schlechten Neuigkeiten.

Vor dem Weißen Haus an der Pennsylvania Avenue herrschte der übliche Menschenandrang. Die meisten waren Touristen, die Fotos machten und hofften, etwas Besonderes zu sehen, vielleicht sogar den Präsidenten selbst, aber nirgends waren Fernsehkameras oder Journalisten.

Mark Gold schlug den Kragen seines Mantels hoch, um sich gegen den Nieselregen zu schützen, und lächelte dem nächststehenden Polizisten zu. »Kein Fernsehen heute da? Die Medien können doch nicht so schnell das Interesse an Cazalet verloren haben.«

Der Polizist zuckte die Schultern. »Er ist für ein oder zwei Tage runter nach Nantucket. Wenn Sie früher hier gewesen wären, hätten Sie den Helikopter gesehen.«

»Ach, das tut mir aber leid, daß ich das verpaßt hab'.«

Mark Gold drängte sich durch die Menge und ging ein Stück die Pennsylvania Avenue entlang bis zu der Stelle, wo er sein Auto geparkt hatte. Er hatte an der Columbia University einen Abschluß in Informatik gemacht und arbeitete als Computerfachmann in leitender Stellung im Verteidigungsministerium. Wann er zum letzten Mal eine Synagoge besucht hatte, wußte er selbst nicht mehr. Im Gegensatz zu ihm war sein älterer Bruder Simon ein tiefreligiöser Mann gewesen, der einen lukrativen Job als Broker an der New Yorker Börse aufgegeben hatte, um nach Israel auszuwandern und in einem Kibbuz in der Nähe der Golanhöhen zu arbeiten. Zusammen mit zwölf anderen war er bei einem Raketenangriff durch Terroristen der Hamas ums Leben gekommen.

Gold war nach Israel geflogen, um ihm die letzte Ehre zu erweisen, obwohl die Beerdigung bereits stattgefunden hatte. In ohnmächtiger Wut hatte er am Grab seines geliebten Bruders gestanden, als Aaron Eitan ihn angesprochen hatte, scheinbar aus Mitleid, und es hatte ihm gutgetan, sich bei jemandem seinen Zorn von der Seele zu reden. Daß man ihn nur ausfragen wollte, hatte er nicht bemerkt.

Die Geschichte hatte damit geendet, daß er von einem Wagen abgeholt und mit verbundenen Augen zu einem Haus in einer Seitengasse in Jerusalem gebracht worden war. Als man ihm die Augenbinde wieder abnahm, hatte er Judas gegenübergestanden, der mit seiner schwarzen Kapuze an einem Tisch saß.

So war aus Mark Gold ein Makkabäer geworden, und er war stolz darauf. Es gab seinem Leben einen Sinn, und seine Fähigkeit, sich in alle Computer des Verteidigungsministeriums einzuschalten, war für die Gruppe mehr als nützlich. Er konnte sich sogar Zugang zu den Akten des CIA in Langley verschaffen.

Ehe er den Wagen startete, griff er nach einem Spezialhandy mit Satellitenantenne und wählte eine Nummer. Judas antwortete fast sofort.

»Hier ist Gold. Der Präsident ist übers Wochenende in seinem Haus in Nantucket. Ich nehme an, dort werden auch unsere Freunde hinfahren.«

»Hast du im Hotel nachgefragt?«

»Ja, sie haben Zimmer reserviert.«

»Dann steigen sie sicher dort ab, wenn sie aus Nantucket zurückkommen, und Dillon hat somit seine Aufgabe erfüllt. Du kannst dich im Charlton um ihn kümmern, wie vereinbart.«

»Betrachte die Sache als erledigt.«

Gold steckte das Telefon in seine Tasche, startete den Motor und fuhr davon.

Als der Learjet auf dem Flugplatz des Stützpunkts Andrews landete, erwartete sie ein junger Major, der zackig salutierte.

»Zu Diensten, General.«

»Brigadier«, berichtigte Ferguson.

»Wir haben leider ein kleines Problem. Im ganzen Gebiet von Nantucket herrscht dichter Nebel. Wir setzen den Präsidenten gewöhnlich mit dem Helikopter direkt vor seinem Haus am Strand ab, aber das scheint heute nicht möglich.«

»Wie kommen wir also dorthin?«

»In der Nähe gibt es einen Stützpunkt der Luftwaffe. Von dort aus wird man Sie mit einer Limousine weiterfahren. Es ist schon für alles gesorgt.«

»Dann wollen wir los.«

Zehn Minuten später bestiegen sie den Hubschrauber, der sofort abhob.

In Sammy's Bar waren so früh am Abend kaum Gäste, als Mark Gold das Lokal betrat. An einem Ecktisch saß Nelson Harker, ein Farbiger mit Rastalocken, und las die *Washington Post*.

Gold setzte sich zu ihm. »Möchten Sie einen Drink?«

Harker schaute auf. »Nicht, wenn ich arbeite.«

Er hatte ein intelligentes, aufgewecktes Gesicht, was Gold überraschte bei einem solchen Profikiller, und Harker hatte schon oft getötet – manchmal für eine so lächerliche Summe wie tausend Dollar. Diesmal bekam er zehntausend, was bei Dillons Ruf durchaus angemessen schien. Er nahm ein Foto aus seiner Tasche und schob es ihm zu.

»Noch ein Foto von Dillon, nur zur Sicherheit.«

»Mann, ich hab' doch schon eins gesehen. Auch wenn er eine große Nummer bei der IRA gewesen ist, ist er bloß ein Dreckschwein, das Frauen und Kinder mit Bomben umgebracht hat. Für so jemanden hab' ich nichts übrig. Ich spucke auf ihn.«

»Heben Sie sich das für heute abend auf. Ich will, daß Sie nicht später als zehn Uhr im Charlton-Hotel sind.«

»Und dann?«

»Falls wir Dillon dort nicht sehen, können Sie ihn in seiner Suite erledigen. Von der Tiefgarage aus führt ein Fahrstuhl in alle Stockwerke.«

»Klingt gut. Wo ist mein Geld?«

Gold nahm einen Umschlag heraus und schob ihn über den Tisch. »Die Hälfte jetzt, die andere Hälfte danach.« Er stand auf. »Bis später.«

7

Begleitet von Blake Johnson und Teddy Grant setzte der Präsident seinen Spaziergang am Strand fort. Clancey Smith folgte in einigem Abstand. Murchison bellte wie wild die Wellen an und stürzte sich gelegentlich ins Wasser.

»Um Himmels willen, Blake, was kann das bedeuten?«

»Ich weiß nicht, Mr. President. Wenn Charles Ferguson allerdings sagt, es ist ernst, dann glauben wir ihm besser. Allein schon die Tatsache, daß er Dillon dabei hat, spricht für sich.«

»Ja, ja.« Der Präsident wandte sich an Teddy. »Sie waren letztes Jahr im Krankenhaus, als diese protestantischen Aktivisten auf meiner Reise nach London versuchten, mich zu töten. Dillon hat an diesem Tag bewiesen, was für ein bemerkenswerter Mann er ist.«

»So kann man es auch ausdrücken, Mr. President. Ich habe mich über ihn informiert und frage mich, auf wessen Seite er eigentlich steht. Er hat einundneunzig während des Golfkriegs versucht, den britischen Ministerrat mit Mörsern zu beschießen, und es wäre ihm beinahe geglückt.«

»Ja, ja, aber nun steht er auf unserer Seite.«

»Mr. President«, rief Clancey Smith, »ich bekomme Meldung, daß der Hubschrauber gelandet ist und sie hierher unterwegs sind.«

»Gott sei Dank«, sagte Jake Cazalet. Kurz darauf sah man eine schwarze Limousine, die rasch in Richtung seines Hauses fuhr. »Kommen Sie, meine Herren.« Er rannte durch die Nebelschwaden den Strand entlang, gefolgt von Murchison, der fröhlich nach seinen Fersen schnappte.

Um den Kamin im Wohnzimmer versammelt, lauschten sie mit wachsendem Entsetzen Dillons Bericht. Der Präsident schien es kaum glauben zu wollen.

»Habe ich das richtig verstanden? Dieser Judas behauptet, er habe Zugang zu unseren wichtigsten Computersystemen?

Bei der CIA in Langley, dem FBI, dem Verteidigungsministerium?«

»Das ist richtig, Mr. President.«

»Und wenn wir versuchen, mit Hilfe eines Computers herauszufinden, wer er und seine Leute sind, bringt er meine Tochter um.«

»Ja, so ungefähr«, erwiderte Dillon. »Und er macht keinen Spaß. Sie haben in Sizilien nicht nur Hakim und seine Männer getötet, sondern auch das alte Ehepaar und das Mädchen.«

»Den Gefängniswärter Jackson in London vermutlich ebenfalls«, ergänzte Ferguson.

»Und wenn ich Nemesis nicht unterzeichne, tötet er sie auf jeden Fall?«

»Ich fürchte, so ist es.« Dillon legte das Handy, das er von Judas erhalten hatte, auf den Tisch. »Das hier hat er mir gegeben. Er gewährt uns zwei Versuche, um zu beweisen, daß er die Wahrheit gesagt hat.«

»Wie wir Ihnen schon erzählt haben, Mr. President«, erklärte Ferguson, »hat er sich fast sofort gemeldet, als wir nachprüften, ob es Informationen über die Makkabäer in den Computerdateien des Britischen Geheimdienstes gibt.«

»Und jetzt wollen Sie es also mit dem Computer des Verteidigungsministeriums probieren.«

Ferguson nickte. »Wenn er sich daraufhin ebenfalls meldet, wissen wir genau, woran wir sind.«

»Dürfte ich Ihnen vielleicht eine Frage stellen, Mr. President?« warf Hannah Bernstein ein. »Es ist leider eine Berufskrankheit, aber in meinem Job entwickelt man ein Gespür für manche Dinge, ohne daß es einen besonderen Grund dafür gibt.«

»Und jetzt haben Sie so ein Gespür, Chief Inspector?« fragte Cazalet. »Nur zu, schießen Sie los.«

»Der Keller – wer weiß davon? ist er eine so geheime Angelegenheit, wie man sagt?«

Der Präsident wandte sich an Blake Johnson. »Sie haben meine Genehmigung.«

»Offiziell«, erklärte Blake, »handelt es sich dabei um die Abteilung für Allgemeine Angelegenheiten, und mehr ist niemandem bekannt. Ich habe eine Sekretärin namens Alice Quarmy, eine Witwe, die absolut vertrauenswürdig ist, ansonsten gibt es kein weiteres Personal. Man glaubt, ich hätte was mit der Verwaltung des Weißen Hauses zu tun.«

»Wie kommen Sie denn da zurecht?«

»So ähnlich wie Judas. Ich habe einen Kreis von Mitarbeitern in allen möglichen Berufen, ehemalige FBI-Agenten zum Beispiel, Wissenschaftler, Universitätsprofessoren, an die ich mich in speziellen Fällen wende. Immer absolut verläßliche Personen.«

»Wollen Sie damit sagen, daß nicht einmal der Verteidigungsminister, der Chef des Nachrichtendienstes und Leute in ähnlichen Positionen die wahre Natur des Kellers kennen?« fragte Ferguson.

»Teddy weiß es, aber Teddy weiß ja alles.« Der Präsident grinste etwas mühsam. »Ich will es Ihnen erklären. Vor längerer Zeit – ich möchte nicht sagen, unter wessen Präsidentschaft – gab es eine Reihe von Skandalen im Zusammenhang mit einer kommunistischen Infiltration des CIA und des Verteidigungsministeriums. Vielleicht erinnern Sie sich an das Gerücht über einen russischen Maulwurf im Pentagon.«

»Allerdings, Mr. President.«

»Der damalige Präsident beauftragte aus eigener Initiative einen alten persönlichen Freund, einen ehemaligen CIA-Mann, die Abteilung für Allgemeine Angelegenheiten einzurichten, damit er so jemanden hatte, der absolut vertrauenswürdig war, auf den er sich verlassen konnte. Es bewährte sich sehr gut, und als sein Nachfolger das Amt antrat, sprach der Präsident unter vier Augen mit ihm darüber, und der Keller blieb weiterhin bestehen.«

»Und besteht immer noch«, sagte Blake Johnson. »Natürlich hat es im Laufe der Jahre mal Getuschel gegeben, aber niemand wußte etwas so Konkretes, daß unsere Geheimhaltung gefährdet gewesen wäre. Unsere einzige Verbindung ins Ausland ist die mit Ihnen, Charles, und das ist eine besondere Beziehung.«

»Das ist es wahrhaftig«, nickte Ferguson und wandte sich an Hannah. »Worauf wollen Sie hinaus, Chief Inspector?«

»Nach allem, was Dillon erzählt hat, sieht es so aus, daß Judas zwar mit seinen Kontaktleuten bei allen großen Sicherheitsdiensten geprahlt hat – aber den Keller hat er nicht erwähnt.«

»Mein Gott, Mädchen, Sie haben recht«, sagte Dillon. »Sie sind wirklich clever.«

»Es hat mich einfach gewundert, vor allem bei einer solchen Angelegenheit, die den Präsidenten ganz persönlich betrifft.«

»Sie meinen also, daß er nichts über die Existenz des Kellers weiß?« fragte Ferguson.

Hannah nickte. »Wir könnten uns sogar Klarheit darüber verschaffen.« Sie wandte sich an Blake. »Ich nehme an, daß Sie auf Grund der extremen Geheimhaltung Ihrer Tätigkeit Ihre eigene Computerdatenbank haben?«

»Aber klar. Ich habe Zugriff auf die Computer von Langley, dem FBI und dem Verteidigungsministerium, aber in meine kommt keiner rein, dafür sorgen unsere speziellen Codierungen.«

»Gut. Er hat Dillon gesagt, er dürfe eine zweite Computerüberprüfung in London machen, um seine Macht zu beweisen. Versuchen wir es also nicht bei den anderen Sicherheitsdiensten, sondern mit der Datenbank des Kellers.«

Keiner erwiderte etwas, bis Teddy schließlich meinte: »Ich fand ja schon immer, daß wir mehr Frauen bei der Polizei brauchen. Frauen sind eben viel gerissener.«

»Wir machen einen Versuch«, sagte Blake. »Ich benutze den Kontrollraum, Mr. President.«

Er stand auf und ging hinaus. Murchison, der auf dem Boden gelegen hatte, war ebenfalls aufgesprungen. »Nein, leg dich wieder hin«, befahl der Präsident.

Murchison trottete jedoch statt dessen zu Hannah, die ihm die Ohren kraulte. »Wenn es funktioniert«, meinte Dillon, »ändert das eine ganze Menge.«

»Wir werden sehen«, erwiderte Ferguson.

Johnson kam zurück. »Ich habe nach einer Terroristengruppe namens ›die Makkabäer‹ gefragt und nach einem Judas Makkabäus. Die Antwort war negativ. Nichts bekannt.«

»Dann warten wir jetzt mal ab«, sagte der Präsident. »Aber wie lange?«

»In London hat er sich fast sofort bei uns gemeldet«, erklärte Ferguson.

»Wissen Sie was?« meinte Jake Cazalet. »Das Ganze ist einer der schlimmsten Alpträume in meinem Leben, aber ein Mensch muß auch mal etwas essen, und ich glaube, in der Küche ist eine kleine Mahlzeit für uns vorbereitet. Vertreiben wir uns damit die Zeit.«

»Ich habe Mrs. Boulder gesagt, sie könne früher gehen«, berichtete Teddy auf dem Weg in die Küche. »Es ist aber alles soweit fertig, ich brauche nur noch zu servieren. Sie hat die Kartoffeln auf kleiner Flamme im Ofen stehenlassen, und alles andere ist sowieso kalt.«

Hannah half ihm, und der Präsident öffnete zwei Flaschen eisgekühlten Sancerre. Es gab kalten Lachs, neue Kartoffeln, Salat und knusprigfrisches Brot, doch bis auf ein paar beiläufige Bemerkungen kam keine Unterhaltung zustande. Alle hatten nur Augen für Judas' Handy, das Dillon auf den Tisch gelegt hatte.

»Ich mache Kaffee«, sagte Teddy schließlich.

Dillon blickte auf die Uhr. »Eine Stunde vorbei. Ich würde sagen, wir probieren es jetzt mit dem Computer des Verteidigungsministeriums. Wir müssen endlich weiterkommen.«

Jake Cazalet nickte. »Okay, Blake.«

»Wir räumen inzwischen mal den Tisch ab«, sagte Dillon, »während Sie Kaffee kochen, Teddy. Ich selbst hätte allerdings lieber Tee.«

Hannah half ihm, und sie waren kaum fertig, als Blake zurückkehrte. »Ich habe mich in die Gemeinschaftsdatei von Langley, dem FBI und dem Verteidigungsministerium eingeklinkt. Absolut nichts über Judas und die Makkabäer.«

»Dann wollen wir mal sehen«, sagte Ferguson.

Teddy brachte den Kaffee und Dillons Tee. Schweigend saßen alle wieder am Küchentisch. »Es ist nicht gut, wenn gar nichts passiert«, seufzte Jake Cazalet schließlich.

Das Telefon läutete.

»Na, Kamerad«, sagte Judas, »Sie haben mich auf die Probe gestellt und nichts herausgefunden, weder in den englischen noch eben in den amerikanischen Computersystemen. Sie sehen, daß ich Bescheid weiß.«

»Gehen Sie zum Teufel, Sie verdammter Sadist«, fluchte Dillon mit gut gespielter Verbitterung.

»Nur die Ruhe, alter Knabe. Sagen Sie einfach dem Präsidenten, daß er jetzt weiß, woran er ist. Falls er versucht, die Geheimdienste einzuschalten, stirbt seine Tochter augenblicklich. Und wenn er sich weigert, Nemesis zu unterzeichnen, ebenfalls.«

»Sie sind verrückt.«

»Nein, nur pragmatisch. Herzliche Grüße an den Präsidenten.«

Judas schaltete ab, und Dillon wandte sich an Hannah. »Sie sind ein richtiges Genie. Er hat keine Ahnung, daß der Keller existiert. Das war gerade der Beweis dafür.«

»Okay«, sagte Blake Johnson, »die Situation ist also ungefähr folgendermaßen: Den Computer des Kellers können wir unbesorgt benutzen, obwohl es dort keinerlei Informationen über ihn gibt. Wenn wir es mit den anderen probieren, erfährt er davon, und zwar sehr rasch.«

»Und wir haben unsere beiden Versuche gehabt«, erinnerte Dillon. »Wenn wir andere Abteilungen einschalten, tötet er Marie.«

»Und Sie glauben ihm?« fragte der Präsident.

»Hundertprozentig.«

»Aber er kann sich nicht in unsere Telefonsysteme einklinken, und das gilt auch für die Handys, wenn wir darauf achten, nur chiffrierte Leitungen zu verwenden«, sagte Hannah. »Damit können wir miteinander in Verbindung bleiben.«

»Das stimmt«, nickte Ferguson.

»Aber der kleinste Laut über ein reguläres Telefonnetz, und es ist aus«, sagte Blake Johnson. »Daß er in kaum einer halben Stunde Bescheid wußte, obwohl unsere Computer derart streng gesichert sind, beweist wirklich die Macht der Makkabäer. Ich glaube, wenn wir die CIA oder andere Dienststellen einschalten, ist damit zu rechnen, daß er es erfährt.«

»Aber was soll ich tun?« fragte der Präsident. »Ich breche sowieso schon sämtliche Vorschriften, indem ich weder den Verteidigungsminister noch die Leiter der verschiedenen Dienststellen informiere, ganz zu schweigen von den Leitern der CIA und des FBI.«

»Genau das ist der Grund, warum einer Ihrer Vorgänger den Keller einrichten ließ«, erwiderte Blake. »Wir können niemandem vertrauen, darum geht es.«

»Gut, aber es geht noch um etwas anderes. Ich zögere nicht, einen Schlag gegen arabische Terroristen zu genehmigen, wenn sie es verdienen, aber ich kann nicht in vollem Bewußtsein der Folgen Nemesis unterzeichnen, wenn das Komitee sich nächste Woche trifft. Was soll ich nur tun?«

Alle schwiegen und sahen aus irgendeinem Grund zu Dillon. »Es gäbe vielleicht einen Weg«, meinte er, »aber dazu muß ich erst mal sterben, so wie Judas es geplant hat. Ja, ich glaube, das ist eine ganz gute Idee.«

»Was um Himmels willen meinen Sie?« fragte Ferguson.

»Ich werde es drauf ankommen lassen, wenn wir wieder in Washington sind, aber eine kugelsichere Weste tragen.«

»Nützt bloß nicht viel, wenn der Schütze auf den Kopf zielt«, meinte Johnson.

»Na ja, aber eigentlich geht man jeden Tag seines Lebens Risiken ein.«

»Und was dann, Mr. Dillon?« fragte Cazalet.

»Ich habe an der Royal Academy of Dramatic Art in London Schauspielerei studiert, Mr. President, und war sogar am National Theatre engagiert. Ich hatte schon immer das Talent, mich zu verwandeln, auch ganz ohne Maske. Ich will's Ihnen zeigen. Geben Sie mir mal Ihre Brille, Teddy.«

Teddy reichte sie ihm, und Dillon verließ den Raum. Als die Tür sich öffnete, schlurfte er, stark mit dem rechten Bein hinkend, herein, hatte den Kopf gesenkt, und ein gequälter Ausdruck lag auf seinem Gesicht, aber es war nicht nur die Brille und die veränderte Mimik, sondern seine gesamte Körpersprache wirkte anders, als sei er ein anderer Mensch geworden.

»Guter Gott«, sagte der Präsident, »ich hätte es nicht geglaubt, wenn ich es nicht mit eigenen Augen sehen würde.«

»Der Mann mit den tausend Gesichtern wurde er in internationalen Geheimdienstkreisen genannt«, berichtete Ferguson. »War zwanzig Jahre bei der IRA und ständig auf der Flucht, und wir haben nicht ein einziges Mal seinen Jackenzipfel zu fassen bekommen.«

»Wenn ich erst mal offiziell tot bin«, erklärte Dillon, »werde ich mich verändern – das Haar färben, eine getönte Brille tragen, vielleicht noch Wangenpolster, mal sehen. Dann brauche ich natürlich noch einen anderen Paß, aber das ist kein Problem. Ich habe immer zwei oder drei dabei, auch das entsprechende Make-up, je nachdem, welches Foto ich mir aussuche.«

»Falls Sie Hilfe brauchen«, sagte Teddy, »ich habe eine Freundin, Mildred Atkinson, die im gleichen Apartmenthaus lebt wie ich. Sie ist Maskenbildnerin und hat schon viele große Stars geschminkt, erst letzte Woche de Niro, wie sie mir erzählt hat.«

»Ist sie zuverlässig?«

»Absolut.«

»Na ja, sehen wir mal.«

»Ich möchte daran erinnern«, sagte Hannah, »daß wir nur fünf Tage haben, bevor das Future Projects Committee zusammentritt.«

»Was sollen wir also unternehmen?« fragte der Präsident.

»In erster Linie geht es schlicht um die Frage: Wo wird sie gefangengehalten?« entgegnete Dillon. »Definitiv kann ich nur sagen, daß der Ort in einem Radius von zwölf Stunden mit dem Schiff von Sizilien entfernt liegt.«

»Ja, aber das ist nur ein relativer Wert«, wandte Ferguson ein. »Es könnten auch viel weniger sein.«

»Sicher, aber wenn wir mal zwölf Stunden als Maximum annehmen, könnte es Korsika sein, die tunesische oder ägyptische Küste, Italien, Griechenland, die Türkei.«

»Sonst noch was?« fragte Johnson ironisch.

»Weiß der Geier. Marie hat mir erzählt, daß David Braun ihr auf Korfu gesagt habe, sie würden einen kleinen Flug machen.«

Alle schwiegen nachdenklich, bis der Präsident sagte:

»Okay, wenn Sie tot sind, nehmen Sie eine andere Identität an – und dann?«

»Der Brigadier und Chief Inspector Bernstein fliegen trauernd mit dem Lear nach Hause. Ich kehre nach Irland zurück und stöbere Riley auf, bringe ihn nach London, und er identifiziert für uns diesen Anwalt auf den Bändern der Überwachungskameras aus dem Wandsworth-Gefängnis.«

»Sie meinen tatsächlich, Sie können Riley finden?« fragte Johnson.

»Ich glaube schon. Wahrscheinlich ist er geradewegs zur Farm seiner Tante in Tullamore gefahren. Er hatte schließlich den irischen Paß, den der Brigadier ihm besorgt hat, und dazu mein Geld. Alles andere kann ich mir nur schwer vorstellen. In Irland ist er in Sicherheit.«

Der Präsident nickte. »Ja, das klingt logisch.« Er wandte sich an Blake. »Mir scheint, Mr. Dillon braucht vor allem die Möglichkeit, sofort weiterzukommen. Er möchte sicher nicht unnötig herumhängen und Zeit vergeuden.«

»Kein Problem, Mr. President. Ich habe die neue Gulfstream Five zur Hand und bin kürzlich selbst mehrmals damit geflogen. Ein tolles Flugzeug.«

»Mit der Gulfstream könnten sie in knapp sechs Stunden Irland erreichen, Mr. Dillon. Und ich möchte, daß Sie ihn begleiten, Blake. Teddy kann hier die Stellung halten.«

»Zu Befehl, Mr. President«, erwiderte Blake.

Cazalet nickte. »Gut, dann kann ich nur noch sagen: Los geht's. Ist der Helikopter bereit, Teddy?«

»Jederzeit.«

»Sie fliegen mit ihnen. Wir sehen uns morgen.«

»Nur noch eins«, sagte Dillon. »Ich mag Ihre Tochter, und Judas mag ich ganz und gar nicht. Ich werde alles tun, um sie zu befreien, selbst wenn das bedeutet, daß ich ihn töten muß. Ist das für Sie in Ordnung?«

»Und ob«, entgegnete Jake Cazalet mit grimmigem Nachdruck.

Mark Gold saß in seinem Wagen, der in einiger Entfernung vom Charlton-Hotel parkte, tippte auf die Tastatur seines

Laptops und seufzte zufrieden. Er hatte sich in den Computer des Luftwaffenstützpunkts Andrews eingeklinkt und sah nun auf seinem Bildschirm alles, was er wissen mußte – um welche Zeit der britische Lear gelandet war, die Namen der Passagiere und daß der Helikopter der Air Force, den der Präsident stets benutzte, zehn Minuten später nach Nantucket gestartet war. Einzelheiten über dessen Passagiere wurden stets geheimgehalten, doch es ließ sich unschwer erraten, wer sie waren. In einer halben Stunde sollte der Helikopter planmäßig wieder auf dem Flugplatz von Andrews landen. Gold stieg aus und blickte ungeduldig die Straße auf und ab. Nirgends ein Zeichen von Harker. Ärgerlich setzte er sich wieder ins Auto, da es zu regnen begann.

Marie saß am Fenster vor ihrer Staffelei und malte, als David Braun ein Tablett mit Kaffee und Keksen hereinbrachte, das er auf den Tisch stellte.

»Wieder an der Arbeit, wie ich sehe.«

»Was soll ich sonst tun – meinen Letzten Willen niederschreiben?«

»Marie, bitte, das Ganze ist schrecklich für mich. Mir liegt wirklich was an Ihnen. Ich würde alles für Sie tun.«

»Wunderbar. Dann gehen Sie und erschießen Sie Judas. Das würde mir wirklich helfen.«

Wortlos und mit gesenkten Schultern verließ er das Zimmer und versperrte die Tür.

Von Andrews aus ging es in Blake Johnsons Limousine zurück nach Washington. »Sean, ich habe nachgedacht«, meinte Johnson. »Warum müssen Sie ein solches Risiko eingehen und eine lebende Zielscheibe spielen? Es wäre doch viel besser, einfach wie geplant Ihre Identität zu ändern und sich nach Irland davonzumachen.«

»Dann riecht Judas aber möglicherweise Lunte. Wenn ich dagegen tot bin, wird er rundum glücklich sein. Deshalb besorgen Sie uns jetzt als erstes mal ein Taxi, in das der Brigadier, der Chief Inspector und ich umsteigen, damit man uns allein am Hotel ankommen sieht.«

»Und was mache ich?«

»Sie setzen Teddy ab. Es hat keinen Sinn, ihn unnötig in Gefahr zu bringen.«

»Ja, von wegen, das hätten Sie sich so gedacht, Mr. Dillon«, protestierte Teddy.

»Na gut, dann machen Sie, was Sie wollen.«

»Was ist mit einer kugelsicheren Weste?« fragte Johnson.

»Ich habe eine aus Nylon und Titan in meinem Koffer, die ich immer trage. Aber da Sie mir Rückendeckung geben, lassen Sie mich kurz erklären, wie es läuft.«

Der Empfangschef kam mit einem Schirm herausgelaufen, und einige Portiers eilten herbei, um das Gepäck zu übernehmen, als der Brigadier, Hannah Bernstein und Dillon vor dem Charlton aus ihrem Taxi stiegen.

»Scheiße!« fluchte Mark Gold. »Wo bleibt bloß dieser Harker?«

In diesem Moment klopfte jemand ans Fenster. Endlich! Gold kurbelte die Scheibe hinunter.

»Wo, zum Teufel, haben Sie gesteckt?«

»Ein Auto geklaut, Sie Idiot. Sie haben doch nicht etwa gedacht, wir fahren mit Ihrem Wagen in die Garage, damit sich am Ende noch irgendwer die Nummer aufschreibt, wenn wir abhauen müssen? Es steht ein Stück die Straße runter.«

Gold stieg aus, schloß den Wagen ab und folgte ihm.

Im gleichen Moment fuhren Blake Johnson und Teddy Grant in die Tiefgarage des Hotels, die nahezu vollbelegt war. Blake fand einen zwischen anderen Fahrzeugen günstig gelegenen Parkplatz und stellte den Motor ab. Aus dem Handschuhfach nahm er eine Beretta mit einem aufmontierten Schalldämpfer und überprüfte sie.

»Wie ich sehe, sind Sie für alles gerüstet«, meinte Teddy.

»Allerdings«, entgegnete Johnson grimmig.

Kurz darauf hielt eine Limousine ganz in der Nähe. Hastig gingen sie in Deckung. Ein weißhaariger, ziemlich beleibter Mann stieg aus und ging zum Fahrstuhl.

»Falscher Alarm«, sagte Blake.

Zwei oder drei Minuten später fuhr eine sandfarbene Limousine herein. Blake warf einen kurzen Blick auf Harker und Gold, der am Steuer saß.

»Runter, Teddy«, zischte er, und sie duckten sich in ihre Sitze. »Ich glaube, das sind sie. Ein übel aussehender Farbiger mit Rastalocken und ein Kerl in einem Designeranzug. Das paßt nicht zusammen.«

Die Limousine parkte zwischen zwei Lieferwagen in der Nähe des Fahrstuhls. »Bleiben Sie unten, Teddy.« Blake hob vorsichtig den Kopf. »Sie sitzen einfach nur da. Rufen Sie den Brigadier über Handy an.«

In seiner Suite hatte Dillon das Hemd ausgezogen, legte die Weste aus Nylon und Titan an und streifte darüber einen Polosweater aus dunkelblauer Seide, ehe er in sein Jackett schlüpfte.

»Sind Sie sicher, daß Sie das wirklich riskieren wollen?« fragte Ferguson.

»Er will mich umlegen lassen, das hat er klar gesagt, und daß solche Tiefgaragen wie hier im Hotel gefährlich seien.«

»Ich finde, das ist Irrsinn«, meinte Hannah.

»Aber nur, weil Sie mich lieben, Mädchen.«

»Um Himmels willen, Dillon, können Sie denn gar nichts ernst nehmen?«

»Hab' nie eingesehen, warum ich das sollte«, grinste er. »Judas weiß, daß ich mit dem Präsidenten gesprochen habe, also soll ich jetzt aus dem Weg geräumt werden. Wird ein tödlicher Irrtum – nicht für mich, sondern für ihn.«

Fergusons Handy läutete, und er meldete sich.

»Gut«, nickte er und wandte sich an Dillon. »Sandfarbene Limousine am Fahrstuhl. Zwei Männer, ein Farbiger und ein Weißer, der am Lenkrad sitzt. Wenn Sie soweit sind – Johnson ist bereit.«

Dillon überprüfte seine Walther, steckte sie hinten in seinen Hosenbund und küßte Hannah auf die Wange. »Die Todgeweihten grüßen und so weiter, wie es bei den guten alten Römern hieß. Halten Sie sich nur an den Plan. Es wird funktionieren. Der große Dillon irrt sich nie.«

»Ach, verschwinden Sie endlich, Sie verdammter Kerl!« sagte sie wütend, und genau das tat er auch.

»Wie lange wollen wir diesem Kerl noch geben, bevor ich nach oben gehe?« fragte Harker. »Am Ende hocken wir hier noch die ganze Nacht. Sie haben doch die Nummer seiner Suite?«

»Klar, ich hab' dem Portier ein gutes Trinkgeld gegeben.«

In diesem Moment öffnete sich die Fahrstuhltür, und Dillon kam heraus. Während er sich eine Zigarette anzündete, schlenderte er gemächlich zwischen den Reihen der geparkten Autos entlang.

»Das ist er«, sagte Gold aufgeregt.

»Ich hab' selbst Augen im Kopf. Hab' schließlich sein Foto gesehen.« Harker schraubte einen Schalldämpfer auf seinen automatischen Colt. »Dann mal los. Zeit für den Kuß des Todes.«

Er öffnete die Tür, stieg aus, zielte unverzüglich und schoß Dillon zweimal in den Rücken. Dillon taumelte vorwärts, sank in die Knie und fiel aufs Gesicht. Sein Jackett schwelte an den Stellen, wo die Kugeln eingedrungen waren.

Blake Johnson sprang aus seinem Wagen. »Was ist da los?« rief er.

Harker gab zwei Schüsse auf ihn ab, doch Blake hatte sich längst geduckt, und Harker sprang in die Limousine. »Los!« Gold trat aufs Gas, bog aus dem Parkplatz und raste zum Eingang.

Es herrschte vollkommene Stille. Teddy beugte sich über Dillon und schlug die winzigen Flammen aus. »Sean, sagen Sie was, um Gottes willen.«

»Muß erst mal wieder Luft kriegen.« Dillon stemmte sich auf die Knie.

Johnson hatte inzwischen über Handy eine Meldung durchgegeben. »Alles okay, Sean?«

»Hab' das Gefühl, als hätte mich zweimal ein Vorschlaghammer erwischt, aber ich werd's überleben.«

»Bleiben Sie liegen. Der Rettungswagen ist bereits unterwegs«, befahl Blake. »Ich rufe den Brigadier an und sag' ihm, daß Sie okay sind.«

Drei Straßen weiter hielt Gold an. »Hab' ich den kleinen Bastard kaltgemacht oder nicht?« lachte Harker aufgeregt.

»Das haben Sie. Ein Jammer, daß dieser Idiot auftauchte.«

»Ach, scheiß' drauf. Wo ist mein Geld, Mann?«

Gold reichte ihm einen Umschlag. »Besten Dank«, grinste Harker. »War mir ein Vergnügen, mit Ihnen Geschäfte zu machen. Wenn ich Sie wäre, würd' ich mich jetzt aber verziehen.«

Er öffnete die Wagentür und verschwand; Gold stieg ebenfalls aus, ohne sich damit aufzuhalten, Spuren zu verwischen, da er Handschuhe getragen hatte. Er kehrte zu seinem Auto in der Nähe des Hotels zurück, schloß auf und stieg ein. Einige Augenblicke später sah er einen Krankenwagen in die Tiefgarage des Hotels einfahren.

Gold griff nach seinem Handy und wählte die Spezialnummer. »Hier ist Gold. Auftrag ausgeführt.«

»Bist du sicher?« fragte Judas.

»Zwei in den Rücken. Ich hab's mit eigenen Augen gesehen. Ein Krankenwagen ist gerade rein, um ihn abzuholen.«

»Folge ihm«, sagte Judas, »und vergewissere dich. Danach meldest du dich wieder.«

Gold schaltete ab und startete den Motor, als die Ambulanz wieder auftauchte.

Ferguson und Hannah sahen im Krankenwagen zu, wie Dillon sein Jackett und das Hemd auszog. Die beiden Kugeln steckten in der kugelsicheren Weste. Johnson half ihm, die Klettverschlüsse zu öffnen und sie abzustreifen.

»Sie werden verdammt schöne blaue Flecke kriegen«, meinte Blake. »Nur fünf Zentimeter zwischen den beiden Treffern. Dieser Dreckskerl ist gut. Ich habe einen Freund bei der Washingtoner Polizei, der mir einen Gefallen schuldet. Er kann sich mal die Bänder der Überwachungskamera aus der Garage anschauen. Mal sehen, ob er den Mann identifizieren kann. Danach wird er unsere kleine Komödie löschen. Alles reichlich illegal.«

»Der Bursche am Steuer müßte der Makkabäer sein«, sagte Dillon, während Hannah ihm ein sauberes kariertes Hemd und seine Lederjacke reichte. »Unser dunkelhäutiger Freund wird ein angeheuerter Killer sein. Leider können wir niemanden verhaften lassen, dann wüßte Judas gleich Bescheid.«

»Sind Sie auch wirklich ganz in Ordnung?« fragte Hannah.

»Ich könnte einen Bushmills-Whiskey vertragen, aber das hebe ich mir für später auf. Haben Sie meinen Schminkkoffer mitgebracht?«

Sie nickte. »Ja.«

»Gut. Dann kommt jetzt der zweite Akt.«

Gold bremste und hielt an, als der Krankenwagen ins Leichenschauhaus des Dritten Distrikts fuhr. Bislang war nirgends Polizei aufgetaucht, aber wahrscheinlich waren sie wohl im Hotel und nahmen ihre Untersuchungen vor. Er wartete einige Zeit, dann holte er tief Atem und stieg aus.

Der Wärter, der Nachtdienst hatte, war ein Farbiger namens Tino Hill, ein ehemaliger Marine Sergeant, der früher als FBI-Spitzel auf Honorarbasis tätig gewesen war und ein Auge offengehalten hatte nach steckbrieflich Gesuchten. Blake kannte ihn noch aus dieser Zeit.

Er stand mit Teddy, Ferguson und Hannah im Büro, dessen Tür leicht angelehnt war. Dillon saß am Tisch vor dem geöffneten Schminkkoffer und betrachtete sich in einem kleinen Spiegel, während er sein Gesicht zuerst mit einer grünweißen Grundierung, danach mit Streifen von falschem Blut bedeckte.

»Geht's so?«

»Sie sehen gräßlich aus«, sagte Hannah.

»Prima. Warten wir mal ab, was passiert.«

»Sind Sie sicher, daß jemand kommt?« fragte Johnson.

»Ich denke, daß Judas eine Bestätigung haben will.«

Es klingelte. Johnson spähte durch die leicht geöffnete Tür. »Das ist er, der Fahrer. Machen Sie genau, was ich gesagt habe, Tino.«

Tino ging nach draußen. »Kann ich Ihnen helfen?«

»Na ja, ich weiß nicht«, sagte Gold. »Ich wollte mich vor

dem Charlton-Hotel mit meinem Cousin treffen, und er ist nicht gekommen, aber jemand hat mir erzählt, es hätte dort eine Schießerei gegeben.«

»Sekunde, bitte.«

Tino ging wieder ins Büro, nickte Dillon zu, öffnete eine Tür und ging voraus in einen gekühlten Raum mit mehreren Tischen, auf denen Leichen lagen; drei davon waren nackt, die übrigen mit Tüchern abgedeckt.

»Warten alle auf den Pathologen. Okay, Mr. Dillon, rauf mit Ihnen.«

Dillon legte sich auf einen freien Tisch, und Tino bedeckte ihn mit einem Tuch, ehe er zu Gold zurückkehrte.

»Schauen wir mal.« Er sah in sein Verzeichnis. »Sie sagen, in der Nähe des Charlton?«

»Stimmt.«

»Wie hieß Ihr Cousin?«

»Dillon«, erwiderte Gold mit unsicherer Stimme.

»Ja, das ist das Opfer der Schießerei in der Garage dort. Man hat ihn gerade erst gebracht. Wollen Sie ihn identifizieren?«

»Wenn ich muß.«

»Okay. Hier lang, und falls Ihnen übel wird, laufen Sie auf die grüne Tür zu.«

Beim Anblick der nackten Toten blieb Gold betroffen stehen. »Sehen nicht so gut aus, was?« meinte Tino. »Blüht uns aber allen eines Tages. Schauen Sie sich mal den Pimmel von dem Kerl da drüben an. Der hat bestimmt seinen Spaß gehabt.«

Gold holte tief Atem. Tino zog das Tuch von Dillons Gesicht, dessen Augen starr und blicklos waren. Er sah wirklich schrecklich aus, und Gold rannte tatsächlich prompt auf die grüne Tür zu, hinter der er eine Toilette fand und sich gründlich erbrach.

Als er herauskam, begleitete Tino ihn zurück zum Eingang. »Können Sie mir Ihre Personalien geben, Sir? Falls die Polizei danach fragt.«

»Ich bin jetzt viel zu durcheinander. Ich komme morgen früh noch mal her«, erwiderte Gold und eilte nach draußen.

Im Büro schaltete Blake sein Handy ab. »Ich lasse ihn von einem Zivilwagen verfolgen, aber wir können ihn uns natürlich nicht schnappen, sonst wäre Judas unglücklich. Ich möchte allerdings für später gern wissen, wer er ist.«

»Und der Schütze kommt auch einfach so davon?« fragte Teddy. »So ein dreckiger Killer?«

»Ich verstehe Sie schon, Teddy, aber solche Burschen kann es jede Nacht auf der Straße erwischen.«

Dillon kam herein, setzte sich, entfernte mit Reinigungscreme die grausige Schmiere auf seinem Gesicht und wusch sich danach an einem Waschbecken in der Ecke.

»Hab' den Dreckskerl zu Tode erschreckt«, grinste er und trocknete sich ab.

Blakes Telefon läutete. Er meldete sich. »Danke, hast einen Gefallen bei mir gut. War mein Freund von der Kripo«, erklärte er den anderen. »Das Gesicht des Fahrers war nur undeutlich zu sehen, aber den Schützen hat er sofort erkannt. Ist ein gewisser Nelson Harker, ein berüchtigter Killer, vor dem alle solche Angst haben, daß kein Mensch je gegen ihn aussagen wird. Er lebt in der Flower Street.«

»Werden Sie ihm einen Besuch abstatten?« fragte Hannah.

»Demnächst vermutlich. Fahren wir ins Hotel zurück. Ich setze Sie ab, packe zu Hause selbst meine Sachen, und dann düsen wir nach Irland.«

Auf dem Weg zum Hotel klingelte sein Handy erneut. Als er abschaltete, sagte er: »Mein Mann ist unserem Unbekannten bis zu einem Apartmentkomplex in Georgetown gefolgt. Mark Gold ist sein Name. Meine Sekretärin Alice Quarmby hat ihn durch unseren Computer überprüfen lassen, und wissen Sie was? Er arbeitet als Informatiker im Verteidigungsministerium, ein sehr kluger junger Mann. Sein Bruder emigrierte nach Israel und wurde bei einem Raketenangriff der Hamas auf den Kibbuz, in dem er lebte, getötet.«

»Also ist Gold ein Makkabäer?« meinte Hannah.

»Zweifellos.«

Er hielt vor dem Hotel am Straßenrand. »Wir treffen uns so bald wie möglich auf dem Stützpunkt Andrews.«

Sie stiegen aus, und Blake Johnson fuhr mit Teddy weiter.

Gold hatte mit seinem Anruf bei Judas gewartet, bis er zu Hause war. Das Leichenschauhaus, die Toten und der süßliche Verwesungsgeruch hatten ihn ziemlich mitgenommen.

Er gönnte sich einen Brandy, ehe er nach seinem Spezialhandy griff. »Hier Gold. Ich war im Leichenschauhaus. Er ist wirklich tot.«

»Hervorragend«, sagte Judas. »Ich melde mich wieder.«

Marie de Brissac ruhte auf dem Bett, als die Tür geöffnet wurde und David Braun hereinkam, gefolgt von Judas, der wieder seine Kapuze trug. Marie setzte sich auf und bemühte sich, sie nicht merken zu lassen, wie erschrocken sie war.

»Was ist?«

»Ich wollte Ihnen bloß ein paar Neuigkeiten mitteilen.« Judas lachte. »Ihr Freund Dillon ist vor kurzem ums Leben gekommen.«

»Sie lügen.«

»Nein, Comtesse, er wird nicht mehr zurückkehren, denn im Moment liegt er mit zwei Kugeln im Rücken in einem Leichenschauhaus in Washington.«

Laut lachend verließ er das Zimmer, und sie begann zu weinen. David Braun legte eine Hand auf ihre Schulter, aber sie stieß ihn weg.

»Gehen Sie! Sie sind genauso schlimm wie er!«

IRLAND LONDON FRANKREICH
ÖSTLICHES MITTELMEER

1997

8

Dillon saß mit einem Handtuch um die Schultern vor dem Waschbecken in Teddys Apartment. Mildred Atkinson stand hinter ihm und betrachtete ihn im Spiegel, während Teddy in der Ecke lehnte und eine Zigarette rauchte.

»Kannst du was machen, Mildred?«

»Natürlich kann ich das. Prima Gesicht. Aber die Haare – nein, ich hasse es, Leute schwarz zu färben. Ganz egal, wie gut man es macht, es sieht nie wirklich echt aus. Außerdem haben Sie tolle Haare, Schätzchen«, sagte sie zu Dillon, »wie helles Stroh. Ich werde sie statt dessen nur schneiden, richtig schön kurz scheren, und braun tönen, genau wie auf dem Paßfoto, das Sie mir gezeigt haben. Dadurch wird sich Ihre ganze Kopfform verändern. Und die Augenbrauen ...« Sie überlegte einen Moment. »Die Brille ist getönt, wie ich sehe. Ich schau' mal nach, was ich in meiner Trickkiste habe.« Sie griff nach der Schere.

»Sie sind Engländerin?« fragte Dillon.

»Stimmt, Schätzchen. Ich komme aus Camden im guten alten London. Hab' mein Metier in den Pinewood Studios gelernt.«

»Und was hat Sie hierher verschlagen?«

»Die Liebe, Schätzchen, die Liebe zu dem größten amerikanischen Mistkerl, den man sich nur vorstellen kann. Bis ich das allerdings rausfand, hatte ich hier beruflich Fuß gefaßt und beschloß zu bleiben. Und jetzt hören Sie mal auf zu reden, damit wir vorankommen.«

Dillon lehnte sich zurück und betrachtete diesen ganz anderen Dillon, der ihm aus dem Spiegel entgegenblickte. »Du bist ein Genie, Mildred«, meinte Teddy bewundernd. »Die getönte Brille ist genau richtig.«

Sie packte ihre Sachen zusammen. »Viel Glück, Mr. Dillon. Die Färbung dürfte etwa zwei Wochen halten.«

»Ich will dich dafür bezahlen«, sagte Teddy.

»Unsinn, war mir ein Vergnügen.« Sie tätschelte im Hinausgehen seine Wange und lächelte Dillon zu. »Netter Junge, Teddy.«

Auf dem Stützpunkt Andrews trennten sie sich. Blake, Dillon und Teddy standen am Eingang des Hangars, wo sie vor dem Regen geschützt waren, und blickten dem Lear hinterher, mit dem Ferguson und Hannah Bernstein zurückflogen.

Teddy schüttelte beiden die Hände. »Jetzt ist die Sache an euch, Jungs.«

Dillon fiel in letzter Sekunde noch etwas ein. Er nahm aus seiner Brieftasche die Skizze, die Marie de Brissac für ihn gezeichnet hatte, und faltete das Blatt auseinander.

»Das hat die Tochter des Präsidenten für mich gemacht. Es ist das Emblem auf Judas' silbernem Feuerzeug.«

»Sieht mir wie ein Divisionszeichen aus«, meinte Blake.

»Ja, und da wir wissen, daß Judas im Jom-Kippur-Krieg gedient hat, muß es ein israelisches sein. Können Sie das überprüfen, Teddy? Es muß doch irgendwo eine Auflistung israelischer Uniformabzeichen geben.«

»Wahrscheinlich in der Stadtbücherei«, lachte Teddy. »Okay, ich kümmere mich drum.«

Ein großer Farbiger in der üblichen dunkelblauen Uniform der Fluggesellschaft kam mit einem Regenschirm auf sie zu. »Sergeant Paul Kersey, meine Herren. Ich bin Ihr Flugbegleiter. Die Piloten kennen Sie, glaube ich, schon, Mr. Johnson.«

»Allerdings.«

Dillon streckte die Hand aus. »Keogh – Martin Keogh.« Da er ja tot sein sollte, erschien es ihm sinnlos, seinen richtigen Namen zu nennen.

»Freut mich. Folgen Sie mir, meine Herren.«

Unter seinem Schirm gingen sie zur Gangway, wo die Piloten warteten. Johnson begrüßte sie wie alte Freunde und übernahm die Vorstellung.

»Captain Tom Vernon und Lieutenant Sam Gaunt. Das ist Martin Keogh.«

»Schön, Sie kennenzulernen«, sagte Vernon. »Wie Sie sehen, tragen wir Zivil. Wir halten nichts davon, unnötig aufzufallen. Gewöhnlich hat dieses Flugzeug eine Besatzung von vier Mann, aber wir kommen auch mit drei aus. Die Gulf Five ist das beste Privatflugzeug der Welt. Es hat eine Reichweite von sechstausendfünfhundert Meilen und schafft sechshundert Meilen pro Stunde.«

»Dann ist Irland ja kein Problem.«

»Bei so gutem Wind wie heute abend müßten wir in sechs Stunden in Dublin sein.«

»Also, dann los«, sagte Johnson. »Nach Ihnen, meine Herren.« Er folgte den Piloten die Treppe hinauf.

Teddy Grant lief unruhig in seinem Apartment auf und ab. Es stand so viel auf dem Spiel, so verdammt viel, und dieses Gefühl der totalen Hilflosigkeit machte ihn richtig fertig. Er erinnerte sich an die Skizze, die Dillon ihm gegeben hatte, und sah auf seine Uhr. Gerade erst neun. Die Buchhandlungen in Georgetown hatten bis zehn Uhr abends geöffnet. Das würde ihn ein wenig ablenken.

Entschlossen griff er nach seinem Regenmantel und verließ die Wohnung.

Er fuhr einen behindertengerechten Wagen mit Automatik, den er geschickt durch den Abendverkehr nach Georgetown steuerte, wo er am Straßenrand parkte und einen Taschenschirm aus dem Handschuhfach nahm. Daneben lag ein kurzläufiger Colt, den er in die Tasche seines Regenmantels steckte. Bei den häufigen Raubüberfällen auf offener Straße war es besser, vorsichtig zu sein.

Es blieben ihm noch vierzig Minuten, bevor die Läden schlossen. Mit einem Druck auf den Automatikknopf öffnete er seinen Schirm und ging los.

In einigen Straßen gab es mehrere Buchläden, und er betrat gleich den ersten, suchte die Abteilung für Militaria und begann zu stöbern. Die meisten Bücher schienen sich mit dem Zweiten Weltkrieg, den Nazis und der SS zu befassen. Merkwürdig, wie besessen manche Leute davon waren. Über die israelische Armee gab es gar nichts. Auf dem Weg nach draußen musterte er mit mürrischer Miene ein neues Buch über die Geschichte des Judaismus, das auf einem Ständer präsentiert wurde.

Er selbst war zwar Christ, doch seine Großmutter väterlicherseits war Jüdin gewesen und hatte außerhalb ihres Glaubens geheiratet, wie man das nannte. Sie war schon lange tot, aber Teddy erinnerte sich voller Liebe an sie und war stolz auf die jüdischen Wurzeln, die er ihr verdankte. Er hatte dieses Tatsache nie an die große Glocke gehängt, da ihm Religion an sich nichts bedeutete, doch die Juden waren schon ein tolles Volk. Die religiösen Grundsätze, die Morallehre, die sie der Welt geschenkt hatten, waren einzigartig. Der Gedanke an Menschen wie Judas und seine Makkabäer, die dieses Erbe mit ihren Taten beschmutzen, machte ihn richtig wütend.

Er versuchte es in drei weiteren Läden, ehe er Glück hatte. Der Besitzer eines kleinen Ladens an der Ecke, ein sehr alter, weißhaariger Mann, wollte gerade schließen.

»Ich will Sie nicht lange aufhalten«, sagte Teddy. »Ich suche nach einem Handbuch über israelische Armeeeinheiten, mit Divisionszeichen, Uniformabzeichen und so was.«

»Moment.« Der alte Mann ging zu einem Regal und kehrte mit einem kleinen Taschenbuch zurück. »Dieser Verlag bringt eine ganze Reihe davon raus, Armeen der Welt. Ist ziemlich populär. Ich habe nur noch die Bände über die russische und die israelische Armee übrig. Muß wieder nachbestellen.«

»Wieviel?«

»Fünfzehn fünfzig.«

Teddy suchte das Geld heraus. »Eine Tasche brauche ich nicht, und vielen Dank für Ihre Hilfe.«

In Hochstimmung eilte er durch den Regen zurück zu seinem Wagen, stieg ein, schaltete das Licht an und schlug das Buch auf, das hauptsächlich aus Text bestand. Ungefähr zwölf Seiten zeigten farbige Abbildungen der Uniformzeichen verschiedener israelischer Einheiten. Enttäuscht klappte er es wieder zu. Keine einzige ähnelte auch nur entfernt dem Raben.

Frustriert zündete er sich eine Zigarette an und dachte an die Ereignisse des Tages, die in dem Mordversuch an Dillon gegipfelt waren. Daß Mark Gold in Ruhe gelassen werden mußte, sah er ein, aber Harker, ein Scheusal, das unzählige Male für Geld getötet hatte? Damit konnte er sich überhaupt nicht abfinden.

»Wozu war denn dann Vietnam und das alles gut?« sagte er leise zu sich selbst. »Ist die Welt dadurch besser geworden? Nein, im Gegenteil, verdammt noch mal.«

Er öffnete das Handschuhfach, suchte den Schalldämpfer und befestigte ihn an seinem Colt, ehe er ihn wieder in seine Tasche steckte. Was hatte Blake über Harker gesagt? *Solche Burschen kann es jede Nacht auf der Straße erwischen.* Mit grimmigem Lächeln startete Teddy den Wagen.

Es regnete in Strömen. Nelson Harker war naß bis auf die Haut, als er in die Flower Street einbog, und außerdem mehr als nur ein wenig betrunken. Da er Geld in der Tasche hatte, hatte er ordentlich einen draufgemacht und sich zudem mit zwei Prostituierten vergnügt, wie er es am liebsten mochte. Er stolperte über eine Unebenheit auf dem Bürgersteig und blieb schwankend stehen.

»Entschuldigung.«

Harker blinzelte und sah einen kleinen einarmigen Mann in einem Regenmantel, der ihn unverwandt anstarrte. »Was is', du kleiner Scheißer?«

Teddy umfaßte den Colt in der Tasche seines Regenmantels und sehnte sich mit allen Fasern danach, ihn einfach zu erschießen – aber er konnte es nicht. Es waren keine moralischen Hemmungen, die ihn zurückhielten; in Vietnam hatte er aus nichtigeren Gründen getötet, doch ein guter Engel bewahrte ihn davor, seiner Wut nachzugeben. Denn falls diese Sache aufflog und er am Ende bei der Polizei landete, würde der Skandal, der darauf folgte, den Präsidenten stürzen, den Menschen, den er mehr schätzte als jeden anderen auf der Welt. Heiliger Gott, was hatte er sich bloß gedacht?

Er holte tief Atem. »Verzeihung. Ich wollte bloß nach dem Weg fragen.«

»Mann, verpiß dich«, lallte Harker und torkelte weiter.

Teddy eilte rasch zurück zu seinem Wagen. Eine Meile weiter mußte er den Fluß überqueren. Er hielt mitten auf der

Brücke an, stieg aus und warf den Colt in das dunkle Wasser. Er war nicht registriert, es könnte ihn also niemand mit ihm in Verbindung bringen, doch das spielte keine Rolle. Er würde im Schlamm versinken und dort für alle Zeit liegenbleiben, eine Erinnerung an die dümmste Tat in seinem gesamten Leben, die er beinahe begangen hätte.

»Verdammter Narr«, sagte er leise. »Was hast du dir bloß gedacht?« Dann stieg er wieder ein und fuhr weiter.

Der Flug mit der Gulfstream war so ruhig, daß Dillon es kaum glauben konnte. Überhaupt war er ungeheuer beeindruckt. Die riesigen Clubsessel ließen sich zum Schlafen verstellen, an der Seitenwand stand zudem noch ein Sofa, die Tische waren aus furniertem Ahorn, es gab eine Bordküche, einen Aufenthaltsraum für die Besatzung und sogar eine Dusche.

»Ihr gönnt euch was«, meinte er zu Johnson.

»Es ist das beste Flugzeug der Welt«, erwiderte Blake, »und genau das brauche ich. Ich kann sogar Rollbahnen benutzen, die nur halb so lang sind wie die für Verkehrsflugzeuge.«

»Mir gefällt besonders, daß ›Gulfstream V‹ mit der römischen Ziffer anstatt mit einer normalen Fünf geschrieben ist.«

»Das ist eben Stil. Und dank Satellitentechnik auf dem neusten Stand haben wir jederzeit und überallhin Telefonverbindung.«

»Das will ich gleich mal ausprobieren.«

Captain Vernons Stimme kam aus dem Lautsprecher. »Unsere Flughöhe beträgt fünfzigtausend Fuß, und wir haben guten Rückenwind. Übrigens ist Irland uns fünf Stunden in der Zeit voraus, daher schlage ich vor, Sie stellen Ihre Uhren um.«

Kersey brachte Kaffee und für Dillon Tee. »Bitte sehr, meine Herren. Melden Sie sich, wenn Sie etwas möchten. Ich serviere das Abendessen in einer Stunde, wenn's recht ist.«

»Also, ein großer Bushmills-Whiskey wäre mir jetzt schon recht«, sagte Dillon. »Falls Sie hier so was haben.«

»Wir haben alles.« Kersey kehrte nur Sekunden später mit dem Bushmills zurück. »Okay, Sir?«

»Bestens«, grinste Dillon.

Nachdem Kersey die Tür zur Bordküche geschlossen hatte, sagte Blake: »Sie wollten doch einen Anruf machen?«

»Ja. Mein alter Freund Liam Devlin ist der größte lebende Experte, was die IRA angeht. Er hat uns beträchtlich bei der Irish-Rose-Affäre geholfen, erinnern Sie sich?«

»Und ob.« Blake stellte seine Uhr um. »Aber dort drüben ist es jetzt halb drei in der Nacht.«

»Dann weck' ich ihn eben auf.« Dillon griff nach dem Telefon.

In seinem Häuschen in Kilrea, einem Dorf nahe bei Dublin, schaltete Liam Devlin fluchend das Licht ein, als das Telefon beharrlich läutete, und nahm den Hörer ab, wobei er einen Blick auf den Wecker warf.

»Jesus, Maria und Josef, wissen Sie, wieviel Uhr es ist, wer immer Sie sind?«

»Ach, halt die Klappe, alter Gauner, und hör mir zu, ja? Hier ist Sean – Sean Dillon.«

Devlin richtete sich auf. »Na, sag mal – von wo aus rufst du denn jetzt an?«

»Aus einer Gulfstream, die gerade den Atlantik überquert, Liam. Ich habe einen Freund bei mir, und wir brauchen dich.«

»Geht's um die IRA?«

»Schlimmer, viel schlimmer. Mit der IRA hat's zwar nichts zu tun, aber Dermot Riley ist in die Sache verwickelt.«

»Der sitzt doch gerade seine fünfzehn Jahre in Wandsworth ab.«

»Das hat er, bis er Ferguson angeboten hat, ihm den Aufenthaltsort und das Waffenlager einer anderen IRA-Gruppe in London zu verraten.«

»Hast du ihm das etwa geglaubt?« Devlin lachte laut auf. »Und dann ist er euch entwischt, was?«

»So ungefähr, nur ist alles noch viel komplizierter, und wie ich schon sagte, es ist keine Sache, die die IRA betrifft. Ich muß ihn unbedingt finden, Liam. Es ist wirklich lebenswichtig. Hör dich mal um, ob du irgendwas rausfinden kannst.«

»Na ja, da wäre seine Tante Bridget O'Malley unten in Tullamore. Ihre Farm liegt in der Nähe des Blackwater River.«

»Könnte sein, er könnte sich aber auch gedacht haben, daß das zu riskant ist. Wir sind gegen halb zehn bei dir in Kilrea. Er hat übrigens den Namen Thomas O'Malley benutzt.«

»Gut. Kann ich jetzt weiterschlafen?«

»Klar, du hast doch schon immer nur das getan, was du wolltest«, entgegnete Dillon und legte auf.

Devlin konnte nicht wieder einschlafen. Nach allem, was Dillon gesagt hatte, schien es sich um etwas Besonderes zu handeln, um etwas ganz Besonderes sogar, und das ließ ihm keine Ruhe. Er griff nach einer Zigarette und zündete sie an. Sein Arzt hatte versucht, ihn dazu zu überreden, weniger zu rauchen, aber was spielte das in seinem Alter noch für eine Rolle? Er stand auf, streifte seinen Bademantel über, ging in die Küche und setzte den Kessel auf, ehe er nach dem Telefon griff und eine Nummer wählte.

»Bist du's, Michael? Hier Liam Devlin.«

»Mein Gott, Liam, du bist aber noch spät auf.«

»Du auch.«

»Na ja, weißt du, ich hab' angefangen, Romane zu schreiben, und arbeite gern nachts.«

»Das hab' ich gehört, und ich hab' auch gehört, daß du meistens morgens gegen sieben Uhr im Irish Hussar frühstückst.«

»Stimmt.«

»Dann leiste ich dir Gesellschaft. Ich brauche ein paar Auskünfte von dir.«

»Kann mir schon denken, was das heißt, alter Knabe. Gut, dann bis nachher.«

Devlin legte auf, griff nach dem Kessel und goß sich leise pfeifend eine Kanne Tee auf.

In der Gulfstream wurde eine hervorragende Mahlzeit aus Seezungenfilet mit Kartoffeln und gemischtem Salat serviert, gefolgt von italienischer Eiscreme mit Haselnüssen. Dazu teilten sie sich eine Flasche Chablis.

»Ich frage mich«, meinte Dillon danach, »was wohl die armen Schweine auf den Verkehrsflügen in der ersten Klasse heute abend kriegen. Das war großartig.«

»Zufriedene Gäste sind unser Ziel.« Blake nahm einen Schluck Kaffee. »Dieser Devlin scheint ein außergewöhnlicher Mensch zu sein. Sind die Geschichten, die ich über ihn gehört habe, alle wahr?«

»Vermutlich. Er hat einen Universitätsabschluß am Trinity College in Dublin gemacht. Ein Gelehrter und ein Poet, dazu einer der gefürchtetsten Kämpfer, den die IRA je hatte. Im Spanischen Bürgerkrieg hat er gegen Franco gekämpft und wurde von den Italienern gefangengenommen, die ihn den Nazis auslieferten.«

»Und er hat für sie gearbeitet?«

»Er war kein Faschist, aber die IRA hat damals mit Hitler geliebäugelt, weil man meinte, wenn England den Krieg verlieren würde, wäre das die große Chance für Irland. Devlin ist für die Abwehr in Irland mit dem Fallschirm abgesprungen und nur mit knapper Not nach Berlin zurückgekommen.«

»Und dann? Ist irgendwas dran an der alten Legende, daß ein Deutscher versucht hat, mit Devlins Hilfe Churchill zu entführen?«

»Norfolk, 1943, eine Elitetruppe deutscher Fallschirmjäger. Davlin war tatsächlich dabei, aber der Versuch schlug fehl, und es war wieder ein kleines Wunder, daß er rauskam.«

»Aber Sie haben gesagt, er sei kein Faschist gewesen?«

»Man hat ihn gut bezahlt, und das Geld ging an die Organisation. Er hat mal gesagt, er hätte sogar versucht, sich Hitler zu schnappen, wenn ihm jemand genügend dafür gezahlt hätte. Er hat die ganzen Nazibonzen persönlich gekannt – und war sogar dabei behilflich, ein Attentat auf Hitler durch die SS gegen Ende des Kriegs zu vereiteln.«

»Guter Gott!«

»Dahinter steckte die Überlegung, daß es besser sei, wenn Hitler am Leben blieb und alles immer tiefer in die Scheiße ritt, während der Krieg vielleicht noch länger gedauert hätte, wenn die SS das Kommando übernommen hätte.«

»Ich verstehe.«

»Hitler verlieh ihm das Eiserne Kreuz Erster Klasse, und Devlin lacht sich heute noch kaputt, wenn er davon erzählt.«

»Und dann kam Irland?«

»Ja. Er war einer der Begründer der Provisional IRA und stand bei der britischen Armee auf der Fahndungsliste.«

»Und damals haben Sie ihn kennengelernt?«

»Er hat mir alles beigebracht, was ich kann und weiß, aber Liam war ein altmodischer Revolutionär, und ich machte gerade eine marxistische Phase durch, jung und dumm wie ich war. Wir haben uns ganz schön bekriegt, aber letzten Endes dann wieder versöhnt.«

»Ein merkwürdiger Mann.«

»Ein großer Mann; der beste, den ich je gekannt habe.«

»Dieser Name auf Ihrem falschen Paß, Martin Keogh – hat er eine Bedeutung?«

Dillon zuckte die Schultern. »Nur ein Tarnname, den ich seit Jahren immer mal wieder benutze.«

Blake nickte. »Sie denken also, Devlin könnte uns dabei helfen, Riley zu finden?«

»Falls es jemand kann, dann er. Wenn wir Riley erst mal haben, schleppen wir ihn nach London, damit er uns diesen falschen Anwalt zeigt, den die Überwachungskameras in Wandsworth aufgenommen haben. Sobald wir sein Gesicht kennen, finden wir auch seine Identität raus.«

»Sie klingen recht zuversichtlich.«

»Bin ich auch. Mit etwas Glück könnte er uns zu Judas führen.«

Blake blieb skeptisch. »Viel ist es nicht.«

»Es ist alles, was wir haben. Aber noch etwas – falls wir tatsächlich diesen Ort finden, an dem Judas sie gefangenhält, wäre es nicht so gut, Kampfschwimmer oder eine andere Spezialeinheit zu Hilfe zu rufen. Er wird sie beim geringsten Anschein eines Angriffs sofort umbringen.«

»Sie meinen, Sie wollen ganz allein dort rein?«

»Ich bräuchte natürlich Rückendeckung«, entgegnete Dillon. »Aber ich habe doch so einiges von dem Gebäude gesehen und weiß zumindest, daß sie im dritten Stock wohnt.«

»Ein Mann ganz allein?« Blake schüttelte den Kopf. »Das ist verrückt.«

»Er hat nur fünf Makkabäer um sich«, erwiderte Dillon. »Und nirgends gab's Anzeichen für Personal. Aber es ist ohnehin klar, daß er keins hat. Es sind also mit ihm zusammen sechs.«

»Und Sie würden das wirklich riskieren?«

»Warum nicht? Sie kennen doch die alte Geschichte von dem Schneider aus dem Märchen der Brüder Grimm? Sieben auf einen Streich! Bei mir sind's eben sechs.«

»Das waren aber Fliegen auf einem Marmeladenbrot.«

»Macht doch keinen Unterschied.« Dillon rief nach Kersey. »Noch einen Bushmills, und dann leg' ich mich lang.«

»Sofort, Sir.«

»Wissen Sie«, meinte Blake, »eins beruhigt mich wirklich an der ganzen Sache.«

»Und das wäre?« fragte Dillon und nahm den Drink, den Kersey brachte.

»Nach allem, was Marie de Brissac Ihnen erzählt hat, wußte der General aus diesem anonymen Brief nur, daß seine Frau die Nacht mit einem amerikanischen Offizier verbracht hatte. Er wußte aber nicht, daß es Jake Cazalet war.«

»Scheint so.«

»Das Geheimnis war also nur Marie, ihrer Mutter und dem Präsidenten bekannt.«

»Sie vergessen Teddy Grant.«

»Okay, aber das heißt, es waren nach dem Tod der Gräfin nur noch drei. Wie zur Hölle hat Judas es also herausgefunden?«

»Weiß der Himmel, aber jedenfalls wußte er es.« Dillon knipste das Licht über dem Sitz aus und kippte ihn zurück. »Ich schlafe jetzt erst mal ein bißchen, solange dazu noch Gelegenheit ist.«

Devlin parkte seinen Wagen am Ufer des Liffey und ging durch den leichten Nieselregen zum Irish Hussar, einem altmodischen Lokal mit gemütlichen Nischen und einer Theke aus Mahagoni vor einer Spiegelwand, in deren Regalen Flaschen aufgereiht standen. Normalerweise war es ein beliebter Treffpunkt von Republikanern und Sinn-Fein-Anhängern; zu dieser Zeit am Morgen aber waren die Gäste hauptsächlich Arbeiter, die sich ein ordentliches irisches Frühstück gönnten. In der letzten Nische entdeckte er Michael Leary, der gerade mit seiner Mahlzeit begann.

»Liam, alter Gauner.«

»Selber«, entgegnete Devlin.

Eine junge Frau kam mit strahlendem Lächeln an den Tisch, denn Devlin war einer ihrer Lieblingsgäste. »Was kann ich Ihnen bringen, Mr. Devlin?«

»Das gleiche, dazu reichlich Frühstückstee, in dem der Löffel steht.« Er wandte sich an Leary. »Läuft die Arbeit gut, Michael?«

»Dieser Thriller, den ich geschrieben habe, hat sich an den Flughäfen ganz ordentlich verkauft. Um ehrlich zu sein, Liam, ich habe in den vergangenen zwölf Monaten fünfzigtausend Pfund verdient, und es scheint noch mehr zu werden.«

»Und du arbeitest immer noch die Nacht durch?«

»Liegt an meinem Bein, daß ich nicht schlafen kann. Hab' ziemliche Schmerzen.« Er schlug sich mit der Faust auf den Oberschenkel.

Leary, der mehr als zwanzig Jahre lang ein aktives Mitglied der IRA gewesen war, hatte ein Bein verloren, als eine Bombe, die er in einem alten Laster über die Grenze bringen sollte, vorzeitig explodierte und zwei seiner Kameraden tötete. Der einzige Vorteil dieses Unglücks war gewesen, daß er nicht in einem englischen Gefängnis gelandet war, aber seine Karriere als aktives Mitglied der Bewegung war danach beendet gewesen.

Die junge Frau brachte Devlin sein Frühstück und eine Kanne Tee, und er begann zu essen.

»Was gibt's, Liam? Was willst du?« fragte Leary.

»Vor fünfzehn Jahren, als ich sechzig war und es besser hätte wissen müssen, habe ich dir in County Down das Leben gerettet. Die Bullen hatten dich in die Schulter geschossen, und ich hab' dich über die Grenze gebracht.«

»Stimmt«, sagte Leary, »bloß eins ist genauso falsch wie mein linkes Bein – du warst nicht sechzig, du warst siebzig.«

»Ach, sei nicht so pingelig; jedenfalls bist du mir was schuldig, und jetzt kannst du dich revanchieren.«

Leary nickte nur und widmete sich weiter seinem Frühstück. »Rede schon.«

»Ich weiß, daß du immer noch eng mit der Organisation verbunden bist. Bevor der Friedensprozeß begann, hast du die Abwehrabteilung in Dublin geleitet.«

Leary schob seinen Teller zur Seite, den die Kellnerin sofort wegräumte. »Geht es um eine IRA-Sache, Liam?«

»Nur indirekt. Eher um einen Gefallen für einen Freund.«

»Schieß los.« Leary begann seine Pfeife zu stopfen.

»Du hast immer noch deine Ohren überall und wüßtest doch wahrscheinlich auch, wenn Dermot Riley zurückkäme? Ich hab' nämlich als letztes gehört, daß er fünfzehn Jahre in Wandsworth absitzt, aber anscheinend ist er entwischt. Soviel ich weiß, hat er dabei einen irischen Paß auf den Namen Thomas O'Malley benutzt.«

»Und wer sagt das?«

»Mein Freund, aber das ist vertraulich.«

»Es gibt mehr als einen, der Dermot gern sehen möchte, einschließlich des Stabschefs. Na gut, er ist wieder da. Er ist vor drei Tagen als Thomas O'Malley durch die Paßkontrolle am Flughafen von Dublin spaziert. Einer der Sicherheitsleute hat ihn erkannt. Da er einer von uns ist, hat er ihn einfach durchgewinkt und dann die Sache dem Stabschef gemeldet.«

»Und was hat der getan?«

»Erst mal in London angerufen und anschließend Bell und Barry, zwei seiner Gorillas, zu Bridget O'Malley auf ihre Farm am Blackwater River geschickt. Das war gestern. Sie hat geglaubt, er sitze immer noch im Gefängnis, und geschworen, er sei nicht bei ihr aufgetaucht.«

»Die beiden kenne ich. Es überrascht mich, daß sie nicht versucht haben, sie mit brennenden Zigaretten zu traktieren.«

»Glaubst du, er ist dort, Liam?«

»Wenigstens in der Gegend. Wohin sollte er sonst?«

Leary schwieg einen Moment nachdenklich. »Die Sache stinkt jedenfalls. Wir haben überall Freunde, das weißt du selbst, sogar in Wandsworth. Es scheint, als sei Riley auf ein Überstellungsgesuch hin rausgelassen worden, das Brigadier Charles Ferguson vor ein paar Tagen unterzeichnet hat.«

»Ach was?« Devlin zündete sich eine Zigarette an.

»Und wir alle wissen, wer heutzutage seine starke rechte Hand ist – Sean Dillon. Könnte er zufällig dieser Freund von dir sein, Liam?«

Devlin lächelte. »Wie käme ich denn dazu, einen solch gräßlichen Kerl zu kennen?«

»Jetzt komm aber, Liam. Du hast ihm alles beigebracht, was du weißt und sogar immer gesagt, er sei so was wie deine dunklere Hälfte.«

Devlin stand auf. »Ein tolles Frühstück, und da du jetzt so ein erfolgreicher Autor bist, Michael, lasse ich mich gern von dir einladen. Falls du zufällig mal Dermot Riley begegnest, wäre es nett, wenn du mir Bescheid sagen würdest.«

»Mach keine Dummheiten, Liam. Selbst die lebende Legende der IRA kann ein böses Ende nehmen.«

»Ach, Herrgott, in meinem Alter kümmert einen das schon nicht mehr so besonders. Übrigens kannst du dem Stabschef sagen, wenn du ihn anrufst, daß diese Sache hier nichts mit der IRA zu tun hat. Er hat dafür mein Wort.«

Nachdem er gegangen war, dachte Leary über alles nach und fragte sich, warum Ferguson wohl Riley aus Wandsworth herausgeholt hatte. Offensichtlich aufgrund irgendeines Handels, und dann war Riley ihm entwischt. Oder könnte es sein, daß er mit einem falschen Paß in Irland war, um für Ferguson einen Job zu erledigen?

Auf jeden Fall wußte er, was er zu tun hatte. Er stand auf und ging rasch hinaus zu seinem Wagen.

Der Stabschef lebte in einem kleinen Haus am Stadtrand. Während seine Frau Tee servierte, streichelte er die Katze auf seinem Schoß und hörte schweigend zu.

»Treib' Bell und Berry auf und schick sie zu mir«, sagte er, als Leary fertig war.

»Und Liam?«

»Ich hab' den alten Knacker wirklich sehr gern, aber falls er dort auftaucht, und erst recht zusammen mit Dillon, dann können Bell und Barry alle beide kaltmachen.«

Devlin wohnte in einem viktorianischen Häuschen mit gotischen Giebeln und einem spitzen Dach neben dem Kloster in Kilrea. Blake Johnson und Dillon hatten sich am Flughafen in Dublin einen Mietwagen genommen und waren um halb zehn bei ihm.

»Das ist hübsch.« Johnson betrachtete den Garten, der in allen Farben leuchtete.

»Ja, er ist ein leidenschaftlicher Gärtner.« Dillon läutete an der Tür.

Devlin öffnete. »Da bist du ja, du alter Schurke!« Er umarmte Dillon heftig und lächelte Blake zu. »Und wer ist das?«

»Ein Freund aus Washington, Blake Johnson.«

»So, so, ein Freund? Na ja, ich bin alt genug, um einen Bullen zu erkennen, wenn ich einen sehe, Mr. Johnson. Kommt doch mit in die Küche. Ich habe schon gefrühstückt, aber ich mache Kaffee. Was für ein Bulle sind Sie denn?«

»Ich war früher mal beim FBI«, erwiderte Johnson, während Devlin den Wasserkessel füllte.

»Und jetzt?«

»Sagen wir mal, er macht das für den Präsidenten, was Ferguson für den Premierminister macht«, antwortete Dillon an seiner Stelle.

»Eine große Nummer also«, lächelte Devlin. »Na gut, setzt euch und erzählt mir alles.«

Nachdem Dillon fertig war, meinte er: »Üble Geschichte, wirklich übel. Ich verstehe, wozu ihr Riley braucht.«

»Werden Sie uns helfen, Mr. Devlin?«

»Nennen Sie mich Liam, mein Sohn. Ich hab's schon versucht.« Er berichtet ihnen von seinem Frühstück mit Leary.

»Bell und Barry sind also immer noch dabei?«

»Sind sie was Besonderes?« fragte Blake.

»Ganz miese Typen. Wenn sie anfangen, die Frau zu bearbeiten, wird sie plaudern.« Er nahm seine Walther heraus und überprüfte sie. »Sind Sie bewaffnet?« fragte er Blake.

»Klar, hab' meine Beretta dabei. Meinen Sie, ich brauche sie?«

»Könnte sein. Leary wird dem Stabschef alles erzählen, und der schickt sie bestimmt noch mal los.«

»Das glaube ich auch. Ich dachte mir, es würde helfen, das Feuer etwas zu schüren, Sean«, sagte Devlin.

»Das hast du wahrhaftig getan. Wir machen uns jetzt besser auf die Socken.«

»Nicht ohne mich.« Devlin lächelte Blake zu. »Tullamore, wo Bridgets Farm liegt, ist eine hübsche Gegend zwischen dem Blackwater River und den Knockmealdown Mountains. Ein prima Tag für einen Ausflug aufs Land, oder?«

In Fergusons Büro im Verteidigungsministerium telefonierte Hannah zur gleichen Zeit mit einem leitenden Beamten in Wandsworth und erklärte ihr Anliegen; danach klopfte sie an Fergusons Tür.

»Ich habe mit jemandem gesprochen, der für die Überwachungsbänder verantwortlich ist, Brigadier. Er gräbt mal alles aus, was sie haben. Ich habe gesagt, daß ich gleich da bin.«

»Nehmen Sie meinen Wagen und meinen Fahrer«, erwiderte Ferguson.

»Ich habe übrigens nachgedacht und glaube nicht, daß Judas das gesamte Ministerium kontrollieren kann. Falls er hier einen Spitzel hätte, dann hätten seine Leute bestimmt nicht mit Richtmikrofonen vor Dillons Haus auf der Lauer liegen müssen.«

»Das ist mir auch schon in den Sinn gekommen, Chief Inspector.«

»Dann bleibt immer noch die Tatsache, daß anscheinend sowohl beim MI5 wie auch beim SIS ein Makkabäer in der Computerabteilung arbeitet.«

»Wir müssen damit warten, diese Personen ausfindig zu machen, bis diese unselige Angelegenheit so oder so erledigt ist.«

»Gut, Sir.«

»Nebenbei gesagt, habe ich mir heute morgen als erstes an meinem Computer den Lebenslauf jedes Mitarbeiters vorgenommen.«

»Und sich die Religionszugehörigkeit angeschaut, Brigadier?«

»Herrgott, ja.«

»Und ich war die einzige Jüdin.« Sie lächelte. »Wann ist ein Makkabäer kein Makkabäer? Knifflige Frage. Bis später, Sir.«

»Was haben Sie gesagt, wie weit es ist?« fragte Blake Johnson.

»Na ja«, meinte Devlin, »wir sind jetzt ungefähr dreißig Meilen gefahren, also noch vielleicht hundert oder hundertzwanzig. Diese Landstraßen hier sind nun mal keine Autobahnen und schlängeln sich gemütlich durch die Gegend.«

»Ich rufe mal Ferguson an«, sagte Dillon, »und sehe, was er so macht.«

Er drückte den entsprechenden Knopf an seinem Handy, um das Gespräch zu chiffrieren. »Ich bin's – Martin Keogh«, fügte er trotzdem sicherheitshalber hinzu.

»Keine Sorge«, erwiderte Ferguson. »Uns kann niemand abhören. Wo sind Sie?«

»Auf dem Weg von Dublin nach Carlow und weiter nach Waterford.«

»Sie wollen zu dieser Ms. O'Malley?«

»Ja. Devlin hat von einem IRA-Mann erfahren, daß Riley vor drei Tagen auf dem Flughafen von Dublin gelandet ist und einen Paß auf den Namen O'Malley benutzt hat. Nun würden die Burschen ebenfalls gern ein Wörtchen mit ihm reden. Der Stabschef hatte schon zwei seiner Schläger nach Tullamore geschickt, um ihn aufzustöbern, aber sie haben nichts erreicht.«

»Ich verstehe.«

»Devlin hat allerdings wieder Bewegung in die Sache gebracht. Wir glauben, der Stabschef wird seine Gorillas jetzt noch mal losschicken. Sie sind vielleicht sogar schon vor uns.«

»Passen Sie auf sich auf und sorgen Sie dafür, daß Johnson nichts passiert. Sie sind entbehrlich, Dillon, aber sein Verschwinden hätte erhebliche diplomatische Verwicklungen zur Folge.«

»Besten Dank.« Dillon schaltete sein Handy ab, lehnte sich zurück und lachte lauthals.

9

Dermot Riley trug eine Mütze, eine alte wasserdichte Jacke und Gummistiefel. Er hatte gerade die letzte Kuh gemolken und schleppte die Milchkannen zum Traktor, hob sie in den Anhänger und fuhr eine Viertelmeile den Weg hinunter, um sie am Tor abzustellen, wo sie der Laster der Molkerei aus dem Dorf abholen würde.

Danach parkte er den Traktor in der Scheune. Während er eine Zigarette rauchte, schaute er über die Hänge der Knochmealdown Mountains und fühlte sich so glücklich wie noch nie zuvor. Karl, der deutsche Schäferhund, lag auf einem Heuballen und beobachtete ihn mit heraushängender Zunge.

»Das ist ein Leben, was, Hund? Das einzig wahre Leben.«

Der Hund winselte, und über den Hof tönte Bridgets Stimme: »Komm rein, Dermot.«

Sie war eine stämmige, mütterlich wirkende Frau Anfang Sechzig, die jedoch älter aussah mit ihrem weißen Haar und den bäuerlich roten Wangen. Als Dermot in der Nacht an ihrer Türschwelle aufgetaucht war, war sie außer sich vor Freude gewesen. Sie hatte ja tatsächlich geglaubt, er sei noch immer im Gefängnis. Natürlich hatte er ihr gesagt, es müsse vorerst geheim bleiben, bis er alles mit der IRA geregelt habe. Sie hatte Decken und Kissen zusammengesucht und ihn mit ihrem alten Jeep eine halbe Meile weiter zu einer abgelegenen Scheune auf der oberen Weide gefahren, in der sie in der Lammzeit die Schafe versorgte. Dort gab es über dem Heuboden einen Raum mit einer Geheimtür, den Riley in früheren Zeiten oft benutzt hatte, wenn er auf der Flucht gewesen war.

»Du bleibst hier, bis ich Colin und Peter gesagt habe, daß sie sich eine Woche frei nehmen sollen«, erklärte sie.

Aber am Morgen waren Bell und Barry in einem silbernen BMW auf den Hof gekommen, zwei wahrhaft erschreckende Männer, die sich nach Dermot erkundigt hatten. Sie hatte das

Blaue vom Himmel heruntergelogen, was sie als gute Katholikin gar nicht gern tat, und behauptete, Dermot sei im Gefängnis. Hilfreich war gewesen, daß Colin und Peter, die beiden Rentner, die halbtags auf der Farm arbeiteten, ebenfalls glaubwürdig behauptet hatten, Dermot sitze doch in England im Gefängnis. Zudem hatte Bridget noch einen Brief vorzeigen können, den Dermot erst vor zehn Tagen aus Wandsworth geschrieben hatte.

Die beiden Männer hatten darauf bestanden, das Haus und die Farmgebäude zu durchsuchen. Barry, der einen Meter neunzig groß war und gebaut wie ein Schrank, hatte mit gefährlich leiser Stimme bei der Abfahrt zu ihr gesagt: »Sie wissen ja, wen Sie in Dublin anrufen müssen, falls er auftaucht. Er braucht sie überhaupt keine Sorgen zu machen. Der Chef will bloß mit ihm reden, mehr nicht.«

Sie hatte ihm allerdings nicht eine Sekunde lang geglaubt.

In der Küche richtete sie ihm ein Eiersandwich und einen Becher Tee. »Du verwöhnst mich«, sagte Dermot.

»Ach, du verdienst es auch, verwöhnt zu werden.« Sie setzte sich an den Tisch und schenkte sich ebenfalls Tee ein. »Wie soll's jetzt weitergehen, Dermot? Schlimm genug, daß du vor der Polizei auf der Flucht bist, aber die IRA ist noch mal was anderes.«

»Ich regle das schon. Ich brauche bloß eine Chance, meine Seite der Geschichte zu erzählen. Wird schon wieder alles in Ordnung kommen, glaub mir.«

»Und dann bleibst du hier?«

»Ich gehe nie wieder weg«, grinste er, »sondern such' mir ein nettes Mädchen aus dem Dorf und gründe eine Familie.«

Bell und Barry hatten inzwischen bereits Tullamore erreicht. Ihr Treffen mit dem Stabschef war nur sehr kurz gewesen.

»Ich mache mir Sorgen wegen Riley. Als letztes hat man von ihm gehört, daß er Wandsworth in Begleitung von Brigadier Charles Ferguson verlassen hat, und was das bedeutet, wissen wir ja alle. Ich will den Kerl haben, deshalb fahrt noch mal hin und holt ihn mir.«

Als sie ins Dorf kamen, entdeckten sie Colin und Peter,

die gerade das Postamt verließen. »Die beiden Alten von der Farm«, sagte Bell. »Das ist ja interessant. Warum arbeiten die heute nicht?«

»Vielleicht sind sie bloß halbtags beschäftigt«, meinte Barry.

»Aber dann doch wohl eher morgens, da ist nämlich das meiste zu tun – die Kühe versorgen, melken und so weiter. Ich weiß darüber Bescheid, bin schließlich auf einer Farm groß geworden. Ich rede mal mit ihnen.«

Bell folgte Colin und Peter, die in Murphy's Select Bar verschwunden waren. Die beiden alten Männer, die jeder ein halbes Stout vor sich hatten, waren neben dem Wirt und einem kräftigen jungen Mann um diese frühe Zeit am Morgen die einzigen Gäste.

Murphy, der sehr gut wußte, wer Bell war, wurde bleich, und die beiden Alten erstarrten vor Angst. Der junge Mann trank einen Schluck von seinem Ale und musterte ihn mürrisch.

»Na, ihr zwei«, sagte Bell. »Ich glaube nicht, daß ihr mir die Wahrheit gesagt habt, als wir gestern miteinander geredet haben.«

»Doch, Mister, ich schwör's.«

»Dann verrate mir mal, warum ihr nicht bei der Arbeit seid?«

»Die Frau hat uns einen Tag freigegeben«, erwiderte Peter.

»He, Sie da«, rief der junge Mann an der Bar. »Lassen Sie die beiden in Frieden.«

Murphy legte eine Hand auf seinen Arm. »Laß mal, Patrick, das ist eine IRA-Sache.«

Bell beachtete ihn gar nicht. »Du hast also Riley gesehen?«

»Nein, ich schwör's bei Gott.«

Patrick kam zu ihnen herüber und tippte Bell auf die Schulter. »Laß sie in Ruhe, hab' ich gesagt.«

Bell rammte ihm mit voller Wucht seinen rechten Ellbogen in den Mund, und als Patrick zurücktaumelte, versetzte Barry, der in der Tür aufgetaucht war, ihm einen gezielten Schlag in die Nieren, so daß er auf die Knie fiel. Bell stieß ihn zu Boden.

»Sag' dem dummen Jungen, er soll sich künftig bessere Manieren angewöhnen«, rief er Murphy zu, ehe sie das Lokal verließen.

Barry setzte sich ans Steuer und fuhr weiter zur Farm. An der Zufahrtsstraße parkte der Laster der Molkerei, und zwei Männer verluden Bridgets Milchkannen.

»Interessant«, sagte Bell. »Ihren Arbeitern hat sie freigegeben – wie, zum Teufel, ist diese alte Frau dann mit den Milchkannen fertig geworden?«

»Na, wir werden's schon rausfinden, was?« entgegnete Barry.

Bridget war gerade in der Speisekammer, die auf der anderen Seite des Hauses lag, daher hörte sie das Auto nicht, und der Schäferhund war bei Dermot in der Scheune auf der oberen Weide, wo dieser nach einigen Mutterschafen schauen wollte. Sie kam mit einem Beutel Mehl in die Küche und blieb wie angewurzelt stehen, als sie Barry und Bell in der Tür erblickte.

»Sie schon wieder«, flüsterte sie und stellte das Mehl auf den Tisch.

»Ja, wir sind's wieder, du verlogene alte Schlampe.« Barry ging auf sie zu und schlug ihr ins Gesicht. »Also, wo ist er?«

»Ich weiß nicht«, rief sie außer sich vor Angst. »Ehrlich, ich weiß es nicht, Mr. Barry.«

»Du bist eine schlechte Lügnerin.« Er schlug erneut zu, so daß ihr das Blut aus der Nase rann, und drückte ihren Kopf hinunter auf den Tisch.

Bell zündete sich eine Zigarette an und zog daran, ehe er die rotglühende Spitze an ihre rechte Wange preßte.

In Todesangst schrie sie auf und versuchte, sich zu wehren. »Nein – bitte! Ich sag's ja!«

Barry ließ sie los. »Siehst du, mit ein bißchen Geduld kriegt man alles«, grinste er Bell zu. »Wo ist er?« schrie er Bridget an, die verzweifelt schluchzte.

»Eine halbe Meile weiter in einer Scheune. Über dem Heuboden ist ein Raum mit einer Geheimtür, dort schläft er.«

»Na, das war doch gar nicht so schlimm, oder?« lächelte Barry und verschwand mit seinem Kumpan.

»Ach, Dermot, was hab' ich getan?« flüsterte Bridget und begann bitterlich zu weinen.

Dermot war mit den Mutterschafen beschäftigt, als er von weitem den silbrigen Wagen entdeckte und wußte, daß er in Schwierigkeiten war. Er eilte in die Scheune.

»Lauf los, Junge, lauf heim zu Bridget«, befahl er Karl, der ihm gefolgt war, denn den Hund konnte er auf keinen Fall mit in den geheimen Raum nehmen. Ein Winseln oder Bellen würde ihn sofort verraten.

Karl blieb unsicher stehen. »Na los, weg mit dir!«

Diesmal gehorchte der Schäferhund. Dermot kletterte die Leiter zum Heuboden hinauf, stieg über einige Ballen und öffnete die Geheimtür in der Bretterwand zu dem kleinen dunklen Raum, in den nur spärliches Licht drang.

Als Barry und Bell aus dem BMW stiegen, saß der Schäferhund vor der Scheune und sah sie an. »Schaff uns für den Anfang den mal vom Hals«, sagte Barry.

Bell griff nach seiner Smith & Wesson, aber da rannte Karl auch bereits los, daß die Schafe auseinanderstoben, und verschwand hinunter ins Tal. Lachend steckte Bell den Revolver wieder in seine Tasche.

»Gar nicht dumm, dieser Hund.«

»Na, wollen sehen, ob das auch für Dermot gilt.« Barry ging voraus in die Scheune.

Sie sahen hinauf zum Heuboden, auf dem dicht an dicht die Ballen gelagert waren. »Dermot, wir wissen, daß du da bist«, rief Barry. »Kannst also genauso gleich rauskommen. Bridget war sehr gesprächig, nachdem wir ihr ein bißchen gut zugeredet hatten.«

Dermot erstickte fast vor Wut, aber da er keine Waffe hatte, konnte er es nicht riskieren, sich mit ihnen anzulegen.

»Hier drin gibt's eine Menge Heu und Stroh«, meinte Bell. »Wenn ich ein Streichholz fallen lasse, bist du verdammt in der Klemme, Dermot. Aber es ist deine Sache, ob du gut durchgebraten werden willst.«

Einen Moment später öffnete sich die Geheimtür, und Dermot erschien am Rand des Heubodens.

»Ihr verfluchten Mistkerle, wenn ihr Bridget was getan habt, zahle ich euch's heim.« Dann kletterte er die Leiter hinunter.

Barry packte seine Arme und zerrte sie nach hinten. »Du solltest wirklich nicht so reden.« Er nickte Bell zu. »Paß auf, daß sein Gesicht heil bleibt, damit er leidlich normal aussieht, wenn er auf der Rückfahrt nach Dublin im Auto sitzt.«

»Aber gern«, sagte Bell und verpaßte Riley einen kräftigen Schlag unter die Rippen.

Blake Johnson saß am Steuer des Mietwagens, der auf den Hof einbog. Die Küchentür stand offen, Karl kam herausgerannt und sprang knurrend am Auto hoch. Dillon öffnete ein Fenster und stieß einen leisen unheimlichen Pfiff aus, daß den anderen eine Gänsehaut über den Rücken lief. Karl legte die Ohren an und duckte sich.

»Mann, das habe ich dir aber wirklich gut beigebracht«, sagte Devlin.

Bridget spähte verängstigt aus der Tür und versuchte, das Blut, das ihr aus der Nase lief, mit einem Handtuch zu stillen.

»Liam Devlin, bist du das?«

»In ganzer Pracht.« Devlin legte einen Arm um sie. »Wer hat dir das angetan?«

»Barry und Bell. Sie waren gestern schon mal hier und haben nach Dermot gesucht. Ich hab' ihnen gesagt, er sei nicht da.«

»Aber er war's doch.« Dillon drückte tröstend ihre Schulter. »Ich bin Sean Dillon. Ich habe damals in den alten Zeiten zusammen mit Dermot in Derry gekämpft.«

Sie nickte flüchtig. »Sie sind vorhin wieder aufgetaucht, haben mich geschlagen und mit einer Zigarette verbrannt.«

»Diese Dreckskerle«, knurrte Devlin.

»Und ich ... ich hab' ihnen gesagt, wo Dermot sich versteckt. Eine halbe Meile den Weg hoch in der Scheune.« Sie begann zu weinen. »Ich konnte nicht anders, es tat so weh.«

»Geh rein und mach' dir eine Tasse Tee. Wir kommen mit Dermot zurück, ich versprech's dir.«

Nachdem sie im Haus verschwunden war, erklärte Devlin grimmig: »Ich glaube, hier wäre eine kleine Lektion angebracht.«

Die drei Männer stiegen wieder in den Wagen.

»Nur keine Eile«, sagte Dillon zu Blake, der am Steuer saß, und schraubte den Schalldämpfer auf seine Walther. »Wir wollen die schöne Landschaft genießen. Es könnte brenzlig werden. Die Kerle sind bestimmt bewaffnet, und sie können damit umgehen. Was ist mit dir, Liam?«

Devlin grinste. »Wozu brauche ich eine Knarre, wenn zwei solche Teufelskerle wie ihr auf mich aufpaßt?«

Sie fuhren langsam die Anhöhe hinauf. Am Wegrand standen Bäume, und die Wiese wurde ebenfalls von einer Baumreihe begrenzt. Dahinter lag die Scheune.

»Sie werden uns kommen sehen«, meinte Blake.

»Genau deshalb springe ich in der Kurve raus und renne auf die Bäume zu«, sagte Dillon, »also fahren Sie mal schön langsam. Du redest mit ihnen, Liam, und keine Sorge: Der Bursche da mit seinem ganzen FBI-Training ist ein harter Mann. Wird schon klappen, vor allem, wenn ich noch zur Hintertür reinkomme.«

»Ja, das ist ein beruhigender Gedanke.« Blake verringerte das Tempo.

Dillon öffnete die Tür und sprang in den Graben, Devlin schloß sie rasch wieder, und das Auto fuhr weiter. Dillon huschte inzwischen bereits auf die Bäume zu.

Bell ging zur Tür und zog seinen Revolver, als sie einen Wagen näher kommen hörten.

»Was ist?« fragte Barry.

»Keine Ahnung. Schwarze Limousine, Fahrer und Beifahrer.«

»Rauf auf den Heuboden!« Bell kletterte die Leiter hoch, während Barry Riley zu Boden stieß und ihm einen Tritt versetzte. »Gib Ruhe.«

Er drückte sich hinter die offene Tür. Das Auto hielt an, und jemand kam auf die Scheune zu.

Devlin blieb kurz im Eingang stehen, ehe er, gefolgt von Blake Johnson, hereinkam.

»Na, Dermot, ich muß schon sagen, allzu gut siehst du nicht aus.«

»Passen Sie auf, Mr. Devlin, das Schwein ist hinter der Tür!«

Barry kam mit gezücktem Revolver zum Vorschein. »Keine Bewegung, ihr beiden, sonst niete ich euch um.« Er preßte Blake den Lauf in den Rücken, tastete ihn ab und fand die Beretta in seiner Tasche. »Sieh mal einer an! Und was ist mit dir, Devlin?«

»Sei kein Idiot. Als ob ein fünfundsiebzigjähriger Mann wie ich mit einer Pistole rumläuft!«

»Kannst ruhig noch zehn Jahre zugeben, du alter Scheißer.«

Devlin seufzte. »Er gehört noch zu den Neandertalern«, meinte er zu Blake, »und hat erst heute morgen gelernt, aufrecht zu gehen.«

»Ich geb' dir gleich was, du alter Sack.« Barry schäumte vor Wut. »Der Totengräber wartet schon seit Jahren auf dich.«

»Na, auf euch ja auch.« Devlin streckte die Hand aus. »Komm hoch, Dermot. Laß dir von solchem Abschaum nichts gefallen.«

»Ich hab' dich gewarnt!« schrie Barry. »Ich schieß' dich zum Krüppel.«

»Aber warum denn so giftig?« sagte Sean Dillon.

Draußen hatte starker Regen eingesetzt. Dillon stand in der Hintertür der Scheune und verbarg in der linken Hand die Walther hinter seinem Rücken. Mit der rechten schüttelte er eine Zigarette aus seiner Packung, steckte sie in den Mund und zündete sie mit seinem alten Zippo an.

Barry war durch sein Auftauchen vollkommen verdattert. »Sean Dillon, du?«

»Ja, ich bin's wirklich und kein Alptraum.«

»Der Heuboden, Sean, paß auf«, krächzte Riley.

Barry versetzte ihm einen Tritt. »Erledige ihn!« rief er.

Bell stand mit schußbereiter Waffe am Rand des Heubodens, doch Dillon war schneller. Der prasselnde Regen übertönte das Knallen der beiden Schüsse aus der schallgedämpften Waffe, und Bell stürzte, mitten ins Herz getroffen, kopfüber hinunter.

Barry hatte kaum seinen Revolver gehoben, als Liam Devlin ihn mit der Walther, die er in der Tasche seines Regenmantels umklammert hatte, in den Rücken schoß. In der darauffolgenden Stille war nur noch das Trommeln des Regens auf dem Dach zu hören.

»Mein Gott«, sagte Blake Johnson, »das war ja was.«

Dillon steckte die Walther wieder ein und drehte die beiden Leichen um. »Na, ich denke, wir haben der Welt einen Gefallen getan. Hast du übrigens nicht gesagt, du seist unbewaffnet?« fragte er Devlin kopfschüttelnd.

»Ich bin nun mal ein unverbesserlicher Lügner«, erwiderte Devlin und wandte sich an Dermot. »Alles in Ordnung mit dir?«

»Meine Rippen machen mir ziemlich zu schaffen.«

»Wirst es überleben. Das hier ist Mr. Johnson, ein Amerikaner und ehemaliger FBI-Mann, also benimm dich. Er und Dillon arbeiten an dem Fall, in den du verwickelt bist. Du fährst mit ihnen zurück nach London.«

»Und warum sollte ich das?«

»Weil das im Moment der sicherste Ort für dich ist«, entgegnete Dillon. »Ferguson wird sein Wort halten. Du brauchst dir nur die Videoaufnahmen der Überwachungskamera von dem Tag anzuschauen, an dem dieser falsche Anwalt George Brown dich in Wandsworth besucht hat, und ihn uns zu zeigen. Kannst aber auch hierbleiben. Dann kriegt dich allerdings die IRA am Wickel.«

»Das könnte ich schon regeln«, sagte Devlin, »wenn ich mit den richtigen Leuten rede, Dermot, und alles erkläre. Du hast nichts gegen die Organisation getan, und ich habe immer noch einigen Einfluß.«

»Trotz dieser zwei toten Schläger hier?«

»Abschaum, Dermot, und das weiß auch der Chef. Manchmal muß so was eben sein. Und jetzt raus hier.«

Devlin rief über sein Handy Michael Leary an. »Bist du's, Michael? Du schickst mal besser ein paar Leute hierher nach Tullamore. In der Scheune von High Meadow findest du Bell und Barry, die ziemlich tot sind. Ich mußte Barry persönlich umlegen, Sean hat Bell erledigt.«

»Liam, was hast du getan?«

»Nichts anderes, als was diese beiden Schweine seit Jahren verdient hatten. Waren eine Schande für die Organisation. Dillon nimmt Riley heute nachmittag mit zurück nach London. Die Sache hat nichts mit der IRA zu tun. Ich will, daß du ihm danach erlaubst zurückzukommen.«

»Du mußt komplett verrückt sein!«

»Wir treffen uns später am Nachmittag im Irish Hussar, dann erkläre ich dir alles, und du kannst es dem Stabschef erzählen. Ein Nein lasse ich als Antwort nicht gelten.«

»Immer noch der harte Mann, Liam«, sagte Dillon.

»Wenn's nötig ist.« Devlin ging voraus in die Küche zu Bridget. »Laß dich nachher vom Doktor verarzten, Bridget, versprich mir's.«

Sie nickte.

»Später kommen ein paar Männer mit einem Leichenwagen oder einem Laster und holen Bell und Barry ab. Sie haben nie existiert, vergiß sie ganz einfach.«

»Und Dermot?«

»Er fährt mal kurz mit Sean nach London, dann kriegst du ihn wieder. Ich regle das mit der IRA.«

»Gott segne dich, Liam.«

Riley hatte sich inzwischen umgezogen. Er trug Cordhosen, ein Jackett und eine Krawatte und sah sehr respektabel aus. »Geht's so?«

»Aber klar«, nickte Dillon. »Fahren wir.«

Riley umarmte Bridget. »Bin bald wieder da.«

»Ich bete für dich, Dermot.« Tränen stürzten ihr aus den Augen, und sie eilte aus der Küche.

In seinem Büro im Verteidigungsministerium legte Ferguson den Telefonhörer auf und drückte auf den altmodischen Summer, um Hannah Bernstein hereinzurufen.

»Brigadier?«

»Dillon hat sich gerade gemeldet. Sie haben Riley und sind jetzt auf dem Rückweg.«

»Gab es Probleme, Sir?«

»Die scheint es immer zu geben, wenn Dillon dabei ist.

Zwei Schlägertypen der IRA sind tot. Einen hat Dillon ausgeschaltet, den anderen Devlin. Ist das zu glauben?«

»Allzusehr überrascht mich das nicht.«

»Offensichtlich hatten sie Bridget O'Malley gefoltert, bis sie verriet, wo Riley sich versteckte. Kein großer Verlust.«

»Dann könnten wir heute abend Riley das Video zeigen?«

»Ich denke schon.«

»Ausgezeichnet«, nickte Hannah. »Falls Sie nichts dagegen haben, nehme ich mir dann ein paar Stunden frei, gehe heim und mache mich frisch. Um fünf bin ich wieder da.«

»Nur zu«, sagte Ferguson.

Im Oval Office des Weißen Hauses erhielt der Präsident einen Anruf von Blake Johnson und drückte den Spezialsummer für Teddy. »Hervorragend, Blake. Ich erwarte dann weitere Berichte.«

»Gute Neuigkeiten?« fragte Teddy.

Der Präsident nickte und setzte ihn kurz über alles ins Bild, was in Tullamore geschehen war.

»Also sind sie mit Riley auf dem Weg zurück nach London, damit er sich das Video ansehen und versuchen kann, Brown zu identifizieren?«

»Genau.«

»Okay, aber selbst wenn sie wissen, wie er aussieht, müssen sie ihn immer noch ausfindig machen.«

»Er hat Riley erzählt, er sei tatsächlich Anwalt, nur sei Brown nicht sein richtiger Name.«

»In London gibt's eine Menge Anwälte, Mr. President.«

»Teddy, hören Sie bloß auf zu unken. Diese Männer sind meine ganze Hoffnung.«

Teddy sah sein angespanntes Gesicht und entschuldigte sich zerknirscht. »Das war dumm von mir, verzeihen Sie.« Er wandte sich um und verließ das Zimmer. »Du Idiot«, fluchte er leise, nachdem er die Tür hinter sich geschlossen hatte. »Du verdammter Idiot!«

Devlin begleitete sie zum Flughafen von Dublin und sah der Gulfstream hinterher, ehe er mit einem Taxi zurück in die

Stadt fuhr. An der nächsten Telefonzelle ließ er den Fahrer halten und rief Leary an.

»Ich bin's, Liam. Ich bin in zwanzig Minuten im Irish Hussar.«

An Bord der Gulfstream trank Blake einen Kaffee, Dillon und Riley dagegen Tee. »Ich bin dir was dafür schuldig, Dermot«, sagte Dillon, »daß du mich vor Bell auf dem Heuboden gewarnt hast.«

»Und Devlin und mich vor diesem Barry hinter der Tür«, ergänzte Blake.

»Hat bloß nicht viel genutzt«, meinte Riley.

»Aber sicher doch«, entgegnete Dillon. »Wir haben schließlich beide kalt gemacht.«

»Sag mal, Sean«, fragte Riley etwas unsicher, »glaubst du, Ferguson meint es ehrlich und läßt mich gehen, wenn diese Sache vorbei ist?«

»Ich geb' dir meine Hand drauf.«

»Aber wohin soll ich dann? Daß ich in Irland sicher bin, kann ich mir noch nicht so recht vorstellen.«

»Überlaß das Liam. Er wird es schon regeln.«

»Glauben Sie wirklich, er kann das deichseln?« fragte Blake.

»Betrachten Sie die Sache mal so: Nichts, was Dermot getan hat, war gegen die Interessen der IRA gerichtet. Wenn Liam das erst mal klargestellt hat, ist alles okay. Er kann sehr überzeugend sein.«

»Aber was ist mit Bell und Barry?«

»Die beiden waren doch nichts weiter als Abschaum. Liam Devlin dagegen ist die lebende Legende der IRA. Es wird schon klappen.«

»Gott, ich hoffe es«, seufzte Riley inbrünstig.

Devlin bezahlte das Taxi, das vor dem Irish Hussar angehalten hatte, und ging hinein. Fast die Hälfte der Tische war besetzt. Er hörte, wie sein Name geflüstert wurde, und viele Gäste, die ihn erkannten, nickten ihm zu. Michael Leary und der Stabschef saßen in einer Nische im Hintergrund des Lokals.

»Gott schütze euch.« Devlin nahm Platz. Keiner erwiderte

etwas. »Gott schütze auch dich, wäre darauf die richtige Antwort.«

»Liam, was zur Hölle hast du getan?« fragte Leary.

»Sich eigenhändig den Strick um den Hals gelegt, das hat er getan«, sagte der Stabschef.

Devlin winkte die Kellnerin heran. »Drei große Bushmills.« Gelassen zündete er sich eine Zigarette an. »Ich war zwar gelegentlich nicht mit den Methoden einverstanden, aber habe ich die Organisation nicht immer unterstützt?«

»Sie haben uns gut gedient«, erwiderte der Stabschef zögernd.

»Besser als jeder andere«, stimmte Leary zu.

»Warum sollte ich dann jetzt lügen – ich alter Mann, der mit einem Bein im Grab steht?«

»Ach, hören Sie schon auf«, winkte der Stabschef ab. »Erzählen Sie endlich.«

Devlin begann mit seiner verkürzten und etwas beschönigten Version der Geschichte.

»Ein falscher Anwalt namens Brown besucht Dermot in Wandsworth und bietet ihm eine Möglichkeit an rauszukommen. Er solle sich mit Ferguson in Verbindung setzen und behaupten, er könne ihm verraten, wo sich ein ziemlich übler Terrorist namens Hakim aufhält. Auf Sizilien, nebenbei bemerkt.«

»Und?«

»Nun, die ganze Sache war ein Täuschungsmanöver einer arabischen Fundamentalistengruppe, die noch eine Rechnung mit Dillon offen hatte. Sie wußten, daß Ferguson niemand außer Dillon auf Hakim hetzen würde, und Riley bot, wie befohlen, an, ihn zu begleiten, um seine Ehrlichkeit zu beweisen.«

»Und was ist passiert?«

»Sie haben sich Dillon in einem sizilianischen Fischerhafen geschnappt, und Riley dämmerte, daß es ihm auch ans Leder gehen würde; deshalb sprang er über Bord, als sie aus dem Hafen fuhren, und schwamm zurück. Den Rest kennen Sie.«

»Nein, kennen wir nicht«, entgegnete Leary, aber merkwürdigerweise begann der Stabschef zu lachen.

»Weiter«, befahl er. »Wie ist Dillon davongekommen? Er muß sie ja irgendwie reingelegt haben.«

»Er hatte eine Knarre in der Tasche und eine zweite im Hosenbund unter dem Mantel, die man natürlich gefunden hat. Nur die Walther, die er in einem Knöchelhalfter im linken Hosenbein trug, haben sie übersehen. Er hat drei von ihnen erschossen und ist ebenfalls ins Wasser gesprungen. Bis er ans Ufer kam, war Dermot natürlich längst weg.«

»Und das ist die ganze Geschichte?« fragte der Stabschef.

»Sicher. Dermot soll nur aus einem einzigen Grund nach London, um diesen falschen Anwalt Brown auf dem Überwachungsvideo ausfindig zu machen. Danach läßt man ihn frei.«

»Ich verstehe.«

»Das Ganze hat also überhaupt nichts mit der IRA zu tun, darauf gebe ich mein Wort. Der einzige, der von der Sache profitiert, ist Dermot. Er hätte sonst die ganzen fünfzehn Jahre – oder zumindest zwölf bei Straferlaß – in seiner Zelle absitzen müssen. Die Briten dagegen sind die Verlierer. Ich hatte gedacht, das würde Ihnen gefallen.«

Der Stabschef blickte zu Leary und grinste etwas widerstrebend. »Na gut, Liam, Sie haben gewonnen. Riley kann heimkommen. Trinken wir darauf.«

»Na, Sie alter Knacker«, sagte Devlin, als Ferguson den Hörer abnahm. »Sind Sie schon da?«

»Dafür ist es noch zu früh«, erwiderte Ferguson. »Sie haben erstklassige Arbeit geleistet.«

»Heben Sie sich das Süßholz für jemanden auf, der es braucht. Sagen Sie Dillon, ich hätte gute Neuigkeiten für Riley. Ich habe mit Leary und dem Stabschef gesprochen, und er kann wieder heimkommen.«

»Wie haben Sie das denn fertiggebracht?«

»Ich hab' ihnen die halbe Wahrheit erzählt, wenn Sie so wollen.« Er berichtete Ferguson die Geschichte, die er Leary und dem Stabschef serviert hatte.

»Mein Gott«, sagte Ferguson, »Sie sind unglaublich. So einen Mann wie Sie gibt es nicht noch mal.«

»Da geb' ich Ihnen recht«, lachte Devlin. »Sagen Sie Sean, er soll auf sich aufpassen.«

Hannah fuhr mit ihrem roten Mini, den sie für den besten Wagen im Londoner Verkehr hielt, vom Verteidigungsministerium aus zu ihrer Wohnung im Erdgeschoß am Ebury Place.

Der Mann, der sich George Brown genannt hatte, richtete sich hinter dem Lenkrad des schwarzen Ford Escort auf, der am Straßenrand parkte, und griff nach seinem Handy.

»Sie ist da. Komm, so rasch du kannst. Wenn sie vorher wieder geht, folge ich ihr und melde mich von unterwegs.«

Hannah duschte rasch, trocknete sich ab und zog frische Wäsche, eine Bluse und einen rehbraunen Hosenanzug an.

Anschließend rief sie im Büro ihres Vaters in der Harley Street an, mußte aber von seiner Sekretärin hören, daß er gerade im Princess Grace Hospital eine Herz-Lungen-Transplantation durchführte, die vermutlich acht Stunden dauern würde.

Hannah gestand sich ein, daß sie im Grunde auch weniger mit ihm, sondern eigentlich mit jemand anderem reden wollte. Sie griff nach ihrer Handtasche, verließ die Wohnung und fuhr in ihrem Mini davon, gerade als ein Krankenwagen um die Ecke gebogen kam. Brown fluchte und folgte ihr, aber fünf Minuten später, als er die Themse-Uferstraße entlangfuhr, entdeckte er den Krankenwagen im Rückspiegel.

Der Fahrer war Aaron Eitan; neben ihm saß Moshe. »Bleib dran«, sagte er. »Dieser Verkehr hier ist schrecklich.«

Aaron lachte. »Es ist Jahre her, seit ich das letzte Mal in London gefahren bin. Macht richtig Spaß.«

Rabbi Thomas Bernstein, ein kleiner, vornehm aussehender Mann mit schneeweißem Bart und grauem Haar, das eine schlichte Yarmulka aus schwarzem Samt bedeckte, saß in seinem Arbeitszimmer am Schreibtisch, als es klopfte und seine Enkelin hereinkam.

Er legte seinen Füllhalter hin und streckte die Arme aus. »Da bist du ja, Licht meines Lebens.«

Sie umarmte ihn herzlich. »Deine Predigt für Shabbes?«

»Die Königin der Woche. Es ist wie im Showgeschäft. Ich muß ihre Aufmerksamkeit fesseln. Wie geht es dir?«

»Viel zu tun.«

Er lachte. »Mittlerweile weiß ich genug über dich und deine Arbeit, um zu begreifen, was das bedeutet. Du arbeitest also an einem großen Fall?«

»Dem größten überhaupt.«

Sein Lächeln verschwand. »Kannst du mir davon erzählen?«

»Nein, alles streng geheim.«

»Du scheinst bedrückt. Warum?«

»Ich kann dir nur soviel sagen: Es gibt dabei einen Aspekt, der mich als Jüdin verstört.«

»In welcher Hinsicht?«

»Laß mich dir eine Frage stellen. Der Mann, der Premierminister Rabin erschossen hat ...«

»Ermordet ist der passendere Ausdruck«, unterbrach er sie.

»Dieser Mann und die Gruppen, die ihn unterstützen, berufen sich auf bestimmte Stellen in der Schrift ...«

»Weder in der Bibel noch der Thora gibt es dafür irgendeine Rechtfertigung«, erklärte er mit strenger Stimme. »Diese abscheuliche Gewalttat war eine große Sünde in den Augen Gottes.«

»Wenn ich nun solche Leute zur Strecke bringen müßte, würde es dir nicht zu schaffen machen?«

»Warum? Weil es Juden sind? Wir sind genauso wie andere Menschen. Gut, schlecht, durchschnittlich und manchmal böse.«

»Sag mir, warum läßt Gott solche Dinge zu?«

»Weil er uns Menschen einen freien Willen gegeben hat und somit die Möglichkeit der Wahl. Darin liegt die einzig wahre Bedeutung des Wortes Erlösung. Vertrau auf das, was du für richtig hältst, Kind, und tue deine Pflicht. Du hast wie immer meinen Segen.«

Sie küßte seine Stirn. »Ich muß gehen. Bis bald.«

Er blickte versonnen auf die geschlossene Tür und begann für sie zu beten.

10

Brown stand neben dem schwarzen Escort, der hinter dem Krankenwagen parkte. Als sie aus dem Tor des kleinen Vorgartens kam, mußte sie an den beiden Fahrzeugen vorbei, um zu ihrem Mini zu kommen. Brown klopfte an die Hintertür des Krankenwagens und sprach sie gleichzeitig an.

»Detective Inspector Bernstein?«

Sie blieb automatisch stehen. »Ja, wer sind Sie?«

Die Türen des Krankenwagens öffneten sich, Moshe sprang heraus, packte ihren Arm und zerrte sie mit Aarons Hilfe hinein.

»Ganz brav sein, Chief Inspector«, sagte er und hielt plötzlich eine Pistole mit Schalldämpfer in der Hand. »Wenn ich Sie erschießen müßte, würde kein Mensch etwas davon hören.« Aaron griff nach ihrer Handtasche, öffnete sie und nahm die Walther heraus.

»Wer sind Sie?«

»Juden wie Sie, Chief Inspector, und stolz darauf.«

»Makkabäer?«

»Sie sind gut informiert. Bitte die Hände ausstrecken.« Er legte ihr Handschellen an. »Und nun machen Sie keine Dummheiten.«

Er stieg aus und schloß die Türen. »Ich fahre hinter euch her«, sagte Brown, »und komme in Dorking zu euch.«

»Dann wollen wir mal.« Aaron setzte sich hinter das Lenkrad und fuhr los.

»Möchten Sie eine Zigarette?« fragte Moshe.

»Ich rauche nicht«, erwiderte sie auf hebräisch.

Er strahlte hocherfreut und erwiderte in der gleichen Sprache: »Hätte ich mir natürlich denken können.«

»Wohin bringen Sie mich?«

»Das erfahren Sie noch früh genug.«

»Sie werden nie damit durchkommen.«

»Aber, aber, Chief Inspector, das klingt ja wie aus einem schlechten Film. Wir sind Makkabäer, wie Dillon Ihnen doch bestimmt erzählt hat. Wir schaffen alles. Wir haben die Tochter des Präsidenten entführt, wir haben uns Dillon geschnappt, und wo ist er jetzt? Auf einer Bahre in einer Leichenhalle in Washington.«

»Dafür seid ihr Bestien also ebenfalls verantwortlich? Ich war bislang nicht sicher, aber jetzt weiß ich's. Und wie rechtfertigen Sie so einen Mord?«

»Er hatte seinen Zweck erfüllt, und Dillon war ein Mann, der uns ernsthaft gefährlich hätte werden können.«

»Deshalb haben Sie ihn umbringen lassen?«

»Manchmal rechtfertigt das Ziel jedes Mittel, und unsere Sache ist gerecht und wichtiger als das Leben eines Mannes wie Dillon.«

»Das kommt mir irgendwie bekannt vor«, nickte Hannah. »Ach ja, Hermann Göring, 1938. Machen wir uns doch nicht verrückt wegen ein paar toter Juden, sagte er damals.«

Moshe wurde bleich, und seine Hand mit der Pistole zitterte. »Halten Sie den Mund!«

»Aber gern. Am liebsten würde ich sowieso kein Wort mehr mit Ihnen reden«, entgegnete Hannah Bernstein.

Ferguson blickte auf die Uhr in seinem Büro. Kurz nach fünf und noch immer kein Zeichen von Hannah. In diesem Moment läutete sein Telefon. »Ferguson.«

»Ich bin's«, sagte Dillon. »Wir sind gerade auf dem Flugplatz von Farlay Field gelandet. Danke für den Range Rover.«

»Kommen Sie direkt zum Ministerium«, befahl Ferguson. »Hier fahren so viele Autos rein und raus, daß Sie niemandem auffallen werden.«

»Mich würde sowieso kein Mensch erkennen.«

»Wenigstens etwas. Es gibt auch keine Richtmikrofone hier. Ich habe eine neue Warnvorrichtung installieren lassen, damit wir sicher sind.«

»Nur bei unserem Computersystem sind wir machtlos«, sagte Dillon. »Dann bis gleich.«

Nach einer halben Stunde Fahrt bog Aaron auf den Parkplatz eines großen Supermarktes in Dorking, auf dem dicht an dicht die Fahrzeuge standen. Brown stellte seinen Wagen ab und kam ans Fenster.

»Steig hinten ein«, befahl Aaron. »Danach fährst du mit dem Krankenwagen hierher zurück, läßt ihn stehen und machst dich mit deinem Auto davon.«

»Gut.«

Brown ging nach hinten, öffnete die Tür und kletterte hinein. Hannah musterte ihn schweigend, während der Krankenwagen losfuhr, und plötzlich dämmerte es ihr. »Sie sind nicht zufällig George Brown, oder?«

»Wie kommen Sie darauf?« Brown war völlig perplex.

»Oh, reine Intuition. Nach zwölf Jahren als Bulle entwickelt man eine Nase für solche Dinge.«

»Scheren Sie sich zum Teufel!«

»Nein, Sie!« entgegnete Hannah Bernstein.

Von Dorking aus fuhr Aaron in Richtung Horsham weiter nach Sussex hinein und schließlich über ein Labyrinth von Landstraßen nach Flaxby, einem Dorf, das praktisch nur aus einem Pub und ein paar vereinzelten Häusern bestand. Eine Meile weiter bog er in einen schmalen Weg ein, der bei einem riesigen, von Gras überwachsenen Flugplatz mit einem Tower endete.

Er bremste vor einem der verfallenden Hangars, stieg aus und öffnete die Tür. »Endstation.«

»Wo sind wir?« fragte Hannah auf hebräisch.

»Im tiefsten Sussex. Während des Zweiten Weltkriegs war hier mal ein Bomberstützpunkt, und die extra lange Rollbahn ist immer noch gut zu gebrauchen, trotz Gras und Unkraut. Wie für uns gemacht.«

Motoren sprangen an, und ein Citationjet rollte aus einem der Hangars. Die Tür öffnete sich. Eine Treppe wurde hinuntergelassen.

»Erfahre ich auch unser Ziel?«

»Lassen Sie sich doch lieber überraschen. Bring sie an Bord, Moshe.«

Moshe drängte sie die Stufen hinauf, einer der Piloten zog sie hinein und drückte sie auf einen Sitz, während Aaron zu Brown sagte: »Los mit dir. Wir bleiben in Verbindung.«

»Wäre ich ein arabischer Fundamentalist, würde ich jetzt wahrscheinlich antworten: Gott ist groß«, meinte Brown.

»Und das ist er auch«, entgegnete Aaron. »Unser Gott jedenfalls.«

Er stieg die Gangway hinauf, zog sie hinter sich ein und verschloß die Tür. Die Citation rollte ans andere Ende des Flugplatzes und wendete, ehe sie über die Rollbahn donnerte und abhob.

In einem der Kontrollräume im Verteidigungsministerium sahen Ferguson, Dillon, Riley und Blake Johnson einem Techniker zu, der den betreffenden Abschnitt des Videos abspielte.

»In Ordnung, vergrößern Sie das Bild und gehen Sie die Menge durch.«

Auf dem Schirm erschien ein größeres Bild, das die einzelnen Gesichter zeigte.

»Das ist er!« rief Riley. »Der da in dem Regenmantel mit dem Aktenkoffer.«

»Machen Sie so viele Standbilder wie möglich«, drängte Ferguson.

Es kamen eine Reihe von Aufnahmen zustande, auf denen Brown aus unterschiedlichen Blickwinkeln zu sehen war.

»Das sollte reichen«, sagte Dillon. »Drucken Sie's jetzt aus.«

Nach wenigen Sekunden schon hielt er mehrere farbige Aufnahmen des Mannes in den Händen, der sich George Brown genannt hatte. Dillon reichte eine nach der anderen an Blake weiter.

»Da haben wir unseren Mann.« Er wandte sich an den Techniker. »Sie können jetzt gehen.«

»Aber wie finden wir ihn, Dillon?« Ferguson blickte auf seine Uhr. »Und wo zur Hölle steckt Chief Inspector Bernstein? Es ist halb sieben.«

Das Handy, das Judas ihm gegeben hatte, klingelte. Dillon holte es aus seiner Tasche und schaltete ein, lauschte mit ausdruckslosem Gesicht und reichte es an Ferguson weiter.

»Hier Ferguson.«

»Und hier ist Judas, alter Kamerad. Ich dachte mir schon, daß Sie das Spezialhandy behalten haben, das ich dem bedauerlicherweise verstorbenen Sean Dillon mitgegeben hatte.«

»Was wollen Sie?«

»Ich dachte, Sie vermissen möglicherweise einen Detective Chief Inspector.«

Ferguson mußte tief durchatmen, um nicht die Fassung zu verlieren. »Was sagen Sie da?«

»Sie ist in diesem Moment gerade in einem Citationjet auf dem Weg zu mir.«

»Aber warum?«

»Nur um sicherzugehen, daß Sie keine Dummheiten machen, Brigadier. Jetzt geht es nicht mehr um eine, sondern um zwei Geiseln. Eine falsche Bewegung, und beide sterben. Ich wünsche Ihnen eine gute Nacht.«

Die Leitung war tot, und Ferguson schaltete mit bleichem Gesicht das Handy ab. »Das war Judas. Er behauptet, er hätte Hannah.«

Alle schwiegen betroffen. »Ich denke, ich muß den Präsidenten informieren«, meinte Blake Johnson schließlich.

»Ja, auf jeden Fall. Nehmen Sie das Telefon in meinem Büro. Was, zum Teufel, sollen wir nur tun?« stöhnte Ferguson.

Dillon holte tief Atem, um seine Wut niederzukämpfen. »Es ändert im Grunde nichts. Unsere Aufgabe ist es immer noch, Judas zu finden.«

»Und wie stellen wir das an?«

Dillon hielt die Fotos in die Höhe. »Indem wir als erstes mal Brown aufstöbern.«

»Wir können ja wohl keine Suchmeldung im Fernsehen bringen lassen«, sagte der Brigadier.

»Dann müssen wir einen anderen Weg finden.«

Der Präsident saß nach dem Telefongespräch eine Weile schweigend in seinem Wohnzimmer, ehe er den Summer für Teddy drückte und aufstand, um sich einen Whiskey einzuschenken.

»Kann ich irgendwas tun, Mr. President?«

»Ich fange langsam an zu glauben, daß niemand irgend etwas tun kann. Blake hat sich gerade gemeldet. Die guten Neuigkeiten sind, daß Riley den falschen Anwalt auf den Videobändern erkannt hat.«

»Na prima!«

»Die schlechten Neuigkeiten lauten, daß Judas Chief Inspector Bernstein gekidnappt hat. Jetzt sind es sogar zwei, Teddy, um die man sich Sorgen machen muß. Er hat Ferguson gesagt, er wolle auf diese Weise sicherstellen, daß er keinen Unsinn macht.«

»Dieses sadistische Schwein.«

»Da haben Sie zwar recht, aber das hilft uns leider auch nichts«, entgegnete der Präsident.

»Eins wissen wir«, sagte Dillon. »Er ist Anwalt, das hat er Riley ja erzählt. Stimmt doch, Dermot?«

»Klar. Er kannte sich jedenfalls gut mit dem ganzen Kram aus. Dem Gefängniswärter, der mich zu ihm brachte, ist dieser Brown gleich mit irgendwelchem juristischem Geschwätz gekommen. Aber was ist jetzt mit mir? Kann ich noch irgendwas tun?«

»Im Grunde nicht«, erwiderte Ferguson. »Warten Sie draußen im Vorzimmer. Ich sorge dafür, daß Sie irgendwo übernachten können. Wir haben hier Zimmer für besondere Fälle. Und morgen früh sind Sie auf dem Rückweg nach Irland.«

»Danke.« Dermot wandte sich an Dillon. »Tut mir leid, Sean.«

»Nicht deine Schuld. Viel Glück, Dermot.«

Riley verließ das Zimmer. »Was zur Hölle machen wir bloß?« fragte Ferguson.

Dillon lächelte plötzlich. »Mir ist gerade was eingefallen. Wir könnten uns an jemanden wenden, der weit mehr über Strafverteidiger weiß als alle anderen Leute, die ich kenne, weil er sie so oft gebraucht hat.«

»Und wer soll das sein?«

»Harry Salter.«

»Guter Gott, Dillon, der Mann ist ein Gangster.«

»Eben!« Dillon wandte sich an Blake. »Sind Sie dabei?«

»Und ob.«

»Gut, wir nehmen uns ein Auto aus dem Fuhrpark, und dann zeige ich Ihnen mal ein bißchen was von der dunkleren Seite der Londoner Unterwelt.«

»Harry Salter«, erklärte Dillon, als sie die Horse Guards Avenue entlangfuhren, »ist jetzt Ende Sechzig, ein richtiger Dinosaurier. Mit Mitte Zwanzig hat er sieben Jahre wegen Bankraubs gesessen und ist seither nie mehr im Knast gewesen. Er betreibt Kaufhäuser und Vergnügungsboote, mit denen man Fahrten auf der Themse machen kann, dazu besitzt er in Wapping immer noch einen Pub an der Themse, namens Dark Man, denn das war damals sein erster Erwerb als ehrbarer Geschäftsmann.«

»Aber er ist nach wie vor in der alten Branche tätig?«

»Hauptsächlich Schmuggel, unverzollte Zigaretten und allerlei Gesöff aus Europa. Ist ein großes Geschäft, seitdem der Gemeinsame Markt so explodiert ist. Diamanten aus Amsterdam sind ebenfalls recht profitabel.«

»Keine Drogen und Prostitution?« fragte Blake. »Sollten wir es hier tatsächlich noch mit einem altmodischen Gangster zu tun haben?«

»Genau. Wohlgemerkt, er schießt Ihnen die Kniescheibe weg, wenn Sie ihn verärgern, aber das ist eben so in diesem Geschäft. Er wird Ihnen gefallen, Blake.«

»Na, dann freue ich mich drauf, ihn kennenzulernen.«

Während sie die Wapping High Street hinunterfuhren, meinte er nachdenklich: »Warum wohl hat Judas Hannah nicht auch gleich mitgenommen, als er Sie in Sizilien entführt hat?«

»Ich vermute, er brauchte sie als zuverlässige Augenzeugin, damit sie Ferguson berichtet, was geschehen war. Sicher, er hätte sie ebenfalls gleich mitnehmen und sich persönlich mit ihm in Verbindung setzen können, aber auf diese Weise wußte Ferguson ohne jeden Zweifel, wie ernst die Sache war.«

»Ja, das könnte sein«, nickte Blake. »Ich glaube außerdem, wir haben es hier mit einem ziemlich labilen Kerl zu tun. Er hat seinen Spaß an kleinen Spielchen.«

»Allerdings.«

»Dieser Salter hat Ihnen schon früher mal geholfen?«

»O ja, bei einem kleinen Auftritt, den ich vor einiger Zeit hatte, als ich die Sicherheitsvorkehrungen im Unterhaus testen und beweisen sollte, daß ich es bis zur Häuserreihe am Fluß schaffe. Er hat heute keine Gefolgsleute mehr außer seinem Neffen Billy, der ein echter Rabauke ist, und zwei Gorillas, Baxter und Hall. Der Rest sind Buchhalter in seinem Büro, alles ganz legal.«

Der Dark Man war ein altmodischer Londoner Pub, über dessen Tür ein Schild im Wind schaukelte, auf dem eine finster aussehende Gestalt in einem schwarzen Umhang zu sehen war.

»Da wären wir«, sagte Dillon. »Gehen wir rein.«

Der Schankraum war menschenleer, doch gleich darauf erschien aus einem Hinterzimmer die Barfrau, eine propere, stark geschminkte Blondine in den Vierzigern. Dillon kannte sie gut und merkte gleich, wie durcheinander sie war.

»Sie sind es, Mr. Dillon. Ich dachte schon, die Mistkerle seien wieder zurückgekommen.«

»Mal ganz ruhig, Dora. Was ist denn hier los?«

»Die Gäste haben sich alle verdrückt, und wer kann es ihnen schon verdenken? Harry und die Jungs saßen vor einer halben Stunde in der Ecknische bei einem Sheperd's Pie, als Sam Hooker und vier seiner Männer mit abgesägten Schrotflinten reinplatzten.«

»Und was war der Grund dafür?«

»Er ist neuerdings im gleichen Gewerbe wie Harry tätig, betreibt auch ein paar Vergnügungsboote als Tarnung und wollte eine Partnerschaft, aber Harry hat ihm nur gesagt, er solle sich zum Teufel scheren.«

»Und was ist dann passiert?«

»Sie haben Harry, Baxter und Hall mitgenommen. Billy hat sich natürlich mit ihnen angelegt, aber sie haben ihn bewußtlos geschlagen. Ich war gerade in der Küche und hab' nach ihm gesehen. Kommen Sie nur mit.«

Billy Salter saß am Tisch, hatte ein halbautomatisches Gewehr vor sich liegen und trank Scotch. Er war ein harter junger Mann von sechsundzwanzig Jahren, der bereits wegen tätlichen Angriffs und Körperverletzung im Gefängnis gesessen hatte. Die linke Seite seines Gesichts war verfärbt und geschwollen.

»Dillon, was, zum Teufel, machst du hier?«

»Eigentlich wollte ich zu deinem Onkel. Ich bräuchte seine Hilfe, nur scheint mir eher, als könnte er im Moment meine gebrauchen.«

»Dieser verfluchte Sam Hooker. Den mache ich schon selbst fertig.«

»Ganz allein mit dieser Knarre? Sei kein Idiot, Billy. Dora hat mir erzählt, daß Hooker vier Gorillas dabei hatte. Willst du etwa Rambo spielen? So was funktioniert nur im Kino, weil das Drehbuch es vorschreibt.«

Billy schenkte sich noch einen Whiskey ein und musterte Blake. »Wer ist dein Freund?«

»Wenn ich dir sagen würde, daß er ein ehemaliger FBI-Agent ist, würdest du's mir sowieso nicht glauben. Blake Johnson.«

»Ihr Gesicht sieht aus, als wäre der Wangenknochen gebrochen«, meinte Blake. »Sie müssen dringend ins nächste Krankenhaus.«

»Blödsinn. Das einzige, was ich brauche, ist Sam Hookers Kopf auf einem Tablett.«

»Na, das wird dir hier nicht serviert«, sagte Dillon. »Wohin haben sie ihn gebracht?«

»Hookers Zentrale ist ein Vergnügungsboot namens *Lynda Jones,* das gewöhnlich an dem alten Dock in Pole End anlegt. Das ist von hier aus eine halbe Meile flußabwärts.«

Dillon wandte sich an Blake. »Hören Sie, diese Sache ist rein privat, Sie brauchen dabei nicht mitzumachen.«

»Quatsch, stehen wir nicht länger hier rum«, erwiderte Blake. »Tun wir lieber was.«

Mit seinen rostigen Kränen, die sich in den nächtlichen Himmel reckten, spiegelte Pole End in seiner Trostlosigkeit geradezu den Verfall des einstmals größten Hafens der Welt wider. Dillon hielt in einiger Entfernung vom Dock an.

»Verdammter Mist«, sagte Billy, der sein Gewehr umklammerte. »Sie haben abgelegt. Das da draußen ist die *Lynda Jones.*«

Zwei Arme des Docks erstreckten sich in den Fluß hinaus; die Wasserfläche dazwischen war ungefähr dreihundert Meter breit, und in ihrer Mitte ankerte die *Lynda Jones.*

»Sind Sie sicher, daß Ihr Onkel dort ist?« fragte Blake.

»Was glauben Sie denn, warum er rausgefahren ist?« erwiderte Billy. »Ich will's Ihnen sagen. Weil von dort niemand so leicht abhauen kann.«

»Vielleicht doch«, meinte Dillon. »Ich hab' dir ja mal das Tauchen beigebracht, Billy, oder? Und Harry hat gleich erkannt, welche Möglichkeiten sich damit bieten. Ich weiß zufällig, daß du anschließend bei deinem Urlaub auf Barbados einen Tauchkurs gemacht hast.«

»Na und?«

»Komm schon, Billy, ihr habt angefangen, euer Sortiment zu erweitern – um Diamanten aus Amsterdam, die von flußaufwärts fahrenden Schiffen an einer kleinen Boje über Bord geworfen werden. Du schwimmst später unter Wasser hin und holst sie dir. Das heißt, du hast deine Tauchausrüstung im Dark Man, stimmt's?«

»Okay, du weißt also Bescheid – aber worauf willst du hinaus?«

»Du fährst jetzt schleunigst zurück in den Pub, holst deine Sauerstoffflasche, Flossen und eine Maske und kommst wieder her. Einen Taucheranzug brauch' ich nicht.«

»Du meinst, du willst dort rausschwimmen?«

»Fällt dir irgendwas anderes ein, das wir tun könnten?«

»Aber sie sind zu fünft.«

»Na ja, dann habe ich für jeden zwei Kugeln in meiner Walther. Los mit dir, Billy, und denk' auch an einen Tauchbeutel. Hier sind die Schlüssel.«

Während Billy zum Wagen lief, ging Blake zum Rand des Docks und spähte hinunter in die Dunkelheit. »Nicht mal ein Ruderboot da unten. Wollen Sie das auch wirklich riskieren, Sean?«

»Warum nicht? Ich brauche sie doch bloß in Schach zu halten, Salter und die beiden anderen zu befreien und das Boot zurückzubringen.«

»So, wie Sie es sagen, klingt's wirklich ganz einfach.«

Sie sahen hinaus zu den Lichtern des Boots, auf dem Gelächter zu hören war. »An Deck sind Leute«, sagte Dillon.

»Ich schätze, es sind drei, und einer von ihnen klettert die Leiter hinunter. Es ist zwar ziemlich dunkel, aber mir scheint, da ist ein Boot.«

Seine Vermutung erwies sich als richtig, denn gleich darauf sprang ein Motor an, und ein Schnellboot kam auf das Dock zugefahren. Dillon und Blake drückten sich in den Schatten eines Krans.

»Sie sind größer als ich, deshalb packen Sie ihn von hinten und halten ihm den Mund zu, damit er keinen Mucks von sich gibt, während ich mit ihm rede«, flüsterte Dillon.

»Alles klar.«

Es war merkwürdig, aber als er dort in der Dunkelheit stand, fühlte sich Blake Johnson so lebendig wie seit Jahren nicht mehr. Angespannt, beinahe erwartungsvoll machte er sich bereit. Das Boot legte an. Ein Mann stieg aus und kam die steinernen Stufen herauf. Blake sprang mit einer raschen Bewegung auf ihn zu und packte ihn.

Dillon hielt ihm den Lauf der Walther unters Kinn. »Ein Mucks, und du bist tot. Das Ding hier hat einen Schalldämpfer. Niemand wird was hören. Hast du verstanden?« Der Mann nickte, und Blake nahm seine Hand weg. »Salter und seine Jungs sind draußen bei Hooker, stimmt's?« fragte Dillon.

Der Mann war völlig verängstigt. »Ja.«

»Wo?«

»In der Kajüte.«

»Gefesselt?«

Er nickte.

»Und was machst du hier?«

»An der Hauptstraße ist ein chinesisches Restaurant. Hooker hat dort telefonisch was bestellt. Ich sollte es abholen.«

»Wie schön von ihm. Du hast da übrigens eine hübsche Krawatte.« Dillon knöpfte sie ab und reichte sie Blake, der damit seine Handgelenke zusammenband.

»Denken Sie dasselbe wie ich?« fragte Blake.
»Wahrscheinlich. Sobald Sie sehen, wie ich an Bord klettere, kommen Sie und Billy im Boot hinterher. Hooker wird meinen, der Kerl kommt mit dem chinesischen Essen.« Er grinste. »Da sieht man mal wieder, wohin Gefräßigkeit führen kann.« Er schüttelte den Mann kräftig durch. »Wo steht dein Auto?«
»Da drüben in dem alten Lagerhaus.«
Dillon trieb ihn vor sich her zu einem Ford-Lieferwagen, öffnete die Hintertür und schob ihn hinein. »Keinen Mucks, sonst komme ich zurück, und was das heißt, kannst du dir denken.«
Blake schloß die Türen; danach kehrten sie zum Dock zurück.
Ein paar Minuten später rollte Billys Wagen im Leerlauf über das abfallende Kopfsteinpflaster. Er hielt an, stieg aus und öffnete den Kofferraum.
»Alles okay?«
»Erzählen Sie's ihm, Blake«, sagte Dillon. Er öffnete die Tür zum Rücksitz, zog sich bis auf die Unterhosen aus und steckte seine Brille in eine Jackentasche. Danach streifte er die Neoprenjacke und die Sauerstoffflasche über.
»Gebt mir fünf Minuten Zeit. Das Licht an Deck ist am Heck hell genug, daß ihr mich sehen könnt, wenn ich über die Reling klettere. Dann kommt ihr mit dem Boot hinterher.«
»Arschkalt, das Wasser«, meinte Billy.
»Ist ja nur eine kurze Strecke.« Dillon steckte seine Walther in den wasserdichten Beutel und hängte ihn sich um den Hals, ehe er die Treppe hinunterstieg. Auf der letzten Stufe zog er die Flossen an, rückte seine Maske zurecht, setzte das Mundstück ein und glitt in das dunkle Wasser.

Billy hatte recht, es war bitterkalt, aber er kam zügig voran und tauchte nur einmal auf, um seine Position zu überprüfen. Als er die Ankerkette erreichte, streifte er die Sauerstoffflasche, seine Maske und die Flossen ab und zog sich zur Ankerpforte hoch. Vorsichtig spähte er hindurch. Niemand war an Deck, aber aus der Kajüte kam Gelächter und dann ein Schmerzensschrei. Dillon kletterte an Bord, nahm die Walther aus dem Beutel um seinen Hals und winkte in Richtung Dock. Als er unter Deck schlich, startete das Boot bereits.

Ein weiterer Schmerzensschrei ertönte. Er spähte durch das Bullauge in der Tür. Salter und seine beiden Gorillas, Baxter und Hall, waren an drei Stühlen gefesselt. Ein großer Mann in einem dunklen Anzug, vermutlich Hooker, hatte eine Butangasflasche in der Hand, wie man sie zum Ablösen alter Anstriche benutzt. Mit einem Ausdruck hämischer Freude auf seinem brutalen Gesicht richtete er die Flamme auf Baxters linke Wange, der vor Schmerz brüllte.

»Das sollst du mir büßen«, rief Harry Salter. »Ich schwör's dir.«

»Ehrlich?« grinste Hooker. »Glaub' ich nicht, denn wenn ich fertig bin, bist du ein gut durchgebratener Hamburger. Noch eine Kostprobe gefällig?«

Dillon entdeckte zwei von Hookers Männern, die ihm lachend zusahen. Wo war der dritte? Aber er konnte nicht länger warten. Als Hooker zur Seite zuging, stieß er die Tür auf und trat ein.

»Schluß damit.«

Hooker starrte ihn verblüfft an. »Wen zur Hölle haben wir denn da? Schnappt ihn euch, Jungs.«

Einer der beiden fuhr mit der Hand in seine Tasche, doch Dillon war schneller und schoß ihn in den Oberschenkel.

Salter lehnte sich zurück und lachte laut auf. »Guter Gott, Dillon, du kleiner irischer Teufel. Ich hab' keine Ahnung, was du angestellt hast, daß du dir selbst kaum mehr ähnlich siehst, aber deine Stimme erkenne ich.«

»Stell den Brenner ab«, befahl Dillon, »und leg' ihn auf den Tisch.«

»Leck mich!« zischte Hooker.

»Na dann«, erwiderte Dillon und schoß ihm ein Stückchen des linken Ohrs weg.

Hooker kreischte auf, ließ den Brenner fallen, der aus irgendeinem Grund erlosch, und preßte sich die Hand ans Ohr. Zwischen seinen Fingern sickerte Blut hindurch.

»Schneid sie los«, befahl Dillon dem einzigen noch unverletzten Mann.

Da die Tür offengeblieben war, hatte er nicht bemerkt, daß jemand an ihn herangeschlichen war, bis sich der Lauf einer Waffe an seinen Hals preßte. Er drehte ein wenig den Kopf und sah in der verspiegelten Wand einen kleinen Mann mit dunklem lockigem Haar, der wie ein Zigeuner aussah. Er hielt eine abgesägte Flinte in der Hand und nahm ihm die Walther ab.

»Bring ihn um!« fauchte Hooker. »Blas ihm den verfluchten Schädel weg.«

In diesem Moment bemerkte Dillon, daß sich die Tür am anderen Ende der Kajüte öffnete und Blake Johnson, gefolgt von Billy, hereinkam. Blitzschnell ging er in die Knie. Fast gleichzeitig schoß Blake mit der Beretta den Zigeuner in die rechte Schulter, so daß er herumgerissen wurde und das Gewehr fallenließ.

»Wo habt ihr so lange gesteckt?« fragte Dillon.

Billy riß seine Waffe hoch. »Ich bring' euch alle um!«

»Nein, laß das, Billy«, sagte Harry Salter. »Schneid uns nur los.« Er betrachtete Baxters verbranntes Gesicht. »Keine Sorge, George, ich kümmere mich darum, daß du in der London Clinic verarztest wirst. Nur das Beste für meine Jungs.« Als er frei war, stand er auf und massierte seine Hände. »Dillon, du siehst zwar richtig lächerlich aus, aber ich werde dich in meinem Testament bedenken.«

Der Mann, den Dillon ins Bein geschossen hatte, lag neben dem Zigeuner auf der Sitzbank unter dem Spiegel, Hooker lehnte sich stöhnend gegen den Tisch. Überall war Blut.

Salter lachte. »Alles eine Nummer zu groß für euch, aber das habt ihr nicht mal gemerkt.«

»Gehen wir«, sagte Dillon. »Ihr Boot wartet.«

»In Ordnung.« Salter wandte sich an Hooker. »In der Wapping High Street gibt's einen ausgezeichneten indischen Chirurgen namens Azis. Kannst ihm sagen, daß ich dich geschickt hab'.« Er ging mit den anderen hinauf an Deck, wo er jedoch plötzlich stehenblieb. »Hab' noch was vergessen. Gib mir mal die Walther, Dillon.«

Dillon reichte sie ihm ohne Zögern, und Salter verschwand in der Kajüte. Man hörte zwei rasche Schüsse und einen

Schmerzensschrei, dann kehrte er wieder zurück und reichte Dillon die Walther.

»Was hast du getan?«

»Hab's genauso gemacht, wie ihr es bei euch in der IRA haltet, und ihm eine Kugel in jede Kniescheibe verpaßt, so daß er künftig an Krücken geht. Ich hätte ihn auch töten können, aber auf diese Weise ist er als abschreckendes Beispiel besser. Und jetzt kommt endlich hier weg. Stell mich übrigens mal deinem neuen Freund vor. Er scheint zu wissen, was er tut.«

Hall brachte Baxter in ein Krankenhaus, damit er medizinisch versorgt wurde, während Salter, Blake und Billy sich im Dark Man an einen Tisch setzten.

»Champagner, Dora«, rief Salter. »Du weißt ja, daß dieser Bursche hier am liebsten Krug trinkt, also her damit.«

»Warte, ich helf' dir.« Billy ging in die Bar.

»Was für ein verfluchtes Glück für mich, daß du aufgetaucht bist«, sagte Salter. »Weswegen wolltest du mich denn sprechen?«

»Eine ganz spezielle Sache«, erwiderte Dillon. »Alles strikt geheim, aber eine Rolle dabei spielt ein Anwalt, der einen Gefangenen in Wandsworth besucht hat, wobei er den falschen Namen George Brown benutzt hat.«

»Woher willst du denn wissen, daß er tatsächlich Anwalt ist?«

»Sagen wir mal so: Sein ganzes Auftreten und Verhalten scheint darauf hinzudeuten, daß er im Strafrecht Bescheid weiß. Ich dachte mir, du würdest ihn möglicherweise erkennen.«

Er nahm vier Fotos des mysteriösen Brown aus seiner Jackentasche und breitete sie auf dem Tisch aus, doch Salter schüttelte den Kopf. »Tut mir leid, mein Alter, den hab' ich noch nie gesehen.«

Dora brachte den Champagner, und Billy stellte einen Eiskübel auf den Tisch, wobei sein Blick auf die Fotos fiel. »Was willst du denn mit dem Rechtsverdreher?«

Dillon schwieg einen Moment verblüfft. »Du kennst ihn? Wer ist das, Billy?«

»Berger – Paul Berger. Weißt du noch«, wandte er sich an Salter, »wie Freddy Blue vor neun Monaten wegen Betrugs dran war, weil er Anzahlungen auf Fernsehgeräte kassiert hatte, die nie ankamen?«

»Klar.«

»Dieser Berger war sein Anwalt. Er kramte irgendein Gesetz aus, von dem noch nie jemand was gehört hatte, und hat ihn tatsächlich rausgepaukt. Echt gerissen. Er ist Partner in einer Kanzlei namens Berger und Berger. Hab' ich mir gemerkt, weil es so komisch klang.«

»Dora, holst du mir mal das Telefonbuch?« bat Dillon.

Billy schenkte Champagner ein. »War's das, was du wolltest?«

»Billy, du hast dir einen Orden verdient. Auf dich!« Dillon hob sein Glas, kippte den Champagner hinunter und stand auf. »Ich muß Ferguson anrufen.«

»Alles okay?« fragte Blake, als er von der Bar zurückkam.

»Ja, Ferguson läßt über die Telefonauskunft die Anschrift raussuchen.«

»Wollen wir hoffen, daß dort nicht auch ein Makkabäer sitzt.«

»Unwahrscheinlich. Sie können ja nicht überall sein, und wir wollen uns nicht noch einen Verfolgungswahn zulegen.«

»Was ist denn ein Makkabäer?« fragte Salter. »Klingt mir wie ein Schokoriegel.«

»Ist aber alles andere als das, Harry.« Dillon hob sein Glas, um sich noch mal nachschenken zu lassen.

Sein Handy läutete, er schaltete es ein, nahm einen Stift und notierte auf der Rückseite eines Bierdeckels, was Ferguson ihm mitteilte.

»Gut, wir melden uns dann wieder.« Er schaltete ab und nickte Johnson zu. »Hab' seine Privatadresse. Camden Town. Gehen wir.«

Salter schüttelte ihm die Hand. »Hoffentlich findest du, was du brauchst.«

»Freut mich, daß ich dir helfen konnte, Harry.«

»Was glaubst du, wie ich mich erst freue«, erwiderte Salter.

11

Die Wohnung lag in einer Nebenstraße der Camden High Street namens Hawk's Court. »Fünfzehn – da ist es«, sagte Blake, und Dillon verringerte das Tempo.

Die Einfamilienhäuser in dieser Gegend waren in der Blüte des Viktorianischen Zeitalters erbaut worden und unterschieden sich beträchtlich voneinander. Offensichtlich schien das Viertel im Trend zu liegen, da einige Häuser frisch renoviert waren und neue Fenster und hellgestrichene Türen mit Messingbeschlägen hatten, andere dagegen vergammelt und heruntergekommen aussahen.

Nummer fünfzehn paßte in keine der beiden Kategorien so recht. Es wirkte nicht gerade schäbig, sah aber auch nicht besonders luxuriös aus. Dillon wendete am Ende der Straße bei einer alten Kirche mit einem eingezäunten Friedhof, auf dem einige Bänke und ein paar altmodische Laternen standen, fuhr bis in die Camden High Street und parkte.

Zu Fuß kehrten sie zurück. »Was haben Sie vor?« fragte Blake.

»Ich hab' nicht die geringste Idee.«

»Na ja, wir können ihn jedenfalls nicht einfach herumlaufen lassen, nachdem wir mit ihm gesprochen haben. Das wäre zu riskant.«

»Wir haben ein entsprechendes Haus, in dem er unter Bewachung bleiben könnte.«

»Aber was ist, wenn Judas ihn vermißt und Lunte riecht?«

»Wieviel Zeit haben wir noch, Blake? Vier Tage? Vielleicht müssen wir einfach mal was riskieren. Knöpfen wir uns erst mal diesen Berger vor und jagen ihm eine ordentliche Höllenangst ein. Der Kerl kümmert mich sowieso nicht. Marie und Hannah sind wichtiger.«

Sie öffneten das Tor, gingen die Treppenstufen hinauf und läuteten an der Tür. Im Haus blieb alles ruhig. Dillon versuchte es noch einmal. »Zwecklos«, meinte er schließlich. Aus dem Nachbarhaus, das eines von den heruntergekommenen war, kam eine junge Frau.

Sie trug einen Regenmantel aus schwarzem Plastik und ebensolche Stiefel, und auf ihrem blonden Haar thronte ein schwarzes Barett. »Sie wollen nicht zufällig zu mir?«

»Nein, zu Mr. Berger«, erklärte Dillon.

Sie verschloß ihre Haustür. »Schade, ich dachte, es sei vielleicht was Berufliches. Er ist die meiste Zeit nicht da. Lebt allein, seit seine Frau ihn verlassen hat. Schuldet er Ihnen Geld?«

»Nein, nein«, sagte Dillon. »Wir sind nur Mandanten. Er ist unser Anwalt.«

»Also, abends geht er gewöhnlich zu Gio. Das ist ein Restaurant hier in der Nähe. Die Straße runter, nach rechts und dann noch hundert Meter.«

»Vielen Dank«, rief Dillon ihr hinterher, als sie auf ihren hohen Absätzen davonspazierte.

»Wenn ich mir's recht überlege, habe ich auch noch nichts gegessen«, sagte Blake.

»Dann auf zu Gio. Es gibt da nur ein Problem. Wir wissen, daß man mich zu Hause in Stable Mews mit Richtmikrofon abgehört hat. Vielleicht hatte Berger mit dieser Sache zu tun, und es könnte sein, daß er mich kennt. Sie müssen also allein essen.«

»Sie haben recht«, sagte Blake. »Armer alter Sean, da werden Sie wohl fasten müssen.«

Das Gio war ein kleines familiäres Lokal mit einigen Nischen, karierten Tischdecken und Kerzenbeleuchtung. Dillon blieb etwas zurück, während Blake ans Fenster trat und scheinbar die Speisekarte begutachtete. »Er ist allein«, flüsterte er leise, »zweite Nische vom Fenster aus gesehen. Liest ganz vertieft in einem Buch und ißt Nudeln. Sehen Sie selbst.«

Dillon überzeugte sich und trat wieder zurück. »Gehen Sie hinein; ich warte so lange. Wir schnappen ihn uns später in der Hawk's Court.«

»Sollen wir ihm ins Haus folgen?«

»Nein, bei den Mandanten, die er vertritt, hat er wahrscheinlich gute Sicherheitsvorkehrungen; das könnte unangenehm werden. Wir bringen ihn auf den Kirchhof und reden dort mit ihm.«

»Dann bis später.«

Blake ging ins Lokal und wurde von einem Kellner an einen Tisch auf der anderen Seite des Raums geführt, wo er Berger gegenübersaß. Er bestellte ein Glas Rotwein und Spaghetti mit Fleischklößchen. Jemand hatte eine Zeitung auf dem zweiten Stuhl liegen lassen, und er begann darin zu lesen, ohne Berger aus den Augen zu lassen.

Dillon ging in den Laden zwei Häuser weiter, wo es Sandwiches zu kaufen gab. Er suchte sich ein Baguette mit Schinken und Tomaten aus, besorgte sich aus einem Automaten einen Plastikbecher Tee und ging wieder nach draußen. Es regnete leicht, deshalb blieb er im Eingang eines Ladens stehen, der bereits geschlossen hatte, verspeiste das Sandwich und trank den Tee. Danach rauchte er eine Zigarette und schlenderte am Gio vorbei.

Berger war immer noch in sein Buch vertieft, schien aber inzwischen beim Kaffee angelangt zu sein, während Blake die Hälfte seiner Spaghetti verzehrt hatte. Der Regen nahm zu. Dillon ging zurück zum Auto, öffnete die Tür und sah sich um. Auf der Ablage vor der Heckscheibe entdeckte er einen Taschenschirm. Als er wieder zum Restaurant kam, bezahlte Berger gerade seine Rechnung. Auch Blake winkte den Kellner zu sich.

Berger nahm unterdessen seinen Mantel von einem Haken, griff nach seinem Buch und ging zur Tür, wo er stehenblieb und seinen Kragen hochschlug, ehe er in den Regen hinaustrat. Dillon folgte ihm in einigem Abstand. Noch ehe sie Bergers Haus erreichten, holte Blake ihn ein.

»Mr. Brown?« rief Dillon, als Berger das Tor öffnete.

Berger wandte sich um. »Bitte?«

»George Brown?« fragte Dillon fröhlich.

»Tut mir leid, das muß ein Irrtum sein. Mein Name ist Berger – Paul Berger.«

»Klar, das wissen wir, aber im Gefängnis in Wandsworth

haben Sie sich Brown genannt, als Sie Dermot Riley besucht haben«, sagte Blake Johnson.

»Sie sollten es nicht abstreiten«, riet Dillon. »Wir haben Sie auf den Videos der Überwachungskamera und wissen auch, daß Sie ein Makkabäer sind, einer aus der fröhlichen Bruderschaft des guten alten Judas.«

»Sie sind verrückt.«

»Glaube ich nicht.« Dillon hatte eine Hand in der rechten Tasche seines Regenmantels und ließ ihn kurz seine Walther sehen. »Das Ding hat einen Schalldämpfer. Wenn ich Sie also jetzt erschieße, wird niemand was hören.«

»Das würden Sie nie wagen.«

»Nach allem, was Sie und Ihre Kumpane getan haben, würde ich noch ganz was anderes wagen. Deshalb gehen Sie besser schön los in Richtung Friedhof. Wir wollen mal miteinander reden.« Er drückte ihm die Walther in den Bauch.

Dillon drückte Berger auf eine Bank, die unter dem Dach der Friedhofshalle stand. In der Nähe befand sich eine Lampe, so daß es hell genug war.

»Also, Judas Makkabäus ist ein rechtsgerichteter jüdischer Terrorist, dessen Anhänger Makkabäer genannt werden, und Sie sind einer davon. Er hat die Tochter des Präsidenten der Vereinigten Staaten gekidnappt und jetzt auch noch Chief Inspector Hannah Bernstein.«

»Was reden Sie für einen Schwachsinn?«

»Hören Sie auf, sich dumm zu stellen«, sagte Blake. »Wir wissen, daß Sie George Brown sind, der Dermot Riley in Wandsworth besucht hat. Wir haben Sie auf den Videos der Überwachungskameras, und wir haben Riley.«

»Das ist doch völlig unmöglich«, erwiderte Berger, womit er sich verriet.

»Denken Sie! Hab' ihn heute morgen erst persönlich in Irland aufgelesen und nach London ins Verteidigungsministerium gebracht. Er wird beschwören, daß Sie ihm einen Plan erläutert haben, um ihn aus dem Gefängnis zu holen und einen gewissen Sean Dillon in Sizilien zu entführen, was auch Dillon bestätigen wird.«

Berger ging prompt in die Falle. »Das kann er ja gar nicht.«

»Warum? Weil er in Washington ermordet wurde?« Mit einem boshaften Lächeln setzte Dillon für einen Augenblick seine Brille ab. »Nein, hier steht er.«

Paul Berger schrie entsetzt auf.

»Alles ganz professionell, bis hin zu dem äußerst bequemen Tod dieses Gefängniswärters Jackson. Waren Sie das, Berger? Ich meine, er hätte Sie ja schließlich identifizieren können, oder?« Dillon zündete sich eine Zigarette an. »Aber selbst der große Judas irrt sich mal. Er wird untergehen, Berger, und Sie mit ihm, also reden Sie.«

»Ich kann nicht. Judas wird mich umbringen.«

Dillon begann mit dem Spielchen, das bei allen Polizisten auf der ganzen Welt beliebt war, bei dem einer den Hitzkopf, der andere den Besonnenen spielte. Vor Wut zitternd wandte er sich an Blake. »Haben Sie das gehört? Dann bringe ich diesen Dreckskerl lieber selbst um. Wir sind ja hier gerade am richtigen Ort.« Er deutete auf die Grabsteine, deren Umrisse in der Dunkelheit zu sehen waren. »Reichlich Platz, ihn irgendwo zu verscharren.« Er rammte Berger die Walther unters Kinn. »Ich mach's gleich – auf der Stelle.«

Blake zog ihn weg. »Von einem Mord war nicht die Rede.« Er setzte sich neben Berger. »Um Gottes willen, sagen Sie's ihm.«

Berger zitterte. »Was wollen Sie wissen?«

»Wie nimmt Judas mit anderen Verbindung auf?«

»Ich habe ein spezielles Handy, und durch einen Anruf hat er mir den Auftrag gegeben, Riley aus Wandsworth herauszuholen.«

»Haben Sie ihn jemals getroffen?«

»Nein, ich wurde von einem anderen Makkabäer angeworben.«

»Und von wo aus operiert Judas?« fragte Blake.

»Ich weiß nicht.«

»Kommen Sie, das soll ich Ihnen glauben?« rief Dillon.

Berger war kurz davor zusammenzubrechen. »Ich weiß es ehrlich nicht. Wirklich.«

Blake legte ihm eine Hand auf die Schulter. »Was ist mit Chief Inspector Bernstein?«

»Sie wurde vor dem Haus ihres Großvaters von zwei Makkabäern aus Judas' persönlichem Stab in einem Krankenwagen entführt.«

»Namen?«

»Aaron und Moshe.«

Dillon wandte sich an Blake. »Das sind die Burschen, die mich in Salinas geschnappt hatten.«

»Waren Sie dabei?« fragte Blake.

Berger nickte. »Wir haben sie zu einem Flugplatz aus dem Zweiten Weltkrieg bei Flaxby in Sussex gebracht. Dort stand ein Citationjet bereit, mit dem sie weggeflogen sind. Meine Aufgabe war, den Krankenwagen in Dorking abzustellen.«

»Und Sie wissen nicht, wohin man sie gebracht hat?«

»Keine Ahnung, ich schwöre es.«

Sie sahen, daß er die Wahrheit sagte, doch dann hatte Dillon einen plötzlich Einfall, der ihnen endlich weiterhalf.

»Sie haben gesagt, Sie seien als Makkabäer angeworben worden. Wie kam es dazu?«

»Ich war bei einer Konferenz über die Zukunft des Staates Israel, die an der Universität von Paris stattfand; dort habe ich an einem Seminar teilgenommen und auch offen meine Meinung vertreten.«

»Und?«

»Ein Anwalt sprach mich an. Er sagte, er habe meine Rede sehr bewundert, und lud mich zum Essen ein.«

»Ein Makkabäer?« fragte Blake.

»Ja. Wir waren in einem dieser schwimmenden Restaurants auf dem Fluß und haben geredet. Während der ganzen vier Tage, die ich dort war, habe ich ihn täglich getroffen.«

»Und er hat Sie angeworben?«

»Haben Sie eine Ahnung, wie das klang? Gott, ich wollte etwas tun, dazugehören, einen Beitrag leisten.«

»Und dann hat Judas, der Allmächtige höchstpersönlich, mit Ihnen gesprochen?« fragte Dillon.

»Er ist ein großer Mann, der sein Land liebt.« Berger schien wieder etwas Mut gefaßt zu haben.

»Wie hieß dieser Anwalt in Paris, der Sie angeworben hat? Und erzählen Sie mir nicht, Sie wüßten es nicht mehr.«

»Rocard – Michael Rocard.«

»Jesus, Maria und Josef!« Dillon wandte sich an Blake Johnson. »Der Anwalt der Familie de Brissac. Er muß irgendwie ihre Identität erfahren haben. Verdammt, ihm gehört sogar das Haus, das sie auf Korfu bewohnte, als sie gekidnappt wurde.«

»Dann geht's wohl als nächstes nach Paris. Was ist mit ihm?«

»Kommen Sie.« Dillon zog Berger hoch. »Wir fahren mit ihm zu einem Haus, in dem wir solche Leute unterbringen. Dort kann er bleiben, bis alles vorbei ist. Danach erstatten wir Ferguson Bericht.«

Berger ging zwischen ihnen die Straße hinunter. »Sie werden mich umbringen, nicht wahr?« sagte er plötzlich.

»Unsinn«, erwiderte Blake. »Seien Sie kein Narr.«

»Sie lügen!« flüsterte Berger und rannte Hals über Kopf los. Sie liefen ihm hinterher. Er hatte inzwischen die Kreuzung erreicht und stürmte blindlings über die Camden High Street. Im gleichen Moment kam ein Doppeldeckerbus heran, der nicht mehr bremsen konnte. Berger wurde erfaßt und in die Luft geschleudert.

Ein Höllenlärm brach aus. Schreiend liefen die Leute zusammen, der kreidebleiche Busfahrer stieg aus, ein Polizeiwagen hielt an, zwei Beamte drängten sich durch die Menge. Einer kniete sich neben Berger und untersuchte ihn.

»Zwecklos«, sagte er zu seinem Kollegen, »der ist tot.«

Schockierte Aufschreie ertönten aus der Menge, und der Busfahrer flüsterte betroffen: »Es war nicht meine Schuld.«

»Er hat recht«, riefen einige, »der Mann ist direkt auf die Straße gerannt.«

Dillon nickte Blake zu. Sie gingen zurück zum Wagen und fuhren davon.

Hannah hatte während des Flugs soweit wie möglich jeden Kontakt mit Aaron und Moshe vermieden. Sie hatte nur den Kaffee und die Sandwiches angenommen, die man ihr gegeben hatte, und ein paar Zeitschriften durchgeblättert, um sich irgendwie die Zeit zu vertreiben. Außer gelegentlich aus dem Fenster zu sehen, gab es nichts zu tun, und da sie in dreißigtausend Fuß Höhe flogen und dichte Wolken unter ihnen lagen, hatte sie nicht die geringste Ahnung, wohin der Flug ging.

Nach drei Stunden war tief unten einmal kurz das Meer zu sehen, das nur das Mittelmeer sein konnte, und die Küste einer Insel, die sich überall befinden konnte, dann wurde die Wolkendecke wieder dichter.

Aaron war in ein Buch vertieft, in dem er die letzten drei Stunden gelesen hatte, und Moshe kochte frischen Kaffee. Nachdem er dem Piloten eine Tasse gebracht hatte, machte er einen kleinen Imbiß zurecht. Er reichte Aaron einige Sandwiches und Kaffee.

»Für Sie auch, Chief Inspector?«

»Nein, nur Kaffee.«

Erneut spähte sie aus dem Fenster und entdeckte tief unten durch eine Lücke in der Wolkendecke wieder ein Stückchen Land.

Während sie trank, merkte sie, daß Aaron sie beobachtete. Auf seinem Gesicht lag ein kleines irritierendes Lächeln.

»Sie scheinen mich amüsant zu finden?«

»Im Gegenteil, ich finde, Sie sind eine äußerst bemerkenswerte Frau. Der Großvater ein Rabbi, der Vater ein bedeutender Chirurg, also eine Frau aus bestem Haus, die nach Cambridge geht, dann in die Polizei eintritt, ein Spitzendetective bei Scotland Yard wird und keine Angst hat zu töten, wenn es sein muß. Wie oft eigentlich schon? Zweimal oder dreimal?«

Gott, wie sehr sie ihn haßte! Leider fiel ihr keine passende Antwort ein. Er stellte in Zeitlupe seinen Kaffee zur Seite.

»Ich nehme Ihnen Ihre Tasse ab, Chief Inspector«, sagte er. »Sie legen sich lieber hin und schlafen. Wir sind nämlich fast da. Es ist besser für alle, wenn Sie nicht wissen, wo wir landen.«

Der Kaffee. Aber es war natürlich zu spät, viel zu spät; um sie herum wurde bereits alles dunkel.

Ferguson saß in seiner Wohnung am Kamin und hörte Dillon und Blake Johnson zu, die ihm alles berichteten.

»Merkwürdig«, meinte er dann nachdenklich, »alles scheint derzeit bei dem Anwalt der de Brissacs, diesem Michael Rocard, zusammenzulaufen.«

»Ja, aber er kümmert sich seit Jahren um die Angelegenheiten der Familie«, sagte Dillon. »Wenn jemand über jeden Verdacht erhaben zu sein scheint, dann er, und trotzdem vermute ich, daß er Maries wahre Identität verraten haben muß. Vielleicht hat er es durch einen Zufall herausgefunden.«

»Wir haben beim FBI immer gesagt: Bei jedem Mord stets zuerst die Familie überprüfen«, meinte Blake. »Interessant ist hier allerdings die Frage, warum sich ein Mann wie Rocard, der einen berühmten Namen hat und zur gehobenen Gesellschaft gehört, überhaupt mit solchen Leuten wie den Makkabäern eingelassen haben sollte?«

Ferguson faßte einen Entschluß. »Ich ziehe mal Erkundigungen über ihn ein.«

»Ist das klug?« fragte Dillon.

»Keine Sorge, die Sache bleibt streng vertraulich. Ich rede nur mit Max Hernu.«

Der französische Geheimdienst war berüchtigter als der KGB und genoß als SDECE seit Jahren einen beinahe legendären Ruf. Unter der Regierung Mitterrand war er neu organisiert worden und hieß nun Direction Générale de la Sécurité Extérieure oder kurz DGSE.

Er war immer noch in fünf Abteilungen und unzählige Unterabteilungen aufgeteilt, und Section 5 bestand nach wie vor aus der Action Service, deren Chef Colonel Max Hernu war.

Er hatte als Fallschirmjäger in Indochina gedient, war in Diên Biên Phu gefangengenommen worden und hatte danach in bitteren, blutigen Schlachten in Algerien gekämpft, wenn auch nicht für die OAS, die von so vielen seiner Kameraden unterstützt worden war, sondern für General Charles de Gaulle.

Er war ein eleganter, grauhaariger Herr, der mit seinen siebenundsechzig Jahren längst in den Ruhestand hätte gehen können, nur wollte der französische Premierminister davon nichts wissen. Als Fergusons Anruf kam, saß er an seinem Schreibtisch im Hauptquartier der DGSE am Boulevard Mortier und las einen Bericht über Sympathisanten der ETA in Frankreich.

»Mein lieber Charles.« Seiner Stimme war anzuhören, daß er sich aufrichtig freute. »Lange nichts mehr von Ihnen gehört. Wie geht es Ihnen?«

»Man macht eben immer weiter. Sie kennen das ja«, erwiderte Ferguson. »Der Premierminister will mich nicht gehen lassen.«

»Das haben diese Herren so an sich.«

»Ist Ihr Anruf beruflicher Natur oder privat?«

»Sagen wir einfach, Sie sind mir einen Gefallen schuldig, und belassen es dabei.«

»Ich tue gern, was immer ich kann, das wissen Sie doch, Charles.«

»Kennen Sie die Familie de Brissac?«

»Aber natürlich. Den General kannte ich sehr gut und seine Frau ebenfalls. Beide sind inzwischen leider verstorben. Aber sie haben eine bezaubernde Tochter, Marie, die gegenwärtige Comtesse.«

»Ich hab' davon gehört«, entgegnete Ferguson unverbindlich. »Mir geht es um den Anwalt der Familie, Michael Rocard. Können Sie mir über ihn etwas sagen?«

Hernu horchte sofort auf. »Gibt es da ein Problem, Charles?«

»Nicht direkt. Im Zusammenhang mit einer Affäre, um die ich mich kümmere, ist sein Namen mal nebenbei gefallen. Aber ich wäre für jede Information, die Sie über diesen Mann haben, dankbar.«

»Gut. Ein absolut tadelloser Ruf, Mitglied der Ehrenlegion, ein angesehener Anwalt, der einigen der bedeutendsten Familien Frankreichs gedient hat. Akzeptiert in sämtlichen Kreisen der Gesellschaft.«

»Verheiratet?«

»Seine Frau ist vor einigen Jahren gestorben. Keine Kinder. Sie war seit Jahren krank. Kriegsfolgen.«

»Was meinen Sie damit?«

»Rocard und seine Frau wurden als Juden während der Zeit der Vichy-Regierung den Nazis ausgeliefert, zusammen mit ihren Familien und tausend anderen. Sie kamen beide ins Konzentrationslager von Auschwitz. Bei Kriegsende müssen sie fünfzehn oder sechzehn gewesen sein. Ich glaube, Rocard war der einzige, der aus seiner Familie überlebt hat. Wie es bei der Familie seiner Frau war, weiß ich nicht.«

»Danke«, sagte Ferguson. »Sehr interessant. Wo lebt er heute?«

»Ich glaube, er hat immer noch sein Apartment in der Avenue Victor Hugo. Hören Sie, Charles, ich kenne Sie lange genug, um zu merken, wenn etwas im Busch ist.«

»Max, diesmal irren Sie sich aber gründlich«, log Ferguson unverblümt. »Sein Name ist nur aufgetaucht, weil er juristisch mit einer Waffenfirma zu tun gehabt hat, die wir im Visier haben. Handel mit dem Iran und solche Sachen. Kein Grund für Sie, sich Gedanken zu machen. Ich würde es Ihnen sagen, wenn es anders wäre, das wissen Sie doch.«

»Charles, Sie lügen wie gedruckt.«

»Lassen Sie es gut sein, Max«, entgegnete Ferguson. »Wenn es etwas gäbe, das Sie wissen müßten, würde ich es Ihnen sagen.«

»So schlimm?«

»Ich fürchte ja. Ich wäre Ihnen sehr dankbar, wenn Sie mir sein Foto faxen könnten.«

»Gut, aber halten Sie mich auf dem laufenden.«

»Sobald ich kann, sollen Sie alles erfahren. Ich gebe Ihnen mein Wort.«

»Das Wort eines englischen Gentleman«, lachte Hernu. »Jetzt bin ich wirklich beunruhigt.«

Im Oval Office versuchte Jake Cazalet, sich mit seiner Rede zu beschäftigen, die er am folgenden Tag bei einem Mittagessen mit einer Delegation japanischer Politiker halten sollte. Es gelang ihm jedoch kaum, sich zu konzentrieren. Schließlich legte er seinen Stift zur Seite und versank in Gedanken, bis das Telefon läutete.

»Mr. President, hier Charles Ferguson.«

»Irgendwelche Fortschritte?«

»Ich glaube, das kann man sagen. Es ist uns gelungen, den Anwalt aufzuspüren, der sich George Brown genannt hat.«

Jetzt horchte Cazalet auf. »Der bei Riley in Wandsworth war?«

»Genau der.«

»Und er hat Ihnen gesagt, wo sie ist?«

»Er wußte es nicht.«

»Wie zur Hölle können Sie da so sicher sein?« rief Cazalet ärgerlich.

»Ich gebe Ihnen am besten mal Blake Johnson, Mr. President.«

Er hörte die beiden miteinander reden, ehe Johnson sich meldete. »Mr. President? Dillon und ich haben den Mann gründlich befragt. Er wußte wirklich nicht, wo sie ist.«

»Sie reden in der Vergangenheitsform.«

»Nun ja, er ist tot. Ich will es Ihnen kurz erzählen.«

Als Blake fertig war, sagte der Präsident: »Dann war Judas für ihn nur eine Stimme am Telefon.«

»Auf diese Weise organisiert er offenbar alles. Es erinnert ein wenig an das alte kommunistische System der Zellen. Jeder kennt nur ein oder zwei andere Leute.«

»Wie Berger, der diesen Anwalt in Paris kannte, diesen Rocard?«

»Genau.«

»Also geht es jetzt nach Paris?« fragte Cazalet.

»Ja. Heute abend ist es zu spät, aber gleich morgen früh sind Dillon und ich weg.«

»Gut, geben Sie mir noch mal den Brigadier.«

»Mr. President?« meldete sich Ferguson einen Moment später.

»Wie schätzen Sie die Sache ein?«

»Ich habe mit einem Kontaktmann im französischen Geheimdienst gesprochen, ganz vertraulich von Freund zu Freund. Als Junge war Michael Rocard in Auschwitz, ebenso seine Frau. Er hat als einziger seiner Familie überlebt.«

»Guter Gott. Also das ist der Grund, warum er Makkabäer geworden ist?«

»Es scheint so.«

»Gut, ich kann nur hoffen, daß Blake und Dillon von ihm erfahren, was wir wissen müssen.«

Cazalet dachte über alles nach, als es an der Tür klopfte und Teddy mit einigen Aktenordnern hereinkam.

»Ich brauche ein paar Unterschriften, Mr. President.«

»Gerade habe ich mit Ferguson und Blake telefoniert«, berichtete Cazalet.

»Irgendwelche Fortschritte?«

»Das könnte man sagen.« Der Präsident setzte ihn über die neusten Entwicklungen ins Bild.

»Dieser Rocard, das muß der Schlüssel sein!« rief Teddy aufgeregt. »Verdammt, der Kerl muß herausgefunden haben, daß sie Ihre Tochter ist, und es Judas erzählt haben.«

»Das könnte sein. Wo soll ich unterzeichnen?«

Teddy legte ihm eine Reihe Papiere vor, klappte danach die Mappe wieder zu und nahm sie vom Schreibtisch. Dabei entglitt ihm der zweite Ordner, den er sich unter seinen Arm geklemmt hatte, wobei einige Papiere herausfielen. Eines davon war die Kohleskizze des schwarzen Raben, die Marie de Brissac gezeichnet hatte.

Der Präsident hob das Blatt auf. »Was, zum Teufel, haben Sie denn hiermit vor, Teddy?«

»Es ist eine Skizze, die Ihre Tochter für Dillon angefertigt hat, Mr. President. Judas hatte ein silbernes Feuerzeug mit diesem Emblem darauf. Dillon war der Ansicht, es müsse ein Regimentsabzeichen sein, da wir ja wissen, daß Judas im Jom-Kippur-Krieg gekämpft hat. Ich habe mir ein Buch über israelische Divisionszeichen und so weiter besorgt. Dillon meinte, wenn wir den Trupp wüßten, könnte es eine Spur sein, aber ich habe nichts gefunden.«

»Weil Sie im falschen Buch nachgesehen haben«, entgegnete der Präsident. »Ein schwarzer Rabe mit Blitzen in den Klauen – das ist die 801. Airborne, einer dieser Trupps, die während des Vietnamkriegs aus dem Boden gestampft wurden. Ich habe im Januar neunundsechzig an einem Großeinsatz im Delta teilgenommen. Sie waren auf der linken Flanke.«

»Mein Gott!«

»Erinnern Sie sich daran, was Dillon gesagt hat? Judas klang wie ein Amerikaner, stritt es jedoch ab, und dafür kann es nur einen Grund geben: Falls er bei der 801. gedient hat, muß er Amerikaner sein.«

»Verdammt. Sie haben recht, und so ein Typ wie er war garantiert Offizier, darauf wette ich.«

»Das könnte gut sein.« Der Präsident lehnte sich zurück. »Ich erinnere mich, daß etliche dieser neuen Luftlandetruppen in Fort Lansing stationiert waren. Das liegt in Pennsylvania.«

»Ich werde die Sache gründlich nachprüfen.« Teddy ging zur Tür.

»Eine Sekunde noch, Teddy. Es gibt dort wahrscheinlich zwar ein Archiv, aber womöglich ist es zu riskant, nach Einzelheiten über ehemalige Offiziere zu fragen.«

»Ich kann mir eigentlich nicht denken, daß Judas auch dort einen seiner Makkabäer sitzen hat, der nur darauf lauert, ob irgendwer Erkundigungen einzieht, aber ich bin vorsichtig. Überlassen Sie das mir.«

Nach kaum zehn Minuten kam Teddy zurück. »Ja, sie haben ein Archiv. Ich habe mit der Leiterin gesprochen, einer netten Dame namens Mary Kelly, die gerade Feierabend machen wollte. Zwölf Luftlandeeinheiten waren dort stationiert. Ich habe ihr erzählt, ich sei an der historischen Fakultät der Columbia-Universität und habe vor, ein Buch über den Einsatz dieser Einheiten in Vietnam zu schreiben.«

»Ganz schön gerissen, Teddy, aber wonach zur Hölle wollen Sie suchen?«

»Er hat doch Dillon erzählt, er sei im Jom-Kippur-Krieg gewesen. Das war 1973. Im Sechstagekrieg 1967 war er nicht dabei. Warum nicht?«

»Ich verstehe, was Sie meinen«, nickte Cazalet. »Weil er zu dieser Zeit in Vietnam war.«

»Also werde ich die Liste der Offiziere überprüfen, die bei

diesem Regiment Dienst taten, und dabei natürlich nach jüdischen Offizieren Ausschau halten.«

»Davon hat es aber jede Menge gegeben.«

»Sicher, beispielsweise meinen alten Kompaniechef«, erwiderte Teddy ungeduldig. »Mein Gott, Jake, es ist besser, als gar nichts zu tun. Ich kann morgen früh mit einem der Jets von Andrews aus losfliegen, wenn Sie es genehmigen, und bin im Nu dort.«

Jake Cazalet nickte. »Schon gut, Teddy, Sie haben meinen Segen.« Er griff nach dem Telefon. »Ich informiere Ferguson.«

Die Dunkelheit löste sich allmählich auf. Hannah Bernstein blinzelte in das helle Licht eines kleinen Kronleuchters an der gewölbten Decke. Das Zimmer war mit dunklem Holz getäfelt und wirkte mit dem riesigen Bett und den Möbeln aus dunkler Eiche sehr altertümlich. Auf dem polierten Eichenboden lag ein großer Perserteppich.

Sie stand ein wenig unsicher auf, ging zu dem vergitterten Fenster und sah hinaus. Der Blick war der gleiche, den Marie de Brissac von ihrem Zimmer aus hatte – die Bucht, der Anleger mit dem Rennboot auf der einen und die Barkasse auf der anderen Seite; der Nachthimmel, an dem helle Sterne leuchteten; das Mondlicht, das auf dem Wasser schimmerte.

Die Tür öffnete sich, und Aaron trat ein; ihm folgte David Braun, der ein Tablett trug. »Na, wieder munter, Chief Inspector? Es gibt Kaffee, schön schwarz, danach werden Sie sich viel besser fühlen.«

»Wie das letzte Mal?«

»Ich hatte keine andere Wahl, das wissen Sie doch.«

»Wo bin ich?«

»Seien Sie nicht albern. Trinken Sie brav Ihren Kaffee und nehmen Sie eine Dusche. Das Bad ist dort hinter dieser Tür. Das ist übrigens David.«

»Chief Inspector?« sagte Braun auf hebräisch zu Aaron. »Das ist erstaunlich.«

»Raus mit Ihnen«, erwiderte Hannah in der gleichen Sprache, »alle beide! Verschwindet.«

Mit einem hatte er zumindest recht: Der Kaffee half wirklich. Sie trank zwei Tassen, ging dann ins Bad, duschte gut fünf Minuten lang kalt und trocknete ihr kurzes Haar mit dem an die Wand montierten Fön.

»Alle Annehmlichkeiten, die man sich nur wünschen kann«, sagte sie grimmig und ging zurück ins Schlafzimmer, um sich anzuziehen.

Zehn Minuten später wurde die Tür aufgeschlossen. Aaron ließ eine bedrohliche Gestalt in einem schwarzen Overall vorangehen, deren Gesicht von einer Skimütze verdeckt war.

Judas rauchte eine Zigarre und lächelte, so daß seine Zähne hinter der dunklen Maske blitzten. »Da haben wir ja den großen Detective Chief Inspector. Warum macht ein nettes jüdisches Mädchen so einen Job, anstatt verheiratet und Mutter von drei Kindern zu sein?«

»Und Hühnersuppe mit Nudeln für ihren Herrn und Meister zu kochen?«

»Ich mag schlagfertige Frauen!« sagte er auf hebräisch. »Tut mir leid, das mit Ihrem Kumpel Dillon, aber was sein muß, muß nun mal sein. Nach allem, was ich über ihn gehört habe, hat der Bursche sowieso seit Jahren schon mehr Glück als Verstand gehabt und hätte längst mit so etwas rechnen müssen.«

»Er war zehnmal so viel wert wie Sie.«

»Jetzt ist er's nicht mehr.« Lachend wandte er sich zu Aaron um. »Nimm sie mit. Es ist Zeit, sie mit unserem besonderen Gast bekannt zu machen.«

Marie de Brissac saß vor ihrer Staffelei und malte, als die Tür sich öffnete und Aaron hereinkam, gefolgt von Hannah und Judas. Verwirrt legte sie ihren Pinsel zur Seite.

»Was ist?«

»Ich habe Ihnen eine Freundin gebracht, eine Genossin, wenn Sie so wollen. Los«, forderte er Hannah auf, »sagen Sie ihr, wer Sie sind.«

»Mein Name ist Hannah Bernstein.«

»Aber wir wollen doch korrekt sein«, unterbrach Judas. »Das ist Detective Chief Inspector Hannah Bernstein. Sie war mit Dillon auf Sizilien, als wir ihn uns geschnappt haben. Ich habe sie damals laufen lassen, weil ich wollte, daß sie ihrem Chef Meldung macht. Dann dachte ich aber daran, daß

Sie hier so ganz allein und kummervoll sitzen, weil wir Dillon umgelegt haben, deshalb sind Aaron und Moshe nach London geflogen und haben sie hergeholt – nur für Sie.« Er wandte sich an Hannah. »Es hat Ihnen doch nichts ausgemacht, oder?«

»Warum verziehen Sie sich nicht endlich und lassen uns allein?« erwiderte sie ruhig.

Er lachte. »Na, na, ich bin doch nun wirklich nett zu Ihnen. Sie können miteinander zu Abend essen. Kümmere dich darum«, befahl er Aaron und ging hinaus.

»Woher soll ich wissen, daß Sie wirklich die sind, für die Sie sich ausgeben?« fragte Marie de Brissac.

»Sie meinen, für wen mich diese Dreckskerle ausgeben?« fragte Hannah und lachte etwas bitter. »Sie werden mir wohl einfach vertrauen müssen. Ich wußte gar nicht, daß Sie malen. Das ist wirklich gut.«

Sie ging zur Staffelei, blieb am Tisch stehen, nahm ein Stück Holzkohle und schrieb auf ein Blatt Zeichenpapier: *Dillon lebt.* Marie las die Worte und sah sie erstaunt an. *Das Zimmer ist möglicherweise verwanzt. Gehen Sie ins Bad,* schrieb Hannah weiter.

Marie gehorchte. Hannah schloß die Tür und drückte die Toilettenspülung. »Dillon und ich haben Ihren Vater getroffen. Dillon wußte, daß sie ihn danach umbringen würden, und hat es geschafft, sie zu täuschen, so daß sie nun glauben, er sei tot. Wie er das angestellt hat, ist vorerst egal.«

»O mein Gott.«

»Ob Ihr Zimmer tatsächlich verwanzt ist, weiß ich nicht, aber auf jeden Fall ist es besser, daran zu denken, daß Dillon tot ist, wenn wir ihn erwähnen.«

»Ja, ich verstehe.«

»Er kümmert sich jedenfalls um Ihre Sache.«

»Und Ihre.«

Hannah lächelte. »Er ist der Beste, Comtesse. Judas weiß gar nicht, mit wem er es zu tun hat. Gehen wir wieder ins Zimmer.« Sie drückte erneut die Toilettenspülung und öffnete die Tür. »Sie haben also keine Ahnung, wo wir hier sind?«

»Leider nicht. Und Sie, Chief Inspector?«

»Ich wurde in London gekidnappt und in einem Privatjet hierher gebracht, welcher Ort auch immer das ist. Wir sind jedenfalls über das Mittelmeer geflogen, das weiß ich, aber dann hat man mir etwas in den Kaffee getan.«

»Mir hat man auch etwas verabreicht, als man mich auf Korfu entführt hat.«

»Ja, das hat Dillon erzählt.« Hannah schüttelte den Kopf. »Der arme Sean. So ein jämmerliches Ende durch einen Schuß in den Rücken von einem schäbigen Killer.«

Der Schlüssel drehte sich in der Tür, und David Braun schob einen Servierwagen herein. »Das Abendessen, meine Damen.«

Während er den Tisch zu decken begann, sagte Marie: »Das ist David, Chief Inspector, David Braun. Er hat mich gern, das glaube ich ihm sogar, aber andererseits hält er Judas für einen wirklich bedeutenden Mann.«

»Dann kann ich nur sagen, daß er nicht ganz dicht sein kann.« Hannah schob David zur Tür. »Los, raus mit Ihnen. Wir kommen sehr gut allein zurecht.«

Ferguson hatte Dillon und Blake von Teddy Grants Absicht erzählt, nach Fort Lansing zu fliegen. Er konnte nicht einschlafen und versuchte zu lesen, als das Handy, das Judas Dillon mitgegeben hatte, läutete. Ferguson ließ einige Zeit verstreichen, ehe er danach griff.

»Ferguson.«

»Hallo, alter Knabe, hab' nur gedacht, ich lasse Sie kurz wissen, daß sie heil und gesund angekommen ist. Sie ißt gerade mit der Comtesse zu Abend. Die Zeit läuft, Brigadier. Wie lange haben wir noch? Drei Tage. Meine Güte, Jake Cazalet muß durch die Hölle gehen.«

Er lachte höhnisch, und Ferguson schaltete das Handy ab.

12

Nachdem die Gulfstream am folgenden Morgen gestartet war, meldete sich Captain Vernon über Lautsprecher.

»Wir werden auf dem Flughafen Charles de Gaulle landen können, aber das Wetter ist nicht gut. Starker Regen, und in Paris selbst herrscht Nebel.«

Blake machte sich eine Tasse Kaffee und für Dillon einen Tee. »Überleg dir nur mal, daß dieser Bastard einfach Ferguson anruft.«

»Er hat seinen Spaß daran, andere zu piesacken.«

»Na, kannst darauf wetten, daß ich ihn auch mal gern ein bißchen piesacken würde. Wie wollen wir vorgehen, Sean?«

»Ich habe nicht die geringste Ahnung. Was meinst du?«

»Offen gesagt, ich glaube nicht, daß sich eine direkte Konfrontation vermeiden läßt.«

»Die gleiche Taktik wie bei Berger.«

»So in etwa.«

»Und wie weit wärest du bereit zu gehen, um die Tochter des Präsidenten zu retten, Blake? Kann ich ihm ein Ohr abschießen oder eine Kugel in die Kniescheibe verpassen?«

»Sean, um Himmels willen.«

»Es dreht sich doch darum, Marie de Brissacs Leben zu retten. Wie weit kann ich gehen? Es könnte ja sein, daß Rocard aus zäherem Stoff gemacht ist als Berger. Was ist, wenn er sagt, wir sollen uns zum Teufel scheren? Ich meine ja nur: Wenn dir nicht gefällt, was ich tue, gehst du am besten aus dem Zimmer.«

Blake hob abwehrend die Hand. »Jetzt warten wir erst mal ab, wie es läuft, okay? Außerdem überprüft ja auch noch Teddy die 801. Airborne in Fort Lansing. Vielleicht entdeckt er ja was.«

Judas war früh aufgestanden und saß in seinem Arbeitszimmer hinter dem Schreibtisch. Er blätterte in einigen Papieren, als sein Spezialtelefon läutete.

»Ja?« Nach einer Weile nickte er. »Danke für die Information.«

»Verdammt!« fluchte er leise und drückte einen Knopf der Sprechanlage. »Aaron, komm mal her.«

Aaron betrat einen Moment später das Zimmer. »Was gibt's?«

»Ich wollte dir nur sagen, daß Berger tot ist. Einer meiner Leute hat eben aus London angerufen. Er wurde von einem Bus in der Camden High Street überfahren. Es kam in den Lokalnachrichten im Fernsehen.«

»Pech«, sagte Aaron.

»Ja, er war ganz nützlich für uns.«

»Wie wär's mit Frühstück?«

»Gut, ich komme gleich.«

Nachdem Aaron gegangen war, überlegte Judas einen Moment lang, ehe er nach seinem Spezialhandy griff und Rocards Nummer in Paris wählte. Eine metallische Stimme meldete sich: »Hier Michael Rocard. Ich bin für drei Tage in Morlaix und komme am Mittwoch zurück.«

Judas fluchte leise, ehe er auf hebräisch sagte: »Berger ist bei einem Unfall in London ums Leben gekommen. Setzen Sie sich so bald wie möglich mit mir in Verbindung.«

Eine junge Frau in einem Burberry-Trenchcoat, die einen großen Umschlag in der Hand hielt, erwartete Blake und Dillon nach der Landung im Flughafen Charles de Gaulle.

»Mr. Dillon, ich bin Angela Dawson von der Botschaft. Brigadier Ferguson hat um diese Unterlagen gebeten.« Sie reichte ihm den Umschlag. »Ich habe außerdem einen Wagen für Sie besorgt. Folgen Sie mir bitte.«

Wie die Tüchtigkeit in Person marschierte sie ihnen voran zum Ausgang. Auf dem Parkplatz blieb sie neben einem blauen Peugeot stehen, gab Dillon die Schlüssel und verabschiedete sich. »Viel Glück, meine Herren.«

»Wo zur Hölle hat Ferguson die bloß gefunden?« meinte Blake.

»Oxford, vermutlich.« Dillon setzte sich hinter das Steuer. »Fahren wir.«

Der Wetterbericht hatte ausnahmsweise einmal richtig gelegen. Es goß in Strömen, und ein grauer Nebel lag über der Stadt. »Was für eine Begrüßung«, seufzte Blake.

»Ich mag Paris«, erwiderte Dillon. »Regen, Schnee, Nebel – das kümmert mich nicht die Bohne. Ich finde es immer aufregend. Hab' hier auch eine Unterkunft.«

»Ein Apartment?«

»Nein, ein Boot auf der Seine. Jahrelang habe ich dort immer mal wieder gelebt während der Zeit, die Devlin meine dunkle Periode nennen würde.« Er bog in die Avenue Victor Hugo ein und hielt an. »Hier sind wir richtig.«

Sie stiegen aus und gingen die Treppe zum Haupteingang hinauf. Während sie die Namensschilder neben den Klingelknöpfen lasen, öffnete sich die Tür, und eine stämmige Frau mittleren Alters, die einen Regenmantel und ein Kopftuch trug, kam mit einem Korb am Arm heraus.

»Kann ich Ihnen helfen, meine Herren?«

»Wir suchen Monsieur Rocard«, antwortete Dillon.

»Er ist für ein paar Tage nach Morlaix gefahren. Morgen wollte er wieder zurück sein.« Sie ging die Treppe hinunter, spannte ihren Schirm auf und drehte sich noch einmal um. »Er hat zwar gesagt, es könnte sein, daß er heute am späten Nachmittag wieder da ist, aber er wußte es nicht genau.«

»Hat er eine Adresse hinterlassen? Wir wollten ihn in einer juristischen Sache konsultieren.«

»Nein, ich glaube, er wollte zu seinem Freund.« Sie lächelte. »Er hat viele solche Freunde, Monsieur.«

Nachdem sie gegangen war, grinste Dillon. »Wir schauen uns mal ein bißchen um.« Er drückte aufs geradewohl einen Knopf, und als eine Frauenstimme antwortete, sagte er auf französisch: »Ich bin's, Schatz.«

Der Summer ertönte, er drückte gegen die Tür, und sie waren im Haus.

Rocards Apartment lag im dritten Stock. Der Flur war leer. Dillon holte aus seiner Brieftasche einen Dietrich und machte sich an die Arbeit.

»Ist lange her, seit ich so ein Ding benutzen mußte«, meinte Blake.

»Aber man verlernt es nie«, entgegnete Dillon. »Ich hab' mir immer schon gedacht, es könnte ganz nützlich sein, wenn ich jemals kriminell werden müßte.«

Das Schloß gab nach, er öffnete die Tür und ging hinein. Blake folgte.

Das freundliche, etwas altmodische Apartment war mit antiken Möbeln im Empirestil eingerichtet; die Teppiche waren allesamt Sammlerstücke, an einer Wand hing ein Bild, das ein echter Degas zu sein schien, an der anderen ein Matisse. Es gab zwei Schlafzimmer, ein prachtvolles Bad aus Marmor und ein Arbeitszimmer.

Dillon spulte den Anrufbeantworter zurück, um ihn abzuhören, und eine Stimme erklang: »Hier Michael Rocard. Ich bin für drei Tage in Morlaix und komme am Mittwoch zurück.«

Darauf folgten einige Nachrichten, alle auf französisch, und dann hörte man Judas.

»Hebräisch«, sagte Dillon. »Volltreffer! Ich spiele es noch mal ab.« Er lauschte gespannt und nickte. »Berger ist bei einem Unfall in London ums Leben gekommen. Melden Sie sich so bald wie möglich.«

»Judas?« fragte Blake.

»Oder ich bin die längste Zeit Ire gewesen.« Dillon sah sich im Arbeitszimmer um. »Hat keinen Sinn, hier alles auf den Kopf zu stellen. Ein so kluger Mann wie er hebt daheim sicher keine belastenden Beweise auf.«

Blake griff nach einem Foto, das in einem Silberrahmen auf dem Schreibtisch stand. Die altmodische Schwarzweißaufnahme zeigte eine Frau in einem Chiffonkleid und einen Mann im dunklen Anzug mit steifem Kragen. Neben den Eltern waren ein Junge von vielleicht zehn oder zwölf Jahren zu sehen und ein Mädchen von fünf oder sechs. Das Bild wirkte fast wie aus einer anderen Zeit.

»Ob das ein Familienfoto ist?«

»Er ist wahrscheinlich der Junge in den kurzen Hosen«, meinte Dillon.

Blake stellte das Foto behutsam wieder zurück. »Und jetzt?«

»Wir schleichen uns besser wieder weg. Wir können es ja

am späten Nachmittag noch mal probieren, falls er wirklich heute zurückkommt. Bis dahin müssen wir uns eben einfach die Zeit vertreiben.« Er lächelte. »In Paris heißt das für gewöhnlich, sich ein wirklich großartiges Essen zu gönnen.«

Sie verließen das Apartment, und Dillon verschloß die Tür. Draußen regnete es noch immer. Sie blieben stehen und blickten hinüber zum Bois de Boulogne.

»Eine gute Adresse«, meinte Dillon.

»Wie es sich für einen erfolgreichen Mann gehört.«

»Der Mann, der alles hatte und am Ende bemerkt, daß er gar nichts hat.«

»Bis Judas daherkam?«

»So in etwa.«

»Und was machen wir jetzt?«

Dillon lächelte. »Wir sehen mal nach, ob mein Kahn noch in Ordnung ist.«

Das Boot lag ganz in der Nähe von Notre Dame am Quai St. Bernard. An der Steinmauer waren Vergnügungsboote vertäut und Motorkreuzer, die sich mit Leinenplanen vor Regen und Nebel schützten. Auf dem Deck stand am Heck eine Reihe von Blumentöpfen. Dillon hob einen hoch. Darunter lag ein Schlüssel.

»Wie lange ist es her, seit du das letzte Mal hier warst?« fragte Blake.

»Ungefähr ein Jahr oder achtzehn Monate.« Dillon ging den schmalen Niedergang hinunter und schloß die Tür auf.

»Jesus, wie muffig das ist. Muß mal gründlich gelüftet werden.«

Blake sah sich überrascht um. Er hatte etwas anderes erwartet als diese Luxuskabine aus Mahagoni mit bequemen Sofas, einem Fernsehgerät und einem Schreibtisch. In einer zweiten Kabine stand eine Polsterliege, daneben gab es eine Dusche und eine Kombüse.

»Ich suche uns mal was zu trinken.« Dillon ging in die Kombüse und kramte in den Schränken. Als er mit einer Flasche Rotwein und zwei Gläsern zurückkehrte, sah er, daß der Amerikaner einen vergilbten Zeitungsausschnitt betrachtete.

»Habe ich auf dem Boden gefunden. Der Premierminister. Ist aus der *London Times*, aber ich kann das Datum nicht erkennen.«

»Der gute alte John Major. Muß aus dem Schreibtisch gerutscht sein, als ich den Rest des Materials aufgeräumt habe. Februar einundneunzig, die Granatenattacke in der Downing Street.«

»Dann ist es wirklich wahr, daß du dafür verantwortlich warst? Du hättest es beinahe geschafft, du Bastard.«

»Stimmt. Es ging nur alles Hals über Kopf, und ich hatte keine Zeit mehr, Seitenflossen anzuschweißen, deshalb war die Flugbahn nicht exakt genug«, erwiderte er seelenruhig. »Komm mit.«

Er öffnete eine Tür, die zum Achterdeck führte, das von einer Markise überdacht war, auf welche der Regen tropfte. Zwei Korbstühle standen an einem kleinen Tisch. Dillon schenkte Bordeaux in die Gläser ein.

»Bitte sehr.«

Blake setzte sich und nahm einen Schluck. »Hervorragend. Ich hab' ja eigentlich damit aufgehört, aber jetzt könnte ich eine Zigarette vertragen.«

»Klar.« Dillon gab ihm eine und steckte sich ebenfalls eine an. Er schlenderte zur Reling, trank seinen Wein und blickte hinüber zu Notre Dame.

»Warum, Sean?« fragte Blake. »Mann, ich kenne deine Akte auswendig, aber begreifen kann ich es trotzdem nicht. All diese Anschläge, diese ganzen Jobs für Organisationen wie die PLO, den KGB. Okay, dein Vater wurde bei einem Straßenkampf in Belfast von einer Kugel getroffen, und du bist in die IRA eingetreten, weil du der englischen Armee die Schuld daran gegeben hast. Damals warst du neunzehn, nicht wahr? Das verstehe ich, aber später?«

Dillon wandte sich zu ihm um. »Denk mal an euren amerikanischen Bürgerkrieg, an Leute wie Jesse und Frank James. Überfälle, Kämpfe und Morde für die glorreiche Sache – das war das einzige, was sie kannten. Doch dann war der Krieg vorbei, und was haben sie getan? Banken ausgeraubt und Züge überfallen.«

»Und als du die IRA verlassen hast, hast du deine Fähigkeiten für Geld angeboten.«

»So in etwa.«

»Aber als die Serben dich in Bosnien abgeschossen haben, hast du doch medizinische Hilfsgüter für Kinder dorthin geflogen.«

»Eine gute Tat in einer bösen Welt – heißt es so ungefähr nicht schon bei Shakespeare?«

»Und Ferguson hat dich gerettet und sozusagen gewaltsam auf die richtige Seite gezogen.«

»Was für eine Pfuscherei.« Dillon lachte. »Ich mache genau das, was ich vorher gemacht habe, nur jetzt für Ferguson.«

Blake nickte. »Ja, schon, aber gibt es denn für dich gar nichts, was du ernst nimmst?«

»Klar doch. Marie de Brissac und Hannah zu retten, beispielsweise.«

»Sonst nichts?«

»Wie ich schon sagte, manchmal gibt es Situationen, in denen der Staat jemanden für die Drecksarbeit braucht, und so was kann ich zufälligerweise ganz gut.«

»Und ansonsten?«

»Man lebt, Blake, man lebt ganz einfach.« Er wandte sich um und schaute auf die Seine.

Zur gleichen Zeit bestieg Teddy einen Learjet der Air Force. Nachdem die Flughöhe von dreißigtausend Fuß erreicht war, ertönte die Stimme des Piloten aus dem Lautsprecher.

»Unser Flugzeit beträgt nur eine gute Stunde, Mr. Grant, wir haben beste Bedingungen. Wir werden in Mitchell Field landen. Von dort ist es noch eine Fahrt von ungefähr vierzig Minuten bis nach Fort Lansing.«

Teddy versuchte die *Washington Post* zu lesen, konnte sich aber nicht konzentrieren. Ein merkwürdiges Hochgefühl hatte ihn erfaßt, da er sicher war, daß sich etwas Entscheidendes in Fort Lansing ergeben würde – obwohl er nicht die geringste Ahnung hatte, was es sein mochte. Er machte sich eine Tasse Instantkaffee und dachte über die ganze Geschichte nach, während er trank.

»Sie haben eine gute Knochenstruktur«, sagte Marie de Brissac, die eine Kohleskizze von Hannah zeichnete. »Das macht es mir leicht. Waren Sie und Dillon ein Liebespaar?«

»Das ist aber eine ziemlich indiskrete Frage.«

»Ich bin zur Hälfte Französin. Wir sind sehr direkt. Waren Sie's?«

Hannah Bernstein achtete darauf, stets in der Vergangenheitsform zu reden, wenn es um Dillon ging, nur für alle Fälle. »Guter Gott, nein. Ich war noch nie einem Mann begegnet, der mich immer wieder derart in Wut gebracht hat.«

»Aber Sie haben ihn trotzdem gemocht?«

»Er hatte vieles, das man mögen konnte, war schlagfertig, hatte jede Menge Charme, war sehr intelligent, hatte aber leider einen Fehler – er hat zu unbekümmert getötet.«

»Ich nehme an, die IRA hat ihn zu früh erwischt.«

»Das habe ich auch mal geglaubt, aber nur zu Anfang. Es entsprach seiner Natur und lag ihm ganz einfach, wissen Sie.«

Der Schlüssel drehte sich in der Tür, und David Braun kam mit einem Tablett herein. »Kaffee und Gebäck, meine Damen. Heute ist ein prachtvoller Tag.«

»Stellen Sie die Sachen auf den Tisch, David, und gehen Sie«, sagte Marie. »Wir wollen besser nicht so tun, als sei alles in schönster Ordnung.«

Es war, als habe sie ihn geschlagen. Mit gesenkten Schultern verließ er das Zimmer.

»Er mag sie wirklich«, sagte Hannah.

»Ich habe keine Zeit für falsche Rührseligkeit, nicht unter diesen Umständen.«

Marie beschäftigte sich wieder mit ihrer Skizze, während Hannah den Kaffee einschenkte und ihr eine Tasse reichte, ehe sie an das vergitterte Fenster trat und hinausschaute.

»Komm schon, Dillon«, sagte sie leise. »Zeig's diesen Dreckskerlen.«

Die Vollmacht des Präsidenten hatte eine fast magische Wirkung. Der diensthabende Offizier in Mitchell Field, ein Major Harding, hatte binnen fünfzehn Minuten eine Limousine mit einem Fahrer für Teddy besorgt.

»Hilton«, befahl er dem Sergeant, »Sie kümmern sich um Mr. Grant, und zwar so, daß ich keine Klagen höre.«

»Selbstverständlich, Sir.«

Sie verließen den Stützpunkt und bogen auf eine Straße ein, die durch eine Landschaft mit sanften grünen Hügeln führte. »Sehr hübsch«, sagte Teddy.

»Hab' schon Schlimmeres gesehen«, erwiderte Hilton. »Zuletzt war ich in Kuwait stationiert. Ich bin erst seit zwei Monaten wieder zurück.«

»Ich hab' mich schon gewundert, warum Sie so schön braun sind.«

»Waren Sie auch ... auch beim Militär, Mr. Grant?« fragte Hilton etwas zögerlich.

»Wegen meines Arms?« Teddy lachte. »Braucht Ihnen nicht peinlich zu sein. Ich war Sergeant bei der Infanterie in Vietnam. Hab' ihn dort verloren.«

»Das Leben ist beschissen«, meinte Hilton.

»Was soll's. Erzählen Sie mir was über Fort Lansing.«

»Während des Vietnamkriegs war dort ein Regiment nach dem anderen, aber als der Konflikt vorbei war, verkam alles etwas. Zur Zeit des Golfkriegs gab es so was wie eine Wiederbelebung; heute ist es nur noch ein Stützpunkt für die Grundausbildung der Infanteristen.«

»Ich will nur ins Museum.«

»Kein Problem. Das ist für die Öffentlichkeit zugänglich.« Er bog auf eine Autobahn ein und erhöhte das Tempo. »Fünf Meilen weiter ist ein Schnellrestaurant, danach kommt dreißig Meilen lang nichts mehr. Wollen Sie einen Kaffee trinken oder noch mal für kleine Jungs?«

»Gute Idee«, sagte Teddy. »Aber nur zehn Minuten. Ich hab's eilig.« Er lehnte sich zurück und versuchte erneut, sich auf die *Post* zu konzentrieren.

Michael Rocard parkte so dicht wie möglich bei seinem Apartment, eilte die Treppe hinauf und schloß die Tür auf.

Für einen Mann seines Alters war er nur leicht ergraut und sah zehn Jahre jünger aus, während auch der ausgezeichnete Anzug, den er trug, diesen Eindruck unterstützte.

Er hörte seinen Anrufbeantworter ab und erstarrte vor Entsetzen, als er Judas' Mitteilung hörte. *Berger tot.* Rocard ging zur Anrichte und goß sich einen Cognac ein. Nicht einmal Judas hatte gewußt, daß Berger gelegentlich sein Geliebter gewesen war. Rocard hatte ihn mit der Zeit sogar ehrlich liebgewonnen. Aus einer verschlossenen Schublade in seinem Schreibtisch nahm er das Spezialhandy und drückte eine Nummer ein. Judas antwortete sofort.

»Hier Rocard.«

»Sie Narr«, sagte Judas. »Nach Morlaix zu rennen wie ein läufiger Hund und das zu einer solchen Zeit.«

»Was soll ich sagen?«

»Also, Berger ist tot, von einem Londoner Bus überfahren worden. Wie heißt es so schön? Jeder sollte das Recht haben, fünfzehn Minuten lang ein Star zu sein. Nun, Berger hatte zwar nur fünfzehn Sekunden – länger hat die Meldung über seinen Tod im Lokalfernsehen in London nicht gedauert –, aber immerhin.«

Diese zynische Grausamkeit traf ihn zutiefst, doch Judas' nächste Worte versetzten ihm einen richtigen Schock. »Sie werden sich einen neuen Freund für Ihre Reisen nach London zulegen müssen.«

Gab es irgend etwas, das dieser Bastard nicht wußte?

»Was kann ich tun?« murmelte Rocard.

»Nichts. Wenn ich Sie brauche, rufe ich an. Drei Tage, Rocard, es sind nur noch drei Tage.«

Rocard umklammerte das Handy, nachdem Judas abgeschaltet hatte, und dachte an Paul Berger. In seinen Augen standen Tränen.

Das Museum in Fort Lansing lag in einem modernen Gebäude mit Klimaanlage, gekachelten Böden und großen Wandgemälden mit Kampfszenen. Ohne sich am Empfang anzumelden, ging Teddy weiter zu einem Büro, an dessen Tür ›Direktorin‹ stand. Er klopfte und öffnete. Eine äußerst attraktive farbige Frau saß hinter einem Schreibtisch am Fenster.

»Kann ich Ihnen helfen?«

»Ich suche nach der Direktorin, Mary Kelly.«

»Das bin ich«, lächelte sie. »Sind Sie Mr. Grant von der Uni Columbia?«

»Na ja, ja ... und nein. Ich bin Mr. Grant, aber ich bin nicht von der historischen Fakultät der Columbia-University.« Teddy öffnete seine Brieftasche, nahm seine Karte heraus und legte sie auf den Tisch.

Mary Kelly las und war sichtlich bestürzt. »Mr. Grant, was soll das heißen?«

»Ich habe eine Vollmacht des Präsidenten dabei, falls Sie eine sehen möchten.«

Er nahm das Blatt aus einem Umschlag, faltete es auseinander und reichte es ihr. Mary Kelly las laut: »Mein Sekretär, Mr. Edward Grant, ist für das Weiße Haus mit einem Auftrag von äußerster Wichtigkeit betraut. Für jede Hilfe, die man ihm gewährt, bedankt sich im voraus der Präsident der Vereinigten Staaten.«

Sie sah auf. »O mein Gott!«

Er nahm ihr die Vollmacht ab, faltete sie wieder zusammen und schob sie zurück in den Umschlag. »Ich hätte es Ihnen nicht sagen sollen, aber ich riskiere es, weil ich keine Zeit habe, Komödie zu spielen. Nur kann ich Ihnen nicht die ganze Geschichte erzählen. Vielleicht eines Tages mal.«

»Wie kann ich Ihnen denn helfen?«

»Sie verfügen über die Akten von etlichen Luftlandeeinheiten, die hier während des Vietnamkriegs stationiert waren.«

»Das stimmt.«

»Ich möchte vor allem die Liste der Offizier überprüfen, die beim 801. Regiment gedient haben, sagen wir von siebenundsechzig bis siebzig.«

»Nach welchem Namen suchen Sie?«

»Das weiß ich nicht.«

»Haben Sie irgendeinen Anhaltspunkt?«

»Nur, daß er Jude war.«

»Das ist recht wenig. Es waren viele Juden während des Kriegs in der Armee. Die Wehrpflicht gilt für jeden, Mr. Grant.«

»Ich weiß. Es ist fast aussichtslos, aber werden Sie mir trotzdem helfen?«

Sie holte tief Luft. »Natürlich. Kommen Sie mit.«

Die Archive befanden sich im Keller. Außer ihnen war dort kein Mensch, und nur das sanfte Brummen der Klimaanlage war zu hören, während Mary Kelly die auf Mikrofilm gespeicherten Akten prüfte und Namen auf einen Block notierte. Schließlich lehnte sie sich zurück. »Das wär's. In den vier Jahren von siebenundsechzig bis einschließlich siebzig gab es dreiundzwanzig Offiziere jüdischen Glaubens.«

Teddy ging einen Namen nach dem anderen durch, aber sie sagten ihm nichts. Er schüttelte den Kopf. »Sinnlos. Ich hätte es wissen sollen.«

»Und Sie haben keine weiteren Informationen?«

»Na ja, er hat neunzehnhundertdreiundsiebzig während des Jom-Kippur-Kriegs in der israelischen Armee gedient.«

»Warum haben Sie das nicht gleich gesagt? Das müssen wir doch registriert haben. Das Pentagon verlangt, daß eine Akte geführt wird, wenn amerikanische Militärangehörige in der Armee eines anderen Landes Dienst tun.«

»Und das können Sie überprüfen?«

»Ziemlich einfach sogar. Ich habe hier einen kleinen Computer, der nicht an unseren Zentralcomputer angeschlossen ist, weil er nur dazu dient, unsere Aktenverwaltung zu vereinfachen. Hier drüben ist er?«

Sie setzte sich vor einen Bildschirm und drückte ein paar Tasten. »Ja, da haben wir's schon. Nur ein Offizier, der bei der 801. war, hat anschließend in der israelischen Armee gedient. Captain Daniel Levy, geboren neunzehnhundertfünfundvierzig in New York, hat die Armee neunzehnhundertsiebzig verlassen.«

»Bingo!« sagte Teddy anerkennend. »Das muß er sein.«

»Ein Held. Zwei Silver Stars. Vater Samuel und Mutter Rachel sind als nächste Angehörige angegeben, aber das ist schon lange her. Der Vater war Anwalt in New York. Die Adresse lautet Park Avenue, demnach müssen sie ziemlich wohlhabend gewesen sein, wenn sie sich dort eine Wohnung leisten konnten.«

»Das ist alles? Mehr nicht?«

»Nichts, mit dem wir Ihnen weiterhelfen könnten.« Sie sah ihn besorgt an. »Es ist wirklich wichtig, nicht wahr?«

»Es könnte sogar jemandem das Leben retten.« Er schüttelte ihre Hand. »Wenn es möglich ist, komme ich zurück, das verspreche ich, und vielleicht kann ich Ihnen dann die ganze Geschichte erzählen. Jetzt muß ich wieder nach Washington. Würden Sie mir bitte den Weg nach draußen zeigen?«

Ehe er in die Limousine stieg, rief er den Präsidenten über sein Handy an und erzählte ihm, was er herausgefunden hatte.

»Das klingt zwar vielversprechend, Teddy, aber was bringt es uns?«

»Wir könnten seine Familie überprüfen. Ich meine, der Vater war Anwalt, hatte eine Wohnung in der Park Avenue, muß also wichtig gewesen sein. Ich rede in der Vergangenheitsform, weil er entweder tot ist oder zumindest sehr alt.«

»Mir ist gerade was eingefallen«, sagte Cazalet. »Archie Hood. Er ist jahrelang der Doyen der New Yorker Anwälte gewesen.«

»Ich dachte, der lebt schon lange nicht mehr.«

»O doch, er ist einundachtzig. Ich habe ihn vor drei Monaten bei einer Wohltätigkeitsveranstaltung in New York getroffen, als Sie in L. A. waren. Überlassen Sie das mir, Teddy. Kommen Sie so schnell wie möglich zurück.«

Teddy ging zur Limousine. Hilton hielt ihm die Tür auf. »Okay, Sergeant, schleunigst wieder nach Mitchell. Ich muß dringend zurück nach Washington.«

Es war ungefähr vier Uhr, als Rocard seinen Regenmantel überstreifte und nach unten ging. In der Halle polierte die Concierge den Spiegel.

»Ah, Monsieur Rocard, Sie sind wieder da.«

»Wie Sie sehen.«

»Zwei Herren wollten heute morgen zu Ihnen. Es ging um was Juristisches, haben sie gesagt.«

»Wenn es wichtig war, werden sie sich wohl noch mal melden. Ich genehmige mir ein frühes Abendessen auf einem der Seinedampfer.«

Er schloß gerade seinen Wagen auf, als Dillon mit dem Peugeot auf der anderen Straßenseite am Bürgersteig anhielt.

Blake zog das Foto heraus, das Max Hernu an Ferguson gefaxt hatte. »Das ist er, Sean.«

Rocard war bereits eingestiegen und fuhr los. »Sehen wir mal, wohin er will«, sagte Dillon.

Rocard parkte am Quai de Montebello gegenüber der Île de la Cité, nicht weit von der Stelle entfernt, an der Dillons Boot vor Anker lag, und lief durch den Regen auf eines der Vergnügungsboote zu, die hier vertäut waren. Wegen des schlechten Wetters hatten alle Planen an Deck aufgespannt.

»Was sind das für Schiffe?« fragte Blake.

»Bateaux-mouches«, erklärte Dillon. »Schwimmende Restaurants. Man kann bei einer Flußfahrt die Aussicht genießen und gleichzeitig eine Mahlzeit oder auch nur eine Flasche Wein. Sie verkehren nach einem festen Zeitplan.«

»Sieht aus, als wollten sie gleich ablegen. Wir beeilen uns besser.«

Die beiden Männer, die gerade die Gangway einziehen wollten, ließen sie noch an Bord kommen. Sie gingen hinunter in den Salon, wo es auch eine Bar gab.

»Nicht viele Gäste«, sagte Blake und betrachtete die freien Tische.

»Kein Wunder bei einem solchen Wetter.«

Rocard hatte sich an der Bar ein Glas Wein bestellt und ging damit zu einer Treppe.

»Wo will er hin?« fragte Blake.

»Oben an Deck gibt es ebenfalls Sitzplätze, wo man essen kann, was bei gutem Wetter besonders schön ist. Wir besorgen uns besser einen Drink und sehen mal nach, was er macht.«

Dillon bestellte zwei Gläser Champagner. »Möchten Sie auch speisen, meine Herren?« fragte der Barmann.

»Wir haben uns noch nicht entschieden«, erwiderte Dillon in seinem ausgezeichneten Französisch. »Wir geben Ihnen noch Bescheid.«

Sie gingen die Treppe hinauf an Deck, das mit einer Plane überdacht war, die jedoch nur notdürftig Schutz vor dem

Regen bot, so daß man die Stühle in der Mitte gestapelt hatte.

Nebel trieb über den Fluß, auf dem noch andere Boote unterwegs waren. Drei zusammengebundene Kähne und ein weiteres Restaurantschiff fuhren in entgegengesetzter Richtung an ihnen vorbei.

»Nicht übel hier«, meinte Blake.

Dillon nickte. »Eine umwerfend tolle Stadt.«

»Und wo steckt er?«

»Versuchen wir es mal mit dem Promenadendeck.«

Sie spähten durch eine Tür mit einer Glasscheibe. Unter einer Markise standen drei oder vier Tische; an einem davon saß Rocard und hatte sein Glas Wein vor sich stehen.

»Am besten warten wir nicht länger«, meinte Blake.

Dillon nickte und öffnete die Tür. »Ein recht feuchter Abend, Monsieur Rocard«, grüßte er.

Rocard blickte langsam auf. »Bedaure, kennen wir uns, Monsieur ...?«

»Dillon – Sean Dillon, der eigentlich tot in Washington liegen sollte, aber heute ist der dritte Tag, und Sie wissen, was das bedeutet.«

»Mein Gott!«

»Dieser Herr hier ist Blake Johnson. Er begleitet mich im Auftrag des Präsidenten der Vereinigten Staaten, der verständlicherweise recht verzweifelt auf Neuigkeiten über seine Tochter wartet.«

»Ich weiß nicht, wovon Sie reden.« Rocard wollte aufstehen, doch Dillon drückte ihn wieder auf den Stuhl und zückte seine Walther. »Mit Schalldämpfer, ich kann Sie also ohne viel Lärm umlegen und über die Reling werfen.«

»Was wollen Sie?« flüsterte Rocard erstickt.

»Ach, ein bißchen plaudern über dies und das, zum Beispiel über Judas Makkabäus, den armen alten Paul Berger, aber vor allem über Marie de Brissac. Also, wo ist sie?«

»Bei Gott, ich weiß es nicht«, sagte Michael Rocard.

13

Das Boot fuhr weiter in den Nebel hinein. »Das kann ich nicht so recht glauben«, meinte Blake.

»Es ist wahr.«

»Das Spiel ist sowieso aus«, sagte Dillon. »Wir wissen über Judas und seine Makkabäer Bescheid. Sie wollen doch nicht abstreiten, daß Sie ebenfalls einer sind?«

»Nein, aber ich habe Judas nie persönlich getroffen.«

»Wie sind Sie dann angeworben worden?«

Rocard dachte lange nach, dann zuckte er resigniert die Schultern. »Na gut, ich sag's Ihnen. Ich bin die ganze Sache sowieso gründlich leid. Es ist viel zu weit gegangen. Ich war auf einem Treffen von Überlebenden des Konzentrationslagers Auschwitz, wohin ich als Junge mit meiner Familie deportiert worden war. Diese Vichy-Schweine hatten uns den Nazis ausgeliefert. Dort habe ich meine Frau kennengelernt.«

»Und?« fragte Blake.

»Wir alle haben davon Zeugnis abgelegt, was mit uns geschehen ist. Ich hatte eine Mutter, einen Vater und eine Schwester. Wir wurden nach Auschwitz II geschickt, in das Vernichtungslager Birkenau. Eine Million Juden sind dort gestorben. Können Sie sich das vorstellen? Eine Million? Ich war der einzige aus meiner Familie, der überlebt hat, weil ein homosexueller SS-Wachmann eine Schwäche für mich hatte und mich nach Auschwitz III überstellen ließ, um dort für die IG Farben zu arbeiten.«

»Ich hab' von dieser Fabrik gehört«, nickte Blake Johnson.

»Das Mädchen, das später meine Frau wurde, und ihre Mutter hat er mir zuliebe ebenfalls dorthin bringen lassen.« Sein Gesicht war schmerzgequält. »Wir haben überlebt, sind nach Frankreich zurück und haben versucht, weiterzuleben. Ich wurde Anwalt, ihre Mutter starb, wir heirateten.« Er zuckte die Schultern. »Es ging ihr gesundheitlich nie gut, sie war immer krank und ist schon vor Jahren gestorben.«

»Und wie sind Sie mit Judas in Verbindung gekommen?«

»Bei diesem Treffen der Auschwitz-Überlebenden sprach mich ein Mann an und bot mir die Chance, dabei mitzuhelfen, die Zukunft Israels zu sichern. Und das erschien mir alle Mühe wert, so daß ich nicht widerstehen konnte«, schloß er mit einer typisch französischen Geste.

»Sie waren der Anwalt der Familie de Brissac?« fragte Dillon.

»Ich habe sie jahrelang juristisch beraten.«

»Und haben die Tatsache, daß Maries tatsächlicher Vater der amerikanische Präsident ist, an Judas verraten«, sagte Blake.

»Daß es solche Folgen hat, habe ich doch wirklich nicht gewollt. Ehe er starb, unterzeichnete der General eine Urkunde, in der er gemäß des Code Napoléon bestätigte, daß er Maries rechtmäßiger Vater sei, um sicherzugehen, daß sie den Titel erbte. Eine Erklärung dafür wollte er mir allerdings nicht geben.«

»Und wie haben Sie es herausgefunden?«

»Auf eine beinahe lächerliche Weise. Kurz vor ihrem Tod saß die Gräfin eines Tages mit Marie auf der Terrasse und genoß die Sonne, als ich mit einigen Papieren kam, die sie unterzeichnen mußte. Sie hörten mich nicht, sondern besprachen die Situation, und die Gräfin sagte: ›Aber was wird dein Vater darüber denken?‹ Dabei war ihr Vater für mich ja tot.«

»Also haben Sie gelauscht?« fragte Blake.

»Ja, und ich erfuhr, was ich wissen mußte – den Namen ihres echten Vaters.«

»Und Sie haben es Judas erzählt?«

»Ja«, gestand Rocard widerstrebend. »Sehen Sie, ich habe mit vielen wichtigen Leuten zu tun, mit Politikern, hochrangigen Generälen ... Eine meiner Aufgaben ist es, Judas ständig über alles Interessante zu informieren.«

»Und so haben Sie ihm auch Marie de Brissacs Geheimnis verraten?«

»Mir war nicht klar, was er mit dieser Information anfangen würde, das schwöre ich.«

»Sie armer Narr«, sagte Dillon. »Stecken bis über beide Ohren drin und fanden alles nur wunderbar romantisch. Berger war ganz genauso.«

Rocard sah ihn erschrocken an. »Sie kannten Paul? Haben – haben Sie ihn getötet?«

»Seien Sie nicht albern und reißen Sie sich zusammen. Ich hole Ihnen einen Cognac.« Blake ging zurück unter Deck.

»Was ist mit Paul passiert? Sagen Sie es mir«, bat Rocard.

»Wir haben ihn aufgespürt und befragt. Er hat uns erzählt, wie er Sie angeworben hat. Ich hatte vor, ihn an einem sicheren Ort unterzubringen, bis die ganze Sache vorbei war, aber er geriet in Panik, rannte über die Straße und wurde von einem Bus überfahren. Das ist die Wahrheit.«

»Armer Paul.« In Rocards Augen standen Tränen. »Wir waren ...« Er zögerte. »Freunde.«

Blake kehrte mit einem großen Cognac zurück. »Trinken Sie den, das hilft vielleicht.«

»Danke.«

»Und jetzt erzählen Sie uns, wie das mit Marie passiert ist. Kommen Sie schon, Sie haben nichts mehr zu verlieren.«

»Judas rief an und befahl mir, ein kleines Häuschen an der Nordostküste von Korfu zu kaufen. Ich sollte dafür sorgen, daß Marie dort Urlaub machte.«

»Warum Korfu?«

»Ich hatte keine Ahnung. Es war leicht, sie zu überreden, dorthin zu fahren, weil sie sich seit dem Tod ihrer Mutter mit Malurlaub in allen möglichen Gegenden die Zeit vertrieben hat.«

»Ist Ihnen nicht in den Sinn gekommen, daß eine böse Absicht dahinterstecken könnte?« fragte Blake.

»Ich bin wie alle seine Leute daran gewöhnt, stets seinen Befehlen zu gehorchen. Ich habe nicht nachgedacht, und nun ist es eben geschehen.« Er schüttelte den Kopf. »Ich habe einfach nicht nachgedacht. Ich hatte keine Ahnung, was er vorhatte. Ich kenne Marie von Kindesbeinen an und habe sie immer sehr gern gehabt.«

»Aber Sie sind Judas blind gefolgt?« fragte Blake.

»Denken Sie an Auschwitz, Mr. Johnson. Ich bin ein guter

Jude. Ich liebe mein Volk, und Israel ist unsere große Hoffnung. Ich wollte helfen, können Sie das nicht verstehen?«

Dillon legte ihm eine Hand auf die Schulter. »Doch. Ich verstehe Sie sehr gut.«

»Wissen Sie, was er mit ihr vorhat?« fragte Blake.

»Sie als Druckmittel für einen Handel zu benutzen, nehme ich an«, erwiderte Rocard, der offenbar wirklich keine Ahnung hatte.

»In Wahrheit will er sie am Dienstag hinrichten, falls ihr Vater nicht den Einsatzbefehl für einen amerikanischen Militärschlag gegen den Irak, den Iran und Syrien unterzeichnet.«

Rocard war ehrlich entsetzt. »Was habe ich getan? Marie, was habe ich getan?« stammelte er betroffen und wirkte um Jahre gealtert. Er stand auf und ging zur Reling. »So wahr Gott mein Zeuge ist, das hab' ich nicht gewollt.«

»Ich glaube ihm das sogar«, flüsterte Dillon Blake Johnson zu.

Als er sich umwandte, war Rocard verschwunden, einfach verschwunden, als habe er nie existiert. Blake und er rannten zur Reling. Über dem Fluß wirbelten Nebelschwaden, sie glaubten, flüchtig einen Arm zu sehen, dann wurde alles wieder vom Dunst verdeckt. Dillon stützte sich auf die Reling.

»Ich glaube, ein Mensch kann nur eine bestimmte Menge an Leid ertragen, ehe er zerbricht.«

»Aber wir haben versagt, Sean«, erwiderte Blake gequält. »Wir sind keinen Schritt weitergekommen. Was machen wir nun?«

»Na ja, ich weiß nicht, wie es mit dir ist, aber ich gehe jetzt runter in die Bar und gönne mir einen ganz großen irischen Whiskey. Danach geht's zurück nach London, um Ferguson die schlechten Neuigkeiten zu berichten.«

Der Präsident hatte zunächst vergeblich versucht, sich mit Archie Hood in Verbindung zu setzen. Er war nicht in seinem Apartment, soviel stand fest, doch bei einem Anruf in der Kanzlei, für die er immer noch als Berater tätig war, erhielt er eine Nummer auf den Caymaninseln, wo er Urlaub machte.

Endlich gelang es Cazalet, ihn zu erreichen. »Archie, alter Bussard, hier ist Jake Cazalet. Wo stecken Sie denn?«

»Mr. President, ich sitze mit einem Glas Champagner in der Hand auf der Terrasse einer herrlichen Villa an einem Palmenstrand und bin umgeben von drei wunderschönen Frauen, die zufälligerweise meine Enkelinnen sind.«

»Archie, ich brauche Ihre Hilfe. Es geht um eine Sache von ungeheurer Wichtigkeit, die streng vertraulich bleiben muß. Ich kann Ihnen im Moment nicht mehr sagen, aber ich hoffe, bald.«

Die Stimme des alten Mannes wurde ernst. »In welcher Hinsicht kann ich Ihnen dienlich sein, Mr. President?«

»Levy, Samuel Levy, sagt Ihnen der Name was?«

»Hab' ihn gut gekannt. Er kam aus einer steinreichen Familie, die eine Schiffahrtslinie besaß, aber er hat sich für die Juristerei entschieden und sein Erbteil verkauft. Ein brillanter Anwalt. Hat seinen Beruf aus reinem Spaß an der Sache ausgeübt, denn das Geld hatte er bei seinen vielen Millionen nie nötig. Ist jetzt seit ungefähr fünf Jahren tot.«

»Und sein Sohn Daniel Levy?«

»Ja, das war ein merkwürdiger Bursche. Großer Kriegsheld in Vietnam, und dann hat er sich mit Haut und Haaren Israel verschrieben. Ist in die israelische Armee eingetreten und hat im Jom-Kippur-Krieg gekämpft. Ein paar Jahre vorher war es zu einer großen Familientragödie gekommen.«

»Was war passiert?«

»Dan Levys Mutter und seine Schwester fuhren zu ihm auf Urlaub und wurden bei einem Bombenangriff auf eine Bushaltestelle in Jerusalem getötet. Der alte Herr ist nie darüber weggekommen. Es hat ihn im Grunde umgebracht.«

Jake Cazalet hatte Mühe, die Ruhe zu bewahren. »Und was ist aus Daniel Levy geworden?«

»Hat fast hundert Millionen Dollar geerbt, ein Haus am Eaton Square in London und ein Schloß auf Korfu. Er war Colonel in der israelischen Luftwaffe, hat aber den Dienst quittieren müssen, als es einen Skandal gab, weil er arabische Gefangene exekutiert hatte oder so was. Das war das letzte, was ich von ihm gehört habe.«

»Ein Schloß auf Korfu, haben Sie gesagt?«

»Ja, sein Vater hat es ihm vererbt. Ich war vor Jahren einmal dort, als ich mit meiner Frau eine Kreuzfahrt machte und wir in Korfu anlegten. Ein merkwürdiger Kasten an der nordwestlichen Küste, genannt Kastell König. Hat früher offenbar mal einem deutschen Baron gehört. Die Krauts waren immer schon gern auf Korfu. Wenn ich mich recht erinnere, ist Prinz Philip dort geboren worden.« Er schwieg einen Moment. »Hilft Ihnen das irgendwie weiter?«

»Archie, Sie haben mir den größten Dienst Ihres Lebens erwiesen. Eines Tages werden Sie erfahren, um was es ging, aber im Moment ist alles streng geheim.«

»Mr. President, Sie können sich auf mich verlassen.«

Der Präsident erwartete Teddy mit sichtlicher Ungeduld im Oval Office. »Sagen Sie kein Wort, Teddy, hören Sie nur zu.«

Als er fertig war, nickte Teddy. »Stimmt, Judas hat Dillon erzählt, daß Angehörige von ihm umgebracht worden seien. Es paßt alles zusammen.«

»Und alles weist darauf hin, daß Marie und Chief Inspector Bernstein in diesem Kastell König sind. Es war nur ein Bluff, als man ihr von einem Flug erzählt hat.«

»Was machen wir also? Die Kampfschwimmer losschicken oder die SAS von den Briten ausleihen?«

»Auf keinen Fall, Teddy. Beim ersten Anzeichen für einen Angriff wird er sie töten.« Cazalet griff nach dem Telefon. »Reden wir mit Ferguson.«

Ferguson hatte gerade mit Dillon gesprochen, der ihn auf dem Rückflug von London aus der Gulfstream angerufen hatte.

»Teddy hat recht, Mr. President, es paßt alles zusammen. Ich fürchte, Rocard, der Familienanwalt der de Brissacs, ist Berger in sein frühes Grab gefolgt, aber ehe er starb, hat er zugegeben, sie nach Korfu gelockt zu haben.«

»Was nun?«

»Ich habe Verbindungen nach Korfu, da wir einige Jahre lang illegal Leute nach Albanien geschleust haben, das direkt gegenüber liegt und, wie Sie wissen, immer noch kommunistisch ist. Die Männer, die ich dort kenne, sind genau die richtigen für eine solche Operation. Wenn Dillon und Blake Johnson mit der Gulfstream gelandet sind, werde ich sie über alles ins Bild setzen und so bald wie möglich mit ihnen nach Korfu fliegen. Vertrauen Sie mir, Mr. President. Wir bleiben in ständiger Verbindung.«

Jake Cazalet legte auf.

»Und?« fragte Teddy gespannt.

Der Präsident erzählte ihm alles.

Ferguson dachte eine Weile nach und wählte dann eine Nummer. Eine Frau meldete sich auf griechisch.

»Ja, wer ist da?«

»Brigadier Ferguson«, sagte er auf englisch. »Sind Sie das, Anna?«

»Ja, Brigadier. Schön, mal wieder von Ihnen zu hören.«

»Ich brauche Ihren Ehemann, diesen nichtsnutzigen Gauner Konstantin.«

»Heute abend geht's nicht, Brigadier, er arbeitet.«

»Ich weiß, was das heißt. Wann ist er zurück?«

»Vielleicht in vier Stunden.«

»Dann rufe ich in vier Stunden wieder an. Sagen Sie ihm Bescheid und sorgen Sie dafür, daß er da ist, Anna. Es steckt ein ordentlicher Verdienst für ihn drin.«

Er legte auf, goß sich einen Scotch ein und sah zum Fenster hinaus, während er trank. »So, du Bastard, jetzt kommen wir und machen dich fertig.«

Konstantin Aleko stand am Steuer seines Fischerboots, der *Kretischen Geliebten*, die sich auf halber Strecke zwischen Korfu und Albanien befand. Im Licht des Kompaßhauses war nur sein Kopf zu sehen. Es regnete etwas, und eine leichte Brise wehte von See her.

Aleko war fünfzig Jahre alt und ein ehemaliger Korvettenkapitän der griechischen Marine, dessen vielversprechende Karriere abrupt beendet war, nachdem er im betrunkenen Zustand in einer Bar in Piräus einen Kapitän in einem Streit um eine Frau niedergeschlagen hatte.

Er war nach Korfu in den kleinen Hafenort Vitari zurückgekehrt, wo er zu Hause war, und hatte seine Abfindung als Anzahlung auf die *Kretische Geliebte* benutzt, angeblich ein Fischerboot, das mit seinen Motoren fünfundzwanzig Knoten machen konnte.

Unterstützt von seiner geliebten Frau Anna war er ins Schmuggelgeschäft eingestiegen, wobei ihm die ausgezeichneten Kenntnisse der albanischen Küste zugute kamen, die er sich in der griechischen Marine angeeignet hatte. Der Handel mit Zigaretten war besonders lukrativ. Die Albaner zahlten fast jeden Preis für englische und amerikanische Marken.

Natürlich waren es heimtückische Schurken, bei denen man stets wachsam sein mußte, deshalb hatte er immer seine beiden Neffen, Dimitri und Yanni, an seiner Seite und den Cousin seiner Frau, den alten Stavros, der ihm einen Kaffee ins Steuerhaus brachte.

»Ich habe ein schlechtes Gefühl bei dieser Sache. Diesem Bolo traue ich nicht über den Weg. Immerhin hat er letztes Mal erst versucht, uns bei der Lieferung schottischen Whiskeys reinzulegen.«

»Keine Sorge, du alte Unke. Ich weiß, wie man solchen Abschaum behandelt.« Konstantin trank Kaffee. »Hervorragend. Hier, übernimm mal das Steuer. Ich will ein Wort mit den Jungs reden.«

Aleko ging an den Netzen und den Körben mit Fischen vorbei zum Niedergang. In der Kajüte streiften Dimitri und Yanni sich gerade Taucheranzüge über. Auf dem Tisch lagen zwei Uzi-Maschinenpistolen.

»Hallo, Onkel«, sagte Yanni. »Meinst du, diese albanischen Idioten werden versuchen, uns reinzulegen?«

»Natürlich«, schnaubte Dimitri. »Was denkst du denn?«

»Bolo schuldet mir fünftausend amerikanische Dollar für die Ladung Marlboro-Zigaretten«, sagte Aleko. »Ich habe guten Grund zu glauben, daß er sich um die Zahlung drücken will. Also – ihr wißt, was ihr zu tun habt. Sauerstoff braucht ihr keinen. Springt nur zur rechten Zeit ins Wasser und schwimmt auf die andere Seite seines Boots.«

Er deutete auf eine der Uzis. »Und vergeßt die hier nicht.«

»Wie weit können wir gehen?« fragte Dimitri.

»Wenn sie versuchen, euch zu erschießen, legt ihr sie um.«

Er ging wieder an Deck. Als er ins Steuerhaus kam, zündete er zwei Zigaretten an und gab Stavros eine.

»Eine gute Nacht für unser Vorhaben.«

»Hoffentlich«, meinte Stavros, »und wenn ich mich nicht sehr irre, sind sie das dort.«

Das andere Boot ähnelte ihrem und wirkte mit seinen Netzen ebenfalls wie ein harmloses Fischerboot. Im trüben Licht einer Lampe, die an einer Ecke des Steuerhauses hing, sortierten einige Männer anscheinend Fisch, am Steuer stand ein Mann, den Aleko noch nie vorher gesehen hatte; neben ihm lehnte Bolo und rauchte eine Zigarette. Er war ein großgewachsener Mann von fünfundvierzig Jahren, mit breiten Schultern, trug einen Seemannsmantel und hatte ein Gesicht, das mit seinem Ausdruck rücksichtsloser Verschlagenheit beinahe schon faszinierend war.

»Hallo, Konstantin, alter Freund. Was hast du diesmal für mich?«

»Was du verlangt hast – Marlboros, für die du mir mit deinem üblichen Widerstreben fünftausend amerikanische Dollar zahlen wirst.«

»Aber Konstantin, ich bin doch dein Freund.« Bolo zog ein Bündel Geldscheine aus der Tasche, das mit einem Gummiband zusammengebunden war, und warf es ihm hin. »Hier, zähl selbst nach. Es stimmt bis auf den letzten Penny. Wo sind meine Zigaretten?«

»Hier unter den Netzen. Zeig sie ihnen, Stavros.«

Während Aleko rasch das Geld zählte, entfernte Stavros die Netze, unter denen mehrere Pappkartons zum Vorschein kamen. Bolos Männer kamen an Bord und schafften sie hinüber. Als sie fertig waren, kletterten sie wieder über die Reling.

Aleko blickte auf. »Stimmt ja tatsächlich. Erstaunlich.«

»Nicht wahr? Und jetzt will ich es zurück haben.«

Bolo griff ins Steuerhaus und holte eine Maschinenpistole aus dem Zweiten Weltkrieg heraus, eine deutsche Schmeisser, die die italienischen Partisanen sehr geschätzt hatten. Seine beiden Männer hatten Revolver in den Händen.

»Ich hätte es wissen müssen«, seufzte Aleko. »Der Leopard verliert seine Flecken nicht.«

»Stimmt. Jetzt gib mir das Geld zurück, oder ich bringe euch alle um und versenke dein verdammtes Boot.«

»Oh, das glaube ich nicht.«

Dimitri und Yanni schlüpften auf der anderen Seite des albanischen Boots unter der Reling durch und richteten sich mit schußbereiten Uzis auf.

»Guten Abend, Kapitän Bolo«, sagte Yanni.

Der Albaner wandte sich erschrocken um und erblickte zwei bedrohliche Gestalten in schwarzen Taucheranzügen.

Yanni feuerte eine kurze Salve ab, die Bolo am rechten Arm erwischte, so daß ihm die Schmeisser wegflog. Dimitri traf einen der Männer ins Bein, der zu Boden ging. Der andere ließ seine Waffe fallen und hob die Hände.

»Das war prima«, lobte Aleko. »Zurück an Bord, Jungs, und ablegen.«

Langsam verbreiterte sich der Abstand zwischen den Booten. »Ich verfluche dich, Konstantin!« schrie Bolo, der mit schmerzverzerrtem Gesicht seinen blutdurchtränken Ärmel umklammerte.

Aleko winkte ihm zu. »Du bist nur ein Anfänger. Ich glaube, für eine Weile werden wir uns nicht wiedersehen.«

Die Jungs gingen nach unten, um sich umzuziehen, und Stavros machte Kaffee, während Aleko das Steuer übernahm. Als der alte Mann mit einem Becher Kaffee zurückkehrte, meinte er: »Eins verstehe ich nicht: Warum haben wir uns die Zigaretten nicht zurückgeholt?«

»Geschäft ist Geschäft.« Aleko grinste. »Allerdings habe ich gerade das Kanonenboot informiert, das heute nacht auf Patrouille ist. Lieutenant Kitros hat das Kommando. Er hat mal in der Marine unter mir gedient. Ich habe ihm ihre Position genannt, aber was wäre das alles wert ohne Beweise.«

»Die Zigaretten?«

»Genau.«

»Du durchtriebener Hund.«

»Stimmt. Und jetzt wollen wir heim nach Vitari.«

Vitari war ein kleines Fischerdorf an der Nordostküste Korfus, und sein Zuhause war eine Taverne auf einem Hügel mit Blick über den Hafen. Anna, eine stattliche, tiefgebräunte Frau, die ein Kopftuch trug und die traditionelle schwarze Bauerntracht, führte das Lokal. Sie war ihrem Ehemann treu ergeben und bedauerte als einziges, daß sie nicht fähig gewesen war, ihm Kinder zu gebären.

Ein junges Mädchen aus dem Ort bediente die Fischer, die an der Bar saßen und die Mannschaft der *Kretischen Geliebten* begrüßten.

»Ich geh' mal in die Küche zu Anna«, sagte Aleko. »Trinkt ihr inzwischen was.«

Seine Frau stand am Herd und rührte in einem Lammtopf. Lächelnd wandte sie sich um. »Eine erfolgreiche Nacht?«

Er küßte sie auf die Stirn, goß sich ein Glas Rotwein aus dem Krug auf dem Tisch ein und setzte sich. »Bolo hat versucht, uns reinzulegen.«

»Was ist passiert?« Aleko erzählte ihr alles, worauf sie mit finsterem Gesicht meinte: »Dieses Schwein! Ich hoffe, Kitros erwischt ihn. Dann kriegt er bestimmt fünf Jahre aufgebrummt.«

»Kitros wird ihn schon finden. Ich habe den jungen Mann schließlich selbst ausgebildet.«

»Du hattest übrigens einen Anruf aus London von Brigadier Ferguson.«

Aleko horchte auf. »Was hat er gewollt?«

»Er hat nur gesagt, es wäre ordentlich was für dich drin. Er will zurückrufen.«

»Das klingt interessant. Er hat sowieso immer gut gezahlt.«

»Das ist nur recht und billig. Diese Fahrten, die du für ihn zur albanischen Küste gemacht hast, sind gefährlich genug, Konstantin. Wenn die Kommunisten dich erwischt hätten . . .«

»Ich liebe dich, Frau, aber du machst dir zu viele Sorgen.« Er stand auf und schlang seine Arme um ihre Taille. »Es ist eine gute Arbeit.«

Stavros und die beiden Jungen kamen mit ihren Gläsern herein. »In eurem Alter immer noch wie die Turteltauben«, meinte Stavros.

»Ach, halt die Klappe und setzt dich«, befahl Anna.

Während sie den Tisch deckte, sagte Aleko: »Anna hat mir erzählt, daß unser alter Freund Brigadier Ferguson aus London angerufen hat.«

Alle horchten interessiert auf. »Weswegen?« fragte Yanni. »Wieder Albanien?«

»Keine Ahnung. Hat gemeint, es sei ordentlich was drin, und will sich später wieder melden.«

»Mensch, das klingt gut«, grinste Dimitri.

Anna stellte den Topf auf den Tisch und begann das Essen auszuteilen. »Hört auf und eßt.«

Ungefähr zehn Minuten später klingelte das Telefon in dem kleinen Büro, und Aleko stand auf.

»Was kann ich für Sie tun, Brigadier«, sagte er in hervorragendem Englisch. »Wieder Albanien?«

»Diesmal nicht. Erzählen Sie mir, was Sie über ein gewisses Kastell König wissen.«

»Liegt ungefähr fünfzehn Meilen nördlich von hier an der Küste. Hat viele, viele Jahre lang einer amerikanischen Familie gehört. Levy hießen die.«

»Ist im Moment jemand dort, soweit Sie wissen?«

»Ein Ehepaar aus dem Ort kümmert sich um alles. Geerbt hat das Kastell ein Sohn namens Daniel. Ist so was wie ein Kriegsheld in Vietnam gewesen und hat sogar für die Israelis gekämpft. Er kommt und geht, das hört man zumindest. Ist beliebt bei den Leuten hier. Worum geht es denn?«

»Ich habe Grund zu der Annahme, daß er momentan dort zwei Frauen festhält. Eine davon ist meine Assistentin, Chief Inspector Bernstein. Wer die andere ist, kann ich Ihnen zur Zeit nicht sagen, das ist geheim.«

»Hat es was mit Politik zu tun?«

»Eher mit Terrorismus«, erwiderte Ferguson. »Ich komme so bald wie möglich in einem Privatjet hinuntergeflogen und bringe zwei erstklassige Mitarbeiter mit. Wir haben vor, diese Frauen herauszuholen, Konstantin, und dazu brauche ich Ihre Hilfe. Es wäre sehr viel Geld dabei für Sie drin.«

»Vergessen Sie das mal für den Moment. Wozu sind denn Freunde da? Wann sind Sie hier?«

»Irgendwann am Vormittag. Ich sorge dafür, daß ein Range Rover am Flughafen für mich bereitsteht. Wir fahren dann gleich weiter zu Ihrer Taverne. Die *Kretische Geliebte* ist doch in gutem Zustand, nehme ich an?«

»Aber sicher. Sie denken daran, von See aus anzugreifen?«

»Wahrscheinlich.«

»Ich habe eine Idee. Können Sie mir eine Kontaktnummer geben?«

»Kein Problem. Ich gebe Ihnen die Nummer meines Handys. Es hat eine Satellitenantenne, Sie können mich also sogar im Flugzeug erreichen. Was haben Sie vor?«

»Ich fahre mal dort hoch. Mit dem Motorrad schaffe ich's in einer halben Stunde. Ein Cousin von mir namens Goulos hat in der Nähe des Kastells einen kleinen Bauernhof. Mal sehen, was ich rausfinden kann.«

»Gut, melden Sie sich danach wieder.«

Aleko kehrte in die Küche zurück, griff nach seinem Mantel, der hinter der Tür hing, und streifte ihn über. »Aber du hast noch nicht mal aufgegessen«, protestierte Anna.

»Später, die Sache ist wichtig.« Aus einer Schublade nahm er eine Browning, überprüfte sie und steckte sie in die Tasche.

»Was ist los?« fragte Stavros.

»Erzähle ich euch später. Ich nehme mal deine Suzuki, Yanni. Gib mir die Schlüssel.«

»Wohin willst du?«

»Meinen Cousin Goulos besuchen. Im Kastell König geht was Komisches vor sich, und ich möchte gern wissen, was es ist.«

Dillon und Blake erhielten bei der Landung die Anweisung zu warten, bis sich Ferguson bei ihnen meldete. Sie gingen mit den Piloten ins Offizierskasino, um etwas zu essen, und waren fast mit ihrer Mahlzeit fertig, als Dillons Handy läutete. Er stand auf und ging nach draußen.

»Sie warten jetzt schon eine ganze Weile«, sagte Ferguson, »aber es ist auch eine Menge passiert. Ich weiß inzwischen, daß sie auf Korfu ist, und ich weiß, wer Judas ist.«

»Wie haben Sie das rausgekriegt?«

Ferguson berichtete ihm kurz alles Nötige.

»Und jetzt?« fragte Dillon.

»Ich komme, sobald es geht, zu Ihnen raus nach Farley. Sagen Sie Captain Vernon, er soll alles vorbereiten. Hoffentlich meldet sich auch Aleko noch.«

»Also greifen wir von See her an?«

»Erscheint mir logisch.«

»Dafür brauchen wir aber einige Dinge.«

»Aleko ist so ziemlich mit allem ausgerüstet, aber ich lasse mir selbst noch einiges von unserem Waffentechniker mitgeben.«

»Gut. Dann bis später.«

Dillon ging zurück ins Kasino und setzte sich. »Das war Brigadier Ferguson«, berichtete der Captain Vernon. »Er möchte, daß Sie einen Flugplan nach Korfu einreichen.«

»Das dürfte nicht vor morgen früh möglich sein.« Vernon schob seinen Teller weg und stand auf.

»Ich komme mit.« Lieutenant Gaunt folgte ihm.

»Was, zum Teufel, ist los?« fragte Blake.

»Wir haben sie gefunden, dank Teddy und dieser Skizze des schwarzen Raben. Es war kein israelisches Abzeichen, sondern ein amerikanisches. Judas ist einer von uns.«

»Dann erzähl endlich«, drängte Blake. »Und zwar alles.«

Ferguson stand am Fenster und schaute hinaus auf die Horse Guards Avenue, als der Waffentechniker des Verteidigungsministeriums an die Tür seines Büros klopfte und eintrat.

»Ah, Mr. Harley.«

»Brigadier.« Harley, ein ehemaliger Stabsfeldwebel, der unter Ferguson im Koreakrieg gedient hatte, schlug beinahe die Hacken zusammen. »Wie kann ich Ihnen behilflich sein, Brigadier?«

»Eine geheime Operation, Stabsfeldwebel, sehr geheim. Ihre Vollmacht liegt dort auf dem Schreibtisch.«

»Danke, Sir.« Harley faltete das Blatt zusammen, steckte es ein und zog einen Block und einen Stift aus seiner Tasche. »Was benötigen Sie?«

»Drei kugelsichere Westen in Schwarz, die neuesten Modelle, dazu schwarze Overalls, Handgranaten, Nachtsichtbrillen und außerdem zwei gute Nachtsichtgläser.«

»Waffen, Sir?«

»Faustfeuerwaffen mit Schalldämpfer, und schallgedämpfte Maschinenpistolen. Was würden Sie vorschlagen?«

»Bei den Pistolen Brownings, Sir, das sind immer noch die besten, und als Maschinenpistolen würde ich Uzis nehmen. Das neueste Modell, das die Israelis entwickelt haben, ist eine hervorragende schallgedämpfte Version. Sonst noch etwas?«

»Semtex ist immer nützlich. Womöglich müssen wir Türen aufsprengen.«

»Ich werde ein Päckchen für Sie zurechtmachen. Kleine Ladungen mit Zeitzündern von fünf Sekunden, dazu einige größere für alles andere, samt einer Auswahl geeigneter Zeitzünder.«

»Ausgezeichnet. Und alles so bald wie möglich nach Farley Field liefern, Stabsfeldwebel.«

»Ich kümmere mich persönlich darum, Sir.« Harley klappte den Block zu. »Solche Bestellungen kenne ich sonst nur von Mr. Dillon«, meinte er zögernd. »Ich hab' was läuten hören, Sir. Ich hoffe, es ist nicht wahr.«

»Farley Field, Stabsfeldwebel, so bald wie möglich.«

»Natürlich, Sir.« Harley verabschiedete sich rasch.

Aleko bog von der Hauptstraße auf einen schmalen holprigen Weg ein, der zu Goulos' Bauernhof führte. Es war bereits Mitternacht, doch in der Küche brannte noch Licht, und ein Hund bellte. Er schaltete den Motor ab und hob die Suzuki auf ihren Ständer. Goulos, ein älterer Mann mit grauem Haar, der ein Gewehr in der Hand hielt, spähte aus der Tür.

»Wer ist da?«

»Dein Cousin Konstantin, du Narr. Leg das Gewehr weg.«

Der Hund war bellend auf ihn zugerannt, aber jetzt begann er ihm winselnd die Hand zu lecken.

»Um diese Zeit?«

»Laß mich rein, ich erklär's dir.«

»Na, dann komm. Meine Frau ist nicht da, mußt dich also mit mir begnügen.«

Aleko nahm ein Päckchen aus der Seitentasche der Suzuki und folgte ihm in die Bauernküche mit steinernem Boden, offener Feuerstelle und Möbeln aus Kiefernholz. Er legte das Päckchen auf den Tisch.

»Tausend Marlboro. Schenk' ich dir.«

Goulos geriet förmlich außer sich. »Diese Dinger sind teuer wie Gold, fast zu schade, sie auch nur anzurühren. Aber ich werd' sie trotzdem rauchen.«

»Hier, nimm erst mal eine von meinen und laß uns was trinken.«

Goulos holte eine Flasche aus der Zisterne. »Das ist ein deutscher Wein. Schmeckt wunderbar, wenn er kalt ist – die Zisterne ist besser als jeder Kühlschrank.«

Er öffnete die Flasche, schenkte zwei Gläser ein und nahm eine von Alekos Zigaretten. »Ein Gedicht.« Genießerisch stieß er den Rauch aus. »Selbst wenn ich deshalb ein bißchen früher sterbe, was soll's? Wie ich höre, gehen deine Geschäfte ganz hervorragend.«

»Na ja, so einigermaßen.«

»Unsinn, du machst ein Vermögen mit dem Schmuggeln. Was also willst du von deinem armen alten Cousin?«

Aleko schenkte sich noch etwas Wein ein. »Du gehörst zur Familie, Goulos, und ich hab' dich wirklich sehr gern, aber falls du ein Wort zuviel plauderst, bringe ich dich persönlich um.«

»So wichtig? Na, wozu sind Familien da? Nun rede schon.«

»Kastell König«, sagte Aleko.

Goulos hörte auf zu lächeln. »Gibt's dort ein Problem, das dich was angeht?«

»Könnte sein. Ein ziemlich ernstes sogar. Erzähl mir alles, was du weißt.«

»Na ja, es hat jahrelang dieser amerikanischen Familie Levy gehört, die immer recht beliebt war. Der jetzige Besitzer ist oder war Colonel in der israelischen Armee und hat als Junge früher hier die Ferien verbracht, auch etwas Griechisch gelernt, aber heutzutage …« Er zuckte die Schultern. »Es hat sich alles sehr verändert.«

»Wieso?«

»Na ja, er hatte als Hausmeister immer Zarchas und seine Frau, weil er nur gelegentlich herkam, aber vor ungefähr zwei Monaten hat er sie ohne eine Erklärung gefeuert.«

»Und dann?«

»Sind fünf junge Männer aufgetaucht, lauter Israelis, die seitdem dauernd da sind. Einer von ihnen namens Braun erledigt die Einkäufe im Dorfladen. Er spricht kein Griechisch, nur Englisch.« Er schenkte Aleko ein weiteres Glas Wein ein. »Sie sind auch jetzt wieder da, das weiß ich genau, und Colonel Levy ebenfalls. Was ist los, Konstantin?«

»Üble Gesellen sind das«, sagte Aleko. »Ich glaube, sie halten dort zwei Frauen gefangen.«

Goulos horchte auf. »Na, wenn das kein Zufall ist! Mein Ziegenhirte, der kleine Stefanos, war vor ein paar Tagen auf dem Abhang in der Nähe des Kastells und suchte im Olivenhain nach einem Tier, das sich verlaufen hatte. Von dort aus konnte er in den Hof schauen und hat gesehen, wie zwei dieser Israelis einer Frau aus einem Fahrzeug halfen und sie hineinbrachten.«

»Mein Gott, dann stimmt es also!«

»Warte, es kommt noch mehr. Gestern war er wieder dort, als das gleiche passierte, nur mußten sie diesmal die Frau reintragen.«

Aleko schlug auf den Tisch. »Hab' ich's nicht gesagt! Üble Gesellen, mein Alter.«

»Und was willst du mit ihnen machen?«

Aleko lächelte. »Oh, genau das, was sie verdienen.« Er stand auf und schüttelte ihm die Hand. »Laß dir deine Zigaretten schmecken.«

Als er in die Taverne zurückkehrte, saßen nur noch seine Neffen und Stavros bei Anna an der Bar.

»Was ist passiert?« fragte sie.

»Zuerst rufe ich mal Brigadier Ferguson an, dann erkläre ich alles.« Er verschwand in seinem Büro und kam nach fünf Minuten zurück. »So«, sagte er. »Was willst du wissen?«

Ferguson saß bereits auf dem Rücksitz seines Daimlers und war unterwegs nach Farley Field, als er den Anruf erhielt.

Einen Moment dachte er über alles nach und empfand eine ungeheure Genugtuung, ja fast ein Hochgefühl wie selten zuvor. Zufrieden griff er nach seinem Handy, um den Präsidenten anzurufen. Cazalet trank gerade im Wohnzimmer des Weißen Hauses mit Teddy Kaffee und verzehrte einige Sandwiches.

»Volltreffer, Mr. President. Mein Kontaktmann hat bestätigt, daß sie dort sind.«

»Gott sei Dank!« seufzte der Präsident. »Was passiert jetzt?«

»Ich bin morgen mit Dillon und Blake Johnson dort und entscheide vor Ort, wie es weitergeht. Wir bleiben ständig mit Ihnen in Verbindung.«

»Danke«, sagte Cazalet und wandte sich an Teddy. »Sie sind tatsächlich im Kastell König. Ferguson hat die Bestätigung erhalten.«

Das einzige Haar in der Suppe war das Wetter, denn es regnete unaufhörlich. Ferguson saß in dem kleinen Büro, das der Kommandant von Farley Field ihm überlassen hatte, und redete mit Blake und Dillon, als Captain Vernon und Lieutenant Gaunt hereinkamen. Gaunt breitete eine Karte auf dem Schreibtisch aus.

»Alles klar, Brigadier, wir fliegen über Frankreich, die Schweiz, Norditalien und über die Adria nach Korfu.«

»Wie weit?«

»Fast vierzehnhundert Meilen.«

»Wie lange wird es dauern?«

»Normalerweise nur rund drei Stunden, aber das Wetter in ganz England ist momentan so schlecht, daß man mir vor acht Uhr morgens keine Starterlaubnis geben will.«

»Verdammt!«

»Tut mir leid, Brigadier, daran ist nichts zu ändern.«

»Ja, es ist nicht Ihre Schuld. Dann bereiten Sie alles für diese Zeit vor.«

Nachdem Vernon gegangen war, öffnete Dillon das Fenster und sah hinaus in den Regen. »Eine verteufelte Nacht.«

»Ich weiß, Sie brauchen es nicht extra zu betonen«, sagte Ferguson.

»Aber selbst wenn wir erst mittags nach Korfu kommen«, meinte Blake, »und noch mit dem Range Rover quer über die ganze Insel müssen, macht es nicht viel Unterschied. Für welchen Plan wir uns auch immer entscheiden, ein Angriff auf das Kastell König kann jedenfalls nur im Schutz der Dunkelheit erfolgen.«

Ferguson nickte. »Sie haben natürlich recht.« Er schob seinen Stuhl zurück und stand auf. »Nutzen wir die Gelegenheit, noch ein paar Stunden zu schlafen, meine Herren.«

14

Es regnete beim Start am folgenden Morgen noch immer; erst in Höhe von fünfzigtausend Fuß hatten sie die dunklen Wolken hinter sich gelassen. Sergeant Kersey servierte Dillon Tee, den anderen Kaffee und verschwand wieder.

»Können wir noch mal durchgehen, was Stabsfeldwebel Harley geliefert hat?«

Ferguson zählte alles auf, und Dillon nickte. »Damit kommen wir bestimmt hin. Ich bin froh, daß Sie an die Sprengladungen gedacht haben.«

»Dillon«, erwiderte Ferguson nachsichtig, »ich möchte Sie daran erinnern, daß ich solche Unternehmungen schon länger als Sie mache.«

»Tatsache?« fragte Dillon mit gespielter Überraschung. »Ich hätte nicht gedacht, daß Sie so alt sind.«

»War als neunzehnjähriger Unteroffizier im Koreakrieg dabei, wie Sie sehr gut wissen.«

»Ich hab' oft gehört, da sei es besonders schlimm gewesen«, meinte Blake.

»Das können Sie laut sagen. Ein Grabenkrieg, genau wie im Ersten Weltkrieg. Das ganze Regiment von siebenhundertfünfzig Mann hockte da, und die Chinesen griffen in Divisionsstärke an, gewöhnlich rund zwölftausend.« Er zuckte die Schultern. »Aber wen kümmern schon die Geschichten alter Männer?«

»Nun, Sie haben damals das Militärkreuz bekommen, und das ist wahrhaftig nicht schlecht für einen Neunzehnjährigen, alter Knabe«, sagte Dillon. »Sehen wir uns noch mal die Landkarte an.«

Ferguson holte die vergrößerte Karte von Korfu aus seiner Aktentasche und faltete sie auseinander. »Hier liegt Vitari – das ist das Dorf, in dem Aleko wohnt, und er hat gesagt, Kastell König liege ungefähr fünfzehn Meilen weiter nördlich.«

»Ist aber nicht drauf.«

»Es ist ja auch nur eine einfache Landkarte. Meinen Sie, es ist machbar?«

»Im Schutz der Dunkelheit, ja.«

»Da gibt's nur ein Problem. Aleko und seine Kumpel sind gute Männer und eine Bande ausgemachter Strolche dazu, aber gegen Judas oder Levy, wie wir ihn jetzt wohl nennen müssen ...« Ferguson schüttelte den Kopf. »Er ist immerhin ein erstklassiger Soldat, und ich bin sicher, daß jeder einzelne seiner Männer in der israelischen Armee gedient hat.«

»Spielt keine Rolle. Das Ganze ist eine Operation für einen Mann. Aleko und seine Jungs bringen mich an Land und warten auf See auf ein Signal, daß sie mich abholen sollen.«

»Das ist die schlechteste Idee, die ich je gehört habe«, sagte Blake Johnson. »Ich glaube, du hast vergessen, wie man zählt, Dillon. Levy hat fünf Männer, soweit wir von dir selbst wissen – mit ihm zusammen sind es also sechs. Was zur Hölle stellst du dir vor? Willst du dort reinschleichen und einen nach dem anderen töten wie in einem schlechten Actionfilm?«

»Ich kenne das Innere des Kastells und weiß, wohin ich muß.«

»Du weißt gar nichts. Du warst, ebenso wie Marie de Brissac, im dritten Stock, und das weißt du nur, weil sie dich mal runter in den Keller gebracht haben. Ach ja, im Arbeitszimmer des großen Mannes warst du auch, weißt also, wo das ist. Aber davon abgesehen weißt du gar nichts.«

»Und was willst du damit sagen?«

»Daß du einen zweiten Mann zur Unterstützung brauchst, mein Bester, und zwar mich.«

»Das ist nichts für dich.«

»Ich war zweimal in Vietnam, Dillon, und habe auch beim FBI ein paarmal getötet. Wir brauchen überhaupt nicht weiterzureden.« Blake wandte sich an Ferguson. »Sagen Sie es ihm, Brigadier.«

Ferguson lächelte. »Offen gesagt, ich nahm das als selbstverständlich an. Ich habe sogar einen Overall und eine kugelsichere Weste für mich mitgenommen.«

»Jetzt weiß ich, daß die Welt verrückt geworden ist«, stöhnte Dillon.

»Ja, wenn ich mir's recht überlege, werde ich doch im Boot bleiben. Die kugelsichere Weste könnte trotzdem ganz nützlich sein, falls wir beschossen werden. Aber jetzt habe ich Hunger. Sergeant Kersey!«

Kersey kam aus der Bordküche. »General?«

»Wie oft habe ich Ihnen schon gesagt, daß es in der britischen Armee Brigadier heißt. Ich weiß nicht, was die beiden hier möchten, aber ich könnte jetzt einen Tee, Toast und Marmelade vertragen.«

»Kommt sofort, General«, grinste Kersey.

Colonel Dan Levy alias Judas stand in seinem Arbeitszimmer am Fenster und blickte hinaus, als es an der Tür klopfte. Unter Führung von Aaron kamen die anderen herein und warteten schweigend, bis er sich zu ihnen umwandte.

Levy nahm seine Zigarette aus dem Mund. »Guten Morgen, Männer.«

»Colonel«, Aaron nickte. »Sie haben uns gerufen.«

»Die Operation befindet sich an einem kritischen Punkt. Übermorgen muß der Präsident die Entscheidung treffen, ob er Nemesis unterzeichnet.«

»Colonel«, meldete sich David Braun, »glauben Sie wirklich, daß er es tut?«

»Ich weiß nicht. Aber ich weiß mit Sicherheit, daß ich andernfalls seine Tochter hinrichten werde. Das ist mein fester Vorsatz.« Sein Blick war kalt und entschlossen. »Gibt es hier jemanden, der das bezweifelt?«

Prüfend schaute er von einem zum anderen. »Gibt es hier jemanden, der Zweifel an der Sache hat, für die wir kämpfen?«

»Natürlich nicht«, entgegnete Aaron. »Wir sind alle dabei bis zum Ende und zu allem bereit, was auch immer nötig ist.«

»Gut. Also, die nächsten achtundvierzig Stunden sind entscheidend. Wie geht es den Frauen, David?«

»Ich habe Bernstein wieder über Nacht in ihr Zimmer gebracht.«

»Sag nicht Bernstein, David. Verwende den korrekten Titel.

Ich persönlich bewundere sie ungemein. Bei der Kriminalpolizei von Jerusalem könnte man sie gut gebrauchen.«

David Braun senkte verlegen den Blick. »Ich habe Chief Inspector Bernstein über Nacht zurück in ihr eigenes Zimmer gebracht. Dort ist sie auch jetzt noch, weil ich mit dem Frühstück gewartet habe bis zu diesem Treffen.«

»Gib ihnen alles, was sie wollen.« Er lachte schroff. »Zum Beispiel heute ein Champagnerfrühstück.«

»Irgendwelche anderen Befehle, Colonel?« fragte Aaron.

»Im Moment nicht. Offen gesagt, es besteht kein Grund zur Sorge. Wie ihr ja wißt, habe ich überall Augen und Ohren. Uns werden weder Froschmänner angreifen noch Fallschirmjäger, und nicht nur deshalb, weil sie nicht wissen, wo wir sind, sondern weil der Präsident der Vereinigten Staaten weiß, daß seine Tochter beim kleinsten Zeichen eines Angriffs sofort stirbt. Ist es nicht so, Aaron?«

»Natürlich, Colonel.«

»So simpel, daß es der Plan eines Genies sein könnte.« Levy warf den Kopf zurück und lachte. »Wenn ich mir's recht überlege, dann *bin* ich ein Genie.« Seine Augen funkelten.

Die anderen wirkten betreten. »Wir gehen dann jetzt, Sir«, sagte Aaron.

»Gut. Die üblichen beiden Wachen heute nacht. Jeder zwei Stunden und danach vier Stunden frei. Ihr seid entlassen.«

Moshe, Raphael und Arnold gingen ihrer Wege, während David Braun und Aaron vor dem Arbeitszimmer zurückblieben. »Hast du ein Problem?« fragte Aaron, der sah, wie aufgewühlt Braun war.

»Zum erstenmal fange ich an zu glauben, daß er verrückt ist. Vielleicht hat er am Sinai zuviel Sonne abgekriegt.«

»Laß ihn bloß nicht hören, daß du so redest, sonst bist du tot, du Narr. Jetzt reiß dich zusammen und bring ihnen ihr Frühstück.«

Braun holte Hannah und führte sie durch den Korridor. »Ich hoffe, Sie haben gut geschlafen?«

»Ob ich gut geschlafen habe oder nicht, ist Ihnen doch total egal, wozu also die Frage?«

Er schloß die Tür zu Marie de Brissacs Zimmer auf und ließ Hannah hineingehen. »Ich bringe gleich das Frühstück.«

Marie kam aus dem Bad. »Wer war das?«

»Nur Braun. Er holt Frühstück.«

»Er ist spät dran heute morgen. Ob etwas ist?«

Hannah ging zum Fenster und spähte durch die Gitterstäbe hinaus. Ein Fischerboot fuhr an der Bucht vorbei. »Wenn es nur die Flagge seines Landes gesetzt hätte, wüßten wir, wo wir sind. Wenigstens ungefähr.«

Marie deutete auf ihre Staffelei. »Wie finden Sie's?« Die Kohleskizze war jetzt farbig ausgeführt. »Ich habe Kreide genommen, da mir Wasserfarben nicht ganz passend erschienen.«

»Es ist wunderbar«, sagte Hannah. »Kann ich es haben? Ich würde es gern rahmen lassen.«

Im gleichen Moment wurde ihr klar, was sie gesagt hatte, und sie begann zu lachen.

»Na, Sie sind jedenfalls ganz schön optimistisch«, sagte Marie.

Zehn Minuten später öffnete sich die Tür, und Braun schob den Servierwagen herein. »Rühreier und Würstchen heute morgen.«

»Sind sie auch koscher?« fragte Hannah.

»Ach, wir nehmen, was wir kriegen können.« Er hob die Abdeckung von einer Platte. »Das Brot ist hier gebacken, und der Honig stammt von einem Imker aus dem Dorf. Kaffee ist in der Thermosflasche.«

»Und der Champagner?« Marie nahm die Flasche aus dem Eiskübel. »Wessen Idee war das? Die von Judas?«

Braun senkte verlegen den Blick. »Na ja, er fand, es könnte Sie vielleicht aufheitern.«

»Eine Henkersmahlzeit für die Verurteilten?« meinte Hannah.

»Sehr großzügig«, sagte Marie. »Immerhin Louis Roederer Cristal 1989. Judas hat Geschmack, das muß man ihm lassen. Auch wenn er eindeutig verrückt ist.«

»Er ist ein großer Mann«, stieß Braun hervor. »Im Jom-Kippur-Krieg, als uns die Ägypter überrumpelten, hatte

Judas das Kommando über einen Bunker, der von strategischer Bedeutung war, und nur ein paar hundert Männer dabei. Sie kämpften wie die Löwen in der sengenden Hitze des Sinai. Als endlich Hilfe kam, waren nur noch achtzehn am Leben.«

»Das ist lange her«, entgegnete Marie. »Inzwischen müßte er das doch überwunden haben.«

»Was überwunden?« rief Braun wütend. »Den Haß der Araber, die beständigen Überfälle von Terroristengruppen wie der Hamas? Was ist mit dem Libanon oder dem Golfkrieg, als der Irak uns mit Raketen beschossen hat?«

»Ist ja gut«, beschwichtigte Hannah.

»Nein, ist es nicht, und dabei sind Sie auch noch Jüdin. Sie sollten sich schämen. Was ist mit Aarons Bruder, der über Syrien abgeschossen und gefoltert wurde? Was ist mit meinen beiden Schwestern, die in einem Schulbus in Stücke gerissen wurden?«

»David, beruhigen Sie sich doch«, sagte Marie.

Aber er wurde immer aufgeregter. »Und was ist mit Judas? Seine Mutter und seine Schwester, die keinem Menschen was zuleide getan hatten und aus Amerika zu Besuch bei ihm waren, sind von einer Bombe an einer Bushaltestelle in Jerusalem zerrissen worden. Mehr als achtzig Menschen wurden damals getötet oder verwundet. Ist das lustig?«

»David, niemand hält das für lustig.«

Er ging zur Tür, wo er sich noch einmal umwandte. »Glauben Sie, mir macht das hier Spaß, Comtesse? Ich mag Sie. Ich mag Sie sogar sehr. Ist das nicht ganz besonders lustig?«

Rasch verließ er das Zimmer und schloß hinter sich ab. »Armer Junge« sagte Hannah, »ich glaube tatsächlich, er hat sich in Sie verliebt.«

»Na, das nützt weder ihm noch mir was«, erwiderte Marie. »Fangen wir besser mit den Rühreiern an, und den Champagner können wir auch ruhig öffnen.«

»Warum eigentlich nicht? Wissen Sie übrigens, warum die Flaschen von Louis Roederer Cristal die einzigen durchsichtigen Champagnerflaschen sind?«

»Nein, ich glaube nicht.«

»Die Idee stammt von Zar Nikolaus von Rußland, der sagte, er wolle den Champagner sehen können.«

»Und überlegen Sie mal, was für ein Ende er genommen hat.« Marie de Brissac entkorkte die Flasche.

Die *Kretische Geliebte* fuhr zur gleichen Zeit mit Stavros am Steuer in ein paar Meilen Entfernung am Kastell König vorbei. Aleko stand ebenfalls im Steuerhaus, Yanni und Dimitri taten, als arbeiteten sie an den Netzen. Aaron, der mit Moshe auf den Zinnen war, richtete ein Fernglas auf das Boot und stellte es scharf.

»Nur ein paar Fischer.«

Moshe nahm das Glas und schaute ebenfalls hindurch. »Die *Kretische Geliebte.* Ja, ich habe sie schon in Vitari liegen sehen, wenn ich dort eingekauft habe.«

»Ich bin froh, wenn es vorbei ist, so oder so, Hauptsache vorbei.«

»Da geht's mir genauso.« Moshe rückte die M16 zurecht, deren Riemen er über die linke Schulter geschlungen hatte, und ging weiter.

Im Steuerhaus stellte Aleko das alte Fernglas aus seiner Zeit bei der Marine ein, und das Kastell wurde gestochen scharf sichtbar.

»Zwei Männer auf den Zinnen«, sagte er leise, »einer davon mit einer Waffe. Am Anleger sind ein seetüchtiger Motorkreuzer und ein Motorboot, und zwar ein regelrechtes Rennboot, wie es aussieht. Ich wette, dieses Schätzchen macht dreißig Knoten.« Er nickte Stavros zu. »Ich hab' genug gesehen. Fahren wir wieder heim.«

Während er den Kurs änderte, sagte Stavros: »Man bräuchte eine Armee, um in diesen Kasten reinzukommen.«

»Vielleicht auch nicht. Sehen wir mal, was Ferguson sich ausgedacht hat.«

Nachdem die Gulfstream auf dem Flughafen von Korfu gelandet war, wurde sie zu einer abgelegenen Stelle dirigiert, wo in einigen älteren Hangars ein paar Privatflugzeuge abgestellt waren. Dort wartete ein Polizeiwagen auf sie. Der Fahrer, ein junger Captain, kam auf sie zu.

»Brigadier Ferguson?« grüßte er in leidlichem Englisch und schüttelte ihm die Hand. »Mein Name ist Andreas. Colonel Mikali hat mich aus Athen angerufen und mir aufgetragen, Ihnen jeden Wunsch zu erfüllen.«

»Sehr freundlich von ihm.«

»Um Zoll und Paßkontrolle brauchen Sie sich nicht zu kümmern, und es steht ein Range Rover für Sie bereit. Gibt es sonst noch etwas, das ich für Sie tun kann?«

»Helfen Sie uns, das Zeug zu verladen, dann wollen wir gleich weiter.«

Die verschiedenen Kisten wurden in den Range Rover umgeladen, und Captain Andreas verabschiedete sich.

»Sehr zuvorkommend, dieser Colonel Mikali«, grinste Dillon. »Hilft uns sogar dabei, Waffen ins Land zu importieren. Hat er eine Ahnung, was wir vorhaben?«

»Natürlich nicht«, erwiderte Ferguson, »aber er schuldet mir den einen oder anderen Gefallen.« Er wandte sich an Vernon und Gaunt, zu denen sich auch Kersey gesellte. »Meine Herren, Sie platzen vermutlich vor Neugier, aber ich kann Ihnen zu diesem Zeitpunkt lediglich sagen, daß Sie noch nie bei einer so wichtigen Sache dabei waren. Falls unsere Bemühungen heute nacht erfolgreich sind, wird Ihr nächstes Ziel Washington sein.«

»Dann machen wir uns besser mal ans Auftanken, Brigadier«, meinte Vernon.

Ferguson stieg in den Range Rover, Blake setzte sich auf den Beifahrersitz, und Dillon übernahm das Steuer.

»So, nun wird die Sache interessant, meine Herren«, grinste er und fuhr los.

Als sie in Vitari vor der Taverne hielten, kam Aleko die Stufen hinunter, um Ferguson zu begrüßen.

»Hallo, Brigadier, Sie sehen immer jünger aus.« Er umarmte ihn kräftig und küßte ihn auf beide Wangen.

»Lassen Sie diesen griechischen Unsinn. Das ist Sean Dillon, heutzutage mein Mann für die speziellen Aufgaben.«

Dillon schüttelte ihm die Hand. »Hab' schon viel von Ihnen gehört«, sagte er in passablem Griechisch.

»Aha, ein vielseitig begabter Mann«, erwiderte Aleko auf englisch.

»Und ein amerikanischer Freund, Blake Johnson.«

Auch ihm schüttelte Aleko die Hand. »Kommen Sie mit. Ich habe die Taverne für den Rest des Tages geschlossen, damit wir ungestört sind.«

Yanni, Dimitri und Stavros saßen an der Bar, und während Ferguson sie wie alte Freunde begrüßte, erzählte Aleko Blake und Dillon: »Das ist schon ein Mann, der Brigadier. Vor ein paar Jahren erhielt er die Nachricht, er solle einen seiner Agenten aus Albanien abholen. Wir kommen an den Strand und sehen sechs Polizisten dort lauern. Der Brigadier gleitet mit einer Maschinenpistole ins Wasser und schleicht sich von hinten an sie ran, erschießt zwei und hält die anderen in Schach, bis die ganze Sache über die Bühne war.«

»Eine tolle Geschichte«, sagte Blake.

Anna stellte ein Tablett mit Kaffeetassen auf die Bar und umarmte Ferguson, Aleko machte sie mit den anderen bekannt, und schließlich setzte man sich, um zur Sache zu kommen.

»Wir sind heute morgen mal mit dem Boot am Kastell vorbeigefahren«, sagte Aleko. »Auf den Zinnen waren zwei Männer; einer hatte ein Gewehr über der Schulter.«

»Aha«, nickte Ferguson.

»Ich habe mir überlegt, daß heute abend am besten noch ein paar andere Fischerboote mit uns dorthin fahren. Ist eine gute Tarnung.«

»Eine ausgezeichnete Idee.«

Aleko nickte. »Also, was erwarten Sie nun eigentlich von uns?«

»Meine beiden Freunde hier haben vor, bis an die Zähne bewaffnet ins Kastell einzudringen und die Frauen zu befreien, die dort als Geiseln festgehalten werden. Die sechs Männer dort sind alle ehemalige israelische Soldaten.«

»Mutter Gottes«, sagte Yanni. »Das könnte ein Blutbad geben.«

»Das soll uns nicht kümmern«, erwiderte Aleko, »und die beiden sehen mir aus, als ob sie ihre Sachen verstünden. Unser Job ist es also, sie an Land zu bringen?«

»Und zwar ohne daß die Wachen was merken«, erklärte Dillon. »Ist das möglich?«

»Möglich ist alles, Mr. Dillon. Können Sie tauchen? Die nötige Ausrüstung hätten wir.«

»Ich bin sogar ein Meistertaucher.«

»Na, da muß ich passen«, sagte Blake. »Mein rechtes Trommelfell ist vor ein paar Jahren geplatzt, als bei einem FBI-Einsatz eine Sprengladung explodierte. Unter Wasser geht deshalb für mich nichts.«

»Egal, wir lassen uns was einfallen«, versicherte Aleko.

»Was springt dabei raus, Brigadier?« fragte Dimitri.

Ferguson blickte zu Blake, der an seiner Stelle antwortete. »Bar auf die Hand gibt es im Moment nichts, aber sagen wir mal – hunderttausend Dollar.«

Alle schwiegen fast betroffen, bis Yanni fragte: »Und wen müssen wir dafür umbringen?«

»Das sind ganz üble Burschen«, erwiderte Dillon. »Und sie wissen sich zu wehren. Das heißt, es könnte eher euch erwischen.«

»Na, das lassen Sie mal unsere Sorge sein«, erklärte Yanni großspurig.

Aleko machte eine ernste Miene. »Sie haben mir erzählt, daß eine der Frauen, diese Chief Inspector Bernstein, Ihre Assistentin ist.«

»Das stimmt.«

»Demnach ist es die andere Frau, um die es geht?«

»Nicht jetzt, Konstantin. Eines Tages werden Sie es erfahren, aber nicht jetzt.«

Dillon stand auf. »Ich möchte mir gern das Boot ansehen, wenn das möglich ist.«

»Klar. Aber ihr braucht nicht mitzukommen«, meinte Aleko zu den anderen.

»Ich kenne es sowieso schon von früher«, sagte Ferguson. »Vielleicht könnten die Jungs die Ausrüstung abladen, die wir mitgebracht haben, die Waffen und so weiter.«

»Aber sicher, Brigadier.« Aleko wandte sich an Stavros. »Schafft alles in die Scheune, und was immer der Brigadier möchte, soll er haben.«

»Ist klar«, nickte Stavros.

Auf der *Kretischen Geliebten* waren die Netze aufgespannt, um an der Sonne zu trocknen, und ein starker salziger Geruch nach Fisch lag in der Luft. Dillon und Blake überprüften das Boot, während Aleko auf der Ruderbank saß und eine Zigarette rauchte.

»Sie fischen also immer noch?« fragte Dillon.

»Warum nicht? Erstens haben wir dann was zu tun, wenn wir nicht mit den Albanern und unserem Handel beschäftigt sind, und zweitens brauchen wir eine Tarnung.«

»Wollen Sie etwa behaupten, der Zoll und die Leute von der Marine wüßten nicht, was Sie treiben?« Dillon spähte hinunter in den Maschinenraum. »Sie haben ja einen Motor da unten, um ein Torpedoboot anzutreiben.«

»Klar wissen sie Bescheid. Aber der Polizeimeister ist ein entfernter Cousin von mir, und den Lieutenant, der das wichtigste Patrouillenboot kommandiert, habe ich selbst ausgebildet, als ich noch bei der Marine war. Andererseits muß alles nach außen hin schön korrekt aussehen.«

»Damit jedermann mit reinem Gewissen zur Seite schauen kann?« fragte Blake.

Aleko lächelte nur. »Wie wär's mit einer kleinen Fahrt? Dabei sehen wir mal, ob uns eine Lösung für Ihr Problem einfällt.«

Er ging ins Steuerhaus und startete den Motor, Dillon löste das Tau am Heck und wickelte es auf; Blake tat dasselbe am Bug.

Langsam verließ die *Kretische Geliebte* den Hafen, ehe Aleko Gas gab und das Boot übers Wasser raste. Nach ungefähr vier- oder fünfhundert Metern stellte er den Motor ab.

»Anker werfen.«

Während Blake diese Aufgabe erledigte, lehnte sich Aleko gegen die Tür des Steuerhauses.

»Stellen wir uns mal vor, daß die Fischerboote ungefähr

in dieser Entfernung von der Anlegestelle des Kastells ihre Netze auswerfen. Dort ist es ganz ähnlich wie hier im Hafen.«

»Wie tief?« fragte Dillon.

»Achtzig Faden, manchmal hundert. Um diese Jahreszeit gibt's ziemlich viele Sardinen, und sie stehen nicht tief, also würde alles ganz unverdächtig aussehen.«

»Der entscheidende Punkt ist, unbemerkt ans Ufer zu kommen«, sagte Dillon.

»Na ja, bleibt nur unter Wasser.«

»Aber nicht für mich«, erinnerte ihn Blake.

»Versuchen wir es trotzdem mal, wenn auch nur, um zu prüfen, ob's machbar ist. Wie wär's, Dillon? Ich habe die nötigen Sachen in der Kabine.«

»Ich bin dabei.«

Sie schleppten zwei Sauerstoffflaschen an Deck, dazu Neoprenjacken, Masken und Flossen. »Anzüge sind nicht nötig«, meinte Aleko. »Wir gehen nur fünf bis sechs Meter tief, da ist es noch warm genug.«

Nachdem sie sich mit Blakes Hilfe fertig gemacht hatte, nahm Aleko aus einer Kiste zwei kleine Geräte und reichte Dillon eines davon.

»Was sind das für Dinger?« fragte Blake.

»Tauchcomputer. Sind wirklich klasse. Sie zeigen dir automatisch deine Tiefe an, wieviel Zeit du unter Wasser verbracht hast und wieviel noch übrig ist.«

»Ist das nötig? Ich denke nicht, daß es Probleme geben wird, wenn du in flachem Gewässer bleibst.«

»Es besteht immer das Risiko einer Taucherkrankheit – egal in welcher Tiefe, wenn's auch nur klein ist, aber trotzdem. Tauchen ist ein gefährlicher Sport.«

»Okay«, sagte Aleko. »Also los.«

Er ließ sich rückwärts über Bord gleiten. Dillon zog seinen Bleigürtel fester, überzeugte sich, daß er durch sein Mundstück genügend Luft bekam, und folgte ihm. Er schluckte einige Male, um den Druck in seinen Ohren auszugleichen, und schwamm Aleko hinterher.

Das tiefblaue Wasser war so klar, daß man den weißen Sandboden rund fünfundzwanzig Meter weiter unten sehen konnte, und er schien sich ins Unendliche zu erstrecken. Überall ringsum waren Fische, meistens ziemlich kleine, und einmal wurde Dillon von den Druckwellen eines Motorboots erfaßt, das über sie hinwegfuhr.

Er spürte eine Strömung, die sie in Uferrichtung trug, und blieb stets ein paar Meter hinter Aleko. Als sie den Hafen erreichten, war das Wasser noch knapp neun Meter tief. Sie schwammen unter den Kielen der zahlreichen Fischerboote hindurch und tauchten neben den steinernen Stufen auf, die zur Mole hinaufführten.

Aleko spuckte sein Mundstück aus und schaute auf die Uhr. »Fünfzehn Minuten. Nicht schlecht, aber wir hatten auch eine starke Strömung, die uns getrieben hat.«

»Was für den Rückweg nicht so gut ist«, sagte Dillon. In diesem Moment erschien Yanni oben an der Treppe.

»Was machst du hier?« fragte Aleko.

»Die anderen kommen auch ohne mich klar, deshalb dachte ich, ich sehe mal, was ihr so macht.«

»Kommst gerade recht. Geh und hol mal das Schlauchboot. Du kannst uns zurück zum Boot bringen.«

Das schwarze Schlauchboot wurde von einem Außenbordmotor angetrieben, der unglaublichen Lärm machte, obwohl Yanni ihn etwas drosselte. Als sie die *Kretische Geliebte* erreichten, stellte er ihn ab, und Aleko warf Blake ein Tau zu.

»Mit diesem Ding kommen wir unmöglich ans Kastell ran, nicht mal im Schutz der Dunkelheit«, sagte Dillon. »Vielleicht könnten wir rudern?«

»Wäre ziemlich mühsam«, erwiderte Aleko. »Außerhalb der Bucht gibt's dort eine starke Gegenströmung, die gute zwei oder drei Knoten betragen kann, also genug, um weit vom Ziel abgetrieben zu werden.«

»Verdammt, wie sollen wir es dann machen?«

»Ich wüßte vielleicht eine Lösung.« Aleko wandte sich an Yanni. »In der Achterkabine ist das Aquamobil. Bring es mal her. Helfen Sie ihm, Mr. Johnson, es ist ziemlich groß.«

Es ähnelte einem großen Schlitten mit einem Gestell aus Aluminium. In der Mitte befand sich eine große Batterie und im Inneren eines Drahtkäfigs ein Propeller.

»Wieviel macht so ein Ding?« fragte Dillon.

»Vier Knoten. Gehen wir runter, dann können Sie es ausprobieren.«

Dillon tauchte, und das Aquamobil wurde ins Wasser gelassen. Aleko packte den Lenker am Heck, schaltete ein und glitt davon. Er kehrte zurück, Dillon übernahm den Lenker und umrundete das Boot, ehe er abschaltete und neben dem Schlauchboot auftauchte.

»Was schlagen Sie vor?«

»Sie und Mr. Johnson setzen sich ins Schlauchboot, und ich ziehe Sie mit dem Aquamobil ans Ufer.«

Dillon nickte. »Das ginge, falls es nicht zu schwer ist.«

»Probieren wir's mal aus. Setzen Sie sich zu Yanni ins Schlauchboot, Mr. Johnson, dann sehen wir's ja.«

Blake kletterte über die Reling, und Yanni warf Aleko ein Tau zu, das er an der Lenkstange befestigte. »Los geht's.«

Dillon schwamm direkt unter der Oberfläche neben ihm her, konnte aber auf Dauer mit dem Aquamobil und dem Schlauchboot nicht mithalten. Nach einer Weile schlugen sie einen Bogen und kamen zum Boot zurück. Dillon folgte, doch bis er dort war, zogen die anderen das Aquamobil bereits über die Reling.

Er und Aleko streiften die Sauerstoffflaschen ab, reichten sie an Bord und stiegen die kleine Leiter hinauf.

Dillon trocknete sich ab und zündete sich eine Zigarette an. »Das wär's dann.«

»Scheint so«, nickte Aleko. »Fahren wir zurück und sagen es dem Brigadier.«

Alle hatten sich in der weißgestrichenen fensterlosen Scheune versammelt, die aus massiven Steinen erbaut war und nur durch elektrisches Licht erhellt wurde. Eine Reihe von Sandsäcken lag an einer Wand, davor standen Pappschablonen von Soldaten.

»Ihr nehmt es also sehr ernst?« fragte Dillon.

»Sagen wir mal, ich bleibe gern in Form«, entgegnete Aleko.

Die Ausrüstung, die Ferguson bei Harley im Ministerium bestellt hatte – die schwarzen Overalls, die kugelsicheren Westen, die Brownings und Uzis mit Schalldämpfern, die Nachtsichtbrillen, die Handgranaten und der Sprengstoff mitsamt den Zeitzündern –, war auf grobgezimmerten Tischen ausgebreitet.

»Mutter Gottes, sieht aus, als ginge es in den Krieg«, sagte Yanni.

Aleko hob eines der Nachtsichtgläser hoch. »Mann, so was könnte ich auch gebrauchen. Wunderbar.«

»Wenn die Sache klappt, könnt ihr alles behalten«, sagte Ferguson und wandte sich an Dillon. »Noch was?«

»Ja, ich hätte gern ein anständiges Tau. Sagen wir mal, dreißig Meter lang und alle fünfzig Zentimeter geknotet. Können Sie so was beschaffen?« fragte er Aleko.

»Die Jungs kümmern sich sofort darum.« Er nahm eine der Brownings und wog sie in der Hand. »Darf ich?«

»Nur zu«, nickte Ferguson.

Aleko zielte bedächtig, feuerte dreimal und traf den Pappsoldaten in die Brust; allerdings lagen die Schüsse weit auseinander. »Ich war nie besonders gut.« Er reichte das Gewehr Blake. »Zeigen Sie mal.«

»Ist schon eine Weile her, daß ich Schießübungen gemacht hab'. Zuviel zu tun.« Blake hielt das Gewehr vorschriftsmäßig in beiden Händen und gab drei Schüsse ab, die dicht nebeneinander in der Herzgegend saßen.

Er reichte Dillon die Waffe. »Jetzt du.«

Dillon wandte sich an Ferguson. »Muß ich?«

»Also ehrlich, Dillon, ihr Iren seid alle gleich. Sie zeigen doch in Wirklichkeit gar zu gern, was Sie können.«

»Meinen Sie?«

Dillon wandte sich um, riß die Waffe hoch, und mit zwei dumpfen Aufschlägen hatte er der Pappfigur die Augen ausgeschossen. Einige Zeit herrschte völliges Schweigen, bis Dimitri flüsterte: »Jesus Maria.«

»Eine ganz anständige Waffe.« Dillon legte die Browning auf den Tisch. »Aber mir ist die Walther trotzdem lieber.«

»Nun, ich denke, nach dieser Kostprobe gehen wir am besten erst mal was essen«, meinte Aleko.

15

Der Wind kam von See her und trieb dunkle Wolken auf Vitari zu. Es hatte angefangen zu regnen. Stavros stand im Steuerhaus, und die beiden Jungen an Deck suchten Schutz unter der Segeltuchplane, die sie aufgezogen hatten.

Die anderen vier waren in der Kajüte und hatten die Waffen auf dem Tisch ausgebreitet. Aleko trug einen schwarzen Taucheranzug, Dillon und Blake hatten bereits ihre Overalls übergestreift und die kugelsicheren Westen angelegt.

»Von Regen haben Sie nichts gesagt«, meinte Blake.

»Weil der Wetterbericht wie üblich mal wieder nicht gestimmt hat. Dieser kleine Schauer sollte eigentlich erst morgen früh fällig sein.« Aleko zuckte die Schultern. »Andererseits bietet er uns gute Deckung, sofern es Ihnen nichts ausmacht, naß zu werden.«

»Das stimmt«, sagte Dillon. »Was ist mit den anderen Fischerbooten?«

»Sind schon ausgefahren, schön nacheinander, damit es ganz normal aussieht. Es ist üblich, in der Sardinensaison wegen der größeren Netze zusammenzuarbeiten. Wenn sie uns vom Kastell aus beobachten, werden sie nur Fischer bei der Arbeit sehen.«

»Hervorragend«, nickte Ferguson.

Aleko zündete sich eine Zigarette an. »Also, ich setze euch dort am Anleger ab. Was glauben Sie, wie lange wird die Sache dauern?«

»Eine halbe Stunde«, erwiderte Dillon. »Höchstens. Wir müssen rein, sofort zuschlagen und gleich wieder weg, sonst geht's gar nicht.«

»Na ja, Sie könnten euch schließlich auch umlegen«, sagte Aleko.

»Das wäre schon möglich.«

»Jedenfalls machen wir es folgendermaßen: Wir bleiben bei den anderen Fischerbooten, fahren nur ein wenig näher ans Ufer, Yanni und Dimitri legen die Netze aus, wir lassen das Schlauchboot auf der Seeseite zu Wasser, und ich ziehe euch an Land.« Aleko griff nach vier Leuchtpatronen. »Schön rot, die nehme ich mit. Ihr nehmt ebenfalls zwei für den Fall, daß irgendwas ist. Feuert eine ab, wenn ihr aus dem Kastell kommt, dann sind wir sofort mit der *Kretische Geliebten* am Anleger, um euch aufzulesen.«

»Was wissen Ihre Freunde in den anderen Booten von der Sache?« fragte Ferguson.

»Sie glauben, es ist eine der üblichen Schmuggelgeschichten. Wenn sie uns wegfahren sehen, machen sie sich ebenfalls still und leise davon.«

Alle schwiegen einen Moment, bis Dillon zu Ferguson sagte: »Wollen Sie über Ihr Handy noch jemanden anrufen – Sie wissen schon, wen?«

Ferguson schüttelte den Kopf. »Erst wieder, wenn ich ihm sagen kann, daß wir es geschafft haben.«

»Gut.« Blake Johnson stand auf. »Dann wollen wir mal.«

Marie de Brissac stand am Fenster und spähte hinaus in den Regen. »Da sind Fischerboote. Ich kann die Lichter sehen.«

Hannah beendete gerade ihr Abendessen, trank einen Schluck Wasser und kam zu ihr. »Ein merkwürdiges Gefühl, daß da draußen das Leben ganz normal weitergeht und wir hier hinter Schloß und Riegel sitzen, wie es in den historischen Romanen immer hieß, die ich als Kind gelesen habe.«

»Ich mochte die Märchen der Brüder Grimm am liebsten«, sagte Marie. »Einige handelten auch von jungen Frauen, die in Türmen eingesperrt waren. Gab es da übrigens nicht eine, deren Haar so lang war, daß sie es aus dem Fenster herunterließ, damit ihr Retter daran hochklettern konnte?«

»Ich glaube, das war Rapunzel.«

»Wie schade. Wenn Mr. Dillon kommt, ist mein Haar leider nicht lang genug.« Sie schluchzte plötzlich auf und klammerte sich an Hannah. »Auf einmal habe ich richtig Angst. Die Zeit wird immer knapper.«

»Er wird kommen.« Hannah umarmte sie fest. »Er hat mich nie im Stich gelassen, noch nie. Das müssen Sie mir glauben.«

Sie hielt Marie an sich gedrückt und sah hinaus in den Regen. *Ach, Sean, du elender Schuft,* dachte sie, *wo steckst du? Laß mich jetzt nicht im Stich.*

Raphael hatte seine M16 über eine Schulter geworfen und betrachtete durch sein Nachtsichtglas von den Zinnen aus die Fischerboote mit ihren roten und grünen Ankerlichtern. Schritte ertönten, und er wandte sich um. Aaron und Levy kamen auf ihn zu.

»Nichts zu melden, Colonel. Nur die Fischerboote, sonst ist alles ruhig.«

Levy reichte Aaron seinen Schirm, den er zum Schutz gegen den Regen aufgespannt hatte, und nahm Raphael das Fernglas ab. »Gib mal her.«

Er stellte es ein, so daß er die Boote und die Fischer an ihren Netzen deutlich sehen konnte. Auch auf der *Kretischen Geliebten* waren Yanni und Dimitri fleißig bei der Arbeit. Was er nicht sehen konnte, waren Blake Johnson und Aleko, die auf der Steuerbordseite das Aquamobil neben das Schlauchboot gleiten ließen.

»Bleib wachsam.« Er gab Raphael das Glas zurück, wandte sich um und verschwand wieder im Kastell. Aaron folgte ihm. In diesem Moment kam David Braun mit dem Servierwagen aus Marie de Brissacs Zimmer.

»Haben sie gegessen?« fragte Levy.

»Ja, Colonel.«

Levy streifte seine Kapuze über und betrat das Zimmer. Die beiden Frauen saßen am Tisch.

»Die Uhr tickt immer schneller«, sagte er, »aber schließlich hat bereits Einstein gesagt, daß Zeit relativ ist.« Er lachte. »Besonders, wenn man nicht mehr allzuviel davon übrig hat.«

»Wie freundlich von Ihnen, uns daran zu erinnern«, entgegnete Marie de Brissac.

»Ist mir immer ein Vergnügen, einer echten Lady zu Diensten zu sein, Comtesse.« Er verbeugte sich spöttisch.

»Schließ sie gut ein für die Nacht, David«, befahl er und verschwand mit Aaron wieder.

Einen Moment herrschte Schweigen, bis David Braun sagte: »Es tut mir leid, aber Sie müssen zurück in Ihr Zimmer, Chief Inspector.«

Hannah küßte Marie auf die Wange. »Gute Nacht. Wir sehen uns morgen früh.« Sie ging an Braun vorbei in den Korridor.

David schien zu zögern. »Ich kann nichts tun – gar nichts«, sagte er leise zu Marie.

»Natürlich nicht, David. War es nicht Kennedy, der einmal gesagt hat, damit das Böse triumphiert, genügt es, daß gute Männer gar nichts tun?«

Er zuckte zusammen, verließ das Zimmer und sperrte hinter sich ab, ehe er Hannah zurückbrachte.

Auf der *Kretischen Geliebten* war man gerade mit den Vorbereitungen fertig geworden. Dillon und Blake trugen ihre schwarzen Overalls, hatten sich Handgranaten und Packungen mit zusätzlicher Munition umgehängt, dazu die Sprengladungen aus Semtex für die Türen und ein paar Viertelpfund-Blöcke für besondere Notfälle; jeder hatte eine Browning im Halfter und eine Uzi um den Hals geschlungen, und beide trugen die Nachtsichtbrillen, die sie sich in die Stirn geschoben hatten.

Aleko befestigte einen Bleigürtel um seine Taille, und Stavros half ihm, den Sauerstoff anzulegen. »Noch was?«

Aleko nickte. »Gib mir mal den Tauchbeutel. Ich nehme ihnen ein kleines Geschenk mit. Sie haben gesagt, Sie brauchen eine halbe Stunde?« fragte er Dillon.

»Genau.«

»Dann lege ich ein bißchen Semtex mit einem Zeitzünder von vierzig Minuten in den Motorkreuzer und das Schnellboot. Auf diese Weise können sie uns nicht verfolgen.«

Er steckte die Sachen in den Beutel und hängte ihn sich um. Ferguson nahm das schwere Tau, das die Jungen vorbereitet und aufgerollt hatten, und hängte es Dillon quer über eine Schulter.

Dillon lächelte. »Vergessen Sie nicht, Ihre kugelsichere Weste anzulegen, nur für den Fall, daß es später ein bißchen brenzlig wird.«

»Passen Sie auf sich auf, Sean«, erwiderte Ferguson.

»Oho, jetzt nennen Sie mich schon beim Vornamen? Wo wird das bloß noch enden?« Dillon folgte Blake und Aleko hinauf an Deck.

Aleko stellte die Luftzufuhr ein, ließ sich rückwärts über die Reling gleiten und befestigte das Seil am Aquamobil. Stavros zog das Schlauchboot heran, in das Blake und Dillon einstiegen und sich geduckt zusammenkauerten. Gleich darauf gab es einen leichten Ruck, und sie setzten sich, gezogen von dem Aquamobil, in Bewegung.

Der Regen prasselte erbarmungslos auf die herab, und die Wellen schlugen ins Boot, so daß sie bald durchnäßt waren. Am Anleger war alles dunkel, aber oben im Kastell brannte Licht. Als Dillon die Nachtsichtbrille aufsetzte, konnte er deutlich den Strand sehen, dem sie sich jetzt näherten. Sie stiegen aus und zogen das Schlauchboot und das Aquamobil auf den Sand.

»Viel Glück!« flüsterte Aleko. Blake und Dillon schlichen davon.

Aleko streifte seine Sauerstoffflasche und die Flossen ab und schwamm am Anleger entlang, bis er den Motorkreuzer erreichte. Er stieg die kurze Leiter hinauf, nahm einen Block Semtex aus seinem Beutel, präparierte ihn mit einem entsprechenden Zeitzünder, öffnete die Luke zum Maschinenraum und warf ihn hinein.

Danach huschte er über die Mole zu dem Schnellboot, deponierte auch dort eine Ladung und ließ sich ins Wasser gleiten. Er schwamm zum Strand, um seine Sauerstoffflasche und die Flossen zu holen, und war einige Augenblicke später mit dem Aquamobil wieder auf dem Rückweg zur *Kretischen Geliebten.*

Arnold, der im Garten Wache schob, war so durchnäßt, daß er die Treppe zur Terrasse hinaufging und sich dort unterstellte. Er rückte seine M16 über der Schulter zurecht und zündete sich im Schutz der hohlen Hand mit einiger Mühe eine Zigarette an.

Dillon und Blake, die sich dem Gebäude von vorn näherten, blieben stehen, um sich umzusehen. Dank ihrer Nachtsichtbrillen konnten sie alles deutlich sehen. Dillon bemerkte Raphael auf den Zinnen, der sich hinunterbeugte. Er duckte sich und zog Blake mit sich hinunter.

»He, Arnold, bist du da?«

»Ja, auf der Terrasse.«

»Und du rauchst, ich rieche es bis hierher. Laß dich nicht vom Colonel erwischen. Ich mache jetzt die Runde durch die Korridore.«

»Okay.«

Arnold trat wieder zurück an die Hauswand, und Dillon flüsterte: »Ich gehe nach links und lenke ihn ab, und du packst ihn von hinten. Bring ihn nicht um. Er kann uns noch nützlich sein.«

Er huschte davon, setzte über ein Blumenbeet und erreichte unbemerkt die Terrasse.

»He, Arnold«, rief er auf hebräisch. »Wo steckst du?«

»Wer ist da?« Arnold machte einen Schritt nach vorn. Im gleichen Moment packte Blake ihn, legte einen Arm um seinen Hals und preßte ihm eine Hand auf den Mund.

In seinem dunklen Overall mit der Nachtsichtbrille bot Dillon einen furchteinflößenden Anblick. Er entsicherte seine Browning und drückte sie Arnold unters Kinn.

»Das Ding ist schallgedämpft«, sagte er auf englisch. »Ich kann dir also eine Kugel ins Herz verpassen, und niemand wird einen Laut hören. Du wirst mir jetzt ein paar Fragen beantworten. Wenn nicht, bringe ich dich um, und dann schnappen wir uns deinen Freund, den wir eben auf den Zinnen gesehen haben. Hast du verstanden?«

Arnold versuchte zu nicken, und Blake nahm die Hand von seinem Mund. »Ich würde an Ihrer Stelle tun, was er sagt.«

»Wer sind Sie?«

»Gespenster, die man nie mehr los wird. Ich bin Dillon.«

»Mein Gott, das kann nicht sein. Der Colonel hat gesagt, Sie seien tot.«

»Colonel heißt er jetzt? Also, für mich wird er für alle Zeit Judas bleiben. Antworte. Ist die Comtesse noch im gleichen Zimmer im dritten Stock?«

»Ja.«

»Und Chief Inspector Bernstein?«

»In dem Zimmer, in dem Sie waren.«

»Wie viele seid ihr?«

Arnold zögerte, und Dillon drückte ihm die Browning fest in die Seite. »Komm schon. Judas und fünf von euch. Stimmt's?«

»Ja.«

»Wer war auf den Zinnen?«

»Raphael.«

»Wir haben ihn mit dir reden gehört.«

»Aber er hat doch hebräisch gesprochen.«

»Kann ich auch, nur hat Judas das nicht gewußt. Raphael hat gesagt, er mache die Runde durch die Korridore. Was heißt das?«

»Na ja, daß er die Flure und die Treppen abgeht.«

»Und wo sind die anderen?«

»Braun ist gewöhnlich in der Küche im Keller. Er erledigt die Kocherei für uns. Es gibt einen kleinen Aufzug, mit dem das Essen in die anderen Stockwerke gebracht wird, auch zu den Frauen.«

»Und die anderen?«

»Der Colonel ist meistens in seinem Arbeitszimmer.«

»Womit noch Aaron und Moshe bleiben.«

Arnold zögerte. »Aaron und Moshe?«

Dillon drückte ihm die Browning gegen den Hals.

»Ich weiß nicht genau. Neben der Bibliothek im Erdgeschoß gibt es ein Billardzimmer. Manchmal spielen sie dort.«

»Wo könnten sie sonst sein?«

»Im Aufenthaltsraum im ersten Stock. Da gibt's Satellitenfernsehen und so was.«

Dillon nickte. »Na gut, um zu den Treppen zu kommen, müssen wir also durch die Eingangshalle?«

»Ja, von dort aus geht es die Treppe hoch.«

»Gut.« Dillon gab ihm einen Stoß. »Zeig uns den Weg.«

Arnold öffnete eine eisenbeschlagene Tür, die in einen Korridor führte. Im Licht einer Lampe sah man am anderen Ende eine weitere Eichentür.

Dillon schob seine Brille hoch. »Wo sind wir?«

»Da drüben geht es zur Eingangshalle.«

»Dann geh voraus.«

Arnold erreichte die Tür und öffnete sie durch eine Drehung des eisernen Rings. Dahinter erstreckte sich eine enorme Eingangshalle mit einer gewölbten Decke, einem Boden aus Steinplatten und einem offenen Kamin, in dem ein Holzfeuer brannte; darüber hing eine Reihe von Flaggen. Vermutlich war es für ihn selbst ebenso ein Rätsel wie für die anderen, warum er plötzlich die Tür hinter sich zuschlug und quer durch die Halle rannte.

»Colonel!« rief er. »Achtung! Dillon!«

Dillon riß die Tür wieder auf und schoß ihn in den Rücken. Aus einem Zimmer auf der gegenüberliegenden Seite erschienen Aaron und Moshe mit Gewehren in den Händen. Dillon sah flüchtig den Billardtisch im Raum hinter ihnen und gab zwei Schüsse ab, Blake feuerte einige kurze Salven aus seiner Uzi, so daß sie ins Billardzimmer zurückwichen und die Tür zuschlugen.

»Los!« brüllte Dillon und rannte, gefolgt von Blake, die große steinerne Treppe hinauf.

Als sie den zweiten Absatz erreichten, tauchte Raphael am Ende des Gangs auf und hob seine M16. Blake gab eine weitere Salve ab, worauf Raphael mit einem Sprung in Deckung ging.

»Komm!« Dillon rannte voraus in den dritten Stock.

Daniel Levy hatte in seinem Arbeitszimmer bei einem Cognac gesessen und gelesen, als er die Schüsse hörte. Er öffnete eine Schreibtischschublade, nahm seine Beretta heraus, die er in die Tasche seines Overalls steckte, und griff nach einer M16, die an der Wand lehnte. Sein Arbeitszimmer befand sich im ersten Stock. Als er die Tür öffnete, sah er Aaron und Moshe am Ende des Korridors, die über die Hintertreppe hinaufgekommen waren. Jeder war mit einem Sturmgewehr bewaffnet.

»Was ist?« fragte Levy.

»Wir haben Arnold rufen gehört, danach wurde in der Halle geschossen, wir sind rausgelaufen und sahen zwei Männer in schwarzen Overalls mit Nachtsichtbrillen, die ihn erschossen«, berichtete Aaron. »Er hat ›Dillon‹ gerufen.«

»Dillon?« Levy starrte ihn an. »Das kann nicht sein. Dillon ist tot.« Doch dann dämmerte ihm eine Erkenntnis. »Berger ist in London nicht überfahren worden – das war Dillon!« Aus dem nächsten Stockwerk ertönten Schüsse. »Kommt! Der Schweinehund will zu den Frauen.« Er stürmte zur Hintertreppe.

Dillon und Blake erreichten den dritten Stock und rannten auf die Tür des Zimmers zu, in dem Dillon gefangengehalten worden war. Mit voller Wucht trat er dagegen.

»Die Comtesse ist zwei Türen weiter«, rief er Blake zu. »Hannah, hier ist Sean!«

»Sean«, hörte er ihre Stimme, »sind Sie das wirklich?«

»Zurück, ich sprenge die Tür.«

Er nahm eine der Sprengladungen, schob sie ins Schlüsselloch, drehte die Zündkappe und wich zur Seite. Es dauerte lediglich vier Sekunden, bis die Explosion erfolgte und die Tür zersplitterte.

Hannah rannte auf ihn zu und warf sich tatsächlich in seine Arme. »Ich bin noch nie im Leben so glücklich gewesen, jemanden zu sehen.« Eine zweite Explosion ertönte. »Was war das?«

»Blake Johnson an Marie de Brissacs Tür.« Er zog seine Browning aus dem Halfter. »Nehmen Sie die hier, wir sind noch nicht aus dem Schneider und nur zu zweit.«

David Braun hatte in dem kleinen Schlafzimmer im dritten Stock am Ende des Gangs geschlafen. Verwirrt und erschrocken wachte er bei den ersten Schüssen auf, zog sich hastig an und griff nach einer Armalite, die er neben dem Bett hatte, ehe er die Tür öffnete.

Als erstes sah er Blake und Marie aus ihrem Zimmer kommen; ihnen folgten Dillon und Hannah Bernstein. Er hob die

Armalite, zögerte jedoch, da er Marie nicht gefährden wollte. Dillon sah ihn, stieß einen Warnruf aus und zog den Stift einer Handgranate, die er den Korridor hinunterwarf. Braun sprang in eine Nische, die Granate rollte ungehindert durch den Gang und explodierte auf der Treppe.

Im gleichen Moment erschienen Levy, Aaron und Moshe am anderen Ende des Korridors und begannen sofort zu schießen. Dillon zog Hannah mit sich zurück in ihr Zimmer; Blake und Marie de Brissac folgten ihnen.

Raphael war inzwischen ebenfalls von irgendwoher aufgetaucht und stieß auf dem Treppenabsatz auf Braun. »Colonel, ich bin's, Raphael! David ist auch hier.«

»Gut« rief Levy. »Ich habe Aaron und Moshe bei mir. Sie sind nur zu zweit und sitzen jetzt in der Falle. Hörst du das, Dillon?«

»Wenn Sie meinen«, erwiderte Dillon. »Sie wollten mir ja auch in Washington schon den Garaus machen, aber ich bin immer noch quicklebendig.« Er warf eine weitere Granate den Korridor entlang und sprang zurück.

Levy öffnete geistesgegenwärtig die Tür des letzten Zimmers. »Hier rein!« Aaron und Moshe gehorchten, und er knallte gerade noch rechtzeitig die Tür zu, ehe die Granate auf dem Treppenabsatz explodierte.

Levy öffnete wieder. »War nicht besonders gut, Kamerad. Wie schon gesagt, Sie sitzen in der Falle. Wenn Sie mal Zeit haben, müssen Sie mir mal erzählen, wie Sie das in Washington angestellt haben. Ist bestimmt interessant.«

Er feuerte mehrere Salven aus seiner M16 ab, die in die Wand neben der zerbrochenen Tür von Hannahs ehemaligem Zimmer einschlugen. Dillon schob den Lauf der Uzi hinaus und bedeckte den ganzen Gang mit seinen Salven ab.

»Was machen wir jetzt?« fragte Blake.

Dillon legte die Uzi zur Seite und streifte sich das aufgerollte Tau über den Kopf. »Gut, daß ich das hier mitgebracht habe, das ist unsere einzige Chance. Alle ins Bad. Los, um Himmels willen, die Zeit wird knapp.«

Hannah drängte Marie, die ziemlich benommen aussah, vor sich her, Blake folgte ihnen. Dillon feuerte noch eine

Salve aus seiner Uzi in den Korridor, ehe er sie wieder ablegte, einen Block Semtex aus einer seiner Taschen nahm, ihn auf den Fenstersims an die Gitterstäbe preßte und mit einem Zeitzünder von zwei Sekunden präparierte.

Er rannte zurück und warf sich neben dem Bett zu Boden. Die Explosion schien das ganze Zimmer zu erschüttern, und als der Rauch sich verzog, sah er, daß das Fenster, die Gitterstäbe und ein Stück des Mauerwerks verschwunden waren. Statt dessen klaffte ein zackiges Loch in der Wand.

Dillon sprang auf und spähte hinaus. Blake kam mit den beiden Frauen zu ihm. »Zwölf Meter bis zur Terrasse«, sagte Dillon. »Du läßt nacheinander die Comtesse und Hannah hinunter, dann bindest du das Tau mit einem Ende ans Bett und kletterst selbst los. Ich halte die Stellung und komme nach, sobald ich kann.«

Ohne zu zögern, wickelte Blake das Tau auf und machte eine große Schlinge an einem Ende. Dillon griff nach seiner Uzi und lud nach.

»Sean!« Hannah packte seinen Arm. »Sie wollen doch nicht etwa Blödsinn machen und mit dem Schiff untergehen oder so was?«

Er grinste. »Ja, was denn? Sie machen sich ja echte Sorgen um mich. Das gibt mir direkt Hoffnung.«

»Gehen Sie zum Teufel!«

»Wird gemacht.« Er rannte zur Tür, schob die Uzi wieder hinaus in den Gang und feuerte auf Braun und Raphael, die sofort zurückschossen.

Auf der *Kretischen Geliebten* sah man die Explosion oben im Kastell und eine Sekunde später kam der Knall als hohles Echo übers Wasser.

»Was zur Hölle ist da los?« sagte Ferguson, der an der Reling stand. Er hatte die dritte kugelsichere Weste angelegt und hielt eine Browning in der Hand.

»Was immer es ist, ich bin jedenfalls bereit«, versicherte Aleko. »Wir fahren mal bis auf hundert Meter an die Mole ran. Laßt die Netze fallen, schneidet sie los und sorgt dafür, daß ihr alle bewaffnet seid.«

Er übernahm von Stavros das Steuer. Einen Moment später sprangen die Motoren an, die Netze trieben davon, und die *Kretische Geliebte* fuhr auf die Mole zu.

Hannah kletterte als erste hinunter, was überraschend leicht ging, da die Schlinge unter den Armen ihr Sicherheit gab und die rauhe Mauer des Kastells guten Halt für die Füße bot. Sie erreichte die Terrasse, streifte die Schlinge über den Kopf und zupfte am Seil, worauf Blake es hochzog.

»Wie ist es?« fragte er Marie de Brissac. »Sie können sich auf mich verlassen, ich verspreche es. Schauen Sie einfach nicht nach unten.«

»Und dabei sind wir uns noch nicht einmal vorgestellt worden.«

»Johnson – Blake Johnson. Ich arbeite für Ihren Vater und bin für streng vertrauliche Aufgaben zuständig.«

»Es ist nett, Sie kennenzulernen, Mr. Johnson, und Höhenangst habe ich keine. Seit ich zehn war, hat mich der General jedes Jahr zum Klettern in die Schweizer Alpen mitgenommen.« Sie zog sich die Schlinge über den Kopf. »Danke, Mr. Dillon. Ich hab' schon damals gewußt, daß Sie ein Mann sind, der kein Mädchen im Stich läßt, sondern die Heldin rettet, wie es sich gehört.«

»Erst im letzten Kapitel, Comtesse, und soweit sind wir noch nicht. Los jetzt.« Eine Salve von Schüssen kam aus dem Korridor, und Dillon duckte sich.

Marie de Brissac erreichte sicher die Terrasse. Diesmal ließ Blake das Seil hängen und verknotete das Ende an einem der massiven Beine des alten Betts. »Was jetzt?«

»Gib mir deine Uzi, dann sieh zu, daß du nach unten kommst. Lauf schnurstracks mit den Mädchen auf die Mole zu.«

»Und du?«

»Ich mache ihnen erst noch ein bißchen die Hölle heiß, dann turne ich wie Tarzan persönlich auch das Seil runter.« Er schob ein volles Magazin in seine Uzi und hielt nun in jeder Hand eine Waffe. »Los, Blake, weg mit dir.«

Blake wußte nicht, was er sagen sollte. Er drehte sich um, packte das Seil und kletterte eilig daran hinunter. Dillon beugte sich hinaus und beobachtete ihn. Der Regen hatte inzwischen aufgehört, und die Wolken hatten sich verzogen, so daß er ihn im Licht des Vollmonds gut sehen konnte. Die beiden Frauen blickten ihm entgegen.

»He, Dillon«, rief Levy, »hör mal!«

»Oh, ruft da mein alter Kumpel Judas nach mir? Oder muß ich jetzt Colonel Dan Levy sagen? Bist wohl bereit aufzugeben, was?«

Levy schien endgültig durchzudrehen. »Jetzt schnappen wir ihn uns«, schrie er in voller Wut.

Dillon holte tief Atem und trat hinaus in den Korridor. Raphael kam mit schußbereiter M16 aus einem Zimmer, hinter ihm stand David Braun. Moshe hatte sich am anderen Ende des Gangs aus der Deckung gewagt. Dillon feuerte beide Uzis gleichzeitig ab, eine mit links, die andere mit rechts. Raphael kippte rückwärts gegen Braun, und Moshe fiel, von vier oder fünf Kugeln getroffen, gegen die Wand.

Die Uzis waren leer. Dillon warf sie zu Boden, rannte auf das Loch in der Wand zu, packte das Seil und begann hinabzuklettern.

Levy blickte auf Moshe, dessen blutbefleckter Körper im Todeskampf zuckte, und ihm war, als bestätige dieser Anblick die Tatsache, daß er verloren hatte, daß alles, wofür er gekämpft hatte, in Scherben zerbrach. Und daran war einzig und allein dieser Dillon schuld.

»Dillon!« brüllte er. »Du Dreckskerl! Stell dich!«

Er rannte um sich schießend den Korridor entlang und blieb im Eingang des Zimmers stehen, als er das klaffende Loch und das Seil erblickte. Einen Moment schien er wie gelähmt. Aaron, der ihm gefolgt war, drängte sich an ihm vorbei, lief zur Fensteröffnung und spähte hinaus.

Levy riß sich zusammen. Mit zwei raschen Schritten war er neben ihm. »Kannst du sie sehen?«

»Da unten auf der anderen Seite des Gartens. Die beiden Frauen und der zweite Mann laufen in Richtung Strand.«

»Geh zur Seite.« Levy hob seine M16. »Ich kann diese Schlampe immer noch umlegen.«

»Nein, Colonel, genug ist genug.« David Braun stand in der Tür und hob seine Armalite. »Legen Sie die Waffe weg und lassen Sie sie gehen.«

»Ach, David, das ist aber eine Überraschung.«

Levy legte die M16 auf den Tisch, steckte beide Hände in die Hosentasche und umfaßte mit der rechten seine Beretta. Blitzschnell wandte er sich um und feuerte zweimal. Braun taumelte zurück in den Korridor, ließ die Armalite fallen und blieb stöhnend liegen. Levy griff wieder nach seiner M16.

»Komm«, sagte er zu Aaron. »Ihnen nach.« Während er an Braun vorbeiging, machte er seinem Leben mit einem Kopfschuß ein Ende.

Im Laufen zog Dillon eine der Leuchtraketen aus seiner Tasche und zündete sie. Die kleine Rakete stieg in die Höhe und explodierte wie eine rote Blüte, die nicht nur auf der *Kretischen Geliebten*, sondern von der ganzen Fischerflotte deutlich gesehen werden konnte.

Aleko startete den Motor. »Alle bereit? Dann los.«

Blake und die beiden Frauen hatten inzwischen die Mole erreicht, und kurz darauf tauchte die *Kretische Geliebte* aus der Dunkelheit auf.

Als Dillon herangelaufen kam, packte Hannah erleichtert seinen Arm. »Gott sei Dank!«

»Ja, ich muß einen Schutzengel haben«, lachte er aufgeregt und umarmte sie heftig. »Wir haben's geschafft, Mädchen, wir haben diesen Hundesohn geschlagen.«

Die *Kretische Geliebte* stoppte und trieb mit gedrosseltem Motor an die Mole. Yanni und Dimitri halfen den beiden Frauen an Bord, wo Ferguson und Stavros sie in Empfang nahmen.

»Na, ihr beiden Helden? Habt den Krieg gewonnen, was?« rief Aleko aus dem Steuerhaus.

Von irgendwoher kam eine Salve, und eine Kugel prallte an der Steinmauer der Mole ab.

»Noch nicht«, erwiderte Dillon, während er und Blake an Deck sprangen. »Weg hier!«

Levy und Aaron erreichten den Anleger, als die *Kretische Geliebte* zurück zu den anderen Fischerbooten fuhr, von denen die meisten bereits dabei waren, die Netze einzuholen.

»Sie sind uns entwischt, Colonel«, sagte Aaron.

»Du Narr, wir haben noch das Schnellboot, das macht dreißig Knoten. Ich bezweifle, ob sie da mithalten können. Du gehst ans Steuer.«

Sie sprangen hinein, Aaron tastete nach dem Zündschlüssel, der wie üblich unter der Gummimatte versteckt lag, und startete den kräftigen Motor.

»Jetzt zeig ihnen, was du drauf hast«, sagte Levy.

»Er kommt«, warnte Stavros.

»Keine Sorge«, erwiderte Aleko. »Wir sind gleich bei den anderen Booten. Aber bringt besser mal die Frauen nach unten.«

Ferguson begleitete sie in die Kabine und kehrte gleich wieder zurück. Mit der dritten Uzi in der Hand stellte er sich neben Dillon und Blake. Yanni, Dimitri und Stavros waren mit Revolvern bewaffnet, und Ferguson reichte Dillon seine Browning.

»Chief Inspector Bernstein meinte, die würden Sie vielleicht brauchen.«

Das Schnellboot war im Licht des Mondes deutlich zu sehen. Mit dröhnendem Motor kam es auf sie zu. Levy kauerte im Heck. Ferguson entsicherte die Uzi, die anderen gaben vereinzelte Schüsse ab, doch Aaron steuerte einen Zickzackkurs, und plötzlich stand Levy auf und nahm die *Kretische Geliebte* mit seiner M16 unter Dauerbeschuß.

Das Steuerhaus wurde förmlich zerfetzt, eine Kugel warf Ferguson zu Boden; eine andere traf Dimitri in die Schulter.

Dillon gab ein paar Schüsse ab; das Motorboot drehte ab, kam jedoch sofort wieder näher, und alle duckten sich, als Levy erneut das Deck beschoß.

»Wir sind die reinsten Zielscheiben für ihn!« rief Blake.

»Abwarten«, entgegnete Aleko. An der Mole flammte Feuer auf, als der Motorkreuzer explodierte.

»Nummer eins«, sagte Aleko.

Das Rennboot kam wieder näher. Levy stand auf und hob die M16. Im Licht der Flammen, die am Ufer loderten, sah man nur eine schwarze Gestalt. »Jetzt hab' ich dich, Dillon«, hallte seine Stimme über das Wasser.

Und dann explodierte das Motorboot vor ihren Augen in einem Feuerball; einzelne Teile flogen durch die Luft, einige prasselten gegen den Rumpf der *Kretischen Geliebten,* Dampf zischte auf, und die Überreste verschwanden unter der Oberfläche des Meeres.

»Und das war Nummer zwei«, sagte Aleko. »Jetzt fahren wir heim.«

Stavros versorgte Dimitris Schulter; Ferguson hatte sich aufgesetzt und zog die Kugel aus seiner Schutzweste. »Ich habe das Gefühl, als hätte mir ein Maultier einen Tritt verpaßt.«

Hannah und Marie lugten vorsichtig aus der Kabine. »Ist es vorbei?« fragte Marie de Brissac.

»Das kann man wohl sagen«, erwiderte Ferguson. »Aber jetzt spreche ich besser zuerst mal mit Ihrem Vater.«

Cazalet gab im Weißen Haus einen Empfang für eine russische Delegation und hielt sich bemerkenswert gut, obwohl seine Gedanken verständlicherweise ganz woanders waren. Er war ins Gespräch mit dem russischen Botschafter vertieft, als Teddy zu ihm kam.

»Verzeihen Sie die Störung, Mr. President, aber ein äußerst dringender Anruf für Sie.«

Cazalet entschuldigte sich und folgte Teddy, der die Tür schloß und ihm das Spezialhandy reichte, in ein kleines Vorzimmer.

»Hier ist Brigadier Ferguson, Mr. President.«

Cazalets Gesicht wurde bleich. »Ja, Brigadier?«

Und dann schienen zehn Jahre von ihm abzufallen. »Gott segne Sie, Brigadier. Gott segne Sie alle. Wir erwarten Sie morgen hier in Washington.«

Er schaltete das Handy ab.

»Mr. President?« fragte Teddy.

»Wissen Sie was, Teddy?« Jake Cazalet lächelte sein berühmtes Lächeln. »Lieber als alles andere hätte ich jetzt gern ein Glas Champagner, und ich möchte, daß Sie es mit mir trinken.«

WASHINGTON

Epilog

Als die Gulfstream auf dem Stützpunkt Andrews landete, dirigierte man sie zu einem abgelegenen Teil des Flughafens in einen leeren Hangar. Zwei Limousinen erwarteten sie dort; neben einer stand Teddy Grant.

Kersey öffnete die Tür, und Ferguson kam als erster die Gangway hinunter, gefolgt von Dillon und Blake. Teddy eilte auf sie zu, schüttelte Blake die Hand und begrüßte die anderen. »Ich kann es kaum glauben, und dem Präsidenten geht's genauso. Ein großartiger Tag!«

»Letzten Endes hat alles geklappt, und das haben wir zum guten Teil Ihnen zu verdanken.« Ferguson drückte ihm herzlich die Hand.

Kersey, Vernon und Gaunt waren inzwischen ausgestiegen, und kurz darauf kamen Marie de Brissac und Hannah die Gangway hinunter.

Teddy begrüßte sie begeistert. »Ich kann Ihnen gar nicht sagen, was für eine Freude es ist, Sie zu sehen. Bitte, folgen Sie mir.«

»Einen Moment noch.« Ferguson wandte sich an die Mannschaft. »Meinen herzlichen Dank, Gentlemen. Wie ich bereits gesagt habe, Sie sind nie zuvor an einer so wichtigen Sache beteiligt gewesen.«

Er schüttelte allen die Hand, ehe er zu den anderen ging, die neben den Limousinen warteten.

»Die Comtesse und Blake werden im Weißen Haus erwartet«, sagte Teddy. »Ich bringe sie gleich dorthin. Alle anderen fahren ins Ritz-Carlton. Dort sind drei Suiten reserviert. Sie haben Zeit sich zu erfrischen und so weiter, danach wird der Präsident Sie holen lassen.«

»Natürlich«, nickte Ferguson. »Dann sehen wir uns später.«

Marie sah etwas müde und verwirrt aus. »Ja, später. Wir müssen uns unbedingt wiedersehen.«

Sie fuhr mit Teddy und Blake davon, und Dillon, Ferguson und Hannah stiegen in die zweite Limousine. Ferguson drückte den Knopf, um die gläserne Trennscheibe zu schließen.

»Das alles scheint mir unter den gegebenen Umständen ein bißchen sehr formell.«

»Sie verstehen das nicht recht, Brigadier«, erwiderte Hannah. »Der Präsident will im Moment einfach mit seiner Tochter allein sein.«

»Ja, ich glaube, da könnten Sie recht haben.«

Hannah schüttelte den Kopf und lehnte sich zurück. »Männer! Alle gleich – keine Ahnung von Gefühlen.«

Im Weißen Haus saß Jake Cazalet am Kamin und kämpfte mit den widerstreitensten Empfindungen. Wie würde es sein? Wie würde sie reagieren? Es klopfte, und Teddy trat ein.

»Mr. President, Ihre Tochter.«

Cazalet stand auf und merkte, daß er zitterte. Marie de Brissac erschien in der Tür und sah ihn regungslos an, aber nur einen Moment lang.

»Vater.«

Cazalet, der so aufgewühlt war wie noch nie in seinem Leben, öffnete die Arme, und sie rannte auf ihn zu.

Drei Stunden später holte die Limousine des Weißen Hauses Ferguson, Dillon und Hannah Bernstein ab.

»Einen hübschen Hosenanzug, den Sie da anhaben«, sagte Dillon. »Armani, stimmt's?«

»Im Hotel gibt es eine ganz großartige Boutique. Ich muß doch ordentlich aussehen fürs Weiße Haus.«

»Ich habe am Aushang im Foyer gelesen, daß der Präsident heute abend im Ritz-Carlton ein Dinner zu Ehren des russischen Premierministers gibt«, bemerkte Ferguson.

»Na, das paßt ja bestens«, meinte Dillon. »Nachdem wir sie ihm zurückgebracht haben, kann er es wenigstens genießen.«

Es regnete heftig, als die Limousine über die Constitution Avenue auf das Weiße Haus zufuhr, trotzdem sah man auf der Pennsylvania Avenue etliche Fernsehkameras und zahlreiche Touristen.

Ferguson öffnete die Trennscheibe. »Das überrascht mich doch bei diesem Wetter.«

»Ist viel los wegen der russischen Delegation«, erklärte der Chauffeur. »Ich habe Anweisung, Sie zum östlichen Eingang zu bringen.«

Ferguson ließ die Scheibe wieder hochfahren. »Dachte ich mir. Sie benutzen den Osteingang für besondere Besucher, von denen die Reporter nichts mitkriegen sollen.«

Die Limousine fuhr die East Executive Avenue hinauf und hielt kurz am Tor, wo der Fahrer einige Worte mit dem Wächter wechselte, der sie durchwinkte. Schließlich stoppte der Wagen, der Chauffeur stieg aus und hielt die Tür auf.

»Dort hinein, bitte.«

Er deutete auf eine Tür, die sich sofort öffnete. Ferguson ging voran. Ein Marineleutnant in Paradeuniform salutierte.

»Brigadier.«

Teddy Grant kam lächelnd auf sie zu. »Schön, Sie alle wiederzusehen. Wenn Sie mir folgen wollen? Der Präsident erwartet Sie.«

Cazalet saß im Oval Office hinter seinem Schreibtisch, während Marie sich mit Blake Johnson unterhielt. Sie lief auf Hannah zu und umarmte sie.

Cazalet stand auf und schüttelte allen die Hand. »Ich weiß nicht, wie ich Ihnen danken soll. Blake hat mir schon alles erzählt. Wären wir hier im Buckingham Palast, würde ich Ihnen einen Orden verleihen, aber wir sind nun einmal in Amerika.«

»Und da kann ich nur sagen: Gott sei Dank«, grinste Dillon.

Der Präsident lächelte und schüttelte ihm noch einmal die Hand. »Sie werden sicher mit allem fertig, mein irischer Freund.« Er wandte sich an Ferguson. »Ich habe mit Ihrem Premierminister gesprochen und ihm berichtet, was passiert ist. Außerdem habe ich mich dafür entschuldigt, daß ich mir erlaubt habe, so einfach Ihre Dienste in Anspruch zu nehmen, aber die ungewöhnlichen Umstände betont.«

»Oje, das könnte peinlich werden.«

»Überhaupt nicht. Er war sehr verständnisvoll und freut sich darauf, alles von Ihnen persönlich zu hören. Und jetzt sagen Sie mir, ob es noch etwas gibt, das ich für Sie tun kann?«

»Was ist mit Nemesis, Mr. President?«

Cazalet zuckte die Schultern. »Es muß einen besseren Weg geben.«

»Da stimme ich Ihnen zu«, nickte Ferguson. »Einen Gefallen könnten Sie uns übrigens tatsächlich erweisen. Ich denke, wir sollten so bald wie möglich zurück nach London. Wenn wir uns die Gulfstream ausborgen dürften?«

»Natürlich. Kein Problem, oder, Teddy?«

»Eigentlich nicht«, sagte Teddy. »Wir brauchen nur eine neue Crew. Die erste überschreitet sonst ihre Dienstzeit.«

»Kümmern Sie sich darum.« Cazalet wandte sich wieder an die anderen. »Nochmals meinen aufrichtigen Dank.«

Marie küßte den Brigadier auf die Wange und umarmte Hannah, ehe sie mit seltsamer Befangenheit Dillon ansah und nach Worten zu suchen schien.

»Sie sind ein bemerkenswerter Mann, Mr. Dillon«, meinte sie schließlich.

»Das hat man mir schon so manches Mal gesagt, Comtesse«, lachte er fröhlich.

Zwei Stunden später starteten sie zu ihrem Rückflug über den Atlantik. Nachdem sie die Flughöhe von fünfzigtausend Fuß erreicht hatten, drückte Dillon den Summer, und aus der Bordküche erschien der Steward mit Namen Roscoe.

»Ich hätte gern einen Bushmills, einen doppelten.«

»Kommt sofort, Sir.«

Dillon grinste Ferguson und Hannah an. »Den habe ich mir verdient.«

Ausnahmsweise stimmte Hannah ihm einmal zu. »Das haben Sie wirklich, Dillon.«

Roscoe brachte den Whiskey, und Dillon seufzte behaglich. »Ja, ich hab' eine Schwäche für Happy-Ends, und ich vermute, Jake Cazalet genießt es ganz genauso.«

»Was um alles in der Welt reden Sie denn da?« fragte Ferguson.

»Ich meine nur, daß ich ganz tief im Innern ein unheilbarer Romantiker bin.«

»Sie?« fragte Hannah. »Und was ist so romantisch?«

»Warten Sie mal ab, es steht demnächst bestimmt in allen Zeitungen. Der große Dillon irrt sich nie.« Damit lehnte er sich zurück und trank seinen Whiskey.

Im Ritz-Carlton an der Massachusetts Avenue in Washington erwarteten der russische Premierminister und die geladenen Gäste die Ankunft des Präsidenten der Vereinigten Staaten. Endlich fuhr seine Limousine vor; er stieg aus und winkte der Menge zu. An seiner Seite stand Comtesse Marie de Brissac. Sie trug ein schlichtes schwarzes Abendkleid und ein goldenes Kreuz um den Hals. Teddy sprang mit zwei Männern vom Secret Service aus der zweiten Limousine und lief voraus.

Cazalet lächelt und bot Marie seinen Arm. »Comtesse?« Gemeinsam gingen sie durch das Foyer und blieben am Eingang zum Speisesaal stehen.

Teddy drängte sich hastig an ihnen vorbei. »Herr Premierminister, meine Damen und Herren, darf ich um Ihre Aufmerksamkeit bitten?«

Es gab ein allgemeines Stühlerücken, als sich alle erhoben. Teddy holte tief Atem und verkündete mit kräftiger Stimme: »Der Präsident und seine Tochter!«

Goldspur des Todes

Für Denise,
die Allerbeste

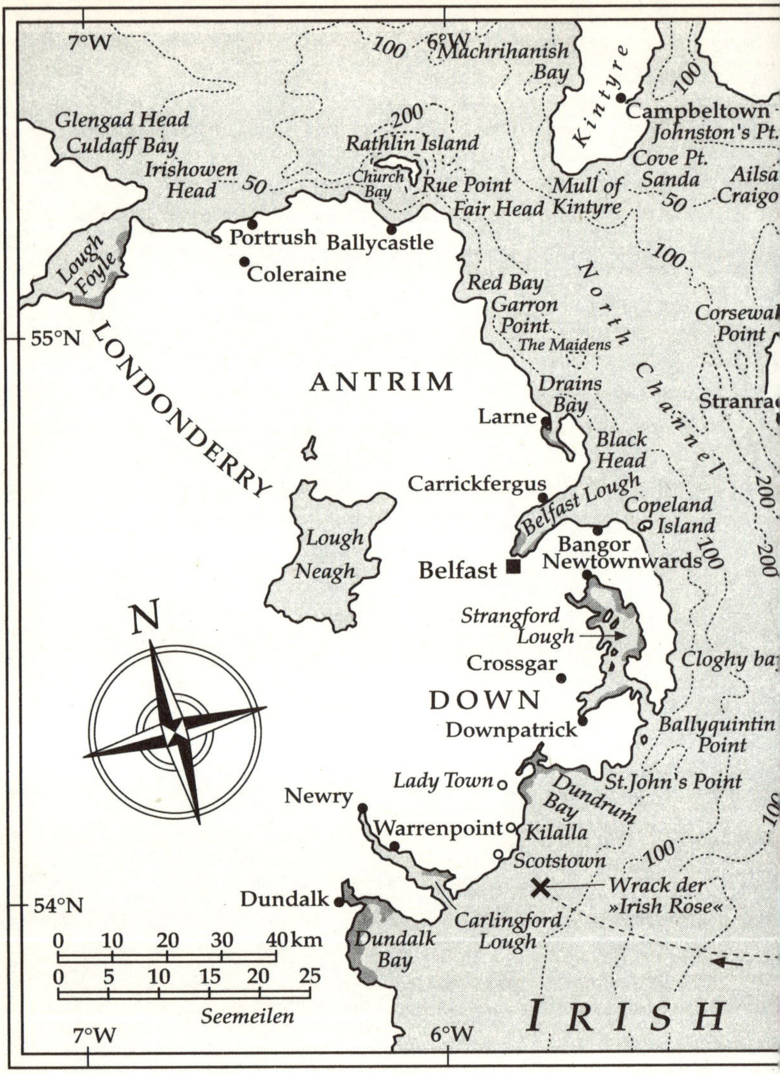

7°W
6°W
Machrihanish Bay
Kintyre
Campbeltown
Johnston's Pt.
Cove Pt.
Sanda
Ailsa Craigo
Mull of Kintyre
Glengad Head
Culdaff Bay
Irishowen Head
Rathlin Island
Church Bay
Rue Point
Fair Head
Lough Foyle
Portrush
Ballycastle
Coleraine
Red Bay
Garron Point
The Maidens
North Channel
Corsewal Point
55°N
LONDONDERRY
ANTRIM
Drains Bay
Larne
Stranra
Black Head
Carrickfergus
Belfast Lough
Copeland Island
Bangor
Newtownwards
Belfast
Lough Neagh
N
Strangford Lough
Crossgar
Cloghy ba
DOWN
Downpatrick
Ballyquintin Point
Lady Town
St.John's Point
Dundrum Bay
Newry
Warrenpoint
Kilalla
Scotstown
Wrack der »Irish Röse«
Dundalk
54°N
Carlingford Lough
Dundalk Bay
0 10 20 30 40 km
0 5 10 15 20 25
Seemeilen
IRISH
50
100
200

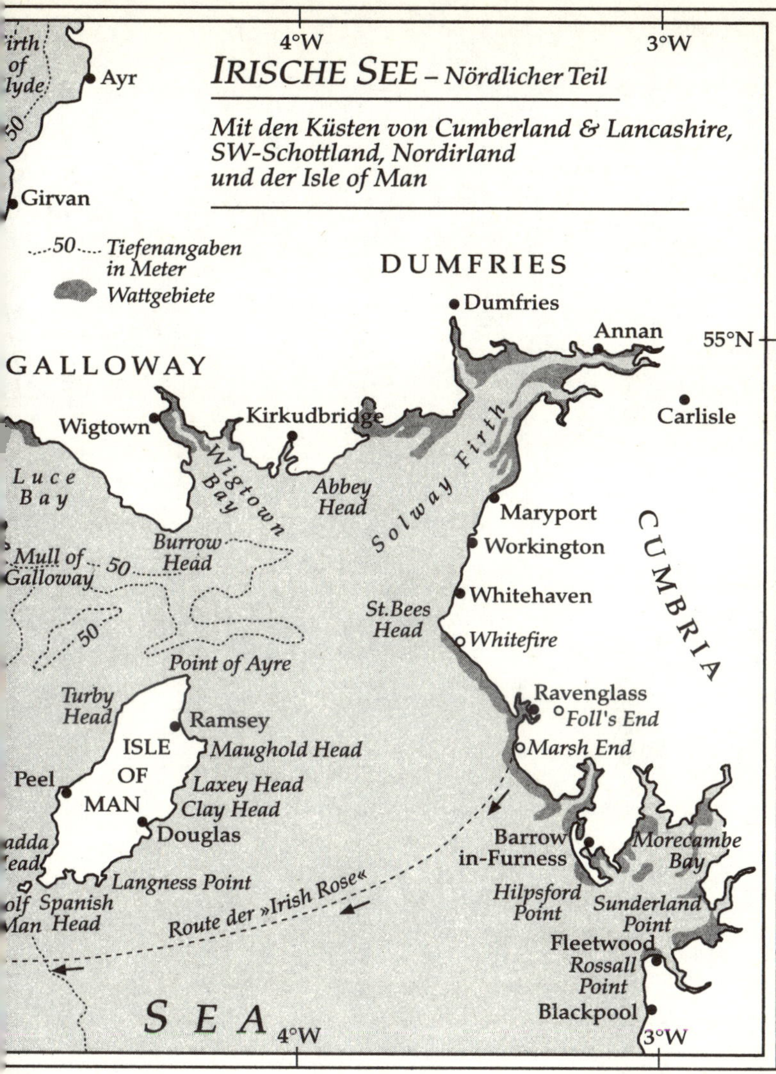
IRISCHE SEE – Nördlicher Teil
Mit den Küsten von Cumberland & Lancashire, SW-Schottland, Nordirland und der Isle of Man
50 Tiefenangaben in Meter
Wattgebiete
4°W
3°W
55°N
Ayr
Girvan
DUMFRIES
Dumfries
Annan
Carlisle
GALLOWAY
Wigtown
Kirkudbridge
Wigtown Bay
Luce Bay
Abbey Head
Solway Firth
Maryport
Workington
Whitehaven
CUMBRIA
Burrow Head
Mull of Galloway
St.Bees Head
Whitefire
Point of Ayre
Turby Head
Ramsey
ISLE OF MAN
Maughold Head
Peel
Laxey Head
Clay Head
Douglas
Langness Point
Spanish Head
Ravenglass
Foll's End
Marsh End
Barrow in-Furness
Morecambe Bay
Hilpsford Point
Sunderland Point
Fleetwood
Rossall Point
Blackpool
Route der »Irish Rose«
SEA
50

Belfast

1985

1

Von der Irischen See her trieben Regenwolken über Belfast. Irgendwo im Stadtzentrum fielen Schüsse, gefolgt von einer Explosion, doch der nur knapp ein Meter sechzig große Mann, der eine Schirmmütze, Jeans und eine Matrosenjacke trug – über die Schulter hatte er einen Seesack geworfen –, überquerte so seelenruhig den dunklen Platz, als habe er gar nichts gehört.

Vor einem Haus, das trotz des Schilds *Albert Hotel* eindeutig eher eine Pension für Seeleute war, blieb er stehen. Man erkannte noch, daß es in viktorianischer Zeit einmal drei Reihenhäuser gewesen waren, bei denen man einfach die Trennwände eingerissen hatte. Aus der Eingangstür spähte ein kleiner kahlköpfiger Mann, der eine Zeitung in der Hand hielt.

In der Ferne hörte man eine zweite Explosion. »Heiliger Himmel, die Jungs sind aber heute nacht wieder aktiv!«

»Ich hatte wegen eines Zimmers angerufen«, sagte der Mann mit dem Seesack. »Keogh ist mein Name.« Der Aussprache nach hätte man ihn ohne weiteres für einen Engländer halten können; nur ein kaum hörbarer Anflug des typischen Akzents verriet noch seine Belfaster Herkunft.

»Ach ja, Mr. Keogh. Gerade abgemustert, was?«

»So in etwa.«

»Na, stehen Sie nicht unnötig im Regen rum; kommen Sie rein.«

In diesem Moment bogen zwei Landrover um die Ecke, hinter deren Fahrern jeweils drei Fallschirmjäger mit roten Baretts, kugelsicheren Westen und Maschinenpistolen in den Händen kauerten. Sie rasten über den Platz und verschwanden in der Dunkelheit.

»Mein Gott!« seufzte der alte Mann und ging hinein, Keogh folgte ihm.

Die Pension war ziemlich heruntergekommen, die weiße Farbe an den Wänden im Lauf der Jahre vergilbt, die Tapete reichlich verblichen; hier und da zeigten sich Schimmelflecken. In der rechteckigen Halle befanden sich die Rezeption und eine schmale Treppe, die nach oben führte.

Der alte Mann deutete auf das Hotelregister. »Heimatadresse, nächster Anlaufhafen und so weiter – ist polizeilich vorgeschrieben.«

»In Ordnung.« Keogh füllte rasch alles aus und schob ihm das Buch wieder zu.

»Martin Keogh. Wapping, London ... Ich bin seit Jahren nicht mehr in London gewesen.«

»Eine hübsche Stadt.« Keogh zog eine Packung Zigaretten aus seiner Tasche und zündete sich eine an.

Der alte Mann nahm den Zimmerschlüssel von einem Brett. »Zumindest gibt's dort keine Soldaten, die bis an die Zähne bewaffnet durch die Straßen rasen. Verrückt, sogar bei diesem Regen, so ganz ohne Deckung rumzufahren. Sind ja die reinsten Zielscheiben. Glatter Selbstmord, wenn Sie mich fragen.«

»Oder auch nicht. Das ist ein alter Trick der Fallschirmjäger, der vor Jahren in Aden entwickelt wurde. Sie fahren immer mit zwei Fahrzeugen, so daß jede Besatzung auf die andere aufpassen kann, außerdem können sie in diesen ungepanzerten Wagen sofort auf jeden Angriff reagieren.«

»Woher wissen Sie darüber so gut Bescheid?«

Keogh zuckte die Schultern. »Ist allgemein bekannt. Kann ich meinen Schlüssel haben?«

Erst jetzt fielen dem alten Mann die Augen des Fremden auf, die von undefinierbarer Farbe zu sein schienen und die kältesten Augen waren, die er je gesehen hatte. Aus einem unerklärlichen Grund überkam ihn plötzlich Angst, doch dann lächelte Keogh und wirkte sofort vollkommen verändert.

»Irgendwer hat mir erzählt, hier in der Nähe gäbe es ein anständiges Café. Das Regent, kann das sein?«

»Stimmt. Liegt bei den alten Docks. Sie müssen bloß über den Platz Richtung Lurgen Street.«

»Werd's schon finden.« Keogh wandte sich um und stieg die Treppe hinauf.

Er öffnete die Tür, deren Schloß offensichtlich schon mehrmals aufgebrochen worden war, und schaute sich um. Das Zimmer war sehr klein und roch muffig; die Einrichtung bestand aus einem Einzelbett, einem schmalen Schrank und einem Stuhl. In der Ecke war ein Waschbecken; eine Toilette gab es nicht, auch kein Telefon. Aber mit etwas Glück würde er hier sowieso nur diese eine Nacht schlafen.

Er warf seinen Seesack aufs Bett, öffnete ihn, schob einen Kulturbeutel, Hemden und einige Bücher zur Seite und stemmte den dicken Pappboden auf. Darunter lagen eine Walther PPK, mehrere volle Magazine und der neue kleine Carswell-Schalldämpfer. Er überprüfte die Pistole, lud sie und schraubte den Schalldämpfer auf, bevor er sie hinten in den Bund seiner Jeans steckte.

»Und nun auf ins Regent«, sagte er leise und verließ, eine kleine traurige Melodie pfeifend, das Zimmer.

Neben der Rezeption gab es eine altmodische Telefonzelle. Keogh nickte dem alten Mann zu, ging hinein und schloß die Tür, ehe er ein paar Münzen herauskramte und eine Nummer wählte.

Jack Barry war ein großer, recht gutaussehender Mann, der mit seiner Hornbrille beinah wie ein Gelehrter wirkte oder wie ein Lehrer, was er tatsächlich einmal gewesen war, bevor er sich als Stabschef der Provisional IRA verdingt hatte. Er saß am Kamin seines Hauses in Dublin und las die Zeitung, als sein Handy läutete.

Noch ehe er sich melden konnte, rief seine Frau Jean: »Mach nicht so lange, das Abendessen ist fertig!«

»Hier Barry.«

»Ich bin's«, sagte Keogh auf Irisch. »Ich hab' mir im Albert Hotel unter dem Namen Martin Keogh ein Zimmer genommen. Der nächste Schritt ist jetzt, an das Mädchen heranzukommen.«

»Wird das schwierig?«

»Nein, ich habe schon alles organisiert. Vertrau mir. Ich bin gerade auf dem Weg in dieses Café, das ihrem Onkel gehört.«

»Sehr gut. Halt mich auf dem laufenden und benutz nur diese Handynummer.«

Er schaltete ab. »Jetzt komm aber!« rief seine Frau. »Es wird ja alles kalt.«

Gehorsam stand er auf und ging in die Küche.

Keogh fand problemlos den Weg zum Regent Café. Ein Fenster war anscheinend bei einer Bombenexplosion zu Bruch gegangen und danach mit Brettern vernagelt worden, doch durch das zweite konnte er einen Blick ins Innere werfen. Die einzigen Gäste waren eine verhärmte Frau, offensichtlich eine Prostituierte, und drei alte Männer, die gemeinsam an einem Tisch saßen.

Das Mädchen hinter der Theke war erst sechzehn, wie er wußte, denn er wußte alles über Kathleen Ryan, die das Café für ihren Onkel Michael Ryan führte, einen protestantischen Aktivisten von frühester Jugend an. Sie war klein, nicht eigentlich hübsch, hatte schwarzes Haar, ausgeprägte Wangenknochen und trug einen dunklen Pullover, einen kurzen Jeansrock und Stiefel. Ganz in ein Buch vertieft, beachtete sie Keogh gar nicht, als er das Lokal betrat.

Er beugte sich über die Theke. »Ist es gut?«

Sie schaute auf und musterte ihn ruhig, obwohl ein untergründiger Zorn in ihren Augen schwelte und ihr Blick ihm verriet, daß sie viel mehr erlebt hatte und wesentlich reifer war als andere in ihrem Alter.

»Sehr gut. *The Midnight Court.*«

»Aber das ist doch bestimmt auf Irisch?« Keogh griff nach dem Buch und sah, daß er recht hatte.

»Na und? Darf ein Protestant etwa kein Irisch lesen? Es ist auch unser Land, Mister, und falls Sie ein Sinn-Fein oder so was sind, wär's mir lieber, Sie gingen wieder. Katholiken sind hier nicht erwünscht. Eine Bombe der IRA hat meinen Vater, meine Mutter und meine kleine Schwester getötet.«

»Mädchen«, Keogh hob abwehrend die Hände, »ich bin ein Junge aus Belfast, der gerade abgemustert hat und einfach auf eine Tasse Tee reingekommen ist.«

»Sie klingen mir eher, als kämen Sie aus England.«

»Das liegt bloß daran, daß mein Vater mit mir dorthin gezogen ist, als ich noch ein Kind war.«

Sie überlegte einen Moment und zuckte die Schultern. »Na gut. Einmal Tee, Mary!« rief sie. »Zu essen gibt's nichts mehr«, erklärte sie Keogh. »Wir schließen bald.«

»Tee genügt schon.«

Eine grauhaarige Frau, die eine Schürze umgebunden hatte, brachte einen Becher Tee und stellte ihn auf die Theke. »Milch und Zucker sind da drüben.«

Keogh nickte und schob ihr ein paar Münzen zu. Während sie ihm Wechselgeld herausgab, griff das Mädchen nach ihrem Buch und stand auf. »Ich geh' dann jetzt, Mary. Mach noch eine Stunde, danach kannst du schließen.«

Keogh setzte sich mit seinem Tee an einen Tisch neben der Tür und zündete sich eine Zigarette an. Fünf Minuten später erschien Kathleen Ryan aus einem Hinterzimmer. Sie trug eine Baskenmütze und einen alten Trenchcoat und verließ das Café, ohne ihn noch einmal anzuschauen. Keogh nahm rasch einen Schluck Tee, ehe er ihr folgte.

Es regnete inzwischen noch stärker, und sie beschleunigte ihre Schritte. Mit gesenktem Kopf eilte sie in Richtung Hafen. Im Eingang eines ehemaligen Lagerhauses lauerten drei Jugendliche, die zu einer Sorte gehörten, wie man sie in jeder Stadt auf der Welt findet, brutale junge Halbstarke in Lederjacken und Jeans. Sie erkannten das Mädchen, als es unter einer Straßenlampe vorbeiging.

»Das ist sie, Pat«, sagte einer, der eine Baseballmütze trug. »Das ist die Schlampe aus dem Café.«

»Sehe ich selbst, Blödmann. Macht euch bereit und packt sie, wenn sie vorbeikommt.«

Kathleen Ryan hatte sie in der Dunkelheit nicht bemerkt, bis sie mit ein paar raschen Sätzen auf sie zusprangen und einer ihr von hinten seinen Arm um den Hals schlang.

Pat hob ihr Kinn an. »Na, wen haben wir denn da? Eine kleine Protestantenschlampe. Kathleen Ryan, stimmt's?«

Sie versetzte dem Jungen mit der Baseballkappe, der sie fast erwürgte, einen Tritt gegen das Schienbein. »Laß mich los, du Katholikenschwein.«

»Was sagst du? Wir sind anständige katholische Jungs!« Pat schlug sie ins Gesicht. »Los, kommt! Es ist Zeit, daß sie mal Manieren lernt.«

Sie schrie nicht, sie weinte nicht, das war nicht ihre Art; sie biß jedoch wütend in die Hand, die ihr den Mund zuhielt.

»Miststück!« Der Junge mit der Baseballmütze gab ihr einen Faustschlag in den Rücken. Man zerrte sie weiter in die Gasse hinein und warf sie auf einen Kistenstapel unter einer altmodischen Gaslaterne. Pat riß ihren Rock hoch.

»Zeit, daß du's lernst.«

»Mir scheint, eher müßt ihr mal was lernen!« rief eine Stimme. Pat drehte sich um. Martin Keogh hatte die Hände in den Taschen seiner Matrosenjacke vergraben und kam auf sie zugeschlendert. »Laßt sie los, verstanden?«

»Halt die Klappe, du Zwerg.« Der Junge mit der Baseballmütze wollte Keogh einen Kinnhaken verpassen, doch der packte blitzschnell sein Handgelenk, drehte ihm den Arm auf den Rücken und stieß ihn mit dem Gesicht gegen die Wand.

»Du Bastard!« Der dritte Junge stürzte sich auf ihn.

Keogh riß die linke Hand, in der er die Walther hielt, aus der Tasche und schlug ihm damit ins Gesicht, ehe er einen Schuß in die Luft abfeuerte, der aus der schallgedämpften Waffe wie ein dumpfes Husten klang.

Baseballmütze lag auf den Knien, der andere preßte seine Hand auf die Wange, die vom linken Auge bis zum Mundwinkel aufgerissen war. Zwischen seinen Fingern sickerte Blut durch.

»Du verfluchtes Schwein!« schrie Pat mit wutverzerrtem Gesicht.

»Hat mir schon mancher gesagt.« Keogh preßte ihm die Mündung der Walther zwischen die Augen. »Noch ein Wort, und ich töte dich.«

Der Junge erstarrte. Kathleen Ryan zog ihren Rock hinunter und stand auf. »Lauf zurück ins Café, Mädchen. Ich komme nach.«

Einen Moment lang schaute sie ihn unsicher an, dann wandte sie sich um und rannte davon.

Nur noch der Regen und das Stöhnen der Verletzten waren zu hören.

»Warum machen Sie das?« zischte Pat wütend. »Wir haben genau getan, was Sie uns gesagt haben.«

»O nein«, erwiderte Keogh. »Ich habe gesagt, ihr sollt das Mädchen ein bißchen erschrecken, dann würde ich auftauchen und sie retten.« Mit einer Hand kramte er eine Zigarette aus seiner Tasche und zündete sie an. »Was hattet ihr vor? Sie zu vergewaltigen?«

»Wen schert denn schon so eine blöde kleine Protestantenschlampe?«

»Mich«, entgegnete Keogh. »Und ich bin ein Katholik. Solche Dreckskerle, wie ihr es seid, bringen uns alle in Verruf.«

Pat wollte sich auf ihn stürzen, doch Keogh sprang zur Seite, brachte ihn mit einem gezielten Fußtritt zu Fall und preßte ihm ein Knie in den Rücken.

»Ich glaube, du brauchst mal eine Lektion, Bürschchen.«

Er hielt die Mündung der Walther an das Bein des Jungen und drückte ab. Pat schrie auf.

»Ist bloß eine Fleischwunde. Es hätte auch deine Kniescheibe sein können.«

»Du verdammter Mistkerl!« schluchzte Pat.

»Wie du meinst.« Keogh zog einen Umschlag aus seiner Tasche und ließ ihn fallen. »Fünfhundert Mäuse, wie ausgemacht. Jetzt sieh zu, daß du ins Royal Victoria kommst. Die Unfallstation ist für Schußwunden die beste der Welt. Aber sie haben ja auch eine Menge Erfahrung.«

Eine kleine, unheimliche Melodie vor sich hinpfeifend, schlenderte er davon.

Im Café hielten sich keine Gäste mehr auf, nur Kathleen Ryan und Mary standen noch hinter der Theke. Das Mädchen telefonierte. Keogh griff nach der Türklinke, doch es war abgesperrt. Kathleen Ryan drehte sich um, erkannte ihn durch die Fensterscheibe und nickte Mary zu, die ihm aufschloß.

»Sie hat mir erzählt, was Sie getan haben«, sagte Mary. »Gott segne Sie dafür.«

Keogh setzte sich auf eine Tischkante und zündete sich eine Zigarette an. Das Mädchen redete immer noch und schien erstaunlich gefaßt. »Nein, es ist alles in Ordnung. Jetzt beruhig dich schon, ich bin in zwanzig Minuten da.« Sie legte den Hörer auf. »Mein Onkel Michael«, erklärte sie Keogh. »Er macht sich Sorgen.«

»Verständlich. Sind schlimme Zeiten.«

»Sie lassen nicht mit sich spaßen, was?«

»Warum sollte ich?«

»Und Sie sind bewaffnet. Eine Walther, soviel ich gesehen hab'.«

»Für eine so junge Dame wissen Sie aber gut Bescheid.«

»Mit Waffen kenne ich mich aus, Mister, bin praktisch damit aufgewachsen. Was haben Sie gemacht, nachdem ich weg war?«

»Hab' sie heimgeschickt.«

»Einfach so?«

»Nein, erst müssen sie mal ins nächste Krankenhaus. Sie brauchten eine Lektion und haben eine gekriegt. Der Anführer der drei wird für einige Zeit am Stock gehen, falls Sie das tröstet.«

Sie musterte ihn mißtrauisch. »Warum haben Sie mir geholfen? Wer sind Sie?«

»Mir gefiel einfach nicht, was da passierte, das ist alles.« Er stand auf und drückte seine Zigarette aus. »Ich mache mich jetzt auf den Weg. Ihnen scheint's ja wieder gut zu gehen.«

»Nein, bleiben Sie«, sagte sie rasch. »Sie können mich zum Pub meines Onkels begleiten. Er liegt ungefähr eine Viertelmeile von hier an der Connor Wharf. Ich heiße Kathleen Ryan. Und Sie?«

»Martin Keogh.«

»Warten Sie draußen auf mich.«

Er verließ das Lokal, während sie wieder zum Telefon ging, um wahrscheinlich noch mal mit ihrem Onkel zu reden. Einige Augenblicke später kam sie mit einem großen Regenschirm nach draußen.

»Wäre ein Taxi nicht sicherer?«

»Ich mag die Stadt bei Nacht«, entgegnete sie. »Ich mag den Regen. Und ich habe ein Recht darauf, hier durch die Straßen zu gehen. Diese Katholikenstrolche sollen sich zur Hölle scheren.«

»So kann man's auch sehen.«

»Kommen Sie mit drunter.« Sie spannte den Schirm auf und hakte sich bei ihm ein. »Matrose sind Sie, haben Sie gesagt?«

»Nur in den letzten paar Jahren.«

»Ein Matrose aus Belfast, der in London aufgewachsen ist und eine Walther bei sich trägt«, meinte sie mit einem fragenden Unterton.

»Ist gefährlich in dieser Stadt, wie Sie ja heute abend selbst gesehen haben.«

»Gefährlich für Sie, soll das wohl heißen, und deshalb die Waffe. Ein Sinn-Fein sind Sie jedenfalls nicht, sonst hätten Sie mir nicht geholfen.«

»Ich bin gar nichts, Mädchen.« Er blieb stehen, um sich eine Zigarette anzuzünden.

»Geben Sie mir auch eine.«

»Bestimmt nicht, dazu sind Sie viel zu jung. Außerdem stellen Sie reichlich viele Fragen, Kate.«

Sie schaute ihn an. »Warum nennen Sie mich so? Das sagt sonst niemand zu mir.«

»Ich finde einfach, das paßt zu Ihnen.«

Sie hatten inzwischen den Hafen erreicht. Containerschiffe

waren am Kai vertäut, einige ankerten weiter draußen; man sah die roten und grünen Lichter eines Frachters, der gerade in See stach.

»Also, weshalb sind Sie bewaffnet?« fragte Kathleen Ryan.

»Mein Gott, Sie sind aber wirklich hartnäckig. Vor langer Zeit war ich mal Soldat und hab' drei Dienstjahre hier in dieser Stadt absolviert. Da besteht immerhin die Möglichkeit, daß jemand ein sehr langes Gedächtnis hat und mir noch was heimzahlen will.«

»Welches Regiment?«

»Fallschirmjäger, das Erste.«

»Sind Sie etwa auch beim Blutigen Sonntag in Londonderry dabei gewesen?«

»Genau. Wie gesagt, ist lange her.«

Sie drückte aufgeregt seinen Arm. »Gott, was habt ihr an diesem Tag den Katholiken die Hölle heiß gemacht! Wie viele hat man umgebracht? Dreizehn, stimmt's?«

In einiger Entfernung sah man die Lichter des Pubs. »Wie alt sind Sie?« fragte Keogh.

»Sechzehn.«

»So jung und so voller Haß.«

»Ich hab' Ihnen doch erzählt, daß die IRA meinen Vater, meine Mutter und meine kleine Schwester getötet hat. Außer Onkel Michael hab' ich niemanden mehr.«

Auf dem Schild stand *The Orange Drum*, und auf der Backsteinmauer daneben war die Parole *Das ist auch unser Land* zu lesen. Das Mädchen schloß den Regenschirm und öffnete die Tür.

Es war ein typischer Belfaster Pub mit mehreren Nischen, in denen einige Tische standen, und einer langen Theke aus Mahagoni. Vor einer Spiegelwand reihten sich Flaschen mit allen möglichen Getränken. Die einzigen Gäste waren einige alte Männer; vier spielten an einem offenen Kamin Karten, zwei andere unterhielten sich leise miteinander. Ein junger Mann, der nur einen Arm hatte und aussah, als sei mit ihm nicht zu spaßen, las hinter der Theke den *Belfast Telegraph*.

Er blickte auf und legte die Zeitung zur Seite. »Alles in Ordnung mit dir, Kathleen? Michael hat mir erzählt, was passiert ist.«

»Mir geht's gut, Ivor, dank Mr. Keogh. Ist Onkel Michael hinten?«

In diesem Moment öffnete sich eine Tür, und ein Mann kam herein. Anhand der Fotos, die Barry ihm bei ihrer Besprechung in Dublin gezeigt hatte, erkannte Keogh ihn sofort – Michael Ryan, fünfundfünfzig Jahre alt, ein Unionist mit Leib und Seele, der in der UUVF und der Red Hand of Ulster, der extremsten protestantischen Gruppe überhaupt, gedient und viele Male für seine Überzeugung getötet hatte. Er war mittelgroß, strahlte Energie aus, hatte sehr blaue Augen und an den Schläfen leicht ergrautes Haar.

»Das ist Martin Keogh«, stellte das Mädchen vor.

Ryan schüttelte ihm die Hand. »Sie haben mir heute abend einen großen Dienst erwiesen. Das werde ich nicht vergessen.«

»War Glück, daß ich grade da war.«

»Mag sein. Ich bin Ihnen jedenfalls einen Drink schuldig.«

»Bushmills Whiskey wäre schön.«

»Kommen Sie.« Ryan deutete auf eine Nische in der Ecke.

Das Mädchen streifte seinen Regenmantel und die Baskenmütze ab und setzte sich zu ihnen an den Tisch. Ivor brachte eine Flasche Bushmills und zwei Gläser.

»Was möchtest du, Kathleen?«

»Nichts, schon gut, Ivor.«

Es war unverkennbar, daß er sie anbetete, aber er nickte nur und ging wieder hinter die Theke. »Ich habe Erkundigungen bei einem Kontaktmann im Royal Victoria eingezogen«, sagte Ryan. »Man hat dort gerade drei übel zugerichtete junge Männer behandelt. Einer hatte einen Durchschuß im Oberschenkel.«

»Ach ja?« erwiderte Keogh gleichgültig.

Kathleen Ryan starrte ihn an. »Davon haben Sie mir kein Wort erzählt.«

»War nicht nötig.«

»Lassen Sie mal Ihre Waffe sehen«, sagte Ryan. »Keine Sorge, hier sind lauter Freunde.«

Schulterzuckend reichte Keogh ihm die Walther, die Ryan mit Kennermiene betrachtete. »Ein ganz neuer Carswell-Schalldämpfer, sehr schön. Mir persönlich ist die hier immer noch die liebste.« Er zog eine Browning aus seiner Tasche und gab sie ihm.

»Die bevorzugte Waffe der SAS – und der Fallschirmjäger.«

»Er hat im Ersten Regiment gedient«, sagte das Mädchen. »War beim Blutigen Sonntag dabei.«

»Ist das wahr?« fragte Michael Ryan.

»Schon lange her. In letzter Zeit bin ich auf See gewesen.«

»Sie stammen aus Belfast, sind aber in London aufgewachsen, hat Kathleen mir erzählt.«

»Meine Mutter ist im Kindbett gestorben, und mein Vater ging damals nach London, um dort Arbeit zu suchen. Er lebt schon seit ein paar Jahren nicht mehr.«

Ryan hatte das Magazin aus der Walther genommen. »Jedenfalls müssen Sie ein guter Prot sein, weil Sie Kathleen geholfen haben.«

»Um ehrlich zu sein, Religion bedeutet mir gar nichts«, erwiderte Keogh. »Aber sagen wir mal so – ich weiß, auf welcher Seite ich stehe.«

In diesem Moment wurde die Tür aufgestoßen, und ein Mann in einem Regenmantel stürmte herein.

»Michael Ryan, du Schwein, jetzt hab' ich dich!« rief er und zückte einen Revolver.

Ryan war hilflos, da das Magazin der Walther und die Pistole zu weit entfernt von ihm auf dem Tisch lagen. »Was soll ich tun, ihn erschießen?« fragte Keogh. »In Ordnung.« Er drückte die Browning ab. »Peng, du bist tot.« Der Mann ließ die Hand mit dem Revolver sinken. »Platzpatronen, Mr. Ryan«, erklärte Keogh. »War am Gewicht zu erkennen. Was für ein Spielchen ist das hier?«

Ryan lachte. »Laß dir an der Theke einen Drink geben, Joseph.«

Der vermeintliche Killer nickte, und die alten Männer am Kamin setzten ihr Kartenspiel fort, als sei gar nichts geschehen.

Michael Ryan stand auf. »War sozusagen nur ein Test, mein Junge. Gehen wir ins Wohnzimmer und reden dort weiter.«

Von draußen trommelte der Regen gegen das Fenster, dessen Vorhänge geschlossen waren; im Kamin brannte ein Feuer, es war gemütlich warm, und das Mädchen brachte aus der Küche ein Tablett mit einer Kanne Tee, Milch und Tassen herein.

»Wenn Sie Seemann sind«, sagte Ryan, »dann haben Sie auch Papiere.«

»Klar.«

Ryan streckte die Hand aus. Keogh öffnete schulterzuckend seine Matrosenjacke und zog eine Brieftasche heraus.

»Bitte sehr – Schiffspapiere, Gewerkschaftsausweis und so weiter.«

Das Mädchen schenkte Tee ein, während Ryan alles sehr genau prüfte. »Vor zwei Wochen von der *Ventura* abgemustert. Decksmann und Taucher. Was heißt das?«

»Die *Ventura* ist ein Versorgungsschiff in den Ölfeldern der Nordsee. Neben meinen üblichen Aufgaben an Bord habe ich ein bißchen als Taucher gearbeitet. Nur leichte Sachen in geringer Tiefe; Instandhaltung unter Wasser, Schweißarbeiten und so was in der Art.«

»Interessant. Ein vielseitiger Mann. Irgendwelche besonderen Kenntnisse in der Armee erworben?«

»Bloß wie man Leute umbringt. Ich kenne mich mit Waffen aus und weiß ziemlich gut über Sprengstoffe Bescheid.« Keogh zündete sich eine Zigarette an. »Was soll das alles?«

»Können Sie Motorrad fahren?«

»Hab' schon mit sechzehn auf dem Bock gesessen; das ist lange her.«

Ryan lehnte sich zurück und stopfte seine Pfeife. »Besuchen Sie hier Verwandte?«

»Ich hab' bloß ein paar Cousins, die aber woanders leben, soviel ich weiß«, erwiderte Keogh. »Ich bin einfach aus einer Laune heraus hergekommen. Sentimentalität, wenn Sie so wollen. Im Grunde eine schlechte Idee, aber kann ja jederzeit wieder weg und mir einen neuen Job besorgen.«

»Ich könnte Ihnen einen anbieten«, sagte Ryan. Das Mädchen zündete ihm mit einem Wachsstock vom Kamin die Pfeife an.

»Was, hier in Belfast?«

»Nein, in England.«

»Und das wäre?«

»Na ja, eine Sache, die Ihnen liegen dürfte, wie ich an Ihrem Verhalten heute abend gesehen habe.«

Keogh merkte, daß das Mädchen ihn gespannt beobachtete. »Geht es dabei um Politik?«

»Ich arbeite seit 1969 für die Sache der Unionisten«, erklärte Ryan. »Hab' sechs Jahre im Gefängnis von Maze gesessen. Ich hasse Katholiken und die verfluchte Sinn Fein, weil sie uns alle vertreiben werden, wenn sie siegen, jeden einzelnen Protestanten im ganzen Land. Das gäbe eine regelrechte ethnische Säuberung. Aber wenn es mal soweit kommt, nehme ich so viele mit mir in die Hölle, wie ich nur kann.«

»Und was hat das mit diesem Job zu tun?«

»Es ist eine Sache in England, die beträchtliches Geld für unsere Organisation einbringen würde.«

»Mit anderen Worten – wir bestehlen jemanden?«

»Wir brauchen Geld, Keogh, Geld für Waffen. Die verdammte IRA hat ihre irisch-amerikanischen Sympathisanten, die sie mit den nötigen Mitteln versorgen. Wir nicht.« Er beugte sich vor. »Ich erwarte von Ihnen keinen Patriotismus, mir reicht ein Profi, den eine ordentliche Summe lockt. Fünfzigtausend Pfund.«

Das Mädchen musterte ihn gespannt. Ihre finstere Miene verriet, daß sie überzeugt war, er würde ablehnen.

Keogh lächelte. »Das ist eine Menge Kohle, Mr. Ryan. Dafür werden Sie auch eine Menge erwarten.«

»Nur Unterstützung von einem Mann, der mit jeder Situation fertig wird, und so, wie Sie sich heute abend verhalten haben, scheinen Sie mir dieser Mann zu sein.«

»Was ist mit Ihren eigenen Leuten? Sie haben doch genauso viele Aktivisten draußen auf den Straßen wie die IRA, mehr sogar. Das weiß ich noch aus meiner Zeit in der Armee.« Er zündete sich eine Zigarette an und lehnte sich zurück. »Es sei denn, daß Sie in Wahrheit das Geld selbst behalten wollen.«

Kathleen Ryan sprang auf. »Wie können Sie so was sagen! Mein Onkel hat mehr für unsere Sache getan als irgend jemand sonst. Verschwinden Sie besser, solange Sie's noch können.«

Ryan hob eine Hand. »Ruhig, Kind, jeder halbwegs intelligente Mann würde an diese Möglichkeit denken. So was hat's oft genug gegeben, weiß Gott, und zwar auf beiden Seiten.«

»Also, was ist?« fragte Keogh.

»Ich weiß Geld genauso zu schätzen wie jedermann, aber unser Kampf ist ein Kampf um Gerechtigkeit, und das ist die einzige Gewißheit in meinem Leben. Sämtliches Geld, das durch meine Hände geht, kommt der protestantischen Sache zugute. Sie ist mein ganzer Lebensinhalt.«

»Warum nehmen Sie dann nicht einen Ihrer eigenen Männer?«

»Weil überall zu viel geredet wird – das ist der alte Schwachpunkt in sämtlichen revolutionären Bewegungen. Die IRA hat dasselbe Problem. Ich habe immer lieber auf Leute von außerhalb, wie ich es nenne, zurückgegriffen und mich zu diesem Zweck gern in der Unterwelt umgeschaut. Ein ehrlicher Dieb, der gegen Bezahlung arbeitet, ist zuverlässiger als irgendein revolutionärer Hitzkopf.«

»Und so einer bin ich für Sie? Jemand von außerhalb, den Sie gerade gut gebrauchen können?«

»Genau. Also, sind Sie dabei oder nicht? Wenn nicht, dann sagen Sie es. Nach allem, was Sie heute abend für Kathleen getan haben, können Sie unbehelligt Ihrer Wege gehen.«

»Das ist schön zu wissen.« Keogh zuckte die Schultern. »Ach, verdammt, warum soll ich's nicht mal probieren? Wäre jedenfalls was anderes als die Arbeit in der Nordsee. Schauerliches Wetter dort um diese Jahreszeit.«

»Sehr gut.« Ryan lächelte. »Zwei Bushmills, Kathleen, darauf trinken wir.«

»Wo wohnen Sie?« fragte Ryan.

»In einer Flohherberge namens Albert-Hotel.«

»Das ist wahrhaftig ein Drecksloch.« Ryan hob sein Glas. »Unser Land ebenfalls.«

»Mögen Sie in Irland sterben«, erwiderte Keogh.

»Ein ausgezeichneter Trinkspruch.« Ryan kippte seinen Bushmills in einem Zug hinunter.

»Und wie geht's jetzt weiter?«

»Erfahren Sie alles, wenn wir in London sind, wo ich mich mit jemandem treffen muß. Sie fliegen mit mir und Kathleen dorthin.«

»Auch schon eine Aktivistin? Eigentlich noch ein bißchen jung dafür, oder?«

»Ich hab' Ihnen doch erzählt, daß sie meine Familie umgebracht haben, als ich zehn war, Mr. Keogh«, erwiderte sie heftig. »Danach bin ich ziemlich rasch erwachsen geworden.«

»Das Leben ist hart in dieser Welt.«

»Und ich mache es der anderen Seite noch härter, glauben Sie mir.«

»Hassen können Sie gut, das muß ich sagen.« Keogh wandte sich wieder an ihren Onkel. »Das wär's dann?« Er schüttelte ihm die Hand. »Aber worum geht's nun eigentlich? Ein bißchen mehr müßte ich schon wissen.«

»Na gut, einen kleinen Anhaltspunkt. Kennen Sie den Nordwesten Englands? Den Lake District?«

»Bin noch nie dort gewesen.«

»Eine wilde und einsame Gegend um diese Zeit, wenn die Touristen wieder weg sind.«

»Und?«

»Dort wird ein ganz bestimmter Laster durchfahren, ein

Fleischtransporter, den wir beide uns kapern. Ist eine Sache von fünf Minuten und ganz einfach.«

»Ein Fleischtransporter, haben Sie gesagt?«

Ryan lächelte. »So sieht es jedenfalls aus. Was drinnen ist, ist eine andere Sache. Das erfahren Sie später.«

»Und was passiert danach?«

»Wir fahren zu einer alten, längst nicht mehr benutzten Mole an der kumbrischen Küste, wo uns ein Boot erwartet, eine Siemens-Fähre. Wissen Sie, was das ist?«

»Die Deutschen haben damit im Zweiten Weltkrieg Soldaten und schweres Gerät für Angriffe auf die Küste transportiert.«

»Sie sind gut informiert. Wir fahren an Bord und schippern nach Ulster. Ich kenne dort einen ehemaligen Steinbruch, zu dem eine Mole gehört. Wir bringen den Laster von Bord und verschwinden in der Nacht. Es ist wirklich ganz einfach.«

»Scheint jedenfalls so«, nickte Keogh. »Und die Besatzung dieser Fähre? Was ist mit ihr?«

»Sie glauben, daß es sich nur um irgendeine Schmuggelgeschichte handelt; dafür kriegen sie ihren Lohn. Es handelt sich um Leute, die ständig solche Sachen machen.«

»Gauner, meinen Sie.«

»Genau. Der Kahn liegt im Moment in der Nähe von Wapping. Deshalb fliegen wir nach London, um die letzten Vorbereitungen zu treffen.«

Da Keogh schwieg, fragte Kathleen Ryan: »Nun, was meinen Sie, Mr. Keogh?«

»Daß Sie besser anfangen, mich Martin zu nennen. Immerhin werden wir ja anscheinend einige Zeit miteinander verbringen.«

»Aber glauben Sie, daß es klappt?«

»Wie Ihr Onkel schon sagte – der größte Vorteil scheint es zu sein, daß die Sache so einfach ist. Es könnte alles reibungslos wie ein Schweizer Uhrwerk laufen. Andererseits gehen selbst Schweizer Uhren mal kaputt.«

»Oh, ihr Kleingläubigen«, lächelte Ryan. »Natürlich wird es funktionieren. Es muß! Meine Organisation braucht die

Mittel, um Waffen für unsere Leute zu kaufen, das ist unerläßlich. Im Koran gibt es eine Stelle, die besagt, daß einem Schwert mehr Wahrheit anhaftet als zehntausend Worten.«

»Verstehe.« Keogh stand auf. »Es ist spät. Ich gehe jetzt besser zurück in mein Hotel.«

»Leisten Sie uns morgen beim Frühstück Gesellschaft. Wir nehmen das Mittagsflugzeug. Ich besorge die Tickets.«

»Dann sage ich jetzt gute Nacht.«

»Kathleen läßt Sie raus, die Bar ist schon geschlossen. Ihre Walther behalte ich hier. Damit kämen Sie unmöglich durch die Sicherheitskontrollen am Flughafen, aber unser Mann in London wird uns mit allem versorgen, was wir brauchen.« Er streckte die Hand aus. »Bis morgen früh.«

Das Mädchen öffnete die Tür, und der kräftige Wind trieb ihnen eine Regenböe ins Gesicht.

»Eine schreckliche Nacht.«

»Kann man wohl sagen.« Keogh schlug seinen Kragen hoch. »Ein handfestes irisches Frühstück wäre Klasse – besonders, wenn Sie's selbst kochen. Zwei Eier, und vergessen Sie die Würstchen nicht.«

»Machen Sie schon, daß Sie weiterkommen.« Sie lachte ihr typisches, etwas schroffes Lachen, versetzte ihm einen Schubs und schloß die Tür.

Keogh hatte Mühe, eine Telefonzelle zu finden, da die meisten demoliert waren. Erst kurz vor dem Hotel hatte er endlich Glück. Er schloß die Glastür und wählte die Dubliner Nummer. Barry saß mit dem Leiter der Abwehr in Ulster, einem Mann namens John Cassidy, in seinem kleinen Arbeitszimmer, als ein Handy läutete.

»Ich bin's«, sagte Keogh. »Hat tadellos geklappt. Ich bin dabei. Ryan hat mich angeheuert.«

»Erzähl schon.«

Keogh gab ihm einen knappen Bericht und meinte abschließend: »Was könnte in diesem Fleischtransporter sein?«

»Goldbarren, wenn es sich um die Sache handelt, an die ich denke. Er hat diesen Plan bereits vor ungefähr einem Jahr dem Army Council der Unionisten vorgeschlagen, aber man lehnte ihn als zu riskant ab.«

»Also hat Ryan beschlossen, es auf eigene Faust zu machen.«

»Genau, er war schon immer ein wilder Bursche. Deshalb wollte ich dich dabei haben, als ich durch einen Informanten hörte, daß er was vorhat.«

»Eine große Sache«, sagte Keogh.

»Allerdings. Bleib ständig mit mir in Verbindung. Du hast ja die wechselnden Nummern für das Handy. Und paß auf dich auf.«

Barry lehnte sich nachdenklich zurück und zündete sich eine Zigarette an. »Probleme?« fragte Cassidy.

»Michael Ryan mal wieder.« Er berichtete ihm, was Keogh erzählt hatte.

»Mein Gott, wenn das stimmt, hätten die Dreckskerle genug Geld für einen Bürgerkrieg. Was wollen Sie unternehmen?«

»Gar nichts weiter. Nur dafür sorgen, daß sie ein entsprechendes Empfangskomitee erwartet, wenn dieses Boot irgendwo an der Küste von Ulster anlegt. Dann haben nämlich *wir* genug Geld für einen Bürgerkrieg.«

»Und Sie sind sicher, daß Sie die Zeit und den Ort erfahren?«

»O ja. Der Mann, der gerade angerufen hat, ist einer von uns. Er hat sich unter einem falschen Namen bei Ryan eingeschlichen und wird von Anfang an dabei sein.«

»Ein guter Mann?«

»Der beste.«

»Kenne ich ihn?«

Barry nannte ihm Keoghs richtigen Namen.

Cassidy lachte laut auf. »Herr im Himmel, der Teufel persönlich! Da kann ich nur sagen, Gott steh ihm bei, diesem Michael Ryan.«

An der Rezeption war niemand, als Keogh ins Hotel kam. Er stieg die Treppe hinauf und schloß die Tür seines schäbigen Zimmers auf. Angewidert schaute er sich um und schaltete das Licht aus. Ohne sich auszuziehen, legte er sich aufs Bett und zündete sich eine Zigarette an. In Gedanken ging er Ryans Plan noch einmal durch.

Das Verblüffende war, daß die Sache tatsächlich so einfach schien, obwohl sich das natürlich erst richtig beurteilen ließ, wenn Ryan ihn vollständig ins Vertrauen gezogen hatte. Kein übler Kerl, dieser Mann, sogar ganz sympathisch. Und dieses Mädchen ... so jung und so voller Haß. Nur weil ihre Familie bei einem Bombenattentat getötet worden war? Er schüttelte den Kopf. Dahinter steckte mehr, ganz sicher.

Ehe sie zu Bett ging, brachte Kathleen Ryan ihrem Onkel, der in Gedanken versunken am Kamin saß und seine Pfeife rauchte, eine Tasse Tee.

»Glaubst du, es klappt?«

»Ich bin noch nie so sicher gewesen, und wenn dieser Keogh dabei ist ...« Er zuckte die Schultern. »Fünfzig Millionen Pfund in Goldbarren, Kathleen. Stell dir das nur mal vor.«

»Ein komischer Kerl. Meinst du, man kann ihm vertrauen?«

»Ich habe noch nie im Leben jemandem vertraut«, erklärte er unbekümmert. »Nicht mal dir. Nein, mach dir keine Gedanken wegen Keogh. Ich weiß schon, was ich tue.«

»Wie kannst du so sicher sein?«

»Weil ich ihn kenne wie mich selbst, Mädchen. Wir sind aus dem gleichen Holz geschnitzt. Er hat Verstand, das ist offensichtlich, und er hat den Killerinstinkt, das liegt in seiner Natur; er kann gar nicht anders, genau wie ich.« Er küßte sie auf die Wange. »Und jetzt ins Bett mit dir.«

Nachdem sie das Zimmer verlassen hatte, lehnte er sich zurück, trank seinen Tee und dachte an eine einsame Straße im Lake District. Nicht einmal seine Nichte wußte, daß er sich dort gründlich umgeschaut hatte.

London
Der Lake District

1985

2

Falls es in London so etwas gibt wie ein irisches Viertel, dann in Kilburn mit seinen Pubs, in denen sich jeder republikanisch gesinnte Ire zu Hause fühlt, und den entsprechenden Kneipen für Protestanten, die man ebenso in Belfast finden könnte. Dazu zählte auch das William & Mary, dessen Wirt, Hugh Bell, mit Leib und Seele zu den Oraniern gehörte, die in London für die unionistische Bewegung die gleichen Aufgaben erfüllten wie die Sinn Fein für die IRA.

Ryan, Keogh und Kathleen, die am frühen Abend in London angekommen waren, saßen in einem Hinterzimmer des Pubs, wo Bell, ein großer, freundlicher Mann mit grauem Haar, eine Auswahl von Waffen auf dem Tisch ausgebreitet hatte.

»Kannst haben, was du möchtest, Michael«, versicherte er und schenkte sich einen Whiskey ein. »Ich kann dir leicht alles besorgen.«

Ryan suchte sich eine Browning aus; Keogh nahm eine Walther. »Hätten Sie vielleicht auch einen Carswell dafür?«

»Ein Mann mit weiser Voraussicht, der sich auskennt, wie ich sehe.« Bell kramte in seinem Schrank. »Bitte sehr. Das neuste Modell.«

Keogh schraubte ihn auf seine Walther. »Genau das richtige.«

»Und die junge Dame?« fragte Bell.

»Meine Nichte trägt keine Waffe.«

»Ich kann genauso gut schießen wie du, Onkel Michael«, protestierte das Mädchen, »und das weißt du auch. Wie soll ich mich sonst schützen? Sie in die Eier treten?«

Bell lachte. »Ich hätte vielleicht was Passendes.« Er holte eine kleine Automatik aus seinem Schrank. »Eine Coltpistole Kaliber .25, ziemlich selten. Paßt ganz leicht in die Handtasche oder die Strumpfhose einer Dame.«

»Und ist völlig wirkungslos«, entgegnete Ryan.

»Wenn man nahe genug dran ist, langt es durchaus.«

»Die ist mir gerade recht«, lächelte das Mädchen und steckte sie in ihre Handtasche.

»Na gut«, sagte Ryan. »Was ist mit der *Irish Rose*?«

»Liegt in Wapping in der Nähe der London Bridge. Der Captain heißt Frank Tully, aber das weißt du ja. Ist so eine Ratte, die für Geld Drogen schmuggelt und auch sonst alles macht, was Kohle bringt. Er ist schon zweimal für die IRA in die Republik gefahren.«

»Und seine Mannschaft?«

»Vier Leute.« Bell öffnete eine Schublade, nahm ein Blatt Papier heraus und setzte seine Lesebrille auf. »Mick Dolan und Jock Grant aus Liverpool, Bert Fox aus London und ein Kraut namens Müller – Hans Müller. Alle vorbestraft und schon im Knast gewesen.«

»Na ja, wenigstens wissen wir, mit wem wir es zu tun haben«, meinte Keogh.

»Stimmt«, nickte Ryan. »Bloß der ganz normale Abschaum.«

»Das sind keine guten Leute«, warnte Bell. »Ich hoffe, du weißt, was du tust, Michael.«

»Für gewöhnlich schon«, grinste Ryan und nahm ein zusammengefaltetes Papier aus seiner Tasche. »Ich hab' hier ein paar Sachen aufgeschrieben, die ich brauche. Schau mal, ob du sie mir beschaffen kannst.«

Bell überflog die Liste. »Handgranaten, Nebelkerzen, geht klar. Zwei AK-Gewehre. Okay. Semptex? Ist das nötig?«

»Ich muß vielleicht sprengen, um ans Ziel zu kommen.«

»Na gut, ich will mal sehen, was ich tun kann.«

»Das wär's dann.« Ryan lächelte seiner Nichte und Keogh zu. »Gehen wir was essen und anschließend zu Tully.«

Ryan, Kathleen und Keogh stiegen aus einem Taxi, das gleich wieder weiterfuhr, und gingen den Cable Wharf entlang. Es war sehr kalt an der Themse. Zur rechten Hand sah man die Tower Bridge und dahinter den von Scheinwerfern angestrahlten Tower. Die roten und grünen Lichter einiger vorbeifahrender Schiffe leuchteten durch die abendliche Dunkelheit.

Die Fähre war am anderen Ende des Kais vertäut. Im trüben gelben Licht zweier Lampen konnte man am Heck den Schriftzug *Irish Rose* lesen.

»Da fühlt man sich gleich zu Hause«, sagte Ryan.

»Na, ich bezweifle, ob das so ganz stimmt«, meinte Keogh.

Sie betraten die Gangway. »Was suchen Sie hier?« Aus dem Dunkel tauchte ein Mann auf, der eine Seemannsjacke und eine Schirmmütze trug. An seiner Sprechweise hörte man, daß er aus Liverpool stammte.

»Wir werden erwartet«, entgegnete Ryan. »Sag Captain Tully Bescheid.«

Der Mann lachte laut auf. »Captain Tully? Nennt er sich jetzt so? Na gut, kommen Sie mit.«

Das Boot war sehr flach, rund 150 Meter lang, und nachdem sie etwa drei Viertel des Decks überquert hatten, stießen sie auf das Steuerhaus.

»Was meinen Sie?« flüsterte Ryan Keogh zu.

»Für schwere See ist sie nicht gebaut.«

Sie stiegen die Leiter zum Steuerhaus hinauf; der Matrose öffnete eine Tür und trat zur Seite.

»Da wären wir.«

Hinter dem Kartentisch saß ein Mann in einem langen Mantel. Das Haar fiel ihm bis auf die Schultern; sein Gesicht war vom Alkohol und einem unsoliden Lebenswandel so gezeichnet, daß man unmöglich sein Alter schätzen konnte.

»Mr. Ryan.« Er stand auf und streckte die Hand aus. »Und wer ist diese hübsche junge Dame?«

»Meine Nichte, Captain Tully, daran müßten Sie sich doch erinnern. Und das ist mein Partner Martin Keogh.«

»Mr. Keogh«. Tully schüttelte ihm kräftig die Hand. »Ist mir wirklich ein Vergnügen.«

»Glaube ich gern«, sagte Keogh.

»Dann zum Geschäft.«

Ryan holte eine zusammengefaltete Karte aus seiner Aktentasche. »Hier ist Ihr Zielort. Marsh End, südlich von Ravenglass an der kumbrischen Küste. Sie haben zwei Tage. Schaffen Sie das?«

Tully musterte die Karte. »Kein Problem. Und dann?«

»Ich komme mit einem Laster, den wir rüber nach Kilalla an der Küste von County Down bringen wollen.« Er zog eine weitere Karte heraus. »Da gibt es eine alte Mole, wo wir an Land gehen, danach schippern Sie weiter.«

»Alles klar, Mr. Ryan. Bleibt nur noch die kleine Frage des Lohns zu regeln.«

Ryan zog aus dem Aktenkoffer einen großen Umschlag, den er ihm zuschob. »Fünfzigtausend Pfund. Weitere fünfzigtausend bei Vertragserfüllung in Kilalla. Zufrieden?«

»Sicher, Mr. Ryan, sehr sogar.«

»Ausgezeichnet. Wir treffen uns also am Freitagmorgen in Marsh End.«

»Kein Problem. Sie können sich auf mich verlassen.«

»Gut. Dann verabschieden wir uns jetzt wieder.«

»Mir hat dieser Ganove überhaupt nicht gefallen«, sagte Kathleen Ryan, als sie den Pier entlanggingen.

»Soll er auch nicht.« Ryan wandte sich an Keogh. »Was meinen Sie?«

»Der schneidet jedem die Kehle durch, wenn er glaubt, es springen dabei ein paar Kröten für ihn raus.«

»Genau deshalb habe ich Sie engagiert.« Ryan ging zur Ecke und winkte einem Taxi.

Dolan, der sie zu Tully gebracht hatte, kehrte ins Steuerhaus zurück, wo Tully die Karten betrachtete, die Ryan ihm gegeben hatte.

»Was meinst du?«

»Ein ganz großes Ding«, sagte Tully. »Fünfzigtausend jetzt und weitere fünfzigtausend, wenn wir an der Küste von Ulster sind. Was immer in diesem Laster ist, muß ziemlich was wert sein.«

»Und?«

»Die Nummer, die er mir gegeben hat, unter der ich ihn erreichen kann, gehört zu einem Pub in Kilburn, dem William & Mary. Ich denke, ich sehe mich dort mal ein bißchen um.« Er faltete die Karte zusammen. »Du kümmerst dich hier um alles. Bei dieser Sache könnte gewaltig was für uns rausspringen, Mick.«

»Na, ich bin jedenfalls dabei«, versicherte Dolan. »Auf mich kannst du zählen.«

»Bestens«, nickte Tully.

Schulter an Schulter drängten sich die Gäste im Schankraum des William & Mary an der Theke. Es ging ziemlich fröhlich und sehr lebhaft zu.

Tully, der zu einem der Fenster hereinspähte, beschloß, sich einmal die Rückseite des Hauses anzuschauen und ging eine schmale Gasse entlang, die an einer hohen Mauer endete. Ein Tor führte in einen Hof. Aus einem Fenster, dessen Vorhänge nicht ganz zugezogen waren, drang ein Lichtstreifen. Vorsichtig schlich er näher und lugte hinein.

Ryan, Bell und Kathleen saßen an einem Tisch, auf dem eine Karte lag; Keogh stand am Kamin. Ryan lachte über eine Bemerkung von Bell, die Tully allerdings nicht verstehen konnte.

Er entdeckte eine Hintertür, drückte vorsichtig die Klinke herunter und fand sich in einem schmalen Korridor wieder. An einem Haken hingen ein paar Mäntel. Nirgends brannte Licht, und er tastete sich vorwärts. In diesem Moment öffnete sich eine Tür. Hastig versuchte Tully, sich zwischen den Mänteln zu verstecken.

»Dauert bloß eine Minute!« rief Bell, der zu einer Tür am anderen Ende des Korridors ging und dort verschwand. Kurz darauf hörte man eine Toilettenspülung. Bell kehrte zurück und ging wieder in das Hinterzimmer. Tully schlich näher und drückte sein Ohr an die Tür. Mühelos konnte er nun jedes Wort verstehen.

»Also, dann will ich mal die Karten auf den Tisch legen«, sagte Ryan. »Es ist Zeit, daß Sie erfahren, was wir anderen bereits wissen, Martin.«

»Wäre mir sehr recht«, erwiderte Keogh.

»Ich habe diese Sache vor ungefähr einem Jahr ausgetüftelt. Hugh Bell hat mir bei einigen Vorbereitungen hier in England geholfen. Leider hat das Army Council meinen Plan abgeschmettert, weil man ihn für zu riskant hielt.«

»Ein Haufen alter Weiber«, schnaubte Bell.

»Und worum geht es denn nun?« fragte Keogh. »Was ist in diesem Fleischtransporter?«

»Gold, Martin«, antwortete Kathleen. »Goldbarren im Wert von fünfzig Millionen Pfund.«

»Gott im Himmel.« Keogh spielte überzeugend den Verblüfften. »Warum wird das denn auf diese Weise transportiert?«

»Ich will's Ihnen erklären«, sagte Ryan. »Früher wurden diese Goldbarren immer zu den Docks von London gebracht, aber in den letzten fünfundzwanzig Jahren ist dort alles den Bach runtergegangen. Die Schiffe laufen heute lieber Amsterdam an, und die Goldlieferungen wurden nach Glasgow umgeleitet.«

»Wie lange geht das schon so?«

»Fünf Jahre. Seit man eine neue Schmelzhütte in Barrow-in-Furnes gebaut hat. Das ist hier unten auf der Karte, sehen Sie? Hauptsächlich gibt's dort Schiffbau. Das neueste atombetriebene U-Boot stammt aus den dortigen Werften.«

»Und was hat die Schmelzhütte mit der Sache zu tun?«

»Sie schmelzen das Gold ein und gießen es zu kleineren Barren um, wie es den Banken lieber ist. Gold ist schließlich ganz schön schwer.«

»Verstehe«, nickte Keogh.

»Der Laster bringt es von Glasgow nach Carlisle«, fuhr Ryan fort, »dann rüber nach Mayport und über die Küstenstraße hinunter nach Barrow.«

»Und irgendwo auf dieser Straße schnappen wir ihn uns?«

»Genau. Diesen Freitag.«

»Aber wie bringen wir ihn dazu, anzuhalten? Und vor allen Dingen, wie kommen wir rein?«

»Es ist kein gewöhnlicher Laster, auch wenn er so aussieht. Hinter dem Fahrer sitzen in der Kabine zwei bewaffnete Sicherheitsleute, und die ganze Karosserie ist auf jede erdenkliche Weise verstärkt; außerdem gibt es ein Unmenge elektronischer Sicherheitsvorkehrungen und eine erstklassige Funkverbindung.«

»Und was wollen Sie da machen?« fragte Keogh.

Bell holte aus einer Schublade einen kleinen schwarzen Computer mit mehreren Knöpfen und einem Display.

»Ich weiß, das Ding hier sieht aus wie eine Fernbedienung für den Fernseher, aber es ist ein richtiges Wunderwerk. Wissen Sie, wir kennen aus einer Quelle, die ich nicht nennen will, den Code für das Sicherheitssystem des Lasters. Er ist bereits in diesen Minicomputer eingespeichert. Man braucht bloß dreimal diesen roten Knopf zu drücken, und das gesamte System – die elektronischen Türsperren, Funkverbindung und alles – ist lahmgelegt. Das heißt, die Türen sind offen.«

»Und wo haben Sie das Ding her?«

»Ach, von einem jungen Burschen an der Queen's University in Belfast, der mit unserer Sache sympathisiert und ein echtes Wunderkind in Sachen Elektronik ist.«

Keogh nickte. »Was passiert mit dem Fahrer und den Wachen?«

»Da dürfte eine Betäubungsgranate genügen, obwohl ich nicht zögern würde, sie umzubringen, wenn's sein muß«, erklärte Ryan mit Nachdruck. »Das ist eine ernste Angelegenheit.«

»Na gut, und was passiert nach dem Überfall?«

»Wir fahren nach Marsh End, wo die *Irish Rose* uns erwartet.« Er lächelte. »Bis die Polizei eingeschaltet ist und was unternimmt, sind wir längst auf See und unterwegs nach Hause.«

Alle schwiegen, während Keogh überlegte. »Ja, ich glaube, Sie haben recht«, meinte er schließlich. »Es könnte klappen.«

Ryan lachte erleichtert. »Freut mich, Martin. Darauf trinken wir.«

Bell stand auf und holte aus einem Schrank eine Flasche Bushmills und drei Gläser. Genau in diesem Moment kippte draußen im Hof krachend eine Mülltonne um.

Tully hatte genug gehört und hielt es für besser, wieder zu verschwinden. Er öffnete die Hintertür und wollte über den Hof davonschleichen, wobei er jedoch gegen die Mülltonne rempelte, deren Deckel herunterfiel und laut klappernd auf dem Steinboden landete. Hastig lief er zum Tor und rannte die Gasse entlang.

Keogh war sofort nach draußen gelaufen, aber bis er die Gasse erreichte, war es schon zu spät; Tully überquerte bereits die belebte Hauptstraße und verschwand in der Menge.

»War da jemand?« fragte Ryan, als Keogh zurückkehrte. Er stand mit dem Mädchen und Bell, der das Licht im Hof eingeschaltet hatte, an der Hintertür.

»Allerdings, und es wird Ihnen überhaupt nicht gefallen. Ich konnte ihn gerade noch erkennen, ehe er in die Straße einbog. Es war Tully.«

»Der Schweinehund hat uns ausspioniert.« Ryan ging voraus ins Wohnzimmer.

»Das heißt, wir müssen das ganze Unternehmen abblasen«, meinte Bell.

»Nein, das denke ich nicht«, erwiderte Keogh. »Es liegt doch in seinem Interesse, daß die Sache über die Bühne geht. Schließlich will er sein restliches Geld haben.«

»Klingt logisch«, nickte Ryan.

»Ich glaube, er hat nur aus Neugier ein bißchen rumgeschnüffelt, um vielleicht noch etwas mehr rauszuschlagen.«

»Dieses hinterlistige Schwein«, schimpfte Kathleen, während Keogh seine Matrosenjacke anzog.

»Wo wollen Sie hin?« fragte Ryan.

»Zurück zur *Irish Rose.*« Keogh überprüfte seine Walther. »Auch mal ein bißchen rumschnüffeln.«

»Ich komme mit.«

»Nicht nötig, das mache ich schon«, lächelte Keogh. »Dafür bezahlen Sie mich ja schließlich.«

»Passen Sie auf sich auf, Martin«, sagte Kathleen Ryan.

»Mache ich doch immer, Mädchen.«

Es regnete wieder, als Keogh am Cable Wharf aus dem Taxi stieg; leichter Nebel lag in der Luft, und es gab viele dunkle Ecken und Winkel, so daß er im Schatten der alten verlassenen Lagerhäuser unbemerkt zur Gangway kommen konnte. Kein Mensch zu sehen. Kurzentschlossen setzte er mit einem Sprung auf das Heck der Fähre über, die zur Zeit tiefer als der Pier lag.

Er kauerte einen Moment an Deck, ehe er auf das Steuerhaus zuschlich, in dem Licht brannte. Während Keogh die eiserne Leiter hinaufstieg, hörte er Stimmen und roch Zigarettenrauch. Offenbar hatte Tully seine ganze Mannschaft dort versammelt. Im Schutz eines Rettungsfloßes richtete er sich auf und lauschte.

»Gold?« hörte er Dolan sagen. »Du verarschst uns doch, Frank?«

»Nein, verdammt. Der Laster, den wir in Marsh End an Bord nehmen, ist vollbeladen damit. Sie wollen ihn auf dem Weg zur Schmelzhütte in Barow-in-Furness abfangen.«

»Und was sind das für Typen?« fragte Dolan.

»Jedenfalls Iren, soviel ist sicher. Ich hielt sie eigentlich für Leute von der IRA, aber das glaube ich jetzt nicht mehr.«

»Warum nicht?«

»Erstens wegen des Ziels. Kilalla liegt in Ulster, nicht in der Republik. Und zweitens ist das William & Mary eine Protestantenkneipe, keine katholische. Ich glaube, sie gehören zur anderen Seite.«

»Unionisten?« fragte Dolan.

»Was spielt das für eine Rolle? Zu welcher Partei sie gehören, ist mir scheißegal. Das einzige, was mich interessiert, ist das Gold.«

Ein Raunen unter der Mannschaft war zu hören. »Du meinst, wir schnappen es uns?« fragte Dolan.

»Auf See kann schließlich alles mögliche passieren, Jungs«, lachte Tully. »Wer weiß? Aber jetzt erst mal an die Arbeit. Macht alles zum Ablegen fertig. Wir haben nur noch zwei Tage, um dort hinzukommen.«

Keogh kauerte sich hinter das Rettungsfloß, als die Mannschaft das Steuerhaus verließ und hinunter an Deck stieg. Einen Moment lang überlegte er, dann richtete er sich auf und ging zur Tür.

Tully saß am Tisch über eine Karte gebeugt, als er einen Luftzug spürte und aufschaute. Keogh lehnte in der Tür und zündete sich eine Zigarette an.

»Alles aufgedeckt – so heißt es doch immer in diesen Theaterstücken von Agatha Christie, nicht? Ich war draußen, mein Bester, und hab' deine kleine Ansprache an diese buntgemischte Räuberbande gehört.« Tully versuchte eine Schublade zu öffnen, und Keogh zog seine Hand, in der er die Walther hielt, aus der Tasche. »Keine Dummheiten.«

»Was wollen Sie?«

»Ich weiß, daß du uns hinterherspioniert hast. Eigentlich sollte ich dir eine Kugel zwischen die Augen verpassen, aber ich will mich mit den fünfzigtausend Pfund begnügen, die Ryan dir heute gegeben hat.«

»Scher dich zur Hölle.«

Keogh hob die Walther und feuerte. Ein dumpfes Husten – und Tullys rechts Ohrläppchen war weg. Er schrie gellend auf und preßte seine Hand an die Schläfe.

»Das war nur der Anfang. Los, den Umschlag.«

Tully öffnete die Schublade, nahm den Umschlag heraus und warf ihn ihm zu. Während Keogh ihn einsteckte, zog Tully ein Taschentuch aus seiner Jacke und drückte es an sein Ohr.

»Mein Gott, sehen Sie bloß, was Sie angerichtet haben.«

»Macht nicht viel Unterschied. Schlimmer als vorher kannst du gar nicht aussehen.«

»Leck mich.« Aus einem Schrank kramte Tully eine Flasche Scotch, entkorkte sie mit den Zähnen und nahm einen tiefen Schluck. »Und was jetzt?«

»Nichts«, erwiderte Keogh. »Wir sehen uns am Freitag in Marsh End.«

Tully schaute ihn verblüfft an. »Sie meinen, es bleibt alles wie abgemacht?«

»Ist zu spät, jetzt noch jemand anderen aufzutreiben. Aber vergiß nicht, daß ich Bescheid weiß, also benimm dich besser. Dann kriegst du diesen Umschlag zurück und in Kilalla die weiteren fünfzigtausend Pfund.«

»Verdammter Mistkerl!«

»Weiß ich«, entgegnete Keogh. »Aber du bist am Freitag in Marsh End, klar?«

»Ja, verdammt.«

»Sehr schön. Jetzt kannst du mich zur Gangway begleiten, und dann sagen wir uns gute Nacht.«

In diesem Moment sprangen die Motoren an. Tully ging voraus und kletterte mühsam die Leiter hinunter, da er nur eine Hand frei hatte und die andere an sein blutendes Ohr preßte. Müller wollte gerade ablegen, und Dolan, der dabei war, die Gangway einzuziehen, schaute erstaunt auf.

»Was ist denn hier los?«

»Laß die Gangway liegen, bis ich runter bin«, erwiderte Keogh.

Dolan stürzte sich auf ihn, doch Keogh versetzte ihm mit der Walther einen Schlag ins Gesicht, daß er mit einem Schmerzensschrei zurücktaumelte. Keogh passierte die Gangway. »Bis zu unserem nächsten lustigen Treffen in Marsh End.«

»Arschloch!« rief Tully.

Keogh lachte und schlenderte durch den Regen davon.

Jack Barry saß in seinem Arbeitszimmer am Schreibtisch, als das Handy läutete.

»Ich bin's« meldete sich Keogh.

»Wo steckst du?«

»Wapping High Street im guten alten London.«

»Und was ist passiert?«

»Du hattest recht mit dem Gold.«

»Ach was? Erzähl schon!«

»Es ist kompliziert, aber hör zu.« Keogh berichtete ihm alles ausführlich.

»Herrgott«, sagte Barry, als er fertig war, »du bist mir wirklich einer. Wird Tully mitspielen?«

»Klar. Schließlich geht's um hunderttausend Pfund. Die läßt er sich nicht entgehen.«

»Stimmt. Nehmen wir mal an, alles klappt ... Was passiert an Bord der *Irish Rose,* wenn ihr auf See seid? Sie werden versuchen, euch zu überwältigen.«

»Natürlich, aber wir sind jetzt ja drauf vorbereitet.«

»Du, Ryan und seine Nichte? Na, Gott steh uns bei.«

»Das wird schon werden. Was ist in Kilalla?«

»Oh, ich denke, ich kann euch einen interessanten Empfang versprechen. Ein beachtlicher Beitrag für die Kasse der IRA. Damit könnten wir den Krieg gewinnen.«

»Bestimmt – und es hat bloß siebenhundert Jahre gedauert.«

Barry lachte. »Geh schon, dunkler Held, zieh die Sache durch und bleib mit mir in Verbindung.«

Im Wohnzimmer des William & Mary berichtete Keogh von seinem Besuch auf der *Irish Rose*.

»Sie haben ihn erschossen?« fragte Bell.

»Nur ein bißchen«, grinste Keogh. »Bloß sein rechtes Ohrläppchen ist nicht mehr da.«

Kathleens Gesicht leuchtete vor Aufregung. »Da hat der Dreckskerl endlich eine Lektion erhalten.«

»Sie glauben, daß er trotzdem kommt?« fragte Ryan.

»Natürlich. Er will ja seine hunderttausend Pfund haben.«

»Und auf der Fahrt nach Ulster wird er versuchen, sich noch mehr zu holen.«

»Schon, aber das wissen wir ja und brauchen nur darauf vorbereitet zu sein.«

»Stimmt«. Ryan holte tief Atem. »Wir nehmen morgen früh den Glasgow-Expreß, steigen in Carnforth aus und fahren mit dem Regionalzug nach Barrow.«

»Und dann?«

»Wir werden abgeholt. Eine Cousine von mir hat eine Schaffarm im Lake District, nicht weit von Ravenglass. Aber jetzt genug davon. Ich gehe ins Bett. Wir müssen früh raus.«

Tully stand am Steuer der *Irish Rose,* die langsam die Themse hinunterfuhr. Ein großes Pflaster zierte sein rechts Ohr. Dolan brachte ihm einen Becher Tee.

»Bist du okay?«

»Mir geht's gut«, erwiderte Tully.

»Und was ist mit diesem kleinen Bastard?«

»Wenn's soweit ist, schneide ich ihm die Eier ab.« Tully griff nach dem Becher und trank einen Schluck. »Es gibt ein altes Sprichwort der Sinn Fein: Unser Tag wird kommen. Und meiner kommt ganz bestimmt, was Keogh angeht.«

Er veränderte den Kurs und erhöhte das Tempo.

3

Der Glasgow-Expreß beförderte nicht besonders viele Passagiere. Keogh saß Kathleen gegenüber an einem Fensterklapptisch; Ryan nahm auf der anderen Seite des Gangs Platz, zog einen Ordner aus seiner Aktentasche, setzte seine Brille auf und begann ihn durchzuarbeiten.

Kathleen kramte aus der Umhängetasche ihr Exemplar von *The Midnight Court* und ein irisches Wörterbuch, das sie daneben legte. Wirklich ein seltsames Mädchen, dachte Keogh. Was sie wohl sagen, wie sie wohl reagieren würde, wenn sie wüßte, daß er alles war, was sie haßte – Katholik und ein Aktivist der IRA? Wahrscheinlich wäre dann die Hölle los.

Ungefähr eine Stunde nach der Abfahrt in London schob ein Zugbegleiter ein Wägelchen durch die Gänge und bot Tee, Kaffee, Sandwiches und Zeitungen an. Ryan unterbrach seine Arbeit und nahm einen Kaffee, das Mädchen Tee; ebenso Keogh, der dazu noch die *Times* und die *Daily Mail* kaufte und darin die nächste Stunde las.

Aus Irland gab es die üblichen Meldungen. Eine Bombe hatte in einer Straße in Derry sechs Läden zerstört; in der Falls Road waren zwei Katholiken umgebracht worden aus Rache für den Mord an einem Protestanten, der in Shankill erschossen aufgefunden worden war. Außerdem hatte man einen Armeehubschrauber, der auf dem Weg zum Kommandoposten in Crossmaglen gewesen war, mit Maschinengewehrfeuer beschossen. Ein ganz normaler Tag, wie man in Ulster sagte.

Und dann stieß er in der *Times* auf einen Artikel mit der Überschrift: ›Wie lange noch, o Gott, wie lange noch?‹ Er war von einem ehemaligen Parlamentsabgeordneten verfaßt, der einmal Staatssekretär im Northern Ireland Office gewesen war und vernünftigerweise meinte, daß ein bereits sechzehn Jahre andauernder blutiger Krieg in Irland genug sei. Als Lösung schlug er ein unabhängiges Ulster im Verband des Britischen Commonwealth vor.

Wie unglaublich naiv sogar Politiker sein können, wenn es um dieses Thema geht, dachte Keogh. Er legte die Zeitung weg, zündete sich eine Zigarette an und beobachtete das Mädchen. Amüsiert bemerkte er, daß sie häufig im Wörterbuch nachschlug. Sie blickte auf und sah sein Lächeln.

»Was ist so komisch?«

»Nichts weiter. Sie scheinen mir bloß einige Schwierigkeiten mit dem Buch zu haben.«

»Es ist nicht leicht. Ich habe erst vor drei Monaten angefangen, die Sprache zu lernen, und hier ist ein ganz schön verzwickter Satz.«

Keogh hätte ihr ohne weiteres helfen können, aber zu verraten, daß er fließend Irisch sprach, wäre ein schwerer Fehler gewesen. Leute, die Irisch sprachen, waren Katholiken und Nationalisten – so einfach war das.

Ryan hatte seinen Ordner durchgearbeitet, steckte ihn wieder in die Aktentasche und lehnte sich mit geschlossenen Augen in seine Ecke.

»Er scheint müde zu sein«, meinte Keogh.

»Er verausgabt sich völlig und arbeitet viel zu viel. Unsere Sache bedeutet ihm wirklich alles.«

»Ihnen auch, denke ich.«

»Man muß etwas haben im Leben, an das man glaubt.«

»Und Sie haben das durch den Tod Ihrer Familie gefunden?«

»Den Mord, Martin, den Mord an meiner Familie.«

Was für eine Antwort hätte er darauf geben können? Keine. Ihr Gesicht war blaß und angespannt, ihre Augen funkelten zornig.

»Schon gut, Mädchen, bleiben Sie friedlich und lesen Sie Ihr Buch weiter.« Er griff wieder nach der *Daily Mail*.

Ryan schlief immer noch, als der Zugbegleiter eine halbe Stunde später wieder seine Runde durch die Gänge machte.

»Wir wollen ihn nicht wecken«, sagte das Mädchen und kaufte sich, ebenso wie Keogh, Tee und Schinkensandwiches.

Nachdem sie ihren Imbiß in behaglichem Schweigen verzehrt hatten, zündete Keogh sich eine Zigarette an. »Mit sechzehn, Kathleen, liegt das ganze Leben noch vor Ihnen. Was würden Sie denn anfangen, falls es je Frieden in Irland gibt?«

»Oh, das weiß ich sehr genau. Ich wollte immer Krankenschwester werden, schon seit der Zeit, als ich nach der Bombe drei Monate lang im Royal Victoria lag. Die Schwestern dort waren wirklich toll.«

»Aha, aber dafür brauchen Sie einen Abschluß, und Sie gehen nicht mal zur Schule.«

»Da irren Sie sich aber gewaltig, Mister.« Sie lachte ihr typisches schroffes Lachen. »Die meisten machen ihre Mittlere Reife mit sechzehn, ich hab' sie mit vierzehn gemacht. Die meisten machen ihr Abitur mit achtzehn, ich hab' meines vor vier Monaten bestanden, mit den Hauptfächern englische Literatur, Französisch und Spanisch. Für Sprachen hab' ich ein Talent, wissen Sie«, erklärte sie mit einem Anflug von Großspurigkeit. »Ich kann also jederzeit zur Universität gehen, wenn ich das will, und dabei bin ich erst sechzehn.«

»Und wollen Sie?«

Sie zuckte die Schultern. »Ich habe Wichtigeres zu tun. Im Moment ist unser Kampf das einzige, was zählt. Und jetzt halten Sie die Klappe, Martin, und lassen Sie mich mein Buch weiterlesen.«

In Carnforth, einem ziemlich trostlosen Ort, verließen sie den Zug. Es regnete, und auf dem Bahnsteig war kaum ein Mensch zu sehen.

Ryan schaute auf seine Uhr. »In vierzig Minuten geht ein Regionalzug nach Barrow-in-Furness. Wir trinken inzwischen eine Tasse Tee. Ich muß mit euch reden.«

Nur eine ältere Frau stand hinter der Theke, sonst war das

Café leer. Kathleen Ryan besorgte den Tee und brachte die Tassen zum Tisch.

»Ich erinnere mich noch an die Zeit, als dieser Bahnhof vierundzwanzig Stunden lang geöffnet war«, sagte Ryan. »Eine Dampflok nach der anderen donnerte hier vorbei.« Er schüttelte den Kopf. »Alles ändert sich.«

»Sie kennen die Gegend hier gut?« fragte Keogh.

»O ja, ich habe Lake District im Lauf der Jahre oft besucht. Erst vor vier Wochen war ich wieder hier.«

»Das wußte ich gar nicht, Onkel Michael«, sagte seine Nichte überrascht.

»Du dachtest, ich wäre nach Dublin gereist. War ich aber nicht. Ich war hier und habe alles arrangiert. Es gibt noch sehr viel mehr, was du nicht weißt, und es ist Zeit, daß ich es euch erzähle.«

»Na, dann los«, nickte Keogh.

Ryan holte die Landkarte aus der Tasche, die sie schon in London betrachtet hatten, und faltete sie auseinander.

»Hier an der Küste liegt Ravenglass. Eine ziemlich kurvenreiche Straße führt von Barrow dorthin. Sind vielleicht fünfundzwanzig Meilen. Marsh End liegt ungefähr fünf Meilen südlich davon.«

»Und?«

»Sehen Sie hier neben Ravenglass das Tal, das sich hinauf in die Berge zieht? Eskdale heißt es. Ich habe dort Verwandte.«

»Auch das hast du mir nie erzählt«, sagte Kathleen erstaunt.

»Ich erzähle es dir doch jetzt, oder? Also, mein Cousin Colin Power hatte eine Engländerin namens Mary, eine Farmerstochter aus Eskdale, geheiratet. Colin war Pächter in County Down, aber als die Eltern seiner Frau verstarben, hat sie die Farm in Eskdale geerbt.«

»Und sie sind dorthin gezogen?«

»Genau. Das war vor zwanzig Jahren. Colins Neffe Benny lebt bei ihnen. Er ist von Geburt an geistig behindert. Seine Eltern wollten ihn in ein Heim stecken, aber Mary, die selbst keine Kinder bekommen konnte, hat ihn aufgenommen und großgezogen.«

»Und sie leben immer noch in Eksdale?« fragte Kathleen.

»Direkt am Ende des Tals. Ein abgelegener, einsamer Ort. Folly's End heißt er, und das ist wirklich der passende Name. Ständig nur Regen und Wind, daß nicht mal die Schafe richtig gedeihen.« Ryan zuckte die Schultern. »Für Colin war es zu viel. Er ist vor fünf Jahren an einem Herzinfarkt gestorben. Mary und Benny bewirtschaften die Farm allein.«

»Eine Menge Arbeit für zwei Leute, würde ich sagen«, meinte Keogh.

Ryan lachte laut auf. »Warten Sie bloß, bis Sie Benny sehen.« Er schaute zum Fenster hinaus, als ein Bummelzug auf dem Bahnsteig hielt. »Das ist unserer. Gehen wir.«

Nur eine Handvoll Fahrgäste stiegen in Barrow-in-Furness aus. Sie gingen durch die Sperre und verließen das Bahnhofsgebäude.

»Onkel Michael, da bin ich!« rief jemand mit einer etwas schleppenden Stimme, als habe er Mühe, die Worte herauszubringen.

Auf der anderen Straßenseite parkte ein alter Landrover, neben dem ein ziemlich auffälliger Mann stand, der eine Tweedkappe und einen schäbigen Tweedanzug mit Flicken an den Ellbogen trug. Er war mindestens ein Meter neunzig groß, hatte enorme Schultern und schien stark wie ein Ochse. Über das ganze rundliche Gesicht strahlend, kam er auf sie zugelaufen.

»Da bin ich, Onkel Michael«, wiederholte er.

Michael drückte ihn kurz an sich. »Schön, Benny. Geht's deiner Tante gut?«

»Sehr gut. Freut sich, daß du kommst«, erwiderte er langsam und bemüht deutlich.

»Das ist meine Nichte Kathleen. Ihr beiden seid demnach so was wie Cousin und Cousine; jedenfalls entfernte Verwandte.«

Benny riß die Kappe von seinem wirren blonden Haar und lachte vor Freude. »Kathleen!«

Sie stellte sich auf die Zehenspitzen und küßte seine Wange. »Schön, dich kennenzulernen.«

Er war sichtlich überwältigt und nickt eifrig. Ryan machte ihn mit Keogh bekannt, dem er so kräftig die Hand schüttelte, daß Keogh vor Schmerz eine Grimasse zog.

»Sachte, Junge, sachte. Ich verstehe, was Sie gemeint haben wegen der Farm«, sagte er zu Ryan. »Dieser Bursche kann sicher glatt für zehn arbeiten.«

»Mindestens. Und jetzt wollen wir los.«

Benny nahm Kathleens und Ryans Koffer und rannte voraus zum Landrover. »Er könnte es bei jeder Prügelei mit fünf Männern aufnehmen«, erklärte Ryan, »aber im Herzen ist er ein Kind. Denkt immer daran und laßt ihm Zeit, wenn er etwas sagen will. Manchmal hat er Probleme, die Worte rauszubringen.«

Benny verlud die Koffer und Keoghs Seesack, rannte dann auf die andere Seite und öffnete die Beifahrertür. Er zog seine Kappe und nickte Kathleen eifrig zu.

»Rein mit Ihnen, Kate«, sagte Keogh. »Machen Sie dem großen Kerl die Freude. Wir sitzen hinten.«

Benny kletterte hinter das Lenkrad und startete den Motor. »Dieser Bursche kann fahren wie ein Profi«, sagte Ryan und klopfte Benny auf die Schulter. »Los geht's. Ist mit dem Laster alles klar?«

Benny nickte. »Ja.«

Er bog auf die Hauptstraße ein. »Welcher Laster?« fragte Kathleen.

»Später, Mädchen, später. Jetzt bewundere erst mal die Landschaft. Ist eine der schönsten Gegenden in ganz England.«

Als sie die Küstenstraße erreichten, begann es zu regnen. »Regen gibt's hier reichlich«, seufzte Ryan. »Liegt vermutlich an den Bergen.«

Die Berge, die sich zur rechten Seite erhoben, waren mit

ihren Gipfeln, die von tiefhängenden Wolken verdeckt wurden, ein spektakulärer Anblick; links sah man die aufgewühlte See mit hohen, schaumgekrönten Wellen, über denen dichter Nebel lag.

»Weiter draußen liegt die Isle of Man und dann das liebe alte Irland«, sagte Ryan.

»Ich weiß nicht, ob Sie sich den Wetterbericht für Freitag besorgt haben«, meinte Keogh, »aber eins ist mal sicher: Bei schlechtem Wetter wird das auf dieser Siemens-Fähre eine verteufelte Überfahrt.«

»Das müssen wir wohl einfach abwarten.«

Ungefähr fünfundvierzig Minuten hinter Barrow kamen sie zu einem Wegweiser. Links davon erstreckten sich Sümpfe, soweit man im Nebel sehen konnte. Ryan tippte Benny auf die Schulter, der das Tempo verlangsamte.

»Marsh End. Schauen wir uns mal kurz um.«

Benny bog auf einen Feldweg ein und fuhr langsam über einen Damm durch eine vollkommen öde Landschaft. Aus dem Nebel ragte Schilf auf, zur Rechten lag ein altes Cottage, und eine Mole reichte etwa hundert Meter weit hinaus in die See. Benny stellte den Motor ab.

»Das ist es also?« fragte Keogh.

»Das ist es«, nickte Ryan. »Nur ein Boot mit so geringem Tiefgang wie die Siemens-Fähre kann hier anlegen.«

»Allerdings. Bei Ebbe gibt es garantiert nur noch Sumpf und Schlammlöcher.«

Ryan klopfte Benny auf die Schulter. »Fahr weiter, Junge.«

Am Ende des Tals stiegen die Berge steil an; Benny bog auf einen breiten Weg ein und schaltete in einen niedrigeren Gang. Zu beiden Seiten ragten graue Steilwände auf; Schafe drängten sich im Regen zusammen.

»Ziemlich trübselige Gegend«, sagte Keogh.

Ryan nickte. »Ist ein hartes Leben, sich hier sein Brot zu verdienen.«

Kurz darauf erreichten sie ein weit offen stehendes Hoftor, dahinter lag das aus verwitterten grauen Steinen erbaute Farmgebäude und zwei große Scheunen. Benny stellte den

Motor ab und stieg aus. Ein schwarzweißer Schäferhund kam aus der Haustür gerannt, ihm folgte eine Frau, die einen dicken Pullover, Männerhosen und grüne Gummistiefel trug. Trotz ihres grauen Haars wirkte ihr Gesicht merkwürdig jung. Sie schloß Ryan in die Arme und drückte ihn herzlich an sich.

»Das ist meine Cousine Mary Power«, stellte er sie den anderen vor.

Die Küche hatte einen Boden aus Steinfliesen, freiliegende Deckenbalken und einen offenen Kamin, in dem ein Holzfeuer brannte. Mary Power versorgte alle mit einem Eintopf aus Lamm und Kartoffeln und setzte sich dann ebenfalls an den Tisch.

»Es ist schön, dich zu sehen, Mädchen«, sagte sie zu Kathleen. »In meinem Alter freut man sich über Verwandte.«

»Ich freue mich auch, dich kennenzulernen«, erwiderte Kathleen.

»Und Sie, Mr. Keogh, was ist Ihre Spezialität?«

»Na ja, ich bilde mir immer ein, ich kann so ziemlich alles. Aber so kochen wie Sie – das werde ich nie schaffen.«

Ryan schob seinen Teller zur Seite. »Noch einen Nachschlag?« fragte Mary Power, doch er schüttelte den Kopf. »Ein Tee wäre jetzt schön.«

Sie stand auf und begann abzuräumen, wobei Kathleen ihr half.

»Ich wüßte eigentlich ganz gern, woran ich bin«, meinte Keogh.

»Sie meinen, woran Sie mit Mary sind?« fragte Ryan. »Ganz einfach – sie ist voll und ganz in diese Sache eingeweiht. Wenn alles glatt geht, kriegt sie hunderttausend Pfund. Das bedeutet, sie kann aus dieser Einöde weg und wieder zurück nach County Down.«

Mary Power zeigte keinerlei Reaktion; sie brachte nur die Teller zur Spüle und setzte dann den Kessel auf, um Tee zu machen. »Es ist alles in Ordnung. Der Laster steht in der hinteren Scheune. Ich habe das Häuschen in Marsh End gelüftet, und im Herd brennt ein Feuer. Einer von euch muß sich dort einquartieren.«

Ryan nickte dankend, als sie ihm einen Becher Tee hinstellte. »Vielleicht könnte Kathleen bei dir bleiben, und ich ziehe mit Martin dorthin.«

»Gut.« Sie öffnete eine Dose und nahm einen Kuchen heraus, den sie in Scheiben schnitt. »Versucht den mal; hab' ich selbst gebacken.«

In der Scheune stand ein Motorrad, auf dessen Sitz eine schwarze Lederjacke und ein Helm lagen. Keogh erkannte es sofort. »Mann, wo hast du denn dieses Prachtstück her, Benny? Eine Montesa!«

»Sie kennen das Modell?« fragte Ryan.

»Natürlich. Eine spanische Mühle. Macht querfeldein eine halbe Meile pro Stunde, wenn's sein muß.«

»Ist das gut?« wollte Kathleen wissen.

»Allerdings, wenn man zum Beispiel ein Schäfer ist und seine Herde in einer hügeligen Gegend weidet. Mit diesen Dingern kann man überall fahren. Haben Sie die Maschine für Benny gekauft?«

»Eigentlich nicht. Ist ein bißchen klein für ihn. Ich dachte, sie eignet sich vielleicht für unser Vorhaben. Ich erkläre es Ihnen später. Schauen wir uns mal den Laster an.«

»Zeig ihn uns, Benny«, sagte Mary.

Benny rannte eifrig durch die Scheune, warf einige Heuballen zur Seite und tastete nach einem verborgenen Riegel. Hinter einer hölzernen Wand stand in einem Anbau der Scheune ein großer, grünweiß gestrichener Laster.

Keogh las den Schriftzug *Shelby Meat Importers,* der auf der Seite prangte. »Ach, ich verstehe, was das ist.«

»Eine genaue Kopie des Lasters, den wir überfallen werden«, nickte Ryan.

»Und wozu?«

»Nur für ein Ablenkungsmanöver. Benny wird diesen Laster mit ordentlich versperrten Türen auf der Küstenstraße abstellen, was die Polizei eine Weile beschäftigen dürfte und uns für den Notfall zusätzliche Zeit gibt, mit dem echten Laster zu verschwinden.«

»Raffiniert. Und Benny kann das?«

»Benny kann mit allem umgehen, was vier Räder hat. Er könnte glatt Rennfahrer werden, wenn er nicht zu groß dafür wäre.« Benny nickte strahlend.

»Gut, gehen wir wieder rein und trinken eine Tasse Tee. Danach wollen wir uns mal den Schauplatz ansehen.«

Am Rand eines Waldstücks, wo eine Nebenstraße in die Küstenstraße mündete, stoppte Benny den Landrover, und alle stiegen aus.

»Hier passiert es also?« fragte Keogh.

»Genau. Am Freitagnachmittag um vier Uhr, plus minus zehn Minuten, erreicht der Transporter diese Kreuzung. Mein Wort darauf, hab' alles sorgfältig überprüft.«

»Nur eines ist mir noch nicht klar. Es ist ja schön und gut, wenn Ihr Minicomputer das Sicherheitssystem des Lasters lahmlegen kann, aber dafür muß er doch erst mal anhalten. Wie wollen wir das hinkriegen?«

»Hier kommt Kathleen ins Spiel.« Ryan legte einen Arm um ihre Schulter. »Ich erkläre es, wenn wir zurück sind.«

In der zweiten Scheune standen alle möglichen landwirtschaftlichen Fahrzeuge, darunter auch ein alter Ford-Lieferwagen.

»Wenn Sie auf einer Landstraße plötzlich einen brennenden Lieferwagen sehen«, sagte Ryan, »neben dem ein junges Mädchen mit blutüberströmtem Gesicht liegt, würden Sie dann anhalten?«

»Klar, wer nicht?« erwiderte Keogh.

»Eben, und so wird auch der Fahrer des Lasters reagieren.« Ryan lächelte Kathleen zu. »Du hast die Chance, dir einen Oscar zu verdienen, Mädchen.«

»Ich enttäusche dich bestimmt nicht.«

»Weiß ich. Gehen wir rein, dort besprechen wir die Einzelheiten.«

Mary, Kathleen und Ryan saßen am Küchentisch, Benny stand an der Tür und Keogh am Herd.

»Wie schon gesagt, der Laster erreicht ungefähr um vier Uhr die Kreuzung. Kathleen und ich fahren mit dem Lieferwagen dorthin«, erklärte Ryan. »Sie folgen uns auf der Montesa. Ich habe zwei Funksprechgeräte; eins davon nehmen Sie, fahren ein paar Meilen weiter und warten auf den Laster. Wenn Sie ihn sehen, sagen Sie mir Bescheid. Adler Eins ist Ihr Erkennungszeichen, ich bin Adler Zwei.«

»Und was mache ich dann?«

»Sie überholen den Laster und kommen zu uns; wir setzen den Ford in Brand, und Kathleen legt sich auf die Straße. Ich habe künstliches Blut dabei, wie Schauspieler es benutzen, das schmiert sie sich ins Gesicht.«

»Dann halten sie an, wenigstens hoffen wir das, und Sie legen mit diesem Zauberkästchen das gesamte Sicherheitssystem des Lasters lahm.«

»Sie werden komplett von der Welt abgeschnitten sein.«

»Und wenn sie kämpfen?«

»Kein Problem. Ich habe zwei AK-Gewehre dabei, Granaten und Gasgranaten, sogar Semtex mit Zeitzünder, aber die Türen sind dank des Computers sowieso schon offen. Fünfzehn Minuten, nachdem wir die Farm verlassen haben, bringt Benny den zweiten Laster hinunter zur Küstenstraße, stellt ihn dort ab und läuft zu Fuß zurück.«

»Wir schalten also die Wachen aus. Und dann?«

»Sie und Kathleen machen sich schleunigst auf der Montesa davon und fahren direkt zur Mole in Marsh End. Ich komme im Laster nach.«

»Warum können wir denn nicht alle im Laster fahren?«

»Weil das der einzige Schwachpunkt des ganzen Unternehmens ist. Nur während der Fahrt zur Fähre könnte es Probleme geben, und ich will nicht, daß das Mädchen dann dabei ist, denn sollte was passieren, haben Sie und Kathleen immer noch die Chance, mit der *Irish Rose* zu verschwinden.«

»Was meinen Sie, Martin?« fragte Kathleen.

»Daß es ein ziemlich aufregender Freitag wird«, erwiderte Keogh trocken.

Hugh Bell saß in seinem Büro am Schreibtisch, als die Tür sich öffnete und der Barmann hereinschaute.

»Zwei Herren wollen Sie sprechen, Sir.«

Ein sehr großer Mann, der die Hände in den Taschen seines dunkelblauen Regenmantels hatte, schob ihn zur Seite.

»Da bist du ja, alter Bastard.«

»Scully! Was wollen Sie?« Bell bekämpfte die Angst, die in ihm aufstieg.

»Ich habe einen guten Freund mitgebracht, der mit dir sprechen möchte.«

Ein kleiner Mann trat ein. Sein schmales Gesicht wirkte abgezehrt; er trug eine Nickelbrille, einen alten Hut und einen rehfarbenen Regenmantel.

»Mr. Reid«, sagte Bell. Sein Mund wurde trocken.

»Nett, dich zu sehen, Hugh«, entgegnete der schmächtige Mann mit ausgeprägtem Belfaster Akzent. »Mir scheint, wir müssen mal ein Wörtchen miteinander reden.«

»Wieso? Ich verstehe nicht ...«

»Nein?« Reid nahm seinen Hut ab und setzte sich an den Tisch. »Und dabei komme ich im Auftrag des Army Council den ganzen Weg von Belfast her.«

»Aber was will man denn von mir?«

Reid nahm eine Zigarette aus einem alten Silberetui; Scully gab ihm Feuer. »Laß diese Spielchen, Hugh. Letztes Jahr hat Michael Ryan den blödsinnigen Plan ausgeheckt, oben im Nordwesten Englands irgendeinen Laster mit Gold zu schnappen. Das Army Council hat ihn abgelehnt. Brauchst es gar nicht zu leugnen, du hast auch in der Sache mit dringesteckt.«

»Das ist wahr«, erwiderte Bell. »Ich erinnere mich an so was.«

»Spiel nicht den Idioten, Hugh. Es kommt sowieso immer alles raus, und wie man sich erzählt, hat Michael die Sache keineswegs aufgegeben, sondern ist im Moment gerade dabei, es auf eigene Faust durchzuziehen.« Er lächelte grimmig. »Und ich glaube, du kennst die Wahrheit. Meinst du nicht auch, Scully?«

»Sicher, Mr. Reid.« Scullys Grinsen war furchteinflößend.

Bell wußte, daß er bis zum Hals in der Tinte steckte, aber er wußte auch, daß es ihm überhaupt nichts nutzen würde, etwas zu verraten. Wenn Scully dabei war, verhieß das auf jeden Fall ein schlimmes Ende. Er hatte nicht umsonst den Spitznamen ›Schlächter‹. Bell faßte einen Entschluß und holte tief Atem.

»Sicher, ich kann nicht abstreiten, daß ich etwas von der Sache weiß, Mr. Reid. Michael ist neulich tatsächlich zu mir gekommen und wollte einiges mit mir besprechen.«

»Wie ich gehört habe, soll ein Laster mit Gold überfallen werden. Ist das wahr?«

»Na ja, das war der ursprüngliche Plan, den er dem Army Council vorgelegt hatte.«

»Und dann soll er per Schiff irgendwo nach County Down gebracht werden. Weißt du, wohin?«

»Gott im Himmel, keine Ahnung.«

»Scully!«

Scully zog eine Browning aus seiner Tasche und kam einen Schritt näher. »Das ist nicht nötig«, sagte Bell hastig. »Ich weiß, wo Ryan hier in London wohnt. Ich bringe Sie hin.«

»Sehr vernünftig, Hugh«, lächelte Reid.

»Ich hole bloß meinen Mantel.«

Bell ging ins Schlafzimmer und streifte sein Jackett über, öffnete rasch die zweite Tür, die in den Korridor führte, und rannte durch den Seiteneingang des Pubs hinaus in die Gasse und auf die Hauptstraße zu.

In Folly's End läutete das Telefon. Mary Power ging hinaus in den Flur, um abzunehmen, und kam kurz darauf in die Küche zurück. »Es ist für dich, Michael. Mr. Bell.«

Ryan nickte und stand auf.

»Ja, Hugh?«

»Wir stecken in Schwierigkeiten. Reid ist hier mit diesem

Schwein Scully aufgetaucht. Sie wissen alles, Michael. Irgendwie hat das Army Council Wind davon bekommen.«

»Hast du ihnen irgendwas erzählt?«

»Was denkst du! Ich bin gerannt wie der Teufel, aber sie kannten den Plan. Ist eigentlich auch kein Wunder, oder? Du hattest ihn dem Council ja damals vorgelegt.«

»Das war bloß eine erste Idee, Hugh. Ich hab' dabei weder Folly's End noch das genaue Ziel erwähnt und schon gar nichts von dem Schiff gesagt. Hast du ihnen von der *Irish Rose* erzählt? Hast du ihnen gesagt, daß wir in Kilalla landen wollen?«

»Natürlich nicht.«

»Gut. Paß auf dich auf, Hugh, und tauch eine Weile unter.«

Nachdem er aufgelegt hatte, zündete er sich eine Zigarette an und überlegte. Es war wohl am besten, den Mund zu halten. Wozu sollte er die anderen unnötig beunruhigen?

Er ging zurück in die Küche. »Hugh Bell. War nichts Wichtiges. Aber ich bleibe hier oben für den Fall, daß er noch mal anruft. Sie werden die Nacht allein in dem Häuschen in Marsh End verbringen müssen. Hier ist nicht genügend Platz. Nehmen Sie den Ford.«

»Dann mache ich mich jetzt auf.« Keogh trank seinen Tee aus. »Bis morgen früh.«

Bell wußte nicht recht, wo er sich verstecken sollte, und überquerte etwas ratlos die Kilburn High Street, als eine alte Mercedes-Limousine aus einer Nebenstraße kam. Scully saß am Steuer, Reid neben ihm auf dem Rücksitz.

»Da ist er«, sagte Reid. »Mach ihn platt.«

Scully trat das Gas durch. Bell, der sich beim Aufheulen des Motors umgeschaut hatte, versuchte zu flüchten und glitt auf der regennassen Straße aus. Der Mercedes erwischte ihn mit voller Wucht so heftig, daß er in den Rinnstein geschleudert wurde; dann raste der Wagen weiter.

Eine Frau schrie auf, etliche Leute liefen zusammen, eine Polizistin drängte sich durch die Menge, aber bis sie sich neben Hugh Bell kniete, war er bereits tot.

4

Der Morgen war trüb, und schwere Wolken verdeckten die Bergspitzen. Ryan saß nach dem Frühstückstisch noch bei seiner Tasse Tee am Küchentisch und dachte nach, vor allem über Reid und diesen Dreckskerl Scully. Solange Bell ihnen nicht in die Hände fiel, bestand im Grunde keine Gefahr. Der ursprüngliche Plan, den er dem Army Council vorgelegt hatte, war eigentlich nur eine erste Idee gewesen – daß er von einem Laster wisse, der irgendwo im Nordwesten Englands Goldbarren transportiere, daß man sich diesen Laster schnappen und per Schiff nach Ulster bringen könne. Ohne Bell kam Reid also überhaupt nicht weiter.

Er beschloß es zu riskieren und im William & Mary anzurufen. Der Barmann antwortete sofort.

»Angus? Hier ist Ryan. Ich wollte mal mit Hugh reden. Ist er da?«

»Er ist tot, Mr. Ryan. Gestern nacht umgebracht worden.«

»Herrgott, was ist denn passiert?«

»Er wurde überfahren, als er die Kilburn High Street überqueren wollte. Der Fahrer ist geflüchtet, bloß den Wagen hat die Polizei ein paar Straßen weiter gefunden.«

»Hat man rausgekriegt, wer gefahren ist?«

»Der Polizist, der vorher hier war, hat gesagt, das Auto sei vor einem Jahr in Hampstead gestohlen worden. Er meint, es muß in irgendeiner Garage gestanden haben.«

»Furchtbar«, sagte Ryan.

»Das ist es wahrhaftig, Mr. Ryan. Wollen Sie herkommen?«

»Nein, ich habe noch einige geschäftliche Angelegenheiten zu regeln.«

»Na ja, wenn Sie mir sagen, wo Sie sind und mir die Telefonnummer geben, halte ich Sie auf dem laufenden.«

Das genügte. Ryan lächelte grimmig. »Schon recht, Angus, und jetzt geben Sie mir mal Mr. Reid.«

»Mr. Reid? Ich verstehe nicht ...«

»Hören Sie auf mit diesem Scheiß und geben Sie ihn mir.«

Reid, der neben Angus gestanden und zugehört hatte, nahm ihm den Hörer ab und schob den Barmann zur Seite.

»Michael, alter Knabe, meinen Sie nicht, es ist an der Zeit, vernünftig zu werden?«

»Haben Sie selbst oder Scully am Steuer gesessen? Aber im Grunde spielt das auch keine Rolle. Eines Tages sind Sie sowieso dran.«

»Sie hatten schon immer einen Hang zur Theatralik, Michael. Sie haben also wirklich vor, diesen schwachsinnigen Plan, den Sie ausgeheckt haben, durchzuziehen?«

»Auf Wiedersehen, Reid.« Michael Ryan legte auf.

Er öffnete die Hintertür, zündete sich eine Zigarette an und schaute hinaus in den Regen, wobei er an Hugh Bell dachte, der so viele Jahre lang ein guter Freund und Kampfgefährte gewesen war. Der einzige kleine Trost war, daß Scully wenigstens nicht mehr dazugekommen war, ihn in die Mangel zu nehmen.

Kathleen kam in die Küche. »Ach, da bist du ja. Ist alles in Ordnung?«

»Klar.«

»Ich dachte, ich bringe Martin was zu essen. Benny fährt mich hin.«

»Gut. Ich will noch mal den ganzen Plan durchgehen, also laß dir ruhig Zeit.«

»Dann bis nachher.«

Ryan blieb weiter gedankenverloren in der Tür stehen. Reid und Scully würden jetzt wieder nach Hause fahren, etwas anderes blieb ihnen nicht übrig, aber irgendwann würde er sich mit ihnen auseinandersetzen müssen, das war unvermeidlich. Doch darum wollte er sich erst Gedanken machen, wenn es soweit war.

Mit grimmigem Lächeln dachte er an den schmächtigen Reid mit seiner Nickelbrille. »Du kleiner Dreckskerl«, sagte er leise. »Du wolltest alles für dich selbst, was? Aber lieber schmore ich in der Hölle, als das zuzulassen.«

Keogh hatte gar nicht erst das Schlafzimmer des kleinen Häuschens in Marsh End benutzt, sondern einfach ein Feuer gemacht und sich auf die Couch gelegt, wo er überraschend gut geschlafen hatte.

Um sieben stand er auf, setzte den Wasserkessel auf und spähte zur Tür hinaus in den Regen. Als er die Bucht sah, holte er sich kurzentschlossen ein Handtuch aus dem kleinen Badezimmer, zog sich aus und rannte über den Hof, warf das Handtuch am Ufer über einen Busch und sprang ins Wasser.

Mit kräftigen Stößen schwamm er zur anderen Seite und tummelte sich eine Weile im Schilf, wobei er alle möglichen Vögel aufschreckte, die mit ärgerlichen Rufen hochflatterten. Das Salzwasser war kalt und erfrischend.

»Ein toller Start in den Tag«, grinste er zufrieden.

Im Haus trocknete er sich ab, zog sich an und brühte Tee auf. In der Speisekammer fand er Milch, Brot, Eier und Schinken. Während er seinen Tee trank und noch überlegte, ob er sich etwas herrichten sollte, hörte er einen Motor und sah den Landrover mit Benny und Kathleen in den Hof fahren.

Reid und Scully hatten vergeblich Bells kleines Büro im William & Mary nach irgendwelchen Anhaltspunkten durchsucht.

»Nichts, Mr. Reid«, sagte Scully. »Was machen wir jetzt?«

»Wir fahren zurück nach Belfast. Irgendwann muß Ryan ja mal wieder nach Hause kommen, und es gibt nirgends einen Platz, wo er sich verstecken kann. Wir warten eben ab; am Ende kriegen wir diesen Kerl doch. Angus, komm mal rein.«

Angus erschien in der Tür. »Ja, Mr. Reid?«

»Gibt's irgendwas – irgend etwas, das du mir erzählen kannst?«

»Sie sind mit einem Zug weggefahren, das ist alles, was ich weiß. Ich hab' gehört, daß sie vom Glasgow-Expreß geredet haben.

»Glasgow?« fragte Scully. »Was wollen sie denn dort?«

»Gar nichts, du Narr. Aber diese Strecke führt durch den Nordwesten. Sie werden irgendwo ausgestiegen sein.« Er wandte sich wieder an Angus. »Sonst noch was?«

»Ich glaub' nicht.« Angus überlegte und nickte plötzlich eifrig. »Doch! Letzte Woche hab' ich gehört, wie Mr. Bell telefoniert hat. Es muß eine Schiffsagentur gewesen sein, weil er gesagt hat, er wolle eine Fähre mit flachem Boden chartern, so eine, die Fahrzeuge transportieren kann. Nach einer Weile hat er Captain Tully und die *Irish Rose* erwähnt, die hier in London liegt. Ja, genau das hat er gesagt.«

»Hat er den Namen noch mal genannt?«

»Kurz bevor sie weg sind war ich im Lager und hab' die Vorräte kontrolliert. Dabei hab' ich gehört, wie Ryan zu Mr. Bell gesagt hat, die *Irish Rose* sei inzwischen schon unterwegs und würde also am Freitagmorgen da sein.«

»Aber er hat nicht gesagt, wo.«

»Nee, das nicht.«

»Na gut. Du hast meine Telefonnummer und rufst mich in Belfast an, falls du irgendwas hörst.«

»Klar, Sir.«

»Und ansonsten halt deinen Mund. Wenn du mir irgendwelche Schwierigkeiten machst, schicke ich Scully zu dir. Danach könnte man dich mit abgeschnittenen Eiern in der Themse wiederfinden.«

Reid ging zur Tür, und Angus wich entsetzt zur Seite. Scully tätschelte sein Gesicht. »Denk dran, was Mr. Reid gesagt hat, und sei ein braver Junge.«

Keogh verspeiste sein Schinkensandwich, das Kathleen ihm mitgebracht hatte, während sie ihm mit einem Becher Tee am Tisch gegenübersaß. Benny war zurück zur Farm gefahren. Als Keogh fertig war, zündete er sich eine Zigarette an.

»Wie geht's? Wie fühlen Sie sich?«

»Wegen des Überfalls, meinen Sie?« Das Mädchen zuckte die Schultern. »Prima. Ich hab' schon früher einige Sachen für Onkel Michael gemacht, die ganz schön gefährlich waren, und kann auf mich aufpassen.«

»In Ihrem Alter sollten Sie das wahrhaftig nicht müssen.« Er stand auf. »Gehen wir ein bißchen frische Luft schnappen.«

Durch den Nebel, der von See hereintrieb, erschien die ganze Gegend abweisend, beinah düster. Zu beiden Seiten der kleinen Bucht ragte Schilf auf, Wasser gurgelte in Schlammlöchern, und immer wieder stoben mit ängstlichem Geschrei Vögel auf.

»Ein merkwürdiger Ort«, meinte Keogh.

»Ja, ist nicht besonders schön hier. Ich fühle mich richtig unbehaglich.«

»Geht mir genauso.«

An der Mole blieben sie stehen. Da Ebbe war, sah man die eisernen, mit Rost überzogenen Stahlträger.

»Weshalb man die wohl gebaut hat?« fragte Kathleen.

»Weiß der Himmel. Muß schon eine Ewigkeit her sein. Stammt aus viktorianischer Zeit, wie es aussieht, aber sie scheint noch ganz stabil zu sein.«

Sie gingen weiter bis ans Ende der Mole. Mit einem hohlen Klang schwappten die Wellen gegen die Eisenträger. Keogh spähte hinab und entdeckte ein Gewirr von Granitblöcken.

»Da haben Sie Ihre Antwort. Offenbar hat man früher von hier aus Granit verschifft.«

»Ach so.«

Sie umfaßte das Geländer und wirkte sonderbar verloren, während sie aufs Meer hinausschaute.

Keogh lehnte sich neben sie. »Haben Sie eigentlich Träume, Kate? Was wünschen Sie sich vom Leben?«

»Weiß der Himmel. Im Grunde kenne ich gar nichts anderes als den Kampf. Ich wurde in dem Jahr geboren, als es anfing. Bombenangriffe und Morde, damit bin ich aufgewachsen. Meine Familie, Freunde – alle weg«, entgegnete sie mit ausdruckslosem Gesicht. »Das Leben soll Spaß machen, man soll es genießen, aber ich sehe überall nur Tod. Ergibt das für Sie irgendeinen Sinn?«

»Und ob.« Keogh nickte. »Es ist schrecklich, vor allem, da Sie noch so jung sind.«

Sie lachte. »Sie sind doch auch noch kein Tattergreis.«
»Aber ein sehr alter Zweiunddreißiger«, grinste er.
Schritte erklangen auf der Mole, und sie wandten sich um. Ryan kam auf sie zu. »Mein Gott, was für ein schauerlicher Tag.«
Keogh deutete hinunter ins Wasser. »Hoffentlich ist morgen im richtigen Moment Flut.«
»Keine Sorge, das habe ich überprüft.« Er zündete sich eine Zigarette an. »Übrigens – Hugh Bell ist tot.«
»Mein Gott«, sagte Kathleen. »Wie ist das passiert?«
Ryan erzählte es ihnen.

»Wenn Sie erst mal mit diesem Laster heimkommen«, meinte Keogh auf dem Rückweg, »kann Reid Ihnen nichts mehr anhaben. Gut, vielleicht gefällt es Ihrem Army Council nicht, wenn Leute auf eigene Faust und ohne Befehle was unternehmen, aber Sie werden trotzdem als Held dastehen. Bei so viel Gold wird man Sie mit offenen Armen willkommen heißen.«
»Wollen wir's hoffen. Es ist Reid, um den ich mir Sorgen mache. Falls ich mich nicht irre, hätte er es gern ganz für sich allein.«
»Ach, Scheiß doch auf ihn«, meinte Kathleen wütend.
»Rede nicht so, Mädchen«, erwiderte Ryan.
»Solange er nicht weiß, daß wir in Kilalla landen, haben Sie nichts von ihm zu befürchten«, meinte Keogh.
»Bei der Landung nicht, aber später.« Ryan zuckte die Schultern. »Na ja, fahren wir zurück zur Farm. Ich bin mit dem Landrover gekommen.«

Mary Power servierte ihnen um ein Uhr ein einfaches Mittagessen aus Gemüsesuppe, Käsesalat und dem unvermeidlichen Tee. Danach räumte sie den Tisch ab. »Geh jetzt wieder an deine Arbeit«, befahl sie Benny. »Mußt mal nach den Schafen auf der Nordweide sehen.«
Er nickte eifrig, griff nach seiner Mütze und verließ das Haus. Einen Moment später sah Keogh, der am Fenster

stand, ihn mit einem Sack über der Schulter durch den Hof gehen. Der Hund folgte ihm.

»Er kann wahrhaftig arbeiten, dieser Junge, das muß ich zugeben.«

»Aber vom Verstand her ist er immer noch ein Kind«, erwiderte sie. »Man muß ihm alles sagen.«

Ryan trank seinen Tee aus und stand auf. »Wollen wir uns die Stelle des Überfalls noch mal anschauen. Kathleen und ich fahren im Ford, Sie kommen auf der Montesa hinterher. Ich gebe Ihnen eines der Funkgeräte. Wenn wir dort sind, fahren Sie ein oder zwei Meilen weiter und melden sich dann. Benutzen Sie das Rufzeichen Adler Eins, wie ich gesagt hab'. Ich bin Adler Zwei.«

»Ist gut«, nickte Keogh.

Das Mädchen saß am Steuer des Fords und bog auf den Weg ein, der zur Straße führte.

»Du weißt, daß ich nicht mal einen Führerschein habe? Dafür bin ich noch zu jung.«

»Und kannst mit einem Lenkrad umgehen wie ein Profi, seit du vierzehn warst. Ich erinnere mich noch an die Nacht, als ich eine Kugel abgekriegt hatte und mit meinem Auto in der Nähe von Kilkelly verunglückte.«

»Da hast du mich von einer Telefonzelle aus angerufen, damit ich den Jungs Bescheid sage, daß sie dich abholen.«

»Statt dessen bist du selbst gekommen, du kleiner Teufelsbraten – in einem gestohlenen Auto.«

»Na ja, wer hat mir denn beigebracht, ein Auto kurzzuschließen?«

»Ich, muß ich zu meiner Schande gestehen.« Er lachte. »In was für einem Zustand ich damals war ... Bis auf die Haut durchweicht in einem stinkenden Graben, eine Kugel in der Schulter, und dann bist du durch diese Straßensperre der Polizei gerast.«

»Waren tolle Tage, Onkel Michael.«

»Meinst du?« Er zündete sich eine Zigarette an und öffnete das Fenster. »Manchmal bin ich mir da nicht mehr so sicher. Ich werde wohl langsam alt. Aber eines ist jedenfalls gewiß«, lächelte er. »Du bist ein prima Mädchen, Kathleen, und verdienst was Besseres. Verdammt, du könntest schon auf der Universität sein.«

»Ach, halt die Klappe. Ich habe Wichtigeres in meinem Leben zu tun.«

Er schwieg, und einen Moment später erreichten sie die Kreuzung.

Keogh folgte ihnen im Abstand von zweihundert Metern. Er trug die schwarze Lederjacke und den Helm und hatte trotz des Regens Spaß an der Fahrt mit der Montesa, die gut reagierte.

Der Lieferwagen bog auf einen Wendeplatz in der Nähe der Kreuzung ein. Keogh winkte und fuhr weiter.

Ryan öffnete die Tür des Fords und schaute sich um. »Das ist genau richtig. Immerhin wollen wir mit diesem brennenden Ding die Straße nicht komplett versperren, so daß ich mit dem Laster nicht mehr durchkomme.«

In diesem Moment knatterte Keoghs Stimme aus dem Funksprechgerät. »Adler Zwei, hier ist Adler Eins. Hören Sie mich?«

»Laut und deutlich«, sagte Ryan. »Irgendwas zu melden?«

»Nichts als Vögel, das Meer und dieser verdammte Regen. Kann ich jetzt fahren?«

»Wir treffen uns wieder auf der Farm. Over und Ende.«

Ryan schaltete das Funksprechgerät aus und lächelte Kathleen zu. »Ich hab' genug gesehen, Mädchen. Fahren wir zurück nach Folly's End.«

Mary Power servierte um sieben Uhr ein Abendessen aus geröstetem Lamm, Kartoffeln, Möhren und Kohl. Fasziniert beobachtete Keogh, welch enorme Mengen Benny vertilgte.

»Mein Gott, man könnte glauben, es sei seine letzte Mahlzeit auf dieser Erde.«

»Na ja, wenn er die Arbeit von drei Männern macht, darf er auch für drei essen«, meinte Kathleen.

»Aber nicht seine Manieren vergessen.« Mary versetzte ihm mit einem Holzlöffel einen Klaps auf die Finger. »Jetzt sei brav und geh melken.«

»Ja, Tante.« Er stülpte seine Kappe auf und ging, obwohl er in einer Hand noch Brot und Käse hatte.

»Setzt euch ins Wohnzimmer, ich bringe dann den Tee«, befahl sie den anderen.

Kathleen begann den Tisch abzuräumen. »Lassen Sie mal, heute bin ich dran«, sagte Keogh. »Gehen Sie nur schon zu Ihrem Onkel.«

»Sie haben mir gar nichts zu sagen«, erwiderte sie spitz, ehe sie Ryan nach draußen folgte.

»Ich hab' noch keinen Iren gesehen, der freiwillig Frauenarbeit machen würde, also nehme ich an, Sie wollen mit mir reden«, sagte Mary Power.

»Ach, nur ein bißchen plaudern.« Keogh stapelte die Teller aufeinander. »Sind Sie soweit mit allem zufrieden?«

»Zufrieden?« Sie füllte das Spülbecken mit heißem Wasser und stellte die Teller hinein. »Ich hatte längst vergessen, was das Wort heißt. Mein Mann und ich kamen voller Hoffnung hierher, aber hier kann man eigentlich nur sterben; zum Leben wirft die Farm kaum genug ab. Das Land ist ein grausamer Partner.«

»Kann ich mir denken.«

»Als Michael mir von diesem Plan erzählte, den er sich ausgedacht hatte, war das deshalb für mich wie ein Rettungsring, den man einem Ertrinkenden zuwirft. Wenn es klappt, können Benny und ich zurück nach Ulster.«

»Und wenn nicht?«

»Dann sitzen wir für immer hier fest. Michael hat mir versichert, daß es keine Probleme mit der Polizei geben wird, egal was geschieht, da keine Verbindung zwischen uns und euch anderen besteht.«

»Und mit etwas Glück geht ja alles glatt.«

»Hoffen wir's. Politik bedeutet mir nichts, aber Michael ist ein guter Mann, und ich vertraue ihm.«

Keogh ging ins Wohnzimmer, wo das Mädchen am Fenster hockte und in ihrem Buch las; Ryan saß am Kamin und stopfte seine Pfeife.

»Eine gute Frau, Ihre Cousine«, sagte Keogh. »Sie hat's wirklich nicht leicht gehabt.«

»Wahrhaftig. Aber so Gott will, kommen bald bessere Zeiten. Wenn wir unseren Tee getrunken haben, schauen wir uns in der Scheune mal unsere Waffen an.«

»In Ordnung.«

»Ja, ich möchte gern diese Pistole ausprobieren, die Mr. Bell mir gegeben hat«, erklärte Kathleen.

»Na, wird gemacht«, erwiderte Ryan.

In der Scheune, in die nur trübes Licht drang, nahmen Keogh und Ryan die Waffen aus dem Koffer. Es waren zwei AK-Gewehre mit zusätzlicher Munition, Nebelkerzen und Handgranaten, Semtex mit Zeitzündern und eine kleine Beretta in einem ledernen Knöchelhalfter.

»Wo kommt die her?« fragte Keogh.

»Ach, ich dachte, sie könnte vielleicht ganz nützlich sein. Es ist immer von Vorteil, ein As im Ärmel – oder am Fuß zu haben.«

Keogh untersuchte jedes AK gründlich, ehe er eines lud und Ryan reichte. »Dieser neue Schalldämpfer, den es jetzt dafür gibt, ist verdammt gut. Probieren Sie mal.«

Er trug ein Holzbrett zum anderen Ende der Scheune, stellte es gegen einen Heuballen und ging zur Seite. Kathleen und Benny schauten gespannt zu.

Ryan hob das AK und gab drei Schüsse ab. Nach dem kurzen Husten der schallgedämpften Waffe erschienen in dem Brett drei Löcher.

Keogh lud das zweite AK. »Das auch.«

Ryan erzielte wiederum drei Treffer und legte die Waffe zurück auf den Tisch. »Alles klar.«

»Jetzt ich.« Kathleen stellte sich mit der 25er Colt-Automatic neben ihn.

Sie hob die Pistole mit beiden Händen, zielte sorgfältig und feuerte. Neben dem Brett stob das Stroh auf.

»Versuch's noch mal«, sagte Ryan.

Es war ihn anzusehen, wie sehr sie sich ärgerte. Sie zielte erneut und schoß wieder daneben.

Jetzt war sie richtig wütend. »Nehmen Sie es sich nicht zu Herzen, so geht's den meisten«, tröstete Keogh. »Kommen Sie mal mit.« Er blieb knapp zwei Meter vor dem Brett stehen. »An Ihrer Stelle würde ich es nicht aus größerer Entfernung probieren. Zielen Sie noch mal.«

Sie versuchte es und streifte beim ersten Schuß das Brett, doch der zweite traf. »Na bitte, das war doch schon viel besser. Aber wenn Sie den Lauf genau auf das Ziel richten und dann erst abdrücken, gibt's ein noch tolleres Ergebnis.«

Ryan lachte, und sogar Benny grinste. »Und was ist mit Ihnen?« rief Kathleen wütend. »Anderen können Sie jede Menge gute Ratschläge geben, bloß selbst wollen Sie nichts zeigen, oder?«

Keogh drehte sich um. Sein Gesicht war ruhig, doch zum erstenmal bemerkte sie, wie kalt seine Augen waren. Mit einer raschen Bewegung riß er die Walther aus dem Hosenbund und feuerte sechsmal. Splitter folgen durch die Luft, und das Brett kippte um.

Benny hatte sich trotz des Schalldämpfers die Ohren zugehalten, und Kathleen schaute ihn sprachlos an. Keogh nahm das Magazin heraus und ersetzte wortlos die verbrauchte Munition.

»Damit ist die Lektion zu Ende«, bemerkte Ryan. »Gehen wir wieder rein. Morgen gibt's einen aufregenden Tag.«

Ungefähr vier Meilen südlich von Marsh End und etwa fünf Meilen von der Küste entfernt, kämpfte sich die *Irish Rose* bei Windstärke vier bis fünf durch die aufgewühlte See. Der Deutsche hatte das Ruder übernommen, und die übrige Mannschaft war um den Kartentisch versammelt, auf dem eine kleine Kiste stand.

»Hier drin sind sieben oder acht Waffen«, erklärte Tully. »Sucht euch jeder eine aus. Ich will, daß ihr alle bewaffnet seid.«

Dolan nahm eine 38er Smith & Wesson. »Die ist mir gerade recht.«

Die anderen bedienten sich ebenfalls. Jock Grant, der Maschinist, fragte: »Wann sind wir voraussichtlich da?«

»Ungefähr um elf Uhr morgens, aber ganz sicher kann ich's nicht sagen. Ich kenne dieses Marsh End nicht, deshalb könnte das Navigieren ein bißchen problematisch werden, außerdem müssen wir uns nach der Flut richten.«

»Und dann?«

»Keine Ahnung. Bei unserem ersten Gespräch sagte Bell, wir müßten bereit sein, am späten Nachmittag abzulegen. Dann sei nämlich Gezeitenwechsel, und der richtige Zeitpunkt sei ganz entscheidend. Wir warten einfach. Ryan wird schon auftauchen und sagen, was Sache ist.«

»Aber nach allem, was passiert ist, wird er auf Probleme gefaßt sein«, meinte Dolan.

»Ihm bleibt ja keine andere Wahl. Wenn er erst mal den Laster hat, muß er ihn auch wegschaffen. Ich werde ihm sagen, daß ich es nicht böse gemeint hab' und bloß sichergehen wollte, daß alles sauber wäre, mehr nicht. Was passiert, wenn wir auf See sind, ist eine andere Sache.«

»Dieser kleine Dreckskerl Keogh ist auf alle Fälle brandgefährlich«, warnte Dolan. »Schau dir bloß dein Ohr an.«

»Das vergesse ich schon nicht, aber immerhin sind wir zu fünft gegen Ryan, Keogh und das Mädchen, und sie ist der Schlüssel. Wenn wir sie in die Finger kriegen, wird Ryan ganz schnell klein beigeben. Wir müssen jedenfalls zuschlagen, während wir unterwegs sind. Vor Tagesanbruch sind wir nicht an der irischen Küste. Ich denke mir schon was aus, aber für den Anfang benehmt ihr euch.«

»Ich weiß nicht«, meinte Bert Fox zweifelnd, »die Sache könnte ziemlich ungemütlich werden.«

»So ein Fang läuft uns nicht noch mal über den Weg!« rief Tully wütend. »Bist du dabei oder nicht? Entscheide dich.«

»Wir sind dabei, Mr. Tully, keine Frage«, antwortete Dolan für alle. »Stimmt doch, Jungs, oder?«

Die anderen nickten. »Dann geht wieder an eure Arbeit.«

Müller blieb am Steuer, während Tully hinaus auf die Brücke ging und nachdenklich in die Dunkelheit starrte. Er berührte sein verbundenes Ohr, das verteufelt schmerzte, und dachte daran, was er mit diesem kleinen Schwein Keogh machen würde, wenn er ihn in den Händen hatte.

5

Als Keogh am folgenden Morgen um sieben Uhr aufstand, schien das Wetter noch schlechter geworden zu sein. Dichter Nebel hing über dem Land, und es regnete in Strömen.

Er machte sich eine Tasse Tee und rasierte sich am Waschbecken in der Küche. Auf der Fensterbank stand ein kleines tragbares Radio. Er schaltete es ein und suchte die Morgennachrichten der BBC. Gespannt lauschte er dem Wetterbericht. Für die Irische See wurden Windstärke drei bis vier mit etwas Nebel und Regenböen gemeldet.

Es hätte schlimmer sein können. Er trank seinen Tee aus und hatte sich gerade angezogen, als er ein Auto hörte und aus dem Fenster schaute. Kathleen stieg aus dem Ford.

Keogh nahm seine Seemannsjacke von einem Haken und öffnete die Tür. »Wieder so ein scheußlicher Morgen«, sagte er fröhlich.

»Wir dachten, Sie hätten gern ein ordentliches Frühstück, deshalb wollte ich Sie abholen.«

»Das ist wirklich eine nette Idee.« Er stieg auf den Beifahrersitz. »Zuerst fahren wir aber mal zur Mole. Ich möchte gern nachschauen, wie's dort aussieht.«

»In Ordnung.«

Kurz vor der Mole hielt Kathleen an; sie stiegen aus, und Keogh musterte skeptisch den Wasserstand.

»Nicht mal einen Meter tief. Also ist noch ziemlich Ebbe.«

»Ist das schlecht?«

»Es bedeutet, daß man momentan hier nicht anlegen kann. Na ja, so um halb elf soll ja wieder Flut sein.« Er schaute hinaus auf See. »Schade, daß man bei diesem verdammten Nebel nichts erkennen kann. Die *Irish Rose* könnte schon irgendwo da draußen sein.« Er lächelte plötzlich und drückte ihre Schulter. »Egal, wird schon alles klappen. Ich habe ein gutes Gefühl. Und jetzt wollen wir mal frühstücken, ja?«

Tatsächlich war die *Irish Rose* mit Müller am Steuer nur rund eine Meile weit entfernt. Tully stand bei Dolan auf der Brücke, der fluchend in den Nebel spähte.

»Gottverdammtes Wetter. Kann gar nichts sehen.«

»Keine Sorge; wenn ich eins kann, dann navigieren, das weißt du. Wir warten, bis die Gezeiten wechseln und fahren dann näher ran… Diesen Laster will ich haben, davon hält mich nichts ab«, erklärte er heftig. »Nichts!«

Ungefähr um halb elf überprüften Keogh und Ryan in der Scheune noch einmal sorgfältig die Waffen. Keogh deutete auf die Beretta in dem Knöchelhalfter.

»Kann ich die nehmen? Ich habe auch immer gern ein As in Bereitschaft.«

»Bedienen Sie sich.«

»Ich lege sie an, bevor wir fahren.« Er steckte sie in seine Manteltasche.

»Alle anderen packen wir in den großen Koffer. Ich bringe ihn dann im Laster mit.«

»Für den Fall, daß wir Freund Tully beeindrucken müssen?«

»Genau.«

Kathleen schaute herein. »Ich fahre mit Benny nach Marsh End. Es fehlen ein paar Schafe, und er meint, sie seien vielleicht in diese Richtung gewandert.«

»Gut«, erwiderte Ryan. »Aber falls die *Irish Rose* irgendwo zu sehen ist, bleibt weg. Martin und ich kommen später im Landrover nach.«

»In Ordnung.«

Kathleen und Benny ließen den Ford vor dem Häuschen stehen und gingen den Weg entlang, der in den Sumpf führte. Noch immer herrschte dichter Nebel, und es regnete kräftig. Plötzlich hörte man von irgendwoher das Blöken eines Schafs. Benny blieb stehen und lauschte mit gespannter Miene, dann lächelte er und eilte für seine Körpergröße überraschend flink davon. Kathleen folgte ihm.

Fünf Schafe standen bis zum Bauch im Wasser und sahen so jämmerlich wie ausgesetzte Kinder aus. Benny watete lachend zu ihnen hinüber, hob eines hoch und trug es aufs trockene Land.

»Gut«, sagte er zufrieden.

Kathleen nickte. »Ich gehe mal runter zur Mole, bis du hier fertig bist.«

Sie schlenderte durch den Nebel weiter. Irgendwo bellte ein Hund, und plötzlich sah sie die *Irish Rose*, die am Ende der Mole vertäut war. Ein Junge von vielleicht zwölf Jahren, der eine Angel in der Hand hatte, betrachtete das Schiff. Neben ihm hockte ein kleiner Terrier.

Am Heck war deutlich der Schriftzug *Irish Rose* zu lesen, und der Junge ging neugierig näher. Tully sprang über die Reling.

»Was willst du hier, du kleiner Scheißer?«

Er packte den Jungen und schüttelte ihn grob. Kathleen Ryan rannte los und schlug auf ihn ein. »Sie Dreckskerl, lassen Sie ihn gehen!«

Verblüfft gab Tully den Jungen frei, der sich umwandte und mit seinem Hund davonrannte.

Tully ergriff ihr Handgelenk. »Ach, sieh an, du bist das?«

Sie schlug ihn ins Gesicht. »Lassen Sie mich los!«

Dolan und Fox erschienen an Deck und lachten. »Ein kleiner Hitzkopf, Captain. Braucht mal eine Lektion. Schaffen Sie's allein, oder sollen wir helfen?«

Kathleen versuchte erneut, ihn zu schlagen. »Du dreckige Schlampe«, zischte Tully wütend. »Na warte!«

In diesem Moment kam Benny mit einem schrecklichen Schrei herbeigerannt, packte Tully und schleuderte ihn zu Boden.

»Lauf weg«, befahl er dem Mädchen.

Tully rappelte sich auf und versetzte ihm einen Hieb in den Rücken, doch mit einem lässigen Schlag schickte Benny ihn erneut zu Boden. »Dolan«, schrie Tully, »komm her!«

Dolan sprang über die Reling, gefolgt von Fox, der eine Eisenstange in der Hand hatte. Ein Fausthieb von Dolan landete in Bennys Gesicht, doch der schüttelte nur den Kopf und versetzte ihm einen solchen Stoß gegen die Brust, daß er auf den Rücken fiel.

»Hört auf!« schrie Kathleen.

Fox traf Benny mit der Eisenstange auf den linken Arm; als Antwort versetzte er ihm eine Ohrfeige, daß Fox sich um die eigene Achse drehte und zu Boden stürzte.

»Benny, paß auf!« schrie Kathleen.

Tully war wieder auf den Beinen, hob die Eisenstange auf und holte aus, um sie Benny über den Kopf zu schlagen. Er wandte sich gerade noch rechtzeitig um, entriß Tully die Stange, legte ihm beide Hände um die Kehle und hob ihn hoch, daß er zappelnd in der Luft schwebte.

Ein dumpfer Schuß ertönte. Keogh und Ryan kamen durch den Nebel gerannt. »Benny, nein!« schrie Ryan.

Benny verharrte einen Moment, ehe er Tully langsam zu Boden sinken ließ; stöhnend sackte er zusammen und stützte den Kopf auf die Knie.

»Was ist hier los?« fragte Ryan.

Kathleen erzählte ihm alles. »Na und, was macht das schon, daß irgendein Kind das Boot gesehen hat?« meinte Keogh. »Es hat vielleicht später was zu bedeuten, aber im Moment nicht.«

»Das stimmt«, nickte Ryan. »Benny, bist ein braver Junge, daß du so gut auf Kathleen aufgepaßt hast. Jetzt zurück zur Farm mit euch beiden. Wir klären die Sache hier.«

»Tut mir leid, Onkel Michael«, sagte Kathleen.

»War nicht deine Schuld, Mädchen. So was kommt schon mal vor, wenn man sich mit Abschaum abgeben muß.«

Sie ergriff Bennys Hand und lief mit ihm davon. Tully, Dolan und Fox, die sichtlich angeschlagen wirkten, waren inzwischen aufgestanden.

»Was für ein jämmerlicher Haufen ihr seid«, schnaubte Ryan. »Los, an Bord, ehe ich mich vergesse und euch alle abknalle.«

»Der einzige Grund, warum ich nicht gleich kurzen Prozeß mit euch mache«, sagte Ryan, nachdem sich die Mannschaft im Steuerhaus versammelt hatte, »ist der, daß ich euch brauche. Wir sind zwischen halb fünf und fünf mit dem Laster hier, seht also zu, daß ihr dann zum Ablegen bereit seid, klar?«

Die Mannschaft schwieg betreten. »Ja«, antwortete Tully, »wir sind bereit.«

»Sie haben im William & Mary herumgeschnüffelt, wie ich von Mr, Keogh weiß. Warum?«

»Hab' mir Sorgen gemacht«, erwiderte Tully. »Ich wollte mich nur versichern, daß alles koscher ist.«

»Ich kann Ihnen jedenfalls versprechen, daß ich Ihnen den Kopf wegblase, falls Sie auf der Fahrt nach Kilalla irgendwelchen Blödsinn versuchen. Haben Sie verstanden?«

»Ja.«

»Gut, wir gehen dann jetzt. Seien Sie bereit, wenn's soweit ist.«

Gefolgt von Keogh stieg er die Leiter hinunter und sprang über die Reling auf die Mole.

»Was meinen Sie?« fragte Keogh.

»Spätestens auf halber Strecke werden sie probieren, uns die Hälse durchzuschneiden.«

»Und das macht Ihnen keine Sorgen?«

»Warum? Deshalb habe ich doch Sie dabei, Keogh.«

»Wer war dieser blöde Riesenaffe?« fragte Dolan. »King Kong?«

»Weiß nicht.« Tully massierte sich den Hals. »Ich dachte, mein letztes Stündchen hätte geschlagen.«

»Und was passiert jetzt?«

»Wir warten und tun, was man uns gesagt hat. Denkt immer nur an eines – wenn wir auf See sind, ist King Kong nicht mit dabei, und dann sieht die Sache anders aus.«

Kurz vor drei streifte Keogh in der Scheune die Lederjacke über, zog das rechte Hosenbein hoch und schnallte die Beretta am Knöchel fest. Die Walther mit dem Schalldämpfer schob er hinten in seinen Hosenbund und war bereit.

Kathleen trug Jeans und hatte die Pistole in eine Innentasche ihrer Jeansjacke gesteckt. Ryan inspizierte noch einmal den Waffenkoffer und lud ihn in den Ford.

Er umarmte Mary Power und schüttelte Benny die Hand. »Wir fahren jetzt, Benny, verstehst du?«

Benny nickte eifrig. »Ja, Onkel Michael.«

»Sei brav und gehorch Tante Mary.«

»Ja, Onkel Michael.«

»Bist ein guter Junge.« Er wandte sich zu Kathleen und Keogh um. »Dann wollen wir. Jetzt kommt der Moment der Wahrheit.«

Es regnete genauso wie bei ihrer Probefahrt, und Keogh, der auf der Montesa dem Lieferwagen folgte, fragte sich, ob es eigentlich jemals aufhören würde. Der Ford bog auf den Wendeplatz ein und hielt an. Ryan stieg aus, öffnete die Hintertür und nahm aus dem großen Koffer eines der AK-Gewehre, dessen Schaft zusammengeklappt war; öffnete den Reißverschluß von Keoghs Lederjacke und schob es darunter.

»Los mit Ihnen, Junge.«

Keogh gab Gas, hatte in fünfzehn Sekunden achtzig drauf und war nach drei Minuten an der Kreuzung, wo er anhielt und wartete.

Als der grünweiße Laster mit dem Schriftzug *Shelby Meat Importers* vorbeifuhr, der haargenau wie die Kopie in der Scheune aussah, kam es ihm einen Moment so unwirklich vor, als träume er das alles nur. Hastig schaltete er das Funkgerät ein.

»Adler Eins an Adler Zwei. Er kommt.«

Nach einer kleinen Pause knatterte es im Lautsprecher. »Adler Zwei – Nachricht erhalten. Komm her.«

Keogh steckte das Funkgerät ein, gab Gas und folgte dem Laster. Einige Sekunden später überholte er ihn, wobei er grüßend die Hand hob, ehe er um die nächste Kurve verschwand.

»Verrückter Kerl«, sagte der Fahrer des Lasters, hinter

dem die beiden Wachmänner saßen. Sie trugen Anzüge aus blauem Serge, da Uniformen zu auffällig gewesen wären, aber jeder hatte in einem Schulterhalfter eine Browning stecken.

»Bricht sich eines Tages wahrscheinlich sowieso den Hals«, meinte der eine. »Hört man ja andauernd.«

»Ja, das hat er dann davon«, erwiderte sein Kollege. »Wie wär's mit einem Kaffee?« Er öffnete eine Thermoskanne, als von irgendwoher eine gedämpfte Explosion zu hören war und in einiger Entfernung Rauch in die Luft stieg.

»Herrje, was war denn das?« fragte der Fahrer und bog um die Kurve, hinter der die Kreuzung lag.

Keogh fuhr durch ein offenes Gatter auf eine Wiese, stieg ab und lehnte das Motorrad an ein Mäuerchen. Kathleen stand am Straßenrand und beschmierte sich das Gesicht mit falschem Blut, während Ryan zum Ford lief und rasch wieder umkehrte. Kurz darauf gab es eine dumpfe Explosion, und rings um den Lieferwagen flackerten Flammen auf; eine stärkere Explosion folgte, und schwarzer Rauch stieg zum Himmel hoch.

Der Laster bog um die Kurve und bremste abrupt. Keogh zog sein AK heraus und klappte den Schaft auf, aber er brauchte die Waffe gar nicht. Ryan schaltete den Minicomputer ein und drückte die Knöpfe.

»Die Tür«, rief er, »die Tür!«

Keogh rannte zum Laster, packte den Griff und konnte die Tür mühelos öffnen. Er sah den Fahrer und die beiden anderen Männer, von denen einer bereits seine Waffe in der Hand hatte. Ryan warf eine Gasgranate hinein.Einen Moment später hatte er den betäubten Fahrer hinter dem Lenkrad hervorgezogen. Keogh zerrte die beiden Wachleute heraus. Sie schleppten die Männer auf die Wiese hinter dem Mäuerchen und fesselten sie mit Handschellen.

Kathleen war aufgestanden und wischte sich die rote Farbe ab. »Hast dir deinen Oscar verdient«, lobte Ryan. Er lief um den Laster herum und öffnete die Türen.

»Mann, schau sich das einer an!« Staunend musterte Keogh die Container.

»Allerdings.« Ryan hob den Koffer mit den Waffen in die Kabine des Lasters. »Los, Martin, weg hier.«

Keogh klappte das AK zusammen und schob es wieder unter seine Lederjacke. »Kommen Sie, Mädchen.«

Er schwang sich auf das Motorrad, Kathleen sprang hinter ihn auf den Sitz und schlang die Arme um seine Taille. Während sie losfuhren, startete Ryan den Laster und folgte ihnen. Zurück blieben nur der brennende Lieferwagen und die drei Männer hinter der Mauer, die langsam wieder zur Besinnung kamen. Erst eine halbe Stunde später kam ein Farmer in seinem Kombiwagen vorbei und entdeckte, was geschehen war.

Auf der *Irish Rose* hatte man bereits die Gangway heruntergelassen, und Tully wartete neben Dolan und Fox an Deck. Keogh fuhr über die Mole und direkt weiter bis an Bord, ehe er bremste und abstieg. Im nächsten Moment hatte er auch schon das AK aus seiner Jacke gezogen.

»Das ist nicht nötig«, sagte Tully. »Hat's geklappt?«

»Tadellos.«

»Und wo ist er? Wir müssen hier weg. Die Motoren laufen, und ein Mann steht am Ruder bereit.«

»Immer mit der Ruhe«, sagte Keogh. »Er kommt schon. Sorgen Sie nur dafür, daß alles klar ist.«

Mürrisch ging Tully davon. Keogh lächelte Kathleen zu und zündete sich eine Zigarette an. »Wir haben's geschafft, Kathleen, wir haben's geschafft.«

Sie war außer sich vor Aufregung. »Ich weiß, ich weiß, Martin, aber wo bleibt denn Onkel Michael?«

»Er kommt schon, Mädchen. Mit dem Laster ist er nicht so flink wie wir auf dem Motorrad.«

Es dauerte jedoch noch zwanzig qualvolle Minuten, bis der grünweiße Laster endlich aus dem Nebel auftauchte, über die Mole fuhr und an Bord rumpelte. Ryan bremste und stieg aus.

»Ich dachte schon, es wäre alles aus. Der verdammte Motor ist mir verreckt.«

Dolan und Fox sicherten rasch die großen Räder an Deck.

»Was war denn los?« fragte Kathleen.

»Das Ding hat einen automatischen Choke, der ganz rausgezogen war. Muß passiert sein, als die Granate losgegangen ist. Erst als ich das merkte und ihn wieder drin hatte, kriegte ich ihn endlich zum Laufen.«

Tully kam von der Brücke herunter. »Herrgott, was ist, können wir jetzt?«

»Klar«, nickte Ryan.

Die *Irish Rose* glitt hinaus in die Bucht, und das Land verschwand hinter ihnen im Nebel.

»Wir haben's geschafft«, seufzte Ryan.

»Allerdings.« Keogh bot ihm eine Zigarette an. »Bleibt nur noch eine Frage.«

»Das wäre?«

»Na ja, wann auf dem Weg nach Kilalla sie versuchen werden, uns zu überwältigen.«

»Ich denke, die beste Methode ist, sie von vornherein zu beeindrucken«, meinte Ryan. »Wir werden ihnen einfach die ganze Zeit über zeigen, daß wir bewaffnet sind. Nehmen Sie Ihr Gewehr, ich hole meins.«

»Und ich bin ja auch bewaffnet«, sagte Kathleen. »Ich hab' meine Pistole in der Jackentasche.«

»Um Himmels willen, Mädchen, halt dich da raus und überlaß das Martin und mir.«

Er stieg in die Kabine, holte das zweite AK aus dem Koffer und schlenderte zur Reling. Zu beiden Seiten des Hecks waren Davits angebracht, an denen Rettungsboote hingen sowie ein Schlauchboot aus gelbem Plastik mit einem Außenbordmotor.

»Der Kerl ist bestens ausgerüstet, um seine Schmuggelwaren an Land zu bringen«, meinte Ryan.

»Der Außenbordmotor scheint ganz neu zu sein.«

»Vermutlich geklaut, wie ich Tully kenne.«

»Und was machen wir jetzt?«

»Einfach abwarten. Er muß sich um das Schiff kümmern. Wenn wir ein paar Meilen weiter auf See sind, reden wir mal mit ihm.«

Er schaute hinauf ins Steuerhaus und sah Tully aus einem Fenster spähen. Ryan winkte ihm grinsend zu.

Müller hatte wieder das Steuer übernommen, Grant und Fox waren im Maschinenraum. Tully setzte sich an den Kartentisch.

»Siehst du, was sie dabei haben?« fragte Dolan.

»Ja, AKs.«

»Damit können sie uns in Stücke zerfetzen.«

»Ich weiß. Wir müssen clever vorgehen. Leg deine und Müllers Waffe in die Schublade im Kartentisch, dann geh runter und sag Fox und Grant, sie sollen ihre Knarren irgendwo im Maschinenraum verstecken. Meine behalte ich in der Tasche.«

»Wozu? Was soll das?«

»Na, ist doch klar, daß er uns erst mal in Ruhe läßt. Aber sobald wir auf See sind, wird er mit mir sprechen wollen, und so bewaffnet wie sie sind, können wir nichts machen, wenn sie uns alle nach Waffen durchsuchen. Bloß werden sie nichts finden.«

»Außer deiner.«

»Eben. Und dann ist Ryan vielleicht beruhigt.« Dolan schien ziemlich skeptisch, und Tully versetzte ihm einen Stoß. »Mach schon, setz dich in Bewegung. Ich muß den Kurs berechnen.«

»Wir fahren also trotzdem nach Kilalla?« fragte Müller in seinem deutschgefärbten Englisch.

»Müssen wir erst mal. Ryan ist ja kein Narr. Vorläufig halten wir einfach Kurs auf die Küste von County Down, bis wir sehen, was passiert.«

»So bewaffnet wie sie sind, könnte es schwierig werden.«

»Du machst dir zu viele Gedanken«, sagte Tully. »Es klappt schon. Irgendwie kriege ich diesen Laster, das verspreche ich dir.«

Ryan wartete eine Stunde, ehe er den rechten Zeitpunkt für gekommen hielt. »Kathleen, du bleibst in der Kabine und rührst dich nicht, während Martin und ich uns jetzt mal um diese Burschen kümmern.«

»Ich könnte sterben für eine Tasse Tee.«

»Schau mal in den Koffer. Neben den Waffen findest du eine riesengroße Thermosflasche. Hat Mary uns eingepackt, dazu noch eine Büchse Sandwiches mit Schinken und Käse.«

»Onkel Michael, du bist einfach Klasse. Du denkst wirklich an alles.«

»Diesmal mußt du dich bei Mary Power bedanken, es war ihre Idee.« Er wandte sich an Keogh. »Los, Martin, auf geht's.«

Tully überlegte einen Moment, ob er nicht einfach versuchen sollte, Ryan zu erschießen, als er ihn die stählerne Leiter zur Brücke hinaufklettern sah, gab diesen Gedanken jedoch rasch wieder auf, da Keogh zurückblieb und ihm mit schußbereitem Gewehr Deckung gab. Ryan erreichte sicher die Brücke und blieb in der offenen Tür stehen, um Tully, Müller und Dolan in Schach zu halten.

»Einen wunderschönen guten Morgen«, sagte er. »Kommen Sie hoch, Martin.«

Keogh stand gleich darauf neben ihm. »Na, Tully, wie geht's dem Ohr?«

Tully funkelte ihn finster an. »War schon mal besser.«

»Tut mir furchtbar leid, das zu hören.«

»Durchsuchen Sie die Kerle«, sagte Ryan.

Keogh tastete Müller und Dolan ab und fand in Tullys Tasche den Revolver.

»Na, so was«, tat Ryan überrascht. »Wirklich sehr ungezogen von Ihnen.«

»Ich bin der Captain«, protestierte Tully. »Was erwarten Sie?«

»Ach, von Ihnen eigentlich fast alles. Wo sind die anderen zwei?«

»Im Maschinenraum.«

»Wir statten ihnen einen Besuch ab und schauen uns dabei diesen Kahn noch mal an.«

»Wie Sie wollen.« Schulterzuckend ging Tully zum Sprachrohr und pfiff. Fox meldete sich. »Mr. Ryan will sich den Maschinenraum ansehen. Wir kommen runter.«

»Gut«, sagte Ryan, »dann gehen wir.« Er winkte Dolan. »Du auch.«

Ein Niedergang führte unterhalt des Steuerhauses zu einem schmalen Korridor, in dem sich zu beiden Seiten eine Tür befand. Auf einer stand *Toilette.* Keogh öffnete sie und sah eine Toilettenkabine, ein Waschbecken und eine Dusche.

»Ist das hier die einzige für das ganze Schiff?«

»Nein, ich habe eine eigene«, sagte Tully. »Gehört zu meiner Kabine. Ist unter dem Steuerhaus.«

»Und diese anderen Türen?«

»Mannschaftsquartiere.«

Keogh öffnete und sah einige ungemachte Kojen. Überall herrschte ziemliches Durcheinander. »Was für ein Gestank. Wäscht sich hier an Bord eigentlich niemand?«

Tully kochte vor Wut, hielt aber den Mund. »Und wo ist jetzt der Maschinenraum?« fragte Ryan.

»Am Ende des Gangs.«

»Geht voraus, ihr zwei.«

Tully öffnete eine Tür, und das Dröhnen der Motoren wurde lauter. Sie stiegen einen Niedergang hinunter und fanden sich im Maschinenraum wieder, wo Grant und Fox bei der Arbeit waren.

»Alles okay?« fragte Tully.

»Soweit es bei diesem alten Kahn möglich ist«, erwiderte Grant.

»Hände hoch, Jungs«, sagte Keogh, und Ryan hob sein Gewehr.

Mürrisch gehorchten beide. Keogh durchsuchte sie und nickte zufrieden. »Sind sauber.«

»Gut«, erwiderte Ryan, »dann gehen wir wieder nach oben.«

6

Der Seegang war stärker geworden, als sie an Deck kamen, und die *Irish Rose* schlingerte von einer Seite auf die andere. Regen kam auf und vertrieb ein wenig den Nebel. Nacheinander kletterten sie wieder die Leiter zum Steuerhaus hinauf.

Tully setzte sich an den Kartentisch. »Und was jetzt?«

»Ich bin in den letzten Jahren schon zweimal mit dem Schiff vom Lake District aus nach Ulster gefahren«, erklärte Ryan.

»Tatsache?«

»Ja, und deshalb weiß ich, daß die Isle of Man auf halber Strecke liegt und wir südlich daran vorbeikommen, am sogenannten Calf of Man.«

»Wenn Sie's sagen.«

»Das sage ich, und Sie sehen es ja auch hier auf Ihrer Karte. Ich denke, wir müßten gegen Mitternacht den dortigen Leuchtturm passieren.«

»Und?«

»Demnach sollten wir gegen drei Uhr in Kilalla landen.«

»Hängt vom Wetter ab.«

»Stimmt, aber halten Sie den Kurs. Ich habe jedenfalls einen Marinekompaß dabei und wäre ziemlich böse, wenn ich entdecken würde, daß wir etwa in westliche Richtung steuerten.«

»Gut«, erwiderte Tully mürrisch. »Und was passiert jetzt?«

»Na ja, da ich auf diesem Schrottkahn nirgendwo besonders gern die Nacht verbringen möchte, bleiben wir in der Kabine des Lasters. Hinter dem Fahrersitz gibt es sogar eine Koje.« Er wandte sich an Keogh. »Geben Sie ihm Ihr Funkgerät, Martin.«

Keogh nahm es aus seiner Tasche und legte es auf den Kartentisch. »Bitte sehr.«

»Was soll das?« fragte Tully.

»Ich habe ebenfalls eins; auf diese Weise können wir in Verbindung bleiben. Und noch etwas – Sie sorgen dafür, daß einer Ihrer Männer unten an Deck steht, wo ich ihn erschießen kann, falls irgendwas passiert.«

»Sie Dreckskerl.«

»Meinetwegen. Aber ich halte mein Wort und will Ihnen die Chance geben, vernünftig zu sein.« Er nahm einen Umschlag aus seiner Tasche, den er ihm zuwarf. »Das sind die fünfzigtausend Dollar, die Ihnen Mr. Keogh abgenommen hat.«

Tully war sichtlich fassungslos. »Mein Gott!«

»Zählen Sie's nach, wenn wir weg sind, aber es stimmt.« Ryan lächelte wie der Teufel persönlich. »Wenn alles reibungslos läuft, kriegen Sie in ein paar Stunden in Kilalla weitere fünfzigtausend. Denken Sie drüber nach. Also, gehen wir. Sie zuerst, Martin. Ich gebe Ihnen Deckung.«

Nacheinander stiegen sie die Leiter hinunter, während Tully den Umschlag öffnete und das Geld nachzählte. »Dieser verfluchte Kerl!«

»Was hat er bloß vor?« fragte Dolan.

»Er will mir zu verstehen geben, daß ich das Spiel nach seinen Regeln spielen und mich mit hunderttausend begnügen soll, ist doch klar.«

»Und was willst du machen?«

»Da draußen warten fünfzig Millionen Pfund in Gold, Dolan, fünfzig Millionen!«

»Na gut, aber mit diesen beiden ist nicht zu spaßen.«

»Mit mir auch nicht.« Tully musterte stirnrunzelnd die Karte.

»Hast du irgendeine Idee?«

»Im Moment – nein. Wenn wir nicht am Calf of Man vorbeikommen, weiß er gleich Bescheid. Außerdem hat er auch noch einen Kompaß.« Er schüttelte den Kopf. »Wir müssen den Kurs halten und auf unsere Chance warten. Vielleicht haben wir am ehesten in den frühen Morgenstunden eine, wenn wir näher an Irland sind.«

Dolan nickte. »Dann werden sie müde sein.«

»Und mit ein bißchen Glück auch seekrank. Ich hab's dem Bastard nicht gesagt, aber der Wetterbericht meldet, daß es schlimmer wird. Windböen bis zu Stärke sieben gegen Mitternacht, und du weißt, wie sich diese alte Wanne bei rauher See verhält.«

»Die reinste Achterbahn.«

Das Funkgerät knatterte, und Keoghs Stimme ertönte: »Bitte melden, Captain!«

Tully drückte den Knopf. »Was wollen Sie?«

»Einen Mann an Deck.«

»Gut.« Tully wandte sich an Dolan. »Geh du runter, Mick. Zwei Stunden, dann lasse ich dich von Müller ablösen. Zieh dir besser Ölzeug an. Du wirst es brauchen.« Er lächelte grimmig. »Siehst du, es hat schon wieder angefangen zu regnen.«

Nachdem Dolans Schicht vorbei war, stand Müller neben der Leiter und wirkte im trüben gelblichen Licht der Decklampen wie eine armselige Jammergestalt. Vergeblich versuchte er, unter dem Dach des Steuerhauses Schutz vor dem Regen zu finden.

»Ist das nicht ein toller Anblick«, grinste Keogh, während er eines von Mary Powers Sandwiches verspeiste.

Lachend reichte Kathleen ihm eine Tasse Tee. »Sie sind schrecklich, Martin.«

»Sein Pech, daß er auf der falschen Seite steht«, sagte Ryan. »Ich stell mal für eine Weile die Heizung an.«

Innerhalb weniger Sekunden verbreitete sich eine wohlige Wärme in der Kabine. »Herrgott, ist das schön«, seufzte Kathleen.

Ryan nahm ein weiteres Sandwich. »Leg dich doch hinten in diese Koje, da hast du's gemütlicher und kannst ein bißchen schlafen.«

»Was ist mit dir und Martin?«

»Ach, wir können hier im Sitzen abwechselnd ein oder zwei Stündchen dösen.«

Sie räumten die restlichen Sandwiches und die Thermosflasche weg und schauten hinaus in die dunkle, aufgewühlte See. Schaumgekrönte Wellen rollten heran, und die *Irish Rose* schlingerte von einer Seite auf die andere.

Kathleen packte Keoghs Arm. »Aufregend, was?« fragte er augenzwinkernd.

»Verdammt, Martin, ich habe eine Heidenangst, und das wissen Sie auch genau.«

»Ehe es besser wird, wird's erst mal noch schlimmer, so ist das immer«, neckte er.

Sie boxte ihn gegen die Schultern. »Hören Sie auf.«

Ryan schaute auf seine Uhr. »Neun Uhr. Klettre in die Koje und versuch zu schlafen. Dann geht's dir besser.«

»Ja, aber erst müßte ich mal auf die Toilette.«

»Das ist das einzige, was wir nicht haben.«

»Dir und Martin kann das egal sein. Ihr könnt euch neben den Laster stellen, ich nicht.«

»Guter Gott.« Ryan griff nach dem Funkgerät. »Tully, melden Sie sich.«

»Was ist?«

»Meine Nichte will man zur Toilette. Keogh wird sie begleiten, und damit Sie keine Dummheiten machen, nimmt er Müller mit.«

»Gut«, sagte Tully.

Keogh stieg aus. Der Wind war wesentlich stärker geworden und trieb Regenschauer vor sich her.

»Die Dame muß mal zur Toilette.« Er winkte Müller mit seinem Gewehr. »Sie gehen voraus. Und keinen Blödsinn, klar?«

Müller warf ihm einen finsteren Blick zu, setzte sich aber wortlos in Bewegung und öffnete die Tür zum Niedergang. Keogh und das Mädchen folgten ihm. Während sie in die Kabine ging, hielt er Müller in Schach.

»Los, Sie zuerst«, befahl er ihm, als sie wieder heraus kam.

Müller gehorchte und nahm erneut seinen Platz unter dem Dach des Steuerhauses ein; Keogh und Kathleen kehrten zum Laster zurück.

»Jetzt versuch ein bißchen zu schlafen«, sagte Ryan. »Da hinten sind auch Decken.«

Er und Keogh blieben auf ihren Plätzen sitzen und betrachteten den Regen, der an der Windschutzscheibe hinabströmte. Das Schiff schlingerte immer heftiger.

»Man kommt sich vor wie auf einer Achterbahn.«

»Die Deutschen haben diese Dinger für den Einsatz in Küstennähe gebaut«, sagte Keogh. »Der Schiffsboden ist fast flach.« Er zündete sich eine Zigarette an. »Ich habe übrigens nachgedacht. Schon auffällig, daß Tully als einziger hier an Bord eine Pistole hatte, die wir auch noch gleich gefunden haben.«

»Genau. Ich hab' das nicht eine Minute lang geglaubt.«

»Meinen Sie, Ihre Taktik, ihm die fünfzigtausend zurückzugeben, funktioniert?«

»Schön wär's, aber ich bezweifle es. Er ist viel zu habgierig. Trotzdem war es den Versuch wert.«

»Und was vermuten Sie?«

»Ach, er wird schon auf Kurs bleiben, weil er weiß, daß ich das mit meinem Kompaß überprüfen kann. Ich könnte mir denken, er wartet bis kurz vor der irischen Küste. Die frühen Morgenstunden wären am besten. Sie werden annehmen, daß wir müde sind. Deshalb schlage ich vor, Sie schlafen eine Weile. Ich halte solange Wache.«

Keogh, der wie ein Soldat jederzeit und überall ein Nickerchen halten konnte, lehnte sich einfach in seinem Sitz zurück, schloß die Augen und war sofort eingeschlafen. Ryan betrachtete ihn nachdenklich. Ein richtiger Teufelskerl und zu allem fähig – aber wer war dieser Martin eigentlich wirklich, fragte er sich, während er mit seinem Gewehr auf den Knien Müller beobachtete, gelegentlich hinauf zum Steuerhaus blickte und wartete.

Keogh fuhr mit einem Ruck hoch, als Ryan ihm eine Hand auf die Schulter legte. Er schaute auf die Uhr und sah, daß es schon Mitternacht war. »Sie hätten mich wecken sollen, Michael. Sie brauchen doch auch Ihren Schlaf.«

»Weniger als Sie. Ich bin älter. Schauen Sie mal da rüber.«

Keogh sah sofort das in der Dunkelheit flackernde Licht. »Kann das der Calf of Man sein?«

»Genau, wir sind exakt auf Kurs. Ich habe es mit dem Kompaß nachgeprüft.«

»Na ja, so weit, so gut. Ich muß mal kurz aussteigen – ein kleines Bedürfnis.«

Er öffnete die Tür. Der Wind war derart stark, daß es ihn fast umriß. Dolan hatte inzwischen wieder Müller abgelöst, und Keogh winkte ihm fröhlich zu.

»Warum so ein mürrisches Gesicht?« rief er und erleichterte sich neben dem Laster.

»Dann gehe ich jetzt mal«, sagte Ryan, als er wieder einstieg.

Tully, der sie aus dem Fenster des Steuerhauses beobachtet hatte, ballte plötzlich die Fäuste. »Das ist es!« rief er aufgeregt. »Herrgott, das ist es.« Er wandte sich an Müller. »Ich übernehme das Steuer. Lös Dolan ab und schick ihn zu mir. Vorwärts, es ist wichtig.«

Müller gehorchte, und kurz darauf erschien Dolan. Regen strömte von seinem Ölzeug herab. »Was ist? Ich war doch erst eine Stunde draußen.«

»Ich glaube, ich hab's«, sagte Tully. »Das Mädchen muß doch ganz sicher auch noch mal auf die Toilette.«

»Und?«

»Na, denk doch mal nach. Keogh hat Müller in Schach gehalten, während sie in der Kabine war, ja?«

»Stimmt.«

»Was würde passieren, wenn da drinnen jemand mit einer Kanone wartet? Was würde dieser verfluchte Keogh machen, wenn ihr jemand die Knarre an den Kopf hält? Nichts könnte er machen, gar nichts!«

»Mein Gott, das ist ein Gedanke.«

»Ja, aber du kommst dafür nicht in Frage. Sie werden dich vermissen, wenn du allzu lange von Deck verschwunden bist, also geh runter in den Maschinenraum und hol Fox rauf. Grant muß eben sehen, wie er allein fertig wird. Sag

Fox, er soll seine Knarre nehmen und sofort in die Toilette gehen. Dort kann er warten.«

»Wie lange?«

»Solange es eben dauert, verdammt!« Er packte hastig das Steuer, als eine plötzliche Bö aus Norden die *Irish Rose* traf.

Es war kurz nach zwei, und der Wind war noch stärker geworden. »Wir müssen bald da sein«, meinte Ryan mit einem Blick auf seine Uhr. »Ich schätze, in einer Stunde.«

Kathleen war aufgewacht und stöhnte. »Mein Gott, ich fühl' mich schrecklich. Wie spät ist es?« Sie kletterte aus der Koje. »Ich muß noch mal zur Toilette.«

»Gut.« Ryan griff nach dem Funkgerät.

»Was ist?« fragte Tully.

»Meine Nichte will zur Toilette. Wir machen es genauso wie letztes Mal.«

»Okay«, erwiderte Tully. Seine Hände zitterten vor Aufregung, als er die beiden Waffen aus der Schublade des Kartentischs holte und eine davon Müller reichte. »Wenn der richtige Zeitpunkt gekommen ist, fixiere das Steuerrad.«

»Bei diesem Wetter?«

»Ist ja nur für einen Moment.« Tully ging zum Sprachrohr und gab Signal. Grant meldete sich. »Jock, es geht los. Nimm deine Waffe und warte oben am Niedergang zum Maschinenraum. Das Mädchen geht zur Toilette.«

»Ich bin bereit.«

»Jawohl!« Tully schlug mit der Faust auf den Kartentisch. »Und das muß klappen, verdammt, es muß!«

Keogh hatte sein Gewehr auf Dolan gerichtet, der vorausging und mürrisch stehenblieb. »Dauert nicht lange«, sagte Kathleen.

Sobald Fox ihre Stimme gehört hatte, war er in die Dusche gehuscht und wartete, bis das Mädchen aus der Toilette kam. Mit einem Satz sprang er auf sie zu, drehte ihr den linken Arm auf den Rücken und drückte ihr den Lauf seiner Pistole in den Nacken.

»Mach die Tür auf, du kleine Schlampe.«

»Martin!« schrie sie. »Paß auf!« Fox ließ sie los, riß die Tür auf und stieß sie nach draußen, wobei er weiterhin auf ihren Hinterkopf zielte.

»Gib Dolan dein Gewehr«, befahl er Keogh. »Los, mach schon!«

»Erschieß sie, Martin«, schrie Kathleen. »Erschieß alle beide. Kümmere dich nicht um mich.«

»Ich bringe sie um, ich schwör's!« rief Fox.

»Nicht nötig. Immer mit der Ruhe.« Keogh reichte Dolan das AK, der einen Schritt zurücktrat und ihn damit in Schach hielt. Auf seinem Gesicht spiegelte sich boshafte Freude.

»Jetzt haben wir dich, du Bastard.«

Die Tür zum Maschinenraum am Ende des Gangs öffnete sich, und Grant erschien mit einem Revolver in der Hand. »Ich bin da, Jungs.«

Fox senkte seine Pistole und wandte sich um – und dann passierte alles gleichzeitig. Kathleen griff in ihre Jeansjacke, riß die Pistole heraus, rammte sie Fox in den Bauch und drückte zweimal ab; Keogh ging in die Knie, zerrte das rechte Hosenbein hoch, zog die Beretta aus dem Knöchelhalfter und traf mit der ersten Kugel Dolan in die rechte Schulter, der das AK fallen ließ und herumgerissen wurde. Keoghs zweiter Schuß zerschmetterte ihm das Rückgrat. Grant schoß blindlings, Keogh feuerte zurück, streifte seine Schulter, und der Schotte verschwand Hals über Kopf.

Keogh hob das Gewehr auf. »Alles okay?«

»Klar.« Kathleen lachte etwas zittrig. »Ich hab' genau gemacht, was Sie gesagt haben, und Sie hatten recht. Nahe genug rangehen, dann kann man nicht danebenschießen.«

»Gut, verschwinden wir hier.«

Er öffnete die Tür des Niedergangs und rief zum Laster hinüber: »Michael, sie haben versucht, uns zu überrumpeln.«

»Alles in Ordnung?« Ryan öffnete die Tür und ging dahinter in Deckung.

»Ja. Geben Sie uns Feuerschutz. Wir kommen.« Er schob

Kathleen nach draußen. »Bleiben Sie hinter mir, Mädchen.« Er drehte sich um, schaute hinauf zum Steuerhaus und feuerte eine rasche Salve in die Luft, als er dort am Fenster eine Bewegung sah.

Kathleen erreichte sicher den Laster. »Steig wieder in die Kabine, da bist du in Sicherheit«, befahl ihr Onkel. »Was ist passiert?« rief er Keogh zu, der hinter der Beifahrertür Deckung suchte.

Keogh erzählte ihm alles. »Sie hatten also recht.«

»Hab' ich gewöhnlich. Eine dumme Angewohnheit.«

Es dauerte mehrere Minuten, bis Grant über einen Umweg durch eine Luke im Maschinenraum die Brücke erreichte. Er war bleich, seine Augen funkelten grimmig, seine linke Schulter war blutig. Er zog seine Jacke aus, griff nach einem Putzlappen und versuchte, damit die Schulter zu verbinden.

»Dieses kleine Miststück hat Fox erschossen. Sie hatte eine Waffe. Dann hat Keogh Dolan umgelegt und wollte mich ebenfalls erledigen. Was machen wir jetzt?«

»Ich hab' keine Ahnung, verdammt noch mal!« antwortete Tully.

Er löschte das Licht, ehe er das Heckfenster des Steuerhauses öffnete und vorsichtig hinausspähte. Die beiden Türen des Lasters standen offen, und ihm war klar, daß Ryan und Keogh sich dahinter versteckten. Sorgfältig zielte er auf Keoghs Seite etwas unter die Tür in der Hoffnung, mit ein wenig Glück vielleicht seinen Fuß oder den Knöchel zu erwischen, und gab sämtliche sechs Schüsse seines Revolvers ab. Ryan und Keogh reagierten, indem sie gleichzeitig das Steuerhaus mit einer Salve eindeckten und dessen Fenster zerschossen, daß die Glassplitter durch die Luft flogen.

Tully und Grant warfen sich zu Boden, nur Müller war nicht schnell genug und erhielt mehrere Kugeln in den Rücken. Das Steuer begann sich zu drehen. Tully kroch geduckt darauf zu, riß es herum und sicherte es am Kettenkasten.

»Das hält für eine Weile.«

»Bloß wie lange? Was machen wir jetzt?« fragte Grant.

»Keine Ahnung, verflucht.«

Zehn Minuten später knatterte das Funkgerät. »Hören Sie mich, Tully?« fragte Ryan.

»Ja.«

»Sind Sie jetzt vernünftig?«

»Warum sollte ich? Wir sind hier oben immer noch zu dritt, Müller, Grant und ich«, log er. »Und Sie sind auf mich angewiesen.« Die *Irish Rose* schlingerte heftig in einer Windböe. »Es sei denn, Sie können mit solch einem Schiff umgehen, was ich bezweifle, besonders bei derartigem Wetter.«

»Was schlagen Sie vor?«

»Ich weiß nicht. Nur eins ist sicher – Sie können uns hier oben nichts anhaben, solange wir in Deckung bleiben, und wir können Ihnen nichts tun. So was nennt man ein Patt.«

»Und das heißt?«

»Ich weiß nicht. Ich denke darüber nach.«

»Er hat recht!« rief Keogh seinem Gefährten zu. »Unmöglich, das Steuerhaus zu stürmen. Sie sind uns gegenüber im Vorteil.«

»Ja, selbst wenn wir es durch irgendein Wunder schafften, sie zu überwältigen, nützte es uns nichts«, entgegnete Ryan. »Kämen wir beide allein mit diesem Kahn zurecht? Wahrscheinlich nicht.«

»Den Kurs beibehalten ist so ungefähr das einzige, was uns möglich wäre, solange die Motoren laufen.«

Ryan schüttelte den Kopf. »Viel zu riskant. Keiner von uns kann diesen Kahn manövrieren.«

Fünfzehn Minuten lang herrschte Stille, dann ertönte Tullys Stimme wieder aus dem Funkgerät.

»Ryan, hören Sie mich?«

»Was wollen Sie?«

»Wir sind drei Meilen von der Küste entfernt.«

»Mit Ziel Kilalla? Sie können uns immer noch dort an Land setzen, die restlichen fünfzigtausend nehmen und unbehelligt Ihrer Wege gehen.«

»Glaub' ich Ihnen nicht. Sie würden mich wie einen Hund erschießen. Kilalla ist sowieso noch meilenweit weg.«

»Also, was schlagen Sie vor?«

»Ich kann diesen Kahn wenden und jederzeit wieder zurück auf See steuern.«

»Und wir segeln für alle Zeit weiter wie der Fliegende Holländer, Sie da oben im Steuerhaus und wir hier unten?« fragte Ryan. »Wem bringt das was?«

»Niemandem, von Ihrem Standpunkt aus gesehen.« Tully schaltete das Funkgerät wieder ab.

»Es hat keinen Zweck«, sagte Keogh. »Ich muß versuchen, die Leiter hochzukommen. Sie geben mir Feuerschutz.«

»Feuerschutz? Sind Sie verrückt? Sie haben doch keine Chance, das wissen Sie selbst.«

Tully und Grant kauerten im Steuerhaus. »Wie geht's deinem Arm?« fragte Tully.

»Tut höllisch weh, aber es ist bloß ein Kratzer. Ich überleb's schon.«

»Wir beide, du im Maschinenraum und ich hier oben, könnten es zurück nach England schaffen, nicht wahr?«

»Wahrscheinlich. Was schlägst du vor?«

»Ich will ihm noch ein letztes Angebot machen.«

Tullys Stimme drang aus dem Funkgerät. »Ryan?«

»Was wollen Sie?«

»Wie schon gesagt, ich könnte wieder Kurs auf offene See nehmen, wir könnten im Kreis fahren, bis der Tank leer ist, danach würden wir einfach treiben, bis irgend jemand die Küstenwache alarmiert, und dann wären wir alle miteinander in Teufels Küche.«

»Stimmt wohl«, sagte Ryan. »Was schlagen Sie vor?«

»Warum nicht vernünftig sein? Hinter Ihnen am Heck ist das große gelbe Schlauchboot mit einem guten Außenbordmotor vertäut. Wir sind jetzt nur noch zwei Meilen von der Küste entfernt, und der Wind flaut ab. Sie könnten es leicht schaffen.«

»Und Ihnen das Gold lassen?« fragte Ryan. »Was hätten wir davon?«

»Das Leben.«

»In Wirklichkeit knallen Sie uns doch ab, sobald wir ins Schlauchboot steigen.«

»Ich kann es ja von hier aus nicht mal sehen. Der Laster steht davor. Denken Sie darüber nach. Ich gebe Ihnen fünf Minuten; dann drehe ich den Kahn um.«

»Das können wir nicht machen, Onkel Michael«, protestierte Kathleen ärgerlich, »nach allem, was wir hinter uns haben.«

»Ich weiß, Mädchen, ich weiß. Was sagen Sie, Martin?«

»Ich glaube, wir haben kaum eine andere Wahl.«

»Meinen Sie?« Ryan lächelte grimmig. »Es gibt noch eine Möglichkeit – nämlich dafür zu sorgen, daß auch Tully das Gold nicht kriegt.«

Kathleen schaute ihn erschrocken an. »Wie wollen Sie das verhindern?« fragte Keogh.

Ryan erzählte es ihm.

Eine Minute später rief er Tully an. »Gut, wir sind einverstanden. Lassen Sie uns ein paar Minuten Zeit, damit Keogh überprüfen kann, ob Sie das Schlauchboot wirklich nicht sehen können, dann melde ich mich wieder.«

Tully grinste. »Es klappt!« rief er Grant zu. »Der Dreckskerl gibt auf. Wir haben gewonnen.«

»Falls er es ernst meint.«

»Natürlich, was bleibt ihm sonst übrig? Er ist hilflos.«

»Okay, Tully, alles klar«, ertönte Ryans Stimme. »Wir sehen uns eines Tages in der Hölle wieder.«

Er schaltete ab, und Tully lachte triumphierend. »Ich habe den Bastard geschlagen! Fünfzig Millionen Pfund, und alles gehört mir.«

»Uns, meinst du wohl?« fragte Grant.

»Klar«, nickte Tully. »Wir brauchen einander, also laß uns diesen Pott jetzt mal wenden.«

Im Schutz des Lasters ließen Keogh und Ryan das Schlauchboot über die Reling gleiten und sicherten es mit einem Tau. Keogh kletterte als erster hinein und warf den Außenbordmotor an, der tadellos lief.

»Los, Mädchen, jetzt du«, befahl Ryan.

Keogh half ihr einsteigen. Direkt vor ihnen hob und senkte sich das Heck der *Irish Rose* in der aufgewühlten See.

»Um Himmels willen, kommen Sie endlich, Michael!« rief Keogh.

»Erst will ich Tully noch sein Abschiedsgeschenk hinterlassen.« Ryan hielt ein Bündel hoch. »Ein halbes Pfund Semtex und ein Zeitzünder von einer Minute.« Er riß eine der Decksluken auf, warf das Semtex hinein und war im Nu über die Reling geklettert. Hastig löste er das Tau, und Keogh gab Gas.

Sie waren etwa fünfzig Meter entfernt, als das Heck der *Irish Rose* in der Dunkelheit explodierte und eine grelle Flammenzunge in die Luft schoß. Dann ging alles unglaublich rasch. Das Schiff neigte sich, der Bug schien sich aufzubäumen, und es sank rückwärts unter die Meeresoberfläche. Binnen weniger Sekunden war es in einer zischenden Dampfwolke verschwunden.

»Jetzt kannst du an deiner Gier ersticken, du Bastard!« rief Michael Ryan und legte einen Arm um seine Nichte. »In Ordnung, Martin, bringen Sie uns irgendwo an Land.«

Gegen vier Uhr morgens, als das erste Tageslicht den Himmel erhellte, landeten sie an einem breiten Strand, der in ein dichtes Waldstück überging. Keogh schaltete den Außenbordmotor ab, sprang ins Wasser und zog das Boot ans Ufer. Ryan half Kathleen heraus.

»Was machen wir mit dem Schlauchboot?« fragte Keogh.

Ryan betrachtete es im Licht einer kleinen Taschenlampe. »Soweit ich sehen kann, steht kein Name drauf. Schießen Sie einfach ein paar Löcher rein, Martin.«

Keogh watete wieder ins Wasser und gab dem Boot einen kräftigen Schubs; rasch wurde es von einer Strömung erfaßt und hinausgetrieben. Er zielte sorgfältig mit seiner schallgedämpften Walther und feuerte zwei Schüsse ab. Kurz darauf versank es.

»Was meinst du, wo wir hier sind, Onkel Michael?« fragte Kathleen.

»Weiß der Himmel, aber es spielt eigentlich keine Rolle. Wir sind zu Hause. Was jetzt, Martin?«

»Ich denke, es ist am besten, wenn wir uns trennen. Sie gehen Ihrer Wege, ich meiner.«

»Können wir nicht zusammenbleiben, Martin?« bat Kathleen.

»Ich glaube nicht, Kate. Ihr Onkel wird seine eigenen Pläne haben und muß sich um das Army Council und Reid kümmern. Für mich war diese eine Reise heim ins gute alte Irland aufregend genug. Ich sage jetzt auf Wiedersehen, Michael.« Er schüttelte Ryan die Hand.

Das Mädchen stellte sich auf die Zehenspitzen und küßte ihn auf die Wange. »Gott segne Sie, Martin, und danke für alles, was Sie getan haben.«

»Ich konnte Sie jetzt nicht mal bezahlen«, sagte Ryan.

»Machts nichts.« Keogh lächelte. »War jedenfalls ein tolles Abenteuer.«

Er wandte sich um und ging davon. »Wer sind Sie, Martin?« rief Ryan ihm hinterher. »Wer sind Sie wirklich?«

»Ach du lieber Himmel, es gibt Tage, an denen ich das selbst nicht weiß.« Damit verschwand er zwischen den Bäumen.

»Gehen wir, Mädchen«, sagte Ryan. »Wir suchen uns eine Straße, folgen ihr und sehen, wo wir sind.«

Da die Morgendämmerung eingesetzt hatte, war es nicht schwierig, sich zwischen den Bäumen hindurchzufinden. Nach ein paar Minuten stießen sie auf eine schmale Landstraße. An einer Kreuzung stand ein Wegweiser.

»Du bleibst hier in Deckung, und ich schau mal nach.«

Kurz darauf kehrte er wieder zurück. Da es immer noch regnete, stellte er sich neben sie in den Schutz der Bäume, um sich eine Zigarette anzuzünden.

»Nach links sind es drei Meilen bis nach Drumdonald. Scotstown liegt fünf Meilen in die andere Richtung. Nehmen wir einfach den kürzeren Weg; spielt ja keine Rolle.«

»Alles war umsonst«, seufzte Kathleen. »Wir wissen nicht mal, wo die *Irish Rose* untergegangen ist.«

»Ach nein?« lachte er und zog ein schwarzes Kästchen aus seiner Tasche. »Noch so ein kleines Wunderding, das dieses junge Elektronikgenie von der Queen's University mir gegeben hat. Es heißt Master Navigator. Ich habe die Positionen von Marsh End und Kilalla einprogrammiert, und dieses Ding hat die ganze Zeit über beständig den Kurs und unsere Position angezeigt und gespeichert. Ich weiß exakt, wo die *Irish Rose* untergegangen ist.«

»Mein Gott, und du hast mir kein Wort davon verraten.«

»Manches behalte ich eben lieber für mich.«

»Und was machen wir jetzt? Reid und dieses Schwein Scully suchen uns doch bestimmt.«

»Auch das Army Council«, nickte Ryan. »Ich glaube, es ist Zeit für eine kleine Reise. In Amerika soll es um diese Jahreszeit ganz herrlich sein. Wir sehen zu, daß wir zu diesem geheimen Unterschlupf in Bundoran kommen. Dort liegen immer falsche Pässe bereit. Du weißt ja, wie vorsichtig ich bin.«

»Aber wir brauchen Geld, Onkel Michael, was ist damit?«

»Oh, ich war Martin gegenüber nicht ganz ehrlich. In einem Umschlag in meiner Brusttasche habe ich immer noch die zweiten fünfzigtausend Pfund für Tully.«

»Mein Gott, was bist du für ein Mann.«

»Damit dürften wir eine Weile hinkommen. Wenn es verbraucht ist, denke ich mir was aus.«

»Zum Beispiel?«

»Ich habe in Ulster Banken beraubt und bin davongekommen – warum sollte ich nicht dasselbe in Amerika versuchen?«

»Manchmal denke ich, du bist total verrückt.«

»Bin ich gelegentlich auch, aber jetzt gehen wir erst mal.«

Sie bogen auf die Straße in Richtung Drumdonald ein, als

plötzlich Keogh vor ihnen stand, der ebenfalls unter den Bäumen Schutz gesucht und ihr Gespräch belauscht hatte. Einen Moment lang herrschte Stille; nur der Regen war zu hören.

»Sie verfluchter alter Fuchs«, sagte er dann leise, und in seiner Stimme lag fast so etwas wie Bewunderung.

Er wandte sich um und ging in die entgegengesetzte Richtung nach Scotstown.

Um sechs Uhr morgens klingelte bei Jack Barry in Dublin das Handy auf dem Nachttisch. Neben ihm schlief seine Frau, deshalb stand er leise auf und ging mit dem Apparat ins Bad.

»Ja?«

»Ein R-Gespräch für Sie von einem Mr. Keogh. Wollen Sie das Gespräch annehmen?«

»Natürlich.«

Einen Moment später ertönte Keoghs Stimme. »Bist du's, Jack?«

»Wo steckst du?«

»In einer Telefonzelle in einem Dorf namens Scotstown an der Küste von Down.«

»Was ist denn los? Ich habe zwanzig Männer von der County-Down-Brigade nach Kilalla geschickt, die dort warten.«

»Schick sie wieder heim, Jack, die *Irish Rose* kommt nicht.«

»Erzähl schon«, befahl Barry.

Als Keogh fertig war, sagte er: »Mein Gott, was für ein Plan, und dann so ein Ende.«

»Stimmt. Schon ein toller Bursche, dieser Michael Ryan.«

»Als du ihn und seine Nichte belauscht hast, hättest du den Schuft erschießen und ihm diesen Master Navigator abnehmen können.«

»Wäre ein gewaltiges Unternehmen, dieses Gold hochzuholen, Jack.«

»Das klingt wie eine Ausrede. Du bist doch nicht etwa weich geworden?«

»Ich mochte ihn, Jack, und ich mochte das kleine Mädchen. Das Gold hat seinen Zielort nicht erreicht, die Unionisten werden sich also nicht für einen Bürgerkrieg bewaffnen können. Belassen wir es dabei.«

Barry lachte. »Verdammt, du hast wie gewöhnlich recht. Scotstown, hast du gesagt? Da gibt es einen Pub, The Loyalist, aber das täuscht, denn der Wirt, Kevin Stringer, ist einer von uns. Ich rufe ihn gleich an und sag ihm, daß er dich erwarten soll. Später schicke ich einen Wagen, der dich abholt.«

»Prima.«

»Paß auf dich auf.«

Keogh verließ die Telefonzelle und stand einen Moment lang im Regen, während er an Michael Ryan und seine Nichte dachte und zu seiner eigenen Überraschung bemerkte er, daß er dem Feind alles Gute wünschte. Dann zündete er sich eine Zigarette an und ging die Dorfstraße hinunter, um den Pub zu suchen.

New York State
Irland
London
Washington
Irland

1995

7

Paolo Salamone und sein Anwalt Marco Sollazo trugen zwar beide sizilianische Namen, waren jedoch waschechte, im Land geborene Amerikaner. Damit endeten allerdings die Gemeinsamkeiten zwischen ihnen auch schon.

Salamone war in New Yorks Little Italy aufgewachsen, und seine Karriere in der Mafia hatte den üblichen Verlauf genommen. Vom *piccioti,* dem einfachen Handlanger, hatte er sich hochdienen müssen zum *sicario,* einem Killer für besondere Fälle, und war nach drei erfolgreich ausgeführten Aufträgen schließlich in den Clan von Don Antonio Russo aufgenommen worden. Zweimal hatte er wegen verhältnismäßig geringfügiger Delikte wie Drogenhandel für kurze Zeit im Gefängnis gesessen, bis ihn vor zwei Jahren das Verhängnis ereilte, als er mit einem von Don Antonios Konkurrenten abrechnete und plötzlich eine Polizistin aufgetaucht war. Salamone hatte bei der Schießerei eine Kugel ins Bein abbekommen, was hinsichtlich seiner Flucht hinderlich gewesen war, doch seine eigene Kugel hatte unglücklicherweise die Polizistin getötet. Daß er nicht zu lebenslänglich, sondern nur zu fünfundzwanzig Jahren verurteilt worden war, hatte er allein dem Geschick seines Anwalts, Don Antonios Neffen Marco Sollazo, zu verdanken.

Aus der Strafanstalt von Ossining war Salamone nach Green Rapids verlegt worden, da er eine Ausbildung als Krankenpfleger gemacht hatte und man es für nützlicher hielt, ihn in der dortigen Krankenabteilung einzusetzen.

Marco Sollazo war fünfunddreißig, ein recht gutaussehender Mann von südländischem Typus mit dunklem, nach hinten gekämmtem Haar, der einen gestreiften Anzug von Armani und eine College-Krawatte trug. Er hatte an der juristischen Fakultät von Groton und Harvard studiert und war stets nach Kräften von seinem Onkel Don Antonio, dessen Stolz und Freude er war, gefördert worden.

»Marco, Sie haben gesagt, es gäbe eine Chance, daß Sie ein Berufungsverfahren für mich erreichen. Fahrlässige Tötung. Und jetzt erzählen Sie mir, daß ich noch weitere dreiundzwanzig Jahre hier sitzen könnte.«

»Die Sache ist nicht so einfach«, erwiderte Marco. »Ich tue wirklich mein Bestes.«

»Ja, ja, ich tue auch mein Bestes. Ich weiß jede Menge über den Clan, aber ich quatsche nicht.«

»Paolo, ich glaube kaum, daß Don Antonio erfreut wäre, dich so reden zu hören, im Gegenteil.«

»Verstehen Sie mich nicht falsch«, sagte Paolo hastig. »Ich würde meinen Paten nie verraten. Es ist bloß so, daß ich einfach Hilfe brauche.«

»Ich weiß ja«, versicherte Marco verständnisvoll. »Ich werde jede Möglichkeit ausschöpfen, und der Don verfügt schließlich über viel Einfluß.«

»Was wäre, wenn ich was Interessantes erzählen könnte? Etwas wirklich Interessantes?«

»Und das wäre?«

Ringsum auf dem Gelände gingen andere Gefangene mit ihren Besuchern spazieren. Salamone zog ihn zu einer Bank und deutete, nachdem sie sich gesetzt hatten, auf einen Mann mit grauem Haar von etwa Mitte sechzig, der in Begleitung einer jungen, dunkelhaarigen Frau von ungefähr fünfundzwanzig war.

»Das ist Liam Kelly, zumindest nennt er sich so. Die Frau ist seine Nichte Jean Kelly. Sie ist OP-Schwester im Green Rapids General Hospital.«

»Und?«

»Er sitzt fünfundzwanzig Jahre ab, weil er vor zehn Jahren bei einem Bankraub in Pleasantville einen Polizisten erschossen hat. Ich habe ihn in Ossining kennengelernt, aber weil er an Angina pectoris leidet, hat man ihn wegen des Krankenhauses hierher verlegt. Ein paar Monate darauf bin ich ebenfalls als Krankenpfleger hergekommen. Wissen Sie, wir haben hier eine gute Krankenabteilung; wenn es allerdings irgendwelche Probleme gibt, schicken wir die Patienten nach Green Rapids.«

»Was soll das alles?«

»Hören Sie nur zu. Letzten Monat hatte er einen Herzanfall. Ich muß Ihnen erst noch sagen, daß die beiden Iren sind, und zwar aus dem Norden. Jedenfalls geht es ihm gesundheitlich nicht gut. Er hatte damals Fieber, hing am Tropf und lag in einem Einzelzimmer. Ich hatte Nachtdienst und sollte ihn beobachten.«

»Und?«

»In seinem Fieber hat er fantasiert und alle möglichen komischen Sachen gesagt. Hat immer wieder von einem Schiff geredet, der *Irish Rose,* und daß er der einzige sei, der wisse, wo es untergegangen sei und das Gold liege.«

Sollazo schwieg einige Zeit und überlegt. »Der einzige, der wisse, wo das Gold liegt? Das hat er gesagt?«

»Genau.«

»Und sonst weißt du nichts?«

»O doch«, entgegnete Salamone triumphierend. »In der Gefängnisbücherei gibt es eine fabelhaften Computer. Ich habe mal den Namen *Irish Rose* eingegeben – und bingo!«

»Weiter«, drängte Sollazo.

»Im Herbst 1985 stand ein Artikel in der *New York Times.* Es scheint, daß ein Laster, der mit fünfzig Millionen Pfund in Goldbarren beladen war, im Nordwesten Englands überfallen wurde. Die Untersuchungen der Polizei ergaben, daß man das Gold auf eine Fähre namens *Irish Rose* gebracht hatte.«

»Und dann?«

»Das Schiff verschwand, aber Schwimmwesten und Überreste eines Boots wurden an der irischen Küste angespült. Ende der Geschichte.«

»Und es stand nichts drin, wer hinter dieser Sache steckte?«

»Kein Wort.«

»Interessant«, sagte Sollazo. »Gehen wir noch ein Stück.«

Sie schlenderten über den Rasen, wobei sie an der Bank

vorbeikamen, auf der Kelly und seine Nichte saßen und die Köpfe zusammensteckten. Sie blickten nur flüchtig auf. »Hallo, Liam«, grüßte Salamone.

»Tag, Paolo.«

Sollazo und Salamone gingen weiter, und Kathleen Ryan, die inzwischen fast wie eine gebürtige Amerikanerin sprach, fragte: »Wer war das denn, Onkel Michael?«

»Paolo Salamone. Er ist Pfleger in der Krankenabteilung. Wir haben beide gemeinsam, daß wir fünfundzwanzig Jahre wegen Polizistenmord sitzen, bloß war es bei ihm eine Polizistin, die er erschossen hat. Aber jetzt sag mal, wie geht's dir?«

»Gut. Hab' viel zu tun im Krankenhaus.«

»Immer noch keinen Mann in deinem Leben?«

»Das gibt bloß Aufregung und Ärger«, lächelte sie. »Ein Glück, daß ich den Job in Green Rapids bekommen habe. So kann ich dich wenigstens regelmäßig sehen.«

»Und das soll noch mal fünfzehn Jahre lang so weitergehen? Du kannst doch dein Leben nicht derart vergeuden, Kathleen.« Wütend stand er auf und schüttelte den Kopf. »Mein Gott, wie konnte ich bloß so blöd sein! Eine Bank in einer Kleinstadt, das ist ein Klacks, hab' ich gedacht – und dann kommt ausgerechnet dieser Bulle um die Ecke.«

»Es war eben einfach Pech, so was passiert.«

»Gott sei Dank, daß du es wenigstens geschafft hast, noch rechtzeitig wegzufahren und zu flüchten.«

Er zog eine Packung Zigaretten heraus und zündete sich eine an. »Du weißt doch, daß du nicht rauchen sollst«, sagte sie.

»Damit ich mein Leben hier in diesem hübschen Knast um ein oder zwei Jahre verlängere?« Er ließ die Zigarette zu Boden fallen. »Na gut, ich bin brav. Komm, ich bringe dich zum Tor.«

Zahlreiche andere Leute gingen in die gleiche Richtung, darunter auch Salamone und Sollazo. Am bewachten Ausgang blieben sie stehen. Ryan küßte seine Nichte auf die Wange. »Danke, daß du gekommen bist.«

»Bis Freitag.«

Als sie draußen auf dem Parkplatz die Tür ihres Wagens aufschloß, sah sie Sollazo auf einen silbernen Porsche zugehen. Beiläufig schaute er zu ihr herüber. Aus irgendeinem Grund empfand sie bei seinem Blick ein merkwürdiges Unbehagen. Rasch stieg sie ein und fuhr davon.

Sollazo hatte inzwischen nach seinem Handy gegriffen und rief in seinem Büro an. »Rosa«, befahl er seiner Sekretärin, »stöbern Sie mal die Archive durch nach einem Bericht in der *New York Times* über einen Raubüberfall im Norden Englands, mit dem ein Schiff, die *Irish Rose,* in Zusammenhang steht, das offenbar gesunken ist.«

»Gut, Sir, sonst noch was?«

»Ja, sagen Sie unseren Leuten in London, sie sollen sich ebenfalls sämtliche entsprechenden Zeitungsartikel anschauen. Sie sind dort wahrscheinlich ausführlicher. Und ich hätte die Sachen gern möglichst gestern.«

»Wird sofort erledigt.«

»Ich bin zum Essen bei Don Antonio.«

»In seinem Haus auf Long Island?«

»Nein, im Trump Tower. Sobald Sie das Zeug aus England kriegen, faxen Sie es mir dorthin.«

»Mache ich.«

Auf der Fahrt dachte Sollazo über die ganze Geschichte nach. Faszinierend der Gedanke, daß Goldbarren im Wert von fünfzig Millionen Pfund nur darauf warteten, geborgen zu werden.

Kathleen Ryan zog sich in ihrem Zimmer im Green Rapids General Hospital aus und ging unter die Dusche. In einer Stunde begann ihr Nachtdienst, der bis sechs Uhr morgens dauerte, aber das machte ihr nichts aus, denn sie liebte ihre Arbeit und war eine gute Krankenschwester.

Ihr Onkel hatte nach seiner Verurteilung darauf bestanden, daß sie sich ein eigenes Leben aufbaute, und sie hatte ein harte fünfjährige Ausbildung absolviert. Besonders schlimm war die Zeit gewesen, die er in dieser düsteren Festung von Ossining absitzen mußte, wo sie ihn nur selten hatte sehen können. In gewisser Weise war seine Herzkrankheit ein Segen gewesen. Dank der viel lockereren Bestimmungen in Green Rapids konnte sie ihn hier häufiger besuchen, und nachdem sie eine Stelle im Krankenhaus der Stadt bekommen hatte, sah alles noch viel besser aus.

Trotzdem tat ihr sein Anblick jedesmal weh. Er war nur noch ein Schatten des Mannes, der er in diesen aufregenden Tagen daheim in Irland gewesen war, als sie es mit der IRA und manchmal sogar mit der britischen Armee aufgenommen hatten. Ein herrliches, fast erregendes Prickeln überlief sie bei diesen Erinnerungen.

Sie trocknete sich ab, fönte ihr kurz geschnittenes Haar, zog sich ihre Schwesterntracht über, kämmte sich und betrachtete sich prüfend im Spiegel. Ein energisches Gesicht, dunkle Augen, nicht hübsch, aber ausdrucksvoll – das Mädchen, das im Alter von vierzehn Jahren zwei Mitglieder der IRA mit einer Handgranate getötet und im Alter von sechzehn einen Mann namens Bert Fox aus nächster Nähe erschossen hatte.

Eine ganze Flut von Bildern stürmte auf sie ein – der Lake District, diese einsame Straße, der Überfall auf den Laster, Martin Keogh und die letzte brutale Auseinandersetzung auf der *Irish Rose.* Erneut überflutete sie die alte Erregung.

»Das darf es einfach nicht gewesen sein«, sagte sie laut. »Er kann nicht noch fünfzehn Jahre lang eingesperrt bleiben.«

Sie öffnete eine Schublade in ihrem Schreibtisch und nahm eine Aktenmappe heraus. Darin befand sich ein großer Umschlag mit fünfzigtausend Dollar in bar; Geld, das sie eisern zusammengespart hatte für den Tag, an dem sie und Onkel Michael einmal rasch weg müßten, denn seit er von Ossining nach Green Rapids verlegt worden war, wo der Strafvollzug wesentlich liberaler gehandhabt wurde, hatte sie sich an die Hoffnung geklammert, daß es ihm vielleicht gelingen würde, zu fliehen. Sie hatte sich sogar an einen Fälscher in New York gewandt, einen alten Zellengenossen ihres Onkels aus Ossining, der ihr für den Sonderpreis von tausend Dollar pro Stück zwei irische Pässe angefertigt hatte.

Niedergeschlagen betrachtete sie die Dokumente auf die Namen Daniel und Nancy Forbes. Eine sinnlose Geldverschwendung, denn wie sie bald entdeckt hatte, waren die Sicherheitsmaßnahmen in Green Rapids trotz aller Liberalität sehr scharf.

Das Foto in ihrem falschen Paß erschien ihr beinah wie das Bild einer Fremden. »Was ist bloß mit Kathleen Ryan passiert?« fragte sie leise.

Die Tür öffnete sich, und eine Kollegin schaute herein. »Fertig, Jean?«

»Sicher«, erwiderte Kathleen, »komme sofort.«

Sie schloß die Aktenmappe, legte sie zurück in die Schublade und begann ihren Dienst.

Don Antonio war siebzig Jahre alt und mehr als füllig, was sein locker sitzender, cremefarbener Leinenanzug nur schlecht verbarg. Sein langes graues Haar war nach hinten gekämmt, und auf seinem fleischigen Gesicht lag ein arroganter Zug, wie er zu einem Mann paßte, der es von jeher gewöhnt war, daß alles so geschah, wie er es wollte. Er stand auf und stützte sich auf seinen Stock, als Sollazo das luxuriös eingerichtete Wohnzimmer des Apartments im Trump Tower betrat.

»Marco! Schön, dich zu sehen.« Er umarmte seinen Neffen. »Ein Glas Champagner?« Don Antonio schnippte mit den Fingern, und der Butler eilte dienstbeflissen davon. »Es sind übrigens ein paar Faxe für dich gekommen. Kann dein Büro dir denn nicht mal einen Abend Ruhe gönnen?«

»Entschuldige, Onkel, es ist wichtig. Darf ich?«

»Natürlich.«

Sollazo ging ins Büro und las rasch die Faxe durch, ehe er ins Wohnzimmer zurückkehrte und sich mit seinem Glas Champagner zu Russo setzte.

»Können wir etwas Geschäftliches besprechen?«

»Immer.«

»Gut.« Ausführlich berichtete Sollazo ihm von seinem Gespräch mit Salamone.

»Das ist allerdings mehr als interessant«, nickte der Don. »Und die Faxe?«

»Sie bestätigen den Bericht in der *New York Times,* sind sogar noch ausführlicher. Wie es bei Zeitungen so ist, unterscheiden sie sich natürlich in einigen Einzelheiten, aber im allgemeinen stimmen sie schon überein. Ein Laster, der mit fünfzig Millionen Pfund in Gold beladen war, wurde auf einer Landstraße im englischen Lake District überfallen. Ein kleiner Junge erzählte der Polizei, daß man ihn von einer alten Mole in der Nähe des Tatorts verjagt habe, wo eine Fähre namens *Irish Rose* angelegt hatte. Er habe außerdem später einen Laster, auf den die Beschreibung paßte, von der Hauptstraße in Richtung dieser Mole abbiegen sehen.«

»Und?«

»Offensichtlich hat man den Laster mit dem Gold auf die Fähre gebracht.«

»Und was ist dann passiert?«

»Damit endet die Geschichte. Im Lauf der nächsten Tage wurden Schwimmwesten, ein zerschmettertes Rettungsboot und andere Trümmer, die alle den Namenszug *Irish Rose* trugen, an der Küste von County Down angespült.«

»Verstehe.« Don Antonio überlegte kurz. »Und Salamone hat gesagt, daß dieser Kelly behauptet hat, er sei der einzige, der wisse, wo das Schiff unterging?«

»Stimmt.«

»Und es handelt sich um Goldbarren im Wert von fünfzig Millionen Pfund?«

»Ja, aber das war vor zehn Jahren. Inzwischen dürfte das Gold mehr wert sein.«

»Ein solcher Batzen Geld ist immer interessant.«

»Ich habe mir überlegt, daß es heutzutage mit der richtigen Ausrüstung kein Problem sein dürfte, diese Ladung zu heben, sofern man weiß, wo das Schiff liegt, was die Behörden offenbar nicht wissen.«

Don Antonio dachte einen Moment nach und nickte schließlich. »Ich frage mich, für wen dieser Kelly gearbeitet hat. War es einfach nur ein Raubüberfall, oder steckte die IRA oder eine ähnliche Gruppierung dahinter?«

»Wäre durchaus möglich.«

»Weißt du, ich hatte vor ein paar Jahren geschäftlich mit Leuten von der IRA zu tun. Wir haben ihnen über eine sizilianische Verbindung Waffen geliefert. Der Stabschef war ein Mann namens Barry – Jack Barry.«

»Momentan dreht sich ja alles nur noch um Frieden«, sagte Sollazo. »Gerry Adams von der Sinn Fein-Partei führt sogar Verhandlungen im Weißen Haus.«

»Na und?« entgegnete der Don. »Barry ist ein alter Fuchs. Falls irgend jemand etwas über diese Angelegenheit weiß, dann er. Seine Privatnummer in Dublin muß in meinem speziellen Adreßbuch in der obersten rechten Schreibtischschublade stehen. Versuch mal, ob du ihn erreichen kannst.«

In Dublin regnete es. Jack Barry saß am Kamin, las in einer Zeitung und langweilte sich unendlich, als das Telefon läutete.

»Hier Barry.«

»Sind Sie Mr. Jack Barry? Dann müßten Sie mich kennen. Don Antonio Russo.«

»Guter Gott, das ist aber eine Überraschung. Was kann ich für Sie tun?«

»Wir könnten etwas füreinander tun, Mr. Barry. Sagt Ihnen der Name *Irish Rose* etwas?«

Barry schluckte schwer. »Sollte er das?«

»Was würden Sie sagen, wenn ich Ihnen erzählte, daß ich den Aufenthaltsort eines Mannes kenne, der sich Kelly nennt und in halb bewußtlosem Zustand davon spricht, daß er als einziger wisse, wo das Schiff untergegangen ist und das Gold liegt?«

»Ich wäre mehr als interessiert.«

»Gut. Dann scheint es, als hätten wir ein gemeinsames Interesse und könnten beide davon profitieren. Mein Neffe

Marco Sollazo, der gleichzeitig mein Anwalt ist, wird morgen bei Ihnen sein.«

»Ich freue mich auf seinen Besuch.«

Don Antonio legte den Hörer auf. »Haben wir einen guten Kontaktmann in Green Rapids?«

»Sicher.«

»Ruf ihn gleich an. Wir brauchen so schnell wie möglich ein Foto von Kelly. Danach setz dich mit dem Flughafen in Verbindung, daß man die Gulfstream bereithalten soll – sagen wir um Mitternacht. Irland ist uns vier Stunden in der Zeit voraus. Du kannst dich dann am späten Vormittag mit Barry treffen.«

»Gut, Onkel.«

»Und nun wollen wir zu Abend essen.« Don Antonio lächelte. »Ich habe plötzlich richtigen Appetit.«

Kurz vor Mittag läutete es am folgenden Tag an Barrys Tür.

»Mr. Barry?«

»Und Sie sind Mr. Sollazo?«

»Stimmt.«

»Kommen Sie einen Moment herein, ich will nur rasch meinen Mantel holen. Sie müssen das Durcheinander entschuldigen, aber ich lebe inzwischen allein. Meine Frau ist letztes Jahr gestorben.«

Marco Sollazo wartete in einem kleinen Wohnzimmer, in dem ein Sofa und zwei Sessel standen und auf dem Kamin verblichene Familienfotos von Kindern in verschiedenen Altersstufen aufgereiht waren. Das alles paßte zu dem Bild des freundlichen sechzigjährigen Mannes in einer Strickjacke, den er gerade kennengelernt hatte, und doch war dieser Mann mehrere entscheidende Jahre lang der Stabschef der Provisional IRA gewesen.

Barry kehrte in einem Regenmantel mit einer Mütze zurück. »Wir machen einen Spaziergang durch den Park, dann nehmen wir in Cohan's Bar einen Drink und essen eine Kleinigkeit.«

»Ist mir recht.«

Ehe sie das Haus verließen, griff Barry nach einem Regenschirm. »Nur für alle Fälle. Wir sind immerhin in Irland.«

Sie überquerten die Straße. Auf der anderen Seite lag der Park. »Können wir bei Ihnen zu Hause nicht reden?« fragte Sollazo. »Hat man Sie verwanzt?«

»Ach, du lieber Gott, nein. In den alten Tagen haben sie es natürlich versucht, der englische Secret Service, der irische Geheimdienst, die Dublin Special Branch, aber ich hatte meine Experten, die einmal die Woche vorbeikamen und das Haus säuberten. Ich denke mir, daß Ihr Onkel solche Vorsichtsmaßnahmen ebenfalls kennt.«

»Allerdings.«

»Aber jetzt bin ich nicht mehr Stabschef der IRA.« Er lächelte. »Die Zeit des Friedens ist gekommen, Mr. Sollazo, so heißt es jedenfalls.«

»Also keine IRA mehr?«

Barry lachte laut auf. »Wenn Sie das glauben, dann glauben Sie auch an den Weihnachtsmann. Es gibt einen neuen Stabschef, unsere Kommandostruktur ist im gesamten Land intakt, und wie Ihr Präsident und der englische Premierminister ja feststellen mußten, haben wir nicht die Absicht, unsere Waffen abzugeben.«

»Ja, ich weiß aus den Zeitungen, daß die Weigerung Ihrer Leute, wegen der Waffen einzulenken, einer der zentralen Gesprächspunkte sein wird, wenn der Präsident am Freitag London besucht.«

»Sie können reden, bis sie schwarz werden, es wird nichts nützen. Wir behalten unsere Waffen – komme, was wolle.«

»Sie glauben nicht, daß dieser Frieden von Dauer sein wird?«

»Wann war Frieden schon jemals von Dauer?« Sie gingen durch die Eingangstore des Parks, und Barry öffnete den Schirm, da es zu regnen begann. »Na bitte, hab' ich mir doch gedacht. Aber kommen wir jetzt mal zur Sache.«

Sollazo nahm das Foto aus der Tasche, das sein Kontaktmann in Green Rapids ihm am vergangenen Abend gegeben hatte. »Kennen Sie diesen Mann?«

»Und ob«, nickte Barry. »Sein Name ist Michael Ryan. War mal ein berüchtigter Aktivist für die Sache der Unionisten, ein schwarzer Oranier aus Belfast.«

»Würde es Sie überraschen zu erfahren, daß er seit zehn Jahren in Amerika im Gefängnis sitzt?«

Barry lächelte. »Aber nein! Er verschwand 1985 vollkommen spurlos von der Bildfläche, und ich konnte mir nie einen Reim darauf machen. Was hat er angestellt?«

»Bei einem Bankraub einen Polizisten erschossen. Man hat ihn zu fünfundzwanzig Jahren verurteilt.«

»Armes Schwein. Er muß jetzt fünfundsechzig sein. Seine Chance, wieder auf freien Fuß zu kommen, ist wohl nicht sehr groß.«

»Kaum. Er kann nach fünfzehn Jahren einen Antrag auf Haftentlassung auf Bewährung stellen, aber dann wäre er um die siebzig, und die Chance auf eine bedingte Entlassung ist sowieso nicht besonders groß. Immerhin sitzt er wegen Polizistenmord.«

»Welchen Namen benutzt er?«

»Liam Kelly. Er leidet an einer Herzkrankheit, deshalb hat man ihn von Ossining nach Green Rapids verlegt. Dort gibt es eine gute Krankenstation und in der Stadt ein hervorragendes Krankenhaus. Er erhält regelmäßig Besuch von seiner Nichte, die dort Krankenschwester ist. Sie nennt sich Jean Kelly. Ich habe sie gesehen. Klein und nicht gerade eine Schönheit, eher ein bäuerlicher Typ, dunkles Haar, ungefähr fünf- oder sechsundzwanzig.«

»Das muß Kathleen Ryan sein. Na so was – und das nach all den Jahren.« Der Regen wurde heftiger, und er nahm Sollazos Arm. »Stellen wir uns dort drüben unter. Ich möchte gern mal hören, was Sie über die *Irish Rose* zu erzählen haben.«

Nachdem Sollazo mit seinem Bericht fertig war, schwieg Barry einige Zeit nachdenklich. »Und warum sind Sie zu mir gekommen?« fragte er schließlich.

»Aus rein geschäftlichen Gründen. Diese Goldbarren könnten bei den heutigen Preisen ein hübsches Sümmchen einbringen.«

»Und Sie würden sie gern in die Hände kriegen.«

»Ich will ganz offen sein. Mein Onkel findet, daß es am besten wäre, diese Angelegenheit untereinander zu regeln. Also die Hälfte für uns, die andere für Sie und die IRA. Das ist doch wirklich fair. Sollte der Frieden nicht halten, könnten Sie mit dem Gold sehr viele Waffen kaufen, mein Freund.«

»Allerdings, und Ihr Onkel mit seinem bewährten Instinkt hat sich genau an den Richtigen gewandt – nicht nur aus dem einen Grund, wie Sie glauben.«

»Das müssen Sie mir näher erklären.«

»Nun, ich weiß einiges mehr über diese Geschichte als jeder andere – soviel wie Ryan selbst.«

»Aber wie das?«

»Ich wußte, daß Ryan etwas vorhatte; es gab die üblichen Gerüchte, sogar den Hinweis, daß es dabei um Gold ginge, daher habe ich einen meiner Männer bei ihm eingeschleust, den wir mal Martin Keogh nennen wollen.«

»Aber das ist nicht sein richtiger Name?«

»Nein. Er war einer meiner allerbesten Leute und von Anfang an bis zu dem Überfall dabei; auch auf der *Irish Rose,* als sie unterging.«

»Erzählen Sie«, drängte Sollazo. »Erzählen Sie mir alles.«

Als sie später in einer Ecknische in Cohan's Bar bei Guiness und Schinkensandwiches saßen, sagte Sollazo: »Eine bemerkenswerte Geschichte. Und dieser Mann, dieser Keogh, ist immer noch dabei?«

»Könnte man sagen. Vor einigen Jahren hat er die IRA verlassen und auf eigene Rechnung gearbeitet, um es mal so auszudrücken. Er hat seine Dienste ungefähr allen zur Verfügung gestellt – dem alten KGB, der PLO, selbst den Israelis.«

»Und wo ist er jetzt?«

»Beim britischen Geheimdienst.«

»Ziemlich ungewöhnlich, oder?«

»Die Briten haben damals, im Jahr 1972, eine streng geheime Abteilung für die wirklich dreckigen Jobs und zur Bekämpfung des Terrorismus eingerichtet. Sie wird von einem Brigadier namens Charles Ferguson geleitet, der niemand anderem verantwortlich ist als ausschließlich dem Premierminister. Aus diesem Grund heißt die Truppe in eingeweihten Kreisen auch die Privatarmee des Premierministers.«

»Und dieser Keogh arbeitet für Ferguson?«

»Genau. Er ist ein Mann für besondere Fälle. Der alte Fuchs hat ihn vor ungefähr drei Jahren dazu mit dem Angebot erpreßt, ihm wieder eine weiße Weste zu verschaffen und seine Vergangenheit in der IRA zu vergessen. Er brauchte jemanden wie ihn in seinem Team, also einen Gauner, um andere Gauner zu schnappen, so ungefähr muß man sich das vorstellen.«

»Ich verstehe. Und wie heißt dieser Keogh richtig?«

»Dillon – Sean Dillon, und zu seiner Zeit war er der gefürchtetste Mann, den ich hatte.«

»Offensichtlich ein erstaunlicher Bursche, dieser Dillon«, meinte Sollazo, »aber es ist wohl eher unwahrscheinlich, daß er uns helfen wird.«

»Ist auch nicht nötig. Er hat mir alles berichtet, was er weiß, und ich habe es jetzt Ihnen erzählt.«

»Und Reid, der diesen Wirt in London umgebracht hat, ist der immer noch zugange?«

»Sitzt in einem Gefängnis in Ulster eine Haftstrafe wegen Mord ab.«

»Noch etwas – das Army Council der Unionisten, das Sie erwähnt haben, würde doch sicher liebend gern das Gold in die Finger kriegen, nicht wahr?«

»Ganz bestimmt. Die Unionisten sind äußerst unzufrieden mit dem Verlauf des Friedensprozesses. Sie finden, man habe sie verraten und verkauft. Die militanten Kreise denken sogar an einen Bürgerkrieg. Dieses Gold käme ihnen mehr als recht. Damit könnten sie sich die Waffen beschaffen, die sie bräuchten.«

»Was Ihnen nicht gefallen würde. Und deshalb darf ich wohl annehmen, daß Sie bei diesem Unternehmen mit uns zusammenarbeiten werden?«

»Nicht offiziell, und schon gar nicht unter diesen Umständen. Ich will's Ihnen erklären. Die Menschen hier sehnen sich verzweifelt nach Frieden. Man kann niemandem vertrauen, auch nicht der Sinn Fein und der IRA. Wenn ich mich an den derzeitigen Stabschef wenden würde, müßte er die Sache mit den Mitgliedern des Army Council besprechen, und im Nu wäre etwas durchgesickert.«

»Verstehe. Und was schlagen Sie vor?«

»Wir behalten das Ganze vorerst für uns.« Barry lächelte verschmitzt. »Glauben Sie nicht, ich sei persönlich darauf erpicht. Geld bedeutet mir nichts; für mich zählt allein unsere Sache. Sie sehen zu, daß Sie von Ryan die Position der *Irish Rose* erfahren, und danach überzeugen wir uns still und unauffällig, daß sie wirklich dort liegt – nur ein kleines Boot, ein Taucher, das genügt für den Anfang.«

»Und dann?«

»Das liegt an Ihnen. Ich bin sicher, Sie können so was wie eine vorgetäuschte wissenschaftliche Expedition arrangieren, damit wir eine geeignete Tarnung hätten, während das Gold gehoben wird.« Er grinste. »Ich setze volles Vertrauen in Sie.«

Neben der schwarzen Limousine, die am Bürgersteig vor dem Haus parkte, lehnte ein finster aussehender Mann mit gequetschter Nase, der die dunkelblaue Uniform eines Chauffeurs trug.

»Mein Fahrer.«

»Und Leibwächter, wie er aussieht.«

»Giovanni Mori.« Sollazo schüttelte Barry die Hand. »War mir wirklich ein Vergnügen, Sie kennenzulernen, Mr. Barry. Wann hat man schon mal die Gelegenheit, eine lebende Legende zu treffen? Wir bleiben in Verbindung.«

Er stieg ein, während Mori um den Wagen herumging und sich hinters Steuer setzte. »Alles glatt gelaufen, Signore?« fragte er.

»Bestens. Zum Flughafen, Giovanni. Es geht heim nach New York.« Er lehnte sich zurück, schloß die Augen und dachte über das nach, was Barry ihm erzählt hatte.

Um neun Uhr abends war er wieder im Apartment im Trump Tower, wo Don Antonio sich seinen Bericht anhörte.

Als er fertig war, nickte der alte Don. »Eine aufregende Geschichte.«

»Wir nehmen die Sache also in Angriff?«

»Natürlich. Ein überaus lukratives Unternehmen. Der erste Schritt ist jetzt, von diesem Ryan die genaue Lage der *Irish Rose* zu erfahren.«

»Stimmt. Es stellt sich allerdings die Frage, warum er es uns verraten sollte, wenn für ihn nichts dabei herausspringt.«

»Glaubst du, du könntest es fertigbringen, daß er aus dem Gefängnis entlassen wird?«

»Das bezweifle ich. Immerhin hat er einen Polizisten getötet.«

»Es führt nicht nur ein Weg nach Rom. Ich bin sicher, dir wird etwas einfallen, und du hast ja auch noch Salamone. Er könnte uns vielleicht sehr nützlich sein. Ich überlasse es dir; du wirst das schon regeln.« Der Don lächelte. »Jetzt wollen wir ein Glas Wein trinken. Ich sehe übrigens, daß unser Präsident auf Besuch nach London fliegt.«

8

Der wichtigste Punkt im Terminkalender des britischen Premierministers war die Zusammenkunft mit dem Präsidenten der Vereinigten Staaten am Ende der Woche, und diesem Treffen galt Brigadier Charles Fergusons ganze Sorge. Entsprechend groß war seine Nervosität.

»Manchmal denke ich, diese ganze verdammte Stadt steht still«, fluchte er, als sein Daimler im dichten Verkehr nur stockend vorankam.

»Und manchmal stimmt das sogar«, entgegnete Sean Dillon, der ihm gegenüber auf dem Klappsitz saß.

Er war ein kleiner, gutaussehender Mann, kaum ein Meter sechzig groß. Sein Haar war so hellblond, daß es fast weiß wirkte. Um seinen Mund spielte ständig ein leichtes Lächeln, als mache er sich über die ganze Welt lustig. Er trug einen maßgeschneiderten blauen Flanellanzug und unter dem einreihigen Jackett ein dunkelblaues seidenes Polohemd.

»Ich möchte Sie daran erinnern, daß ich eine Verabredung mit dem Premierminister habe, Dillon, und mich unmöglich verspäten darf.«

»Ach, er reißt Ihnen schon nicht den Kopf ab; das ist doch ein ganz anständiger Bursche.«

Die attraktive Frau von Ende zwanzig, die neben Ferguson saß, trug einen rehfarbenen Hosenanzug von Armani und eine schwarze Hornbrille, die auffällig mit ihrem roten Haar kontrastierte. Es handelte sich bei ihr um Detective Chief Inspector Hannah Bernstein von der Special Branch Scotland Yards, die zur Zeit als Fergusons Assistentin eingesetzt war.

»Sie sind ein hoffnungsloser Fall, Dillon«, sagte sie. »Ihr Iren habt wirklich vor gar niemandem Respekt.«

»Das liegt bloß an dem ganzen Regen, Mädchen«, erwiderte er fröhlich.

»Verschwenden Sie nicht Ihre Zeit mit ihm, Chief Inspector«, seufzte Ferguson. »Er ist nicht mehr zu retten.«

Die Wachen winkten den Daimler durch das Tor am Ende der Downing Street, und der Fahrer hielt vor Number Ten. »Es dauert sicher nicht mehr als zwanzig Minuten«, erklärte Ferguson.

»Ist auch dieser alte Gauner Simon Carter dabei?« fragte Dillon.

»Es gehört sich nicht, den stellvertretenden Direktor der Sicherheitsdienste so zu nennen.«

»Schon gut, aber vergessen Sie nicht, ihm zu sagen, daß ich der Meinung bin, seine ganzen Sicherheitsmaßnahmen für den Besuch des amerikanischen Präsidenten sind Schrott.«

»Das ist wohl kaum die richtige Ausdrucksweise, Dillon. Versuchen Sie sich in Geduld zu fassen, bis ich wiederkomme.«

Er überquerte den Bürgersteig; der diensthabende Polizist salutierte, und die Tür wurde geöffnet.

»Ganz der große Gentleman alter Schule – selbstbewußt und sich seiner Wichtigkeit für das gesamte Empire gewiß.« Dillon nahm eine Zigarette aus seinem silbernen Etui und zündete sie an.

»Wir haben kein Empire mehr, Dillon«, entgegnete Hannah Bernstein.

»Ach was? Weiß die Regierung das auch?«

Sie schüttelte nur den Kopf. »Sie sind wirklich hoffnungslos, Dillon, und mit dieser dauernden Qualmerei bringen Sie sich bald um.«

»Stimmt, aber ich wußte schon immer, daß es eines Tages mal ein schlimmes Ende mit mir nimmt.«

Im Arbeitszimmer des Premierministers saß bereits Simon Carter, ein kleiner Mann Anfang fünfzig mit schneeweißem Haar. Als ehemaliger Professor für Geschichte, der nie selbst als Agent tätig gewesen war, gehörte er zu den gesichtslosen Männern, die für die Sicherheit Großbritanniens die Verantwortung trugen. Seit Jahren hegte er eine entschiedene Abneigung gegen Ferguson, dem er vor allem wegen seiner privilegierten Position grollte; außerdem verübelte er ihm die Tatsache, daß er nur dem Premierminister gegenüber verantwortlich war.

»Tut mir leid, daß ich mich verspätet habe, Premierminister«, grüßte der Brigadier, ohne eine weitere Erklärung abzugeben.

Der Premierminister lächelte. »Schon in Ordnung.« Er griff nach einer Akte. »Das sind die Sicherheitsmaßnahmen, die Direktor Carter und seine Leute für den Präsidentenbesuch vorgesehen haben. Sie haben sie gelesen?«

»Natürlich.«

»Mir liegt besonders daran, daß sein Besuch im Unterhaus reibungslos verläuft. Um halb elf am Freitagmorgen sollen dort auf der Terrasse Erfrischungen gereicht werden.«

»Da brauchen Sie keine Bedenken zu haben, Premierminister«, versicherte Carter. »Das Unterhaus ist der einzige Ort, an dem während des gesamten Besuchs kein Sicherheitsrisiko besteht.« Mit der üblichen Herablassung wandte er sich an den Brigadier. »Sie stimmen mir doch sicher zu, Ferguson.«

Ferguson hatte eigentlich nicht die Absicht gehabt, etwas einzuwenden, doch Carters arrogante Miene machte ihn wütend.

»Nun, was meinen Sie, Brigadier?« fragte der Premierminister.

»Oberflächlich gesehen scheint es so, Herr Premierminister, aber offen gesagt ist Dillon ganz anderer Ansicht. Er findet die Sicherheitsvorkehrungen im Unterhaus sogar ziemlich jämmerlich.«

»Dillon?« Carter quollen förmlich die Augen aus dem Kopf. »Dieser verfluchte Schuft. Ich muß wirklich dagegen protestieren, Herr Premierminister, daß Brigadier Ferguson nach wie vor einen Mann beschäftigt, der einmal ein IRA-Mitglied war, ein in ganz Europa aktenkundiger und berüchtigter Terrorist.«

»Ich protestiere ebenfalls«, sagte Ferguson. »Dillon hat der

Krone beträchtliche Dienste geleistet, wie Sie sehr wohl wissen, Premierminister, nicht zuletzt der königlichen Familie selbst.«

»Ja, das weiß ich wohl. Aber diese Sache ist zu wichtig für persönliche Animositäten, meine Herren.« Der Premierminister überlegte einen Moment. »Ich möchte, daß Sie sich mit dem Brigadier und Dillon im Unterhaus treffen, Mr. Carter, und sich anhören, was er zu sagen hat.«

Carter hielt nur mühsam seine Wut im Zaum. »Wenn Sie meinen.«

»Allerdings. Und nun müssen Sie mich entschuldigen. Ich habe eine Kabinettssitzung.«

Bürger, die mit ihren Abgeordneten sprechen wollten, warteten ebenso wie zahlreiche Touristen darauf, ins Unterhaus zu gelangen. Auch Dillon, Hannah Bernstein und ein ziemlich ungeduldiger Ferguson standen in der Schlange.

»Wie es heißt, haben sie hier sechsundzwanzig Restaurants und Bars«, sagte Dillon, »und das Essen und die Getränke werden vom Steuerzahler subventioniert. Parlamentsabgeordneter scheint ein toller Job zu sein.«

»Zumindest müssen sie nicht Schlange stehen, um reinzukommen«, knurrte Ferguson.

Ein hochgewachsener Polizeisergeant hatte Hannah entdeckt und kam auf sie zu. »Chief Inspector Bernstein! Schön, Sie zu sehen. Warten Sie, ich sorge dafür, daß Sie durchgehen können. Sie werden sich wohl nicht mehr an mich erinnern?«

»Aber sicher, sehr gut sogar. Sergeant Hall, nicht wahr?«

»Jawohl, ich war als erster am Tatort, als Sie diesen Ganoven erschossen haben, der den Supermarkt überfallen hatte. Sie waren gerade auf dem Weg zur amerikanischen Botschaft.«

»Jetzt holt Sie Ihre finstere Vergangenheit wieder ein«, flüsterte Dillon.

»Das ist ein Kollege, Mr. Dillon, und das hier mein Chef, Brigadier Ferguson«, stellte sie vor.

Sergeant Hall nahm Haltung an. »Darf ich Sie hineinbringen, Brigadier?«

»Sehr freundlich, Sergeant.«

»Ist mir ein Vergnügen, Sir.«

Er führte sie durch die Sperre und grüßte salutierend. »Was für ein Glück, daß Sie dabei waren, Chief Inspector«, seufzte Ferguson. »Wir hätten sonst noch ewig in dieser verfluchten Schlange stehen können.«

»Demütigend, nicht wahr?« grinste Dillon.

Nachdem sie mehrere Korridore durchquert hatten, kamen sie schließlich hinaus auf die Terrasse, die Blick auf die Themse, die gegenüberliegende Uferstraße und Westminster Bridge bot. Eine Reihe großer viktorianischer Straßenlampen stand entlang der Brüstung. Zahlreiche Besucher und etliche Abgeordnete gönnten sich einen Drink an der Terrace-Bar.

Dillon winkte einen vorbeigehenden Kellner heran. »Eine halbe Flasche Krug und drei Gläser. Geht auf mich, Brigadier«, lächelte er.

»Wie großzügig. Aber wenn ich andererseits bedenke, daß Sie im Jahr 91 sechshunderttausend Pfund bei dieser Michael-Aroun-Geschichte verdient haben, denke ich mir, Sie können es sich leisten.«

»Stimmt, Brigadier, stimmt.« Dillon beugte sich über die Brüstung und schaute hinab auf das Wasser der Themse. »Fällt Ihnen auf, daß der ziemlich synthetische Teppich, auf dem wir stehen, grün ist?« meinte er zu Hannah.

»Ja.«

»Sehen Sie, wo er ins Rot übergeht? Da endet das House of Lords, direkt dort, wo die Stützpfeiler hinunter ins Wasser reichen.«

»Ich verstehe.«

»Ihr Briten legt wirklich Wert auf eure Tradition.«

»Ich bin Jüdin, Dillon, wie Sie ganz genau wissen.«

»O ja, ich weiß. Der Opa ein Rabbi, der Vater Medizinprofessor, und Sie eine Absolventin der Universität von Cambridge – was könnte wohl britischer sein?«

In diesem Moment kam Carter ungeduldig auf sie zu. »Also, Ferguson, lassen Sie uns bitte keine Zeit verschwenden. Was haben Sie vorzubringen?«

»Dillon?« wandte sich Ferguson an seinen Untergebenen.

»Ganz einfach – Ihre Sicherheitsvorkehrungen hier sind ziemlich jämmerlich«, meinte Dillon. »Zu viele Leute, sechsundzwanzig Restaurants und Bars, zudem jede Menge Ein- und Ausgänge, nicht nur für die Parlamentsmitglieder, sondern auch für Personal und Arbeiter.«

»Ach, kommen Sie, jeder hat einen Ausweis, und jeder einzelne ist überprüft worden.«

»Und dann ist da noch der Fluß.«

»Der Fluß? Was für ein Unsinn. Die Themse ist gezeitenabhängig, Dillon, und die Strömung äußerst stark. Nie unter drei und manchmal sogar fünf Knoten.«

»Ach ja? Na, dann tut's mir leid.«

»Das sollte es auch.« Carter wandte sich an Ferguson. »Kann ich nun wieder gehen?«

Ferguson schaute Dillon an, der grimmig lächelte. »Wie unglaublich selbstgefällig Sie sind, Mr. Carter. Haben Sie Lust auf eine kleine Wette mit ihm, Brigadier? Ich werde am Freitagmorgen, wenn der Präsident und der Premierminister hier sind, auf der Terrasse auftauchen, ohne daß mich vorher jemand bemerkt. Mr. Carter kriegt fünfhundert Pfund, wenn ich versage, und fünf Pfund, wenn ich es schaffe.«

»Einverstanden«, entgegnete Carter prompt und hielt Ferguson die Hand hin. »Schlagen Sie ein.« Lachend wandte er sich zum Gehen. »Was für ein amüsanter kleiner Kerl Sie sind, Dillon.«

»Wissen Sie auch, was Sie tun?« fragte Ferguson.

Dillon beugte sich über die Brüstung und schaute auf das Wasser, das viereinhalb Meter tiefer vorbeiströmte. »O ja, ich denke schon, besonders wenn Chief Inspector Bernstein mir die richtigen Informationen beschaffen kann.«

Fergusons Abteilung befand sich im dritten Stock des Verteidigungsministeriums mit Blick auf die Horse Guard Avenue, und eine Stunde später betraten Dillon und Hannah Bernstein ihr Büro.

Sie setzte sich an ihren Schreibtisch. »Also, was wollen Sie?«

»Ich brauche jemanden, der sich mit der Themse auskennt wie kein zweiter. Wer könnte das sein? Jemand von der Zollbehörde oder vielleicht bei der Wasserschutzpolizei?«

»Ich werde es bei beiden probieren.«

»Gut. Dann mache ich inzwischen Tee.«

Pfeifend ging er ins Vorzimmer. Als das Wasser kochte, goß er Tee auf, stellte Tassen und Milch auf ein Tablett und brachte es hinein. Hannah sprach gerade in sein Telefon.

»Danke, Inspector.« Sie legte den Hörer auf und lehnte sich zurück, während Dillon einschenkte. »Oh, wie häuslich Sie sein können. Das war die Wasserschutzpolizei, die mir gesagt hat, wer der beste Experte für die Themse ist.« Sie wandte sich zu ihrem Computer um und tippte auf die Tastatur. »Ich hab' gleich die Angaben. Es ist allerdings niemand von der Polizei oder vom Zoll, sondern ein Londoner Gangster.«

Dillon lachte laut auf.

Die Informationen rollten über den Bildschirm. »Henry Salter, fünfundsechzig, hat sieben Jahre wegen Bankraubs gesessen, als er Mitte zwanzig war, seither keine Gefängnisstrafen mehr«, las Hannah vor. »Aber schauen Sie sich seine Akte bei der Kripo an. Er besitzt Vergnügungsboote auf dem Fluß, einen Pub namens Dark Man in Wapping, Lagerhäuser und Grundstücke im Wert von mehr als einer Million Pfund.«

»Scheint ein ganz gerissener Bursche zu sein.«

»Ein Schmuggler, Dillon, der auf dem Fluß sein Gewerbe betreibt. Zigaretten, Alkohol, Diamanten aus Holland – das gesamte übliche Sortiment.«

»Nicht ganz. Sehen Sie, was da steht? Keine Drogengeschäfte, keine Prostitution, keine Striplokale. Also ein richtig altmodischer Gangster. Wahrscheinlich gehört er sogar zu den Männern, die es anstößig finden, in Damengesellschaft zu fluchen.«

»Ein Gangster ist er trotzdem, Dillon; er steht sogar unter Verdacht, andere Gangster getötet zu haben.«

»Was ist schon dabei, solange sie die braven Bürger in Ruhe lassen? Zeigen Sie uns mal sein Bild.«

Ein fülliges Gesicht erschien auf dem Schirm, das Dillon intensiv betrachtete. »Genau wie ich erwartet habe. Ganz angenehm.«

»Er erinnert mich an Bill Sykes«, sagte Hannah.

»Hat er irgendwelche Partner?«

»Billy Salter, fünfundzwanzig, sein Neffe.« Die Informationen erschienen wieder auf dem Schirm. »Einmal sechs und einmal zwölf Monate wegen Körperverletzung, weitere zwölf Monate wegen tätlicher Bedrohung.«

»Ein hitzköpfiger Junge.«

»Dazu noch Joe Baxter und Sam Hall – das gleiche Kaliber. Eine wirklich üble Bande.«

»Die genau richtig für meine Zwecke sein dürfte.«

»Bis auf eines.«

»Und das wäre?«

»Die Wasserschutzpolizei hat einen Tip erhalten, daß Salter und seine Leute heute abend um neun Uhr auf einem seiner Vergnügungsboote, der *River Queen*, auf ein holländisches Schiff warten, die *Amsterdam*. Die *River Queen* wird am Harley Dock vor Anker liegen. Während die *Amsterdam* vorbeifährt, wirft einer der Stewards ein Päckchen hinüber. Ungeschliffene Diamanten im Wert von zweihunderttausend Pfund.«

»Und dabei will die Polizei sich die ganze Bande schnappen?«

»Keineswegs. Sie warten, bis die *River Queen* wieder in Wapping am Cable Wharf bei Salters Pub vor Anker liegt. Dort wollen sie ihn hochnehmen.«

»Was für ein Jammer. Er wäre genau richtig gewesen.«

»Sonst noch irgendwas, das ich für Sie tun kann?« fragte Hannah Bernstein.

»Eigentlich nicht. Ich sehe, Sie finden das alles sehr amüsant. Lachen Sie sich nur ungeniert ins Fäustchen; ich gehe jetzt und denke mal nach.«

Um halb neun abends wartete Dillon, der bereits in einen schwarzen Neoprenanzug geschlüpft war, in einem uralten, unverdächtigen Toyota-Lieferwagen, den er sich aus dem Fahrzeugpark des Verteidigungsministeriums ausgeborgt hatte, am Harley Dock. Gelegentlich fuhr ein Boot auf dem Fluß vorbei, und durch seine Infrarotbrille sah er schließlich die *River Queen* herankommen. An Deck standen zwei Männer, zwei weitere hielten sich im Steuerhaus des Oberdecks auf.

Kurz darauf hörte man ein Stück flußaufwärts Motoren, und die *Amsterdam*, ein mittelgroßer Frachter, tauchte aus der Dunkelheit auf. Dank seiner Nachtsichtbrille konnte er sogar den Mann an der Reling erkennen, der ein Päckchen hinüberwarf, das auf dem Dach des Vergnügungsbootes landete.

Der Frachter fuhr weiter, und Dillon legte rasch seine Sauerstoffflasche an, nahm seine Flossen und ging zum Rand des Piers, wo er sie anzog, seine Maske aufsetzte, nach dem Mundstück griff und ins Wasser sprang.

An der Ankerkette des Schiffs tauchte er wieder auf, streifte seine Sauerstoffflasche und die Flossen ab und befestigte sie an der Kette, ehe er daran hinaufkletterte und durch die Ankerpforte an Deck kroch.

Aus der Kabine kam Gelächter. Er schlich zu einem Bullauge und sah Salter, dessen Neffen Billy, sowie Baxter und Hall. Auf dem Tisch lag eine gelbe Schwimmweste, die Salter aufschnitt, um das kleine Stoffbündel herauszunehmen.

»Zweihunderttausend Riesen.«

Dillon öffnete den Reißverschluß seines Taucheranzugs und zog die schallgedämpfte Walther heraus, ehe er die Tür aufstieß und eintrat.

»Gott segne euch alle miteinander.«

Sprachlos starrten die vier Männer am Tisch ihn an. Keiner machte eine Bewegung.

»Was soll das?« fragte Salter.

»Öffnen Sie das Päckchen.«

»Eher soll mich der Teufel holen. Und ich glaube nicht, daß Sie der Mann sind, der mich dazu zwingen kann.«

Dillon feuerte wortlos und zerschoß das Whiskeyglas neben Salter auf dem Tisch und anschließend das Bierglas, das Baxter in der Hand hielt. Billy Salter schrie laut auf, als ein zackiger Glassplitter seine rechte Wange streifte.

»Noch eine Kostprobe gefällig?«

»Okay, schon gut«, sagte Salter. »Was wollen Sie?«

»Die Diamanten. Lassen Sie mich die Steinchen mal sehen.«

»Verpiß dich!« rief Billy, der sich die Hand an seine blutende Wange preßte.

Salter öffnete das Päckchen, in dem ein Beutel aus gelbem Ölzeug mit einem Reißverschluß lag. »Her damit«, befahl Dillon.

Salter warf ihm das Bündel zu, das vor Dillons Füßen landete. Er hob es auf, öffnete den Reißverschluß seines Taucheranzugs und verstaute es an seiner Brust, ehe er mit einer raschen Bewegung den Schlüssel aus der Tür zog.

»Ich finde dich schon, du kommst mir nicht ungestraft davon«, drohte Salter. »So was läßt sich Harry Salter von niemandem gefallen.«

»Hat das nicht James Cagney in diesem alten Gangsterfilm gesagt, der letzte Woche im Fernsehen lief?« grinste Dillon. »Ich weiß, es sieht im Moment nicht danach aus, aber ich habe Ihnen wirklich einen großen Gefallen getan. Vielleicht können Sie sich mal bei mir revanchieren.«

Er schlüpfte hinaus und verschloß die Tür. Hall und Baxter stürzten los, kamen jedoch zu spät, da Dillon bereits den Schlüssel im Schloß drehte. Er sprang über Bord, holte seine Sauerstoffflasche und die Flossen und streifte sie über, ehe er unter Wasser zurück zum Harley Dock schwamm.

Baxter war in der Kabine auf den Tisch geklettert und öffnete die Deckluke, durch die Salter und Hall ihn hinausschoben. Einige Augenblicke später war er draußen vor der Tür und öffnete.

»Wie sieht mein Gesicht aus?« fragte Billy.

Salter musterte ihn. »Bloß ein Kratzer, wirst es überleben. Im Medizinschrank im Steuerhaus ist Pflaster.«

»Und was machen wir jetzt?«

»Herausfinden, wer uns verpfiffen hat. Von dieser Sache wußte nur eine Handvoll Leute etwas. Je eher ich also diesen Dreckskerl auftreibe, desto eher finde ich auch unseren Freund. Zieht den Anker hoch, und dann geht's zurück nach Wapping.«

Dillon hatte seinen Taucheranzug abgestreift, ein Hemd, Jeans und seine alte Seemannsjacke angezogen und war bereits nach Wapping unterwegs. Um halb elf fuhr er durch die verlassenen Straßen, die gesäumt waren von verfallenden Lagerhäusern des einstmals größten Hafens der Welt. Danach kam er durch einen Teil der Stadt, in dem beträchtlich mehr Betrieb herrschte, passierte schließlich den Tower und erreichte die Wapping High Street.

Er parkte den Toyota am Bürgersteig und ging zu Fuß weiter zum Cable Wharf. Es war kurz vor elf und damit gleich Sperrstunde. Er hatte sich vorher bereits angeschaut, wo Salters Pub, der Dark Man, lag, und betrat das Lokal wie ein ganz normaler Gast, der sich noch rasch einen Drink genehmigen wollte. An einem Tisch mit einer Marmorplatte saßen zwei alte Frauen und tranken Stout; drei Männer hockten vor ihren Biergläsern am Ende der Theke. Sie sahen fast wie Matrosen aus – aber nur fast.

Die Barfrau war eine Blondine Anfang vierzig mit ziemlich stark geschminktem Gesicht. »Was hätten Sie denn gern, Schätzchen?«

Dillon lächelte sein ganz besonderes Lächeln, das ungeheuer einnehmend war. »Na ja, wenn wir hier von einem Drink reden, dann einen Bushmills.«

»Leider müssen Sie rasch austrinken«, sagte sie und reichte ihm den Whiskey. »Es ist nämlich gleich Sperrstunde. Ich muß an meine Lizenz denken. Überall diese Bullen.«

»Wo stecken sie denn?«

»Die drei da drüben am Ende der Bar sind genausowenig Seeleute wie mein Hintern.«

»Und was suchen sie hier?«

»Weiß der Geier.«

»Dann mache ich mich wieder auf die Socken.« Dillon kippte seinen Bushmills. »Wünsch Ihnen eine gute Nacht.«

Die beiden alten Frauen brachen ebenfalls auf. Dillon folgte ihnen den Kai entlang, wobei er in einem Hof einen Polizeibeamten bemerkte und auf der anderen Straßenseite einen Streifenwagen.

»Ein bißchen arg verdächtig«, murmelte er. In der Wapping High Street machte er sich auf die Suche nach einem passenden alten Lagerhaus. Vorsichtig stieg er die Treppen in den obersten Stock hinauf und kauerte sich auf eine der Laderampen unter einen Kran, von wo aus sich ihm freier Blick auf den Fluß, den Kai und den Dark Man bot. Nachdem er seine Infrarotbrille aufgesetzt hatte, sah er auch schon die herankommende *River Queen*.

Kaum hatte das Schiff angelegt, als die Hölle losbrach. Die beiden Polizeiwagen, die Dillon aufgefallen waren, rasten auf den Kai, zur gleichen Zeit erschienen zwei Patrouillenboote der Wasserschutzpolizei, die irgendwo in der Dunkelheit gewartet hatten, und legten längsseits an. Die Polizisten kletterten über die Reling und stießen auf Hall und Baxter. Salter und Billy kamen aus der Kabine und musterten die Beamten am Kai, unter denen sie einen hochgewachsenen Mann Mitte fünfzig in der Uniform eines Superintendenten entdeckten.

»Sieh an, das ist ja unser alter Freund Superintendent Brown«, sagte Salter. »Wie geht es Ihnen, Tony?«

Brown lächelte. »Darf ich an Bord kommen, Harry?« Gefolgt von einem halben Dutzend Polizisten kletterte er über die Reling.

»Und was soll das alles?«

»Na ja, Harry, daß im Pub nichts zu finden sein würde, war mir klar, dafür sind Sie zu gerissen. Wir haben bei Ihnen ja oft genug eine Durchsuchung veranstaltet. Ich habe allerdings Grund zu der Annahme, daß Sie eine illegale Lieferung von Diamanten im Wert von zweihunderttausend Pfund auf diesem Boot befördern. Sehr dumm, Harry, nach all diesen Jahren einen solchen Fehler zu machen.« Brown wandte sich an einen Sergeanten. »Lesen Sie ihm seine Rechte vor – die anderen fangen mit der Durchsuchung an.«

»Diamanten auf der *River Queen*?« Salter lachte laut auf. »Tony, mein Bester, da irren Sie sich aber gründlich.«

Es war fast ein Uhr morgens, als sie endlich fertig waren und der Superintendent in die Kabine schaute, wo Salter und seine Männer am Tisch saßen und Karten spielten.

»Auf ein Wort, Harry.«

Die Polizisten waren nach ihrer ergebnislosen Suche wieder auf dem Rückweg zu ihren Einsatzwagen, die beiden Patrouillenboote warfen bereits die Motoren an und fuhren davon. Da es inzwischen regnete, stellten sich Salter und Brown unter eine Plane an Deck.

»Also, was gibt's?« fragte Salter.

»Harry, ich weiß nicht, was heute nacht passiert ist, aber ich hatte einen der heißesten Tips meines Lebens, wie mir schien.«

»Wer immer Ihr Spitzel war, ich hoffe, Sie haben den Kerl dafür nicht auch noch bezahlt.«

Brown schüttelte den Kopf. »Sie werden langsam alt, Harry, zu alt, um zehn Jahre in Parkhurst abzusitzen. Denken Sie mal darüber nach.«

»Mache ich, Tony.«

Brown kletterte auf den Pier und wandte sich noch einmal um. »Wir kennen uns schon eine Ewigkeit, Harry, deshalb will ich Ihnen einen Gefallen tun. Ich würde in Zukunft sehr vorsichtig sein mit der holländischen Seite.« Damit stieg er in den Streifenwagen und nickte seinem Fahrer zu, der den Motor startete.

»Mein Gott«, sagte Billy. »Wir hätten alle für eine ziemlich lange Zeit im Bau landen können. Was hat dieser kleine Bastard vorhin gesagt, als er uns die Steine abnahm? Daß er dir einen Gefallen tue?«

»Stimmt«, nickte Salter. »Ein komischer Zufall – bloß glaube ich nicht an Zufälle. Na ja, jetzt gehen wir erst mal in den Pub und trinken was.«

Dillon wartete, bis alles wieder ruhig war, ehe er die Treppe des alten Lagerhauses hinunterstieg und zum Dark Man zurückkehrte. Im Schankraum brannte Licht. Salter hockte an der Theke; Billy, der ein Pflaster im Gesicht trug, saß mit Baxter und Hall an einem Tisch. Dillon ging in eine Seitengasse und schaute in die Küche, wo die Barfrau eine Tasse Tee trank und die Zeitung las.

Er öffnete die Tür. »Wie ich sehe, sind die Bullen inzwischen verschwunden.«

Sie schaute erschrocken auf. »Herrgott, wer sind Sie?«

»Ein alter Freund von Harry. Falls er so schlau ist, wie ich glaube, wird er mich vielleicht sogar schon erwarten.«

Harry Salter trank seinen Scotch und betrachtete sein Bild in dem alten viktorianischen Spiegel hinter der Theke, während er wartete. Ein leichter Luftzug strich über seine Wange, als die Tür sich öffnete. Gleich darauf rutschte das in gelbe Ölhaut gewickelte Päckchen über die Theke und blieb vor ihm liegen.

»Bitte sehr«, sagte Dillon.

Die anderen drei verstummten, während Salter das Päckchen nahm und sich zu Dillon umwandte, der in seiner alten Seemannsjacke am Ende der Theke stand, eine Zigarette herauskramte und sie anzündete.

»Das ist er!« schrie Billy. »Dieser verfluchte Dreckskerl!«

»Laß gut sein, Billy«, sagte Salter, der seit seinem fünfzehnten Lebensjahr im Gewerbe war und sich auf seinen Instinkt verlassen konnte.

»Was? Weißt du nicht mehr, was er getan hat? Schau dir bloß mal mein Gesicht an.« Billy zerschlug seine Bierflasche auf der Tischkante und stürzte sich auf Dillon, der zur Seite wich, sein Handgelenk faßte und Billys Arm gegen die Theke schlug, daß er vor Schmerz aufheulte und die Flasche fallen ließ. Dillon packte ihn im Nacken und hielt ihn fest.

»Mein lieber Mr. Salter, ich glaube, Ihr Neffe wird es nie lernen.«

»Sei kein dummer Junge, Billy«, sagte Salter. »Wenn er uns die Steine auf dem Fluß nicht abgenommen hätte, hockten wir jetzt in der Polizeistation von Tower Bridge mit der Aussicht, auf zehn Jahre in den Knast zu wandern. Das einzige, was mich interessiert, ist der Grund für diesen ganzen Auftritt. Sie haben doch einen Namen, mein Sohn?«

»Dillon – Sean Dillon.«

Salter ging hinter die Theke, und Dillon ließ Billy los, der sich den Arm massierte und mit mürrischem Gesicht wieder zu Baxter und Hall an den Tisch zurückkehrte.

»Sie sind kein Bulle, die kann ich nämlich auf eine Meile riechen.«

»Gott steh mir bei«, grinste Dillon. »Mit denen hatte ich soviel Schwierigkeiten, daß es mir fürs ganze Leben reicht. Sagen wir es mal so, Mr. Salter – ich arbeite für eine dieser Regierungsstellen, die angeblich gar nicht existieren.«

Salter musterte ihn einen Moment lang. »Und was möchten Sie?«

»Bushmills Whiskey, wenn Sie keinen Krug-Champagner haben.«

Salter lachte kurz auf. »Das gefällt mir. Bushmills kann ich Ihnen sofort servieren, Krug besorge ich fürs nächste Mal.« Er nahm die Flasche aus dem Regal und schenkte großzügig ein. »Um was geht es also?«

»Prost.« Dillon trank ihm zu. »Na ja, ich war auf der Suche nach demjenigen, der sich wie kein zweiter mit der Themse auskennt, und als ich im Polizeicomputer nachgeschaut habe, stellte sich heraus, daß Sie das sind. Das

Problem war nur, daß ich Sie schon gleich wieder zu verlieren drohte, kaum daß ich Sie gefunden hatte. Ein Kollege, eine große Nummer bei der Special Branch, fand heraus, daß die Wasserschutzpolizei Sie schnappen wollte.«

»Sehr unangenehm«, nickte Salter.

»Das wäre es tatsächlich gewesen, deshalb beschloß ich, etwas zu unternehmen.« Dillon lächelte. »Den Rest kennen Sie.«

Salter schenkte sich noch einen Drink ein. »Sie wollen etwas von mir, nicht wahr? Irgendeine Gegenleistung?«

»Ihre Erfahrung, Mr. Salter, Ihr Wissen über den Fluß.«

»Wozu?«

»Sie haben vielleicht in den Zeitungen gelesen, daß der Präsident der Vereinigten Staaten und der Premierminister sich am Freitagmorgen auf der Terrasse des Unterhauses treffen.«

»Und?«

»Ich halte die Sicherheitsvorkehrungen für lächerlich, und das muß ich beweisen; deshalb möchte ich, daß Sie mir am Freitag, irgendwann nach Mitternacht, helfen, zur Terrasse zu kommen. Ich werde mich in einem der Vorratsräume hinter der Bar verstecken und den Herrschaften im geeigneten Moment eine nette Überraschung bereiten.«

Salter starrte ihn verblüfft an. »Sie müssen komplett übergeschnappt sein.«

»Hat mir schon manch einer gesagt.«

Salter wandte sich an die drei anderen. »Habt ihr das gehört? Wir haben hier einen armen Irren vor uns.« Er wandte sich an Dillon. »Aber Sie gefallen mir. Ich will Ihnen nicht nur helfen, Sie dürfen mich auch Harry nennen.«

»Klasse«, nickte Dillon. »Könnte ich noch einen Bushmills bekommen?«

»Ich hab' auch noch was Besseres, was viel Besseres.« Salter öffnete den Eisschrank hinter der Theke und nahm eine Flasche heraus. »Krug-Champagner, mein Lieber. Wie wär's damit?«

9

Am nächsten Tag erschien Dillon erst kurz vor Mittag in Hannah Bernsteins Büro im dritten Stock des Verteidigungsministeriums.

»Mein Gott, Dillon, wissen Sie eigentlich, wieviel Uhr es ist? Er fragt schon dauernd nach Ihnen.«

»Hatte eine harte Nacht, liebes Mädchen. Eigentlich bin ich auch nur hergekommen, um Sie zu einem wunderbaren kleinen Imbiß einzuladen.«

»Sie sind wirklich verrückt.« Sie drückte auf die Sprechanlage. »Er ist da, Brigadier.«

»Schicken Sie ihn rein. Und Sie brauche ich ebenfalls, Chief Inspector.«

Hannah öffnete die Tür und ging voraus. Ferguson saß hinter seinem Schreibtisch und war in einen Stapel Papiere vertieft.

»Gott grüße das rechtschaffene Handwerk«, sagte Dillon, doch Ferguson schaute nicht einmal auf. Dillon lachte. »Gott schütze Euch, ist die korrekte Antwort darauf, Brigadier.«

Ferguson lehnte sich zurück. »Es ist mir bekannt, daß Sie als junger Mann die Royal Academy of Dramatic Art besucht haben, Dillon. Es ist mir ebenfalls bekannt, daß Sie am National Theatre engagiert waren.«

»Als Lyngstrand in Ibsens *Die Frau vom Meer*«, ergänzte Dillon.

»Bis Sie sich entschieden, im Straßentheater der IRA mitzumischen. Da meine Mutter, Gott hab sie selig, Irin war, bemühe ich mich wirklich nach Kräften, Sie zu verstehen, aber daß Sie beständig die Rolle des typischen Iren spielen müssen, ist manchmal etwas ermüdend.«

»Gott schütze uns, Euer Ehren, ich werde versuchen, mich zu bessern.«

»Um Himmels willen, seien Sie doch mal ernst. Sie sind dabei, mich wegen dieser lächerlichen Wette mit Carter zum Gespött zu machen. Sie wissen, wie sehr der Geheimdienst schon allein unsere Existenz haßt. Es wäre den Burschen eine Wonne, wenn ich vor dem Premierminister als Narr dastehe.«

»Weiß ich, weiß ich«, sagte Dillon. »Deshalb will ich ja dafür sorgen, daß Carter als Narr dasteht.«

»Wollen Sie mir im Ernst erzählen, daß Sie meinen, Sie schaffen es?«

»Natürlich.«

»Wo haben Sie eigentlich gesteckt? Es ist fast Mittag.«

»Ich hatte sozusagen wegen der nötigen Vorbereitungen eine schwere Nacht.«

»Erzählen Sie.«

»Es ist besser, Sie wissen es nicht, glauben Sie mir. Aber eines verspreche ich Ihnen: Das nächste Mal werden Sie mich morgen früh um halb elf auf der Terrasse sehen, zusammen mit dem Präsidenten der Vereinigten Staaten und dem Premierminister.«

Ferguson schaute ihn ungläubig an. »Mein Gott, Sean, Sie scheinen es tatsächlich ernst zu meinen?«

»Na klar, Brigadier, aber passen Sie mal besser auf. Sie haben mich gerade Sean genannt.«

»Wollen Sie mir erzählen, was Sie vorhaben?«

»Manches daran ist so illegal, daß es besser ist, wenn Sie nichts wissen. Ich werde es mit meiner gutaussehenden Kollegin besprechen, wenn ich sie zum Essen ausführen darf.«

Ferguson mußte unwillkürlich lachen. »Ach, verschwinden Sie schon, Sie Schurke. Aber wenn mich diese Geschichte fünfhundert Pfund kostet, ziehe ich es Ihnen vom Gehalt ab.«

Sie gingen zurück in Hannahs Büro. »Meinen Sie wirklich, Sie haben eine Chance?«

»Dem großen Dillon ist nichts unmöglich. In den tollen Tagen in Ulster hat mich der britische Geheimdienst immer einen Zauberer genannt. Sie haben mich nicht ein einziges Mal in die Finger gekriegt, Hannah. Galt als Meister der Verkleidung. Hab' ich Ihnen schon mal erzählt, wie ich mich als Frau verkleidet habe?«

»Ich will das gar nicht wissen, Dillon, denn sonst muß ich nur daran denken, wie viele Menschen von Ihnen getötet wurden.«

»Ich habe in einem Krieg gekämpft, Hannah. Aber das war damals, und heute ist heute. Holen Sie Ihren Mantel, dann gehen wir. Ich glaube, Schalentiere dürfen Juden nicht essen, geräucherten Lachs allerdings schon, stimmt's?«

»Natürlich. Warum?«

»Gut. Es gibt nämlich Krug-Champagner, Rühreier und geräucherten Lachs, den besten der ganzen Stadt.«

»Und wo?«

Er half ihr in den Mantel. »Mein Gott, Mädchen, stellen Sie doch nicht dauernd so neugierige Fragen.«

Er fuhr mit ihr ins Dorchester und führte sie in die Piano Bar, der besten in London, mit einer prachtvoll verspiegelten Decke, wo er vom Geschäftsführer wie ein alter Freund begrüßt und zu einem Tisch begleitet wurde. Wie üblich bestellte Dillon Krug-Champagner und Rühreier, geräucherten Lachs und Salat.

»Meine Güte, Sie leben aber wirklich nicht schlecht, Dillon. Ihr Anzug ist von Armani, wie ich sehe, und diese Preise können Sie sich offenbar ebenfalls leisten.«

»Ich versuche immer noch, ein bißchen was von den sechshunderttausend Pfund auszugeben, die ich gekriegt habe, weil ich Michael Aroun einen Strich durch die Rechnung machen konnte, als er während des Golfkriegs den Premierminister und das Kriegskabinett in Number Ten in die Luft jagen wollte.«

»Sie haben wirklich gar kein Schamgefühl, was? Nicht die Spur?«

»Warum soll ich mich verstellen oder meine Vergangenheit verleugnen? Ich bin heute noch der gleiche Mann, Hannah, der ich früher war, und es gab Gelegenheiten, da waren auch Sie sehr froh darüber.«

Der Kellner brachte den Champagner, öffnete ihn und schenkte ein. Dillon trank ihr zu. »Auf die schönste Polizistin Londons.«

»Mit solchen Schmeicheleien erreichen Sie bei mir gar nichts. Jetzt erzählen Sie mir, was Sie vorhaben.«

Entsetzt starrte sie ihn an. »Sie haben mich und polizeiinterne Informationen benutzt, ja regelrecht mißbraucht, um zu verhindern, daß ein berüchtigter Gangster und seine Bande geschnappt werden?«

»Er ist gar kein so übler Geselle.« Dillon nippte an seinem Champagner. »Und ich brauchte ihn.«

»Wie konnten Sie bloß so was tun?«

»Ach, kommen Sie, Hannah. Ferguson macht ständig, was ihm in den Kram paßt. Was war denn letzten Monat mit diesem litauischen Ganoven Platoff? Wenn es je einen Mann gegeben hat, der es verdient hätte, auf der Stelle erschossen zu werden, dann er, aber er war für uns nützlich, also hat Ferguson einen Handel mit ihm geschlossen, und Sie waren, wie ich mich erinnere, dabei die Vermittlerin.«

Sie funkelte ihn wütend an. »Scheren Sie sich zum Teufel, Dillon.«

»Sie sehen übrigens hinreißend aus, wenn Sie wütend sind.« Der Kellner brachte ihre Bestellung. »Und nun essen Sie alles schön auf wie ein braves Mädchen.«

»Dillon, Sie sind ein sexistischer Macho.«

»Und Sie ein nettes jüdisches Mädchen, das Kinder haben und seinem Ehemann das Leben schwermachen sollte, statt für Scotland Yard Leute zu erschießen.«

Wider Willen mußte sie lachen. »Boshaftes Scheusal. Nun erzählen Sie endlich, was Sie geplant haben.«

»Ich will durch den Fluß schwimmen.«

»Dillon, das ist reiner Selbstmord, das dürfen Sie nicht! Die Strömung dort kann bei Gezeitenwechsel tödlich sein.«

»Ja, Sie haben recht. Aber die Terrasse ist der Schwachpunkt im Sicherheitssystem.«

»Sie können doch unmöglich hoffen, es zu schaffen?«

»Es ist schwierig, allerdings nicht unmöglich«, meinte er und erklärte ihr, was er vorhatte.

Die *River Queen* lag immer noch am Cable Wharfe vor Anker, als Dillon um elf Uhr an diesem Abend mit seinem Toyota vor dem Dark Man hielt. Er wartete, bis die letzten Gäste aus dem Pub kamen und in Richtung Wapping High Street davongingen. Die Barfrau verabschiedete Billy und schloß die Tür ab.

Dillon stieg aus seinem Wagen. »Schönen guten Abend, Billy, könnten Sie mir vielleicht behilflich sein?«

Billy schaute ihn mit einem Ausdruck widerwilliger Bewunderung an. »Sie wissen, daß Sie verrückt sind, nicht wahr? Mein Onkel hat mir erzählt, was Sie vorhaben. Einfach irre. Erstens werden Sie schon mal gar nicht bis zur Terrasse kommen. Die Strömung ist da draußen richtig mörderisch.«

»Wenn ich absaufe, dürfen Sie den Toyota verkaufen. Abgemacht?«

Er streckte die Hand aus, die Billy instinktiv schüttelte. »Verrückter Kerl. Okay, dann wollen wir mal sehen.« Er öffnete die Hecktür des Lieferwagens.

Aufmerksam von Salter und den anderen beobachtet, breitete Dillon in der Kajüte seine Ausrüstung aus.

»Das verdammte Zeug werden Sie auch brauchen.« Salter musterte den schweren Neoprenanzug mit Kapuze, Socken und Handschuhen. »Das Wasser ist heute nacht verflucht kalt.«

»Hab' nicht erwartet, daß es sich wie in der Badewanne anfühlt.«

Dillon legte seine Flossen und die Sauerstofflasche, die er mitgebracht hatte, zurecht, überprüfte den Bleigürtel und nahm aus einem Umhängebeutel eine kleine Halogenlampe und ein wasserdichtes Täschchen.

»Die Lampe brauchen Sie nicht«, sagte Salter. »Ich bin oft genug nachts an der Terrasse vorbeigefahren; dort brennen ständig diese viktorianischen Lampen. Aber selbst wenn Sie bis dorthin kommen, Dillon, sind Sie noch längst nicht aus dem Schneider. Überall stehen Wachposten. Wenn man Sie sieht, sind Sie dran.«

»Ja, das weiß ich.« Dillon öffnete den wasserdichten Beutel und überprüfte den Inhalt.

»Und was ist das?«

»Dietriche. Ich will in einem der Vorrätsräume den Rest der Nacht verbringen, wie ich Ihnen ja schon erzählt habe.«

Salter schüttelte den Kopf. »Offenbar wissen Sie, wie man diese Dinger benutzt. Nein, Sie brauchen gar nicht zu antworten. Bloß fragt man sich bei Ihrem Akzent natürlich, ob Sie nicht vielleicht doch vorhaben, den Premierminister zu erschießen.«

»Ja, früher wäre der Gedanke gar nicht so abwegig gewesen.« Dillon öffnete den Reißverschluß des wasserfesten Beutels.

»Und was ist da drin?«

»Weißes Hemd, Fliege, hübsches weißes Jackett, schwarze Hose und Schuhe.« Dillon lächelte. »Immerhin will ich ja als Kellner durchgehen.«

Billy begann zu lachen. »Dillon, Sie gefallen mir, ehrlich. Sie sind verrückt und haben Ihren eigenen Kopf, genau wie ich.«

»Ich nehme das als Kompliment.« Dillon begutachtete noch einmal seine Ausrüstung. »Das wär's dann. Ich vertraue mich jetzt Ihren Händen an, Harry.«

»Na gut, mein Sohn, dann wollen wir mal.«

Auf dem Tisch lag eine vergrößerte Karte. »Also, hier ist das House of Commons, da ist die Westminster Bridge, und ich sage Ihnen gleich, um diese Jahreszeit ist die Flut ganz besonders stark. Die Gezeiten wechseln gegen drei Uhr morgens, und ich brauche eine Strömung flußabwärts, um Sie an Ort und Stelle zu bringen, aber sie hat eine abnorme Geschwindigkeit, bestimmt gute fünf Knoten. Überlegen Sie sich's noch mal.«

»Hab' ich«, erwiderte Dillon.

»Es ist ausgeschlossen, daß Sie schwimmend dagegen ankommen. Aber wenn Sie am Heck hängen und wenn ich Sie genau im richtigen Moment absetze, könnten Sie eine Chance haben.«

»Gut«, nickte Dillon. »Ist mir recht.«

»Verrückt.« Salter schüttelte den Kopf. »Komplett verrückt.«

Dillon kramte nur grinsend seine Zigaretten aus der Tasche und stieg hinauf an Deck. Unter dem Schutz des vorstehenden Dachs schaute er in den Regen hinaus.

Salter kam zu ihm und lehnte sich gegen das Schott. »Ich liebe diesen verdammten Fluß. War schon als Kind ein richtiger Flußpirat. Mein alter Herr hat geschmuggelt, und meine Mutter ging putzen, damit wir über die Runden kamen. Alles, was ich bloß erwischen konnte, hab' ich mitgehen lassen – Glimmstengel, Schnaps, einfach alles.«

»Und Sie haben Ihren Weg gemacht.«

»Ich hatte nie was mit Drogen zu tun oder mit Zuhälterei, so was ist für mich Dreck. Klar, ich bin immer ein harter Bursche gewesen und hab' so manchen umgelegt, aber nur Schweine, die mir ans Leder wollten.«

»Verstehe.«

»Und Sie?«

»Oh, ich bin mehr als zwanzig Jahre lang mit der Welt im Kriegszustand gewesen.«

»Bei diesem Akzent, den Sie haben, heißt das wohl das, was ich denke?«

»Nicht mehr, Harry«, sagte Dillon. »Ich arbeite tatsächlich für eine ziemlich geheime Abteilung der Regierung. Belassen wir es dabei.«

»Na gut, mein Sohn. « Salter grinste. »Bei diesem Unternehmen, das Sie vor sich haben, brauchen Sie was Anständiges zu essen. Wir gehen jetzt rauf in die Wapping High Street. Da ist ein Laden, in dem es die besten Fish and Chips von ganz London gibt.«

Kurz vor drei fuhr die *River Queen* unter der Westminster Bridge durch und wendete in der mächtigen Strömung. Die Decklichter waren gelöscht, nur im Steuerhaus brannte eine gedämpfte Lampe. Dillon und Salter hatten am Heck die Ausrüstung ausgebreitet.

»Ich übernehme jetzt von Billy das Steuer. Wenn er runterkommt, bringt er ein Funksprechgerät mit. Sie hängen sich ans Heck. Keine Angst vor den Schiffsschrauben, bei einem Boot wie diesem liegen sie ziemlich tief.«

»Und dann?«

»Wenn ich den passenden Moment für gekommen halte, sage ich Billy über Funk Bescheid, er ruft es Ihnen zu, und Sie lassen los. Falls ich's richtig hinkriege, müßte die Strömung Sie direkt gegen die Terrasse treiben. Wenn nicht, können wir bloß noch beten.«

»Danke, Harry.« Dillon grinste. »Sie sind ein Teufelskerl.«

»Ach, brechen Sie sich doch den Hals, Sie verdammter Irrer«, erwiderte Salter und verschwand.

Dillon wandte sich an Hall und Baxter. »Dann mal los, Kameraden, ziehen wir die Sachen an.«

Zehn Minuten später hatte er sich die beiden Taschen an den Gürtel gebunden und hing an einem an der Reling befestigten Seil. Er spürte den gewaltigen Sog des aufgewühlten Wassers, dann hörte er Billys Ruf und ließ los.

Die Kraft der Strömung war unglaublich. Wie eine große Hand, die ihn gnadenlos packte, riß sie ihn zwei Meter in die Tiefe, ehe er wieder an die Oberfläche geworfen wurde. Er sah die *River Queen* in der Dunkelheit verschwinden, sah die Lichter der viktorianischen Lampen auf der Terrasse und wurde wieder hinuntergezogen. Einen Moment später schlug er gegen die Mauer der Terrasse, tauchte auf und schoß zwischen die Streben, die an der Grenze zwischen Ober- und Unterhaus ins Wasser reichten.

Dort hielt er sich einige Zeit fest, ehe er seine Sauerstofflasche, Flossen und Maske abstreifte und alles von der Strömung mitreißen ließ. Nachdem er seine Kräfte gesammelt hatte, begann er zu klettern. Er stemmte sich über die Brüstung, zog die beiden Taschen hinter sich her und duckte sich in einen dunklen Winkel.

Einige Meter entfernt öffnete sich eine Tür, aus der ein Wachmann trat, der bis zur Brüstung schlenderte und sich eine Zigarette anzündete. Dillon wartete fünf qualvolle Minuten lang, bis der Mann schließlich die Kippe in den Fluß warf und wieder hineinging.

Er löste die Schnüre, mit denen er die Taschen festgebunden hatte, und streifte den Taucheranzug ab, den er in den Fluß fallen ließ. Mit seinen Taschen ging er zu den Lagerräumen neben der Bar, nahm aus der kleineren Tasche die Halogenlampe, öffnete das Etui mit den Dietrichen und machte sich an die Arbeit. Es dauerte keine fünf Minuten, bis die Tür sich öffnete.

Rasch schaute er sich um. Überall stapelten sich Handtücher, Tischdecken und Kartons mit Weingläsern. In einem Nebenraum befanden sich zwei Toiletten und ein Waschbecken. Er öffnete die größere Tasche, nahm seine Kleider heraus und ein Handtuch, schlüpfte aus der Badehose, trocknete sich gründlich ab und zog sich an.

Inzwischen war es Viertel vor vier. Je nachdem, wann die Angestellten ihren Dienst begannen, mußte er noch vier bis fünf Stunden verstreichen lassen. Er entdeckte einen ziemlich großen Vorratsschrank, in dem Wäsche verwahrt wurde. In der Tür steckte kein Schlüssel, deshalb versperrte er sie von innen mit einem Dietrich, machte sich aus einigen Handtüchern ein behelfsmäßiges Bett und rollte sich zufrieden zusammen.

»Harry wird sich freuen«, dachte er und sank fast sofort in Schlaf.

Mit einem Ruck fuhr er hoch, als jemand an der Tür rüttelte. Ein Blick auf die Uhr zeigte ihm, daß es fast neun war. »Diese blöde Tür ist zu!« rief eine Stimme. »Ich sehe mal, ob ich einen Schlüssel auftreiben kann.«

Schritte entfernten sich, und Dillon huschte rasch aus dem

Schrank, schlüpfte in eine der Toilettenkabinen und sperrte ab. Einige Zeit später hörte er, wie zwei Leute zurückkehrten. »Nehmen Sie diese Tischtücher, und beeilen Sie sich«, sagte ein Mann.

»Mache ich, Mr. Smith«, antwortete eine Frau.

Die Tür fiel ins Schloß, und der Mann schlenderte pfeifend durch den Raum. Nach einer Weile trat er in die nächste Kabine, setzte sich und rauchte eine Zigarette. Dillon zog die Spülung und verließ die Toilette. An einem Haken neben dem Waschbecken hing das weiße Jackett des Mannes. Er löste die Ausweiskarte aus Plastik, die daran befestigt war, und steckte sie sich an, so daß sie halb vom Revers verdeckt wurde.

Als er nach draußen kam, waren die Kellner dabei, die Tische zu decken und an der Bar die nötigen Vorbereitungen zu treffen. Dillon nahm sich eine Serviette von einem Tisch, legte sie über seinen Arm und griff nach einem Tablett. Vorbei an den beiden Sicherheitsbeamten ging er ungehindert ins Gebäude und die Treppe hinauf.

Eine Stunde lang schlenderte er mit seinem Tablett durch einige Restaurants, nicht nur im Unterhaus, sondern auch im House of Lords, und wurde nicht ein einziges Mal aufgehalten oder angesprochen. Grinsend dachte er daran, was Ferguson wohl dazu sagen würde. Und was Carter betraf …

Kurz nach zehn kehrte er, unbeachtet von den Sicherheitsbeamten, wieder auf die Terrasse zurück, wo inzwischen noch größere Geschäftigkeit herrschte. Ein grauhaariger Mann in einem schwarzen Mantel und gestreiften Hosen kommandierte die Kellner herum.

»Sie da«, befahl er Dillon, ohne ihm mehr als einen flüchtigen Blick zu gönnen, »holen Sie die Kanapees von dem Tisch dort hinten.«

»Jawohl, Sir.«

Als einige Augenblicke später die ersten Parlamentsmitglieder hereinströmten, standen Dillon und die anderen bereit. Es war verblüffend, wie rasch sich die Terrasse füllte. Die Kellner machten sich an die Arbeit und servierten Erfrischungen. Auch Dillon ging durch die Menge und bot von seinem Tablett Kanapees an. Dann entdeckte er Ferguson, Hannah Bernstein und Carter.

Rasch wandte er sich ab, doch er war nahe genug, um Carter sagen zu hören: »Tja, Ferguson, tut mir leid für Sie, aber dieser kleine Idiot hat Sie ganz schön blamiert, wie es scheint.«

»Wenn Sie meinen«, erwiderte Ferguson.

Kurz darauf ertönte eine Durchsage. »Meine Damen und Herren, der Premierminister und der Präsident der Vereinigten Staaten.«

Die beiden Männer erschienen im Eingang, und alles brach in spontanen Applaus aus. Dillon nahm von einem Tisch ein abgedecktes Tablett, beugte sich einen Moment lang darüber und wandte sich um. Der Präsident und der Premierminister schlenderten durch die Menge und blieben hin und wieder stehen, um mit jemandem zu sprechen, so auch mit Simon Carter, Ferguson und Hannah Bernstein.

»Brigadier Ferguson«, lächelte der Präsident. »Schön, Sie wiederzusehen.« Anschließend begrüßte er Carter und Hannah.

Dillon trat zu ihnen. »Entschuldigen Sie, meine Herren ...«

Er sah Hannahs Verblüffung, Fergusons ungläubiges Stirnrunzeln und auf Carters Gesicht das reine Entsetzen, als er den Deckel von seinem Tablett hob. Auf den Kanapees lag eine Fünfpfundnote.

»Ihr Fünfer, Sir.«

Carter war außer sich vor Wut, doch die interessanteste Reaktion kam von Präsident Clinton. »Ach, Mr. Dillon, sind Sie das?« lachte er.

Am Nachmittag waren sie wieder in Fergusons Büro, der in grimmiger Freude schmunzelte.

»Sie gerissener irischer Bastard.«

»Sie sind ja selbst ein halber.«

»Carters dummes Gesicht war ein Bild für die Götter. Ich mußte die Sache natürlich dem Präsidenten und dem Premierminister erklären, was Carter erst recht nicht behagte. Der Präsident fand es fabelhaft. Nachdem wir ihm letztes Jahr bei dem Friedensprozeß in Irland geholfen haben, hatte er sowieso schon eine hohe Meinung von Ihnen, Dillon, das darf ich Ihnen verraten. Jetzt natürlich um so mehr. Also, wie haben Sie es gemacht?«

»Vom Fluß aus, Brigadier, aber ich möchte lieber nicht in die Details gehen.«

Ferguson wandte sich an Hannah Bernstein. »Wissen Sie Bescheid, Chief Inspector?«

»Leider ja, Sir.«

»So schlimm?«

»Sagen wir mal – das ganze Unternehmen wurde auf eine derart kriminelle Weise eingefädelt, daß ich Dillon eigentlich seine Rechte vorlesen und ihn verhaften müßte, wenn ich noch für Scotland Yard arbeiten würde. Da ich momentan allerdings Ihnen zugeteilt bin, bleiben mir solche Überlegungen zum Glück erspart.«

»Guter Gott.« Ferguson schüttelte den Kopf. »Trotzdem, ich habe gewußt, was ich tat, als ich Sie angeworben habe, Dillon, kann die Schuld also auf niemand anderen abschieben.« Er öffnete eine Akte, die vor ihm lag. »Nun wollen wir uns aber wieder an die Arbeit machen.«

Zur gleichen Zeit gingen Kathleen Ryan und ihr Onkel auf dem Gelände des Gefängnisses von Green Rapids spazieren. Wie üblich gab es, dank der großzügigen Regelung der Anstaltsleitung, sehr viele Besucher. Paolo Salamone, der kurz nach dem Frühstück einen Telefonanruf von Sollazo erhalten hatte, folgte ihnen in einigem Abstand.

»Im Hinblick auf die kürzlich besprochene Angelegenheit und die beteiligten Personen würde jede weitere Information unserer Sache helfen«, hatte er lediglich gesagt.

Salamone hatte eine Aufregung gepackt wie seit langem nicht mehr. Wenn der Don und Sollazo sich für ihn einsetzten, bestand eine echte Chance, daß er vielleicht eine Berufungsverhandlung bekam, und dafür würde er alles tun. Natürlich hatte er aufgepaßt, wann das Mädchen seinen Onkel wieder besuchte. Aus Gesprächen mit ihm wußte er, daß sie im Krankenhaus meistens Nachtdienst hatte und ihn deshalb dreimal, manchmal auch viermal die Woche besuchen konnte.

Sie schienen allerdings nicht viel miteinander zu reden und schlenderten auf eine der kleinen Schutzhütten am See zu. Salamone durchquerte eilig ein kleines Baumstück, das bis an diese Hütten reichte, und konnte sie deutlich verstehen.

»Du scheinst niedergeschlagen, Mädchen.«

»Ist das ein Wunder, wenn ich sehe, daß du hier wie ein Tier eingesperrt bist?«

»Daran kann ich leider nur wenig ändern, und auch sonst niemand.«

»Als man dich hierher verlegt hat, war ich so voller Hoffnung. Deshalb habe ich mich auch mit diesem Cassidy getroffen, mit dem du damals in Ossining eine Zelle geteilt hast, und die falschen Pässe besorgt. Ich dachte, hier gäbe es eine Chance, auszubrechen«, sagte Kathleen.

»Bestimmt nicht. Man ist hier bloß so liberal, weil die Sicherheitsmaßnahmen besonders ausgefeilt sind. Überall sind hochmoderne elektronische Anlagen und Kameras, die jede Bewegung erfassen. Ich werde hier sterben, Kathleen, das ist gewiß, deshalb ist es Zeit, daß wir mal über die Zukunft reden, über deine Zukunft, denn falls du dich entschließt zu gehen, möchte ich dir noch einiges sagen.«

»Zum Beispiel?«

»Später, wenn es soweit ist.«

»Dann rede auch nicht solchen Unsinn. Wie geht es dir gesundheitlich?«

»Nicht schlecht. Ich nehme die Tabletten und tue, was man mir sagt. Am Dienstagmorgen soll ich zu einer weiteren Herzuntersuchung runter ins Green Rapids General Hospital gebracht werden.«

»Ich habe Nachtschicht, aber ich komme trotzdem und schaue nach dir. Morgen besuche ich dich sowieso wieder, am Vormittag habe ich ja Zeit. Gegen elf.«

»Das ist schön.«

Sie standen auf und gingen weiter, und Salamone eilte rasch zurück.

Als sie sich dem Ausgang näherten, fragte Kathleen: »Kriegst du immer noch die gleichen Tabletten?«

»Nein, hab' jetzt neue.« Er nahm ein Plastikfläschchen aus seiner Hemdentasche. »Die hier.«

»Dazane? Kenne ich gar nicht. Ich erkundige mich aber mal im Krankenhaus.« Sie küßte ihn auf die Wange. »Bis morgen dann.«

Salamone rief von einer der Telefonzellen, die für die Gefangenen bereitstanden, direkt in Sollazos Büro an. Die Sekretärin versuchte zunächst ihn abzuwimmeln und behauptete, Mr. Sollazo sei beschäftigt, doch schließlich gab sie seinem Drängen nach und stellte ihn durch.

»Was hast du erreicht?« fragte Sollazo. »Hoffentlich etwas Gutes.«

»Ich konnte ein Gespräch zwischen Kelly und seiner Nichte belauschen. Sie hat erzählt, daß sie gehofft habe, er könne ausbrechen, als er von Ossining nach Green Rapids verlegt wurde. So ein Schwachsinn. Von hier ist noch niemand ausgebrochen, seit dieser Knast besteht.«

»Und warum sollte mich das interessieren?«

»Sie hat von falschen Pässen geredet, die sie sich von irgendeinem Typen namens Cassidy hat machen lassen, der mit Kelly in Ossining gesessen hat.«

»Das klingt schon interessanter. Sonst noch was?«

»Eigentlich nicht. Ach ja, er ist am Dienstagmorgen wegen einer Untersuchung im Green Rapids General Hospital. Wie schon gesagt, er hat's am Herzen. Übrigens will sie ihn morgen um elf wieder besuchen.«

»Gut, Paolo, mach weiter so. Nur eins noch, das ich dir bisher nicht gesagt habe. Liam Kelly heißt in Wahrheit Michael

Ryan und war einmal ein großer Aktivist in der irischen Politik auf der Seite der Protestanten, also unterschätze ihn nicht. Er hat mehr Männer getötet als man sich vorstellen kann.«

»Mein Gott!«

»Seine Nichte Kathleen Ryan ist vom gleichen Kaliber. Das sind keine gewöhnlichen Gauner, Paolo, es sind Revolutionäre. Solche Leute sind unberechenbar wie tollwütige Hunde. Man darf sie nie unterschätzen.«

»Werd's mir merken, Mr. Sollazo ... Und Sie tun für mich, was Sie können?«

»Das ist selbstverständlich.«

Sollazo legte den Hörer auf, dachte einen Moment nach und drückte dann den Summer für seine Sekretärin. »Treiben Sie Mori auf, ich brauche ihn.«

Er beschäftigte sich wieder mit dem Schriftsatz auf seinem Schreibtisch und lächelte ein wenig, als er den fatalen Fehler entdeckte, den der Bezirksstaatsanwalt gemacht hatte. Kurz darauf klopfte es an der Tür, und Mori trat ein.

»Sie wünschen, Signore?« fragte er auf Sizilianisch.

Sollazo lehnte sich zurück. »Ich hatte einen Anruf von Salamone, der mir weitere Informationen über Ryan und seine Nichte gegeben hat. Es scheint, sie hat sich falsche Pässe von einem Kerl namens Cassidy machen lassen, der mit Ryan in Sing-Sing in einer Zelle gesessen hat. Stöbere ihn auf und bring ihn zu mir. Irgend jemand wird ihn sicher kennen.«

»Kein Problem«, nickte Mori. »Dazu brauche ich bloß ein paar Anrufe zu machen.«

Bereits eineinhalb Stunden später parkte er seine Limousine vor einem kleinen Fotoladen in einer Seitenstraße in der Bronx. Ein junger Farbiger bediente eine Maschine, die Urlaubsfotos ausspuckte.

»Bitte, Sir?«

»Ich suche Mr. Cassidy. Sagen Sie ihm, jemand will ihn sprechen.«

»Er ist hinten, ich hole ihn.«

»Nicht nötig, Junge, das mache ich schon selbst.«

Mori ging hinter die Theke und öffnete die Tür. Cassidy, ein kleiner Mann mit Glatze und Nickelbrille, arbeitete an einem Aktienzertifikat, wie es Mori schien.

»Na, wieder mal bei den alten Gaunereien?«

Cassidy, der ein Gespür für Schwierigkeiten hatte, stand unsicher auf. »Was soll das?«

»Ich bin im Auftrag des Russo-Clans hier. Don Antonios Neffe und Anwalt, Mr. Marco Sollazo, hätte gern Ihre Hilfe in einer kleinen Angelegenheit in Anspruch genommen.«

Cassidy nahm mit zitternder Hand seine Brille ab. »Natürlich, ich tue alles, was ich kann.«

»Hab' ich auch nicht anders erwartet. Sie machen mit falschen Pässen ein nettes Geschäft, und ich nehme an, daß Sie ein korrekter Mann sind, der darüber Buch führt. Habe ich recht?«

Cassidy wurde bleich. »Das stimmt. Um wen geht es?«

»Ein Mann, mit dem Sie in Ossining eine Zelle geteilt haben, Liam Kelly. Seine Nichte ist vor einiger Zeit zu Ihnen gekommen.«

»Ja, ich habe noch alle Unterlagen.«

»Stecken Sie sie in einen Hefter, und dann wollen wir gehen. Mr. Sollazo wartet nicht gern.«

»Irische Pässe, sagen Sie?« fragte Sollazo.

»Ja, Mr. Sollazo«, antwortete Cassidy, der vor seinem Schreibtisch stand. »Auf die Namen Daniel und Nancy Forbes. Es war kein Problem, ein neues Foto von Kelly zu kriegen. Im Gefängnis gibt es so einen Fotoautomaten. Sie brauchen ja dauernd Bilder für die verschiedenen Ausweiskarten, die die Gefangenen dort benutzen.«

»Wann war das?«

»Vor achtzehn Monaten. Es sind gültige Pässe der EG, der Europäischen Gemeinschaft, braun eingebunden. Als Beruf habe ich bei Kelly Künstler angegeben. Ich dachte, das passe ganz gut, weil er in seiner Zelle gemalt hat.«

»Und das Mädchen?«

»Krankenschwester, was sie auch tatsächlich ist.«

»Ich weiß«, erwiderte Sollazo. »Und das war erstklassige Arbeit?«

»Ja, gewiß, mit Stempeln aller möglichen Länder von Hongkong bis Großbritannien, sogar mit Visa für Ägypten. Gute Arbeit, das schwöre ich bei meinem Leben, Mr. Sollazo.«

»Ich bin überzeugt, Sie sagen die Wahrheit. « Sollazo wandte sich an Mori. »Andernfalls, Giovanni, hast du meine Erlaubnis, ihm beide Arme und Beine zu brechen.«

»Mit Vergnügen.«

Cassidy schwitzte. »Bitte, Mr. Sollazo, ich bin ein ehrlicher Mensch.«

Sollazo brach in Gelächter aus. »Verschwinde!«

Mori schob ihn zur Tür hinaus.

»Sonst noch was, Signore?«

»Ja, rede mal mit Salamone. Es scheint, daß Ryan am Dienstagmorgen zu einer Untersuchung ins Green Rapids Hospital muß. Finde heraus, wie das abläuft, wenn man einen der Insassen dorthin bringt.«

»Meint der Signore, was ich denke?«

»Vielleicht. Danach schau dir das Krankenhaus an. Ich muß dir nicht sagen, daß du diskret sein sollst. Das bist du ja immer.«

»Danke, Signore«, erwiderte Mori und ging. Sollazo machte sich wieder an seine Arbeit.

Salamone hatte panische Angst vor Mori, aber so erging es den meisten Menschen, denn er war einer der gefürchtetsten Schläger des Russo-Clans. Während sie hinunter zum See schlenderten, berichtete Mori ihm, warum er hergekommen war.

Salamone überschlug sich fast vor Eifer, ihm behilflich zu sein. »Man benutzt einen besonders gesicherten Krankenwagen, um die Leute runter ins Krankhaus zu bringen. Ich war selbst schon dabei, als sie einen gefangen hatten, der nicht gehfähig war und einen Pfleger brauchte.«

»Wieviele Wächter?«

»Neben dem Fahrer sitzt einer mit einer Waffe, und gewöhnlich sind zwei weitere hinten bei den Sträflingen. Das hängt davon ab, wie viele es sind, aber ich kann Ihnen sagen, daß es am Dienstagmorgen außer Kelly oder Ryan, oder wie immer man ihn nennen soll, nur noch ein Kerl namens Bryant ist, der an der Prostata operiert werden muß.«

»Gut«, sagte Mori. »Und wo bringt man Ryan hin?«

»Die Abteilung für die Behandlung von Herzerkrankungen liegt im dritten Stock.«

»Wieviele Wächter gehen mit ihm?«

»Gewöhnlich einer. Der Kerl hat ja schließlich ein Herzleiden, außerdem trägt er natürlich Handschellen.«

»Die ganze Zeit?«

»Nicht während der Behandlung.«

»Gut«, nickte Mori. »Das ist alles, was ich wissen muß. Kennst du das alte sizilianische Sprichwort: ›Halte die Zunge ruhig, sonst wird sie am Ende noch abgeschnitten?‹«

»Herrgott, Giovanni.« Paolo schien entsetzt. »Du weißt doch, ich liebe meinen Don.«

»Ja, klar.« Mori tätschelte ihm die Wange und ging.

Auf dem Parkplatz des Krankenhauses standen die Fahrzeuge dicht an dicht, aber Mori hatte Glück, da gerade jemand aus einer Lücke fuhr, in der er seinen Wagen parkte, obwohl der Platz für den Leiter der Chirurgie reserviert war, wie er bemerkte. Er betrat durch den Haupteingang das hochmoderne Gebäude. In der Halle hielten sich zahlreiche Krankenschwestern, Ärzte in weißen Kitteln und etliche Besucher auf.

Zielstrebig marschierte er an ihnen vorbei und fuhr mit dem Lift absichtlich zum vierten Stock hinauf. Der Korridor war leer; er entdeckte eine Tür mit der Aufschrift ›Lagerraum‹ und einen Fahrstuhl mit besonders breiten Türen, der offenbar für die Beförderung von Tragbahren und Betten diente; daneben war eine Tür, auf der ›Personalwaschraum‹ stand; Mori öffnete sie.

An einer Reihe von Haken hingen neben den Waschbecken Overalls und weiße Kittel, darunter auch einer, an dem eine Ausweiskarte aus Plastik mit dem Namen ›Doktor Lynn, Radiologie‹, befestigt war.

Mori streifte den Kittel über, fuhr mit dem Lift hinunter in den dritten Stock und schlenderte selbstbewußt auf die Abteilung zu, die Salamone beschrieben hatte.

Auf den Bänken saßen zwei oder drei Patienten, am Empfang saß eine junge farbige Schwester, die lächelnd aufschaute. Mori steckte die Hände in die Taschen, so daß der weiße Kittel offenstand und sie die Ausweiskarte nicht lesen konnte, nur für den Fall, daß sie etwa den Namen kannte.

»Kann ich Ihnen helfen, Doktor?«

»Ich bin leider neu, Radiologie, und muß hier am Dienstagmorgen einen Patienten behandeln, einen Insassen aus dem Gefängnis von Green Rapids. Ein Herzpatient. Ich wollte mich nur mal ein bißchen umschauen.«

»Ja, das ist Mr. Kelly. Er ist schon mehrmals hier gewesen. Zur Abteilung Drei kommen Sie den Gang hinunter, dort wird er behandelt.«

»Vielen Dank«, erwiderte Mori und ging weiter. Er blickte durch die runden Fenster in der Tür der Abteilung und sah auf einem Bett einen Patienten liegen, über den sich eine Schwester beugte.

Hinter einer Tür mit der Aufschrift ›Notausgang‹ entdeckte er einen leeren Korridor. Gegenüber befand sich ein Lastenaufzug. Er drückte auf den Knopf, fuhr hinunter in den Keller und kam in eine Tiefgarage, durch die er wieder nach draußen auf den Parkplatz zurückkehrte, wo er seine Limousine abgestellt hatte. Lächelnd ging er zu seinem Wagen, streifte den weißen Kittel ab und warf ihn auf den Rücksitz, ehe er sich hinter das Lenkrad setzte.

In der Krankenhausapotheke hatte Doktor Sieed, eine junge Inderin, Dienst. Sie kannte Kathleen und mochte sie.

»Was kann ich für Sie tun, Schwester?«

»Mein Onkel leidet an Angina Pectoris. Ich habe gerade

mit ihm gesprochen, und er hat mir erzählt, daß er neue Tabletten bekommt, die ich nicht kenne – Dazane.«

Doktor Sieed nickte. »Gibt es erst seit kurzem. Das Mittel hat sich ausgezeichnet bewährt, aber die Dosierung ist heikel. Nur eine, dreimal am Tag.«

»Ja, das habe ich bemerkt.«

»Eine eventuelle Überdosierung, beispielsweise drei Tabletten gleichzeitig, würde einen schweren Anginaanfall auslösen.«

»Lebensgefährlich?«

»Wahrscheinlich nicht, aber der Patient hätte wohl einige Tage lang einen Schock. Sagen Sie ihm, er soll vorsichtig sein.«

»Danke.«

Kathleen verabschiedete sich, holte ihren Mantel und ihre Handtasche und verließ das Krankenhaus. Als sie über den Parkplatz ging, fuhr Giovanni Mori an ihr vorbei und bog auf die Hauptstraße ein.

10

»Du siehst recht zufrieden aus, Marco«, begrüßte der Don gutgelaunt seinen Neffen.

»Ich glaube, ich habe eine Lösung.«

»Schön, aber zuerst das Geschäftliche. Irgendwas für mich zu unterschreiben?«

»Einige Übertragungsurkunden. Ich habe sie dabei.« Sollazo nahm mehrere Dokumente aus seinem Aktenkoffer.

»Dann wollen wir mal.« Russo griff nach einem Stift und unterzeichnete. »So, und nun gönnen wir uns ein paar meiner ganz speziellen Wodka-Martinis.«

»Die besten der Welt.«

»Ganz recht.« Russo ging hinter die Bar und mixte die Drinks. Sollazo setzte sich auf einen Barhocker. Der Martini war ausgezeichnet, und er leerte sein Glas mit Vergnügen. Anschließend berichtete er von seinem Plan.

»Du glaubst wirklich, daß Mori das ganz allein fertigbringt?« fragte der Don.

»Sicher, es ist ja weiter nicht schwierig.«

»Allerdings müßte Ryan mitmachen.«

»Natürlich.«

»Und er wird seine Nichte dabeihaben wollen.«

»Klar.«

»Wie willst du ihn überreden?«

»Um deinen Lieblingsfilm zu zitieren: Ich mache ihm ein Angebot, dem er nicht widerstehen kann.«

Der alte Mann nickte. »Es darf keine Verbindung geben zwischen Ryan und dir oder dem Clan. Falls es gelingt, wollen wir nicht, daß die Polizei uns auf den Pelz rückt.«

»Keine Sorge. Nach Green Rapids fahre ich lediglich, um Salamone in meiner Funktion als Anwalt zu besuchen, alles streng offiziell, aber dort ist man so lächerlich liberal, daß die Gefangenen mit ihren Familien oder Anwälten im

Park spazierengehen dürfen und es ohne weiteres möglich ist, mit jedem zu reden. Salamone hat mir erzählt, daß das Mädchen ihren Onkel morgen um elf wieder besucht. Ich werde die Gelegenheit nutzen, mit Ryan zu sprechen.«

Der Don nippte nachdenklich an seinem Martini. »Sag mal, Salamone hofft doch, daß du irgendwas im Hinblick auf eine Strafminderung für ihn tun kannst. Siehst du da wirklich eine Möglichkeit?«

»Überhaupt keine, aber ich lasse ihn in dem Glauben, schon allein, weil er eine Menge über uns weiß.«

»Viel zu viel. Es gibt ein altes sizilianisches Sprichwort: ›Besser den Ast absägen als den Baum zu verlieren.‹ Außerdem ist zu bedenken, daß er die einzige Verbindung ist zwischen uns und diesem Ryan.«

»Er ist vollkommen entbehrlich«, erwiderte Sollazo ruhig, »und wird eines Tages einen Unfall haben. Wir verfügen über Freunde dort drinnen, die uns nur zu gern einen Gefallen tun.«

»Gut. Ich überlasse dann alles weitere dir.«

Es war ein schöner heller Morgen, als Sollazo kurz vor elf mit Salamone durch den Park schlenderte.

»Du hast gut für uns gearbeitet. Der Don ist zufrieden.«

»Prima.« Salamone nickte eifrig. »Und wie sieht's mit meinem Fall aus?«

»Ich arbeite daran, Paolo, diese Dinge brauchen ihre Zeit.«

In diesem Moment sah er Michael Ryan und Kathleen zum See hinuntergehen.

»Bei Dazane, diesen neuen Tabletten, die du bekommst«, sagte Kathleen, »mußt du aufpassen, daß du dich an die richtige Dosis hältst.«

»Das weiß ich doch. Dreimal täglich eine.«

»Ich habe mich bei Doktor Sieed erkundigt. Wenn du drei gleichzeitig nehmen würdest, bekämst du einen Anginaanfall.«

»Und das wäre das Ende?«

»Sagen wir mal, du würdest dich für eine Weile nicht besonders gut fühlen.«

Plötzlich stand Marco Sollazo vor ihnen, elegant wie immer in seinem dunklen Anzug und einem langen Regenmantel von Armani.

»Guten Morgen, Mr. Ryan.« Er lächelte Kathleen zu. »Miß Ryan.«

Ryan erstarrte. »Sie müssen uns verwechseln, Mister, wir heißen nicht so.«

»Ich glaube doch.«

Kathleen musterte Sollazo grimmig. »Was soll das?«

»Zuerst einmal – ich weiß alles über Sie. Michael und Kathleen Ryan, die in Ulster immer noch wegen etlicher terroristischer Delikte auf der Fahndungsliste der unionistischen Terroristen stehen. Ich vermute, die Briten könnten Ihre Auslieferung beantragen, wenn sie wüßten, daß Sie hier sind, Miß Ryan.«

»Verdammt, was wollen Sie?«

»Die Goldbarren, die vor zehn Jahren auf der *Irish Rose* vor der Küste von County Down versunken sind; und bitte sagen Sie nicht, Sie hätten keine Ahnung, wovon ich rede.«

Beide starrten ihn fassungslos an. »Sie scheinen eine Menge zu wissen«, meinte Ryan schließlich.

»Alles.«

»Na gut, dann müßten Sie auch wissen, daß die *Irish Rose* nachts bei hoher See sank und wir vom Kurs abgekommen waren. Ich habe keinen Schimmer, wo sie unterging.«

»O doch. Sie hatten ein Gerät, einen sogenannten Master Navigator, in Ihrer Tasche, eine Art Minicomputer, der einwandfrei den Kurs und die Position errechnete.«

Ryan war sprachlos. »Woher können Sie das wissen? Nur ich selbst wußte davon und habe es nachher lediglich Kathleen erzählt.«

»Dabei stand jemand hinter einem Baum und lauschte, ein Mann, den Sie unter dem Namen Martin Keogh kannten.«

»Sie reden, als sei er in Wirklichkeit ein anderer gewesen?« fragte Kathleen.

»Das war er auch. Mr. Ryan, haben Sie jemals den damaligen Stabschef der IRA, Jack Barry, kennengelernt?«

»Nicht persönlich.«

»Er wußte, daß Ihr Plan von Ihrem Army Council abgelehnt worden war, hatte das Gerücht gehört, daß Sie beabsichtigten, die Sache auf eigene Faust durchzuführen, und befahl deshalb seinem besten Mann, sich bei Ihnen einzuschleusen.«

Kathleens Gesicht wurde bleich. »Um wen handelte es sich?«

»Um einen Mann namens Sean Dillon. Haben Sie schon mal von ihm gehört?«

»O ja«, nickte Ryan. »Eine Legende. Den Mann mit den tausend Gesichtern hat man ihn immer genannt. Er war früher einmal Schauspieler. Hat die Armee und die Polizei von Ulster jahrelang zum Narren gehalten und ist nicht ein einziges Mal geschnappt worden. Also – das war Martin.«

»So ein Schwein«, zischte Kathleen.

»Er hätte Sie an diesem Morgen auf der Straße töten und den Master Navigator an sich nehmen können. Barry war ärgerlich auf ihn, daß er es nicht getan hat, aber er hat nur erwidert, daß er Sie mochte.« Er lächelte dem Mädchen zu. »Und Sie ebenfalls.«

»Darauf kann ich verzichten.« In ihren Augen standen Tränen. »Ich hoffe, er schmort in der Hölle.«

»Tatsächlich arbeitet er zur Zeit für eine spezielle Abteilung des britischen Geheimdienstes.«

»Ach, du lieber Gott.« Ryan lachte laut auf. »Das ist typisch Martin, wie wir ihn kannten – und eigentlich gern hatten.« Er überlegte. »Ich weiß jetzt, wer Sie sind«, fuhr er dann fort. »Sie sind der Anwalt, der sich um Paolo Salamone kümmert – und Sie arbeiten für den Russo-Clan, also die Mafia.«

»Spielt das eine Rolle? Kommen wir lieber wieder zur Sache. Ich weiß alles bis hin zu der Tatsache, daß Sie, Miß Ryan, im Besitz falscher irischer Pässe auf die Namen Daniel und Nancy Forbes sind und als Krankenschwester im Green Rapids General Hospital arbeiten.«

»Sie wissen eine Menge, Mister, aber was soll das?«

»Ich will die Flucht Ihres Onkels aus dem Krankenhaus organisieren, wenn er am Dienstagmorgen zu seiner Untersuchung dorthin gebracht wird.«

Beide schwiegen fast betroffen, und Ryan schaute ihn ungläubig an. »Guter Gott, Sie meinen es wirklich ernst?«

»Natürlich.«

»Einen Moment mal«, warf Kathleen ein. »Welche Gegenleistung erwarten Sie dafür von uns?«

»Daß Sie mir die Position der *Irish Rose* verraten«, erwiderte Sollazo ruhig. »Wir haben mit Jack Barry eine Abmachung getroffen. Ich war neulich bei ihm in Dublin. Er ist zwar nicht mehr Stabschef, aber er ist bereit, mitzuarbeiten, da die Bewegung davon profitieren könnte. Zunächst würde man das Schiff lokalisieren, danach wird meine Organisation für irgendeine geeignete Tarnung sorgen, um die Bergung vorzunehmen.«

»Sie arbeiten mit der IRA zusammen?« fragte Kathleen.

»Ja, die Hälfte für sie, die Hälfte für uns.«

»Und sie ernten die Früchte der Arbeit meines Onkels? Was ist denn für ihn drin?«

»Ich könnte sagen, eine Million Pfund, aber wir wollen fair sein. Ich mache zwei Millionen draus.«

»Herrgott, Sie haben wirklich Nerven«, entgegnete Ryan.

»Sie hätten natürlich auch die Alternative, noch weitere fünfzehn Jahre hier zu sitzen.«

Ryans Gesicht war bleich. »Aber ausgerechnet mit Barry und der verdammten IRA zusammenzuarbeiten ...«

Kathleen legte ihm eine Hand auf den Arm. »Wir müssen praktisch denken.« Sie wandte sich an Sollazo. »Ich lasse ihn aber auf keinen Fall allein.«

»Versteht sich. Wenn er draußen ist, bringt man Sie zuerst einmal in eine sichere Unterkunft.«

»Und es wird kein Problem sein, aus dem Land zu kommen?«

»Absolut nicht. Wir werden wahrscheinlich in einer Gulfstream nach Irland fliegen. Ich begleite Sie.«

»Und das war es dann?«

»Nein. Ich möchte die Position der *Irish Rose* wissen, und erzählen Sie mir nicht, die Ziffern seien nicht in Ihr Gehirn eingebrannt.«

»O nein, Mister«, erwiderte Kathleen. »Die kriegen Sie, wenn wir hier raus und sicher in Irland sind, nicht eher.«

Sollazo lächelte. »Gut, Miß Ryan. Ich akzeptiere Ihre Bedingungen. Und jetzt will ich Ihnen genau erklären, wie ich mir die Sache denke.«

Es regnete, als der Krankenwagen des Gefängnisses am Dienstagmorgen auf den Parkplatz fuhr und auf einem reservierten Platz dicht am Haupteingang hielt. Kathleen Ryan saß in ihrem Wagen und sah ihren Onkel und einen zweiten Mann aussteigen. Beide waren mit Handschellen an einen Wächter gefesselt. Ein zweiter Wächter und der Fahrer blieben draußen stehen und zündeten sich Zigaretten an, während die Gefangenen ins Gebäude geführt wurden.

Sie griff nach ihrem Koffer und ging, wie man ihr befohlen hatte, in die Tiefgarage, wo sie sich nach einem grünen Kleintransporter mit der Aufschrift *Henley Laundry* umschaute. Giovanni Mori saß hinter dem Lenkrad und rauchte eine Zigarette.

»Ich bin Kathleen Ryan. Sie müssen Mori sein.«

»Stimmt.« Er nahm den weißen Arztkittel, den er gestohlen hatte, vom Rücksitz und streifte ihn über. »Sind alle nach oben gegangen?«

»Gerade eben.«

»Setzen Sie sich schon mal rein. Ich brauche nicht lange.« Er holte einen zweiten weißen Kittel aus dem Wagen und reichte ihn ihr.

»Sie kennen doch meinen Onkel gar nicht.«

»Ich habe sein Foto gesehen«, erwiderte er und ging zum Lastenaufzug.

Im dritten Stock betrat er durch den Notausgang die Abteilung für Herzerkrankungen und blickte durch das runde

Fenster in der Tür zur Abteilung Drei. Ryan lag auf einem Tisch, und ein junger Arzt war gerade dabei, verschiedene Elektroden an seinem Körper zu befestigen. Mori ging zurück zum Empfangsbereich und schaute auch dort durch das Fenster in der Schwingtür. Eine Schwester hatte Dienst; auf den Bänken saßen neben einigen Patienten der uniformierte Gefängniswächter, der in einer Zeitschrift blätterte. Rasch kehrte er zurück zur Abteilung Drei und trat ein.

Der junge Arzt schaute auf. »Hallo, Kollege, was kann ich für Sie tun?«

Wortlos zog Mori einen mit Bleikugeln gefüllten Lederbeutel aus seiner Tasche und schlug ihn dem Arzt über den Schädel; stöhnend sank er zu Boden. Ryan riß sich die Drähte und Sensoren ab.

Mori warf ihm den weißen Kittel zu. »Anziehen.«

Er öffnete die Tür zum Waschraum und zerrte den Arzt dort hinein.

»Los, weg hier. Nach links und durch den Notausgang.«

Einen Moment später waren sie mit dem Lastenaufzug auf dem Weg nach unten und eilten durch die Tiefgarage. Kathleen schaute ihnen entgegen. Ihr Gesicht war bleich.

Mori öffnete die Hintertür des Lieferwagens. »Rein mit Ihnen. Sie finden dort alles, was Sie an Klamotten brauchen. Ziehen Sie die Gefängnissachen aus und beeilen Sie sich. Wir haben nicht viel Zeit.«

Er streifte den weißen Kittel ab, warf ihn in einen Mülleimer, der in der Nähe stand, sprang hinter das Lenkrad und fuhr aus der Garage. Vorbei an dem Krankenwagen des Gefängnisses und den beiden Wächtern, verließ er den Parkplatz und bog auf den Highway ein.

Wie es der Zufall wollte, dauerte es gute fünfzehn Minuten, ehe eine Schwester in die Abteilung Drei kam und dort zu ihrer Überraschung niemanden vorfand.

»Wo sind denn Doktor Jessup und der Patient?« fragte sie ihre Kollegin am Empfang.

»Die müßten doch noch bei der Behandlung sein. Sie dauert eine Stunde.«

»Nein, es ist kein Mensch da.«

»Schauen wir mal nach.«

Der Gefängniswärter las immer noch in seiner Zeitung als die Tür aufgestoßen wurde und die beiden Schwestern, die den bewußtlosen Arzt in der Toilette gefunden hatten, hereinstürmten.

Genau in diesem Moment bog der Lieferwagen fünfzehn Kilometer entfernt auf den vollbelegten Parkplatz eines großen Supermarktes. Mori parkte neben einer dunklen Limousine.

»Hier steigen wir um«, sagte er zu Kathleen, ging nach hinten und öffnete die Tür.

Ryan trug inzwischen einen braunen Tweedanzug und einen Regenmantel. Kathleen küßte ihn impulsiv. »Du hast es geschafft, Onkel Michael.«

Mori schloß die Limousine auf. »Einsteigen!«

Ryan und seine Nichte nahmen auf dem Rücksitz Platz, und Mori, der sich eine zu seinem dunkelblauen Anzug passende Chauffeursmütze aufsetzte, klemmte sich hinter das Lenkred.

»Wohin fahren wir?« fragte Ryan. »Inzwischen wurde bestimmt längst Alarm gegeben. Es wird überall von Bullen wimmeln.«

»Long Island.«

»Das ist aber eine verdammt weite Strecke«, sagte Kathleen. »Auf dem Highway und den Zollbrücken hat man sicher schon die Straßen gesperrt.«

»Nur keine Sorge. Vertrauen Sie mir.«

Ungefähr zehn Minuten später hörte man Sirenengeheul, und drei Streifenwagen fuhren auf der anderen Spur an ihnen vorbei. »Herrgott«, stöhnte Ryan, »das sieht mir verdammt nach Schwierigkeiten aus.«

Mori zuckte nur die Schultern. »Keine Sorge, wir sind fast da.«

Einige Augenblicke später bog er auf eine Umgehungsstraße ein und bei einem Wegweiser zum ›Jackson Aero Club‹ links ab. Kurz darauf hatten sie ihr Ziel erreicht. Auf einem Parkplatz standen einige Fahrzeuge; daneben sah man ein einstöckiges Bürogebäude, zwei Hangars und eine Rollbahn, an deren Rand etwa zwanzig ein- und zweimotorige Flugzeuge sowie ein Swallow-Hubschrauber abgestellt waren.

»Da wären wir.« Mori stieg aus und griff nach Kathleens Koffer. »Den nehme ich. Kommen Sie, vorwärts.«

Der Pilot, ein junger Mann mit schwarzer Sonnenbrille, startete bereits den Motor des Helikopters. Mori öffnete die rückwärtige Tür. »Los, rein mit euch, Beeilung.«

Ryan und Kathleen stiegen ein, Mori schloß die Tür und versperrte sie, ehe er den Gurt anlegte und sich zu Ryan umwandte. Zum erstenmal lächelte er.

»Auf nach Long Island. Sehen Sie, was ich meinte? Ganz leicht, wenn man weiß, wie.«

Bei der Landung auf dem Flughafen von Long Island stand schon eine Limousine mit einem Fahrer bereit.

»Meine Güte«, sagte Kathleen, »man hat ja kaum Zeit, mal Luft zu holen. Wohin geht es jetzt?«

»Zum Haus der Russos in Quogue. Don Antonio möchte Sie sehen.«

»Ach ja? Und er kriegt wohl stets, was er will?«

»Genau.« Mori lächelte zum zweitenmal. »Daran würde ich an Ihrer Stelle immer denken, Schätzchen.«

Die Nachricht von Ryans Flucht verbreitete sich wie im Flug durch das ganze Gefängnis. Salamone, der in der Krankenabteilung Dienst hatte, hörte es von einem Insassen namens Chomsky, der einen Wagen mit schmutziger Wäsche aus der Station schob.

»He, Paolo, hast du schon von Kelly, diesem irischen Burschen, gehört?«

»Was ist mit ihm?«

»Abgehauen, als er zu einer Behandlung unten im General Hospital war. Ich hab's von Grimes aus dem Büro erfahren. Ist der erste Ausbruch aus diesem Knast, und überall ist der Teufel los.«

»Na, da kann ich nur sagen, ich wünsch' ihm viel Glück«, erwiderte Paolo.

Eine halbe Stunde später hatte er Mittagspause und rief aus einer der Telefonzellen für die Insassen Sollazo an, der gerade nach Long Island aufbrechen wollte.

»Ja, Paolo?«

»Mensch, Sie haben's geschafft. Mit meiner Hilfe, was?«

»Wir haben nichts anderes erwartet.«

»Also kann ich jetzt hoffen, daß sich auch für mich was tut? Sie haben versprochen, mich hier rauszuholen. Ich habe mich drauf verlassen und es mir wirklich verdient. Sie würden mich doch nicht hängenlassen, oder?«

Sollazo hörte trotz aller Aufregung die unterschwellige Drohung in seiner Stimme.

»Mein lieber Paolo, keine Sorge, ich kümmere mich um dich, und viel schneller als du meinst. Ein bißchen Geduld noch.«

Er legte auf, überlegte einen Augenblick, griff dann erneut nach dem Telefon und wählte eine Nummer.

»Wir brauchen in der Sache Salamone eine Lösung«, sagte er ohne lange Vorrede. »Gib deinem Mann in Green Rapids Bescheid, daß es Zeit ist, und zwar sofort.«

»Betrachten Sie es als erledigt.«

Sollazo legte den Hörer auf, nahm seinen Regenmantel und den Aktenkoffer und verließ zufrieden das Büro.

Das große Wohnzimmer in Russos prachtvollem Haus in Quogue bot freien Blick aufs Meer, das sich bis in die Unendlichkeit zu erstrecken schien. Gläserne Schiebetüren führten auf eine breite Terrasse, wo Ryan und Kathleen an einem Tisch saßen. Allmählich senkte sich die Abenddämmerung herab.

»Ich kann das alles noch gar nicht glauben«, sagte sie.

»Mir geht es genauso. Ich denke dauernd, ich wache gleich auf und bin in meiner Zelle.«

Sollazo kam aus dem Wohnzimmer. »Ah, da sind Sie ja. Darf ich Ihnen meinen Onkel, Don Antonio Russo, vorstellen?«

Der Don stützte sich auf seinen Stock und nahm seine Zigarre aus dem Mund. »Mr. Ryan, Miß Ryan, freut mich. Ich denke, das sollten wir ein wenig feiern.«

»Dafür habe ich schon vorgesorgt, Onkel.«

Mori brachte in einem Eiskübel eine Flasche Champagner und ein Tablett mit Gläsern.

»Ah, der Held der Stunde. Du hast gut gearbeitet, Giovanni.«

Mori schwieg bescheiden. Er öffnete den Champagner und verteilte die Gläser. »Geh und hol dir auch eins«, sagte der Don. »Wir werden doch nicht ohne dich trinken.« Nachdem Mori sein Glas ebenfalls gefüllt hatte, brachte der Don einen Trinkspruch aus: »Auf Sie, Mr. Ryan, auf Ihre Rückkehr ins Land der Lebenden und auf unser gemeinsames Unternehmen, die Bergung der *Irish Rose*.«

Salamone hatte gerade seine Schicht im Gefängniskrankenhaus von Green Rapids beendet und wusch sich in der Toilette Gesicht und Hände. Als er aufschaute, sah er, daß Chomsky ihm gefolgt war; er lehnte sich gegen die Wand und rauchte eine Zigarette.

»Hast du irgendwas über Ryan gehört?«

»Kein Wort«, erwiderte Salamone.

»Mann, der ganze Knast ist in Aufruhr.« Salamone trocknete seine Hände ab und ging hinaus. Chomsky folgte ihm. »Ich hoffe bloß, sie fahren hier jetzt nicht einen anderen Kurs, du weißt, was ich meine.«

»Allerdings.«

Neben dem Fahrstuhl am Ende des Gangs stand ein Blumenregal, über dem ein Spiegel hing. Salamone drückte den Knopf fürs Erdgeschoß und sah plötzlich Chomskys Gesicht im Spiegel. Sofort wußte er, daß er in Schwierigkeiten war.

Die Türen des Fahrstuhls öffneten sich – doch die Kabine fehlte. Nur der leere Schacht gähnte ihm entgegen. Geistesgegenwärtig sprang er zur Seite, als Chomsky sich auf ihn stürzte; der Mann stieß einen erstickten Schrei aus und fiel kopfüber hinunter. Mit einem dumpfen Aufschlag landete er sechs Stockwerke tiefer.

Salamone rannte unverzüglich zum Notausgang am Ende des Flurs und eilte die Treppen hinunter. Im Erdgeschoß war sicher bereits alles zusammengelaufen, deshalb ging er im zweiten Stock zum Aufenthaltsraum der Pfleger, holte sich einen schwarzen Kaffee, setzte sich und rauchte eine Zigarette.

Ihm war klar, daß er gewaltig in der Scheiße steckte, und wem er diese Sache zu verdanken hatte, wußte er ebenfalls nur zu gut. Chomsky hatte viel zu oft schon für die Russos gearbeitet, als daß es eine andere Erklärung geben konnte. Ebenso klar war ihm, daß er längst nicht aus dem Schneider war. Es gab genügend andere Burschen wie Chomsky, die liebend gern bereit waren, den Russos einen Gefallen zu tun.

»Ich muß hier raus«, sagte er laut. »Aber wohin? Mensch, was, zum Teufel, soll ich bloß machen?«

Er sprang auf und tigerte nervös durch den Raum, bis ihm plötzlich ein Gedanke kam. »Johnson – Blake Johnson. Herrgott, wenn irgendwer was tun kann, dann er.«

Zehn Minuten später stand er im Büro des Gefängnisdirektors. »Was gibt's, Paolo? Sie haben meiner Sekretärin gesagt, es ginge um Leben oder Tod.«

»Mr. Cook, ich habe eine brandheiße Story. Ich möchte einen FBI-Agenten namens Blake Johnson sprechen.«

»Ach ja, einfach so?«

»Hören Sie, Mr. Cook, wenn ich hier bleibe, dann bin ich tot. Wollen Sie das?«

Cook musterte ihn skeptisch. »So schlimm? Und derart wichtig?«

»Es ist eine Riesensache. Vielleicht würden Sie dadurch sogar einiges über diesen Kelly erfahren und wie er abhauen konnte.«

Cook horchte interessiert auf. »Was wissen Sie darüber?«

»Ich rede nur mit Blake Johnson.«

»Na gut. Warten Sie draußen. Ich erkundige mich beim FBI.«

Ungefähr eine halbe Stunde später öffnete er die Tür und rief Salamone herein. »Mr. Johnson ist nicht mehr beim FBI. Er arbeitet inzwischen für den Präsidenten in Washington. Ich rufe ihn an, und dann können Sie mit ihm reden.«

Blake Johnson war sechsundvierzig, ein großer, gutaussehender und kräftig gebauter Mann mit so tiefschwarzem Haar, daß er um zehn Jahre jünger wirkte. Mit neunzehn war er in Vietnam gewesen, hatte zwei Purple Hearts, ein vietnamesisches Cross of Valour und einen Silver Star bekommen; anschließend hatte er sein Jurastudium an der Georgia State Universität abgeschlossen, war ins FBI eingetreten und so erfolgreich gewesen, daß man ihn vor einem Jahr zum Leiter der Abteilung ernannt hatte, die im Weißen Haus als ›Der Keller‹ bekannt war. Manche bezeichneten sie als die private Eingreiftruppe des Präsidenten, da sie vollkommen unabhängig vom CIA oder dem FBI war und sich ausschließlich dem Präsidenten gegenüber verantworten mußte.

Als Cook ihn in seinem Büro erreichte, erklärte er sein Anliegen und fragte schließlich: »Kennen Sie diesen Mann?«

»O ja«, sagte Johnson. »Ich habe ihn mal wegen Bankraubs eingelocht. Lassen Sie ihn allein mit mir reden. Er ziert sich sonst vielleicht, wenn er meint, daß jemand zuhört.«

Zehn Minuten später, nachdem er mit Salamone gesprochen hatte, telefonierte Johnson wieder mit dem Gefängnisdirektor. »Um mich zuerst einmal vorzustellen: Ich arbeite direkt für den Präsidenten und leite seine geheime Sonderabteilung für Sicherheitsfragen.«

»Verstehe«, erwiderte Cook hörbar beeindruckt.

»Ich kann Ihnen versichern, daß das, was Salamone mir erzählt hat, sehr viel schwerwiegender ist als irgendein normales kriminelles Vergehen; ich kann sogar ohne Übertreibung sagen, daß es weitreichende politische Folgen haben könnte.«

»Guter Gott!«

»Deshalb bitte ich Sie um folgendes: Sie stecken Salamone in eine Zelle, wo er unter Bewachung steht. Ich nehme doch an, daß Sie einen Hubschrauberlandeplatz haben?«

»Natürlich.«

»Gut. In ein paar Stunden landet bei Ihnen ein Hubschrauber mit einem Beamten, der ihn in Gewahrsam nimmt. Er wird eine Vollmacht des Präsidenten bei sich haben, damit alles seine Ordnung hat.«

»Noch etwas – wir hatten einen Gefangenen namens Kelly, der heute geflohen ist, während er im hiesigen Krankenhaus zu einer Behandlung war. Salamone hat angedeutet, er wisse etwas darüber.«

Johnson, der Salamone befohlen hatte, den Mund zu halten, flunkerte ungerührt: »Ach was, das hat er nur behauptet, weil er meinte, er müsse Ihnen einen Köder bieten, damit Sie ihn mit mir telefonieren lassen.«

»Dieser Ganove«, sagte Cook.

»So sind diese Burschen eben, aber für uns ist er von entscheidender Wichtigkeit. Der Präsident wird Ihnen für Ihre Unterstützung in dieser Angelegenheit mehr als dankbar sein.«

»Ich freue mich, wenn ich behilflich sein kann, das versteht sich doch von selbst.«

»Dann danke ich Ihnen in seinem Namen.«

In seinem Büro im Souterrain des Weißen Hauses überlegte Johnson einen Moment, ehe er auf einen altmodischen Summer drückte. Fast sofort öffnete sich die Tür, und seine Sekretärin Alice Quarmby, eine grauhaarige Frau von etwa fünfzig Jahren, kam mit einem Block in der Hand herein.

»Mr. Johnson?«

»Schreiben Sie eine Vollmacht zur Überstellung eines Gefangenen namens Paolo Salamone aus, der im Green Rapids Detention Center sitzt, und schicken Sie das Formular hinüber zum Büro des Sheriffs. Er soll ihn so bald wie möglich mit einem Hubschrauber abholen und hierher nach Washington in unsere spezielle Unterkunft in der Hurley Street bringen.«

»Sonst noch etwas?«

»Allerdings. Setzen Sie sich an Ihren Computer und machen Sie alles ausfindig, was es über einen irischen Terroristen namens Michael Ryan gibt, einen Protestanten; ebenso über seine Nichte Kathleen Ryan. Weiter brauche ich sämtliche Informationen über den Überfall auf einen Goldtransport im englischen Lake District im Herbst 1985.«

Sie machte sich eifrig Notizen. »Klingt spannend.«

»Es wird sogar noch besser. Überprüfen Sie, was es über ein Schiff namens *Irish Rose* gibt, das zur gleichen Zeit vor der Küste von County Down in Ulster gesunken ist.« Er grinste. »Das war's. Natürlich erwarte ich das alles vorgestern.«

»Verstehe.«

Nachdem sie gegangen war, dachte Johnson noch einmal über die ganze Sache nach. Sein Büro hatte sowohl auf die Computer des FBI wie des CIA und durch ein freundschaftliches Abkommen auch auf die Computer der englischen Behörden direkten Zugriff. Es würden sich also bestimmt einige handfeste Informationen auftreiben lassen, die er benötigte, ehe er mit dem Präsidenten sprach.

Seufzend öffnete er eine silberne Schachtel auf seinem Schreibtisch, nahm eine Zigarette heraus und griff nach dem Feuerzeug. Eigentlich hatte er vor einem Jahr mit dem Rauchen aufgehört, aber wann immer er das Gefühl hatte, er sei einer heißen Sache auf der Spur, brauchte er eine Zigarette. Na ja, eine einzige würde schießlich nichts schaden.

In Quogue wurde um sechs Uhr ein hervorragendes Abendessen serviert, das aus gebratener Ente, Kartoffeln, grünem Salat und weiterem Champagner bestand.

»So was habe ich seit Jahren nicht mehr gegessen«, meinte Ryan.

»Das denke ich mir«, erwiderte der Don trocken, »aber das beste kommt erst noch.« Er läutete eine kleine silberne Tischglocke, worauf das Hausmädchen mit einer Wärmepfanne erschien. »Cannolo, die liebste Süßspeise aller Sizilianer. Ganz einfach – besteht nur aus Mehl, Eiern und Sahne.«

Kathleen kostete und nickte. »Wunderbar.«

»Genießen Sie es. Später beim Kaffee wollen wir übers Geschäft reden.«

Nach dem Essen setzte man sich auf die Veranda, wo der Kaffee serviert wurde.

»Wie geht's jetzt weiter?« fragte Kathleen.

»Marco bringt Sie zu einem kleinen Strandhaus hier in der Nähe. Dort sind Sie in Sicherheit, und Mori wird ein Auge auf Sie haben.«

»Und dann?«

»Bis zum Flughafen MacArthur ist es nicht weit. Ich habe dort eine Gulfstream stehen. Sie fliegen mit meinem Neffen und Mori nach Dublin.« Er lächelte. »Sofern sich keine anderen Umstände ergeben.«

Sein Lächeln wirkte wie eine leise Drohung. Kathleen überlief ein Schauer. »Was wollen Sie damit sagen?« fragte Ryan.

»Ihre Nichte hat meinem Neffen erzählt, daß er die genauen Positionsangaben der *Irish Rose* erst bekommt, wenn Sie sicher in Irland sind.«

»Das stimmt.«

»Ich verlange sie aber jetzt – als Zeichen des Vertrauens, wenn Sie so wollen.« Er lächelte erneut.

Kathleen schüttelte energisch den Kopf. »O nein, Mister, sie müssen schon warten, bis wir in Irland sind.«

»Dann müssen Sie ebenfalls warten, Signorina.« Er wandte sich an Ryan. »Sie fliegen allein; Ihre Nichte bleibt zur Sicherheit hier.«

»Das können Sie nicht machen!«

»Ich kann alles, mein Freund. Vor vielen Jahren hat mein Vater mir beigebracht, immer nach dem Schwachpunkt eines Mannes Ausschau zu halten. Bei Ihnen ist es Ihre Nichte, Mr. Ryan.« Er stand auf. »Denken Sie darüber nach. Komm, Marco, lassen wir ihnen etwas Zeit.«

»Diese Dreckskerle«, schimpfte Kathleen, als sie gegangen waren. »Ich würde sie am liebsten alle erschießen.«

»Das kannst du aber nicht, und wir haben keine andere Wahl. Wir müssen so rasch wie möglich aus Amerika weg. Ich könnte es nicht ertragen, wenn ich wieder in den Knast müßte, aber ich könnte es auch nicht aushalten, dich hierzulassen.«

»Du willst es also machen? Was ist, wenn sie uns reinlegen? Was ist, wenn du ihnen die Position nennst, und dieser Mori erschießt uns?«

»Das glaube ich nicht. Ich bin aus einer Reihe von Gründen für sie zu nützlich, und falls sie die Absicht haben, uns irgendwann zu erschießen, können sie das genauso leicht in Irland tun.« Er lächelte grimmig. »Nein, ich gebe ihm, was er will.«

»Dann nenn ihm eine falsche Position.«

»Du denkst nicht logisch. Irgendwann sind wir mit diesen beiden Gaunern auf einem Schiff, und ein Taucher prüft, ob die *Irish Rose* an der angegebenen Stelle liegt; wenn nicht, verpaßt uns dieser Mori eine Kugel in den Kopf und wirft uns über die Reling. Nein, wir müssen vor allem hier weg und sicher nach Irland kommen, nur darum geht es. Glaub mir, ich weiß, was ich tue. Ich bin nämlich nicht ganz ehrlich dir gegenüber gewesen.«

»Was heißt das?«

Ryan gestand ihr endlich die Wahrheit.

»So viele Jahre.« Kathleen nahm seine Hand. »Und nie hast du mir ein Wort davon verraten.«

»Ich habe immer gesagt, daß ich noch nie im Leben irgend jemandem vertraut habe, nicht einmal dir.«

»Aber du tust es jetzt, und du hast recht. Wir müssen nach Irland. Wenn wir erst mal dort sind, denken wir uns was aus.« Sie wandte sich um und rief: »Don Antonio?«

Er kehrte mit Sollazo auf die Terrasse zurück. »Haben Sie über alles nachgedacht?«

»Ja, und wir sind einverstanden.«

»Ausgezeichnet.« Sollazo zog aus seiner Brusttasche ein Notizbuch und einen Stift. Don Antonio Russo lächelte. »Ich wußte vom ersten Augenblick an, daß Sie eine vernünftige junge Frau sind, Signorina.«

11

Blake Johnson saß mit dem Präsidenten im Oval Office und berichtete ihm alles.

»Salamone ist bereits in der Unterkunft in der Hurley Street, und ich habe ihn mir schon gründlich vorgeknöpft. Er hat mir alles erzählt, was er weiß. Sie haben ja die Akte gelesen, die ich Ihnen zusammen mit den wesentlichen Fakten über Ryans Vergangenheit geschickt habe. Wie Sie sehen können, besaß der englische Geheimdienst einen Bericht über Ryans Beteiligung an dem Überfall auf den Goldtransporter. Er stammte von dem protestantischen Terroristen Reid, der wegen Mordes an zwei Soldaten verhaftet worden war und hoffte, durch seine Aussage mit einer geringeren Strafe davonzukommen. Er nennt Ryan und seine Nichte als die Verantwortlichen, dazu einen Mann namens Martin Keogh, der aber eine völlig rätselhafte Figur zu sein scheint. Es gibt keinerlei Angaben zu seiner Person.«

»Ein wilder Bursche, dieser Ryan«, meinte der Präsident. »Und diese junge Frau.« Er schüttelte den Kopf. »Manchmal könnte man an den Menschen verzweifeln. Also, was jetzt? Wie steht es mit diesen Russos?«

»Meiner Meinung nach kommen wir in dieser Richtung nicht weiter. Marco Sollazo ist einer der renommiertesten Anwälte in Manhattan. Bei der geringsten Andeutung, er könne etwas mit dieser Sache zu tun haben, würde er seine Bestürzung und sein Befremden äußern und es abstreiten, daß er Ryan kennt. Eine so liberale Institution wie Green Rapids, wo Besucher und Gefangene auf dem Gelände miteinander spazierengehen dürfen, hat es ihm leicht gemacht, mit Ryan Kontakt aufzunehmen, was ihm eben deswegen aber auch niemand nachweisen kann. Ja, er war in Green Rapids, allerdings nur, um mit Salamone zu sprechen, und was nützte uns die gegenteilige Aussage eines verurteilten Bankräubers, der eine Polizistin ermordet hat? Der Bezirksstaatsanwalt würde keine fünf Minuten darauf verschwenden.«

»Und Don Antonio Russo?«

»Neben seinem Neffen stehen die hochkarätigsten Anwälte von New York auf seiner Gehaltsliste. Er hat in seinem gesamten Leben noch nie einen einzigen Tag in einer Zelle verbracht.«

»Aber Sie glauben Salamone?«

»Leider ja.«

»Und was meinen Sie, was jetzt geschieht?«

»Ich denke, Sollazo und sein Onkel haben sich Ryan geholt, um das Gold in die Hände zu kriegen. Sie werden sicher irgendein Abkommen mit ihm treffen, vielleicht halbehalbe machen. Immerhin ist dieses Gold inzwischen hundertfünfzig Millionen Dollar wert, und Ryan ist ein Fanatiker, dem die protestantische Sache alles bedeutet.«

»Wenn sie solch eine Riesensumme für Waffen zur Verfügung hätten, wäre der Frieden zum Teufel.« Der Präsident schüttelte den Kopf. »Allein der Gedanke ist so schrecklich, daß man es sich gar nicht vorstellen mag. Die ganzen Bemühungen von mir und John Major wären umsonst.«

»Genau, Mr. President, und deshalb halte ich es für nicht so wichtig, Don Antonio Russo oder seinen Neffen in eine Zelle zu stecken. Es kommt allein darauf an, zu verhindern, daß dieses Gold oder ein Teil davon den Unionisten in die Hände fällt, die sich damit für einen Bürgerkrieg aufrüsten könnten.«

»Nein, das dürfen wir nicht zulassen. Was vermuten Sie, was sie als nächstes vorhaben?«

»Sie werden Ryan und das Mädchen nach Irland bringen und dann versuchen, das Schiff aufzustöbern; vermutlich zunächst nur mit einem Boot und einem Taucher. Wenn sie die genaue Lage kennen, werden sie irgendeine Bergungsaktion veranstalten.«

»Das muß um jeden Preis verhindert werden.« Der Präsident überlegte einige Zeit und lächelte plötzlich. »Ich glaube, das könnte eine Aufgabe für Dillon sein.«

»Dillon, Mr. President?«

»Erinnern Sie sich, was passierte, als ich mich letzte Woche mit John Major auf der Terrasse des Unterhauses traf? Der falsche Kellner? Sean Dillon, ursprünglich mal der gefürchtetste Aktivist, den die IRA hatte; jetzt der Mann für besondere Fälle im Dienst Ihres englischen Kollegen, Brigadier Charles Ferguson.«

»Natürlich, Mr. President.«

»Gut. Dann geben Sie mir zunächst mal den Premierminister auf der abhörsicheren Leitung.«

In seinem Arbeitszimmer in der Downing Street nahm John Major das Gespräch entgegen. »Ich bin völlig Ihrer Meinung, Mr. President, das dürfen wir keinesfalls zulassen. Ich werde Brigadier Ferguson ermächtigen, sofort etwas zu unternehmen, und ich bin sicher, daß wir dabei wie üblich auf Dillon rechnen können. Überlassen Sie das mir.«

Er legte den Hörer auf und wandte sich an seinen Assistenten: »Ich möchte so rasch wie möglich Brigadier Charles Ferguson sprechen.«

Seufzend lehnte er sich zurück. Immer wieder dieses Problem mit Irland! Was hatte er nicht alles getan, sogar seine politische Karriere aufs Spiel gesetzt – und nun das!

Charles Ferguson nickte mit ernstem Gesicht, nachdem der Premierminister ihn ins Bild gesetzt hatte.

»Auf gar keinen Fall möchte ich erleben, daß eine der beiden Parteien in Irland solch eine Riesensumme in die Hände bekommt. Es hat genug Blutvergießen gegeben. Wir können uns keinen Bürgerkrieg leisten.«

»Ganz Ihrer Meinung, Premierminister.«

»Ich will, daß Sie Dillon einsetzen, Brigadier«, sagte John Major. »Seine IRA-Vergangenheit und seine terroristischen Aktivitäten kann ich zwar nicht billigen und distanziere mich deshalb von ihm, ich kenne jedoch seine außergewöhnlichen Fähigkeiten. Er hat der königlichen Familie letztes Jahr bei dieser Windsor-Geschichte sehr viel Angst und Sorgen erspart. Außerdem hat er verhindert, daß der Friedensprozeß durch diese terroristische Splittergruppe gefährdet wurde und gleichzeitig Senator Patrick Keogh das Leben gerettet, als der so mutig war, die Sinn Fein und die IRA zum Frieden aufzufordern. Ich weiß schon, daß Dillon absolut rücksichtslos sein kann, aber er ist genau der Mann, den wir in dieser Angelegenheit brauchen.«

»Da gebe ich Ihnen recht, Premierminister«, erwiderte Ferguson und stand auf.

»Man nennt Ihre Leute die Privatarmee des Premierministers, und Sie besitzen außergewöhnliche Befugnisse. Nutzen Sie sie, Brigadier, nutzen Sie sie.«

Ferguson stand am Fenster, als Hannah Bernstein und Sean Dillon sein Büro betraten.

»Ich habe direkten Befehl vom Premierminister, ein dringendes Problem aus der Welt zu schaffen, das absoluten Vorrang hat. Alle unsere anderen Aufgaben ruhen vorübergehend. Auf meinem Schreibtisch liegt ein Ordner mit der Aufschrift IRISH ROSE. Nehmen Sie ihn mit in Ihr Büro, Chief Inspector, und lesen Sie ihn beide durch. Danach reden wir weiter.«

Während Dillon ihr über die Schulter schaute, vertiefte sich Hannah Bernstein in die alten Zeitungsausschnitte, die Berichte über Ryans Aktivitäten und schließlich Salamones Aussage über das, was in Green Rapids geschehen war.

»Also«, sagte sie, »da haben wir hier zum einen Michael Ryan, einen recht üblen protestantischen Aktivisten, und seine böse kleine Nichte Kathleen; zum anderen den Überfall auf den Goldtransporter im Lake District, dazu die *Irish Rose*, die laut Polizeibericht von einem Jungen gesehen wurde, der mit seinem Hund zum Angeln in Marsh End war. Wir nehmen daher an, daß man den Laster an Bord gebracht hat – wir nehmen es an. Tatsache ist allerdings nur, daß Schwimmwesten und Trümmer der *Irish Rose* an die Küste von Down gespült wurden.«

»Wir haben außerdem Salamone und Ryan alias Kelly, der eine Bank im Staat New York ausraubt, einen Bullen erschießt und fünfundzwanzig Jahre bekommt. Während einer schweren Krankheit verrät er, daß er der einzige ist, der weiß, wo die *Irish Rose* liegt. Den Rest kennen wir.«

»Und nun haben sich Ryan und das Mädchen mit Hilfe der Russos aus dem Staub gemacht. Na und? Im Grunde wissen wir nichts, Dillon.«

»Außer daß logischerweise alle Wege nach Irland führen, meine Liebe – und da ist noch etwas. Ich muß Ihnen ein grauenvolles Geständnis machen. Gehen wir rein zum Boß, dann erzähle ich es Ihnen beiden gleichzeitig.«

»Nun, was meinen Sie?« fragte Ferguson. »Wenn man alle diese Informationen zusammennimmt, einschließlich der üblichen Gerüchte und der Aussagen dieses Schweins Reid, haben Michael Ryan, seine Nichte Kathleen und irgendein geheimnisvoller Mann namens Martin Keogh ein verdammt gerissenes Ding gedreht. Das bestätigt auch ein Bericht der Polizei von Ulster über eine Razzia in Ryans Pub in Belfast, dem Orange Drum. Irgendein einarmiger Barmann namens Ivor Sowieso erinnert sich daran, daß das Mädchen von diesem Keogh gerettet wurde, als katholische Jugendliche sie vergewaltigen wollten. Das war nur ein oder zwei Tage, bevor er sie zum letzten Mal sah. Sie seien zusammen in einem Taxi zum Flughafen gefahren und, soviel er wisse, nach London geflogen.«

»Das stimmt, Brigadier«, sagte Hannah. »Reid hat ihren Kontaktmann erwähnt, einen Protestanten namens Hugh Bell, der einen Pub in Kilburn namens William & Mary betrieb. Bell wurde bei einem Unfall von einem Auto überfahren.«

»Wer's glaubt. Kam viel zu gelegen, die Sache«, schnaubte Dillon. »Dafür haben Reid und sein Gorilla, ein Bastard namens Scully, höchstpersönlich gesorgt.«

Beide starrten ihn an. »Aber das steht gar nicht in den Akten. Woher wissen Sie das?«

»Weil ich Martin Keogh war. Ich bediene mich mal von Ihrem Whiskey, Brigadier, und dann erzähle ich alles.«

»Guter Gott, Dillon«, stöhnte Ferguson, »Sie schaffen es immer wieder, mich zu verblüffen.«

»Daß ich kein unbeschriebenes Blatt bin, Brigadier, wußten Sie, als Sie mich anheuerten.«

»Ja, so kann man es auch ausdrücken. Rund zwanzig Jahre lang ein Aktivist der IRA!«

»Englische Soldaten haben meinen Vater getötet, Brigadier, und ich wollte, daß jemanden dafür zahlt. Mit neunzehn Jahren sieht man das nun einmal auf diese Weise.«

»Und die PLO? War dabei das Motiv ebenfalls die politische Überzeugung – oder eher das Geld?«

»Jeder muß sich schließlich seinen Lebensunterhalt verdienen, Brigadier.« Dillon lächelte. »Sie wissen doch, daß ich auch für die Israelis gearbeitet habe.«

»Aber jetzt arbeiten Sie hier«, sagte Hannah. »Empfinden Sie es eigentlich nicht als Ihre Pflicht, bei Gelegenheit Ihre ganzen früheren Aktivitäten offenzulegen?«

»Wenn das bedeutet, alte Freunde aus der IRA zu verpfeifen, dann nein. Ich war jahrelang Jack Barrys rechte Hand, dann kam sozusagen die Ernüchterung – ich sah die glorreiche Sache nicht mehr ganz so verklärt und ging meiner Wege. Vergessen Sie übrigens auch nicht, wie es dazu kam, daß ich jetzt hier bin. Ich hatte die Alternative, mich einem serbischen Erschießungskommando zu stellen oder für unseren verehrten Boß zu arbeiten. Und machen Sie sich bloß keine Illusionen – er war durchaus bereit, mich dem Erschießungskommando zu überlassen. Außerdem wollen wir mal nicht so scheinheilig sein und mit dem Finger nur auf andere zeigen. Sie haben sich doch ebenfalls schon die Hände schmutzig gemacht, liebes Mädchen, seit Sie bei diesem Verein sind.«

Sie war sichtlich getroffen. »Gemeiner Mistkerl.«

»Lassen Sie das«, sagte Ferguson. »Es wartet Arbeit auf uns. Gehen Sie diese ganze Sache gründlich durch und durchforsten Sie alle Computer des Geheimdienstes, nicht nur beim MI 5 und 6, sondern auch bei Scotland Yard, ebenso bei der Polizei von Ulster und Dublin. Ich will ein Resultat sehen, also vorwärts.«

»Noch Freunde?« fragte Dillon, als sie wieder in Hannahs Büro waren.

Sie funkelte ihn wütend an, mußte aber plötzlich wider Willen lächeln. »Ich habe es ja schon oft genug gesagt – Sie sind ein richtiger Bastard, Dillon, aber ich mag Sie.«

Dillon stand in Hemdsärmeln im Computerraum und trank eine Tasse Tee, während Hannah vor dem Bildschirm saß und sich schließlich mit einem erbitterten Seufzer zurücklehnte.

»Nicht das geringste im Polizeicomputer von Ulster, nur Ryans Vergangenheit, die uns ja bekannt ist, und seit zehn Jahren gar nichts mehr.«

»Na, ist doch klar, seither sitzt er ja auch im Bau. Genauso sieht's bei Scotland Yard aus und bei Carters Leuten, ich hab's nachgeprüft«, sagte Dillon.

»Mir fallen gleich die Augen aus dem Kopf, wenn ich noch länger auf diesen verdammten Schirm starre. Ich mache jetzt mal eine Pause und koche Kaffee. Wie ist es mit Ihnen?«

»Ich nehme mir mal die Dateien der Behörden in Dublin vor.« Er zuckte etwas hilflos die Schultern. »Ich bin alles immer wieder durchgegangen – der Überfall, die Farm in Folly's End, Marsh End, die Fahrt auf der *Irish Rose* und ihr Untergang, dieser frühe Morgen an der Küste, Michael und Kathleen, die nach Drumdonald gehen, während ich nach Scotstown marschiere ...«

»Und?«

»Irgendwas stimmt da nicht. Ich habe in meinen Erinnerungen gekramt, sämtliche Zeitungsausschnitte noch mal gelesen, und da ist was faul, bloß komme ich nicht drauf.«

»Das passiert manchmal.«

»Nicht dem großen Dillon.« Er setzte sich wieder an den Computer.

»Sie hätten Ryan an diesem Morgen töten und den Master Navigator an sich nehmen können. Dann hätten Sie und Barry die Position des Schiffs gewußt.«

»Stimmt.« Er grinste. »Bin offenbar doch nicht ganz so ruchlos, wie Sie meinen, was?«

Sie wandte sich um und verließ das Zimmer, während er sich über die Computertastatur beugte.

Genau in diesem Moment befand sich die Gulfstream auf halber Strecke nach Irland über dem Atlantik. Sollazo schien zu schlafen, Mori saß neben ihm auf der anderen Seite des Gangs; Kathleen und ihr Onkel belegten etwas weiter hinten die Plätze. Ryan hatte die kleine Bar entdeckt und sich einen ordentlichen Whiskey eingeschenkt.

»Bald sind wir wieder in Dublin, im guten alten Irland.« Er schüttelte den Kopf. »War lange weg, und wie man hört, hat sich alles verändert. Jedermann redet nur noch vom Frieden.«

»Blöder Quatsch«, sagte sie. »Wenn Sinn Fein am Ruder ist, werden sie jeden Protestanten im Land hinaus in die See treiben. Es wird schlimmer als in Bosnien sein.«

»Immer noch so hitzköpfig?«

»Hab' auch guten Grund dafür, das weißt du besser als jeder andere.«

Er nahm ihre Hand und drückte sie. »Nur denk dran – wir müssen in Dublin unsere Karten klug ausspielen, also halt deine Zunge im Zaum und fall nicht über Jack Barry her. Warte einfach ab, bis wir die Chance haben, die wir brauchen.« Er nahm sich noch eine der kleinen Whiskeyfläschchen aus der Bar. »Vor allem brauchen wir Geld.«

»Also, in dieser Hinsicht bin ich nicht ehrlich dir gegenüber gewesen. Ich habe jahrelang gespart und immer was zur Seite gelegt in der verrückten Hoffnung, daß du mal ausbrechen könntest. Und nun hab' ich mein Konto abgeräumt.«

»Herrgott, Mädchen, wieviel?«

»So in etwa fünfzigtausend.« Sie griff nach ihrer Schultertasche. »Hier drin ist ein doppelter Boden, darunter liegt es. Die Häflte in Hundertdollarscheinen, der Rest in Fünfhunderten.«

»Mädchen, das ist ja fabelhaft.« Sein Gesicht war blaß vor Aufregung geworden, und er überlegte. »Mit Geld kann man alles in diesem Leben kaufen. Wenn ich früher mit Aufträgen für das Army Council unterwegs war, hab' ich immer Tony McGuires Lufttaxis benutzt. Er hatte seinen Betrieb in Ladytown. Das war der schnellste Weg nach England, um die Sicherheitskontrollen auf dem Flughafen Aldergrove zu umgehen.«

»Meinst du, er ist noch im Geschäft?«

»Warum nicht? Und sonst gibt es sicher einen anderen. Es wäre eine gute Möglichkeit, rasch wegzukommen, falls wir es tatsächlich schaffen zu fliehen und man uns verfolgt.«

»Was ist mit dem Army Council in Belfast?«

»Keine Ahnung. Es ist zehn Jahre her, Kathleen, zehn lange Jahre, und heute sind alle sehr für den Frieden, wie man so hört. Ich frage mich bloß, was mit Leuten wie Reid und Scully ist.«

»Mit etwas Glück sind sie längst tot.«

»Wie sollen wir es also anstellen?«

»Ich habe mir schon was überlegt«, erwiderte sie ein wenig unsicher. »Aber ich weiß nicht, ob es nicht zu riskant für dich ist.«

»Mein Gott, Mädchen, ich würde alles versuchen. Erzähl mal.«

»Gerissen«, nickte er, nachdem sie ihm ihren Plan erklärt hatte, »das muß ich sagen.«

»Aber vielleicht ist es ja gar nicht nötig. Vielleicht gibt es auch einen anderen Weg.«

»Wer weiß.« Er grinste. »Ach, zur Hölle, ich glaube, ich gönne mir noch einen Whiskey.«

Etwa drei Stunden später rief Dillon, der immer noch vor dem Computer saß: »Bingo! Na bitte.«

Hannah eilte zu ihm. »Was ist?«

»Der große Dillon hat's mal wieder geschafft. Hab' mich durch sämtliche Informationen geackert, die es in Dublin über Unionisten gab, und nur Nieten gezogen. Kein Wort über die *Irish Rose*, abgesehen von den Tatsachen, die wir schon kannten, bevor ich mein großes Maul aufgemacht hab'.«

»Und?«

»Dann habe ich mir die Sinn Fein und ihre Aktivisten vorgenommen und schließlich gedacht, warum nicht bis zu den Dinosauriern zurückgehen, den harten Männern von früher, und das hat mich zu Jack Barry gebracht, dem ehemaligen Stabschef, der jetzt im Ruhestand ist.«

»Und?«

»Da der Frieden so unsicher ist, behält man ihn und die anderen Schlüsselfiguren immer noch im Auge und zahlt nach wie vor für vertrauliche Informationen. Das ist typisch irisch – überall wimmelt es von Spitzeln, die für Geld Augen und Ohren aufsperren und anschließend plaudern. Genau so einen haben wir hier.« Er deutete auf den Bildschirm.

»Sagen Sie schon.«

»Nein, holen Sie den Brigadier, damit wir es zusammen genießen können.«

Ferguson stand neben Dillon, der auf die Tastatur tippte und sich zufrieden zurücklehnte. »Bitte, da ist es. Letzte Woche war irgendeine Laus namens O'Leary in Cohan's Bar, die ganz in der Nähe von Jack Barrys Haus liegt. Er hat erzählt, Barry sei mit einem sehr gut gekleideten Mann hereingekommen, einem Amerikaner, wie er an den paar Worten gehört hat, die er aufschnappen konnte. Sie hätten sich in eine Nische gesetzt, eine Kleinigkeit gegessen, was getrunken und die ganze Zeit über die Köpfe zusammengesteckt.«

»Und was bringt uns das?« fragte Ferguson.

»Nachher sind sie durch den Park zurück zu Barrys Haus gegangen, das auf der anderen Seite liegt. O'Leary ist dorthin gefahren und hat gesehen, daß draußen eine Limousine mit einem Fahrer parkte. Er hat gewartet, bis der Amerikaner sich verabschiedet hat und ist ihm zum Flughafen von Dublin gefolgt.«

»Und dann?«

»Der Amerikaner ist in einem Privatflugzeug, einer Gulfstream, zurückgeflogen. Flugziel war MacArthur Field auf Long Island.« Dillon lachte. »Ist nicht schwer zu raten, wem dieser Vogel gehört.«

»Ich setze mich sofort mit Johnson in Verbindung.« Ferguson wandte sich um und eilte in sein Büro.

Blake Johnson legte die Akte zur Seite, die er durchgearbeitet hatte, als Alice Quarmby mit ihrem Block hereinkam.

»Schießen Sie los.«

»Es war nicht schwer, Näheres über die Gulfstream zu erfahren, nach der Brigadier Ferguson sich erkundigt hat. Die Maschine gehört der Russo-Corporation und steht für gewöhnlich auf dem MacArthur-Airport auf Long Island. Laut den dortigen Unterlagen ist sie letzte Woche mit zwei Passagieren zu einem Flug gestartet – Marco Sollazo und Giovanni Mori.«

»Mann, das ist toll«, sagte Johnson. »Endlich haben wir was Greifbares.«

»Aber jetzt kommt's erst: Die gleiche Gulfstream hat MacArthur vor neun Stunden verlassen. Passagiere wie zuvor, dazu noch zwei irische Staatsbürger, nämlich ein gewisser Daniel Forbes und eine Nancy Forbes.«

»Verdammt! Ich muß mich gleich mit Ferguson in Verbindung setzen.«

»Zeitverschwendung, es ist zu spät, um irgendwas zu unternehmen«, entgegnete Alice. »Ich habe es gerade überprüft. Sie sind vor zwei Stunden in Dublin gelandet.«

Johnson schüttelte den Kopf. »Wissen Sie was, Alice? Ich glaube, jetzt gönne ich mir noch eine Zigarette, und dann geben Sie mir trotzdem mal Brigadier Ferguson.«

Dillon und Hannah warteten, während Ferguson telefonierte. Schließlich legte er auf. »Das war Costello von der Special Branch in Dublin. Die Gulfstream ist gelandet, vier Passagiere sind ausgestiegen, dann hat sie aufgetankt und ist wieder abgeflogen.«

»Sonst noch was?«

»Ja, ein bißchen Glück haben wir auch gehabt. Ein Sicherheitsbeamter des Flughafens, ein ehemaliger Detective Sergeant bei der Special Branch, hat bemerkt, wie sie in einen großen Kombi stiegen. Sie sind ihm aufgefallen, weil Jack Barry am Steuer saß, den er erkannte.«

»Dann wissen wir wenigstens, woran wir sind«, meinte Dillon. »Die Russos und die IRA machen gemeinsame Sache. Ich frage mich, wie das Michael Ryan wohl gefällt.«

»Nicht besonders, denke ich mir«, sagte Hannah Bernstein. »Zumindest ist damit offensichtlich, daß die Russos ihn rausgeholt haben und daß er jetzt dafür zahlen muß.«

»Stimmt«, sagte Dillon. »Aber genauso klar ist, daß es keinen Sinn hat, bei Barry zu Hause eine Razzia zu veranstalten oder einen ähnlichen Blödsinn. Er hat sie bestimmt irgendwo anders untergebracht.«

Sie schwiegen einen Moment und überlegten, bis Charles Ferguson plötzlich lachte. »Ich weiß, wen wir brauchen. Den größten Experten für die IRA – Liam Devlin.«

Aus einer Schreibtischschublade kramte er ein kleines schwarzes Buch heraus und blätterte darin. »Liam Devlin?« fragte Hannah Bernstein.

»Gelehrter, Poet, früher mal Professor am Trinity College – und hat vermutlich mehr Menschen getötet als ich. Die lebende Legende der IRA«, erklärte Dillon.

Ferguson war bereits am Telefon. »Sind Sie das, Devlin, Sie alter Schurke?«

Im Wohnzimmer seines Hauses in Kilrea, einem Dorf in der Nähe von Dublin, lachte Liam Devlin laut auf, nachdem Ferguson ihm alles erklärt hatte.

»Mein Gott, da haben Sie aber einen ganzen Sack von Problemen am Hals, Brigadier.«

»Wie wichtig das ist, begreifen Sie doch?«

»Allerdings. Schließlich sind wir heutzutage ja alle sehr für den Frieden. Schicken Sie Dillon und diese Miß Chief Inspector zu mir; nur sagen Sie ihm bitte, er soll diesmal nicht wieder versuchen, mich zu erschießen.«

Ferguson legte den Hörer auf. »Er will mit Ihnen beiden sprechen, und glauben Sie mir, falls uns irgend jemand helfen kann, dann Devlin. Er weiß mehr über die IRA als sonst jemand, deshalb bestellen Sie gleich den Lear Jet, packen Sie Ihre Sachen und setzen Sie sich in Bewegung.«

Hannah und Dillon gingen bereits zur Tür.

»Übrigens, Dillon ...!« rief Ferguson.

»Brigadier?«

»Er wäre Ihnen sehr verbunden, wenn Sie diesmal nicht wieder versuchen würden, ihn zu erschießen.«

Hannah schaute ihn entgeistert an, aber Dillon lächelte nur. »Sehe ich denn wie jemand aus, der so was machen würde, Brigadier?«

12

Der Lear-Jet startete von Gatwick aus und stieg auf dreißigtausend Fuß. Dillon saß neben Hannah Bernstein auf der anderen Seite des Gangs.

»Devlin – Liam Devlin«, sagte Hannah. »Wissen Sie, ich habe immer geglaubt, es sei nur ein Märchen, daß die Deutschen versucht hätten, Winston Churchill zu entführen.«

»O nein, das war im November 1943 tatsächlich geplant. Liam ist ein seltsamer Kerl. Er wurde in Ulster geboren. Sein Vater ist 1921 während des Bürgerkriegs von den Engländern hingerichtet worden. Er hat mit Auszeichnung englische Literatur am Trinity College studiert und ist ein brillanter Gelehrter. In den dreißiger Jahren hat er für die IRA gekämpft und im Spanischen Bürgerkrieg in der Internationalen Brigade gedient. Die Italiener nahmen ihn gefangen und übergaben ihn dem deutschen Geheimdienst, der sich alle Mühe mit ihm gegeben hat, aber leider war er ein ausgesprochener Antifaschist.«

»Und was passierte dann?«

»Nachdem er mit dem Fallschirm über Irland abgesprungen war, wo er vergeblich versuchte, mit der IRA Verbindung aufzunehmen, schaffte er es, nach Deutschland zurückzukommen und lehrte die folgende Zeit Englisch an der Universität in Berlin.«

»Und dann?«

Eine Elitetruppe deutscher Fallschirmjäger sprang im November 1943 in Norfolk ab, um Winston Churchill zu kidnappen. Devlin war als eine Art Vermittler dabei.«

»Aber ich dachte, Sie hätten gesagt, er sei Antifaschist?«

»Na ja, sie haben ihn gut bezahlt – die IRA brauchte immer schon Geld, und ich vermute, wenn ihn jemand auf Seiten der Alliierten gebeten hätte, Hitler aus Berchtesgaden zu entführen, hätte er das ebenfalls probiert.«

»Ich verstehe.«

»Devlin hat mal zu mir gesagt, die entscheidende Frage im Leben sei: ›Spiele ich das Spiel, oder spielt das Spiel mich?‹« Er lächelte versonnen. »Ich weiß nur zu gut, was er damit gemeint hat.«

»Und Sie haben wirklich versucht, ihn zu töten?«

»Und er mich.«

»Ich dachte, Sie seien Freunde gewesen?«

»Waren wir auch. Er hat mir sehr viel beigebracht.« Dillon zuckte die Schultern. »Ich hatte damals gerade so eine marxistische Phase, schwafelte von Gewalt als rechtmäßigem Mittel und war einer dieser Revolutionäre, die auch den Papst getötet hätten, falls es der Sache dienlich gewesen wäre. Liam war da altmodischer. Er wollte seinem Feind wie ein ehrlicher Soldat von Angesicht zu Angesicht gegenüberstehen. Wir haben uns bis aufs Blut zerstritten, sogar aufeinander geschossen – und uns dann getrennt, beide reichlich angeknackst.«

»Was Sie heute offenbar bereuen?«

»O ja, er ist einer der bedeutendsten Männer, die ich je im Leben kennengelernt habe.«

»Er muß inzwischen ziemlich alt sein.«

»An seinem nächsten Geburtstag wird er fünfundachtzig.«

»Guter Gott!«

Schon viele Jahre lang gehörte Barry ein altes Farmhaus in der Nähe des Dorfs Ballyburn, fünfzehn Meilen nördlich von Dublin. Das Land hatte er einem Bauern verpachtet, einem Sympathisanten der Sinn Fein; er selbst nutzte das Haus seit dem Tod seiner Frau nur noch für gelegentliche Wochenendbesuche.

Als er die Eingangstür aufschloß, roch es muffig und feucht. Kathleen Ryan schauderte. »Gott, hier drin könnte man sich ja glatt den Tod holen.«

»Das Feuer im Wohnzimmer und im Küchenherd braucht nur angezündet zu werden, es ist alles bereit. Dann wird es im Nu schön warm.« Er ging in die Küche, die einen steinernen Boden hatte, und stellte seine Tasche auf den Tisch. »Frisches Brot, Milch, Eier und Schinken. Sie könnten uns was brutzeln, Mädchen, wie wär's?«

»Das können Sie mal schön selbst machen.«

»Ziemlich hitzköpfig, was?« lächelte er. »Aber wie Sie wollen.«

Er öffnete den Herd und entzündete mit einem Streichholz Papier und Späne. Michael Ryan lehnte sich gegen die Wand, hatte die Hände in den Taschen und musterte ihn eindringlich.

»Sie würden mich bestimmt am liebsten erschießen, nicht wahr, Michael?«

»Mit Wonne, das dürfen Sie mir glauben.«

Barry lachte und wandte sich an Kathleen. »Aber wenigstens eine schöne Tasse Tee könnten Sie uns doch machen?«

Er ging hinaus in den Flur, wo Sollazo seinen Regenmantel aufhängte. Mori zündete das Kaminfeuer im Wohnzimmer an. Der Raum wies freiliegende Deckenbalken auf und hatte einen gefliesten Boden, auf dem einige Teppiche lagen; an einem Eßtisch standen sechs Stühle, an der Wand ein Sofa und neben dem Kamin zwei schwere Sessel. Auf dem Kaminsims thronte eine Statue der Heiligen Jungfrau, und an der Wand hing ein Andachtsbild.

»Ich wußte nicht, daß Sie so religiös sind, Mr. Barry.«

»Meine Frau war es, Gott hab' sie selig. Wann immer sie konnte, ging sie jeden Morgen in die Messe. Ständig hat sie sich Sorgen um mich gemacht wegen meiner wilden Jahre in der Bewegung.« Er schüttelte den Kopf. »Sie hatte es wirklich schwer mit mir.«

»Und wo sind unsere Freunde?«

»In der Küche. Keine Angst, Mr. Sollazo, die Hintertür ist abgesperrt, und die Schlüssel des Kombis habe ich.« Er hob die Stimme. »Wo bleibt der Tee?«

Während sie darauf wartete, daß das Wasser im Kessel kochte, redete Kathleen hastig mit ihrem Onkel. »Hast du deine Tablette genommen?«

»Ja.«

»Dann bleib jetzt ruhig und reg dich nicht auf. Es fehlt gerade noch, daß du auf die Nase fällst, das können wir im Moment wahrhaftig nicht gebrauchen.«

»Ist gut, Mädchen, mach dir keine Sorgen.«

Sie brühte den Tee auf und entdeckte eine Dose Instantkaffee, löffelte etwas davon in zwei Tassen und goß heißes Wasser darüber. Als sie Barry rufen hörte, stellte sie alles auf ein Tablett und verließ mit ihrem Onkel die Küche.

»Für Sie beide habe ich Kaffee gemacht«, sagte sie zu Solazo. »Allerdings nur Instantkaffee.«

Mori probierte und zog ein Gesicht. »Ist ja scheußlich.«

Barry lachte. »Man kann im Leben nicht alles haben. Sie sollten mal den Tee probieren. Auf zwei Sachen verstehen sich die Iren nämlich wirklich – aufs Guinessbrauen und Teekochen.«

Kathleen schenkte ein. »Hier, bitte sehr.«

Barry nahm sich eine Tasse und nippte daran. »Ja, der ist großartig, da geht einem richtig das Herz auf. Den genieße ich jetzt erst mal in Ruhe; danach reden wir übers Geschäft.«

Barry breitete eine vergrößerte Karte der Ostküste von Irland, einschließlich der Republik und Ulster, auf dem Tisch aus.

»Hier ist Ballyburn, wo wir sind; Richtung Dundalk geht's hinauf ins County Down, und da liegen Drumdonald und Scotstown. Das ist das Gebiet, in dem Sie damals an Land gingen. Jetzt brauche ich bloß noch die genauen Positionsangaben der *Irish Rose*.« Er schaute Ryan an. »Wie lauten sie, Michael?«

Mit bleichem Gesicht und deutlichem Widerstreben nannte Ryan sie ihm. Barry griff nach einem Lineal und einem Bleistift. »Das ist ein Kinderspiel. Wie Sie sehen, sind auf der Karte Längen- und Breitengrade eingetragen.« Rasch zog er zwei Linien, die sich überschnitten. »Da haben wir's schon. Drei Meilen vor der Küste, direkt vor Rathlin Island. Wußten Sie das, Michael?«

»Es war dunkel.«

»Na, schauen wir uns mal die Seekarte dieser Gegend an. Ich habe eine dabei.«

Sie war in größerem Maßstab angelegt und zeigte die Küste von Down, die Isle of Man und den Nordwesten Englands. Er wiederholte den Vorgang. »Bitte sehr. Der Kahn liegt fünfzehn bis zwanzig Faden tief.«

»Also zwischen siebenundzwanzig und siebenunddreißig Metern.« Sollazo nickte. »Kein Problem.«

»Als Ihr Onkel mich letzte Nacht angerufen hat, um mir zu sagen, daß Sie abgeflogen sind, hat er mir erzählt, Sie wollten selbst runtergehen, um erst mal die genaue Position des Schiffes auszumachen. Sie seien ein erfahrener Taucher.«

»Ich tauche seit Jahren regelmäßig in der Karibik, und Mori ebenfalls. So was ist kein Problem für uns.«

»Ihr Onkel hat mich gebeten, die Ausrüstung zu besorgen. Ich kenne den richtigen Mann. Er hat ein Geschäft in einem Vorort von Dublin und sympathisiert mit unserer Sache. Wir könnten heute nachmittag mal hinfahren.«

»In Ordnung. Mori kann solange hier den Babysitter bei unseren Freunden spielen. Können Sie ihm dafür eine Waffe besorgen?«

»Hier gibt's genug davon, wenn man weiß, wo man suchen muß. Ich kümmere mich drum.«

»Gehen Sie zur Hölle, Mister«, fluchte Kathleen Ryan und stürmte aus dem Zimmer.

Devlins Haus, Kilrea College, lag am Rand des Dorfes neben einem Kloster. Der Garten mit seinen unzähligen Blumen und Sträuchern war eine einzige Pracht, das Haus selbst ein viktorianisches Gebäude mit gotischen Giebeln und bleigefaßten Fenstern. Dillon läutete an der Tür, die sich kurz darauf öffnete.

»Da bist du ja, du Teufelsbraten«, grüßte Liam Devlin auf Irisch.

»Ja, immer noch der alte«, erwiderte Dillon in der gleichen Sprache.

»Und Sie müssen die tüchtige rechte Hand des alten Ferguson sein – Detective Chief Inspector Hannah Bernstein.« Devlin musterte sie beifällig. »Der alte Knacker war immer schon ein Glückspilz und ist es noch. Na ja, *cead mile falte*, das heißt auf Irisch: hunderttausendmal willkommen. Kommt rein.«

Hannah war völlig verblüfft. Sie hatte einen Greis von fünfundachtzig Jahren erwartet, doch keinen Mann voller Energie und Lebenslust, der ein schwarzes Seidenhemd und eine Hose von Armani trug. Sein Haar war nur leicht ergraut, und seine Augen waren die blausten, die ihr je vorgekommen waren. Um den Mund hatte er den gleichen ironischen Zug wie Dillon; alle beide schienen ständig über eine Welt zu lachen, die ihnen zu absurd erschien, um ernst genommen zu werden.

Entzückt schaute sie sich im Wohnzimmer um, das mit seinem Kaminfeuer, den Mahagonimöbeln und den Gemälden von Atkinson Grimshaw typisch viktorianisch wirkte. Devlin brachte aus der Küche auf einem Tablett Tee herein.

»Guter Gott, sind die echt?«

»Ja, ich habe vor ein paar Jahren klug investiert. Ich hatte schon immer eine Schwäche für den alten Grimshaw, besonders für seine Nachtszenen. Whistler hat mal gesagt, es sei falsch, ihn einen Meister der Nachtstücke zu nennen, denn er habe alles nur von Grimshaw gelernt.«

»Mein Großvater besitzt auch ein Bild von ihm – *The Thames Embankment at Night*.«

»Oh, ein Mann mit Geschmack und Urteilskraft. Was macht er beruflich?«

»Er ist Rabbi.«

Devlin lachte laut auf. »Ach, du liebe Güte, das ist ja ein Ding, aber wahrhaftig.«

Hannah schaute ihn beinah hingerissen an. Was für ein unglaublich wunderbarer Mann. Einer der außergewöhnlichsten Menschen, die ich je kennengelernt habe, dachte sie.

Devlin setzte sich in einen Sessel am Kamin. »Und du arbeitest jetzt also für die Briten, Sean?«

»Klar, das weißt du ganz genau.«

»Haben Sie damit ein Problem, Mr. Devlin?« fragte Hannah.

»Nennen Sie mich Liam, Mädchen. Nein, was immer ich bin, ein Heuchler jedenfalls nicht. Ich war selbst mal für Ferguson tätig.«

»Davon hat er gar nichts gesagt.«

»Kann ich verstehen. Er brauchte jemanden, der einen Amerikaner irischer Abstammung namens Martin Brosnan aus einem französischen Gefängnis auf Belle Island rausholte, und da ich ein Freund von Martin bin, konnte ich schlecht nein sagen. Aber auf dich ist er nicht gerade gut zu sprechen, Sean«, meinte er, an Dillon gewandt. »Hat mir erzählt, daß du versucht hast, das britische Kabinett während des Golfkriegs in die Luft zu jagen, und er habe geglaubt, es hätte dich endgültig erwischt.«

»Na ja, ich trug eine kugelsichere Weste aus Nylon und Titan, die hat mir den Hals gerettet.«

Devlin grinste. »Hast neun Leben, und ich habe dir alles beigebracht, was ich kann.« Versonnen schüttelte er den Kopf. »Weißt du, Sean, eigentlich bist du so was wie meine dunkle Seite.«

»Und du, Liam, bist meine gute Seite«, erwiderte Dillon.

»Mit Worten konntest du schon immer gut umgehen«, lachte Devlin. »Aber kommen wir zur Sache.«

Nachdem sie ihm sämtliche Informationen mitgeteilt hatten, berichtete Dillon noch einmal exakt, wie der Überfall und die Fahrt auf der *Irish Rose* verlaufen war.

»Gut. Zuerst einmal wollen wir auf jeden Fall die Behörden aus dieser Sache raushalten. Klar, sie könnten Ryan verhaften und festhalten, bis die Amerikaner seine Auslieferung beantragen. Sie könnten sogar Kathleen und diesen Sollazo samt seinem Gorilla als Komplizen festsetzen, aber das alles ist nebensächlich. Das einzige, was zählt, ist die *Irish Rose,* denn in erster Linie geht es darum, daß das Gold nicht für die falschen Zwecke verwendet wird.«

»Was könnten wir tun?« fragte Hannah. »Ich meine, falls Barry und die IRA an dieser Sache beteiligt sind ...«

»Glaube ich nicht«, unterbrach Devlin. »Gerry Adams, Martin McGuinness und die Sinn Fein haben sich mit aller Kraft für den Friedensprozeß engagiert. Sicher, sie haben immer noch das Problem mit den Provos, die ihre Waffen nicht abgeben wollen, aber kein Mensch will im Moment Schwierigkeiten, dafür ist die politische Situation viel zu heikel.« Er schüttelte den Kopf. »Nein, ich wette einen Fünfer drauf, daß das Army Council der IRA nichts davon weiß.«

»Sie meinen, Barry beteiligt sich auf eigene Rechnung an der ganzen Geschichte?«

»O nein, Jack ist ein echter Patriot. Ich schätze aber, er wird so wenig wie möglich davon reden, weil er verdammt gut weiß, daß das Army Council bei der gegenwärtigen politischen Lage keine Probleme will.«

»Also, was schlägst du vor, Liam?« fragte Dillon.

»Ich werde mich mal mit dem Stabschef treffen und ihn ein bißchen aushorchen. Zufällig kenne ich den Pub in Dublin, in dem er jeden Mittag eine Kleinigkeit ißt.«

»Meinen Sie, er wird sich mit Ihnen treffen wollen?«

Devlin lachte. »Mich wollen alle treffen, liebes Mädchen, ich bin eine lebende Legende, und das kann manchmal sehr nützlich sein, aber Sie und dieser Bursche hier bleiben in Deckung.« Er wandte sich an Dillon. »Jedermann redet zwar vom Frieden, doch es gibt genügend Leute, die dich als Abtrünnigen sehen, der für die Briten arbeitet, und die dir mit Wonne eine Kugel verpassen würden.«

»Das ist wohl wahr.«

»Fahr mit dem Chief Inspector zu Casey, das ist ein Pub hier im Dorf.« Er lächelte Hannah zu. »Wir sehen uns dann später.«

Der Irish Hussar, ein Pub am Ufer des Liffey, war ein beliebter Treffpunkt von Anhängern der IRA und bereits gut besucht, als Liam Devlin um die Mittagszeit das Lokal betrat. Colum O'Brien, der Stabschef der Provisional IRA, saß in einer Nische im Hintergrund, stopfte sich eine Serviette unters Kinn und wollte gerade mit dem Essen beginnen.

»Schande über dich, Colum«, sagte Devlin, »daß ausgerechnet du dir ein englisches Gericht wie Lancashire Hot Pot schmecken läßt.«

O'Brien schaute auf und strahlte vor Freude. »Liam, du alter Gauner. Was machst du denn hier?«

»Ach, ich hatte geschäftlich in der Stadt zu tun, und man muß ja auch mal was essen.« Eine junge Frau kam an ihren Tisch, und Devlin sagte: »Ich nehme das gleiche wie er.«

»Bringen Sie ihm dazu noch einen großen Bushmills Whiskey«, befahl O'Brien. »Nur das Beste für Liam Devlin.«

Die Kellnerin schaute ihn mit fast ungläubiger Ehrfurcht an. »Sie sind Liam Devlin? Ich habe von Ihnen gehört, seit ich ein kleines Mädchen war. Ich dachte, Sie seien längst tot.«

»Das sagt wohl alles«, lachte Devlin. »Vorwärts, Mädchen, bringen Sie mir den Bushmills.«

Devlin ließ sich Zeit und kam erst zur Sache, nachdem sie gegessen hatten und Tee tranken.

»Na, und wie steht's mit dem Friedensprozeß?«

»Immer noch ziemlich festgefahren«, entgegnete O'Brien. »Liegt an der verfluchten britischen Regierung mit ihrer Forderung, daß wir unsere sämtlichen Waffen abgeben sollen, Liam. Das ist zu viel. Schließlich können die doch nicht im Ernst glauben, die andere Seite hätte nicht genauso große Arsenale.«

»Ich nehme an, du triffst dich regelmäßig mit Gerry Adams und McGuinness. Wie lautet denn so die allgemeine Parole?«

»Hoffnung, Liam, das ist die Parole. Jeder, der glaubt, Gerry und Martin wollten nicht, daß dieser Frieden anhält, ist verrückt. Aber es soll ein ehrenvoller Frieden sein.«

»Und wie sehen die Unionisten die Sache?«

»Sie meinen, die britische Regierung habe sie verraten und

verkauft oder würde es noch tun. Mag sein, daß sie nicht mal so völlig unrecht damit haben, bloß führt kein Weg dran vorbei, daß der Tag kommen wird, an dem sie ihren Platz in einem vereinigten Irland finden müssen. Das erfordert einfach die Bereitschaft, sich zu ändern.«

»Auch von katholischer Seite«, meinte Devlin. »Und wie sehen die alten Genossen die Sache? Was treibt Jack Barry denn so?«

»Nichts besonderes, seit er im Ruhestand ist und nicht mehr gebraucht wird. Ich sehe ihn gelegentlich, aber eher selten. Du weißt, daß seine Frau gestorben ist?«

»Ja, hab' davon gehört. Gott gebe ihr Frieden. Lebt er immer noch in der Abbey Road am Park?«

»Sicher, ich hab' allerdings keine Ahnung, womit er seine Zeit verbringt.«

»Er schlägt sie eben tot, genau wie ich.« Devlin stand auf. »Na, war schön, mit dir zu reden, Colum. Wir haben früher immer gesagt – unser Tag wird kommen. Wollen wir hoffen, daß es nun soweit ist.«

Es war Jahre her, seit er bei Jack Barry in der Abbey Road gewesen war, aber er fand das Haus ohne Probleme, parkte den Wagen und klingelte. Niemand öffnete. Er hatte zwar nicht die Absicht gehabt, mit Barry über die *Irish Rose* zu reden, sondern wollte nur als alter Freund, der zufällig in der Nähe war, auf einen Besuch hereinschauen, war aber trotzdem enttäuscht. Er ging um das Haus herum in den kleinen Garten und spähte durchs Küchenfenster.

»Kann ich Ihnen helfen?« fragte eine junge Frau, die nebenan Wäsche von der Leine nahm.

Devlin schenkte ihr sein charmantestes Lächeln. »Ich wollte zu Jack Barry.«

»Ich hab' ihn heute früh mit dem großen Kombi wegfahren sehen. Ist es wichtig?«

»Ach was. Bin nur ein alter Freund und war zufällig gerade in der Nachbarschaft, das ist alles. Sie haben keine Ahnung, wo er sein könnte?«

»Die meiste Zeit ist er daheim. Ein netter Mann. War früher mal Lehrer, dann starb seine Frau. An den Wochenenden sind sie immer aufs Land gefahren. Sie hatten irgendwo ein Häuschen.«

»Aber Sie wissen nicht, wo?«

»Leider nicht.«

»Na ja, wenn er wieder auftaucht, können Sie ihm ja sagen, daß Charlie Black hier war«, log Devlin fröhlich und ging zurück zu seinem Wagen.

Während er losfuhr, fragte er sich grinsend, was sie wohl sagen würde, wenn sie wüßte, daß der nette Mann von nebenan einmal der Stabschef der Provisional IRA gewesen war.

Das Lagerhaus am Rand von Dublin gehörte Tony Bradley, einem Mann mittleren Alters, der eine Halbglatze und einen ausgeprägten Bierbauch aufwies. In seiner Jugend war er ein IRA-Aktivist gewesen, doch eine fünfjährige Haftstrafe im Gefängnis von Portlaoise, fünfzig Meilen von Dublin entfernt, hatte seinen Kampfeseifer beträchtlich abgekühlt. Seine Sympathie gehörte allerdings immer noch der republikanischen Sache, für die er stets eifrig tätig gewesen war. Einige Zeit hatte er als Taucher in den Ölfeldern der Nordsee gearbeitet, danach seine Firma gegründet und verkaufte nun alles erdenkliche Zubehör für Taucher, womit das ganze Lagerhaus vollgepackt war.

Bradley blieb an einem Tisch stehen und griff nach einem Bestellblock. »Schön, dich mal wieder zu sehen, Jack. Ist mir eine große Ehre.«

»Das letzte Mal sind wir uns in einem Pub in Ballyburn über den Weg gelaufen, als ich dort ein Wochenende in meinem Farmhaus verbrachte«, sagte Barry.

»Und es war bloß ein glücklicher Zufall, daß ich gerade vorbeikam. Was kann ich für dich tun?«

»Mein Freund, Mr. Sollazo, braucht eine Tauchausrüstung. Du verleihst die Sachen doch auch, nicht wahr?«

»Natürlich. Sagen Sie mir nur, was Sie haben möchten.«

»Alles doppelt«, erwiderte Sollazo. »Masken, Taucheranzüge, einen in mittlerer Größe, einen großen; Handschuhe, Flossen, Bleigürtel von jeweils zwölf Pfund, Regulatoren, Tiefenmesser und vier Sauerstofflaschen. Ach ja, und zwei Orca-Tauchcomputer. Damit sieht man automatisch, wie tief man ist, wie lange man noch Zeit hat und wann man auftauchen sollte«, erklärte er Barry.

»Geht klar«, nickte Bradley. »Jack, ich öffne am besten das Tor, du fährst deinen Kombi rein, und wir laden gleich hier alles ein.«

Er rief einen Angestellten, der ihm helfen sollte, und Barry ging nach draußen, um den Kombi zu holen.

Sollazo prüfte sorgfältig jedes einzelne Stück. »Sie sind aber gründlich«, sagte Barry.

»Ich bin immer gewissenhaft, obwohl ich schon zweihundertfünfzehn Tauchgänge hinter mir habe. Sie würden nicht glauben, wie viele Menschen jährlich beim Tauchen ums Leben kommen. Und für gewöhnlich bloß aus Dummheit – denn im Grunde gehören wir ja nicht dort unten hin«, fügte er lächelnd hinzu.

Bradley und sein Gehilfe hatten inzwischen die Ausrüstung verstaut. »Sonst noch was?«

»Unterwasserlampen«, erwiderte Sollazo.

»Kein Problem. Ich habe genau das Richtige.« Er holte zwei Kartons aus einem Regal. »Halogenlampen, wie sie die Royal Navy benutzt. Haben Batterien mit besonders langer Lebensdauer und eine Aufladevorrichtung.« Er legte sie in den Kombi und überlegte. »Irgendwas fehlt noch ... Ach ja, ich weiß.« Er eilte davon und kam mit zwei Tauchermessern zurück, die um die Beine geschnallt werden konnten. »Das wär dann, glaube ich, alles.«

»Nur noch eins«, sagte Barry. »Es gab früher mal ein Gerät namens Master Navigator.«

»Gibt's immer noch«, nickte Bradley. »Bloß in einer moderneren Version.«

»Können wir so einen mal sehen?«

»Klar.« Bradley eilte wieder davon und kehrte gleich darauf mit einer schwarzen Schachtel zurück. Er öffnete sie und nahm den Navigator heraus. »Bitte sehr.«

Sollazo untersuchte das Gerät, das eine Reihe von Knöpfen und ein elektronisches Display hatte, ehe er Barry zunickte. »Was passiert«, fragte der Ire, »wenn ich, sagen wir mal, die Positionsangaben eines versunkenen Wracks eingebe?«

»Na ja, dann sieht man, was die moderne Technologie alles kann«, erwiderte Bradley. »Ich hab' eine Gebrauchsanweisung dafür hier, und es ist ganz einfach.«

»Nicht nötig«, wehrte Sollazo ab. »Ich nenne Ihnen einfach die Zahlen, Sie geben sie ein, und wir schauen zu.«

Er holte sein Notizbuch heraus und diktierte die Position der *Irish Rose*, die Bradley eingab. Die Ziffern erschienen auf der Anzeigefläche. »Überprüfen Sie, ob sie korrekt sind.«

Sollazo nickte. »Stimmt.«

»Gut.« Brandley drückte einen blauen Knopf. »Jetzt sind sie gespeichert. Man aktiviert das Ding, indem man den roten Knopf drückt. Darauf ertönt ein langsames, monotones Piepen. Wenn man die eingegebene Position erreicht, wird es immer heftiger. Man stoppt es, indem man wieder den blauen Knopf drückt.«

»Das nehmen wir dann auch noch«, sagte Barry. »Schick mir eine Rechnung in die Abbey Road, Tony, dann kriegst du einen Scheck.«

»Klar, du kannst auch bezahlen, wenn du die Ausrüstung zurückbringst, Jack.«

Bradley trat zur Seite und winkte ihnen hinterher, als sie davonfuhren.

»Gut«, sagte Sollazo. »Das einzige, was jetzt noch fehlt, ist ein Boot.«

»Dafür ist schon gesorgt. Ich habe ja erwähnt, daß Drumdonald und Scotstown in der Gegend liegen, wo Ryan, seine Nichte und Sean Dillon damals gelandet sind. Scotstown ist ein kleines Fischerdorf. Da gibt es einen Pub, The Loyalist, dessen Wirt, Kevin Stringer, einer von uns ist. Dorthin ist Dillon gegangen, nachdem er an Land gekommen war. Na ja, ich habe jedenfalls mit Kevin gesprochen, und er hat was Passendes für uns besorgt. Ich denke, wir beide sollten morgen mal hinfahren. Die Ausrüstung nehmen wir am besten schon mit. Falls das Boot in Ordnung ist, kann Kevin die Sachen an Bord verstauen. Ich packe übrigens etwas Semtex und Zeitzünder ein für den Fall, daß wir uns einen Weg in die Fähre sprengen müssen.«

»Und dann?«

»Fahren wir am nächsten Tag alle zusammen wieder hin, auch Ryan und das Mädchen, schippern raus nach Rathlin Island und stöbern den verdammten Kahn auf.«

»Glauben Sie, wir schaffen es?«

»Ich bin immer optimistisch«, entgegnete Jack Barry.

Es war später Nachmittag, als Devlin in sein Haus in Kilrea zurückkehrte. Dillon hatte sich mit geschlossenen Augen am Kamin ausgestreckt, und Hannah las ein Buch.

Devlin sah müde aus, und sie stand rasch auf. »Ich mache Ihnen eine Tasse Tee.«

»Das wäre großartig.« Er ließ sich in einen Sessel sinken.

»Glück gehabt?« fragte Dillon.

»Na ja, ich habe Colum O'Brien getroffen, den derzeitigen Stabschef, und mich überzeugt, daß er keine Ahnung hat, was Jack Barry vorhat. Ansonsten habe ich ein paar diskrete Erkundigungen bei verschiedenen Quellen eingezogen, muß aber morgen noch mal einiges überprüfen.«

»Das ist alles?«

»Für den Augenblick, ja.« Devlin setzte sich auf, als Hannah den Tee hereinbrachte. »Ach, wunderbar, Mädchen. Danach nehme ich ein Bad und lade euch anschließend zum Abendessen ein.«

Als Sollazo und Barry ins Farmhaus kamen, saß Mori im Wohnzimmer und las ein Buch. »Das ist vielleicht klasse. *Eine Geschichte der Heiligen Irlands*. Gegen diese Burschen ist die Mafia der reinste Kindergarten.«

»Wo sind sie?« fragte Sollazo.

»In der Küche. Sie kocht. Ich mußte raus in den Garten und im Regen stehen, während ihr Onkel Kartoffeln und Karotten ausgebuddelt hat. Dann hat sie aus dem Gewächshaus Gurken, Salat und Tomaten geholt. Sie kann ein ganz nützliches kleines Frauchen sein.«

»Das meines Wissens mindestens drei Männer getötet hat«, entgegnete Barry.

»Stimmt genau«, nickte Sollazo.

Er ging in die Küche, in der es wunderbar duftete. Kathleen stand am Herd, während Ryan am Tisch einen Salat anrichtete.

»Eine Frau mit vielen Talenten, wie ich sehe«, sagte Sollazo.

»Davon können Sie wahrhaftig ausgehen, Mister«, entgegnete sie grimmig.

Ferguson saß an seinem Schreibtisch und telefonierte. »Ich habe mit Dillon gesprochen. Unser Kontaktmann Devlin hat seine Fühler ausgestreckt, bislang allerdings ohne Resultat.«

»So ein rasches Ergebnis wäre auch mehr gewesen, als man erhoffen darf«, erwiderte Blake Johnson, der in seinem Büro im Keller des Weißen Hauses das Gespräch entgegengenommen hatte. »Wie Sie wissen, macht sich der Präsident große Sorgen wegen dieser Geschichte. Halten Sie mich auf dem laufenden, Brigadier.«

»Natürlich.«

Ferguson legte den Hörer auf und lehnte sich zurück. »Nun beeilen Sie sich mal, Dillon«, sagte er leise. »Bringen Sie mir ein Resultat.«

Devlin war ein bevorzugter Gast in seinem Pub und erhielt wie stets die beste Nische in der Ecke des Lokals. Er bestand darauf, für alle zu bestellen, und entschied sich für eine Linsensuppe, gefolgt von irischem Schinken in einer hellen Soße mit neuen Kartoffeln und Weißkohl.

»Tut mir leid, Liam«, sagte Hannah, »ich bin Jüdin, das haben Sie vergessen. Schinken geht nicht.«

Er war sichtlich zerknirscht. »Und pochierter Lachs – frisch gefangen?«

»Das schon.«

»Ihnen als Polizeibeamtin sollte ich allerdings sagen, daß ich meine Zweifel habe, ob der Angler auch eine ordnungsgemäße Lizenz besaß.«

»Das kümmert mich momentan weniger.«

»Na, dann ist's ja gut. Und was dich angeht, Junge«, sagte er zu Dillon«, schlag dir deinen Krug-Champagner aus dem Kopf. Hier gibt's bloß die Hausmarke zu zwölf Mäusen die Flasche.«

»Irischen Champagner?« fragte Hannah.

»Na ja, der Name auf dem Etikett klingt französisch.«

Dillon hob die Hände. »Bestelle ihn, ich gebe auf.«

Die Mahlzeit war hervorragend, der Champagner recht annehmbar, und das Gespräch war das interessanteste, das Hannah Bernstein seit Jahren erlebt hatte.

»Ihr Großvater ist also Rabbi, Ihr Vater Medizinprofessor, und Sie sind an der Universität von Cambridge gewesen?« fragte Devlin. »Das ist sozusagen eine ziemliche Hypothek. Wie kam es, daß Sie bei den Bullen gelandet sind?«

»Ich wollte etwas Sinnvolles tun. Geld war dabei Nebensache; davon habe ich genug.«

»Donnerwetter – Sie auf Streife in einer blauen Uniform, das muß ein toller Anblick gewesen sein.«

»Seien Sie nicht so sexistisch, Mr. Devlin.«

»Sie sollen doch Liam zu mir sagen. Aber ein nettes jüdisches Mädchen wie Sie ... Wollte Ihr Dad nicht, daß Sie heiraten und Kinder kriegen?«

»Dieses nette jüdische Mädchen hat Norah Bell erschossen«, sagte Dillon.

Devlins Lächeln verschwand. »Mein Gott, das war eine protestantische Fanatikerin.«

»Und ich habe ihren Freund Ahern erschossen«, ergänzte Dillon. »Sie waren in London, um den amerikanischen Präsidenten zu erledigen.«

Hannah wirkte bedrückt, und Devlin ergriff ihre Hand. »Sie brauchen sich nicht zu quälen, Mädchen, wirklich nicht. Es ist einfach die Welt, in der wir leben. So, und jetzt noch einen Bushmills, damit ich besser schlafen kann, dann gehen wir heim.«

Er rief dem Barmann seine Bestellung zu und runzelte plötzlich die Stirn. »Mir ist gerade was eingefallen.«

»Und das wäre?« fragte Dillon.

»Ryan und die anderen müssen doch die Stelle suchen, wo die *Irish Rose* liegt?«

»Das stimmt. Irgendwo vor der Küste von Down. Wir sind so ungefähr in der Gegend von Drumdonald und Scotstown gelandet.«

»Ja, ja, aber ich meine was anderes. Sie müssen danach suchen. Das bedeutet, sie brauchen ein Boot, und vor allem doch auch die nötige Taucherausrüstung?«

Dillon nickte. »Klar.«

»Du bist ja, wie ich höre, neuerdings ein Experte auf diesem Gebiet.«

»Ich habe so meine Erfahrungen gesammelt. Worauf willst du hinaus?«

»Na, sie müssen sich die Ausrüstung doch irgendwo besorgen, und in Dublin wimmelt es nicht gerade von Firmen dieser Art.«

»Wohl kaum.«

»Aber ich kenne eine am Rand von Dublin, die einem alten IRA-Mann namens Tony Bradley gehört. Hat unter Jack Barry gedient und fünf Jahre in Portleoise gesessen. Jetzt überleg mal: Wenn du Jack Barry wärst und Taucherausrüstungen bräuchtest, an wen würdest du dich wenden?«

»An Bradley«, sagte Hannah Bernstein.

Devlin lächelte und hob sein Glas. »Genau, und das machen wir ebenfalls, gleich als erstes morgen früh.«

13

Seine Angestellten kamen immer erst um neun, aber Tony Bradley war wie üblich schon eine halbe Stunde früher bei seinem Lagerhaus. Etliche Fahrzeuge, die zu anderen Firmen in der Nachbarschaft gehörten, standen bereits auf dem Parkplatz. Er ging an ihnen vorbei und kramte seine Schlüssel heraus. In der großen Schiebetür gab es eine kleine Pforte, die er aufschloß, als er hinter sich Schritte hörte.

»Gott zum Gruß, Tony.«

Bradley drehte sich um und sah drei Leute, unter denen er Devlin sofort erkannte. »Guter Gott, Liam Devlin!«

»Und unseren alten Freund Sean Dillon hast du doch sicher auch noch nicht vergessen?«

Bradley packte derart die Angst, daß sich sein Magen regelrecht zusammenkrampfte, denn er wußte sofort, daß ihm Schwierigkeiten drohten. »Sean – ist lange her.«

Nervös blickte er zu Hannah. »Und wer sind Sie?«

»Sie gehört zu uns, das genügt. Jetzt rein mit dir.« Dillon schob ihn durch die Pforte.

Bradley zitterte. »Ich hab' nichts getan ... Was wollt ihr?«

»Setz dich.« Dillon drückte ihn auf eine Kiste.

»Nur ein paar Fragen, dann gehen wir wieder«, sagte Devlin. »Du hattest Besuch von Jack Barry.«

Es formulierte es absichtlich nicht als Frage, und Bradley fiel prompt darauf herein. »Das stimmt, gestern nachmittag.«

»Er hat eine Taucherausrüstung gekauft.«

»Ja, er war mit einem Amerikaner hier, einem Mr. Sollazo, für den die Sachen bestimmt waren. Hat sich eine ganze Menge Zeug ausgeliehen. Ich dachte, es habe was mit der Organisation zu tun, da Jack dabei war.«

»Leider nicht«, erwiderte Devlin. »Jack ist ein bißchen ungezogen gewesen und hat Dummheiten im Kopf, könnte man sagen. Colum O'Brien und das Army Council wären darüber nicht besonders erfreut.«

»Mein Gott«, stöhnte Bradley, »woher sollte ich das wissen?«

»Ja, du steckst in ziemlichen Schwierigkeiten, mein Sohn«, nickte Devlin. »Noch weiß Colum O'Brien nicht, daß du dran beteiligt bist, deshalb kann ich dir vielleicht helfen.«

»Was soll ich tun?«

Devlin wandte sich an Dillon. »Du bist der Tauchexperte.«

Dillon zündete sich eine Zigarette an. »Sag mir, was sie mitgenommen haben.«

Bradley zählte eilig sämtliche Sachen auf, an die er sich erinnerte. »Ich glaube, das ist alles.« Er schwieg einen Moment, ehe er hastig hinzufügte: »Oh – den Master Navigator habe ich vergessen. Ich habe ihnen das neuste Modell gegeben.«

»Und vorgeführt, wie er funktioniert?«

»Ja, dieser Amerikaner hat mir einige Positionsangaben genannt, die ich für sie eingespeichert habe. Diese Dinger sind so was wie elektronische Spürhunde und bringen dich direkt an Ort und Stelle.«

»Und wo war diese Stelle?« warf Hannah ein.

»Wie soll ich das wissen? Es waren bloß ein paar blöde Zahlen.« Er wurde immer aufgeregter. »Ich habe alles erzählt, was mir bekannt ist.«

»Außer, wohin sie wollten, als sie weggefahren sind«, sagte Devlin.

»Barry wohnt in der Abbey Road, das weiß jeder.«

»Nur ist er da nicht. Wo könnte er sonst stecken?«

»Woher soll ich das wissen?« rief Bradley.

Dillon holte seine Walther mit dem Carswell-Schalldämpfer heraus. »Meinst du, eine Kugel in deine linke Kniescheibe würde deinem Gedächtnis ein bißchen auf die Sprünge helfen?«

»Um Himmels willen, Sean.« Bradley war außer sich vor Angst. »Mach doch keinen Blödsinn. Warte – das letzte Mal habe ich Jack in einem Pub in Ballyburn getroffen. Ich war auf dem Rückweg von Dundalk und hielt dort an, um was zu trinken, und da saß er in einer Nische.«

»Und was ist passiert?«

»Wir haben ein bißchen miteinander geplaudert, und er hat mir erzählt, er habe ein altes Farmhaus etwas außerhalb des Dorfs. Er wollte zu Fuß dorthin zurück, aber ich habe ihn dann gefahren. Es war ein altes Haus, alles ein bißchen runtergekommen. Er hat gesagt, er habe es nicht mehr oft benutzt, seit seine Frau tot ist.« Verzweifelt überlegte er, und ihm fiel tatsächlich noch etwas ein. »Am Tor war ein Schild – Victoria Farm. Ich erinnere mich daran, weil er einen Witz über diesen königlichen englischen Namen gemacht hat.«

»Na also, das war doch gar nicht so schwer, oder?« fragte Devlin.

»Ich hoffe, es war die Wahrheit, die ganze Wahrheit und nichts als die Wahrheit«, lächelte Dillon. »Wäre besser für dich, mein lieber Tony, andernfalls komme ich zurück und kümmere mich um deine linke Kniescheibe.«

Er wandte sich um und ging zum Ausgang. Hannah folgte ihm. »Sie sind wirklich ein Scheusal, Dillon«, flüsterte sie.

»Nur so erreicht man was, liebes Mädchen, und darauf kommt es an.«

Devlin legte Bradley einen Arm um die Schulter. »Schau nicht so, Tony, es passiert dir ja nichts, aber wenn du versuchst, Barry zu informieren oder irgend jemandem was davon erzählst, fürchte ich, daß Dillon wirklich sehr ärgerlich wird, und du weißt, was das heißt.«

»Von mir erfährt niemand ein Wort, ich schwöre es.«

»Das ist brav.«

Dillon und Hannah warteten draußen neben Devlins silbernem Toyota. »Dann geht's also jetzt nach Ballyburn. Fahr du, Sean. Ich werde langsam alt.«

Dillon setzte sich hinter das Steuer, und Devlin hielt Hannah die Tür auf. »Sie sehen etwas bedrückt aus. Das kleine Gespräch eben hat ihnen nicht gefallen.«

»Es gefällt mir nie, wenn ich sehe, wie Dillon arbeitet.«

»Ja, er war schon immer ein harter Bursche, unser Sean.«

Er ging um den Wagen herum zur anderen Seite und setzte sich neben sie.

Auf der Victoria Farm räumte Kathleen nach dem Frühstück den Küchentisch ab, wobei ihr seltsamerweise ausgerechnet Mori half, während ihr Onkel, Barry und Sollazo ins Wohnzimmer verschwanden. Halb und halb rechnete sie damit, daß Mori einen Annäherungsversuch machen würde, aber er füllte nur das Waschbecken mit heißem Wasser und stellte das schmutzige Geschirr hinein.

»Lassen wir es dort einweichen. So macht es weniger Arbeit.«

»Was ist denn in Sie gefahren?«

Er lachte. »Meinem Vater gehört ein Restaurant in Palermo. Als Kind habe ich dort in der Küche gearbeitet, und später war ich Kellner.«

»Und dann haben Sie angefangen, mit der Knarre Ihren Lebensunterhalt zu verdienen?«

Er zuckte die Schultern. »Hat eben mehr eingebracht.«

Als sie ins Wohnzimmer kamen, saßen die anderen vor einer Landkarte. »Wir fahren also rauf nach Dundalk«, erklärte Barry, »und über die Grenze. Seit den Friedensgesprächen ist das ja kein Problem mehr. Man kann einfach durchfahren.«

»Und dann Scotstown«, sagte Sollazo.

»Genau. Wir brauchen vielleicht zwei, höchstens zweieinhalb Stunden.«

»Und wer ist wir?« fragte Kathleen.

»Sollazo und ich«, entgegnete Barry. »Ihr bleibt in Moris liebevoller Obhut hier.«

»Sehr witzig.«

»Ich habe immerhin die Verantwortung. Mr. Sollazo und ich bringen die Taucherausrüstung rauf nach Scotstown. Kevin Stringer meint, daß er ein geeignetes Boot hat, das wir uns anschauen wollen. Wenn es okay ist, kann Kevin die Sachen verstauen, und wir kehren wieder um. Gegen fünf sind wir vermutlich zurück.«

Sie funkelte ihn wütend an und schaute zu ihrem Onkel, der nur die Schultern zuckte. »So ist es am besten, Kathleen.«

»Wenn alles klar ist, fahren wir dann am nächsten Morgen zusammen rauf nach Scotstown.«

»Ach, macht doch, was ihr wollt, verflucht!« Sie stürmte aus dem Zimmer.

Außerhalb von Ballyburn führte die Straße eine Anhöhe hinunter, und Dillon verlangsamte das Tempo, als er das offenstehende Tor mit dem Schild *Victoria Farm* sah und in einiger Entfernung das Farmhaus.

»Bieg in den Feldweg ein«, sagte Devlin und kramte im Handschuhfach nach seinem Fernglas. »Ich will mal einen Blick drauf werfen.«

Er stieg aus dem Toyota und hob das Glas. In diesem Moment öffnete sich die Haustür, und Barry, Sollazo, Mori und die Ryans kamen heraus.

»Heiliger Gott, da ist ja die ganze verdammte Bande, allen voran Jack Barry. Schau mal, Sean.«

Dillon nickte. »Barry, Michael und die liebe Kathleen.«

Er reichte das Fernglas an Hannah weiter. »Die beiden anderen sind Sollazo und sein Gorilla Giovanni Mori«, erklärte sie Devlin. »Blake Johnson hat uns Fotos von ihnen gefaxt. Jetzt steigen Barry und Sollazo in den Kombi, die anderen gehen wieder ins Haus.«

»Rasch weg hier«, sagte Devlin.

Dillon fuhr bis zu einer Abzweigung. »Warten wir ein paar Minuten, um zu sehen, ob sie hier vorbeikommen. Falls nicht, drehe ich um und versuche sie einzuholen.«

Hannah, die durch das Rückfenster spähte, meldete kurz darauf: »Da sind sie.«

»Und mit etwas Glück fahren sie dorthin, wo wir alle hin wollen«, sagte Devlin. »Also, ihnen nach, Sean.«

Dillon hielt ein gutes Stück Abstand; zudem gab der dichte Verkehr ihnen genügend Deckung. Bis nach Drogheda waren es zwanzig Meilen und weitere zwanzig nach Dundalk, das sie eine knappe Stunde später erreichten.

»Gleich kommt die Grenze«, sagte Devlin zu Hannah. »Dann geht's hinüber nach Warrenpoint, falls sie zur Küste wollen, wie anzunehmen ist; wir fahren durch Rostrevor, runter nach Kilkeel und auf der Küstenstraße weiter.«

»Auf der wir in die Gegend von Drumdonald und Scotstown kommen, wo wir gelandet sind, nachdem die *Irish Rose* gesunken war«, ergänzte Dillon.

»Wie hieß der Pub, in den Sie in Scotstown gegangen sind?« fragte Hannah.

»The Loyalist.« Dillon lachte. »Ein völlig irreführender Name. Kevin Stringer, dem er gehört, arbeitet seit Jahren für Barry. Was hältst du von der Sache?« fragte er Devlin.

»Da scheint was im Busch zu sein. Wir werden sehen. Ich mache jetzt mal ein kleines Nickerchen, und ihr haltet die Augen offen.«

Hinter Warrenpoint ließ der Verkehr nach, aber es waren noch genügend Fahrzeuge auf der Straße, um Dillon Deckung zu geben, solange er Abstand hielt. Von den Bergen trieben Wolken herüber, und es begann zu regnen.

»Was für ein Anblick«, meinte Devlin. »Diese Berge und das Meer ... schon eine tolle Gegend hier.«

»Das ist es wahrhaftig«, nickte Hannah.

»Bloß haben wir ein kleines Problem, falls wir tatsächlich in Scotstown oder so einem Kaff landen. In diesen Fischerdörfern gibt's eine Mole, den Hafen und ein paar Boote, und jeder Fremde fällt gleich auf wie ein bunter Hund.«

»Dann müssen wir uns was überlegen«, meinte Dillon. »Aber warten wir erst mal ab.«

Barry, der am Steuer des Kombis saß, schimpfte über den zunehmend stärkeren Regen. »Der Fluch dieses Landes.«

»Das können Sie laut sagen«, entgegnete Sollazo.

»Gleich kommt Kilkeel. Da gibt's ein prima Café. Ich weiß nicht, wie es mit Ihnen ist, aber eine Tasse Tee und ein Schinkensandwich wären mir jetzt gerade recht.«

»Mir auch.«

Einige Augenblicke später bog Barry auf den Parkplatz ein, auf dem mehrere Laster und ein paar Autos standen. Neben dem Café gab es noch eine Tankstelle und eine Werkstatt, die *Patrick Murphy & Son* gehörte, wie man dem Firmenschild entnehmen konnte.

Dillon lenkte den Toyota zwischen zwei Laster und stellte den Motor ab. »Ich sehe mal nach, was los ist«, sagte Hannah. »Ich muß sowieso zur Toilette.«

Sie stieg aus und eilte durch den Regen davon. »Wirklich eine prima Frau«, meinte Devlin.

»Sie hat mir mal das Leben gerettet und dabei selbst eine Kugel abgekriegt«, berichtete Dillon.

»Mein Gott, so ein nettes jüdisches Mädchen wie sie.«

»Dabei fällt mir ein, was Ferguson mir erzählt hat, kurz nachdem sie Norah Bell erschossen hatte. Dieses Miststück hatte mich zweimal in den Rücken gestochen. Damals hat sie zu ihm gesagt: ›Ich bin ganz und gar kein nettes jüdisches Mädchen; wenn schon, dann eine Jüdin aus dem Alten Testament!«

Devlin lachte. »Das ist gut. Wenn ich nicht fünfundsiebzig wäre, würde ich mich glatt in sie verlieben.«

»Fünfundsiebzig? Du bist wirklich ein unverschämter Lügner.«

Hannah kam zurück und beugte sich zum Fenster hinunter. »Sie sitzen an einem Tisch, und Barry hat eben eine Bestellung bei der Kellnerin aufgegeben. Wissen Sie, ich mußte gerade daran denken, was Sie gesagt haben, Liam – daß wir hier in der Gegend auffallen wie bunte Hunde. Das gilt aber vor allem für Sie. Falls sich zeigt, daß unsere Freunde wirklich nach Scotstown wollen, würde zum Beispiel dieser Kevin Stringer Sie und Sean natürlich gleich identifizieren.«

»Könnte sein. Ich war recht gut bekannt in dieser Gegend, hauptsächlich weil ich in diesem Landkreis geboren worden bin.« Er zog eine Grimasse. »Manchmal ist es die Hölle, eine lebende Legende zu sein.«

»Aber ich«, sagte Hannah, »bin bloß eine englische Touristin, oder könnte es zumindest sein. Hier in der Werkstatt kann man Autos mieten. Geben Sie mir meine Schultertasche, dann erkundige ich mich mal. Falls unsere Freunde weiterfahren, bevor ich fertig bin, fahren Sie einfach hinterher. Ich folge Ihnen die Küstenstraße entlang in Richtung Drumdonald und Scotstown. Ich werde Sie schon finden.«

Devlin reichte ihr die Tasche. »Dann los, Mädchen.«

Ein Mechaniker arbeitete in der Werkstatt an einem Wagen; in einem Büro mit gläsernen Wänden saß ein kleiner Mann in einem Tweedanzug, der aufstand und herauskam.

»Patrick Murphy«, grüßte er. »Was kann ich für Sie tun, Miß?«

»Ich bin mit ein paar Freunden unterwegs, die allerdings zurück nach Belfast wollen und mich hier abgesetzt haben, weil uns jemand in Warrenpoint erzählt hat, Sie vermieteten Autos.«

»Das stimmt. Für wie lange bräuchten Sie denn eins?«

»Zwei oder drei Tage. Ich will ein bißchen die Küste entlang fahren und mir die Gegend anschauen.«

»Na ja, irgendwelche Superschlitten kann ich Ihnen nicht anbieten, aber da drüben steht ein Renault, falls Sie nichts gegen einen französischen Wagen haben.«

»Überhaupt nicht.«

Sie folgte ihm durch die Garage. »Frisch gewartet und vollgetankt«, versicherte er.

»Wunderbar.« Hannah schmückte ihre Geschichte noch ein wenig aus. »Wenn ich zurückkomme, müßte ich anschließend weiter nach Belfast.«

»Kein Problem. Ich betreibe auch einen Taxiservice. Wir bringen Sie nach Warrenpoint, dort können Sie dann einen Zug nehmen. Also, wenn Sie mir Ihren Führerschein geben, machen wir die Sache klar. Wie wollen Sie übrigens zahlen?«

Sie öffnete ihre Handtasche, nahm den Führerschein heraus und überprüfte ihre Karten. »Wäre American Express recht?«

Er lächelte. »Sicher, damit ist man überall dabei, wie es in der Werbung immer heißt.«

Sie fuhr gerade aus der Garage, als Barry und Sollazo auf den Kombi zugingen. Hannah bog hinter den Toyota ein und drückte kurz auf die Hupe. Dillon wandte sich um, hob eine Hand und bedeutete ihr, vorauszufahren. Sie folgte dem Kombi auf die Straße, und kurz darauf reihte sich der Toyota ebenfalls in den Verkehr ein.

In Scotstown gab es lediglich dreißig oder vierzig Häuser, die Mole und rund ein Dutzend Fischerboote im Hafen. Es regnete, und der dichte Nebel verstärkte noch den ziemlich trostlosen Eindruck. Hannah hielt oberhalb des Dorfs auf einer bewaldeten Anhöhe und sah von dort aus den Kombi auf den Parkplatz des Pubs fahren. Etwas später hielt auch der Toyota, und die beiden Männer stiegen aus.

»Lange her, seit ich hier war«, sagte Dillon. »Aber ich hatte recht. Da unten liegt die Kneipe, und falls sie immer noch Kevin Stringer gehört, gilt Jack Barrys Besuch ihm.«

»Schauen wir uns mal den Hafen an.« Devlin hob das Fernglas. »Nur ein paar Fischerboote ... Nein, Sekunde, da draußen liegt so eine Art Motorbarkasse vor Anker. Das sieht mir nicht nach Zufall aus. Schau mal.«

Dillon spähte durch das Glas. »Könnte gut sein.«

»Bestimmt.«

Hannah nahm Dillon das Fernglas ab. »Ja, Sie haben recht, Liam, aber das müssen wir uns näher ansehen. Ich gehe mal in den Pub und spiele ein bißchen die Touristin. Ich könnte sowieso eine schöne Tasse Tee und ein Sandwich vertragen.«

»Und wir sollen verhungern?« fragte Dillon.

»Ja, die Welt ist nun mal ungerecht, Dillon.« Hannah stieg in den Renault und fuhr davon.

Kevin Stringer hatte seine Besucher ins Hinterzimmer des Loyalist geführt und umarmte Barry. »Jack, ich kann dir gar nicht sagen, wie schön es ist, dich zu sehen.«

»Ich freu' mich auch, Kevin. Das ist mein Partner, Mr. Sollazo aus New York. Du hast ein Boot gefunden?«

»Jawohl, die *Avenger*, eine Motorbarkasse, die ein Freund von mir gekauft hatte, um oben an der Küste Haifische zu fangen; bloß verzogen sich dann die Haie auf Nimmerwiedersehen.«

Sollazo lachte laut auf. »Das gefällt mir.«

»Wie weit wollt ihr damit?« fragte Stringer.

»Rathlin Island«, sagte Barry. »Lebt dort heute noch jemand?«

»Seit Jahren schon nicht mehr.«

»Wie weit ist es?«

»Nur drei oder vier Meilen.«

»Gut, das sehen wir uns mal an.«

»Schön, aber eßt und trinkt vorher eine Kleinigkeit.«

»Essen kann man neuerdings bei dir auch, was?« fragte Barry.

»Wir müssen alle sehen, wie wir über die Runden kommen, Jack, und die Zeiten ändern sich. Durch den Friedensprozeß gibt's hier jetzt wieder mehr Touristen, beispielsweise Amerikaner wie Mr. Sollazo. Ich habe jetzt sieben Fremdenzimmer. Im Sommer war ich die meiste Zeit über ausgebucht. Aber nun kommt. Es gibt das beste Irish stew im ganzen Land.«

In der Bar waren nur einige wenige Gäste. Barry und Sollazo saßen an einem Tisch am Fenster, aßen Kanincheneintopf und tranken Guinness, und Hannah Bernstein spielte an der Theke dem Barmann die nervöse Touristin vor.

»Könnte ich vielleicht eine Kleinigkeit zu essen bestellen?«

Kevin Stringer eilte herbei. »Was immer Sie wünschen«, lächelte er dienstbeflissen.

»Ach, Salat wäre schön.«

»Kein Problem. Schauen Sie sich die Gegend hier an?«

»Ja, genau.«

»Und was möchten Sie trinken?«

»Einen Wodka-Lemon vielleicht.«

»Kommt sofort. Setzen Sie sich schon mal.«

Von einem Ständer an der Tür holte Hannah sich eine der dort ausliegenden Zeitungen und ließ sich an einem Tisch am anderen Ende des Raums nieder. Barry hatte ihr den Rücken zugewandt, doch Sollazo musterte sie interessiert. Sehr hübsch, dachte er. Für Frauen mit Brille hatte er merkwürdigerweise schon immer eine Schwäche gehabt.

Eine Stunde später gingen Sollazo und Barry mit Stringer hinunter zum Hafen; dort lag ein grünes Schlauchboot mit Außenbordmotor bereit.

»Los geht's.«

Sollazo und Barry stiegen ein, Stringer startete den Motor, und Hannah, die ihnen vom Pub aus gefolgt war, sah die Männer davonfahren.

Von der Anhöhe aus verfolgte Devlin durch das Fernglas ihre Fahrt. »Ich hatte recht«, meinte er zufrieden. »Sie wollen zu diesem Boot. Jetzt gehen sie an Bord. Schau selbst.«

Dillon beobachtete kurz die drei Männer, ehe er das Glas auf die Mole richtete und Hannah Bernstein suchte. »Paß auf, Mädchen, paß auf dich auf«, sagte er leise.

Stringer zeigte Barry und Sollazo die ganze *Avenger*. »Eine Kabine, zwei Kojen, dazu sind in der Kabine Bänke, aus denen man zwei weitere Kojen machen kann; die Bordküche, Toilette – das wär's.« Zuletzt kamen sie ins Steuerhaus.

»Mir scheint, der Kahn hat schon bessere Tage gesehen«, meinte Sollazo.

»Das Äußere ist nicht alles. Das Boot sieht zwar schäbig aus, aber der Rumpf ist aus Stahl und von Akerboon gebaut; sie hat einen kräftigen Benzinmotor, Doppelschrauben und macht satte fünfundzwanzig Knoten. Außerdem gibt's ein Echolot, Radar und automatische Steuerung – alles, was Sie brauchen.«

Barry wandte sich an Sollazo. »Sind Sie zufrieden?«

»Klingt nicht übel.«

Barry nickte. »Gut, Kevin, wir laden die Sachen aus dem Kombi in deiner Garage ab. Du bringst das Zeug später an Bord. Wir fahren nach Dublin zurück und kommen morgen Vormittag wieder, um in See zu stechen.«

»Ist in Ordnung, Jack.«

Sie gingen zur Reling, und Sollazo sprang ins Schlauchboot. »Ist eine wichtige Sache, nicht wahr, Jack?« fragte Stringer eifrig. »Ich meine, für die Bewegung. Geht's wieder los, wie in den alten Tagen?«

»Ich weiß, was du meinst, Kevin«, sagte Barry. »Zur Hölle mit dem Frieden.«

Hannah hielt neben dem Toyota auf der Anhöhe außerhalb des Dorfs. »Sie sind wieder in den Pub zurückgekommen.«

Dillon schaute durch das Fernglas. »Der Kombi fährt gerade ab. Na, macht nichts, es gibt nur eine Straße, die sie nehmen können. Wir holen sie schon ein.«

»Daß sie jetzt fahren, heißt, daß sie ein andermal wiederkommen wollen«, sagte Devlin.

»Und ich denke, ich sollte solange hier bleiben, um zur Stelle zu sein«, meinte Hannah. »Haben Sie zufällig irgendeine Tasche in Ihrem Wagen, Liam?«

»Habe ich tatsächlich.« Devlin öffnete den Kofferraum des Toyota und holte eine große Reisetasche heraus. »Ist bloß leider leer.«

»Das macht nichts. Ich nehme mir ein Zimmer im Loyalist und spiele die Touristin, bis die Kerle wiederkommen.«

»Und wir mit ihnen«, sagte Dillon.

Devlin legte ihr seine Hände auf die Schultern. »Passen Sie auf sich auf. Es wäre schade, wenn Ihnen was passiert.«

»Keine Sorge.« Sie griff nach ihrer Umhängetasche. »Ich bin bewaffnet.«

»Hannah, Sie sind ein Prachtmädchen.« Dillon küßte sie auf beide Wangen und danach ganz sanft auf den Mund.

Verblüfft schaute sie ihn an. »Aber Dillon, das war ja eine Premiere.« Damit stieg sie in den Wagen und fuhr los.

Zehn Minuten später führte ein begeisterter Kevin Stringer Hannah in ein Zimmer mit Blick auf den Hafen. »Und wie lange möchten Sie bleiben?«

»Zwei Nächte, vielleicht drei. Ich komme aus Belfast und fahre nur so durch die Gegend.«

»Eine tolle Stadt. Wir haben hier bloß ganz schlichte Zimmer, aber das Bad und so weiter ist direkt nebenan.«

»Wunderbar.«

»Dann bis später. Um sieben gibt's Abendessen, wenn Sie mögen.«

Dillon hatte innerhalb von fünfzehn Minuten den Kombi eingeholt und folgte ihm mit einigem Abstand. »Was meinst du, was sie vorhaben?«

»Das war nur ein kleiner Ausflug, um sich das Boot anzuschauen. Vielleicht haben sie auch schon die Taucherausrüstung abgeladen. Jetzt geht's wieder nach Ballyburn. Später werden sie mit den anderen zurückkommen, vielleicht schon morgen.«

»Und wir folgen ihnen. Aber was dann?«

»Das liegt an dir und deiner jungen Kollegin. Sie hat die polizeiliche Vollmacht, Sean. Scotstown liegt in Ulster, und das gehört zum Vereinigten Königreich.« Devlin lehnte sich zurück. »Vielleicht müßt ihr ein bißchen mit der Knarre nachhelfen, wer weiß, aber dabei halte ich mich raus. Ich werde allmählich zu alt, Sean. So schnell mit dem Finger am Abzug wie ich mal war, bin ich nicht mehr.«

»Blödsinn«, sagte Dillon.

»Ich habe das meine getan. Viel Glück und Gott schütze dich, aber mich laßt da raus.«

Es war fast vier Uhr. Kathleen stand in der Küche am Herd, Ryan saß am Tisch, und Mori hielt sich im Wohnzimmer auf.

»Sie müßten in einer Stunde zurück sein«, meinte sie nach einem Blick auf die Uhr. »Falls wir es wirklich machen wollen, dann jetzt.«

»Wenn du denkst, es klappt?«

»Ich glaube schon, Onkel Michael. Bei drei von diesen Tabletten bekommst du die Symptome eines Angina-Anfalls, und die Wirkung wird gerade richtig einsetzen, wenn Barry und Sollazo wieder da sind. Jack Barry läßt dich bestimmt nicht einfach hier liegen und sterben; so ist er nicht.«

»Du meinst, daß du hoffst, daß er nicht so ist.«

»Schau, selbst wenn sie nichts unternehmen würden, sind die Symptome in ein paar Tagen wieder abgeklungen, das hat Dr. Sieed mir gesagt. Andererseits ist das unsere große Chance, falls Barry auf mich hört und dich in ein Krankenhaus bringt.«

Er überlegte schweigend und lachte dann. »Ach, zum Teufel, was haben wir schon zu verlieren?« Kathleen öffnete das Fläschchen, ließ drei Tabletten in ihre Hand gleiten, holte ein Glas Wasser und reichte es ihm.

»Dann mal los, Onkel Michael.«

Eine halbe Stunde später setzten die Symptome ein. Ryan saß am Küchentisch, hatte den Kopf in die Hände gestützt und schwitzte immer stärker; fünfzehn Minuten darauf begann er zu zittern.

»Mori!« rief Kathleen. »Kommen Sie mal!«

Der Sizilianer erschien in der Tür. »Was ist los?«

»Er hat wieder einen Anfall. Bringen Sie ihn ins Wohnzimmer aufs Sofa.«

Mori half Ryan aufzustehen und führte ihn ins Wohnzimmer. Kathleen folgte ihnen mit einem Glas Wasser. Ryan sah schrecklich aus. Sein Gesicht war grau, und zum erstenmal kamen ihr Bedenken.

»Trink das, Onkel Michael.« Sie hielt ihm das Glas an die Lippen. Er zitterte immer stärker. So schlimm hatte sie es sich nicht vorgestellt. In diesem Moment kam Barry ins Zimmer, gefolgt von Sollazo.

»Um Himmels willen, was ist los?«

»Er hat wieder einen Angina-Anfall«, sagte sie. »Er muß in ein Krankenhaus.«

»Seien Sie nicht albern. Das ist völlig ausgeschlossen.«

Barry kniete sich vor Ryan und legte eine Hand auf seine Stirn. »Ihm geht's wirklich schlecht. Bringen Sie ihn in den Kombi«, befahl er Mori und wandte sich an Sollazo. »Keine Sorge. Kurz vor Dublin gibt es eine Privatklinik, wo wir schon seit Jahren unsere Leute behandeln lassen. Anständige Ärzte, bestens ausgestattet. Wir bringen ihn dorthin. Sind nur fünfundzwanzig Minuten.«

Devlin stand neben dem Toyota und beobachtete durch sein Fernglas das Farmhaus. »Irgendwas ist da los. Sollazo und dieser Mori haben gerade Ryan aus dem Haus gebracht. Sieht aus, als ob sie ihn stützen müßten.«

»Gib mir mal.« Dillon nahm das Glas. »Sie steigen in den Kombi, auch Barry und Kathleen. Machen wir uns besser bereit, ihnen zu folgen.«

Er setzte sich hinter das Steuer, und Devlin nahm auf dem Beifahrersitz Platz. Kurz darauf bog der Kombi auf die Straße ein.

Im Dorf gab es zwar eine Telefonzelle, sie war jedoch außer Betrieb. Da Hannah mit Ferguson sprechen mußte, kehrte sie in den Pub zurück und ging hinauf in ihr Zimmer. Was blieb ihr übrig, als es einfach zu riskieren? Das Telefon funktionierte nach dem üblichen System, deshalb drückte sie die neun, um eine Verbindung nach draußen zu erhalten, und wählte Fergusons Nummer im Verteidigungsministerium.

Es war Pech, daß Kevin Stringer gerade im Büro mit der Buchführung beschäftigt war und bei der ziemlich langen Nummer neugierig wurde. Er griff nach dem Zentraltelefon und hob vorsichtig ab.

»Brigadier Ferguson? Hier Chief Inspector Bernstein.«

»Ja, hier Ferguson«, hörte Stringer eine Stimme antworten. »Was ist los, Chief Inspector?«

»Ich bin zur Zeit im ›Loyalist‹ in Scotstown an der Küste von Down. Wir sind Barry und Sollazo hierher gefolgt. Sie haben Taucherausrüstung auf ein Boot im Hafen gebracht und sind dann wieder zu Barrys Farm gefahren, wo sich auch die Ryans aufhalten. Dillon und Devlin sind ihnen gefolgt.«

»Sie erwarten, daß sie zurückkommen?«

»Vielleicht schon morgen. Ich bleibe hier und spiele die englische Touristin.«

»Um Himmels willen, passen Sie auf sich auf.«

»Mache ich das nicht immer?«

Sie legte den Hörer auf. Stringer war einen Moment wie vom Donner gerührt, dann wählte er hastig Barrys Nummer in Ballyburn, doch dort hob niemand ab. Er überlegte und holte schließlich eine Browning aus seiner Schreibtischschublade.

Hannah hörte das leise Geräusch, als sich die Tür öffnete. Sie drehte sich um und sah Stringer mit der Browning in der Hand.

»Chief Inspector, so, so? Was ist das hier für ein Spielchen, Lady?«

14

Roselea Privatklinik stand auf einem Schild neben der Zufahrt, in die der Kombiwagen einbog. Dillon hielt auf der gegenüberliegenden Straßenseite an.

»Was, zum Teufel, ist da los?«

»Keine Ahnung«, meinte Devlin, »aber ich habe den Eindruck, daß es irgendwas ist, womit niemand gerechnet hat.«

Mori, Sollazo und Barry warteten gemeinsam mit Kathleen, die sich ziemlich elend fühlte. Barry legte tröstend einen Arm um sie.

»Keine Sorge, wird schon alles wieder. Dr. Ali Hassan, der diese Klinik leitet, ist ein hervorragender Arzt.« Er versuchte einen Scherz zu machen. »Ein ägyptischer Ire. Er hat in den letzten zwanzig Jahren mehr IRA-Leute mit Schußwunden wieder zusammengeflickt als alle anderen Ärzte im ganzen Land Blinddärme operiert haben.«

»Sie können das nicht verstehen, aber es ist bloß meine Schuld.«

»Jetzt seien Sie nicht albern, Mädchen, Ihr Onkel hat's doch schon lange mit dem Herzen, das wissen Sie so gut wie ich.«

Hassan, ein kleiner, dunkelhäutiger Araber, der einen weißen Kittel und um den Hals ein Stethoskop trug, kam zu ihnen.

»Wie geht es ihm?« fragte Barry.

»Nicht gut, gar nicht gut.« Er wandte sich an Kathleen. »Ihr Onkel leidet an Angina pectoris? Das hat er mir zumindest erzählt.«

»Ja.«

»Aber dieser Anfall ist ungewöhnlich schwer. Ich verstehe das gar nicht. Welche Medikamente bekommt er?«

»Dazane.«

»Guter Gott, er hat doch nicht etwa zu viel davon genommen?« Sie starrte ihn nur mit wachsbleichem Gesicht an. »Könnte das sein?« fragte er eindringlich.

Sie nickte zögernd. »Um vier Uhr drei Tabletten.«

»Ach, du lieber Gott.« Hassan wandte sich um und rannte den Flur entlang. Kathleen, Barry und Sollazo folgten ihm; nur Mori blieb am Empfang zurück.

Durch ein Fenster beobachteten Kathleen, Barry und Sollazo bestürzt, wie Ryan sich in einem Bett auf der Intensivstation in Krämpfen wand, während Hassan und ein Pfleger ihm zu helfen versuchten. Plötzlich stieß er ein schreckliches Gurgeln aus, richtete sich auf und sank leblos zurück.

Hassan kam zu ihnen. »Ich bedaure sehr – aber er ist leider gestorben.«

Verzweifelt schlug Kathleen auf ihn ein. »Das ist nicht wahr! Das ist nicht möglich!«

Barry hielt sie fest. »Ruhig, Mädchen, es ist nicht Ihre Schuld.«

»Doch, das ist es! Ich bin ausgebildete Krankenschwester und hätte es besser wissen müssen. Ich habe mich in meinem alten Krankenhaus in Green Rapids erkundigt. Die Ärztin hat mir gesagt, bei drei Dazane würde er einen Anfall bekommen, aber sich nur ein paar Tage schlecht fühlen. Darauf bauten wir unseren Plan auf, verstehen Sie? Sie würden ihn ins Krankenhaus bringen müssen, und wir hätten eine Chance, zu entkommen.«

Sie brach völlig zusammen. Barry winkte Sollazo. »Bringen Sie sie zum Wagen. Ich komme gleich nach.« Sollazo führte sie hinaus.

»Sie sind immer ein guter Freund der IRA gewesen, Ali, dafür sind wir Ihnen sehr dankbar«, sagte Barry. »Diese Sache ist jetzt wieder so ein spezieller Fall.«

»Ich verstehe, Jack.«

»Lassen Sie ihn heute abend ins Krematorium bringen und verbrennen. Kein Name, keinen Totenschein.«

»Wie Sie wollen.«

»Ich danke Ihnen.«

Dillon und Devlin beobachteten, wie der Kombi davonfuhr. »Nur drei«, sagte Dillon, »und das Mädchen. Aber kein Ryan. Was geht da vor?«

»Ich kenne dieses Haus. Ist ein Unterschlupf für Leute der IRA. Wird von einem verdammt guten Chirurgen geleitet, einem Ägypter namens Ali Hassan. Vielleicht sollten wir ihm einen Besuch abstatten?«

Ali Hassan saß in seinem Büro, in dem nur die Schreibtischlampe brannte, und schaute sich um, als er merkte, daß die Tür sich öffnete.

»Hallo, Ali«, grüßte Devlin. »Erinnern Sie sich noch an mich? Liam Devlin. Sie haben mir vor achtzehn Jahren mal eine Kugel rausgeholt.«

»Ach ja, Mr. Devlin.«

»Und das ist ein Freund von mir, Sean Dillon, der genausoviel für unsere Sache getan hat wie ich.«

»Mr. Dillon«, nickte Hassan unsicher.

»Einige Leute, die wir kennen, haben vorhin einen Mr. Ryan hergebracht«, sagte Dillon. »Sie sind ohne ihn wieder weg. Wie kommt das?«

»Da müssen Sie sich irren«, log Hassan verzweifelt.

Dillon zog seine Walther. »Na, das glaube ich nicht so ganz. Denken Sie besser noch mal gründlich nach.«

Ali Hassan erzählte ihnen, was geschehen war.

Während Kathleen im Schlafzimmer weinend im Bett lag, saßen Barry, Sollazo und Mori im Wohnzimmer der Farm bei einem Whiskey, als das Telefon läutete.

»Gott sei Dank, daß du da bist, Jack«, sagte Stringer. »Es ist was passiert.«

Barry hörte ihm schweigend zu und erwiderte schließlich: »Halt sie fest, Kevin, wir sind schon unterwegs.«

»Mache ich, Jack.«

Barry legte den Hörer auf und wandte sich an Sollazo. »Erinnern Sie sich an die Frau mit Brille, die heute Mittag im Loyalist saß?«

»Klar«, nickte Sollazo. »Eine gutaussehende Lady in einem Hosenanzug von Armani.«

»Sie ist nicht nur ein Detective Chief Inspector, sie arbeitet außerdem auch noch für Brigadier Charles Ferguson, dem Sicherheitsexperten des Premierministers. Und raten Sie mal, wer sein Mann für besondere Fälle ist? Sean Dillon!«

»Herrgott«, sagte Sollazo. »Was machen wir jetzt?«

»Wir verschwinden schleunigst. Fragen Sie mich nicht, was da läuft, weil ich's nicht weiß, aber wir fahren sofort nach Scotstown und machen uns morgen früh auf die Suche nach der *Irish Rose*.« Er wandte sich an Mori. »Holen Sie das Mädchen.«

Mori blickte seinen Boß an, und Sollazo nickte. »Tu, was er sagt.«

Devlin und Dillon saßen in ihrem Toyota und sahen den Kombi davonfahren. »Jetzt geht's auf nach Scotstown«, meinte Devlin. »Ich könnte mir vorstellen, daß Ryans unglückliches Ableben die Dinge etwas beschleunigt hat.«

»Dann machen wir uns besser auch auf den Weg.«

»Kein Grund zur Eile, Sean, wir fahren zuerst zu mir. Immerhin weißt du ja, wohin sie wollen.«

In seinem Haus in Kilrea saß Devlin mit einem Bushmills neben dem Kamin, während Dillon den Knöchelhalfter mit seiner Ersatzwaffe an seinem Bein befestigte, ehe er die Walther hinten in den Hosenbund steckte.

»Mir waren die Walther-Pistolen auch immer am liebsten«, sagte Devlin. »In der Schreibtischschublade liegt noch eine. Hol sie dir mal und steck sie in deine Tasche.«

»Warum denn das?«

»Sean, mein Junge, ich bin zu alt und wäre dir bloß hinderlich, wenn es zu einer Schießerei kommt, deshalb bist du auf dich allein gestellt. Aber einen guten Rat kann ich dir wenigstens geben. Du hast eine Waffe in der Tasche, die Barry bei einer Durchsuchung leicht finden würde. Dann würde er hinten in deinem Gürtel nachsehen, weil er genau weiß, daß du dort immer eine trägst, und die zweite Walther finden. Damit dürfte er zufrieden sein – und du hättest noch die Waffe im Knöchelhalfter.« Devlin lächelte. »Allerdings sind das nur Gedankenspielereien. Vielleicht hat Barry gar nicht die Gelegenheit, dich zu durchsuchen, doch wer weiß das schon?«

»Gott segne dich, Liam, du bist wirklich der Beste.«

»Mach ihnen die Hölle heiß«, sagte Liam Devlin. »Und jetzt los mit dir. Ich rufe in der Zwischenzeit Ferguson an und setze ihn über alles ins Bild.«

Stringer hatte Hannah Bernstein in das kleine Hinterzimmer des Pubs gesperrt, dessen Fenster vergittert waren. Mehr schlecht als recht schlief sie auf einem Sofa, als sie um vier Uhr morgens durch ein Auto geweckt wurde, das in den Hof einbog. Draußen waren Stimmen zu hören, und nach einer Weile öffnete sich die Tür.

Stringer kam herein, gefolgt von Barry, Sollazo, Mori und Kathleen, die bleich und bedrückt aussah.

Stringer nahm Hannahs Pistole aus seiner Tasche und reichte sie Barry. »Die hatte sie bei sich.«

Barry steckte die Waffe ein. »Also, Chief Inspector Hannah Bernstein, Sie arbeiten für diesen alten Hund Charlie Ferguson?«

»Wenn Sie meinen.«

»Allerdings. Unvorsichtig von Ihnen, ihn einfach anzurufen, wenn so ein neugieriger Kerl wie Kevin im Büro sitzt und mithört.

»Wir machen alle mal Fehler.«

»Sie haben Devlin und Sean Dillon erwähnt. Demnach schnüffeln die beiden also ebenfalls hier herum, oder?«

»Schauen Sie, Mr. Barry, es ist vorbei, merken Sie das nicht? Der amerikanische Geheimdienst ist hinter Mr. Sollazo her, und selbst das Weiße Haus hat sich eingeschaltet.«

»Das ist eine Lüge«, sagte Sollazo. »Das kann gar nicht sein.«

»Die Behörden wissen alles. Was meinen Sie denn, warum

Brigadier Ferguson mit dieser Sache betraut wurde? Weder im Weißen Haus noch in der Downing Street wird man einfach zusehen, wie das Gold in falsche Hände gerät. Sollazo ist aus reiner Habgier an dieser Sache interessiert, Mr. Barry, Sie jedoch nicht. Mit solch einer Summe könnte die Provisional IRA nötigenfalls bis in alle Ewigkeit weitermachen.«

»Erschießt die Schlampe«, sagte Kathleen Ryan dumpf.

»Soll ich?« fragte Mori.

»Nein, sie könnte uns als Geisel noch ganz nützlich sein.« Barry schüttelte den Kopf. »Also, daß dieser alte Fuchs Liam Devlin mich so zum Narren hält! Aber warum? Warum Liam?«

»In der heutigen Zeit, Mr. Barry, dreht sich alles um den Frieden«, erwiderte Hannah. »Und die meisten wollen ihn.«

»Schluß jetzt mit dieser höflichen Plauderei«, befahl Sollazo. »Wie geht's nun weiter?«

»Vielleicht sollten wir schleunigst abhauen, solange wir noch können«, meinte Mori.

»Ach was«, entgegnete Barry. »Ich vermute, daß Ferguson den Chief Inspector und Dillon losgeschickt hat, um ein bißchen herumzuschnüffeln, und daß Devlin sozusagen der Fremdenführer war, da er sich in der Gegend auskennt. Bestimmt sind weder die Polizei noch andere Behörden informiert. Sie wollten sicher nur herausfinden, wo die *Irish Rose* liegt, damit ein Bergungsteam der Royal Navy sie heben kann.«

»Es ist sowieso aus«, sagte Sollazo bitter. »Sie wissen, wo wir sind.«

»Ja, aber sie wissen immer noch nicht, wo die *Irish Rose* ist. Ich schlage vor, wir fahren bei Tagesanbruch los und tauchen. Wenn man an das Gold rankommt, könnten wir wenigstens ein paar Barren raufholen und uns damit aus dem Staub machen. Eine Million, zwei Millionen – für die Arbeit eines Morgens.«

Sollazo lächelte. »Verdammt, warum eigentlich nicht? Ich habe mein ganzes Leben lang immer auf Risiko gespielt. Aber was ist mit Dillon und diesem Devlin?«

»Liam Devlin war einmal der Beste im Gewerbe, allerdings ist er inzwischen fünfundachtzig. Auf der Hut sein müssen wir nur vor Dillon.«

»Kein Problem«, versicherte Mori.

»Ja, das gäbe sicher einen interessanten Zweikampf, aber ich denke, mit Frau Chief Inspector haben wir eine ganz hervorragende Geisel, falls Dillon und Devlin auf der Bildfläche erscheinen.« Er wandte sich an Stringer. »Also, Kevin, mach uns ein Frühstück, damit wir bei Tagesanbruch los können. Du hältst hier die Stellung.«

Ferguson besprach mit Blake Johnson telefonisch die neueste Entwicklung. »Was geschieht jetzt, da Ryan tot ist?« fragte der Amerikaner. »Am Ende kennt nun niemand mehr die Position des Schiffs?«

»O doch, sonst wären sie nicht wieder nach Scotstown gefahren. Chief Inspector Bernstein ist als Touristin getarnt dort, wie ich Ihnen ja erzählt habe, und Dillon hat sich an die Fersen der Bande geheftet. Er ist ein findiger und überaus gerissener Bursche, auf den wir uns verlassen können, das weiß ich aus Erfahrung. Er wird schon herauskriegen, wo diese verdammte Fähre liegt.«

»Und dann?«

»Ist die Royal Navy dran. Wird eine ganz diskrete Angelegenheit und aussehen wie eine Übung.« Er lachte. »Eins ist wenigstens sicher – eine ordentliche Bergungsoperation können unsere Freunde jetzt nicht mehr vornehmen.«

»Der Präsident wird sich freuen, das zu hören.«

»Der Premierminister ebenfalls, wenn ich es ihm morgen früh erzähle. Ich halte Sie natürlich über die weitere Entwicklung auf dem laufenden.«

»Dafür wäre ich sehr dankbar.«

Ferguson, der am Kamin in seiner Wohnung saß, legte den Hörer auf, ging zur Hausbar und schenkte sich einen großen Whiskey ein.

»Auf geht's, Dillon«, sagte er leise. »Machen Sie diese Gauner fertig.«

Dillon hatte seinen Toyota auf der Anhöhe außerhalb des Dorfs in einem Waldstück geparkt. Mit dem Fernglas musterte er den Gasthof und schaute dann zur *Avenger* hinüber, die draußen im Hafen vor Anker lag.

»Und wo stecken Sie, liebste Hannah? Immer noch im Bett zu dieser frühmorgendlichen Zeit?« sagte er leise.

Der Tag dämmerte rasch herauf, aber es regnete unaufhörlich, und der feuchte Nebel machte alles noch trostloser. Er zündete sich eine Zigarette an und überlegte, wie er vorgehen sollte, als die Eingangstür des Loyalist geöffnet wurde. Sollazo und Mori führten Hannah Bernstein hinaus; ihnen folgten Kathleen und Jack Barry, der noch einige Worte mit Stringer wechselte, ehe der Wirt wieder hineinging.

»Heilige Muttergottes!« Dillon verfolgte mit dem Fernglas, wie sie in das grüne Schlauchboot stiegen und davonfuhren. Rasch sprang er in den Toyota und startete den Motor.

Kevin Stringer machte sich in der Küche gerade eine Kanne Tee, als er das leise Knarren der Hintertür hörte und sich umwandte.

»Lieber Gott, du bist es, Sean«, sagte er, und seine Kehle wurde trocken.

»Lange her, Kevin«, lächelte Dillon. »Also, was ist hier los?«

»Was meinst du?«

Dillon zog die Walther aus seiner Tasche. »Dieses Ding macht kaum einen Laut, und du kennst mich. Wenn du nicht gern an Krücken gehen willst, rede.«

»Bitte, Sean, ich hab' mit der Sache nichts zu tun. Ich hab' nur gelauscht, als die Frau mit einem Brigadier Ferguson telefonierte. Sie hat sich Chief Inspector genannt und auch dich und Liam Devlin erwähnt.«

»Dann ist also, wie es in schlechten Filmen heißt, alles aufgeflogen.«

»Michael Ryan ist tot«, sagte Stringer. »Ein Herzanfall.«

»Das weiß ich, und alles andere ebenfalls. Sie wollen raus zur *Irish Rose*?«

»Ja.«
»Und Chief Inspector Bernstein?«
»Jack hat gesagt, sie sei eine ganz nützliche Geisel, falls du auftauchst. Die kleine Ryan und dieser Mori wollten sie lieber gleich umbringen.«
»Ach so? Na, das können wir doch nicht zulassen, oder? Deshalb gehen wir zwei jetzt mal schleunigst runter zur Mole, ehe sie abfahren.«

Barry stand am Steuer der *Avenger*, die beiden Frauen saßen auf der Bank neben ihm, und Mori war mit Sollazo gerade dabei, den Anker zu lichten, als Stingers Stimme über das Wasser hallte.
»Jack! Dillon ist hier.«
»Jesus, Maria und Josef!« Jack Barry stellte den Motor ab und verließ das Steuerhaus. Sollazo und Mori traten zu ihm an die Reling. »Bist du's wirklich, Sean?«
»Wer sonst?« rief Dillon zurück. »Wir müssen mal miteinander reden.«
»Ich komme rüber.« Barry wandte sich an Mori. »Lassen Sie das Schlauchboot zu Wasser.« Er schüttelte den Kopf. »Dieser verrückte Kerl.«
»Das klingt fast, als ob Sie ihn mögen«, sagte Sollazo.
»Er war wie ein Sohn für mich. Was für eine tolle Zeit haben wir in den großen Tagen in Derry zusammen erlebt – und dabei so manch hübschen Tanz mit den britischen Soldaten aufgeführt.«
»Ziemlich mickrig, der Kleine«, meinte Mori abfällig.
Barry sprang ins Schlauchboot. »An seinem schlechtesten Tag und an Ihrem besten wären Sie ihm nicht gewachsen.«
Er legte ab und startete den Außenbordmotor.

Dillon zündete sich eine Zigarette an. »Du siehst gut aus, Jack. Scheint dir bestens ergangen zu sein in den letzten Jahren.«
»Dir noch besser, du Teufelsbraten. Wo steckt Liam Devlin?«

»Wieder daheim in Kilrea. Mit fünfundachtzig ist er ein bißchen zu alt für solche Abenteuer.«

»War der beste überhaupt zu seiner Zeit.«

»Ja, und was machen wir jetzt?« fragte Dillon. »Es ist aus, Jack, das ist dir doch klar.«

»Stimmt nicht so ganz, Sean. Wenn wir das Wrack finden, woran kein Zweifel besteht, haben wir auch die Goldbarren.« Er zuckte die Schultern. »Die Arbeit eines Vormittags könnte uns eine Million, vielleicht sogar zwei einbringen. Das ist nicht zu verachten.«

»Du warst immer schon ein praktisch denkender Mann«, nickte Dillon. »Geht es Hannah Bernstein gut?«

»Aber ja. Eine vielseitige Dame, gefällt mir.«

»Dann laß sie gehen. Nimm mich statt dessen.«

»Warum sollte ich?«

»Oh, ich habe so meine Talente, das weißt du ja noch von früher. Ich kann ein Flugzeug fliegen, Jack, aber ich bin auch der verdammt beste Taucher, den du je gesehen hast. Für die Israelis habe ich im Hafen von Beirut sogar palästinensische Kanonenboote in die Luft gejagt.«

»Du kleiner Schurke«, lachte Barry. »Nein, Sean, sie ist zu wertvoll, um sie jetzt laufenzulassen.«

»Na ja, dann muß ich einfach so mitfahren.«

»Nett von dir, aber wir wollen dich erst mal durchsuchen.« Barry zückte seine Browning. »Schau in seinen Taschen nach, Kevin.« Stringer gehorchte und fand die Walther.

»Zufrieden?« fragte Dillon.

»Du kennst mich doch«, lächelte Barry. »Und ich kenne dich. Hinten unter seiner Jacke, Kevin, hat er sie immer am liebsten versteckt.«

Stringer fand die zweite Walther. »Du hast recht, Jack.« Er reichte sie ihm.

»Habe ich für gewöhnlich immer. Du hältst die Stellung, Kevin.« Er lächelte Dillon zu. »Steig ein, Sean. Ich glaube, ich werde dich anheuern.«

Dillon stieg als erster über die Reling, gefolgt von Barry, während Mori das Boot vertäute. Die beiden Frauen kamen aus dem Steuerhaus. »Alles in Ordnung, Mädchen?« fragte Dillon.

»Mir geht's gut«, nickte Hannah.

»Mein Gott, der sieht ja aus, als habe er erst heute morgen gelernt, aufrecht zu gehen«, meinte Dillon mit einem Blick auf Mori. »Wenn er Ihnen irgendwelche Schwierigkeiten macht, sagen Sie mir nur Bescheid, dann knöpfe ich ihn mir mal vor.«

Mori wollte auf ihn losgehen, aber Sollazo hielt ihn zurück. »Laß sein, Giovanni.« Er wandte sich an Barry. »Haben Sie ihn durchsucht?«

»Eine Walther in der Tasche und eine zweite hinten im Hosenbund, wie es seine Gewohnheit ist, was mir gerade noch einfiel. Aber ich habe gute Neuigkeiten für Sie. Sean ist ein Meistertaucher und hat sogar sein Geld damit verdient, Schiffe in die Luft zu jagen. Meinen sie nicht, wir sollten ihn für uns arbeiten lassen?«

Sollazo lächelte. »Ja, das gefällt mir, ein ausgezeichneter Gedanke.«

»Gut, dann wollen wir mal den Anker lichten.«

Kathleen Ryan hatte ihn bislang nur wortlos angestarrt und kam nun mit einem merkwürdig benommenen Ausdruck auf ihrem Gesicht näher.

»Martin, Sie sind das, nicht wahr?«

»Höchstpersönlich, Kate«, erwiderte Dillon freundlich und musterte sie prüfend. Irgend etwas stimmte mit ihr nicht. »Tut mir wirklich leid wegen Michael.«

»Ich habe ihn umgebracht. Ich habe ihn überredet, eine Überdosis seiner Tabletten einzunehmen. Dr. Sieed hat gesagt, er würde nur einen Anfall bekommen.« Sie strich sich mit einer Hand übers Gesicht. »Er ist gestorben, Martin, und ich habe ihn umgebracht. Ist das nicht grauenhaft?«

Hannah legte einen Arm um sie. »Kommen Sie, Mädchen, gehen wir in die Kabine.« Sie führte sie unter Deck.

Die Motoren sprangen an, und Barry steuerte die *Avenger*

hinaus auf See. »Eine Irre«, schnaubte Mori. »Das hat uns gerade noch gefehlt.«

»Sag mal, mein Hübscher«, fragte Dillon, »mußt du dir eigentlich besondere Mühe geben, so ein Scheißkerl zu sein, oder bist du das von Natur aus?« Er wandte sich ab und ging zu Barry ins Steuerhaus.

Es wäre durchaus möglich gewesen, die Beretta aus dem Knöchelhalfter zu ziehen und Barry, Mori und Sollazo innerhalb weniger Sekunden zu töten, aber dafür mußte er den richtigen Moment abpassen, und daß Hannah zurück an Deck kam, erschwerte die Sache zusätzlich. Dillon lächelte ihr zu, als sie sich zum Schutz vor dem Regen unter die Plane stellte.

»Ein wahrer Jammer, daß wir uns heutzutage noch mit solchem Abschaum abgeben müssen, Jack«, sagte er zu Barry.

»Das ist wahr, Junge, aber eines hat sich nicht geändert. Mein gesamter Anteil geht an die Organisation, der wir beide so viele Jahre lang gedient haben. Geld für Waffen.«

»Die Zeiten haben sich trotzdem geändert, Jack.«

»So sicher ist das gar nicht.«

Dillon seufzte. »Na gut, dann erzähl mir jetzt besser mal, wohin wir fahren.«

»Nach Rathlin Island.«

»Und der Master Navigator zeigt die exakte Position an?«

Barry schaute ihn erschrocken an. »Gibt es denn gar nichts, was du nicht weißt?«

»Dank Liams Hilfe haben wir alles rausgekriegt. Und wie tief liegt sie?«

»Na ja, vor Rathlin Island kann es, den Seekarten nach, zwischen siebenundzwanzig und siebenunddreißig Metern tief sein.«

»Das ist nicht schlecht. Am wichtigsten ist allerdings, wie sie liegt; darauf kommt es an.«

Sollazo kam zu ihnen. »Wie weit noch?«

»Eine halbe Meile«, erwiderte Barry‹. »Ich schalte jetzt den Navigator ein.«

In regelmäßigen Abständen ertönte ein monotones Piepen.
»He, es funktioniert«, sagte Sollazo.

»Je näher wir herankommen, desto rascher wird das Piepen, und wenn wir die endgültige Position erreichen, wird daraus ein Dauerton.«

»Drücken wir die Daumen.« Sollazo wandte sich an Dillon. »Ich wollte eigentlich mit Mori tauchen, aber da Sie ja angeblich so ein Könner sind ...« Er zuckte die Schultern. »Kommen Sie mit und schauen Sie sich die Ausrüstung an.«

»Mit Vergnügen«, sagte Dillon und folgte ihm.

Rathlin Island tauchte aus dem Nebel auf, und Barry drosselte das Tempo. Langsam glitten sie durch das außergewöhnlich ruhige Wasser. Das Piepen des Master Navigators war heftiger geworden, und plötzlich gab das Gerät nur noch einen langen schrillen Dauerton von sich.

»Das ist es!« rief Barry. »Anker werfen!«

Mori und Sollazo eilten davon; Kathleen stand backbord an der Reling, und für einen Moment war Dillon mit Hannah allein.

»Ich bin bewaffnet«, flüsterte er. »Barry hat zwei gefunden, aber Devlin, der alte Fuchs, hatte mir eine dritte gegeben. Knöchelhalfter.«

»Vorsicht. Nicht jetzt. Es könnte ein Blutbad geben.«

»Keine Sorge, Mädchen. Ich möchte zuerst gern mal runter und mir sozusagen eine alte Bekannte anschauen.«

Der Anker ratterte hinab, und die *Avenger* lag still. Barry kam aus dem Steuerhaus. »Da wären wir. Und am besten beeilen wir uns jetzt.«

Sollazo wandte sich an Dillon. »Machen wir uns fertig. Ich gehe zuerst.« Er verschwand in der Kabine.

Als er in seinem Taucheranzug zurück an Deck kam, nickte er Dillon zu. »Sie sind dran.«

Dillon ging hinunter in die Kabine, zog sich bis auf die Unterhosen aus und löste den Knöchelhafter. Er entdeckte einen kleinen Schrank, auf dem ›Notsignale‹ stand, öffnete ihn und schob die Walther hinein, ehe er den Taucheranzug überstreifte. Im Niedergang erklangen Schritte, und gleich darauf schaute Sollazo zur Tür herein.

»Machen Sie voran.«

Dillon schlüpfte mühsam in den Anzug, zog die Gummisocken an, befestigte den Bleigürtel um seine Taille und griff nach dem Tauchermesser.

»Das lassen Sie besser hier«, sagte Sollazo. »Sie sind der letzte Mann in der Welt, den ich mit einer Waffe in der Hand sehen möchte.«

»Wie Sie wollen.«

Dillon griff nach seiner Schwimmweste, nahm den zweiten Orca-Computer und ging hinauf an Deck, wo die anderen sich zum Schutz vor dem Regen unter eine Plane gestellt hatten und warteten. Sollazo folgte ihm.

»Ich habe mir überlegt«, sagte er, »daß wir uns die Zeit unter Wasser gut einteilen müssen, da wir uns nicht unbegrenzt dort unten aufhalten können, das wissen Sie ja —und falls der Kahn in siebenunddreißig Meter Tiefe liegt, bleibt uns noch weniger Spielraum. Deshalb gehen Sie zuerst mal runter und schauen sich an, wie es aussieht.«

Dillon nickte. »Ist mir ein Vergnügen.«

Geschickt streifte er die Sauerstofflasche über und befestigte sie mit dem Klettverschluß auf seiner Brust, dann setzte er sich, um seine Flossen anzulegen. Mori reichte ihm die Halogenlampe, die er sich um sein linkes Handgelenk hängte. Anschließend spülte er seine Maske aus, setzte sie auf und hockte sich rückwärts auf die Reling.

»Die Todgeweihten grüßen und so weiter, wie die alten Römer sagten.« Er überzeugte sich, daß er durch das Mundstück Luft bekam und ließ sich rückwärts über Bord gleiten.

Zunächst schwamm er unter dem Kiel hindurch zur Ankerkette, an der er sich orientierte, während er tiefer tauchte. Nach viereinhalb Metern hielt er inne, um den Druck in seinen Ohren auszugleichen. Das Wasser war ungewöhnlich klar, doch gleichzeitig merkwürdig dunkel. Während er sich an der Ankerkette hinuntertastete, schaute er auf seinen Orca-Computer. Neun Meter, zwölf, achtzehn ... und dann sah er es.

In fast siebenundzwanzig Meter Tiefe, doch gut erkennbar, lag das Wrack, etwas zur Seite geneigt, wie ein dunkler Schattenriß auf glattem, leicht abfallendem Sandboden vor ihm. Hier und da schwangen große Tangwedel in der Strömung hin und her.

Dillon schwamm zum Bug, schaltete seine Halogenlampe ein und konnte deutlich den von Muscheln verkrusteten Namen *Irish Rose* lesen. Es war ein ganz sonderbares Gefühl, da er selbst auf diesem Schiff gestanden hatte, bevor es versunken war.

Er schwamm zum Heck, das von der Gewalt der Explosion zerrissen worden war, und entdeckte tatsächlich den Laster. Offenbar hatte er sich beim Untergang aus der Verankerung an Deck gelöst, aber er war unglaublicherweise aufrecht auf allen sechs Rädern stehengeblieben und nur ein Stück zur Seite gerutscht.

Dillon schwamm näher heran und versuchte, die Hecktür zu öffnen, doch sie rührte sich nicht, so sehr er auch daran zerrte. Da es sinnlos war, in dieser Tiefe kostbare Zeit zu vergeuden, machte er sich wieder auf den Rückweg.

Er stieg die kleine Leiter hinauf an Deck, schob seine Maske hoch und spuckte das Mundstück aus. Alle warteten schweigend.

»Um Himmels willen, Sean, sag uns das Schlimmste«, drängte Barry schließlich.

»Nun, sie liegt dort unten«, sagte Dillon, »in siebenundzwanzig Metern Tiefe, was ganz gut ist. Dort können wir uns etwas länger aufhalten.«

»Und der Laster?« fragte Sollazo.

»Ist auch da. Er hat sich offensichtlich bei der Explosion losgerissen, steht aber aufrecht.«

»Na, prima.«

»Nur eins begreife ich nicht. Als wir ihn gekapert haben, konnten wir mit einem kleinen Minicomputer das Sicherheitssystem lahmlegen, so daß sich alle Türen öffnen ließen.«

»Und?«

»Es war mir nicht möglich, ihn aufzukriegen.«

»Vielleicht ist bei der Explosion die elektronische Sperre wieder aktiviert worden«, meinte Sollazo, »oder die Tür klemmt bloß. Wir haben Semtex dabei. Gehen Sie runter und sprengen Sie ihn auf.«

»Zu Befehl, mein Herr. Geben Sie mir das Zeug.«

Barry kauerte sich neben ihn und reichte ihm einen Block Semtex. »Hier, Sean, und ein Zeitzünder von drei Minuten.«

»Oh, ein tschechisches Fabrikat – ihr Beitrag zur Weltkultur«, sagte Dillon.

»Kannst du damit umgehen?«

»Kann ein Fisch schwimmen?«

»Passen Sie auf sich auf, Sean!« rief Hannah.

»Mache ich doch immer, oder?« Er setzte seine Maske auf und ließ sich rückwärts von der Reling fallen.

Wieder zog er sich an der Ankerkette hinunter, da dies der schnellste Weg war, schwamm auf den Laster zu und befestigte den Sprengstoff rings um den Türgriff. Dann aktivierte er den Zeitzünder. Ein leises Zischen ertönte, und er schwamm rasch zurück an die Oberfläche. Barry reichte ihm eine Hand, um ihm die Leiter hochzuhelfen. Dillon setzte sich, während die anderen gespannt über die Reling schauten. Nach einer Weile brodelte die See, als koche das Wasser, und eine Reihe toter Fische trieb an die Oberfläche. Gleich darauf war alles wieder ruhig.

Dillon grinste Sollazo zu. »Ist gut, ist gut, Sie brauchen gar nichts zu sagen, ich gehe schon wieder runter.«

Der Laster war noch ein Stück weiter zur Seite gerutscht, stand aber immer noch aufrecht. Die Hecktüren waren weggesprengt; eine hing noch an den Angeln, die andere lag ein Stück entfernt. Ringsum im Wasser schwebten Sandwolken. Dillon schaltete die Halogenlampe ein und erstarrte verblüfft – denn der Laster war leer.

An der Leiter hängend nahm er sein Mundstück heraus und schaute auf. Alle lehnten sich über die Reling.

»Das wird dir leider ganz und gar nicht gefallen, Jack, aber da unten ist nichts.«

»Was soll das heißen – da unten ist nichts?«

»Der Laster ist leer.«

»Er kann nicht leer sein!« rief Barry. »Du hast gesagt, du hättest reingeschaut, als ihr ihn euch geschnappt habt. Das Gold war damals doch drin.«

»Ja, war es. Aber jetzt ist nichts mehr da.«

Kathleen Ryans Gesicht brannte, und ihre Augen funkelten dunkel. »Es muß schon jemand vor uns hier gewesen sein.«

»Unmöglich«, entgegnete Dillon. »Die Tür war nicht aufzukriegen, und für irgendeine Gewalteinwirkung gab's keine Anzeichen.«

»Mori, hilf mir mal.« Sollazo griff nach seiner Sauerstofflasche. »Sie gehen noch mal runter, Dillon, und ich komme mit. Ich glaube, Sie lügen.«

»Wie Sie wollen.« Dillon hangelte sich wieder an der Ankerkette hinunter in die Tiefe.

Er hatte bereits die Reling der *Irish Rose* erreicht, als Sollazo ihn einholte; der Anwalt schaute sich einen Moment um, dann schwamm er auf den Laster zu. Dillon folgte ihm.

Sollazo wandte sich kurz zu ihm um, ehe er in das dunkle Innere spähte. Blitzschnell riß Dillon das Tauchermesser aus der Scheide an Sollazos Bein und zerschnitt seinen Luftschlauch.

Blasen sprudelten auf. Sollazo fuhr herum, griff sich an die Kehle und starrte ihn entsetzt an. Hastig versuchte er aufzusteigen, doch Dillon packte seinen Knöchel und zog ihn wieder hinunter. Überraschend schnell hörte er auf sich zu wehren und schwebte reglos mit ausgestreckten Armen im Wasser. Dillon zog ihm die Maske ab. Aus leeren Augen starrte Sollazo ihn an. Er nahm seine Hand und begann aufzutauchen.

Kathleen Ryan entdeckte Sollazos Leiche als erste. »Schaut mal, da!«

Hannah kam zu ihr an die Reling. »O mein Gott!«

Barry und Mori eilten herbei. Der Sizilianer streifte sich augenblicklich Jacke und Schuhe ab, sprang über die Reling und schwamm auf Sollazo zu. Er legte einen Arm um ihn und wandte sich erschrocken um.

»Er ist tot!«

Dillon hatte in etwa drei Meter Tiefe die Leiche losgelassen und war unter dem Kiel hindurch zur Backbordseite geschwommen. Dort streifte er seine Sauerstofflasche, Maske und Flossen ab und ließ alles im Wasser versinken. Vorsichtig spähte er an Deck. Barry, Kathleen und Hannah standen an der Reling, und er hörte Mori rufen: »Werft mir ein Tau zu.«

Dillon zog sich hoch, stieg über die Reling und huschte den Niedergang hinunter in die Kabine. Aus dem Schränkchen, in dem die Leuchtpatronen verwahrt wurden, holte er seine Walther und ging wieder nach oben.

Barry hatte einen Rettungsring losgebunden und warf ihn über Bord.

»Nur immer sachte, Jack.« Wie eine dunkle, bedrohliche Gestalt stand Dillon in seinem schwarzen Taucheranzug mit der Pistole in der rechten Hand im Niedergang.

»Hannah, kommen Sie her.«

Während sie zu ihm lief, sagte Barry, der noch über die Reling gebeugt war: »Spielst mal wieder den Teufelskerl, was, Sean?«

»Mach's nicht, Jack«, warnte Dillon.

Aber Barry fuhr bereits herum und riß die Browning hoch, die er in der Hand hielt. Dillon war schneller und schoß ihn zweimal ins Herz. Barry wurde gegen die Reling geschleudert, die Waffe schlidderte über das Deck, und er stürzte ins Meer.

Dillon rannte zur Reling. Mori, der Sollazo umklammerte, starrte ihn an, und Dillon verpaßte ihm einen gezielten Schuß zwischen die Augen. Einen Moment lang herrschte Stille; nur die Schreie der Möwen, die über ihnen im Nebel kreisten, waren zu hören. Dillon setzte sich.

»Herrgott, jetzt könnte ich eine Zigarette gebrauchen.«

Hannah kauerte sich neben ihn. »Alles in Ordnung, Sean?«

»Martin«, sagte Kathleen Ryan mit seltsam tonloser Stimme, »schieb die Walther zu mir rüber.«

Dillon hatte die Waffe neben sich gelegt. Kathleen hatte Barrys Browning in der Hand, und er sah, daß sie offenbar wirklich nicht mehr ganz bei Verstand zu sein schien.

»Das Gold war nicht da, Martin, es war von Anfang an nicht da. Mein Onkel, dieser gerissene Gauner, hat es mir erst neulich erzählt. Gerissen war er, das mußt du zugeben. Es liegt da und wartet auf mich, und ich fliege übers Meer und hol's mir. Bald, Martin, sehr bald.«

»Ich weiß, Kate, ich weiß.«

»Will dir nichts tun, Martin, mein lieber Martin, deshalb geht jetzt runter, alle beide.«

»Ich glaube, wir tun besser, was sie sagt«, flüsterte Hannah.

»Ganz wie du willst, Kate.« Dillon stand lächelnd auf und trat gegen die Walther, daß die Waffe auf sie zurutschte.

Hannah verschwand unter Deck, er folgte ihr. »Schließt die Tür!« rief Kathleen.

Kurz darauf waren im Niedergang Schritte zu hören, und der Schlüssel drehte sich in der Tür. Wenig später wurde der Außenbordmotor angeworfen.

»Was sollen wir machen?« fragte Hannah.

»Nachdem sie jetzt weg ist – kein Problem«, erwiderte Dillon. »Diese Kähne haben alle eine Deckluke. Ich bin gleich wieder da.«

Er ging in die Kombüse und sah sofort die Luke in der Decke, kletterte auf einen Stuhl, öffnete sie und zog sich hoch. Einen Moment später war er im Niedergang und schloß die Tür auf. Hannah folgte ihm hinauf an Deck. In der Ferne sahen sie das grüne Schlauchboot im Nebel verschwinden. Dillon ging ins Steuerhaus, startete den Motor und nahm Kurs auf Scotstown.

»Hier, übernehmen Sie das Steuer; ich gehe mich umziehen.«

Als er zurückkehrte, sagte Hannah: »Sie ist verrückt, Sean, total übergeschnappt.«

»Ein bißchen war sie es schon immer. Irgendwas, womit sie nie fertig wurde, hat sie sehr belastet, das habe ich gleich gespürt, aber ich hab' nie rausgefunden, was es war. Jetzt denkt sie, daß sie ihren Onkel getötet hat. Ist das übrigens Jack Barrys Regenmantel an dem Haken dort? Dann sind darin vielleicht die beiden Waffen, die er mir abgenommen hat.« Er durchsuchte die Taschen. »Na bitte, eine für Sie und eine für mich. Ich übernehme das Steuer.«

»Was hat sie damit gemeint, daß das Gold von Anfang an gar nicht da war?«

»Erinnern Sie sich noch, wie ich zu Ihnen gesagt habe, daß ich das Gefühl hätte, irgendwas stimme nicht, als ich die Akten und die Zeitungsausschnitte durchlas?«

»Ja.«

»Jetzt weiß ich, was es war. Michael Ryan hatte in Folly's End die exakte Nachbildung dieses Lasters stehen, den Benny auf der Küstenstraße abstellen sollte, um die Polizei eine Zeitlang abzulenken.«

»Und?«

»Es ist mir zuerst nicht aufgefallen, aber in keinem einzigen Polizeibericht oder Zeitungsausschnitt wurde dieser Laster je erwähnt. Warum wohl?«

»O mein Gott!« rief Hannah.

»Genau. Nach dem Überfall bin ich mit Kathleen auf dem Motorrad zur *Irish Rose* gefahren. Michael folgte uns mit dem Laster, nur kam er viel später an als erwartet. Er hat uns erzählt, der Motor sei ihm abgesoffen, und es habe so lange gedauert, bis er ihn wieder in Gang kriegen konnte.«

»Was nicht der Fall war.«

»Natürlich nicht. Er kam so spät, weil er zuerst nach Folly's End gefahren ist und die Laster vertauscht hat. Das Gold ist nie mit der *Irish Rose* versunken, weil es nie an Bord war. Es liegt in diesem Versteck in der Scheune. Ist das nicht der größte Witz des Jahrhunderts?«

Der Lake District

1995

15

Kathleen Ryan fuhr auf die Mole zu, stieg aus dem Boot und ließ es einfach am Kai liegen, ohne sich die Mühe zu machen, es zu vertäuen. Sie ging hinüber zum ›Loyalist‹, dessen Tür versperrt war. Hastig lief sie zur Hintertür. Im Hof stand noch Barrys Kombi. Ja, damit könnte sie hier wegkommen, denn sie mußte unbedingt weiter!

Kevin Stringer, der bei einer Tasse Tee am Tisch saß und die Zeitung von gestern las, schaute überrascht auf. »Was machen Sie hier?«

»Wo sind die Schlüssel für Jack Barrys Kombi?«

»Da, auf der Anrichte.«

Sie steckte sie ein. »Ich habe meine Schultertasche im Schlafzimmer gelassen. Ich hole sie schnell, dann bin ich wieder weg.«

Reichlich verwirrt schaute ihr Stinger hinterher. Im Haus war alles still, da das Personal erst in ein paar Stunden kam, und aus irgendeinem Grund überkam ihn plötzlich Angst.

Er hörte sie die Treppe herunterkommen. Sie hatte die Seemannsjacke ausgezogen, die sie auf dem Boot getragen hatte, und trug nun einen langen Regenmantel und ihre alte schwarze Baskenmütze. Die Tasche hing über ihrer linken Schulter.

»Wissen Sie, wo Ladytown liegt?«

»Auf der anderen Seite von Newcastle an der Dundrum Bay. Sie brauchen bloß der Straße zu folgen.«

»Wie weit?«

»Zwanzig Meilen.«

»Gut, dann bin ich jetzt weg.« Ihr amerikanischer Akzent war vollkommen verschwunden, und sie war wieder in den harten Belfaster Akzent ihrer Jugendzeit zurückgefallen.

Stringer stand auf und verstellte ihr den Weg. »Was zur Hölle ist los? Wo ist Jack?«

»Tot. Martin hat ihn getötet – Martin Keogh. Auch Sollazo und den anderen hat er umgebracht. Er ist noch draußen auf dem Boot mit dieser Frau. Ich habe sie in der Kabine eingeschlossen und bin mit dem Schlauchboot zurückgekommen.«

Ihre Stimme klang flach und monoton, und Stringer musterte sie nervös. »Wer ist dieser Keogh? Meinen Sie Dillon? Und was reden Sie überhaupt für wirres Zeug? Sind Sie noch bei Trost, Mädchen? Sie können doch nicht alle tot sein, nicht alle drei!«

»Doch, das sind sie. Na ja, ich fahre jetzt jedenfalls.«

»Sie fahren nirgendwo hin.« Er packte ihre Schultern.

Die Augen in ihrem bleichen Gesicht schienen zu glühen. »Rühr mich nicht an, du Dreckskerl!« schrie sie, riß die Browning aus ihrer Manteltasche und drückte ab.

Mit einem erstickten Stöhnen taumelte er zurück. »Verdammt, du hast mich getroffen.«

Sie schoß noch einmal; er fiel gegen den Tisch und sank zu Boden. »So ist's am besten«, sagte sie. »Wenn es nach mir ginge, würde ich alle erschießen.«

Sie steckte die Browning wieder ein und ging nach draußen. Kurz darauf fuhr sie in dem Kombi davon.

Dillon lenkte die *Avenger* an die Mole, und Hannah sprang mit einem Tau hinüber. Er stellte den Motor ab, kletterte über die Reling und vertäute das Schiff.

»Gut, jetzt weiter.«

Gemeinsam rannten sie zum ›Loyalist‹, wo Hannah vorsichtig durch das Küchenfenster spähte.

»Es scheint niemand da zu sein, und der Kombi ist auch weg.«

Dillon zog seine Walther. »Gehen wir rein.«

In der Luft hing der scharfe Geruch nach Kordit, und dann sahen sie Stringers Leiche. Hannah kniete sich zu ihm und tastete nach dem Puls.

»Er ist tot.« Sie stand auf. »Wo sie jetzt wohl hin ist?«

»Na ja, sie hat ihrem Onkel diese Tabletten gegeben, damit Barry und Co. ihn in ein Krankenhaus bringen, weil sie glaubten, von dort könnten sie ihnen leichter entkommen. Er ist gestorben, und sie gab sich die Schuld daran. Und jetzt ist sie auf der Flucht und allein.«

»Nach England, in den Lake District?«

»Wohin sonst? Aber wie will sie dorthin kommen?«

»Nach Manchester fliegen und ein Auto mieten.«

»Wäre eine Möglichkeit – oder vielleicht mit einem Privatflugzeug. An dieser Küste gibt es eine Reihe alter Flugplätze aus dem Zweiten Weltkrieg. Man braucht bloß in *Pooley's Flight Guide* nachzuschauen.«

»Könnte sein«, nickte Hannah. »Wie war diese sonderbare Bemerkung, die sie auf dem Boot gemacht hat? Es liegt da und wartet auf mich ...«

»Und ich fliege übers Meer und hole es mir«, ergänzte Dillon.

»Sie ist verrückt, Dillon, ist Ihnen das klar? Ist Ihnen aufgefallen, daß sie ganz den amerikanischen Akzent verloren hatte?«

»Ja, sie klang wieder wie das sechzehnjährige Mädchen, das ich vor zehn Jahren auf einer dunklen Straße in Belfast gerettet habe ... Aber das soll uns jetzt nicht kümmern. Gehen wir ins Büro und rufen Ferguson an.«

Ferguson war gerade erst aufgewacht. Er saß in seiner Wohnung am Cavendish Square im Bett und hörte sich schweigend Hannahs Bericht an.

»Geben Sie mir Ihre Telefonnummer«, sagte er dann und notierte sich hastig die Ziffern. »Ich rufe Sie zurück. Lassen Sie mir fünfzehn Minuten Zeit.« Er drückte auf die Gabel und wählte die Nummer seines Büros im Verteidigungsministeriums. »Ferguson hier. Verbinden Sie mich mit dem Fluginformationsdienst«, befahl er dem diensthabenden Beamten.

Als das Telefon im Büro des ›Loyalist‹ läutete, hob Hannah sofort ab. »Brigadier?«

»In Crossgar an der Küste von Down gibt es einen Stützpunkt der Royal Navy; das ist nur zehn Meilen von Ihnen entfernt. Sie werden schon erwartet. Man fliegt Sie von dort aus mit einem Sea-King-Hubschrauber zum Stützpunkt Whitefire an der Küste des Lake District in der Nähe von St. Bees.«

»Und dann, Sir?«

»Ich fahre jetzt sofort zum RAF-Stützpunkt Farley, wo schon ein Lear-Jet des Verteidigungsministeriums bereitsteht. Ich brauche dreißig Minuten bis dorthin, und es heißt, daß wir in fünfundvierzig Minuten in Whitefire sein können. Von dort aus fliegen wir per Hubschrauber nach diesem Folly's End.«

»Gut, Sir, ich freue mich darauf, Sie zu sehen.«

»Lassen Sie diese Sentimentalitäten, Chief Inspector. Setzen Sie einfach Ihren Hintern in Bewegung.«

»Was ist?« fragte Dillon, als sie den Hörer aufgelegt hatte.

Sie berichtete ihm rasch alles Nötige. »Was machen wir mit Stringer?«

»Soll das Personal ihn finden. Ferguson kann die Sache später mit der Polizei klären. Auf geht's, Mädchen.«

Kathleen Ryan fand ohne Probleme nach Ladytown und stieg auf dem Dorfplatz aus, wo eine alte Frau ihren angeleinten Pudel spazierenführte.

»Wissen Sie zufällig, wo es hier in der Nähe einen Flugplatz gibt?«

»Ach, Sie suchen sicher nach Tony McGuire, Kindchen?«

»Wie komme ich zu ihm?«

»Ist nur ungefähr zwei Meilen weit. Ich erklär's Ihnen.«

Der Flugplatz war ein trauriger Ort, sichtlich heruntergekommen und vernachlässigt. *McGuire's Luft-Taxi* stand auf einem Schild am Tor, dessen Farbe abblätterte, und die Zufahrt war voller Schlaglöcher. Neben einem Tower gab es zwei Hangars, doch nirgends ein Anzeichen für irgendein Flugzeug.

Sie parkte vor einer Wellblechbaracke, die aussah wie eine Nissenhütte aus dem Zweiten Weltkrieg. Ein kleiner, drahtiger Mann mit kurzgeschorenem grauem Haar, der Jeans und eine abgewetzte schwarze Lederjacke trug, spähte aus der Tür und musterte sie fragend.

»Kann ich Ihnen helfen?«

»Sind Sie zufällig Tony McGuire?«

»Wer will das wissen?«

»Michael Ryans Nichte Kathleen.«

»Ich habe seit Jahren nichts mehr von Michael gehört«, erwiderte McGuire. »Ich dachte, er sei tot.«

»Im Gegenteil, es geht ihm bestens. Er wartet drüben im englischen Lake District auf mich und hat mir gesagt, wenn ich mal rasch dort rüber müßte, dann sei Tony McGuire der richtige Mann, an den ich mich wenden solle.«

»Wirklich?«

»O ja, er hat mir erzählt, daß er Ihre Lufttaxis in den alten Zeiten oft benutzt hat.«

Er betrachtete sie einen Moment lang mit einem kleinen Stirnrunzeln und nickte dann. »Kommen Sie mit rein.«

Im Büro gab es einen Ofen, dessen Rohr durch die Decke führte; in einer Ecke stand ein Feldbett; auf einem Kartentisch und einem Schreibtisch häuften sich Papiere. McGuire zündete sich eine Zigarette an.

»Also, was wollen Sie?«

»Rasch in den Lake District.«

»Und wann wollen Sie los?«

»Sofort.«

Er starrte sie verwundert an. »Das ist aber ziemlich Hals über Kopf.«

»Sie haben doch ein Flugzeug, oder nicht?«

Er zögerte kurz, ehe er nickte. »Im Moment nur eins. Die Bank hat mir den Kredit gekündigt und mein bestes Flugzeug, die Conquest, beschlagnahmen lassen. Aber ich habe noch eine Cessna 310.«

»Wir könnten also fliegen?«

»Ich zeige sie Ihnen.«

Er ging voraus zu einem der Hangars und schob die rostige Tür zurück, hinter der ein kleines zweimotoriges Flugzeug stand.

»Wie lange würden wir damit zum Lake District brauchen?«

»Vielleicht eine Stunde.«

»Gut, abgemacht.«

»Mal sachte. Zuerst müßte ich es auftanken, und das muß ich per Hand machen, was seine Zeit braucht.« Er drehte sich um und musterte den Himmel. »Außerdem ist das Wetter ziemlich mies. Das heißt abwarten, ob es sich noch aufklärt. Und dann hätte ich noch gern gewußt, wohin wir fliegen.«

»So nahe wie möglich an einen Ort namens Marsh End, südlich von Ravenglass.«

»Na gut, gehen wir wieder ins Büro, und ich schaue mal in *Pooley's Flight Guide* nach. Darin steht jeder Flugplatz und jedes Rollfeld im Vereinigten Königreich.«

Er blätterte eine Weile in seinem Buch und nickte dann. »Laldale, ja, an diesen Ort erinnere ich mich. War im Zweiten Weltkrieg ein Behelfsflugplatz für die RAF. Ich bin dort vor ungefähr vierzehn Jahren mal gelandet. Da gibt es nichts außer ein paar verfallene Gebäude und einem Rollfeld.«

»Also können wir starten?«

»Na ja, wir müßten erst irgendwo zwischenlanden, um den ganzen Behördenkram zu erledigen.«

»Dreitausend Dollar«, sagte sie, »und wir fliegen direkt dorthin.«

Sie zerrte den falschen Boden ihrer Schultertasche hoch und holte mehrere Bündel amerikanischer Dollar heraus, von denen sie offensichtlich noch sehr viel mehr darin verwahrte, wie McGuire bemerkte. Seine Kehle wurde trocken.

»Ist das irgendeine politische Sache? Ich meine, ich kenne ja Ihren Onkel und seine Leute und will keine Probleme. Heute ist schließlich eine andere Zeit.«

»Fünftausend.« Sie hielt ihm das Geld hin. »Wie lange wird es dauern, haben Sie gesagt?«

»Eine Stunde«, erwiderte er heiser.
»Eine Stunde hin und eine Stunde zurück. Ich denke, dafür sind fünftausend Dollar ein guter Lohn. Ich zähle es ab, während Sie auftanken gehen.«
Sie setzte sich mit dem Dollarbündel an den Schreibtisch. McGuire beobachtete sie fasziniert und schluckte schwer.
»Okay, dann gehe ich mal.«
Während er über die löchrige Rollbahn zum Hangar lief, hatte er ständig das Bild all dieser Dollarscheine in ihrer Schultertasche vor Augen.

Zur gleichen Zeit landete der Sea-King-Hubschrauber auf dem Stützpunkt von Whitefire. Als Dillon und Hannah ausstiegen, fuhr ein Range Rover heran, und ein Lieutenant-Commander der Royal Navy kam ihnen entgegen.
»Mein Name ist Murray. Sie sind die Leute von Brigadier Ferguson?«
»Stimmt«, erwiderte Hannah.
»Er landet in zehn Minuten. Ich bringe Sie solange ins Kasino; dort können Sie inzwischen einen Kaffee trinken.«

Tony McGuire kam ins Büro zurück, wo Kathleen sich an den Ofen gesetzt hatte.
»Alles in Ordnung mit Ihnen?«
Sie nickte. »Ihre fünftausend Dollar liegen auf dem Tisch. Zählen Sie nach, wenn Sie wollen.«
»Ach was, ich vertraue Ihnen.« Er schloß einen altmodischen Safe in der Ecke auf und legte die beiden Geldbündel hinein.
»Können wir jetzt los?«
»Gewiß, warum nicht?«
Auf dem Weg zum Hangar fragte sie: »Schaffen Sie es auch wirklich?«
»Keine Sorge«, versicherte McGuire. »Es gibt mehr freien Luftraum, als den Leuten klar ist, und wenn ich beim Anflug auf die Küste des Lake District unter sechshundert Fuß bleibe, bin ich nicht mal auf dem Radar zu sehen.«

»Ich verstehe.«

Kathleen kletterte über die Tragfläche und setzte sich hinter den Pilotensitz. McGuire stieg ebenfalls ein, schloß die Tür und startete die beiden Motoren.

»Okay? Dann los.«

Er fuhr aus dem Hangar, holperte über die löchrige Rollbahn und wendete am anderen Ende. Nach einer kleinen Pause gab er Gas und erhöhte das Tempo, bis sie abhoben und durch Nebel und Regen emporstiegen.

Im Offizierskasino von Whitefire tranken Hannah und Dillon eine Tasse Tee, als Lieutenant-Commander Murray mit Ferguson hereinkam.

»Da wären wir, Brigadier«, sagte er.

Ferguson lächelte ihm freundlich zu. »Ich wäre Ihnen sehr verbunden, wenn ich kurz mit meinen Leuten reden könnte, Commander. Zehn Minuten? Danach fliegen wir mit dem Hubschrauber zu dem Zielort, den ich Ihnen auf der Karte gezeigt habe.«

»Wie Sie wünschen, Brigadier«, salutierte Murray und ging.

»Ist das Tee?« fragte Ferguson. »Dann hätte ich sehr gern ebenfalls eine Tasse, Chief Inspector.«

»Natürlich, Sir.«

Hannah fand eine saubere Tasse und schenkte ihm ein. »Sie haben sich wohl prächtig amüsiert, Dillon, nicht wahr?« meinte Ferguson.

»Na ja, ist ein bißchen kompliziert gewesen, das würde ich schon sagen.«

»Und wie ich höre, haben Sie wie üblich kurzen Prozeß gemacht. Barry, Sollazo und Mori. Wirklich, Dillon, bei Ihnen muß ich immer an den Schneider aus dem Märchen der Brüder Grimm denken, der sich brüstete, wieviele er auf einen Streich getötet habe. Nur stellte es sich bei ihm heraus, daß es Fliegen auf einem Marmeladenbrot gewesen waren.«

»Ach, lieber Gott, Brigadier, habe ich Sie wieder mal enttäuscht?«

»Seien Sie nicht albern, Dillon. Was ist mit dem Mädchen?«

»Sie ist eindeutig verrückt«, erwiderte Hannah Bernstein. »In welchem Geisteszustand sie vorher war, kann ich nicht beurteilen, aber durch den Tod ihres Onkels ist sie wirklich übergeschnappt.«

»Sie glauben also, sie will nach Folly's End?«

»Wo sollte sie sonst hin?« erwiderte Dillon.

»Na gut.« Ferguson stellte seine Tasse auf den Tisch. »Dann wollen wir mal, ja?«

Es war später Nachmittag, und am Horizont dämmerte bereits der Abend herauf. Mary Power fütterte ihre Hühner und machte sich anschließend auf die Suche nach Benny, den sie in der Scheune fand, wo er an einem alten Holztisch saß und eine Flinte reinigte.

»Da bist du ja. Hast du die Schafe auf der Nordweide versorgt?«

Er nickte eifrig. »Hab' sie runtergebracht und in die Koppel gesperrt.«

»Du bist ein braver Junge, Benny.«

Er griff nach der Munitionsschachtel und lud die Flinte mit zwei Patronen, wobei er für einen Moment den Lauf in ihre Richtung hielt. Unwirsch versetzte sie ihm einen Klaps und schob die Waffe zur Seite.

»Wie oft habe ich dir schon gesagt, daß du nie auf jemanden zielen sollst! Gewehre sind schlecht.«

»Aber der Fuchs kommt vielleicht wieder. Letztes Mal hat er zwölf Hühner umgebracht.«

»Na ja, erledige den Bastard, wenn er auftaucht, aber erschieß nicht mich. Jetzt komm erst mal mit. Es gibt Tee, und einen schönen Obstkuchen hab' ich auch gebacken.«

Benny legte rasch das Gewehr auf den Tisch und folgte ihr.

Die Cessna 310 näherte sich in vierhundert Fuß der Küste und landete einige Augenblicke später auf dem Ende der Rollbahn in Laldale. McGuire wendete und schaltete die Motoren ab. Kathleen griff nach der Tür.

»Ich mache das schon«, sagte er und öffnete. »Steigen Sie zuerst aus.«

Sie kletterte über die Tragfläche und die kleine Passagierleiter hinunter. McGuire folgte ihr. Die Berge waren nebelverhangen, und es regnete unaufhörlich.

»Sie wissen, wohin Sie wollen?« fragte er.

»O ja, ich kann zu Fuß gehen.«

»Sind Sie sicher, daß alles in Ordnung ist?«

»Es sind bloß drei oder vier Meilen.«

»Ich dachte nur an das ganze Geld in Ihrer Schultertasche. Ich meine ... es kann ja alles mögliche passieren.«

Mit einem Ruck riß er ihre Tasche an sich, wühlte hastig darin und fand die Dollarscheine unter dem doppelten Boden. »Heiliger Gott!«

»Dreckskerl!« rief Kathleen Ryan. »Ihr seid alle Dreckskerle.« Sie zog die Browning und schoß ihn zweimal ins Herz.

McGuire prallte gegen die Tragfläche und fiel zu Boden. Sie hob die Tasche auf, hängte sie sich über die Schulter und ging davon.

Benny war auf dem Heuboden, als Mary Power in die Scheune kam. »Ich habe Lammeintopf gemacht. Willst du auch Klöße dazu?«

Benny nickte eifrig. »Ja, klasse.«

Plötzlich erfüllte ein unglaubliches Dröhnen die Luft. Erschrocken rannte Mary hinaus in den Hof, gefolgt von Benny. Auf der Wiese landete ein Hubschrauber. Die Rotoren blieben stehen, und Charles Ferguson, Hannah Bernstein und Dillon kletterten heraus.

Dillon kam auf sie zugelaufen. »Martin?« fragte Mary überrascht. »Martin Keogh, sind Sie das?«

»Höchstpersönlich, Mary. Ist Kathleen hier gewesen? Kathleen Ryan?«

Sie schaute ihn bestürzt an. »Nein, wieso?«

Dillon wandte sich zu Ferguson um und schüttelte den Kopf. Ferguson sprach kurz mit dem Piloten, trat dann einige Schritte zurück, und der Helikopter erhob sich wieder in die Luft.

»Wer sind Sie?« fragte Mary Power, als Ferguson näher kam. »Was ist denn los?«

»Brigadier Charles Ferguson – Mrs. Power. Ist der Laster immer noch in der Scheune?«

Sie wurde kreidebleich. »Der Laster?«

»Ja, ist der Laster noch in der Scheune?« wiederholte er.

»O ja«, antwortete Benny, »der Laster steht da, bis Onkel Michael zurückkommt. Benny zeigt's dir.« Er wandte sich um und rannte hinein.

Der Regen war immer stärker geworden. Kathleen Ryan hatte die Hände in den Taschen ihres Mantels vergraben und wanderte gedankenverloren die Eskdale Road entlang. Endlich erreichte sie das Tor mit dem Schild *Folly's End*, blieb kurz stehen und ging dann weiter zum Farmhaus.

Es war inzwischen fast dunkel, und nirgends brannte ein Licht. Unsicher stand sie im Hof und erinnert sich daran, wie sie vor zehn Jahren mit ihrem Onkel und Martin hier gewesen war. Oder war sie jetzt mit den beiden hier? Verwirrt strich sie sich mit der Hand übers Gesicht. Und dann sah sie den Lichtschimmer, der unter der Scheunentür hindurchdrang.

Mary Power saß neben Benny, der einen alten Ponysattel polierte, an dem grobgezimmerten Holztisch. Knarrend öffnete sich die Tür, und ein leichter Wind trieb einige Strohhalme über den Boden. Mary schaute auf.

»Du bist also zurückgekommen, Kathleen Ryan?«

»Ich mußte«, erwiderte Kathleen. »Es war von Anfang an so bestimmt. Ist der Laster noch da?«

»O ja, er stand die ganze Zeit hier. Dein Onkel Michael hatte seine Meinung geändert und Benny gesagt, er solle den zweiten Laster doch nicht auf der Küstenstraße abstellen. Er ist nach dem Überfall hierher zurückgekommen und hat sie ausgetauscht.«

»Ich weiß, er hat es mir erzählt. Er hatte Angst, die Mannschaft der *Irish Rose* würde versuchen, das Gold zu stehlen, und noch mehr Angst hatte er, daß es Probleme mit dem Army Council in Ulster geben würde.« Kathleen zuckte müde die Schultern. »Vor allem ein Mann namens Reid hätte uns Schwierigkeiten machen können. Kann ich den Laster sehen?«

»Ich zeig' ihn dir!« rief Benny und stand auf.

Er warf einige Heuballen zur Seite, als sei es gar nichts, und schob die falsche Wand zurück. Kathleen ging näher an den Laster heran und öffnete die Türen. Ja, da waren die Kisten und das Gold.

»Miß Ryan?« sagte Charles Ferguson.

Sie wandte sich um und sah Ferguson, Hannah Bernstein und Dillon vor sich. Einen Moment lang war ihr Blick ganz leer, ehe sie ihn zu erkennen schien.

»Martin, bist du das?«

»Höchstpersönlich, Kate.«

»Ich bin gekommen, um es zu holen, Martin, um das Gold zu holen, wie Onkel Michael es gewollt hat. Wir werden die IRA wieder einmal schlagen.«

»Es ist vorbei, Kate«, erwiderte er. »Wir haben jetzt Frieden, und dem sollten wir eine Chance geben.«

»Frieden?« Sie runzelte die Stirn als habe sie Mühe, den Gedanken überhaupt zu begreifen, doch dann funkelten ihre Augen wie die eines Racheengels. »Frieden mit den Katholikenschweinen?« Sie zog die Browning aus der Tasche ihres Regenmantels. »Damals in dieser Gasse, Martin, da hast du mich vor drei Dreckskerlen gerettet, erinnerst du dich?«

»Natürlich.«

»Aber das andere Mal warst du nicht da – damals, als ich fünfzehn war.« Ihre Stimme klang, als sei sie am Ersticken. »Vier dreckige, verkommene Katholikenschweine. Ich hoffe, sie schmoren in der Hölle für das, was sie mir angetan haben. Onkel Michael hat sie alle persönlich zur Strecke gebracht. Er hat jeden einzelnen getötet.« Die Waffe in ihrer Hand zitterte. »Wir müssen kämpfen! Wir müssen uns gegen den katholischen Abschaum wehren!«

Erst in diesem Moment erkannte Dillon, daß sie tatsächlich verrückt geworden war, doch noch ehe er etwas sagen konnte, ging Benny zu ihr und schaute sie vorwurfsvoll an.

»Nein, Kathleen, Waffen sind schlecht. Darfst nie damit auf wen zielen.«

Er legte seine Hände auf ihre Schultern.

»Weg mit dir, Benny!« schrie sie, und ihre Finger verkrampften sich um den Abzug der Browning, aus der sich ein Schuß löste.

Mit einem Schrei fiel Benny zu Boden.

»Nein!« Mary Power griff nach dem Gewehr auf dem Tisch, riß es hoch und feuerte. Kathleen stürzte zwischen die Heuballen. Dillon lief zu ihr und kniete sich neben sie.

Sie umklammerte seine Hand. »Martin, bist du das?« Noch einmal bäumte sich ihr Körper auf, dann sank sie reglos zurück.

Hannah kauerte sich neben Dillon, der ihre Hand hielt. »Sie ist tot, Sean.«

»Ja, das sehe ich.«

Benny rappelte sich stöhnend wieder hoch. Er wirkte benommen und schien nicht zu begreifen, was passiert war. Mit einer Hand hielt er sich die Seite. Zwischen seinen Fingern quoll Blut hervor. Hannah untersuchte ihn rasch.

»Direkter Durchschuß an der Seite. Er wird es überleben.«

Ferguson nahm Mary Power behutsam die Waffe ab. »O Gott, was hab' ich getan?« stöhnte sie.

»War nicht Ihre Schuld, meine Liebe«, versicherte Ferguson. »Sie haben keinen Grund, sich Sorgen zu machen. Ich kümmere mich persönlich darum. Chief Inspector, ich wäre Ihnen dankbar, wenn Sie Mrs. Power und Benny ins Haus bringen würden. Kümmern Sie sich um sie, so gut Sie können.«

Hannah legte einen Arm um Marys Schulter, nahm Benny an der Hand und führte sie hinaus. Dillon schaute mitleidig auf Kathleen Ryan hinab. »Armes, dummes, kleines Mädchen. Ich wußte immer, daß dich noch etwas ganz bestimmtes bedrückte.«

»Ich habe dem Piloten gesagt, daß er in einer Stunde zurückkommen soll. Der Hubschrauber muß bald hier sein. Alles in Ordnung mit Ihnen?«

»Natürlich, Brigadier.« Dillon kramte eine Zigarette heraus und zündete sie an. »Das Ende eines erfolgreichen Tages, nicht wahr?« Damit drehte er sich um und verließ die Scheune.

Quellennachweis

DIE TOCHTER DES PRÄSIDENTEN/*The President's Daughter*
Copyright © Septembertide Publishing BV 1997
Copyright © der deutschsprachigen Ausgabe 1999
by Wilhelm Heyne Verlag GmbH & Co.KG, München
Aus dem Englischen von Hans Schuld
(Der Titel erschien bereits in der Allgemeinen Reihe
mit der Band-Nr. 01/13002.)

GOLDSPUR DES TODES/*Drink With The Devil*
Copyrigtht © 1996 by Harry Patterson
Copyright © der deutschsprachigen Ausgabe 2000 by
Wilhelm Heyne Verlag GmbH & Co.KG, München
Aus dem Englischen von Hans Schuld
(Der Titel erschien bereits in der Allgemeinen Reihe
mit der Band-Nr. 01/13073.)

Robert Harris

»Harris versteht, gut und spannend zu schreiben. Es kommt alles vor: Verbrechen, Verschwörungen, Vertuschung, Irreführung, Gewalt und Liebe. Harris kann den Historiker nicht verleugnen – so würzt er seine Geschichte mit historischen Dokumenten.«

Die Zeit

3-453-07205-7

Vaterland

3-453-07205-7

Enigma

3-453-11593-7

Der lautlose Tod

Die Geschichte der biologischen und chemischen Waffen (Sachbuch)

3-453-86570-7

Pompeji

3-453-47013-1

HEYNE

Bücher, die Aufsehen erregen

3-453-67504-5

Linda Lovelace
Die Wahrheit über Deep Throat
3-453-67505-3

Jenna Jameson
Pornostar
3-453-67504-5

Mötley Crüe/Neil Strauss
The Dirt
3-453-67510-X

Toni Bentley
Ich ergebe mich
3-453-67500-2

HEYNE

Jonathan Nasaw

Der neue Meister des Schreckens

»Wenn Sie glauben, dass Hannibal Lecter ein böser Bursche ist, dann haben Sie den Soziopathen in Nasaws neuem Roman noch nicht erlebt.«

The Toronto Sun

3-453-43124-3

Die Geduld der Spinne
3-453-43124-3

Angstspiel
3-453-87756-X

Seelenesser
3-453-43003-4

HEYNE